ST. JOSEPHS COLLEGE

FACULTY LIBRARY

MERION, PA.

JAN 2 2 1970

KRÖNERS TASCHENAUSGABE
BAND 55

WELTGESCHICHTLICHE BETRACHTUNGEN

VON

JACOB BURCKHARDT

Herausgegeben von
RUDOLF MARX

ALFRED KRÖNER VERLAG STUTTGART

Copyright 1955 by Alfred Kröner Verlag in Stuttgart
Alle Rechte vom Herausgeber und vom Verlag vorbehalten
Druck und Einband: Enßlin-Druck Reutlingen

INHALTSVERZEICHNIS

Erstes Kapitel: *Einleitung* 1
   1. Unsere Aufgabe 3
   2. Die Befähigung des 19.Jahrhunderts für das historische Studium 14

Zweites Kapitel: *Von den drei Potenzen* 27
   1. Der Staat 30
   2. Die Religion 39
   3. Die Kultur 57
   4. Zur geschichtlichen Betrachtung der Poesie 69

Drittes Kapitel: *Die Betrachtung der sechs Bedingtheiten* 81
   1. Die Kultur in ihrer Bedingtheit durch den Staat ... 84
   2. Die Kultur in ihrer Bedingtheit durch die Religion . 98
   3. Der Staat in seiner Bedingtheit durch die Religion . 106
   4. Der Staat in seiner Bedingtheit durch die Kultur .. 120
   5. Die Religion in ihrer Bedingtheit durch den Staat .. 136
   6. Die Religion in ihrer Bedingtheit durch die Kultur . 144

Viertes Kapitel: *Die geschichtlichen Krisen* 157
   Zusätze über Ursprung und Beschaffenheit der heutigen Krisis 192

Fünftes Kapitel: *Das Individuum und das Allgemeine. (Die historische Größe)* 207

Sechstes Kapitel: *Über Glück und Unglück in der Weltgeschichte* 249

Nachwort des Herausgebers 273

Anmerkungen des Herausgebers 329

Register 485

ERSTES KAPITEL
EINLEITUNG

Unsere Aufgabe – Ablehnung der Geschichtsphilosophie – Beschränkung – Das Geistige als Wandelbares – Der Betrachter – Wert der Geschichte – Möglichkeit ihrer Erkenntnis – Die Absichten – Die Befähigung des 19. Jahrhunderts für das historische Studium – Zukunft – Förderungen – Das Geschichtliche – Fremdartigkeit – Vorzüge der Quelle – Dilettantismus – Geschichte und Naturwissenschaften

1. UNSERE AUFGABE

Die Aufgabe, die wir uns für diesen Kursus gestellt haben, besteht darin, eine Anzahl von geschichtlichen Beobachtungen und Erforschungen an einen halb zufälligen Gedankengang anzuknüpfen, wie ein andermal an einen andern.

Nach einer allgemein einleitenden Darlegung unserer Ansicht über dasjenige, was in den Kreis unserer Betrachtung gehört, werden wir von den drei großen Potenzen Staat, Religion und Kultur zu sprechen haben, dann zunächst deren dauernde und allmähliche Einwirkung aufeinander, besonders die des Bewegten (der Kultur) auf die beiden stabilen behandeln, weiterhin zur Betrachtung der beschleunigten Bewegungen des ganzen Weltprozesses übergehen, der Lehre von den Krisen und Revolutionen, auch von der sprungartigen zeitweisen Absorption aller anderen Bewegungen, dem Mitgären des ganzen übrigen Lebens, den Brüchen und Reaktionen, also zu dem, was man Sturmlehre nennen könnte, darauf von der Verdichtung des Weltgeschichtlichen, der Konzentration der Bewegungen in den großen Individuen sprechen, in welchen das Bisherige und das Neue zusammen als ihren Urhebern oder ihrem Hauptausdruck momentan und persönlich werden, und endlich in einem Abschnitt über Glück und Unglück in der Weltgeschichte unsere Objektivität gegen Übertragung des Wünschbaren in die Geschichte zu wahren suchen.

Wir wollen nicht eine Anleitung zum historischen Studium im gelehrten Sinne geben, sondern nur Winke zum Studium des G e s c h i c h t l i c h e n in den verschiedenen Gebieten der geistigen Welt.

Wir verzichten ferner auf alles Systematische; wir machen keinen Anspruch auf „weltgeschichtliche Ideen", sondern begnügen uns mit Wahrnehmungen und geben Querdurchschnitte durch die Geschichte, und zwar in möglichst vielen Richtungen; wir geben vor allem keine Geschichtsphilosophie.
Diese ist ein Kentaur, eine contradictio in adjecto; denn Geschichte, d. h. das Koordinieren, ist Nichtphilosophie und Philosophie, d. h. das Subordinieren, ist Nichtgeschichte.
Die Philosophie aber, um uns zunächst mit ihr selbst auseinanderzusetzen, steht, wenn sie wirklich dem großen allgemeinen Lebensrätsel direkt auf den Leib geht, hoch über der Geschichte, welche im besten Falle dies Ziel nur mangelhaft und indirekt verfolgt.
Nur muß es eine wirkliche, d. h. voraussetzungslose Philosophie sein, welche mit eigenen Mitteln arbeitet.
Denn die religiöse Lösung des Rätsels gehört einem besonderen Gebiet und einem besonderen inneren Vermögen des Menschen an.

Was nun die Eigenschaften der bisherigen Geschichtsphilosophie betrifft, so ging sie der Geschichte n a c h und gab Längendurchschnitte; sie verfuhr chronologisch.
Sie suchte auf diese Weise zu einem allgemeinen Programm der Weltentwicklung durchzudringen, meist in höchst optimistischem Sinne.
So H e g e l in seiner Philosophie der Geschichte. Er sagt (S. 12 f.), der einzige Gedanke, den die Philosophie m i t b r i n g e, sei der einfache Gedanke der Vernunft, der Gedanke, daß die Vernunft die Welt beherrsche, daß es also auch in der Weltgeschichte vernünftig zugegangen sei, und das Ergebnis der Weltgeschichte m ü s s e (sic!) sein, daß sie der vernünftige, notwendige Gang des Weltgeistes gewesen sei, — was alles doch erst zu beweisen und nicht „mitzubringen" war. Er spricht (S. 18 f.) von dem „von der ewigen Weisheit Bezweckten" und gibt seine Betrachtung als eine Theodizee aus, vermöge der Erkenntnis des Affirmativen, in welchem das Negative

(populär: das Böse) zu einem Untergeordneten und Überwundenen verschwindet; er entwickelt (S. 21) den Grundgedanken, die Weltgeschichte sei die Darstellung, wie der Geist zu dem Bewußtsein dessen komme, was er an sich bedeute; es soll eine Entwicklung zur Freiheit stattfinden, indem im Orient einer, dann bei den klassischen Völkern wenige frei gewesen, und die neuere Zeit alle frei mache. Auch die behutsam eingeleitete Lehre von der Perfektibilität, d. h. dem bekannten sogenannten Fortschritt, findet sich bei ihm (S. 54).

Wir sind aber nicht eingeweiht in die Zwecke der ewigen Weisheit und kennen sie nicht. Dieses kecke Antizipieren eines Weltplanes führt zu Irrtümern, weil es von irrigen Prämissen ausgeht.

Es ist aber überhaupt die Gefahr aller chronologisch angeordneten Geschichtsphilosophien, daß sie im günstigen Fall in Weltkulturgeschichten ausarten (in welchem abusiven Sinne man den Ausdruck Geschichtsphilosophie kann gelten lassen), sonst aber einen Weltplan zu verfolgen prätendieren und dabei, keiner Voraussetzungslosigkeit fähig, von Ideen gefärbt sind, welche die Philosophen seit dem dritten oder vierten Lebensjahr eingesogen haben.

Freilich ist nicht bloß bei Philosophen der Irrtum gang und gäbe: unsere Zeit sei die Erfüllung aller Zeit oder doch nahe daran, und alles Dagewesene sei als auf uns berechnet zu betrachten, während es, samt uns, für sich, für das Vorhergegangene, für uns und für die Zukunft vorhanden war.

Ihr besonderes Recht hat die religiöse Geschichtsübersicht, für die das große Vorbild Augustins Werk De civitate dei ist, das an der Spitze aller Theodizeen steht. Uns geht sie hier nichts an.

Auch andere Weltpotenzen mögen die Geschichte nach ihrer Art ausdeuten und ausbeuten, z. B. die Sozialisten mit ihren Geschichten des Volkes.

Unser Ausgangspunkt ist der vom einzigen bleibenden und für uns möglichen Zentrum, vom duldenden, strebenden und handelnden Menschen, wie er ist und immer war und sein wird; daher unsere Betrachtung gewissermaßen pathologisch sein wird.

Die Geschichtsphilosophen betrachten das Vergangene als Gegensatz und Vorstufe zu uns als Entwickelten; — wir betrachten das sich Wiederholende, Konstante, Typische als ein in uns Anklingendes und Verständliches.
Jene sind mit Spekulation über die Anfänge behaftet und müßten deshalb eigentlich auch von der Zukunft reden; wir können jene Lehren von den Anfängen entbehren, und die Lehre vom Ende ist nicht von uns zu verlangen. Immerhin ist man dem Kentauren den höchsten Dank schuldig und begrüßt ihn gerne hier und da an einem Waldesrand der geschichtlichen Studien. Welches auch sein Prinzip gewesen, er hat einzelne mächtige Ausblicke durch den Wald gehauen und Salz in die Geschichte gebracht. Denken wir dabei nur an Herder.
Übrigens ist jede Methode bestreitbar und keine allgültig. Jedes betrachtende Individuum kommt auf seinen Wegen, die zugleich sein geistiger Lebensweg sein mögen, auf das riesige Thema zu und mag dann diesem Wege gemäß seine Methode bilden.

Da nun unsere Aufgabe insofern eine mäßige ist, als unser Gedankengang keine Ansprüche macht, ein systematischer zu sein, dürfen wir uns auch (heil uns!) beschränken. Wir dürfen und müssen nicht nur absehen von vermutlichen Urzuständen, von aller Betrachtung der Anfänge, sondern auch uns beschränken auf die aktiven Rassen und in denselben auf die Völker, deren Geschichte uns Kulturbilder von genügender und unbestrittener Deutlichkeit gewährt. Fragen wie die nach Einwirkung von Boden und Klima und die nach der Bewegung der Weltgeschichte von Osten nach Westen sind Einleitungsfragen für Geschichtsphilosophen, nicht für uns[1], und

---

[1] Wir verweisen hierüber auf E. v. Lasaulx, Neuer Versuch einer alten auf die Wahrheit der Tatsachen gegründeten Philosophie der Geschichte, S. 72 u. 73 ff.

daher ganz zu übergehen, sowie auch alles Kosmische, die Lehre von den Rassen, die Geographie der drei alten Weltteile u. dgl.[1].

Überall im Studium mag man mit den Anfängen beginnen, nur bei der Geschichte nicht. Unsere Bilder derselben sind meist doch bloße Konstruktionen, wie wir besonders bei Gelegenheit des Staates sehen werden, ja bloße Reflexe von uns selbst. Gering ist die Gültigkeit des Schlusses von Volk zu Volk oder von Rasse zu Rasse. Was wir als Anfänge glauben nachweisen zu können, sind ohnehin schon ganz späte Stadien. Das ägyptische Königtum des Menes z. B. deutet auf eine lange und große Vorgeschichte hin. Und nun sollten wir gar an Fragen wie die herantreten, welches die Menschheit der Pfahlbauten war? Wie schwer sehen wir in unsere Zeitgenossen und Nächsten und wie vollends in Menschen anderer Rassen usw.

Unumgänglich ist hier eine Erörterung über die große Gesamtaufgabe der Geschichte im allgemeinen, über das, was wir eigentlich sollten.

Da das Geistige wie das Materielle wandelbar ist, und der Wechsel der Zeiten die Formen, welche das Gewand des äußeren wie des geistigen Lebens bilden, unaufhörlich mit sich rafft, ist das Thema der Geschichte überhaupt, daß sie die zwei in sich identischen Grundrichtungen zeige und davon ausgehe, wie erstlich alles Geistige, auf welchem Gebiete es auch wahrgenommen werde, eine geschichtliche Seite habe, an welcher es als Wandlung, als Bedingtes, als vorübergehendes Moment erscheint, das in ein großes, für uns unermeßliches Ganzes aufgenommen ist, und wie zweitens alles Geschehen eine geistige Seite habe, von welcher aus es an der Unvergänglichkeit teilnimmt.

Denn der Geist hat Wandelbarkeit, aber nicht Vergänglichkeit.

Und neben der Wandelbarkeit steht die Vielheit, das Nebeneinander von Völkern und Kulturen, welche wesent-

[1] Lasaulx S. 34 ff., 46 f., 88 ff.

lich als Gegensätze oder als Ergänzungen erscheinen. Man möchte sich eine riesige Geisteslandkarte auf der Basis einer unermeßlichen Ethnographie denken, welche Materielles und Geistiges zusammen umfassen müßte und allen Rassen, Völkern, Sitten und Religionen im Zusammenhang gerecht zu werden strebte. Obwohl dann auch in späten, abgeleiteten Perioden bisweilen ein scheinbares oder wirkliches Zusammenpulsieren der Menschheit eintritt, wie die religiöse Bewegung des 6. Jahrhunderts v. Chr. von China bis Ionien[1] und die religiöse Bewegung zu Luthers Zeit in Deutschland und Indien[2].

Und nun das große durchgehende Hauptphänomen: es entsteht eine geschichtliche Macht von höchster momentaner Berechtigung; irdische Lebensformen aller Art: Verfassungen, bevorrechtete Stände, eine tief mit dem ganzen Zeitlichen verflochtene Religion, ein großer Besitzstand, eine vollständige gesellschaftliche Sitte, eine bestimmte Rechtsanschauung entwickeln sich daraus oder hängen sich daran und halten sich mit der Zeit für Stützen dieser Macht, ja für allein mögliche Träger der sittlichen Kräfte der Zeit. Allein der Geist ist ein Wühler und arbeitet weiter. Freilich widerstreben diese Lebensformen einer Änderung, aber der Bruch, sei es durch Revolution oder durch allmähliche Verwesung, der Sturz von Moralen und Religionen, der vermeintliche Untergang, ja Weltuntergang kommt doch. Inzwischen aber baut der Geist etwas Neues, dessen äußeres Gehäuse mit der Zeit dasselbe Schicksal erleiden wird.

Gegenüber von solchen geschichtlichen Mächten pflegt sich das zeitgenössische Individuum in völliger Ohnmacht zu fühlen; es fällt in der Regel der angreifenden oder der widerstrebenden Partei zum Dienst anheim. Wenige Zeitgenossen haben für sich einen archimedischen Punkt außerhalb der Vorgänge gewonnen und vermögen die Dinge „geistig zu überwinden", und vielleicht ist dabei

---

[1] Vgl. Lasaulx, S. 115.
[2] Vgl. Ranke, Deutsche Geschichte, Bd. I, S. 226.

die Satisfaktion nicht groß, und sie können sich eines elegischen Gefühls nicht erwehren, weil sie alle anderen in der Dienstbarkeit lassen müssen. Erst in späterer Zeit wird der Geist vollkommen frei über solche Vergangenheit schweben.
Die Wirkung des Hauptphänomens ist das geschichtliche Leben, wie es tausendgestaltig, komplex, unter allen möglichen Verkappungen, frei und unfrei daherwogt, bald durch Masse, bald durch Individuen sprechend; bald optimistisch, bald pessimistisch gestimmt, Staaten, Religionen, Kulturen gründend und zerstörend, bald sich selbst ein dumpfes Rätsel, mehr von dunkeln Gefühlen, die durch die Phantasie vermittelt sind, als von Reflexionen geführt, bald von lauter Reflexion begleitet und dann wieder mit einzelnen Vorahnungen des viel später erst sich Erfüllenden.
Diesem ganzen Wesen, dem wir als Menschen einer bestimmten Zeit unvermeidlich unseren passiven Tribut bezahlen, müssen wir zugleich b e s c h a u e n d gegenübertreten.

Und nun gedenken wir auch der Größe unserer Verpflichtung gegen die Vergangenheit als ein geistiges Kontinuum, welches mit zu unserem höchsten geistigen Besitz gehört. Alles, was im entferntesten zu dieser Kunde dienen kann, muß mit aller Anstrengung und Aufwand gesammelt werden, bis wir zur Rekonstruktion ganzer vergangener Geisteshorizonte gelangen. Das Verhältnis jedes Jahrhunderts zu diesem Erbe ist an sich schon Erkenntnis, d. h. etwas Neues, welches von der nächsten Generation wieder als etwas historisch Gewordenes, d. h. Überwundenes zum Erbe geschlagen werden wird.
Auf diesen Vorteil verzichten zunächst nur Barbaren, welche ihre Kulturhülle als eine gegebene nie durchbrechen. Ihre Barbarei ist ihre Geschichtslosigkeit und vice versa. Sie haben etwa Stammsagen und ein Bewußtsein des Kontrastes mit ihren Feinden, also historisch-ethnographische Anfänge. Allein das Tun bleibt rassenhaft unfrei; schon von der Gebundenheit der Sitte usw.

durch Symbole kann erst das Wissen von einer Vergangenheit frei machen.
Und sodann verzichten auf das Geschichtliche noch Amerikaner, d. h. ungeschichtliche Bildungsmenschen, welche es dann doch von der alten Welt her nicht ganz los werden. Es hängt ihnen alsdann unfrei, als Trödel an. Dahin gehören die Wappen der Neuyorker Reichen, die absurdesten Formen der kalvinistischen Religion, der Geisterspuk usw., zu welchem allem aus der bunten Einwanderung noch die Bildung eines neuamerikanischen leiblichen Typus von zweifelhafter Art und Dauerhaftigkeit kommt.

Unser Geist ist aber zu dieser Aufgabe in hohem Grade von der Natur ausgerüstet.
Der Geist ist die Kraft, jedes Zeitliche ideal aufzufassen. Er ist idealer Art, die Dinge in ihrer äußeren Gestalt sind es nicht.
Unser Auge ist sonnenhaft, sonst sähe es die Sonne nicht[1].
Der Geist muß die Erinnerung an sein Durchleben der verschiedenen Erdenzeiten in seinen Besitz verwandeln. Was einst Jubel und Jammer war, muß nun Erkenntnis werden, wie eigentlich auch im Leben des einzelnen.
Damit erhält auch der Satz Historia vitae magistra einen höheren und zugleich bescheideneren Sinn. Wir wollen durch Erfahrung nicht sowohl klug (für ein andermal) als weise (für immer) werden.
Wie weit ist nun das Resultat Skeptizismus? Gewiß hat der wahre Skeptizismus seine Stellung in einer Welt, wo Anfänge und Ende unbekannt sind und die Mitte in beständiger Bewegung ist; denn die Aufbesserung von seiten der Religion bleibt hier auf sich beruhen.
Vom unechten läuft zu gewissen Zeiten die Welt ohnehin voll, und wir sind nicht daran schuld; bisweilen kommt er dann plötzlich aus der Mode. Vom echten könnte man nie genug haben.

[1] Vgl. die bei L a s a u l x S. 8 zitierte, Goethes bekanntem Spruch zugrunde liegende Stelle aus Plotin I, 6, 9: οὐ γὰρ ἂν πώποτε εἶδεν ὀφθαλμὸς ἥλιον ἡλιοειδὴς μὴ γεγενημένος.

Das Wahre, Gute, Schöne braucht bei unserer Betrachtung, richtig gefaßt, keine Not zu leiden. Das Wahre und Gute ist mannigfach zeitlich gefärbt und bedingt; auch z. B. das Gewissen ist zeitlich bedingt; aber die Hingebung, zumal die mit Gefahren und Opfern verbundene an das zeitlich bedingte Wahre und Gute ist etwas unbedingt Herrliches. Das Schöne freilich könnte über die Zeiten und ihren Wechsel erhaben sein, bildet überhaupt eine Welt für sich. Homer und Phidias sind noch schön, während das Wahre und Gute jener Zeit nicht mehr ganz das unserige ist.

Unsere Kontemplation ist aber nicht nur ein Recht und eine Pflicht, sondern zugleich ein hohes Bedürfnis; sie ist unsere Freiheit mitten im Bewußtsein der enormen allgemeinen Gebundenheit und des Stromes der Notwendigkeiten.
Aber freilich kommen wir auf das Bewußtsein der allgemeinen und individuellen Mängel unseres Erkenntnisvermögens und der sonstigen Gefahren, wodurch die Erkenntnis bedroht ist, oft zurück.
Vor allem müssen wir das Verhältnis der beiden Pole Erkenntnis und Absichten bedenken. Schon in der geschichtlichen Aufzeichnung begegnet unser Verlangen nach Erkenntnis oft einer dichten Hecke von Absichten, welche sich im Gewand von Überlieferungen zu geben suchen. Außerdem aber können w i r uns von den Absichten u n s e r e r e i g e n e n Zeit und Persönlichkeit nie ganz losmachen, und dies ist vielleicht der schlimmere Feind der Erkenntnis. Die deutlichste Probe hiefür ist: sobald die Geschichte sich unserem Jahrhundert und unserer werten Person nähert, finden wir alles viel „interessanter", während eigentlich nur wir „interessierter" sind.
Dazu kommt das Dunkel der Zukunft in den Schicksalen der Einzelnen und des Ganzen, in welches Dunkel wir dennoch beständig die Blicke richten, und in welches die zahllosen Fäden der Vergangenheit hineinreichen, deutlich und für unsere Ahnung evident, aber ohne daß wir sie verfolgen können.

Wenn die Geschichte uns irgendwie das große und schwere Rätsel des Lebens auch nur geringstenteils soll lösen helfen, so müssen wir wieder aus den Regionen des individuellen und zeitlichen Bangens zurück in eine Gegend, wo unser Blick nicht sofort egoistisch getrübt ist. Vielleicht ergibt sich aus der ruhigeren Betrachtung aus größerer Ferne ein Anfang der wahren Sachlage unseres Erdentreibens, und glücklicherweise sind in der Geschichte des Altertums einige Beispiele erhalten, wo wir das Werden, Blühen und Vergehen nach Hauptvorgängen und geistigen, politischen und ökonomischen Zuständen jeder Richtung bis auf einen hohen Grad verfolgen können, vor allem die Geschichte von Athen.
Besonders gerne verkappen sich aber die Absichten auch als Patriotismus, so daß die wahre Erkenntnis in der Beschränkung auf die Geschichte der Heimat ihre Hauptkonkurrenz findet.
Wohl gibt es Dinge, worin die heimatliche Geschichte für jeden ihre ewigen Vorzüge haben wird, und sich mit ihr zu beschäftigen, ist eine wahre Pflicht.
Allein sie würde als Korrektiv ein großes anderes Studium bedürfen, wäre es auch nur, weil sie in so hohem Grade mit unseren Wünschen und Befürchtungen verflochten ist, weil wir bei ihr unaufhörlich gestimmt sind, von der Seite der Erkenntnis auf die Seite der Absichten hinüberzuneigen.
Ihre anscheinend so viel größere Verständlichkeit beruht zum Teil auf einer optischen Täuschung, nämlich auf unserem viel nachdrücklicheren Entgegenkommen, welches mit großer Blindheit geschehen kann.
Der Patriotismus, den wir dabei zu entwickeln glauben, ist oft nur ein Hochmut gegenüber von anderen Völkern und schon deshalb außerhalb des Pfades der Wahrheit, oft aber gar nur eine Art der Parteisucht innerhalb des eigenen vaterländischen Kreises, ja er besteht oft nur im Wehetun gegen andere. Die Geschichte dieser Art ist Publizistik.
Neben heftigen Feststellungen metaphysischer Begriffe, heftigen Definitionen des Guten und Rechten, wobei,

was außerhalb liegt, Hochverrat ist, kann ein Fortleben im ordinärsten Philisterleben und Erwerbtreiben bestehen. Es gibt aber neben dem blinden Lobpreisen der Heimat eine ganz andere und schwerere Pflicht, nämlich sich auszubilden zum erkennenden Menschen, dem die Wahrheit und die Verwandtschaft mit allem Geistigen über alles geht, und der aus dieser Erkenntnis auch seine wahre Bürgerpflicht würde ermitteln können, wenn sie ihm nicht schon mit seinem Temperament angeboren ist.

Vollends im Reiche des Gedankens gehen alle Schlagbäume billig in die Höhe. Es ist des Höchsten nicht so viel über die Erde zerstreut, daß heute ein Volk sagen könnte, w i r genügen uns vollständig, oder auch nur: wir bevorzugen das Einheimische, hält man es doch nicht einmal wegen der Industrieprodukte so, sondern greift bei gleicher Qualität, Zoll und Transport mitberechnet, einfach nach dem Wohlfeilern oder bei gleichen Preisen nach dem Besseren. Im geistigen Gebiet muß man einfach nach dem Höheren und Höchsten greifen, das man erreichen kann.

Das wahrste Studium der vaterländischen Geschichte wird dasjenige sein, welches die Heimat in Parallele und Zusammenhang mit dem Weltgeschichtlichen und seinen Gesetzen betrachtet, als Teil des großen Weltganzen, bestrahlt von denselben Gestirnen, die auch andern Zeiten und Völkern geleuchtet haben, und bedroht von denselben Abgründen und einst heimfallend derselben ewigen Nacht und demselben Fortleben in der großen allgemeinen Überlieferung.

Schließlich wird durch das Streben nach reiner Erkenntnis auch die Eliminierung oder Beschränkung der Begriffe Glück und Unglück für die Weltgeschichte notwendig. Die Darlegung, weshalb dies zu geschehen hat, möge dem letzten Kapitel dieses Kursus vorbehalten bleiben; hier aber möge nun zunächst auch von der diesen Mängeln und Gefahren gegenüberstehenden speziellen Befähigung unserer Zeit zum Studium des Geschichtlichen gesprochen werden.

2. DIE BEFÄHIGUNG DES 19. JAHRHUNDERTS FÜR DAS HISTORISCHE STUDIUM

Ob wir eine spezifisch höhere geschichtliche Erkenntnis besitzen, läßt sich fragen.

Lasaulx (S.10) meint sogar, „daß von dem Leben der heutigen Völker Europas bereits so viel abgelaufen sei, daß die nach einem Ziel konvergierenden Direktionslinien erkannt werden, ja Schlüsse auf die Zukunft gezogen werden können."

Aber so wenig als im Leben des einzelnen ist es für das Leben der Menschheit wünschenswert, die Zukunft zu wissen. Und unsere astrologische Ungeduld danach ist wahrhaft töricht.

Ob wir uns das Bild eines einzelnen vorstellen, der z. B. seinen Todestag und die Lage, in der er sich dann befinden würde, vorauswüßte, oder das Bild eines Volkes, welches das Jahrhundert seines Untergangs vorauskennte, beide Bilder müßten als notwendige Folge zeigen eine Verwirrung alles Wollens und Strebens, welches sich nur dann völlig entwickelt, wenn es „blind", d. h. um seiner selbst willen, den eigenen inneren Kräften folgend, lebt und handelt. Die Zukunft bildet sich ja nur, indem dies geschieht, und wenn es nicht geschähe, so würde auch Fortgang und Ende des Menschen oder Volkes sich anders gestalten. Eine vorausgewußte Zukunft ist ein Widersinn.

Abgesehen von der Nichtwünschbarkeit ist das Voraussehen des Künftigen für uns aber auch nicht wahrscheinlich. Vor allem stehen ihm die Irrungen der Erkenntnis durch unser Wünschen, Hoffen und Fürchten im Wege, sodann unsere Unkenntnis alles dessen, was man latente Kräfte, materielle wie geistige, nennt, und das Unberechenbare geistiger Kontagien, welche plötzlich die Welt umgestalten können. Ferner kommt hier auch die große akustische Täuschung in Betracht, in der wir leben, insofern seit vierhundert Jahren die Reflexion und ihr Räsonnement, durch die Presse bis zu völliger Ubiquität verstärkt, mit ihrem Lärm alles übertönt und scheinbar

auch die materiellen Kräfte völlig von sich abhängig hält, und doch sind diese vielleicht ganz nahe an einer großen siegreichen Entfaltung anderer Art, oder es wartet eine ganz entgegengesetzte geistige Strömung vor der Tür. Siegt dann d i e s e , so nimmt sie die Reflexion samt deren Trompeten in i h r e n Dienst, bis wiederum auf ein weiteres. Endlich mögen wir uns, auch was die Zukunft betrifft, unserer geringen Kenntnis der Völkerbiologie von der physiologischen Seite bewußt sein.
Wohl aber ist unsere Zeit zur Erkenntnis der V e r g a n g e n h e i t besser ausgerüstet als eine frühere.
Als äußere Förderungen hat sie hiebei die Zugänglichkeit aller Literaturen durch das viele Reisen und Sprachenlernen der neueren Welt und durch die große Ausbreitung der Philologie, ferner die Zugänglichkeit der Archive, die dem Reisen verdankte Zugänglichkeit der Denkmäler vermittelst der Abbildungen, zumal der Photographien, die massenhaften Quellenpublikationen durch Regierungen und Vereine, die jedenfalls vielseitiger und mehr auf das Geschichtliche als solches gerichtet sind, als dies bei der Kongregation von St. M a u r und bei M u r a t o r i der Fall war.
Dazu kommen innere Förderungen, und zwar zunächst negativer Art.
Dazu gehört vor allem die Indifferenz der meisten Staaten gegen die Resultate der Forschung, von welcher sie für ihren Bestand nichts fürchten, während ihre dermalige zeitliche Form (die Monarchie) unendlich viel nähere und gefährlichere Feinde hat, als jene je werden kann, überhaupt die allgemeine Praxis des laisser aller et laisser dire, weil man noch ganz anderes aus der täglichen Gegenwart in jeder Zeitung muß passieren lassen. (Und doch ließe sich behaupten, daß Frankreich die Sache zu leicht genommen hat. Der radikale Zweig seiner Historiographie hat eine große Einwirkung auf die seitherigen Tatsachen geübt[1].)
Sodann ist hier auch auf die Machtlosigkeit der bestehenden Religionen und Konfessionen gegenüber jeder Er-

[1] Vgl. P r e s s e n s é , Les leçons du 18 mars, S. 19 ff.

örterung ihrer Vergangenheit und ihrer jetzigen Lage hinzuweisen. Eine gewaltige Forschung hat sich der Betrachtung jener Zeiten, Völker und Zustände zugewandt, wo sich die ursprünglichen Vorstellungen bildeten, von welchen die Religionen sind mitbestimmt oder geschaffen worden. Eine große vergleichende Mythologie, Religions- und Dogmengeschichte ist auf die Länge nicht auszuschließen gewesen.

Und nun die Förderungen positiver Art: vor allem haben die gewaltigen Änderungen seit dem Ende des 18. Jahrhunderts etwas in sich, was zur Betrachtung und Erforschung des Früheren und des Seitherigen gebieterisch zwingt, selbst abgesehen von aller Rechtfertigung oder Anklage.

Eine bewegte Periode wie diese dreiundachtzig Jahre Revolutionszeitalter, wenn sie nicht alle Besinnung verlieren soll, muß sich ein solches Gegengewicht schaffen.

Nur aus der Betrachtung der Vergangenheit gewinnen wir einen Maßstab der Geschwindigkeit und Kraft d e r Bewegung, in welcher wir selber leben.

Sodann gewöhnte das Schauspiel der Französischen Revolution und ihre Begründung in dem, was vorhergegangen, den Blick an die Erforschung nicht bloß materieller, sondern vorzugsweise geistiger Kausalitäten und an deren sichtbares Umschlagen in materielle Folgen. Die ganze Weltgeschichte, soweit die Quellen reichlicher fließen, könnte eben dasselbe lehren, allein diese Zeit lehrt es am unmittelbarsten und deutlichsten. Es ist also ein Vorteil für die geschichtliche Betrachtung heutiger Zeit, daß der Pragmatismus viel höher und weiter gefaßt wird als früher. Die Geschichte in Auffassung und Darstellung ist unendlich interessanter geworden.

Dazu haben sich durch den Austausch der Literaturen und durch den kosmopolitischen Verkehr des 19. Jahrhunderts überhaupt die Gesichtspunkte unendlich vervielfacht. Das Entfernte wird genähert; statt eines einzelnen Wissens um Curiosa entlegener Zeiten und Länder tritt das Postulat eines Totalbildes der Menschheit auf.

Endlich kommen hiezu die starken Bewegungen in der neueren Philosophie, bedeutend an sich und beständig verbunden mit allgemeinen weltgeschichtlichen Anschauungen.
So haben die Studien des 19. Jahrhunderts eine Universalität gewinnen können wie die früheren nie.

Was aber ist nun unsere Aufgabe bei der Enormität des geschichtlichen Studiums, das sich über die ganze sichtbare und geistige Welt erstreckt, mit weiter Überschreitung jedes früheren Begriffs von „Geschichte"?
Zur vollständigen Bewältigung würden tausend Menschenleben mit vorausgesetzter höchster Begabung und Anstrengung lange nicht ausreichen.
Denn tatsächlich herrscht die stärkste Spezialisierung bis in Monographien über die kleinsten Einzelheiten hinein. Wobei auch sehr wohlmeinenden Leuten bisweilen jeder Maßstab abhanden kommt, indem sie vergessen, welche Quote seines Erdenlebens ein Leser (der nicht ein bestimmtes persönliches Interesse am Gegenstand hat) auf ein solches Werk wenden kann. Man sollte bei Abfassung einer Monographie jedesmal Tacitus' Agricola neben sich haben und sich sagen: je weitläufiger, desto vergänglicher.
Schon jedes Handbuch über eine einzelne Epoche oder über einen einzelnen Zweig des geschichtlichen Wissens weist in eine Unendlichkeit von ermittelten Tatsachen hinein. Ein verzweiflungsvoller Anblick beim Beginn des geschichtlichen Studiums!
Für den, welcher sich vollständig diesem Studium und sogar der historischen Darstellung widmen will, haben wir hier auch gar nicht zu sorgen. Wir wollen keine Historiker und vollends keine Universalhistoriker bilden. Unseren Maßstab entnehmen wir hier von derjenigen Fähigkeit, welche jeder akademisch Gebildete bis zu einem gewissen Grade in sich entwickeln sollte.
Wir handeln ja, wie gesagt, nicht sowohl vom Studium der Geschichte, als vom Studium des Geschichtlichen.

Jede einzelne Erkenntnis von Tatsachen hat nämlich neben ihrem speziellen Werte als Kunde oder Gedanke aus einem speziellen Reiche noch einen universalen oder historischen als Kunde einer bestimmten Epoche des wandelbaren Menschengeistes und gibt zugleich, in den richtigen Zusammenhang gebracht, Zeugnis von der Kontinuität und Unvergänglichkeit dieses Geistes.

Neben der unmittelbaren Ausbeutung der Wissenschaften für das Fach eines jeden gibt es eine zweite, auf welche hier hingewiesen werden soll.

Vorbedingung von allem ist ein festes Studium; Theologie, Jurisprudenz oder was es sei, muß ergriffen und akademisch absolviert werden, und zwar nicht nur um des Lebensberufes willen, sondern um konsequent arbeiten zu lernen, die Gesamtheit der Disziplinen eines bestimmten Fachs respektieren zu lernen, den nötigen Ernst in der Wissenschaft zu befestigen.

Daneben aber sollen diejenigen propädeutischen Studien fortgeführt werden, welche die Zugänge zu allem Weiteren bilden, besonders zu den verschiedenen Literaturen, also die beiden alten Sprachen und womöglich einige neuere. Man weiß nie zu viele Sprachen. Und so viel oder wenig man gewußt habe, darf man die Übung nie völlig einschlafen lassen. Gute Übersetzungen in Ehren — aber den originellen Ausdruck kann keine ersetzen, und die Ursprache ist in Wort und Wendung schon selber ein historisches Zeugnis höchsten Ranges.

Sodann muß negativ empfohlen werden die Vermeidung alles dessen, was nur die Zeit v e r t r e i b e n soll, die man doch kommen heißen und festhalten müßte, die Zurückhaltung gegenüber der jetzigen Verwüstung des Geistes durch Zeitungen und Romane.

Für uns handelt es sich überhaupt nur um solche Köpfe und Gemüter, welche der ordinären Langeweile nicht ausgesetzt sind und eine Aufeinanderfolge von Gedanken aushalten können, welche Phantasie genug eigen haben, um der stofflichen Phantasie anderer nicht zu bedürfen, oder, wenn sie dieselbe in sich aufnehmen, ihr nicht untertan werden, sondern sie wie ein anderes Objekt sich gegenüberzuhalten vermögen.

Überhaupt muß man imstande sein, sich temporär von den Absichten völlig wegwenden zu können zur Erkenntnis, weil sie Erkenntnis ist; man muß zumal Geschichtliches zu betrachten fähig sein, auch wenn es sich nicht direkt oder indirekt auf unser Wohl- oder Übelergehen bezieht; und auch, wenn es sich darauf bezieht, so soll man es objektiv betrachten können.
Ferner darf die Geistesarbeit nicht bloß Genuß sein wollen.

Alle echte Überlieferung ist auf den ersten Anblick langweilig, weil und insofern sie fremdartig ist. Sie kündet die Anschauungen und Interessen ihrer Zeit f ü r i h r e Z e i t und kommt uns gar nicht entgegen, während das modern Unechte auf uns berechnet, daher pikant und entgegenkommend gemacht ist, wie es die fingierten Altertümer zu sein pflegen. Dahin gehört besonders der historische Roman, den so viele Leute für Geschichte lesen, die nur ein wenig arrangiert, aber im wesentlichen wahr sei.
Für den gewöhnlichen halbgebildeten Menschen ist schon alle Poesie überhaupt (mit Ausnahme der Tendenzpoesie) und aus der Vergangenheit auch das Vergnüglichste (Aristophanes, Rabelais, Don Quixote usw.) unverständlich und langweilig, weil ihm nichts davon auf den Leib zugeschnitten ist wie die heutigen Romane.
Aber auch dem Gelehrten und Denker ist die Vergangenheit in ihrer Äußerung anfangs immer fremdartig und ihre Aneignung eine Arbeit.
Vollends ein vollständiges Quellenstudium über irgendeinen bedeutenden Gegenstand nach den Gesetzen der Erudition ist ein Unternehmen, das den ganzen Menschen verlangt.
Die Geschichte z. B. einer einzigen theologischen oder philosophischen Lehre könnte allein schon Jahre in Beschlag nehmen, und gar die g a n z e eigentliche Theologie, selbst mit Ausschluß der Kirchengeschichte, Kirchenverfassung usw., bloß als Dogmengeschichte und Geschichte der kirchlichen Wissenschaft gefaßt, erscheint als eine

Riesenarbeit, wenn wir an alle patres, concilia, bullaria, Scholastiker, Häretiker, neueren Dogmatiker, Homiletiker und Religionsphilosophen denken. Zwar bei tieferem Eindringen sieht man, wie sie einander abschreiben; auch lernt man die Methoden kennen und aus einem kleinen Teil das Ganze erraten, läuft aber Gefahr, die wichtige halbe Seite, welche irgendwo in dem Wust verborgen steckt, zu übersehen, wenn nicht ein glückliches Ahnungsvermögen das Auge vermeintlich zufällig doch darauf führt.

Und dann die Gefahr des Erlahmens, wenn man zu lange mit homogenen Sachen von beschränktem Interesse zu tun hat! Buckle hat sich an den schottischen Predigten des 17. und 18. Jahrhunderts seine Gehirnlähmung geholt.

Und nun vollends der Polyhistor, der nach der heutigen Fassung des Begriffs eigentlich alles studieren müßte! Denn alles ist Quelle, nicht bloß die Historiker, sondern die ganze Literatur- und Denkmälerwelt, ja letztere ist für die ältesten Zeiten die einzige Quelle. Alles irgendwie Überlieferte hängt irgendwie mit dem Geiste und seinen Wandlungen zusammen und ist Kunde und Ausdruck davon.

Für unsere Zwecke aber soll nur vom Lesen ausgesuchter Quellen, aber als solcher, die Rede sein; der Theologe, der Jurist, der Philologe mögen einzelne Schriftwerke entlegener Zeiten sich aneignen, nicht nur, insofern deren Sachinhalt sein Fach im engeren Sinne berührt, sondern zugleich im historischen Sinne, als Zeugnisse einzelner bestimmter Stadien der Entwicklung des Menschengeistes.

Für den, welcher wirklich lernen, d. h. geistig reich werden will, kann nämlich eine einzige glücklich gewählte Quelle das unendlich Viele gewissermaßen ersetzen, indem er durch eine einfache Funktion seines Geistes das Allgemeine im einzelnen findet und empfindet.

Es schadet nichts, wenn der Anfänger das Allgemeine auch wohl für ein Besonderes, das sich von selbst Verstehende für etwas Charakteristisches, das Individuelle für ein Allgemeines hält; alles korrigiert sich bei weiterem Studium, ja schon das Hinzuziehen einer zweiten Quelle erlaubt ihm durch Vergleichung des Ähnlichen und des Kontrastierenden bereits Schlüsse, die ihm zwanzig Folianten nicht reichlicher gewähren.

Aber man muß suchen und finden wollen, und bisogna saper leggere (De Boni). Man muß glauben, daß in allem Schutt Edelsteine der Erkenntnis vergraben liegen, sei es von allgemeinem Wert, sei es von individuellem für uns; eine einzelne Zeile in einem vielleicht sonst wertlosen Autor kann dazu bestimmt sein, daß uns ein Licht aufgehe, welches für unsere ganze Entwicklung bestimmend ist.

Und nun hat die Quelle gegenüber der Bearbeitung ihre ewigen Vorzüge.

Vor allem gibt sie das Faktum rein, so daß wir erst erkennen müssen, was daraus zu ziehen sei, während die Bearbeitung uns letztere Aufgabe schon vorwegnimmt und das Faktum schon verwertet wiedergibt, d. h. eingefügt in einen fremden und oft falschen Zusammenhang.

Die Quelle gibt ferner das Faktum in einer Form, die seinem Ursprung oder Urheber noch nahe, ja etwa dessen Werk ist. In ihrer originalen Diktion liegt ihre Schwierigkeit, aber auch ihr Reiz und ein großer Teil ihres allen Bearbeitungen überlegenen Wertes. Auch hier mögen wir wieder der Bedeutung der Originalsprachen und ihrer Kenntnis gegenüber den Übersetzungen gedenken.

Auch geht unser Geist die richtige chemische Verbindung nur mit der Originalquelle in vollständigem Sinne ein, wobei freilich zu konstatieren ist, daß das Wort „original" eine relative Bedeutung hat, indem, wo jene verloren ist, auch sekundäre und tertiäre ihre Stelle vertreten können.

Die Quellen aber, zumal solche, die von großen Männern herrühren, sind unerschöpflich, so daß jeder die tausendmal ausgebeuteten Bücher wieder lesen muß, weil sie jedem Leser und jedem Jahrhundert ein besonderes Antlitz weisen und auch jeder Altersstufe des einzelnen. Es kann sein, daß im Thukydides z.B. eine Tatsache ersten Ranges liegt, die erst in hundert Jahren jemand bemerken wird.

Vollends ändert sich das Bild, welches vergangene Kunst und Poesie erwecken, unaufhörlich. Sophokles könnte auf die, welche jetzt geboren werden, schon wesentlich anders wirken als auf uns. Es ist dies auch gar kein Unglück, sondern nur eine Folge des beständig lebendigen Verkehrs.

Wenn wir uns um die Quellen aber richtig bemühen, so winken uns als Preis auch die bedeutenden Augenblicke und vorherbestimmten Stunden, da uns aus dem vielleicht längst zu Gebote Stehenden und vermeintlich längst Bekannten eine plötzliche Intuition aufgeht.

Nun aber die schwierige Frage: Was soll der Nichthistoriker aus den ausgewählten Quellen notieren und exzerpieren?

Den materiellen Sachinhalt haben zahllose Handbücher längst ausgebeutet; nimmt er diesen heraus, so türmen sich Exzerpte auf, die er nachher wohl nie mehr ansieht. Und ein spezielles Ziel hat der Leser ja noch nicht.

Es kann sich ihm aber eines ergeben, wenn er sich ansehnlich weit und noch ohne zu schreiben, in seinen Autor hineingelesen hat; dann beginne er frisch von vorn und notiere nach jenem einzelnen Ziele hin, lege aber eine zweite Reihe von Notizen über alles dasjenige an, was ihm überhaupt besonders merkwürdig vorkommt, und wären es nur die Kapitelangaben, resp. die Seitenzahlen mit zwei Worten in betreff des Inhaltes.

Über der Arbeit ergibt sich dann vielleicht ein zweites und drittes Ziel; Parallelen und Kontraste mit anderen Quellen finden sich hinzu usw.

Freilich „mit alledem wird ja lauter Dilettantismus gepflanzt, welcher sich ein Vergnügen aus dem macht, woraus sich andere löblicherweise eine Qual machen!"

Das Wort ist von den Künsten her im Verruf, wo man freilich entweder nichts oder ein Meister sein und das

Leben an die Sache wenden muß, weil die Künste wesentlich die Vollkommenheit voraussetzen.

In den Wissenschaften dagegen kann man nur noch in einem begrenzten Bereiche Meister sein, nämlich als Spezialist, und irgendwo soll man dies sein. Soll man aber nicht die Fähigkeit der allgemeinen Übersicht, ja die Würdigung derselben einbüßen, so sei man noch an möglichst vielen anderen Stellen Dilettant, wenigstens auf eigene Rechnung, zur Mehrung der eigenen Erkenntnis und Bereicherung an Gesichtspunkten; sonst bleibt man in allem, was über die Spezialität hinausliegt, ein Ignorant und unter Umständen im ganzen ein roher Geselle.

Dem Dilettanten aber, weil er die Dinge liebt, wird es vielleicht im Lauf seines Lebens möglich werden, sich auch noch an verschiedenen Stellen wahrhaft zu vertiefen.

Endlich gehört hieher auch noch ein Wort über unser Verhältnis zu den Naturwissenschaften und der Mathematik als unseren einzigen uneigennützigen Kameraden, während Theologie und Jus uns meistern oder doch als Arsenal benützen wollen, und die Philosophie, welche über allen stehen will, eigentlich bei allen hospitiert.

Ob das Studium der Mathematik und der Naturwissenschaften ihrerseits alle geschichtliche Betrachtung schlechterdings ausschließe, fragen wir dabei nicht. Jedenfalls sollte sich die Geschichte des Geistes nicht von diesen Fächern ausschließen lassen.

Eine der riesigsten Tatsachen dieser Geschichte des Geistes war die Entstehung der Mathematik. Wir fragen uns, ob sich von den Dingen zuerst Zahlen oder Linien oder Flächen loslösten. Und wie schloß sich bei den einzelnen Völkern der nötige Konsensus hierüber? Welches war der Moment dieser Kristallisation?

Und die Naturwissenschaften, wann und wie lösten sie zuerst den Geist von der Furcht vor der Natur und ihrer Anbetung, von der Naturmagie? Wann und wo wurden sie zuerst annähernd ein freies Ziel des Geistes?

Freilich hatten auch sie ihre Wandlungen, ihren zeitweiligen Dienst und ihre systematische Beschränkung und gefährliche Heiligung innerhalb bestimmter Grenzen — bei Priestern.

Aufs schmerzlichste ist die Unmöglichkeit einer geistigen Entwicklungsgeschichte Ägyptens zu beklagen, die man höchstens in hypothetischer Form, etwa als Roman, geben könnte.

Bei den Griechen kamen dann für die Naturwissenschaften die Zeiten der völligen Freiheit; nur taten sie relativ wenig dafür, weil Staat, Spekulation und plastischer Kunsttrieb die Kräfte vorwegnahmen.

Auf die alexandrinische, römische und byzantinisch-arabische Zeit folgt dann das okzidentalische Mittelalter und die Dienstbarkeit der Naturwissenschaften unter der Scholastik, welche nur das Anerkannte stützt.

Aber für die Zeit seit dem 16. Jahrhundert sind sie einer der wichtigsten Gradmesser des Genius der Zeiten. Was sie etwa retardiert, sind sehr häufig die Akademici und Professoren.

Ihr Vorwiegen und ihre Popularisierung im 19. Jahrhundert ist ein Faktum, bei dem wir uns unwillkürlich fragen, worauf es hinauswühle, und wie es sich mit dem Schicksal unserer Zeit verflechte.

Und nun besteht zwischen ihnen und der Geschichte nicht nur deshalb Freundschaft, weil sie, wie gesagt, allein nichts von ihr verlangen, sondern weil diese beiden Wissenschaften allein ein objektives, absichtsloses Mitleben in den Dingen haben können.

Die Geschichte ist aber etwas anderes als die Natur, ihr Schaffen und Entstehen- und Untergehenlassen ist ein anderes.

Die Natur bietet die höchste Vollendung des Organismus der Spezies und die größte Gleichgültigkeit gegen das Individuum, ja sie statuiert feindliche, kämpfende Organismen, die bei annähernd gleich hoher organischer Vollendung einander ausrotten, miteinander ums Dasein kämpfen. Auch die Menschengeschlechter im Naturzustand gehören noch hieher; ihre Existenz mag den Tierstaaten ähnlich gewesen sein.

Die Geschichte dagegen ist der Bruch mit dieser Natur vermöge des erwachenden Bewußtseins; zugleich aber bleibt noch immer genug vom Ursprünglichen übrig, um den Menschen als reißendes Tier zu zeichnen. Hohe Verfeinerung der Gesellschaft und des Staates besteht neben völliger Garantielosigkeit des Individuums und neben beständigem Triebe, andere zu knechten, um nicht von ihnen geknechtet zu werden.

In der Natur besteht regnum, genus, species, in der Geschichte Volk, Familie, Gruppe. Durch einen urtümlichen Trieb schafft jene konsequent-organisch in unendlicher Varietät der Gattungen bei großer Gleichheit der Individuen; hier ist die Varietät (freilich innerhalb der einzigen Spezies homo) lange nicht so groß; es gibt keine scharfen Abgrenzungen, die Individuen aber drängen auf Ungleichheit = Entwicklung.

Während die Natur nach einigen Urtypen (wirbellose und Wirbeltiere, Phanerogamen und Kryptogamen usw.) schafft, ist beim Volk der Organismus nicht so sehr Typus als allmähliches Produkt; er ist der spezifische Volksgeist in seiner allmählichen Entwicklung.

Jede Spezies der Natur besitzt vollständig, was zu ihrem Leben gehört; besäße sie es nicht, so lebte sie nicht und pflanzte sich nicht fort. Jedes Volk ist unvollständig und sucht sich zu ergänzen, je höher es steht, um so mehr.

Dort ist der Entstehungsprozeß der Spezies dunkel; vielleicht ist er in Aufsummierung von Erlebnissen begründet, welche zur Anlage hinzutreten, aber viel langsamer und altertümlicher. Der Entstehungs- und Modifikationsprozeß des Volkstums beruht erweislich teils auf der Anlage, teils ebenfalls auf Aufsummierung von Erlebtem; nur ist er, weil der bewußte Geist hier mithilft, viel rascher als in der Natur, mit nachweisbarer Wirkung der Gegensätze und der Verwandtschaften, auf die das Volkstum trifft.

Während in der Natur die Individuen gerade bei den höchsten Tierklassen für die anderen Individuen — aus-

genommen etwa als stärkere Feinde oder Freunde —
nichts bedeuten, findet in der Menschenwelt eine beständige Einwirkung bevorzugter Individuen statt.

D o r t bleibt die Spezies relativ unverändert; Bastarde sterben aus oder sind von Anfang an unfruchtbar. Im g e s c h i c h t l i c h e n Leben ist alles voll Bastardtum, als gehörte dasselbe wesentlich mit zur Befruchtung für größere geistige Prozesse. Das Wesen der Geschichte ist die Wandlung.

In der Natur erfolgt der Untergang nur durch äußere Gründe: Erdkatastrophen, klimatische Katastrophen, Überwucherung schwächerer Spezies durch frechere, edlerer durch gemeinere. In der Geschichte wird er stets vorbereitet durch innere Abnahme, durch Ausleben. Dann erst kann ein äußerer Anstoß allem ein Ende machen.

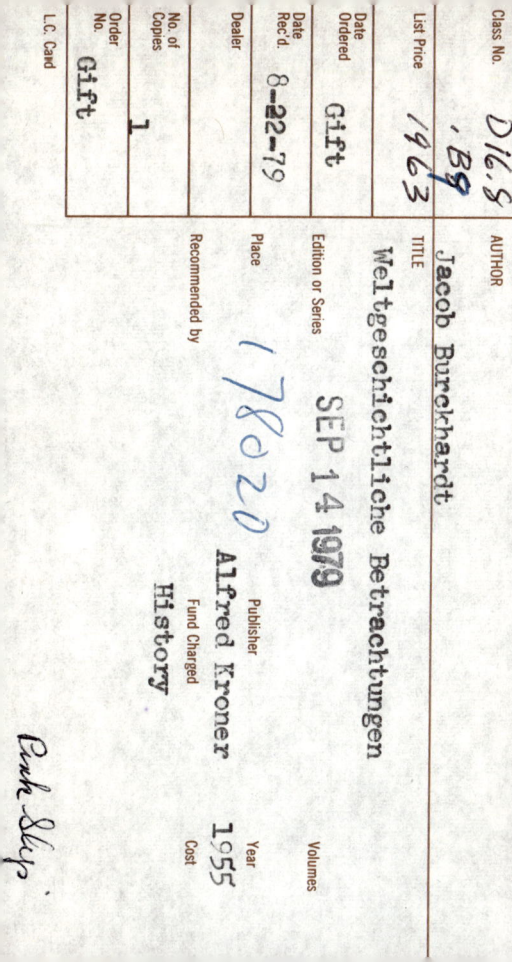

Class No.	D16.8 .B9
List Price	1963
Date Ordered	Gift
Date Rec'd	8-22-79
Dealer	
No. of Copies	1
Order No.	Gift
L.C. Card	

AUTHOR	Jacob Burckhardt
TITLE	Weltgeschichtliche Betrachtungen
Edition or Series	
Place	
Recommended by	
Publisher	Alfred Kroner
Fund Charged	History
Volumes	
Year	1955
Cost	

SEP 14 1979

178020

ZWEITES KAPITEL
VON DEN DREI POTENZEN

Staat, Religion und Kultur in ihrem Verhältnis
zueinander – Der Staat – Die Religion – Die
Kultur – Zur geschichtlichen Betrachtung der
Poesie – Zur geschichtlichen Betrachtung der
bildenden Kunst

Unser Thema werden Staat, Religion und Kultur in ihrem gegenseitigen Verhältnisse sein. Hiebei sind wir uns der Willkür unserer Trennung in diese drei Potenzen wohl bewußt. Es ist, als nähme man aus einem Bilde eine Anzahl von Figuren heraus und ließe den Rest stehen. Auch soll die Trennung bloß dazu dienen, uns eine Anschauung zu ermöglichen, und ohnehin m u ß ja freilich jede fachweise trennende Geschichtsbetrachtung so verfahren (wobei die Fachforschung jedesmal i h r Fach für das wesentlichste hält).

Die drei Potenzen sind unter sich höchst heterogen und nicht koordinierbar, und ließe man auch die beiden stabilen: Staat und Religion, in einer Reihe gehen, so wäre doch die Kultur etwas wesentlich anderes.

Staat und Religion, die der Ausdruck des politischen und des metaphysischen Bedürfnisses sind, beanspruchen wenigstens für das betreffende Volk, ja für die Welt, die universale Geltung.

Die dem materiellen und dem geistigen Bedürfnis im engeren Sinn entsprechende Kultur aber ist für uns hier: der Inbegriff alles dessen, was zur Förderung des materiellen und als Ausdruck des geistig-sittlichen Lebens s p o n t a n zustande gekommen ist, alle Geselligkeit, alle Techniken, Künste, Dichtungen und Wissenschaften. Sie ist die Welt des Beweglichen, Freien, nicht notwendig Universalen, desjenigen, was keine Zwangsgeltung in Anspruch nimmt.

Eine unnütze Prioritätsfrage könnte zwischen den dreien aufgeworfen werden; wir sind hier davon wie von aller Spekulation über die Anfänge dispensiert.

Unser Hauptgegenstand wird zunächst ihre kurze Charakteristik und alsdann die Erörterung ihrer gegenseitigen Einwirkung aufeinander sein.

Bisweilen scheinen sie sogar in der Funktion abzuwechseln; es gibt vorzugsweise politische und vorzugsweise religiöse Zeiten oder wenigstens Momente und endlich Zeiten, die vorzugsweise den großen Kulturzwecken zu leben scheinen.

Ferner wechselt ihr Bedingen und Bedingtsein oft in raschem Umschlag; oft täuscht sich der Blick noch lange darüber, welche die aktive und welche die passive ist.

Und jedenfalls existiert in Zeiten hoher Kultur immer alles auf allen Stufen des Bedingens und der Bedingtheit gleichzeitig, zumal, wenn das Erbe vieler Epochen schichtweise übereinander liegt.

1. DER STAAT

Eitel sind alle unsere Konstruktionen von Anfang und Ursprung des Staates, und deshalb werden wir uns hier über diese Primordien nicht wie die Geschichtsphilosophen den Kopf zerbrechen. Nur so viel Licht, daß man sehe, was für ein Abgrund vor uns liegt, sollen die Fragen geben: Wie wird ein Volk zum Volk? und wie zum Staat? Welches sind die Geburtskrisen? Wo liegt die Grenze der politischen Entwicklung, von welcher an wir von einem Staat sprechen können?

Absurd ist die Kontrakthypothese für den zu errichtenden Staat, die bei Rousseau auch nur als ideale hypothetische Aushilfe gemeint ist, indem er nicht zeigen will, wie es gewesen sei, sondern wie es nach ihm sein sollte. Noch kein Staat ist durch einen wahren, d. h. von allen Seiten freiwilligen Kontrakt (inter volentes) entstanden; denn Abtretungen und Ausgleichungen wie die zwischen zitternden Romanen und siegreichen Germanen sind keine echten Kontrakte. Darum wird auch künftig keiner so entstehen. Und wenn einer so entstände, so wäre es eine schwache Schöpfung, weil man beständig um die Grundlagen rechten könnte

Dunkelheit seiner Anfänge

Die Überlieferung, welche Volk und Staat nicht unterscheidet, bleibt gerne bei der Idee von der Abstammung stehen: das Volk kennt Namensheroen und zum Teil eponyme Archegeten als mythische Repräsentanten seiner Einheit[1], oder es hat eine dunkle Kunde bald von einer Urvielheit (die ägyptischen Nomen), bald von einer Ureinheit, die sich später getrennt habe (der Turm von Babel). Aber alle diese Kunde ist kurz und mythisch.

Was für Kunde geht etwa aus dem Nationalcharakter in betreff der Anfänge des Staates hervor? Jedenfalls nur eine sehr bedingte, da er nur in einer unbestimmbaren Quote aus ursprünglicher Anlage besteht, sonst aber aus aufsummierter Vergangenheit, als Konsequenz von Erlebnissen, also zum Teil erst durch die nachherigen Schicksale des Staates und Volkes entstanden ist[2].

Oft widerspricht sich die Physiognomie und das politische Schicksal eines Volkes total durch späte Verschiebung und Vergewaltigung.

Ferner kann der Staat zwar um so viel mächtiger sein, je homogener er einem ganzen Volkstum entspricht; aber er entspricht einem solchen nicht leicht, sondern einem tonangebenden Bestandteil, einer besonderen Gegend, einem besondern Stamm, einer besondern sozialen Schicht.

Oder hätte das Rechtsbedürfnis allein schon den Staat geschaffen? Ach, das hätte noch lange warten müssen! Etwa bis die Gewalt sich selber solange gereinigt hätte, daß sie zu ihrem eigenen Vorteil, und um das Ihrige sicher zu genießen, auch andere aus der Verzweiflung zur Ruhe zu bringen für gut fände. Auch dieser einladenden optimistischen Ansicht, wonach die Gesellschaft das Prius und der Staat zu ihrem Schutze entstanden wäre, als ihre negative, abwehrende, verteidigende Seite, so daß er und das Strafrecht identischen Ursprung hätten, können wir also nicht beitreten. Die Menschen sind ganz anders.

Welches waren die frühesten Notformen des Staates? Wir möchten dies z. B. gerne für die Pfahlbauleute wissen.

---

[1] Vgl. Lasaulx, S. 18 und 40 bis 42.
[2] Über die Sprache als eine höchst wichtige Offenbarung der Völkergeister vgl. den Abschnitt über die Kultur S. 57 f.

Aber die Verweisung auf Neger und Rothäute hilft nicht, so wenig als die auf die Negerreligion bei der Religionsfrage; denn die weiße und gelbe Rasse sind gewiß von Anfang an anders verfahren, die dunkeln können für sie nicht maßgebend sein.

Etwas wesentlich anderes sind ferner die Tierstaaten, bei weitem vollkommener als die Menschenstaaten, aber unfrei. Die einzelne Ameise funktioniert nur als Teil des Ameisenstaates, welcher als ein Leib aufzufassen ist. Das Ganze, was da vorgeht, ist dem einzelnen Individuum ganz unverhältnismäßig überlegen, ein Leben in vielen Atomen; schon die höheren Tierklassen aber leben bloß als Familie, höchstens als Rudel. Nur der Menschenstaat ist eine Gesellschaft, d. h. eine irgendwie freie, auf bewußter Gegenseitigkeit beruhende Vereinigung.

So ist denn nur zweierlei wahrscheinlich: a) die Gewalt ist wohl immer das Prius. Um ihren Ursprung sind wir nie verlegen, weil sie durch die Ungleichheit der menschlichen Anlagen von selbst entsteht. Oft mag der Staat nichts weiter gewesen sein als ihre Systematisierung. Oder b) wir ahnen sonst einen höchst gewaltsamen Prozeß, zumal der Mischung. Ein Blitzstrahl schmilzt mehreres zu einem neuen Metall zusammen, etwa zwei stärkere und ein schwächeres oder umgekehrt. So dürften sich zum Zweck einer Eroberung oder bei Anlaß einer solchen die drei Dorierphylen und die drei Gotenstämme zusammengetan haben[1]. Eine schreckliche Gewalt, an die sich das Vorhandene ansetzte, und die dann zur Kraft wurde, sind auch die Normannen in Unteritalien.

Von den furchtbaren Krisen bei der Entstehung des Staates, von dem, was er ursprünglich gekostet hat, klingt noch etwas nach in dem enormen, absoluten Vorrecht, das man ihm von jeher gewährt hat.

Dies erscheint uns wie eine aprioristische Selbstverständlichkeit, während es wohl zum Teil verhüllte Überlieferung ist, wie dies noch von manchem gilt; denn viele

---

[1] Lasaulx, S. 41 ff., denkt bei diesen Dreiheiten an Einteilungen; uns scheint es sich z. B. bei den Doriern viel eher um eine Vereinigung zu handeln.

Überlieferung geht unausgesprochen, durch die bloße Zeugung, von Geschlecht zu Geschlecht; wir können dergleichen nicht mehr ausscheiden.
Ist die Krisis eine Eroberung gewesen, so ist der früheste Inhalt des Staates, seine Haltung, seine Aufgabe, ja, sein Pathos wesentlich die Knechtung der Unterworfenen[1].

In den frühesten Bildern vom Staate braucht das älteste Überlieferte nicht gerade das Altertümlichste zu sein. Wüstenvölker, auch von hoher Rasse, von denen das einzelne Individuum, sobald es in eine andere Umgebung kommt, sogleich in das moderne Leben hineinwächst, behaupten bis in unsere Tage hinein einen sehr urtümlichen Zustand: den patriarchalischen, während die ältesten erhaltenen Staatsbilder (Inder vor der Gangeszeit, Juden, Ägypter) schon einen höchst abgeleiteten Zustand geben, der die Zeiten der Zähmung der Natur, d. h. Jahrtausende hinter sich hat. Alles erscheint hier schon durch Reflexion hindurchgegangen, zum Teil in später Redaktion, und im heiligen Recht dieser Völker (Manu, Moses, Zendavesta) ist gewiß schon vieles aufgezeichnet, wonach man leben sollte, aber bereits nicht mehr lebte. Während also das Ägypten des Menes (ca. 4000 v. Chr.) erst beginnt, nachdem der patriarchalische Zustand längst überwunden ist, dauert er hart daneben, in Arabien, bis auf den heutigen Tag.

Das Altertum begnügte sich mit der Betrachtung der drei aristotelischen Verfassungsformen und ihrer ausgearteten Nebenformen[2]. Aber die wirkliche Stufenreihe ist viel ungeheurer und geht nicht in diese Einteilung hinein. Etwas ganz Besonderes ist z. B. das Königtum im Mittelalter, indem es 1. streng erblich ist und Thronwechseln und Usurpationen nur selten unterliegt, 2. ein persönliches Recht und Eigentum, das Gegenteil aller Volkssouveränität ist, so daß das Volk auf keine Weise als

[1] Man vgl. das Skolion des Kreters Hybreas bei Th. Bergk, Anthol. lyr., S. 531.
[2] Deren vorgeblicher Kreislauf, L a s a u l x , S. 105 f.

Quelle der Macht erscheint, 3. Einzelrechte ausstellt, deren Beobachtung man von ihm durch Fehde und durch Verweigerung der Steuern und des Kriegsdienstes erzwingen kann, 4. einen sehr beschränkten Kreis der Tätigkeit hat, indem es von Kirche, Universitäten, Orden, Städten, Korporationen rings umgeben ist, welche lauter Republiken und durch Privilegien und Statuten gedeckt sind, 5. ein unauslöschliches, nicht einschlafendes, selbst im größten Elend nicht sterbendes Königsrecht besitzt. — Auch von den Weltmonarchien, von den „Vereinigten Staaten", von den verschiedenen Formen der Eroberung, d. h. der wirklichen mit Assimilation oder Verdrängung der Einwohner, und der unechten mit deren bloß oberflächlicher Beherrschung, vom Kolonialbesitz und dem Unterschied zwischen bloßer Kontorherrschaft und echtem Kolonialwesen, sowie vom Gesetz der Emanzipation der Kolonien wäre hier zu sprechen.

Je nach der Uranlage und den späteren Erlebnissen und je nach der Einwirkung von Religion und Kultur sind eben die Staaten enorm verschieden, daher bei Anlaß der beiden letztern Einwirkungen von diesen Dingen zu reden sein wird. Hier möge nur der Gegensatz des Großstaates und des Kleinstaates und deren Verhältnis zur innern Beschaffenheit berührt werden.

Der Großstaat ist in der Geschichte vorhanden zur Erreichung großer äußerer Zwecke, zur Festhaltung und Sicherung gewisser Kulturen, die sonst untergingen, zur Vorwärtsbringung passiver Teile der Bevölkerung, welche, als Kleinstaat sich selbst überlassen, verkümmern würden, zur ruhigen Ausbildung großer kollektiver Kräfte.

Der Kleinstaat ist vorhanden, damit ein Fleck auf der Welt sei, wo die größtmögliche Quote der Staatsangehörigen Bürger im vollen Sinne sind, ein Ziel, wobei die griechischen Poleis in ihrer bessern Zeit trotz ihres Sklavenwesens in großem Vorsprung gegen allen jetzigen Republiken bleiben. Kleine Monarchien haben sich diesem Zustand möglichst zu nähern; kleine Tyrannien, wie die des Altertums und der italienischen Renaissance, sind die unsicherste Staatsform und haben die beständige Neigung, in einem größeren Ganzen aufzugehen. Denn der Kleinstaat hat überhaupt nichts als die wirkliche tatsächliche Freiheit, wodurch er die gewaltigen Vorteile des Großstaates, selbst dessen Macht, ideal völlig aufwiegt; jede Ausartung in die Despotie entzieht ihm seinen Boden, auch die in die Despotie von unten, trotz allem Lärm, womit er sich dabei umgibt.

Welches auch der Ursprung eines Staates („der politischen Zusammenfassung eines Volkstums") sei, er wird seine Lebensfähigkeit nur beweisen, wenn er sich aus Gewalt in Kraft verwandelt[1].
Zwar, solange das äußere Wachstum dauert, strebt jede Macht nach völliger Ausrundung und Vollendung nach innen und außen und hält kein Recht der Schwächeren für gültig.
Völker und Dynastien handeln hier ganz gleich, nur daß bei jenen mehr Massengelüste, bei diesen mehr die Staatsräson entscheidet. Es ist nicht bloße Eroberungssucht, sondern eine sogenannte Notwendigkeit, für die das Reich der Karolinger als Beispiel dienen könnte[2].
Abgesehen davon, was die Macht nach innen tut, wie der Aufhebung aller übernommenen Spezialrechte, und der Ausdehnung des Machtbegriffes auf alles und jedes, angeblich im Interesse des Allgemeinen, bis zur letzten Konsequenz des l'état c'est moi, stellt sich ihr Tun nach außen in seiner naivsten Gestalt in den alten Weltmonarchien dar, wo man erobert und knechtet und plündert und brandschatzt, so weit und breit als man kann, und gefolgt von Beute und Sklaven in Theben oder Ninive mit Triumph einfährt und beim Volk als gottgeliebter König gilt, — bis eine stärkere neue Weltmonarchie entsteht. Im neueren Europa aber wechseln Zeiten längerer Ruhe mit Zeiten territorialer Krisen, weil an

---

[1] Man möge hier wieder an die Normannen in Unteritalien denken.
[2] Ein anderes Mal möge hier der Versuch eines Code dieses sogenannten Völkerrechtes gemacht werden, wobei man „ein Vaterunser beten und darauf losgehn muß", wie Niebuhr sagt.

irgendeiner Stelle das sogenannte Gleichgewicht (das gar nie existiert hat) gestört worden ist.

Und nun zeigt es sich — man denke dabei an Louis XIV., an Napoleon und an die revolutionären Volksregierungen —, daß die Macht an sich böse ist (Schlosser), daß ohne Rücksicht auf irgendeine Religion das Recht des Egoismus, das man dem einzelnen abspricht, dem Staate zugesprochen wird. Schwächere Nachbarn werden unterworfen und einverleibt oder irgendwie sonst abhängig gemacht, nicht, damit sie selbst nicht mehr feindlich auftreten, denn das ist die geringste Sorge, sondern damit sie nicht ein anderer nehme oder sich ihrer politisch bediene; man knechtet den möglichen politischen Verbündeten eines Feindes. Und auf dieser Bahn angelangt, ist dann kein Anhaltens mehr; alles wird exkusabel, denn „mit der bloßen Beschaulichkeit wäre man zu nichts gelangt, sondern frühe von andern Bösewichtern gefressen worden," und „die andern machen's auch so."

Das Nächste ist, daß dergleichen im Vorrat geschieht, ohne irgendeinen besondern Anlaß, nach dem Grundsatz: „Nehmen wir es zur rechten Zeit, so sparen wir einen künftigen gefährlichen Krieg." Endlich bildet sich ein permanentes Gelüste des Arrondierens; man nimmt, was einem gelegen liegt und was man erwischen kann, namentlich „unentbehrliche" Küstenstriche, und benützt dabei alle Schwächen, innern Krankheiten und Feinde des Schlachtopfers; der Grad der Wünschbarkeit namentlich des Zusammenlegens kleinerer Gebiete, die Aussicht auf Vervierfachung des Wertes bei bloßer Verdoppelung des Gebietes usw. wird unwiderstehlich; vielleicht wünschen die betreffenden Bevölkerungen selbst, zumal Kleinstaaten ohne Freiheit, eine Reunion, weil ihnen dabei Erweiterung von Zollgebiet und Industriezone in Aussicht steht, der modernen künstlichen Schmerzensschreie usw. zu geschweigen.

Missetaten müssen womöglich naiv geschehen; denn gräßlich ist die ästhetische Wirkung der Rechtsdeduktionen und der Rekriminationen von beiden Seiten. Man schämt sich nämlich der heißersehnten und mit allen Verbrechen erreichten Macht, da das Recht noch immer einen Zauberklang hat, den man bei den Menschen nicht entbehren will. So kommt man zu einer Sophistik, wie sie z. B. Friedrich II. beim ersten schlesischen Kriege sich gestattete, und zu der sauberen Lehre von den „unberechtigten Existenzen".

Die spätere wirklich erreichte Amalgamierung des Geraubten ist keine sittliche Lossprechung des Räubers, wie überhaupt nichts gutes Folgendes ein böses Vorangegangenes entschuldigt.

Auch auf das Schrecklichste, was geschehen, muß ja die Menschheit sich wieder einrichten, ihre noch heilen Kräfte herbeibringen und weiterbauen.

Auch der auf lauter Fluch errichtete Staat wird gezwungen, mit der Zeit eine Art von Recht und Gesittung zu entwickeln, weil sich die Gerechten und Gesitteten seiner allmählich zu bemächtigen wissen.

Endlich kommt noch die große indirekte Exkuse: daß, ohne Vorauswissen des Täters, durch seine Tat große, einstweilen fernliegende weltgeschichtliche Zwecke gefördert werden.

So räsonnieren besonders Späterlebende, die ihren zeitlichen Vorteil auf das seither Gewordene gegründet wissen. Aber es erheben sich die Gegenfragen: Was wissen wir von Zwecken? Und, wenn solche existierten, konnten sie nicht auch auf anderm Wege erreicht werden? Und ist die Erschütterung der allgemeinen Sittlichkeit durch das gelungene Verbrechen so gar nichts?

Eines wird immerhin von den meisten zugegeben: das Königsrecht der Kultur zur Eroberung und Knechtung der Barbarei, welche nun blutige innere Kämpfe und scheußliche Gebräuche aufgeben und sich den allgemeinen sittlichen Normen des Kulturstaates fügen müsse. Vor allem darf man der Barbarei ihre Gefährlichkeit, ihre mögliche Angriffskraft benehmen. Fraglich aber ist, ob man sie wirklich innerlich zivilisiert, was aus den Nachkommen von Herrschern und von überwundenen Barbaren, zumal anderer Rassen, gutes kommt, ob nicht ihr Zurückweichen und Aussterben (wie in Amerika) wünschbarer ist, ob dann der zivilisierte Mensch auf dem fremden Boden überall gedeiht. Jedenfalls darf man nicht in den Mitteln der Unterwerfung und Bändigung die bisherige Barbarei selber überbieten.

Was den Staat nach innen betrifft, so ist er nicht entstanden durch Abdikation der individuellen Egoismen, sondern er ist diese Abdikation, er ist ihre Ausgleichung, so daß möglichst viele Interessen und Egoismen dauernd ihre Rechnung dabei finden und zuletzt ihr Dasein mit dem seinigen völlig verflechten.

Das Höchste, wozu er es bringt, ist dann das Pflichtgefühl der Bessern, der Patriotismus, der auf seinen beiden Stufen, nämlich der der primitiven und der der abgeleiteten Kulturen, im Volke mehr unwillkürlich als hohe Rassetugend erscheint, teilweise gespeist vom Hasse gegen die, welche nicht wir sind, in den gebildeten Geistern aber als Bedürfnis der Hingebung an ein Allgemeines, der Erhebung über die Selbstsucht des einzelnen und der Familie, soweit dies Bedürfnis nicht von der Religion und von der Gesellschaft absorbiert wird.

Es ist eine Ausartung und philosophisch-bureaukratische Überhebung, wenn der Staat direkt das Sittliche verwirklichen will, was nur die Gesellschaft kann und darf.

Wohl ist der Staat die „Standarte des Rechts und des Guten," welche irgendwo aufgerichtet sein muß, aber nicht mehr[1]. Die „Verwirklichung des Sittlichen auf Erden" durch den Staat müßte tausendmal scheitern an der innern Unzulänglichkeit der Menschennatur überhaupt und auch der der Besten insbesondere. Das Sittliche hat ein wesentlich anderes Forum als den Staat; es ist schon enorm viel, daß dieser das konventionelle Recht aufrecht hält. Er wird am ehesten gesund bleiben, wenn er sich seiner Natur (vielleicht sogar seines wesentlichen Ursprungs) als Notinstitut bewußt bleibt.

[1] Was die sozialen Machtprogramme betrifft, welche man dem Staate zumutet, und überhaupt wegen der ganzen jetzigen Gärung des Staatsbegriffs unter dem Einfluß der Kultur, verweisen wir auf den Abschnitt vom Staate in seiner Bedingtheit durch die Kultur.

Die Wohltat des Staates besteht darin, daß er der Hort des Rechtes ist. Die einzelnen Individuen haben über sich Gesetze und mit Zwangsrecht ausgerüstete Richter, welche sowohl die zwischen Individuen eingegangenen Privatverpflichtungen als auch die allgemeinen Notwendigkeiten schützen, — weit weniger durch die wirklich ausgeübte Gewalt als durch die heilsame Furcht vor ihr. Die Sekurität, deren das Leben bedarf, besteht in der Zuversicht, daß dies auch in Zukunft geschehen werde, d. h. daß man nie mehr nötig haben werde, innerhalb des Staates, solange derselbe überhaupt besteht, gegeneinander zu den Waffen zu greifen. Jeder weiß, daß er mit Gewalt weder Habe noch Macht vermehren, sondern nur seinen Untergang beschleunigen wird.

Der Staat hat weiter zu verhindern, daß sich die verschiedenen Auffassungen des „bürgerlichen Lebens" an den Haaren nehmen. Er soll über den Parteien stehen; freilich sucht jede Partei sich seiner zu bemächtigen, sich für das Allgemeine auszugeben.

Endlich: in späten, gemischten Staatsbildungen, welche Schichten von verschiedenen, ja entgegengesetzten Religionen und religiösen Auffassungen beherbergen (und in letzterem Sinn sind jetzt alle Kulturstaaten paritätisch), sorgt der Staat wenigstens dafür, daß nicht nur die Egoismen, sondern auch die verschiedenen Metaphysiken einander nicht aufs Blut befehden dürfen (was noch heute ohne den Staat unvermeidlich geschehen würde, denn die Hitzigsten würden anfangen und die andern nachfolgen).

2. DIE RELIGION

Die Religionen sind der Ausdruck des ewigen und unzerstörbaren metaphysischen Bedürfnisses der Menschennatur.

Ihre Größe ist, daß sie die ganze übersinnliche Ergänzung des Menschen, alles das, was er sich nicht selber geben kann, repräsentieren. Zugleich sind sie der Reflex ganzer Völker und Kulturepochen in ein großes Anderes hinein

oder: der Abdruck und Kontur, welchen diese ins Unendliche hineinziehen und bilden.
Dieser aber ist, obwohl sich für stabil und ewig haltend,
wandelbar, er ist es partiell oder ganz, allmählich oder
plötzlich.
Unmöglich ist es zu vergleichen, welcher Prozeß der
größere gewesen: die Entstehung des Staates oder die
einer Religion.
Des betrachtenden Geistes aber bemächtigt sich eine
Doppelempfindung: neben dem Betrachten, Vergleichen
und Zersetzen hat er das Mitgefühl der Größe und nimmt
das riesige Bild einer Sache auf, die in ihrem Entstehen
vielleicht individuell war und in ihrer Ausbreitung welt-
groß, universell, säkulär wurde. Wir haben hier den höchsten Gegenstand für das Studium der Herrschaft eines Allgemeinen über unzählige Geister bis zur völligen Verachtung alles Irdischen bei sich und andern, d. h. bis zum
Selbstmord durch Askese und bis zum Martyrium, das man
mit Freuden aufsucht, aber auch über andere verhängt.
Freilich sind die metaphysischen Anlagen und Schicksale
der Völker überaus verschieden. Gleich ausgeschieden
mögen hier die Religionen der geringern Rassen, die der
Negervölker usw., der Wilden und Halbwilden werden.
Sie sind für die Primordien des Geistigen noch weniger
maßgebend als der Negerstaat für die Anfänge des Staates
überhaupt. Denn diese Völker sind von Anfang an die
Beute einer ewigen Angst; ihre Religionen gewähren uns
nicht einmal einen Maßstab für die Anfänge der Entbindung des Geistigen, weil der Geist dort überhaupt nie
zu spontaner Entbindung bestimmt ist.
Aber auch bei höhern Kulturvölkern findet sich dem Inhalt nach eine große Stufenreihe von der Verehrung von
Reichsgöttern, die in öder Weise Eroberten aufgezwungen
worden sind, vom Orgiasmus und Bacchantentum und
ähnlichen Formen unfreier Besessenheit vom Gotte bis zu
der reinsten Gottesverehrung und Kindschaft unter einem
himmlischen Vater.
Ebenso groß ist die Stufenreihe im Verhältnis der Religionen zur Sittlichkeit. Man darf aus ihnen noch nicht

auf die religiös-sittliche Anlage der betreffenden Völker
schließen. Bei den Griechen z. B. war die Sittlichkeit von
der Religion wesentlich unabhängig und hing jedenfalls
enger mit der idealen Auffassung des Staates zusammen.
Auch halte man Völker, die es nicht über eine Naturreligion „hinausbrachten", deshalb noch nicht für geistig
oder sittlich geringer angelegt; es war ein Schicksal, daß
sich bei ihnen die Religion auf einem sehr naiven Stadium
ihrer Geschichte fixierte und daß später dann nicht mehr
dagegen aufzukommen war. Denn der Moment der Fixierung ist bei der Religion wie beim Staatswesen von
entscheidender Wichtigkeit und unabhängig vom Wollen
oder Laufen der Völker[1].

Was die Entstehung der Religion betrifft, so scheint eine
große Unmöglichkeit obzuschweben, uns die primitive
Entbindung des Geistigen überhaupt vorzustellen; denn
wir sind später abgeleitete Leute. Gegen das primus in
orbe deos fecit timor wendet sich Renan[2], indem er ausführt, daß, wenn die Religionen bloß durch Berechnung
des Schreckens entstanden wären, der Mensch nicht in
seinen erhöhten Momenten religiös sein würde; sie seien
auch nicht, wie die italienischen Sophisten des 16. Jahrhunderts glaubten, durch die Einfältigen und Schwachen
erfunden, sonst wären nicht die edelsten Naturen die religiösesten; vielmehr sei die Religion eine Schöpfung des
normalen Menschen. So richtig dies ist, gibt es doch
Religion der Bangigkeit genug. Wir finden bei den Urvölkern einen teils verehrenden, teils erschrockenen Kult
von Naturgegenständen, Naturkräften und Naturerscheinungen, sodann den Kult der Ahnen und den Kult von
Fetischen, wobei der Mensch das Gefühl seiner Abhängigkeit in einen einzelnen, ihm individuell gehörenden Ge-

---

[1] Einzelne Völker haben es freilich vermocht de remettre dans le
creuset leurs idées religieuses (Quinet); so in sehr früher Zeit die
Inder und das Zendvolk, welche ihren früheren (gemeinsamen?)
Polytheismus umstülpten (und zwar offiziell) zur Brahmareligion
und zum Dualismus.
[2] Questions contemp. S. 416.

genstand legt. Diese Religionen entsprechen zum Teil unheimlichen Kinderträumen, deren Schreckgestalten versöhnt werden, zum Teil dem Staunen vor den Himmelslichtern und Elementen; sie sind bei den Nationen, die noch keiner Literatur fähig sind, die bisweilen einzige Urkunde des Geistes.

Richtiger als die Annahme eines ursprünglichen Gottesbewußtseins ist jedenfalls die eines langen, unbewußten metaphysischen Bedürfnisses. Ein großer oder schrecklicher Moment oder ein zum Religionsstifter begabter Mensch bringt dies zum Bewußtsein; das, was in den begabteren Stammesgenossen ohnehin schon verhüllt lebt, findet seinen Ausdruck; der Prozeß kann sich bei Neumischung und Trennung der Völker wiederholen.

Entscheidend ist jedenfalls das Gefühl der Abhängigkeit von einem Gewaltigeren, das Bangen mitten im Gefühl der subjektiven Kraft und Gewalttat.

Da nun der Anlässe zum Schrecken, d. h. zur Versöhnung des Furchtbaren viele sind, so hat die stärkste Präsumption der Priorität der Polytheismus für sich[1]; jene Einheit des primitiven Gottesbewußtseins ist nichts als ein Traum.

Das Urgefühl des Bangens war vielleicht ein großartiges; denn sein Objekt war das Unendliche; dagegen gewährte der Beginn der Religion eine Begrenzung, Verkleinerung, Definition, welche etwas sehr Wohltuendes haben mochte, man glaubte vielleicht plötzlich zu wissen, wie man dran sei. Die Angst mochte sich dann im Fetisch- und Dämonendienst ihren neuen Winkel suchen.

Wie weit sind die Religionen gestiftet? Jedenfalls sind sie wesentlich als die Schöpfungen einzelner Menschen oder einzelner Momente, d. h. eben der Fixierungsmomente ruckweise, strahlenweise entstanden[2]. Ein Teil der Menschen hält mit, weil der Stifter oder das Ereignis gerade den Punkt des metaphysischen Bedürfnisses getroffen hat, der in den lebendigsten Menschen empfunden wird, die

[1] Vgl. S t r a u ß, der alte und der neue Glaube, S. 95 ff. u. bes. 101 ff.
[2] Ein deutliches Zeichen einmaliger Stiftung und ohne solche gar nicht denkbar ist z. B. das Aufkommen von zwölf Zodiakalgöttern.

große Masse hält mit, weil sie nicht widerstehen kann, und weil alles Bestimmte ein Königsrecht hat gegenüber dem Dumpfen, Unsicheren und Anarchischen. Diese Massen hangen freilich hernach auch am festesten und mühelosesten an der äußeren Form und den Begehungen der betreffenden Religion und halten sie (sintemal ihnen der Kern jeder Religion unzugänglich bleibt) aufrecht, bis eine stärkere Macht, welche genugsam Schale gewonnen hat, so daß sie sich nun hieran halten können, sie auch äußerlich umstößt, worauf sie sich dieser anschließen.
A l l m ä h l i c h können die Religionen n i c h t wohl e n t s t a n d e n sein; sonst besäßen sie den siegreichen Glanz ihrer Blütezeit nicht, welcher der Reflex eines großen einmaligen Momentes ist. Die uns historisch bekannten nennen ihre Stifter oder Erneuerer (d. h. Lenker großer Krisen), und selbst die teilweisen Naturreligionen und polytheistischen Religionen können durch bloßes späteres Zusammenschmelzen früher entstandener, einmal gestifteter Kulte entstanden sein. Es waren teils plötzliche, teils allmähliche Wandlungen und Reunionen, aber kein allmähliches Entstehen.
Bisweilen verflicht sich ihr Entstehen mit dem eines Staates; ja die Religion gründet den Staat (Tempelstaaten). Ob sie sich ihm erst später dienstbar macht, und wie sie sich sonst zu ihm verhält, wird später zu erörtern sein.

Welches sind die geeigneten Völker und Kulturstufen? Das metaphysische Bedürfnis haben alle Völker und alle Zeiten und alle halten eine einmal ergriffene Religion fest.
Allein zum ersten Festwurzeln einer Religion, welche über das Gewöhnliche hinausgeht, taugen weniger die Völker des Weltlebens und der Arbeit als die der Kontemplation, die, welche mit weniger Arbeit schon ihr Leben gewinnen, daher auch eine Art von Bildung sehr allgemein sein kann, ohne die Scheidung der jetzigen Zeit in Gebildete und Nichtgebildete; ferner Völker von großer Sobrietät und nervöser Erregbarkeit, bei welchen ein feiner, präziser Geist herrschen kann, ohne dem Wunder, dem Übernatürlichen, den Visionen Eintrag zu tun; bei solchen

Völkern kann auch eine längere Vorbereitung, eine religiöse Schwangerschaft stattfinden. Daß er solche Zustände in concreto kennt und seiner Geschichte des Urchristentums zugrunde legt, darauf beruht R e n a n s große Bedeutung.

Völker des Weltlebens und der Arbeit nehmen wohl die Religion aus den Händen von ekstatisch-kontemplativen Völkern an und erfüllen sie allmählich mit ihrem Geiste. So noch bei der Reformation England und Holland, die keinen originalen Reformator hatten und doch an die Spitze des Protestantismus kamen. Auch Griechen und Römer als Völker des Weltlebens vermochten wenigstens nicht mehr wie die Hindus ihre Religion aus eigener Kraft umzuwälzen, sondern waren ad hoc auf Juden (Christen) angewiesen.

Wir begreifen die großen religiösen Krisen schwer, und daher kommt auch unser ewiger Streit über die spekulativen Ideen in den Religionen. Den einen werden sie immer urtümlich, den andern später hineingetragen erscheinen, ohne daß man sich verständigen kann. Jene werden darin immer Reste einer Urweisheit, ja einer lichteren Jugend des Menschengeschlechts erkennen, die anderen einen mühsamen späteren Erwerb.

Aber trotz unserer geringen Fähigkeit, uns einen Begriff zu machen von dem Zustand von Exaltation bei der Geburt einer Religion und zumal von der völligen Kritiklosigkeit solcher Zeiten und Menschen, ist doch gerade dieser Z u s t a n d, so kurz er dauern mag, für die ganze Zukunft entscheidend; er gibt der betreffenden Religion ihre Farbe und ihre Mythen, — ja bisweilen schon ihre Einrichtungen und ihr Priestertum.

Die späteren „Einrichtungen" einer Religion sind nämlich einzelne Reste oder Nachklänge aus dem Gesamtzustand bei ihrer Entstehung, wie denn z. B. die Klöster der Rest des anfänglichen gemeinsamen Lebens der Urgemeinde sind.

Sodann mag aus Gründern und Zeugen der Entstehung einer Religion durch Ergänzung ein bleibendes Kollegium entstehen, — und hiemit mag zusammentreffen das Bedürfnis einer Korporation für die heiligen Begehungen, mit allmählichem Alleinrecht auf Opfer, Bann usw.

Bei späteren Religionen mag dergleichen noch historisch nachweisbar sein; die alten Religionen dagegen werden uns überliefert als kaum entrollbares Konvolut von Metaphysischem, alten Trümmern früherer geschichtlicher und Kulturüberlieferung, alten Volkserinnerungen aller Art[1], längst als **eins** geschaut von den betreffenden Völkern selbst, ja zum allgemeinen, untrennbaren Sinnbild ihrer Psyche geworden[2].

Die Religionen werden von Lasaulx[3] in die drei folgenden großen Gruppen eingeteilt: a) die pantheistischen Systeme des Orients und die polytheistischen des Occidents, jene mit den Indern, diese mit den Hellenen als höchsten Repräsentanten, b) den Monotheismus der Juden und dessen Nachzügler, den Islam (wobei Lasaulx auch den persischen Dualismus hätte unterbringen müssen), c) die Trinitätslehre, die von Anfang an nicht als nationale, sondern als Weltreligion (wobei sie freilich auch ein Weltreich vorfindet) auftritt. (Dies Auftreten als Weltreligion gilt aber auch vom Buddhismus.)

Dieser Einteilung nach Grundanschauungen und Ursprüngen ließe sich aber mehr als eine andere gegenüberstellen[4], so vor allem eine, welche nicht nur die Religionen zueinander anders gruppiert, sondern auch durch die einzelnen Perioden und Bekennerschichten einer und derselben Religion mitten durchschneidet. Es würden sich hiernach ergeben: a) Religionen, welche ein stark betontes, vergeltendes Jenseits und außerdem etwa noch eine Eschatologie haben, und b) solche, die dies wesentlich oder ganz entbehren, wie die der Griechen, welche

---

[1] Man darf nur die Götter nicht direkt historisch deuten, wie Euhemeros tat.
[2] Hierüber sehr kühn Lasaulx, S. 99.
[3] S. 97 ff.
[4] Dies vollends, je nachdem man die Geltung von Sünde und Buße zum Maßstab nähme oder die aus der Literatur bekannten vorherrschenden Lebensstimmungen der Besten jener Völker, die ein so ganz anderes Bild geben könnten als die offizielle; man könnte so auch auf eine Einteilung in optimistische und pessimistische Religionen kommen.

bei ihrer hellen Einsicht in das Menschliche und in die Grenzen des Individuellen nur ein farbloses Jenseits statuierten und wenig daran dachten, die Eschatologie aber als ein physisches Problem den Philosophen überließen. Diese Philosophen aber hingen zum Teil der dritten Lösung an, nämlich c) der Metempsychose, deren offenes oder verschwiegenes Korrelat die Ewigkeit der Welt ist. Dies ist der große Glaube der Inder, der u. a. in der Albigenserlehre in das Abendland einzudringen versucht; Buddha aber will d) die Menschen auch von dieser Art des Weiterlebens durch Nirwana erlösen.

Höchst merkwürdig ist das ungemein starke Zusammenstimmen in der Grundidee des Weltuntergangs bei Christen und Skandinaven, um so mehr, als die letzteren daneben vom persönlichen Jenseits des einzelnen keinen sonderlichen Gebrauch machen und ihr Walhalla auf gefallene Helden beschränken. Die großartige, umständliche Eschatologie, welche sich bei Otto von Freisingen [1] auf die biblische Lehre vom Antichrist kurz vor dem Weltuntergang oder von der Losgebundenheit Satans nach den tausend Jahren seiner Fesselung aufbaut [2], gibt im ganzen die Ansichten des christlichen Mittelalters über diese Dinge. Nach der skandinavischen Tradition [3] sind es drei Jahre der äußersten sittlichen Verderbnis, welche den großen Erdkatastrophen vorangehen. Diese Verfinsterung der sittlichen Mächte ist die Verfinsterung der Götter, Ragnarök, mit welchem Worte also nicht die Folge, sondern die Ursache des Untergangs der Welt bezeichnet wird. Die Götter, und die von ihnen in Walhalla gesammelten Helden, fallen dabei im Kampfe gegen die Mächte der Nacht, und es erfolgt der Weltbrand, worauf freilich endlich die neugeborene Welt mit einem neuen, ungenannten obersten Gotte und dazu auch ein verjüngtes Menschengeschlecht kommt. Zwischen beiden Vorstellungen steht der Muspilli, wo Elias mit dem Antichrist streitet,

---

[1] Chron. I. VIII.
[2] Apokal. 20. Aus Paulus bezog man hierauf II. Thessal. 2, 3 ὁ ἄνθρωπος τῆς ἁμαρτίας, ὁ υἱὸς τῆς ἀπωλείας.
[3] Vgl. Simrock, Deutsche Mythol., S. 136 ff.

Eschatologie. Priestermacht

aber, indem er ihn tötet, selbst verwundet wird, und aus seinem Blut, sobald es auf die Erde träuft, sofort der Weltbrand entsteht. Die gemeinsame Anschauung bei Christen und Skandinaven ist: das Ideal weiß gleichsam, daß ihm, auch wenn es sich verwirklicht hat, tödliche Feinde drohen, die stärker sein und ihm den Untergang bringen werden, worauf dann aber bald (nach Cyrill von Jerusalem nach dreiundeinhalbjähriger, auch nach Otto von Freisingen nach zweiundvierzigmonatlicher Herrschaft des Antichrists) die allgemeine Vergeltung folgt. Das Ideal fühlt, daß es zu heilig für diese Welt sei.

Mit diesem stärkeren oder schwächeren Hereinragen der Lehre vom Jenseits und den letzten Dingen hängt bisweilen, obgleich nicht immer[1], die größere oder geringere Ausbildung der Priestermacht zusammen, als welche über die Verbindung mit diesem Jenseits mehr oder weniger zu verfügen hat. Diese mag freilich auch noch andere, diesseitige Quellen und Gründe haben, so die Kraft ihres Rituals zum Götterzwang, die Theurgie, die Leitung von Gottesurteilen zur Ermittelung von Tatbeständen, endlich die Verflechtung von Priestertum und Heilkunde, teils durch das nähere Verhältnis zu den Göttern, teils durch priesterliche Wissenschaft, teils durch die Anschauung, daß Krankheiten Strafen für Begangenes — auch in einem früheren Dasein Begangenes — oder Wirkungen von Dämonen seien, denen der Priester begegnen könne[2]. Von selbst versteht sich schließlich die Macht der Priester von Staats- oder Volksreligionen.

Missionieren werden im ganzen nur Jenseitsreligionen und nicht einmal diese alle, z. B. taten es die Ägypter

---

[1] Die Skandinaven, die freilich neben ihrer großartigen Eschatologie keine Lehre von einer individuellen Fortdauer haben, haben die Hierarchie nicht, die Juden haben sie, trotzdem ihnen die Lehre vom Jenseits fehlt.

[2] Auch Kämpfe zweier Thaumaturgien um ganze Bevölkerungen kommen vor wie der zwischen St. Hilarion und dem Marnaspriester um das Volk in und bei Gaza. Vgl. J. Burckhardt, Konstantin, S. 438.

und Zendleute nicht. Der Eifer des Missionierens ist nicht bloß von der Stärke einer Religion bedingt, denn gerade sehr starke Religionen begnügen sich etwa, das, was nicht ist wie sie, zu verachten, zu vernichten, höchstens zu bemitleiden, — sondern er ist bedingt von ihrem Inhalt und zwar wesentlich von ihrem jenseitigen, denn wegen des Erdenlebens nähme man sich die Mühe nicht und würde auch schwerlich viele Proselyten machen.

Es drängt sich daher die Frage auf, ob das Judentum, als es sich 50 v. Chr. bis 50 n. Chr. im vorderen Orient und im Imperium ausdehnte, nicht etwa eine pharisäische Jenseitslehre in sich hatte[1]. Oder schloß man sich daran auch ohne Mission von seiner Seite? Vertraten irdisch messianische Hoffnungen das Jenseits?

Jedenfalls bezogen sich sämtliche orientalische Mysterienkulte, die im Imperium Eingang fanden, auf das Jenseits. Und das Christentum selbst wirkte bei den Römern wesentlich durch seine Verheißung der seligen Unsterblichkeit.

Ja vielleicht haben überhaupt nur die Jenseitsreligionen, die zugleich dogmatisch stark ausgestattete Religionen sind, diejenigen eifrigen Persönlichkeiten im Vorrat, welche entweder werben oder alles zersprengen müssen. Besonders aus den Proselyten selbst, die vorher heftige Gegner waren, erwachsen die eifrigsten Boten.

Ganz logisch und nur scheinbar paradox rechnen wir hieher auch die Verbreiter des Buddhismus, welcher die orientalische Gestalt des Jenseits, die Seelenwanderung, stille zu stellen verspricht[2].

In vollem Gegensatz aber zu den missionierenden Religionen steht der klassische, besonders der römische Polytheismus, welcher wohl seine Götter in den Westen verbreitet, hauptsächlich aber die Götter anderer Völker in sein Pantheon einlädt. Er ist eine Nationalreligion, welche zur Reichsreligion geworden ist, sich aber dabei stark modifiziert hat.

[1] Vgl. Winer, Bibl. Realwörterb. II, S. 247.
[2] Vgl. Duncker, Gesch. d. Altert. II, 209.

Und hier kommen wir nun auf den Gegensatz der Nationalreligionen und der Weltreligionen, welcher mit dem durch das Verhalten zum Jenseits bedingten Gegensatz teilweise koinzidiert.

Beide geben das Menschlich-Übermenschliche auf ganz verschiedenen Stufen, die einen mit Hülle, die anderen ohne Hülle.

Die Nationalreligionen sind die früheren. Sie sind mit Erinnerungen, Kultur und Geschichte der betreffenden Völker eng verflochten, haben Götter, welche dieses bestimmte Volk oder diesen bestimmten Staat zu schützen oder zu schrecken haben, sind in ihrem Benehmen heroisch und stolz, solange das Volk gedeiht, lassen allenfalls eine allgemeine Hoffnung wie die zu, daß einst alle Völker auf Moriah zur Anbetung Jehovas erscheinen werden, sind aber einstweilen national abgegrenzt, ja durch eine heilige Sprache ebensowohl im Innern gestärkt als nach außen isoliert und einstweilen auch nicht proselytisch; gegen andere sind sie bald, wie wir dies soeben von den Griechen und Römern gesehen haben polytheistisch freundlich, einladend, Affinitäten erkennend, zum Göttertausch geneigt, bald verachtungsvoll, doch mit Ausnahme der Perser nicht verfolgerisch.

Diesen gegenüber stehn die Weltreligionen: Buddhismus, Christentum und Islam. Sie sind spät gekommen; ihr stärkstes Vehikel ist meist ein soziales, indem sie die Aufhebung von Kasten mit sich bringen, und sich als Armenreligionen und Sklavenreligionen, daher an sich auch antinational, geben, während der Islam eine Religion von Siegern ist.

Sie abstrahieren von einer heiligen Sprache und übersetzen ihre Urkunden, ausgenommen der Islam, der seinen Koran arabisch behauptet und die Völker zu einer beschränkten Kenntnis des Arabischen zwingt. Nur eine beschränkte Beibehaltung einer heiligen Sprache ist es, wenn der katholische Kultus mit einem großartigen praktischen Zweck das Lateinische beibehalten hat, und ein vereinzelter Fall ist das merkwürdige Schicksal der koptischen Nationalsprache, die dadurch zur heiligen Sprache geworden ist, daß die Kopten, die jetzt nur noch Arabisch

sprechen und verstehen, die ehemals ins Koptische übersetzten heiligen Schriften und Ritualien in dieser ihnen nun unverständlichen Landessprache beibehalten haben.
Die Weltreligionen sind es, welche die größten historischen Krisen herbeiführen. Sie wissen von Anfang an, daß sie Weltreligionen sind, und wollen es sein.

Enorm verschieden ist die Bedeutung der verschiedenen Religionen im Leben. Vergleichen wir sie zunächst untereinander, so finden wir die einen fast ohne kenntliche Dogmen. Sie haben keine Urkunde gehabt oder sie verloren und die Poesie und Kunst dafür angenommen; sie sind zufrieden mit gelinderer oder strengerer Verehrung und Sühnung der Götter, mit prächtigeren oder mäßigeren Zeremonien; das Leben ist wenig von der Religion bedingt. Philosophie und Aufklärung mögen eine solche Religion frühe zersetzen und ausschwatzen, so daß wir alles erfahren.
Die andern haben Urkunden, einen Priesterstand, einen strengen Ritus bis ins Kleinlichste hinein; ihr Dogmatismus mag sehr künstlich sein, sich rechts in Sekten und links in Philosophie verlaufen, — das Volk erfährt wenig davon und begnügt sich mit der äußeren Schale. Aber sein Leben kann hart und fest in den Kultus eingeschnürt sein, so die Brahminenreligion.
Endlich kommen die großen, wesentlich dogmatischen Weltreligionen, wo das Dogma (nicht, wie dort, der Ritus) die einzelne Seele zu beherrschen verlangt. Die Taxation des Irdischen hat sich hiermit abzufinden wie sie kann.

Viel schwieriger aber ist die Beurteilung des jeweiligen Geltungsgrades einer und derselben Religion nach Zeiten und nach Schichten ihrer Bekenner.
Zeitlich hätte man etwa zu unterscheiden das primäre Stadium des originalen Glaubens oder das naive Stadium, das sekundäre, da der Glaube Tradition geworden, und das tertiäre, da er sich bereits auf sein Altertum beruft und zugleich aufs stärkste mit den nationalen Erinnerungen verflochten, ja stellenweise der nationale Anhalt geworden ist.

Von der schichtweisen Geltung der Religion wäre etwa zu sagen, daß die Religionen der höheren Kulturvölker immer auf diesen drei und auf noch viel mehr Stadien zugleich leben, je nach sozialen Schichten und Kultureinflüssen. Man möge hiebei an den Polytheismus der gebildeten Römer denken oder an das Christentum von heute, das bei den einen hierarchisch-äußerlich, bei andern dogmatisch, bei den dritten fromm-gemütlich, bei vielen zur bloßen Religiosität verinnerlicht oder verblaßt erscheint.

Groß ist hier die Unsicherheit unseres Urteils. Es ist uns z. B. zweifelhaft, inwiefern die byzantinische Religion noch Religiosität gewesen ist, wo neben spitzfindigem dogmatischem Hader der Geistlichen die größte Veräußerlichung in pathetischem Symboldienst und Zeremoniell und eine despotische Entwürdigung des Menschen einhergeht. Und doch darf man auch hier nicht zu früh aburteilen: die besten byzantinischen Eigenschaften sind immer noch in Verbindung mit jener Religion vorhanden gewesen, welche auch jetzt noch verdient, das Salz der dortigen Erde genannt zu werden.

Und nun die Auflösung der Religionen und ihre Gegenwehr. Eine Religion gründet z. B. früh ein heiliges Recht, d. h. sie verschlingt sich enge mit einem ganzen, von ihr garantierten öffentlichen Zustand, oder sie gründet ihre Hierarchie neben den Staaten, aber im politischen Rapport mit ihnen. Diese ihre äußeren Einrichtungen, enge mit allem Materiellen verflochten und auf die Massen und deren Gewöhnung gestützt, können eine solche Religion unendlich lang äußerlich aufrechterhalten, wie alte Bäume, innen ganz morsch, von ihrer Rinde und ihren Blättern leben und noch große Figur damit machen; der Geist aber ist schon lange teilweise daraus gewichen und nur noch nicht im Besitz eines neuen klar bewußten metaphysischen Elementes, auf welches er eine neue, des Kampfes und Sieges fähige Gegenreligion aufbauen könnte.

Was er inzwischen einzelnes aufstellt, heißt dann Häresie und wird als solche verfolgt oder doch exekriert.

Auch die schärfst beaufsichtigten Völker, deren ganzer Gedankenkreis sorgfältig auf die herrschende Religion orientiert schien, fallen bisweilen plötzlich schichtweise der Häresie anheim. Man denke an die unter dem Einfluß des Manichäismus entstandene Häresie der Mazdak im Sassanidenreiche, die staatengründenden Häresien des Islams, die Albigenser des 12. und 13. Jahrhunderts, diese Neumanichäer mit ihrem Seelenwanderungsglauben, der zu der Frage verführen könnte, ob die Metempsychose nicht vielleicht bestimmt sei, noch einmal das Christentum zu durchkreuzen. Jedesmal ist die Häresie ein Zeichen, daß die herrschende Religion dem metaphysischen Bedürfnis, das sie einst geschaffen, nicht mehr genau entspricht.

Sehr verschieden ist nun die Widerstandskraft der Religionen je nach der Schicht oder Macht, welche sie verteidigt. Kleinstaaten, wo die sacra enge mit dem Bürgertum oder Staat verflochten sind, können eine neue Ketzerei oder Religion vielleicht besser abwehren als große Weltreiche mit nivellierter Kultur und allgemeinem Verkehr, welche die Kleinstaaten unterworfen haben, weil dieselben schon müde waren. Solchen ist auch vielleicht schon die Bändigung der Einzelvölker eben darum leichter geworden, weil sie ihnen ihre Religion ließen. Das Christentum wäre durch die Poleis des 5. und 4. Jahrhunderts v. Chr. schwer durchgedrungen; das römische Imperium öffnete ihm alle Pforten und wehrte sich dann nur politisch dagegen.

Und nun hat es zwar sehr leichte, rasche und massenhafte Übergänge von Religion zu Religion gegeben[1]; in Thesi aber verlangen alle Religionen mindestens so ewig zu sein als die sichtbare Welt, und jede hat einen bleibenden menschlichen Gehalt in sich, welcher sie hiezu teilweise berechtigt.

[1] Man denke an das 1. Jahrhundert der Hedschra, aber auch an die Mode des Religionswechsels unmittelbar vor Mohammed.

Ihr Widerstand

Schrecklich sind nun die religiösen Kämpfe, zumal bei den Religionen, wo der Gedanke des Jenseits sehr vorherrscht, oder wo die Sittlichkeit sonst total an die gegebene Religionsform gebunden erscheint, oder wo die Religion sehr stark national geworden ist und in und mit ihr ein Volkstum sich verteidigt. Am schrecklichsten geht es gerade bei den zivilisierten Völkern zu: die Mittel des Angriffs und der Verteidigung haben keine Grenzen; die gewöhnliche Sittlichkeit und das Recht werden dem „höheren Zweck" zu Gefallen völlig suspendiert, Transaktionen und Vermittelungen verabscheut; man kann nur alles oder nichts haben.

Was das Entstehen von Verfolgungen betrifft, so ist zunächst ein Urstadium zu konstatieren in der Bestrafung der Blasphemie: man fürchtet von den Lästerungen eines Gottesfeindes eine Strafe der Gottheit und wünscht ihr deshalb den Betreffenden auszuliefern, um nicht mitleiden zu müssen. Solches kann — man möge an die athenischen Asebieprozesse denken — bei den tolerantesten Polytheismen vorkommen, sobald sie direkt Trotz erfahren.

Hievon wesentlich verschieden ist das Verfahren besonders von Weltreligionen und Jenseitsreligionen.

Diese erwidern nicht bloß geschehene Angriffe, sondern bekämpfen schon das bloße, wenn auch geheime Dasein einer von der ihrigen abweichenden Metaphysik mit den äußersten Mitteln, solange sie können.

Die Zendreligion begehrt zwar nicht zu bekehren, zeigt aber ihren äußersten Haß gegen alles, was nicht Ormuzdlehre ist; Kambyses zerstört die ägyptischen Tempel und tötet den Apis; Xerxes verwüstet die Heiligtümer Griechenlands.

Auch der Islam missioniert nicht oder doch nur zeit- und stellenweise; solange er kann wenigstens, dehnt er sich nicht durch Mission, sondern durch Eroberung aus und findet das Dasein zinsender Giaurs sogar bequem, tötet sie aber durch Verachtung und Mißhandlung und massakriert sie in Wutanfällen auch etwa.

Das Christentum aber verlangt seit dem 4. Jahrhundert, Seele und Gewissen des einzelnen für sich allein zu besitzen, und nimmt, wovon später noch die Rede sein soll, den weltlichen Arm in Anspruch, als verstände sich dies von selbst, gegen Heiden und ganz besonders gegen christliche Ketzer. Dieselbe Religion, deren Sieg ein Triumph des Gewissens über die Gewalt war, operiert nun auf die Gewissen mit Feuer und Schwert los.

Furchtbar ist die Stärke seiner Affirmation. Der Märtyrer wird, wenn er seine Qualen überlebt hat, konsequent Verfolger, nicht sowohl aus Vergeltung, als vielmehr, weil ihm seine Sache über alles geht. Ohnehin war vielleicht sein äußeres Leben wenig wert; er hatte sogar Lust zu leiden und zu sterben. (Dergleichen auch außerhalb des Christentums, ja außerhalb der Religion vorkommt, ohne daß damit der geringste Beweis für den objektiven Wert der betreffenden Sache geleistet wäre.)

Jetzt, mit ihrer unendlichen Bekümmernis für die Seele des einzelnen, läßt die Kirche demselben nur die Wahl zwischen ihrem Dogma (ihren Syllogismen) und dem Scheiterhaufen. Ihre schreckliche Voraussetzung ist, daß der Mensch ein Recht über die Meinungen von seinesgleichen haben müsse.

Subintelligiert oder oft zugestanden wird, daß Irrlehre gleich ewiger Verdammnis, daher deren Verbreitung über unschuldige Seelen, ja über ganze Völker, durch alle Mittel zu verhindern sei, daß der Tod, relativ weniger, nicht in Betracht komme gegen die ewige Verdammnis ganzer Nationen.

Bei den Massen wird allenfalls grobe Unwissenheit des Wahren, bei den Irrlehrern kaum je etwas anderes als Bosheit vorausgesetzt, indem ja der wahre Glaube völlig einleuchte. „On est bien près de brûler dans ce monde-ci les gens que l'on brûle dans l'autre." Seelenrettung geht allem voran, auch durch Kinderraub und gewaltsame Erziehung.

Von den Kirchenlehrern ist schon St. Augustin für die blutige Verfolgung der Donatisten[1]: „Nicht wir sind es, die euch verfolgen, sondern eure eigenen Werke" (d. h. weil ihr euch aus Gottlosigkeit von der Kirche getrennt

[1] S. Aug. contra litt. Petil. II, 42 f.

habt). „Was für ein Unrecht soll darin liegen, wenn diejenigen für ihre Sünden und auf Befehl der Regierung gestraft werden, welche Gott durch dies gegenwärtige Gericht und Züchtigung ermahnt, sich dem ewigen Feuer zu entziehen? Sie sollen zuerst beweisen, daß sie weder Häretiker noch Schismatiker sind und sich dann beklagen."
St. Hilarius und St. Hieronymus äußern sich nicht gelinder, und im Mittelalter verpflichtet und bedroht Innocenz III. die weltlichen Herren und ladet gegen die Ketzer zu einem Kreuzzuge ein mit Landprämien und Ablaß wie für das heilige Land. Freilich wurde man den Gegner — Heiden oder Ketzer — wirklich nur durch materielle Vernichtung los. Man h a t die Albigenser wirklich ausgerottet.
Die Nemesis lag darin, daß die Kirche mehr und mehr ein Polizeiinstitut wurde, und daß die Hierarchen danach rochen.

Die Reformatoren dachten über die ewige Verdammnis nicht anders als die katholische Kirche, stellten aber die Sache in praxi wesentlich Gott anheim, etwa schwere Fälle von Blasphemie ausgenommen, womit man wieder in jenes Urstadium des Verfolgens zurücktrat.
Die großen geistigen Bewegungen des 18. Jahrhunderts machten einen starken Riß in die Verfolgungen. Abgesehen davon, daß der weltliche Arm sich nicht mehr hergab, weil ein neuer Begriff des Staates aufgekommen war, war wohl ganz wesentlich entscheidend, daß — mit unter dem Einfluß des kopernikanischen Systems — die Beschäftigung mit dem Jenseits zurücktrat, daß es mauvais genre und Zeichen eines harten Herzens wurde, sich mit der „ewigen" Verdammnis anderer Seelen abzugeben, und daß allmählich eine gelinde Seligkeit für jedermann postuliert werden konnte.
Die Aufklärungsphilosophie und „Toleranz" des 18. Jahrhunderts, welche eifrige, überzeugte Bekenner und selbst Märtyrer gehabt und die Geisterwelt umgestaltet hat, ohne daß ein Mensch auf einen Paragraphen vereidigt gewesen wäre, war freilich ihrerseits auch eine Art von Religion,

was man etwa auch von dieser oder jener Philosophie des Altertums, z. B. von der Stoa, behaupten könnte: können doch — um das Phänomen im allgemeinen zu nennen — bloße Denkweisen, ohne Dogma, Versammlungen und spezielle Verpflichtungen, bei großer Varietät unter ihren Bekennern, selbst völlig den Wert einer Religion oder Sekte annehmen.

Und nun der **Untergang der Religionen**. Hiezu genügt noch lange nicht, was man die innere Zersetzung nennt: die geistige Abwendung einzelner Kategorien der Bevölkerung (sei es als Sekte innerhalb der Bevölkerung oder als gebildete, reflektierende Sozietät). Ja, es genügt noch nicht die Anwesenheit einer neuen, dem zeitweiligen metaphysischen Bedürfnis viel besser entsprechenden Religion.

Sekten können verfolgt und ausgerottet oder ihrer eigenen Unbeständigkeit und Metamorphose überlassen werden. Die gebildeten Stände, welche durch Kultureinflüsse der herrschenden Religion entzogen worden sind, kehren wohl (wie dies das Schicksal fast sämtlicher romanischer Völker ist) wieder zu ihr zurück oder arrangieren sich wieder mit ihr aus Klugheitsrücksichten (während beim Volk von altersher die Religion das wesentliche **Stück** der Kultur ist). Eine neue Religion kann sich neben die alte stellen, sich mit ihr in die Welt teilen, aber von sich aus sie unmöglich verdrängen, selbst nicht, wenn sie die Massen für sich hat — falls nicht die Staatsgewalt eingreift.

Jede ausgebildete Religion höheren Ranges ist vielleicht relativ ewig (d. h. so weit ewig, als das Leben der sie bekennenden Völker), wenn nicht ihre Gegner diese Macht gegen sie aufzubieten vermögen. Vor der Gewalt unterliegen sie alle, wenn dieselbe konsequent gehandhabt wird, und zumal wenn es sich um ein einziges, unentrinnbares Weltreich wie das römische handelt. Ohne Gewalt oder doch ohne gleichmäßig gehandhabte Gewalt leben sie fort und tränken ihre Macht stets neu aus dem Geiste der Massen, ja am Ende bekommen sie den weltlichen Arm wieder auf ihre Seite. So die Religionen des Orients.

Mit Hilfe der staatlichen Gewalt konnte der Buddhismus in Indien durch die Brahminenreligion ausgerottet werden. Ohne die Kaisergesetzgebung von Constantin bis auf Theodosius würde die römisch-griechische Religion noch bis heute leben. Ohne ein wenigstens zeitweises völliges, vom weltlichen Arm gehandhabtes (nötigenfalls mit den äußersten Mitteln verbündetes) Verbot würde die Reformation sich nirgends behauptet haben. Sie hat alle diejenigen Territorien wieder verloren, wo sie diesen Vorteil des weltlichen Arms nicht besaß und irgendeine beträchtliche Quote von Katholiken mußte fortleben lassen. So kann selbst eine junge und kräftig scheinende Religion partiell, gebietweise untergehen, vielleicht für solche Gegenden auf immer. Denn es fragt sich, ob später wieder ein neuer Andrang mit „einem günstigen Fixierungsmoment" zusammentreffen wird.

3. DIE KULTUR

Kultur nennen wir die ganze Summe derjenigen Entwicklungen des Geistes, welche spontan geschehen und keine universale oder Zwangsgeltung in Anspruch nehmen.

Sie wirkt unaufhörlich modifizierend und zersetzend auf die beiden stabilen Lebenseinrichtungen ein, — ausgenommen insofern dieselben sie völlig dienstbar gemacht und zu ihren Zwecken eingegrenzt haben.

Sonst ist sie die Kritik der beiden, die Uhr, welche die Stunde verrät, da in jenen Form und Sache sich nicht mehr decken.

Ferner ist sie derjenige millionengestaltige Prozeß, durch welchen sich das naive und rassenmäßige Tun in reflektiertes Können umwandelt, ja in ihrem letzten und höchsten Stadium, in der Wissenschaft und speziell in der Philosophie, in bloße Reflexion.

Ihre äußerliche Gesamtform aber gegenüber von Staat und Religion ist die Gesellschaft im weitesten Sinne.

Jedes ihrer Elemente hat so gut wie Staat und Religion sein Werden, Blühen, d. h. völliges Sichverwirklichen,

Vergehen und Weiterleben in der allgemeinen Tradition (soweit es dessen fähig und würdig ist): Unzähliges lebt auch unbewußt weiter als Erwerb, der aus irgendeinem vergessenen Volk in das Geblüt der Menschheit übergegangen sein kann. Ein solches unbewußtes Aufsummieren von Kulturresultaten in Völkern und einzelnen sollte man überhaupt immer in Rechnung ziehen[1].

Dies Wachsen und Vergehen folgt höheren, unergründlichen Lebensgesetzen.

An der Spitze aller Kultur steht ein geistiges Wunder: die Sprachen, deren Ursprung, unabhängig vom Einzelvolke und seiner Einzelsprache, in der Seele liegt, sonst könnte man überhaupt keinen Taubstummen zum Sprechen und zum Verständnis des Sprechens bringen; nur durch den entgegenkommenden inneren Drang der Seele, den Gedanken in Worte zu kleiden, ist dieser Unterricht erklärlich[2].

Dann aber sind die Sprachen die unmittelbarste, höchst spezifische Offenbarung des Geistes der Völker, das ideale Bild desselben, das dauerhafteste Material, in welches die Völker die Substanz ihres geistigen Lebens niederlegen, zumal in den Worten großer Dichter und Denker.

Ein unermeßliches Studium hat sich hier eröffnet, sowohl aufwärts nach dem ursprünglichen Grundbegriff der Wörter (etymologisch mit Hilfe der vergleichenden Sprachforschung) als abwärts nach der grammatischen und syntaktischen Ausbreitung hin, von der Wurzel ausgehend, die man durch Verbum, Substantiv, Adjektiv und deren endlose Flexionen verfolgen mag.

Im ganzen zeigt sich die Sprache je früher desto reicher; die hohe Geisteskultur mit ihren Meisterwerken tritt erst ein, wenn sie schon im Abblühen ist.

Am Anfang, in ihrem Aufblühen, muß die Sprache ein höchst anmutiges Spiel gehabt haben; alle Organe scheinen

---

[1] Vgl. oben S. 32 f.
[2] Eigentlich genügt zum Beweise schon das Erlernenkönnen fremder Sprachen überhaupt bis zum geistigen Gebrauch. So viele Sprachen, so viele Herzen besitzt man. (Vgl. die tria corda des Ennius.)

feiner gewesen zu sein, besonders das Ohr, auch bei Griechen und Germanen. Der große Flexionsreichtum muß spätestens schon zugleich mit dem sachlichen Sprachschatz, ja vielleicht schon früher vorhanden gewesen sein, und so wird man das Werkzeug in seiner Vollkommenheit schon vor dem Gebrauche besessen haben, so daß man schon alles mögliche hätte sagen k ö n n e n, als man nur erst wenig zu sagen h a t t e. Erst das rauhe, geschichtliche Leben und die Überwältigung der Sprache durch die Sachen, durch den Gebrauch, stumpften sie ab.

Enorm ist aber auch die Rückwirkung der einmal vorhandenen Sprache auf die Geistesgeschichte der einzelnen Völker.

Nach L a s a u l x (S. 28) wäre die Reihenfolge in der Kultur die gewesen, daß auf den Bergbau (d. h. irgendeinen Grad der Metallbereitung) Viehzucht, Ackerbau, Schifffahrt, Handel, Gewerbe, bürgerlicher Wohlstand gefolgt wären; dann erst wären aus dem Handwerk die Künste und aus diesen zuletzt die Wissenschaften entstanden[1]. Dies ist eine scheinbare Vermengung, indem die einen dieser Dinge ihren Ursprung im materiellen, die anderen im geistigen Bedürfnis haben. Allein der Zusammenhang ist in der Tat ein sehr enger und die Dinge nicht zu sondern. Bei allem mit selbständigem Eifer, nicht rein knechtisch, betriebenen materiellen Tun entbindet sich ein, wenn auch oft nur geringer, geistiger Überschuß. Dasselbe Vermögen funktioniert also rasch nacheinander in zweierlei Dienst.

> „Das ist's ja, was den Menschen zieret,
> Und dazu ward ihm der Verstand,
> Daß er im innern Herzen spüret,
> Was er erschafft mit seiner Hand."

Und dieser geistige Überschuß kommt entweder der Form des Geschaffenen zugute als Schmuck, als möglichste äußere Vollendung; — die Waffen und Geräte bei Homer

[1] Der Zusammenhang der Reihenfolge mit dem Lebensalter der Völker aus Bacon, L a s a u l x S. 30.

sind herrlich, bevor von einem Götterbilde die Rede ist; — oder er wird bewußter Geist, Reflexion, Vergleichung, Rede, — Kunstwerk; — und ehe es der Mensch selber weiß, ist ein ganz anderes Bedürfnis in ihm wach als das, womit er seine Arbeit begonnen, und dieses greift und wirkt dann weiter.

Im Menschen ist überhaupt nie bloß eine Seite ausschließlich, sondern immer das Ganze tätig, wenn auch einzelne Seiten desselben nur schwächer, unbewußt.

Ohnehin sind diese Dinge nicht nach der unendlichen Arbeitsteilung und Spezialisierung unserer Zeit zu beurteilen, sondern nach dem Bilde von Zeiten, da noch alles näher beisammen war.

Und endlich ist nicht nötig, für die Entbindung j e d e s Geistigen einen materiellen Anlaß als Basis aufzufinden, obwohl er sich am Ende fände. Wenn der Geist sich einmal seiner selbst bewußt geworden, bildet er von sich aus seine Welt weiter.

Das Außerordentlichste sind jedenfalls die K ü n s t e , rätselhafter als die Wissenschaften; die drei bildenden Künste machen hier keinen Unterschied neben Poesie und Musik.

Alle fünf sind scheinbar entweder aus dem Kultus hervorgegangen oder auch in früher Zeit mit ihm verbunden gewesen, aber doch auch vor ihm und ohne ihn vorhanden.

Glücklicherweise sind wir auch hier der Spekulation über die Anfänge enthoben.

Nicht ganz abschließend für die Stellung der Kunst in der Weltkultur sind Schillers „Künstler". Es reicht nicht, daß das Schöne als Durchgangspunkt und Erziehung zum Wahren dargestellt wird; denn die Kunst ist in hohem Grade um ihrer selbst willen vorhanden.

Die W i s s e n s c h a f t e n sind teils die geistige Seite des praktisch Unentbehrlichen und die systematische Seite des Unendlich-Vielen, d. h. die großen Sammlerinnen und Ordnerinnen dessen, was a u c h o h n e i h r Z u t u n tatsächlich vorhanden ist, — teils dringen sie voran und entdecken dasselbe, sei es Einzelheit oder Gesetz, — endlich ver-

Die Künste

sucht die **Philosophie** die höchsten Gesetze alles Seienden zu ergründen, aber wiederum als auch ohne sie und vor ihr, nämlich ewig, bestehende.

Ganz anders sind die Künste; sie haben es **nicht** mit dem auch ohne sie Vorhandenen zu tun, auch keine Gesetze zu ermitteln (weil sie eben keine Wissenschaften sind), sondern ein höheres Leben darzustellen, welches ohne sie nicht vorhanden wäre.

Sie beruhen auf geheimnisvollen Schwingungen, in welche die Seele versetzt wird. Was sich durch diese Schwingungen entbindet, ist dann nicht mehr individuell und zeitlich, sondern sinnbildlich bedeutungsvoll und unvergänglich.

Die großen Alten wußten nichts von uns, und wie weit sie selber an die Nachwelt dachten, mag fraglich bleiben; aber

> „Wer den Besten seiner Zeit genug getan,
> Der hat gelebt für alle Zeiten!"

Aus Welt, Zeit und Natur sammeln Kunst und Poesie allgültige, allverständliche Bilder, die das einzig irdisch Bleibende sind, eine zweite ideale Schöpfung, der bestimmten einzelnen Zeitlichkeit enthoben, irdisch-unsterblich, eine Sprache für alle Nationen. Sie sind damit ein größter Exponent der betreffenden Zeitalter, so gut wie die Philosophie.

Äußerlich sind ihre Werke den Schicksalen alles Irdischen und Überlieferten unterworfen, aber es lebt genug davon weiter, um die spätesten Jahrtausende zu befreien, zu begeistern und geistig zu vereinigen.

Und hiebei kommt uns Spätern glücklich zu Hilfe unsere restaurierende Fähigkeit, welche aus Fragmenten mit Hilfe der Analogie das Ganze errät. Die Kunst wirkt eben noch im Exzerpt, im Kontur, in der bloßen Andeutung, ja noch sehr stark im Fragment, seien es antike Skulpturen oder Stücke von Melodien.

Von unserer Voraussetzung des Glückes bei den Schaffenden soll später die Rede sein.

Bei den meisten Künsten, selbst bei der Poesie, kann freilich noch der Sachinhalt (das Wünschbare, das Schreckliche, das sinnlich Begehrenswerte) in hohem Grade mitwirken, sowohl auf den Künstler als auf den Betrachtenden. Ja die meisten Leute glauben, die Kunst sei die Nachahmung des physisch Vorhandenen, Einzelnen, Gebrechlichen und eigentlich dazu da, um das, was ihnen aus anderen Gründen wichtig ist, recht eindringlich darzustellen und zu „verewigen".

Glücklicherweise aber gibt es eine Architektur, in welcher sich reiner als sonst irgendwo, und unabhängig von jenem allem, ein idealer Wille ausdrückt. Hier zeigt sich am deutlichsten, was Kunst ist trotz ihrer freilich nicht zu leugnenden großen Abhängigkeit vom Zweck und ihres oft langen Ausruhens auf konventionellen Wiederholungen.

Die Architektur beweist nun, wie frei von jenen stofflichen Nebenabsichten jede andere Kunst ist oder sein kann. Ihre spezielle Parallele hierin ist die Musik, in der das Nachahmende auch gerade das Verfehlteste ist.

Der höchste und früheste Dienst der Künste, dem sie sich ohne Erniedrigung fügen, ist der bei der Religion[1]. Freilich würde sie die Künste nicht immer entwickeln; denn das metaphysische Bedürfnis, das sie vertritt, kann derart sein, daß es sie (wie im Islam) teilweise oder (wie im Puritanismus) gänzlich entbehrt oder sogar anfeindet.

Von allem Irdischen aber nimmt die wahre Kunst nicht sowohl Aufgaben als Anlässe an und ergeht sich dann frei in der Schwingung, die sie daher erhalten. Wehe, wenn man sie präzis auf Tatsächliches festnagelt oder gar auf Gedankliches[2].

Am lehrreichsten ist hierin die Poesie, welche neues Tatsächliches schafft, lieber als daß sie Vorhandenes erzählt, und in ihrer Art von Gedanken und Gefühlen den höchsten Gegensatz und die höchste Ergänzung zur Philosophie bildet[3].

---

[1] Vgl. L a s a u l x , S. 108 f.
[2] Natürlich, wer in den alten Kunstwerken „Ideen" dargestellt findet, muß von den zeitgenössischen auch verlangen, daß sie „Gedanken" darstellen sollen.
[3] Man möge sich hier nochmals an Schillers „Künstler" erinnern.

Wie würden die Gedanken des äschyleischen Prometheus in der Philosophie lauten? Jedenfalls geben sie uns in der poetischen Darstellung das Gefühl des Ungeheuern.

Innerhalb der Kultur **verdrängen, ersetzen und bedingen** sich die einzelnen Gebiete. Es findet ein beständiges Hin- und Herwogen statt.
Einzelne **Völker** und einzelne **Epochen** zeigen vorherrschende Begabung und Vorliebe für die einzelnen Gebiete.
Mächtige **Individuen** treten auf und geben Richtungen an, welchen sich dann ganze Zeiten und Völker bis zur vollen Einseitigkeit anschließen.
Andererseits kann es für uns sehr schwer zu entscheiden sein, wie weit ein Kulturelement, das für uns jetzt eine ganze Epoche färbt, wirklich damals das **Leben** beherrscht hat[1]. Das Philisterium und die Macht haben immer daneben existiert, und wir haben uns in betreff alles geistig Großen in seiner Zeit stets vor optischen Täuschungen zu hüten.
Die einzelnen Kulturelemente und die Kulturstadien verschiedener Gegenden wirken nun aufeinander anfänglich hauptsächlich durch den **Handel**, der die Produkte der höher und speziell für gewisse Fächer Entwickelten bei den übrigen herumbringt. Freilich nicht immer erwacht dann geistige Nacheiferung. Etrusker und Pontusvölker kaufen oder bestellen sich die schönen griechischen Sachen lieber, und es bleibt beim bloßen Austausch. Doch ist die Kulturgeschichte noch immer überreich an magnetischen und schicksalsvollen Berührungen von Volk zu Volk, von Fach zu Fach, von Geist zu Geist. Jedes Streben weckt Streben, zum mindesten den Anspruch: „Das können wir auch!" — Bis endlich die verschiedenen Kulturvölker

---

[1] Z. B. die Brahminenphilosophie das brahminische Indien. Sie war eine scholastische Ausdeutung der Religion und gab dem gebildeten Leben seine Farbe. Die Höfe der Könige waren ihre Mittelpunkte. (Vgl. W e b e r , Weltgesch. I, S. 250.) Überhaupt ist vielleicht nirgends mehr die Spekulation so sehr Gemeingut gewesen, daher der Kampf mit dem Buddhismus vielleicht ebenso sehr ein philosophischer als ein religiöser war.

r e l a t i v g l e i c h m ä ß i g jene unendliche Komplikatur aller Tätigkeiten, jenes allgemeine Ineinandergreifen darstellen, das uns jetzt selbstverständlich erscheint.

Und endlich werden wir die großen geistigen T a u s c h p l ä t z e , wie Athen, Florenz u. a., kennenlernen, wo sich das starke lokale Vorurteil bildet, daß man hier alles können müsse, und daß hier die beste Gesellschaft und die größte, ja einzige Anregung und Würdigung vorhanden sei.
Diese Plätze produzieren deshalb auch aus ihren eigenen Mitbürgern eine unverhältnismäßige Menge von bedeutenden Individuen und wirken durch diese weiter auf die Welt. Es ist nicht wie in den modernen Großstädten (und selbst Mittelstädten!) „die viele Bildungsgelegenheit", — denn diese schafft bloß heraufgeschraubte Mediokritäten, welche die vorhandenen Positionen durch Abwarten und gesellige Vorteile an sich reißen, und außerdem nur ein allgemeines Kritisieren — sondern es ist Weckung der höchsten Kräfte durch das Außerordentliche. Es wurden nicht „Talente geweckt", sondern der Genius rief den Genius.

Eine Hauptbedingung aller höher vollendeten Kultur ist, auch abgesehen von solchen Tauschplätzen ersten Ranges, die G e s e l l i g k e i t. Sie ist der rechte Gegensatz zu den Kasten mit ihrer einseitigen, obwohl relativ hohen, Partialkultur, welche im Technischen, in der Erwerbung und Vollendung äußerlicher Geschicklichkeit recht haben kann, im Geistigen aber, wie das Hauptbeispiel der Ägypter lehrt, jedenfalls Stillstand und Beschränkung und Dünkel gegen außen herbeiführt. Allerdings schützte vielleicht nur die Zwangserblichkeit der Gewerbe vor einem Rückfall in die Barbarei.
Die Geselligkeit aber bringt, und zwar dies auch bei Aufrechterhaltung von Ständen, a l l e E l e m e n t e der Kultur, vom höchsten geistigen bis zum geringsten technischen Treiben, mehr oder weniger in Berührung miteinander, so daß sie eine große, tausendfach durcheinanderge-

schlungene Kette bilden, welche durch **einen** elektrischen Schlag mehr oder weniger in ihren einzelnen Stellen affiziert wird. **Eine** bedeutende Neuerung im Gebiete von Geist und Seele kann auch scheinbar wenig beteiligte Menschen dahin bringen, daß sie ihr gewöhnliches, alltägliches Tun anders auffassen[1].

Endlich bildet das, was **höhere** Geselligkeit heißt, ein unentbehrliches Forum für die Künste insbesondere. Diese sollen nicht von ihr im wesentlichen abhängig sein, namentlich nicht von ihren falschen Nebensonnen, vom Geschwätz moderner Salons usw.[2], wohl aber sich aus der Geselligkeit **das** Maß des Verständlichen entnehmen, ohne welches sie ins Blaue zu streben in Gefahr sind oder kleinen anbetenden Kreisen anheimfallen.

Und nun zuletzt das wahre und das angebliche **Verhältnis der Kultur zur Sittlichkeit**[3]. Gustav Freytag (Bilder aus der deutschen Vergangenheit, Band I) operiert z. B. gegenüber dem 16. und 17. Jahrhundert mit der Zunahme von „Pflichtgefühl und Redlichkeit" (S. 13) oder „Inhalt, Tüchtigkeit und Redlichkeit" (S. 16). Aber die Argumentationen mit Bestechlichkeit, Liederlichkeit und besonders mit „Gewalttätigkeit" der vergangenen Zeiten oder bei den Barbaren mit Grausamkeit, Treulosigkeit usw. sind irrig. Man beurteilt eben alles nach demjenigen Grade der äußeren Lebenssekurität, ohne die **wir** nicht mehr existieren können, und verurteilt die Vergangenheit daraufhin, daß diese Lebensluft in ihr nicht existierte, während sich doch auch jetzt, sobald die Sekurität, z. B. im Kriege, suspendiert ist, alle Greuel melden[4]. Weder Seele noch Gehirn der Menschen haben in historischen Zeiten erweislich zugenommen, die Fähigkeiten jedenfalls waren längst komplett[5]! Daher ist unsere Präsumtion, im Zeitalter des sittlichen Fortschritts zu

---
[1] Hier würde künftig in Kürze auch von Verkehr und Presse zu reden sein.
[2] Nur anzudeuten wäre hier das Verhältnis von Luxus und Geist.
[3] Vgl. Hartmann, Philos. d. Unbew.³ S. 723.
[4] De Candolles, Hist. des Sciences et des Savants, S. 400.
[5] Buckle, Gesch. d. Civ., deutsch v. Ruge I, S. 149 ff.

leben, höchst lächerlich, im Vergleiche mit riskierten Zeiten, deren freie Kraft des idealen Willens in hundert hochtürmigen Kathedralen gen Himmel steigt. Dazu kommt unser abgeschmackter Haß des Verschiedenen, Vielartigen, der symbolischen Begehungen und halb oder ganz schlafenden Rechte, unsere Identifikation des Sittlichen mit dem Präzisen und unsere Unfähigkeit des Verständnisses für das Bunte, Zufällige. Freilich handelt es sich nicht darum, uns ins Mittelalter zurückzusehnen, sondern um das Verständnis. Unser Leben ist ein Geschäft, das damalige war ein Dasein; das Gesamtvolk existierte kaum, das Volks t ü m l i c h e aber blühte.

Was man also für Fortschritt der Sittlichkeit zu halten pflegt, ist die: a) durch Vielseitigkeit und Fülle der Kultur und b) durch die enorm gesteigerte Staatsmacht herbeigeführte Bändigung des Individuums, welche bis zur förmlichen Abdikation desselben gedeihen kann, zumal bei einseitigem Vorherrschen des Gelderwerbs, der zuletzt alle Initiative absorbiert. Es ist genau ebensoviele Einbuße an Initiative und Kraft zu Angriff und Verteidigung eingetreten.

Die Sittlichkeit als Potenz aber steht um nichts höher und ist nicht in reichlicherem Gesamtmaß vorhanden als in den sogenannten rohen Zeiten. Aufopferung des Lebens für andere kam gewiß schon bei den Pfahlmenschen vor. Gut und Böse, sogar Glück und Unglück mögen sich in den verschiedenen Zeiten und Kulturen ungefähr und im großen ausgeglichen haben.

Selbst die Steigerung der i n t e l l e k t u e l l e n Entwickelung läßt sich bezweifeln, weil mit fortschreitender Kultur die Arbeitsteilung das Bewußtsein des einzelnen immer mehr verengern könnte. — In den Wissenschaften ist der Überblick bereits im Begriff, vor lauter Spezialentdeckungen von Einzeltatsachen sich zu verdunkeln. — In keinem Lebensgebiet wächst die Kapazität der einzelnen gleichmäßig mit der Zunahme des Ganzen; die Kultur könnte leicht über ihre eigenen Beine stolpern.

Es kommt im einzelnen nicht darauf an, in welchen Schattierungen die Begriffe „gut" und „böse" modifiziert sind (denn dies hängt von der jeweiligen Kultur und Religion ab), sondern darauf, ob man denselben, so wie sie sind, mit Aufopferung der Selbstsucht pflichtgemäß nachlebe oder nicht.

Erst die Zeit seit Rousseau hat sich übrigens sittlich über der Vergangenheit en bloc gewähnt, wobei sie freilich davon ausging, den Menschen überhaupt als wesentlich gut anzunehmen, als hätte seine Güte nur bis jetzt nicht zu Worte kommen können und müßte sich nun glorreich offenbaren, wenn er einmal zur Macht käme! Man legte sich damit (in der französischen Revolution) das Recht zum Prozeß gegen die ganze Vergangenheit bei. Aber mit vollem Dünkel glauben an diese sittliche Superiorität der Gegenwart eigentlich erst unsere letzten Dezennien, welche auch das Altertum nicht mehr ausnehmen. Der geheime Vorbehalt dabei ist, daß das Geldverdienen heute leichter und sicherer sei als je; mit dessen Bedrohung wird auch das betreffende Hochgefühl dahinfallen.

Das Christentum hatte wohl sich als rettenden Fortschritt betrachtet, indes nur für die Seinen, und neben sich ein um so böseres Säkulum statuiert mit Einbedingung der Flucht von dieser Welt.

Eine Eigentümlichkeit höherer Kulturen ist ihre **Fähigkeit zu Renaissancen**. Entweder ein und dasselbe oder ein später gekommenes Volk nimmt mit einer Art von Erbrecht oder mit dem Recht der Bewunderung eine vergangene Kultur teilweise zu der seinigen an.

Diese Renaissancen sind zu unterscheiden von den politischreligiösen Restaurationen, mit welchen sie stellenweise gleichwohl zusammentreffen. Wir möchten fragen, wie weit letzteres der Fall war bei der Herstellung des Judentums nach dem Exil und bei der des Persertums durch die Sassaniden. Bei Karl dem Großen kam beides zusammen: Restauration des spätrömischen Imperiums und zugleich Renaissance der spätrömischen christlichen Literatur und Kunst.

Eine reine Renaissance dagegen war die italienisch-europäische des 15. und 16. Jahrhunderts. Ihre besondern

Kennzeichen sind ihre Spontaneität, die Kraft der Evidenz, wodurch sie siegt, die stärkere oder schwächere Verbreitung über alle möglichen Gebiete des Lebens, z. B. über die Anschauung vom Staat, endlich ihr europäischer Charakter.

Wenn wir nun die Kultur des 19. Jahrhunderts als Weltkultur betrachten, so finden wir sie im Besitz der Traditionen aller Zeiten, Völker und Kulturen, und die Literatur unserer Zeit ist eine Weltliteratur.
Der höchste Gewinn hierbei ist auf Seiten der Betrachtenden. Es besteht eine großartige, allseitige, stillschweigende Abrede, ein objektives Interesse an alles heranzubringen, die ganze vergangene und jetzige Welt in geistigen Besitz zu verwandeln.
Selbst in beschränkten Verhältnissen genießt jetzt der edler Gebildete seine paar Klassiker und die Anblicke der Natur viel tiefer und das Glück seines Lebens viel bewußter als vor Zeiten.
Staat und Kirche hemmen dies Bestreben wenig mehr und richten sich selber allmählich auf sehr vielseitige Gesichtspunkte ein. Zur Unterdrückung fehlt teils die Macht, teils die Absicht. Man getraut sich, neben einer scheinbar schrankenlos entwickelten Kultur besser zu bestehen als bei der Repression; wie sich dabei die Kultur tatsächlich dienstbar erweist, davon soll später die Rede sein.
Schon zweifelhafter ist der Gewinn der Erwerbenden, welche wesentlich das vorwärtstreibende Element sind und mit elementarer Leidenschaft: 1. auf eine noch viel größere Beschleunigung des Verkehrs, 2. auf völlige Beseitigung der noch vorhandenen Schranken, d. h. auf den Universalstaat hindrängen. Die Strafe dafür ist die enorme Konkurrenz vom Größten bis ins Geringste und die Rastlosigkeit. Der erwerbende Kulturmensch möchte gerne geschwind recht vieles mitlernen und mitgenießen, muß aber mit Schmerzen das Beste andern überlassen: andere müssen für ihn gebildet sein, wie für den großen Herrn des Mittelalters andere beteten und sangen.
Freilich eine große Quote sind die amerikanischen Kulturmenschen, welche auf das Geschichtliche, d. h. auf die

geistige Kontinuität größtenteils verzichtet haben und Kunst und Poesie nur noch als Formen des Luxus mitgenießen möchten[1].

Am unglücklichsten befindet sich in dieser Zeit Kunst und Poesie selber, innerlich ohne Stätte in dieser rastlosen Welt, in dieser häßlichen Umgebung, während alle Naivität der Produktion ernstlich bedroht ist. Daß die Produktion (d. h. die echte, denn die unechte lebt leicht) dennoch fortdauert, ist nur durch den stärksten Trieb erklärbar.

Das Neueste in der Welt ist das Verlangen nach Bildung als Menschenrecht, welches ein verhülltes Begehren nach Wohlleben ist.

4. ZUR GESCHICHTLICHEN BETRACHTUNG DER POESIE

Der Rangstreit zwischen Geschichte und Poesie ist endgültig geschlichtet durch S c h o p e n h a u e r [2]. Die Poesie leistet mehr für die Erkenntnis des Wesens der Menschheit; auch Aristoteles hatte schon gesagt: καὶ φιλοσοφώτερον καὶ σπουδαιότερον ποίησις ἱστορίας ἐστίν (die Dichtung ist etwas Philosophischeres und Tieferes als die Geschichte), und zwar ist dies deshalb wahr, weil das Vermögen, welches der Poesie zugrunde liegt, an sich ein viel höheres als das des größten Historikers und auch die Wirkung, wozu sie bestimmt ist, eine viel höhere als die der Geschichte ist.

Dafür findet die Geschichte in der Poesie eine ihrer allerwichtigsten Quellen und eine ihrer allerreinsten und schönsten.

Zunächst darf sie der Poesie dankbar sein für die Erkenntnis des Wesens der Menschheit überhaupt, sodann für die reichen Aufschlüsse über Zeitliches und Nationales. Die Poesie ist für die geschichtliche Betrachtung das Bild des jeweiligen Ewigen in den Völkern und dabei von allen

[1] Vgl. S. 10 f.
[2] Welt als Wille und Vorstellung² I, 288 ff., II, 499.

einzelnen Seiten belehrend und überdies oft das einzige Erhaltene oder das Besterhaltene.

Betrachten wir sie nun erstlich nach ihrer äußeren Stellung in den verschiedenen Zeiten, Völkern und Volksschichten, indem wir jedesmal fragen: Wer singt oder schreibt und für wen tut er es? und sodann nach ihrem Stoff und Geist.

Vor allem erscheint die Poesie von höchster Bedeutung als Organ der Religion.

Der Hymnus verherrlicht nicht nur die Götter, sondern er deutet auf einen bestimmten Grad des Kultus, auf eine bestimmte Höhe des Priestertums hin, ob wir nun an die Hymnen der Arier am Indus denken oder an die Psalmen oder an die Hymnen des alten Christentums und des Mittelalters oder an das protestantische Kirchenlied als höchstes religiöses Zeugnis besonders des 17. Jahrhunderts.

Eine der freiesten und größten Äußerungen des ganzen alten Orients ist der hebräische Prophet und seine theokratisch-politische Paränese.

Der griechische Theogoniker (Hesiod) repräsentiert den Augenblick, da die Nation einen Zusammenhang ihrer unermeßlich reichen Mythen verlangte und erhielt.

Die schon am Beginn des 8. Jahrhunderts vorhandene Wöluspa (Rede der Wöle = Offenbarung der Seherin) ist ein gewaltiges Zeugnis des mythologischen Gesanges bei den Skandinaven; sie umfaßt außer dem sonstigen Mythus auch noch den Weltuntergang und die Entstehung einer neuen Erde. Aber auch die folgenden mythologischen Lieder der Edda sind außerordentlich reich an Mythen und Gestalten und endloser Nomenklatur. Das Bild der irdischen und der überirdischen Welt, wiederum mit theogonischen Bestandteilen, stellt sich in der eigentümlichsten Phantasie gespiegelt dar[1]; der Ton ist willentlich rätselhaft, der echte Seherton.

---

[1] Man denke an Grimmismal und Vafthrudnismal. In letzterem examinieren einander Odin, der sich als Gangradr ausgibt, und der Riese Vafthrudnir über mythologische und theogonische Geheimnisse. Schließlich weiß der Riese, daß Odin ihn nun töten wird.

Sodann kommen das Epos und seine Sänger. Es ersetzt die ganze Geschichte und ein großes Stück Offenbarung als nationale Lebensäußerung und Zeugnis ersten Ranges für das Bedürfnis und die Fähigkeit eines Volkes, sich selber typisch anzuschauen und darzustellen. Die Sänger, in welchen diese Fähigkeit im höchsten Grade lebt, sind große Männer.

Ganz verändert erscheint die Geltung des Epos, sobald die Zeit literarisch, die Poesie eine Literaturgattung und der ehemalige volkstümliche Vortrag zur Lektüre geworden ist; vollends aber, wenn die Scheidewand zwischen Höhergebildeten und Ungebildeten sich erhoben hat. Man darf sich höchlich wundern, daß Virgil bei alledem einen so hohen Rang einnehmen, die ganze Folgezeit beherrschen und mythisch werden konnte.

Wie gewaltig erscheint erst die Stufenreihe der Existenzen vom epischen Rhapsoden bis zum heutigen Romanschriftsteller!

In den verschiedensten Stellungen zur Welt finden wir die antike Lyrik: als Kollektivlyrik im Dienste der Religionen, als gesellige Kunst im Dienste des Symposions, dann (bei Pindar) als Ausruferin agonaler Siege, daneben als subjektive Lyrik (bei den Äoliern), bis dann auch hier mit den Alexandrinern der Umschlag in eine Literaturgattung eintritt, was auch die römische Lyrik und Elegie vorherrschend sind.

Im Mittelalter wird die Lyrik hierauf zu einer wesentlichen Lebensäußerung des großen kosmopolitischen Adelsvolkes, sie wird in verwandter Weise bei Südfranzosen, Nordfranzosen, Deutschen und Italienern geübt, und die Art, wie sie an den Höfen herumgetragen wird, ist an sich schon ein kulturgeschichtliches Faktum hohen Ranges.

Bei den Meistersingern zeigt sich dann das Bestreben, die Poesie solange als nur möglich in schulmäßigem, objektivem Betrieb zu erhalten. Endlich aber tritt — neben einer stets vorhandenen Volkspoesie, in welcher sich das Objektive anscheinend subjektiv gibt — die völlige Emanzipation der subjektiven Lyrik im neuern Sinne ein, verbunden mit dilettantischer Freiheit der Form und in einem neuen Verhältnis zur Musik, bei den Italienern noch kunstreich gepflegt unter der Aufsicht von Akademien.

Vom Drama wird besser nachher die Rede sein. Das Schicksal der neueren Poesie überhaupt ist ihr literaturgeschichtlich bewußtes Verhältnis zur Poesie aller Zeiten und Völker, welcher gegenüber sie als Nachahmung oder Nachklang erscheint. Was aber die Dichter betrifft, so dürfte es sich wohl lohnen, der Persönlichkeit des Dichters in der Welt und ihrer enorm verschiedenen Geltung von Homer bis heute einmal eigens nachzugehen.

Betrachten wir nun die Poesie nach ihrem S t o f f u n d G e i s t, so ergibt sich zunächst folgendes: sie ist ohnehin oft lange die einzige Form der Mitteilung, so daß man sogar von einer unfreien Poesie reden könnte; sie ist selber die älteste Geschichte, und auch den ganzen Mythus der Völker erfahren wir meist in poetischer Form und als Poesie; ferner ist sie als gnomische, didaktische Poesie das älteste Gefäß der Ethik, im Hymnus verherrlicht sie direkt die Religion; als Lyrik endlich verrät sie unmittelbar, was den Menschen der verschiedenen Zeiten groß, wert, herrlich, schrecklich war.

Nun kommt aber die große Krisis in der Poesie: in den frühern Perioden sind der Stoff und die notwendige strenge Form enge miteinander verbunden; die ganze Poesie bildet nur e i n e national-religiöse Offenbarung; der Geist der Völker scheint direkt, objektiv zu uns zu reden, so daß die Stellung des Volksliedes und der Volksballade von Herder mit dem Worte „Stimmen der Völker in Liedern" richtig gekennzeichnet erscheint; der Stil erscheint als ein gegebener, aus Inhalt und Form untrennbar gemischt.

Dann folgt bei allen höheren Kulturvölkern, deren Literatur wir in einiger Vollständigkeit besitzen, auf einem bestimmten Stadium der Entwicklung — bei den Griechen möchte die Grenzscheide etwa Pindar bezeichnen — die Wendung der Poesie vom Notwendigen zum Beliebigen, vom allgemein Volkstümlichen zum Individuellen, von der Sparsamkeit der Typen zum endlos Vielartigen.

Von da an sind die Dichter in einem ganz anderen Sinne Kunden ihrer Zeit und Nation als früher; sie offenbaren nicht mehr den objektiven Geist derselben, sondern ihre eigene Subjektivität, welche oft eine oppositionelle ist, sind aber als kulturgeschichtliche Zeugnisse ebenso belehrend wie die früheren, nur von einer andern Seite.

Dies offenbart sich besonders in der freien Wahl, auch in Neuschöpfung der Stoffe. Früher hatte eher der Stoff den Dichter gewählt, das Eisen hatte gewissermaßen den Mann angezogen, jetzt ist es umgekehrt.

Hoch ist hier die geschichtliche Bedeutung des Eindringens der Artussage in die ganze Epik des dichtenden okzidentalischen Adelsvolkes anzuschlagen, woneben bei den Deutschen die ganze alte Volkssage, bei den Welschen die Karlssage relativ ins Dunkel zurücktrat. Der Stil verharrte, aber im Gegenstand entwich man der Einzelnationalität. Und unter diesen Dichtungen des Artuskreises gibt es einen deutschen Parzival.

In der Folgezeit gehört es zu den wichtigsten Zeugnissen für jedes Jahrhundert, für jede Nation, was sie verlangt, gelesen, rezitiert, gesungen haben.

Der altgermanische Sagenkreis, der Karlskreis und der Artuskreis hatten dann in Dichtung und Prosaroman bei Franzosen, Deutschen und Italienern mannigfache Schicksale; in einem gewissen Grad behauptete sich auch die Legende daneben, und zugleich läßt sich das Aufkommen und stellenweise Überwiegen der Fabliaux, Tales, Schwänke und Novellen, das Breittreten der Tierfabel usw. beobachten, während das Märchen seine besondere kulturgeschichtliche Bedeutung für den neuern Orient hat. Endlich erfährt der Karlskreis eine ganz neue stilistische Behandlung bei den großen Italienern (Bojardo, Ariost); wir finden hier ein fast völlig freies Weiterersinnen des Stoffs in klassischer Form.

Dann kommt der Ausgang des Epischen in den Roman, der je nach dem Grade seiner Herrschaft und seines Inhalts und nach der Beschaffenheit seines Leserkreises sein ganzes Zeitalter charakterisieren hilft. Er ist wesentlich die Dichtung für isoliertes Lesen. Nur hier stellt sich auch der quantitative Hunger nach stets neuem Stoffe ein. Er mag die einzige Form sein, unter welcher die Poesie derjenigen großen Masse, die sie zu Lesern wünscht, noch nahe kommen kann: als breitestes Bild des Lebens mit beständiger Anknüpfung an die Wirklichkeit, also dem, was wir Realismus nennen. Mit dieser Eigenschaft findet er sogar internationale Leserkreise; ein Land liefert nicht mehr genug, und das Publikum ist überreizt geworden; darum besteht ein Austausch (freilich ein sehr ungleicher) zwischen Frankreich, Deutschland, England und Amerika.

Hier ist nun auch des D r a m a s sowohl nach seiner äußeren Stellung als nach Stoff und Geist zu gedenken. Dieses beweist schon durch sein Dasein und durch die Art seiner Geltung einen bestimmten sozialen Zustand, und zwar meist im Zusammenhang mit dem Kultus. Vollends aber nach seinem Inhalt ist es eines der größten Zeugnisse für die betreffenden Völker und Zeiten, nur aber eben deshalb kein unbedingtes, weil es eines Zusammentreffens glücklicher Umstände bedarf und selbst bei der höchsten Anlage des betreffenden Volkes durch äußere Hindernisse gehemmt, ja getötet werden kann. Es hat bisweilen — man denke an das englische Theater und die englische Revolution — seine tödlichen Feinde, was aber nur wieder ein Beweis seiner Kraft und Wichtigkeit ist. — Eine wesentliche Voraussetzung für seine Möglichkeit besteht auch in der Existenz von Aufführungen und Theatern. Um des bloßen Lesens willen wäre das Drama nie entstanden.
Die Anlage zum Dramatischen steckt tief im Menschen, wie schon das Drama der Halbkulturvölker lehrt, das etwa durch Pantomimen mit Geheul und Gymnastik eine possenhafte Nachahmung des Wirklichen erstrebt.
Das chinesische Drama geht nicht über bürgerlichen Realismus hinaus. Was wir von dem relativ spät und viel-

leicht erst auf griechische Einwirkung hin entstandenen indischen kennen, ist eine Kunstpoesie von kurzer Blütezeit[1]; der Ursprung ist zwar auch hier ein religiöser, die Feste des Wischnudienstes; aber man brachte es zu keinem Theater. Seine Hauptbeschränkung — und in dieser Beschränkung ist es lehrreich — besteht in dem geringen Wert, der auf das Erdenleben und dessen Kämpfe gelegt wird, und in dem mangelnden Bewußtsein einer starken, mit dem Schicksal ringenden Persönlichkeit.

Das attische Drama dagegen wirft Ströme von Licht auf das ganze attische und griechische Dasein.

Zunächst war die Aufführung eine soziale Angelegenheit ersten Ranges, agonal im höchsten Sinne, die Dichter im Wettstreit untereinander, was dann freilich alsbald zum Mitbewerb von Dilettanten[2] führte. Und sodann hat man es hier in bezug auf Stoff und Behandlung mit jener mysteriösen Entstehung der Tragödie „aus dem Geiste der Musik" zu tun. Der Protagonist bleibt ein Weiterhall des Dionysos, und der ganze Inhalt ist nur Mythos, mit Vermeidung der sich öfter herandrängenden Geschichte. Es herrscht ein fester Wille, das Menschliche nur in typischen, nicht in wirklichkeitsgemäßen Gestalten zur Darstellung zu bringen und, damit verbunden, die Überzeugung von der Unerschöpflichkeit der göttlich-heroischen Vorzeit.

Was brauchte es ferner, bis aus den kleinen dionysischen Begehungen eine alte attische Komödie wurde, jenes wesentliche Lebensorgan einer geistig unerhört aufgeregten Zeit und Stadt! Sie ist auf ein späteres Theater nicht verpflanzbar; kosmopolitisch mitteilbar waren erst die mittlere und neuere Komödie mit Ständekomik und Liebesintrige. Diese gingen zu den Römern über und bildeten endlich die Basis auch des neueren Lustspiels, sind aber nirgends wesentliche Lebensorgane geworden, ohne welche man sich die Völker nicht denken könnte. Bei den Römern war das Theater ohnehin frühe die Stätte einer

---

[1] Die Gründe seiner nur mäßigen Entwickelung s. bei W e b e r, Weltgesch. I, S. 309 ff.

[2] Der μύρια μειρακύλλια bei Aristoph. Frösche 89 f.

abgestumpften Schaulust, welche der Tod der dramatischen Poesie ist.

Als sie im Mittelalter wieder erwachte, war nur Geistliches als Stoff möglich. Das antike Theater war seit den Kirchenvätern in tiefster Verdammnis, die Schauspieler (histriones) waren zwar vorhanden, aber so gut wie ehrlos[1]. Man spielte also in den Klöstern und dann auch in den Städten in Kirchen oder freien Plätzen Weihnachts- und Osterspiele (ludi de nativitate Domini, ludi paschales). So kommt eine Religion, welche den Drang hat, sich (in Zyklen von Malereien, Portalskulpturen, Fenstern usw.) tausendfach bildlich auszuprägen, in völlig naiver Weise auch auf die Dramatisierung der heiligen Geschichte und Legende; von ihren theologischen Lenkern aus gesellt sich auch ein starker allegorischer Bestandteil hinzu.

Dabei war man aber im Vergleich mit der Stellung der attischen Tragödie zum Mythus und seiner freien Vielgestaltigkeit unfrei. Die attische Tragödie wollte das allgemein Menschliche in idealen Gestalten sprechen lassen; das Mysterium (eigentlich ministerium) des Mittelalters war und blieb ein Stück des Kultus und an eine bestimmte Geschichte gebunden.

Die Weltlichkeit der Schauspieler (Bürger und Handwerker) und der Zuschauer begnügte sich auf die Länge unmöglich hiermit; es entstand die allegorisch-satirische „Moralität", es kamen auch die Stücke aus dem alten Testament und aus der profanen Geschichte, und in die heilige Geschichte selbst drängten sich Genreszenen, selbst solche unflätiger Art, hinein, bis endlich der Schwank usw. sich als besondere Gattung lostrennen konnte.

Währenddessen vollzog sich in Italien die Trennung vom Mysterium wesentlich durch Nachbildung der antiken Tragödie und durch eine äußerlich an Plautus und Terenz angelehnte Komödie. Und nun kam mit der Zeit überall der Übergang von der gelegentlichen festlichen Aufführung zur regelmäßigen, geschäftlichen, vom Spiel der Bürger zu dem der Schauspieler.

---

[1] Capitulare anni 789. — Auch St. Thomas von Aquino äußert sich in diesem Sinne.

Wenn wir nun fragen, wieweit und in welchem Sinne das Theater bei den verschiedenen Völkern des Okzidents national oder wenigstens populär geworden sei, so hätten wir zunächst wieder an Italien zu denken. Aber den spätern Italienern war trotz der notorisch großen Schauspielerbegabung der Nation die Blüte des ernsten Dramas versagt; an seine Stelle trat die Oper. Anderswo blieb der Stand der Schauspieler unehrlich und daher auch die teilnehmenden Schichten im Publikum fraglich; das Beispiel der Höfe half nicht jedermann über die Bedenken hinweg. Selbst Shakespeares Stellung war (nach Rümelins Resultaten) außerordentlich bedingt. Das englische Theater war auf London und den Hof beschränkt, womit schon der Anspruch auf den Terminus „Nationalbühne" wegfällt, in London selbst aber vom besseren Bürgerstand gemieden, gehalten bloß von vornehmen jungen Herrn und von den geringeren erwerbenden Klassen, tödlich gehaßt von denjenigen, welche bald den ganzen Staat in die Hände bekommen sollten. Und Shakespeares eigene dramatische Richtung sollte noch vorher durch eine andere (die Charakterkomödie des Beaumont und Fletcher) verdrängt werden.

Viel nationaler in allen seinen Richtungen (mit Einschluß der autos sagramentales), hierin das volle Gegenbild des griechischen, ist das spanische Drama, so daß man sich die Nation ohne dasselbe nicht denken könnte. Der Hof hatte zwar auch seine Truppe; aber das Theater hing nicht vom Hof, auch nicht vom Luxus der großen Städte, sondern vom Geschmacke der Nation ab, in welcher schauspielerische Begabung übrigens auch stark verbreitet ist. Ferner waren die Autos bleibend (und zwar bis in unser Jahrhundert hinein) mit dem Kultus verknüpft, was nicht hinderte, daß sie in ein sehr reichlich repräsentiertes Lustspiel moderner Gestalten ausmündeten.

Was das europäische Drama und Theater im 18. Jahrhundert betrifft, so fällt seine Depopularisierung und wachsende Beschränkung auf größere Städte (in Frankreich fast nur Paris) in die Augen. Zugleich aber treten jetzt berühmte Schauspieler, bald von europäischem Rufe, hervor. Die wirklichen Aufführungen und deren Bedürfnis fangen an, von dem dramatischen Schaffen überwogen zu werden, so daß das Drama eine Literaturgattung außerhalb der Szene wird, wie ja auch das spätere Athen Lese- oder wenigstens Rezitierdramen gehabt hatte. Endlich meldet sich in der dramatischen Literatur (mit Diderot u. a.) das Tendenziöse.

Im 19. Jahrhundert und speziell in der Gegenwart stellt sich das Theater als Zerstreuungsort dar, sowohl für die Trägen als für die Müdegearbeiteten. Seine Konkurrenzen im Treiben der großen Städte sind das Spektakelstück, die Feerie und besonders die Oper. Die Theater werden riesig groß, und feinere Wirkungen werden schon hierdurch oft verbannt; die grelleren dramatischen Effekte sind beliebt und werden noch übertrieben; das Drama ist zum Geschäft geworden, wie jetzt der Roman und noch so vieles, das noch Literatur heißt.

Dafür wissen wir aber theoretisch besser, was in der ganzen dramatischen Poesie gut w a r und w a r u m.

Fraglich ist aber heute überhaupt, wieweit der Geist der modernen Nationen nach ihrem Bedürfnis zu beurteilen sei, ein objektives Idealbild des Lebens von der Szene her in sich aufzunehmen.

*

Hier mögen nun noch einige Worte zur geschichtlichen Betrachtung d e r ü b r i g e n K ü n s t e angeschlossen werden, wobei wir allerdings vom Verhältnis der jeweiligen Menschheit zur Musik absehen wollen, das wieder eine Welt für sich ist.

Eine solche ist aber auch ihr Verhältnis zu den bildenden Künsten, und es erhebt sich die Frage: Wie spricht die Geschichte durch die Kunst?

Es geschieht dies vor allem durch das B a u l i c h - M o n u m e n t a l e, welches der willentliche Ausdruck der Macht ist, sei es im Namen des Staates oder dem der Religion. Aber man kann sich mit einem Stonehenge begnügen, wenn nicht in dem betreffenden Volke das Bedürfnis vorhanden ist, in Formen zu sprechen.

Durch dies Bedürfnis entstehen die Stile; aber der Weg vom religiös-monumentalen Wollen bis zum Vollbringen, bis zu einem Parthenon und Kölner Dom, ist ein weiter. Und dann meldet sich das Monumentale in Schloß, Palast, Villa usw. auch als Lebensluxus. Es ist hier zugleich Ausdruck und wiederum Anregung bestimmter Stimmungen, beim Besitzer jenes, beim Beschauer dieses.

So spricht der Charakter ganzer Nationen, Kulturen und Zeiten aus ihrem Gesamtbauwesen als der äußeren Hülle ihres Daseins.

Die Kunst ist in den religiösen, monumentalen, naiven Zeiten die unvermeidliche Form alles dessen, was für den Menschen heilig oder mächtig ist, und so prägt sich auch in Skulptur und Malerei vor allem die Religion aus, und zwar erstlich in Typen, indem Ägypter, Orientalen, Griechen, Mittelalter und neuere Kunst das Göttliche oder wenigstens das Heilige jedesmal in der ihnen gemäßen Gestalt einer erhöhten Menschheit darstellen, und zweitens in Historien, wobei die Kunst zu dem Zweck entsteht, das Wort in der Erzählung des Mythus, der heiligen Geschichte und Legende gleichsam abzulösen. Dies sind ihre größten, dauernden, unerschöpflichen Aufgaben, an welchen sich ihr Maßstab überhaupt ausbildet, wo sie kennenlernt, was sie kann.

Aber auch hier, in Skulptur und Malerei, wird dann die Kunst Lebensluxus; es entsteht eine profane Kunst, zum Teil weltlich-monumental, im Dienste der Macht, zum Teil im Dienste des Reichtums; Nebengattungen, wie Porträt, Genre, Landschaft, lösen sich ab, besonders einzelnen Vermögen und Bestellern entsprechend; auch hier wird die Kunst Ausdruck von Stimmungen und Anregung zu solchen.

In den abgeleiteten oder Spätzeiten sodann glaubt der Mensch, die Kunst diene ihm; er braucht sie zur Pracht und beutet bisweilen mehr ihre Neben- und Zierformen als ihre Hauptformen aus; ja sie wird Gegenstand von Zeitvertreib und von Geschwätz.

Neben dem allem aber wird sie sich ihrer hohen Stellung bewußt als eine Macht und Kraft für sich, welche nur der Anlässe und flüchtiger Berührung aus dem Leben bedarf, dann aber von sich aus ein Höchstes verwirklicht.

Das Innewerden dieses gewaltigen Mysteriums ist es, was uns die Person des großen Künstlers, in welchem sich dies alles vollzieht, in so gewaltige Höhe und Ferne rückt, ob nun der Ausdruck der eines unmittelbaren Volksgeistes, einer Religion, eines Höchsten, das einst geherrscht — oder eine ganz freie Schwingung eines individuellen Geistes sei. Daher die magische Gewalt (und heute die hohen Preise) der Originale.

DRITTES KAPITEL
DIE BETRACHTUNG DER SECHS BEDINGTHEITEN

Die Begriffsbildung der Geschichte – Die Bedingtheiten – Die Kultur in ihrer Bedingtheit durch den Staat – Die Kultur in ihrer Bedingtheit durch die Religion – Der Staat in seiner Bedingtheit durch die Religion – Der Staat in seiner Bedingtheit durch die Kultur – Die Religion in ihrer Bedingtheit durch den Staat – Die Religion in ihrer Bedingtheit durch die Kultur

Die Betrachtung der sechs Bedingtheiten ist ohne systematischen Wert, ja sachlich deshalb bedenklich, weil Bedingen und Bedingtsein so rasch und unmerklich miteinander wechseln und das wesentlich Vorherrschende bisweilen kaum zu ermitteln ist, zumal in längst vergangenen Zeiten.

Allein diese Anordnung ist ein ganz geeignetes Gehäuse für eine Anzahl geschichtlicher Beobachtungen des verschiedensten Ranges und aus allen Zeiten, welche einen gewissen Wert der Betrachtung haben und doch sonst nicht unterzubringen wären. Sie ist — um ein anderes Bild zu brauchen — nur derjenige Stoß an das Wasserglas, der die Eiskristalle anschießen macht.

Die Geschichte ist ja überhaupt die unwissenschaftlichste aller Wissenschaften, nur daß sie viel Wissens w ü r d i g e s überliefert. Scharfe Begriffsbestimmungen gehören in die Logik, aber nicht in sie, wo alles schwebend und in beständigen Übergängen und Mischungen existiert. Philosophische und historische Begriffe sind wesentlich verschiedener Art und verschiedenen Ursprungs; jene müssen so fest und geschlossen als möglich, diese so flüssig und offen als möglich gefaßt werden.

So mag denn gerade die systematische Harmlosigkeit diese Anordnung empfehlen. Gewährt doch der rasche Übergang von Zeit resp. Volk zu anderen Zeiten und Völkern wirkliche Parallelen, was die chronologisch verfahrende Geschichtsphilosophie nicht gewährt. D i e s e legt mehr Gewicht auf die Gegensätze zwischen den aufeinander gefolgten Zeiten und Völkern, w i r mehr auf die Identitäten und Verwandtschaften; d o r t handelt es sich mehr um das Anderswerden, h i e r um das Ähnlichsein.

Weit auseinander entlegen zeigt sich dasselbe Phänomen bisweilen in befremdlich genauer Wiederholung wenigstens dem Kerne nach, wenn auch unter sehr verschiedenem Kostüm.

Gar nichts hat je nicht bedingt existiert oder bloß bedingend, und gleichzeitig herrscht in einer Beziehung das eine, in anderer Beziehung das andere vor und bestimmt das Leben; es handelt sich überall um ein bloßes a potiori, um das jedesmalige Vorherrschende.

Scheinbar die zweckmäßigste Anordnung wäre: 1. Kultur bedingt von Staat; 2. Staat bedingt von Kultur; 3. Kultur bedingt von Religion; 4. Religion bedingt von Kultur; 5. Staat bedingt von Religion; 6. Religion bedingt von Staat, wobei der Vorteil wäre, daß jedesmal die Sache ihren Umschlag in den Gegensatz mit sich hätte.

Allein größere Vorteile bietet diejenige Anordnung, welche je die beiden Bedingtheiten einer Potenz zusammenstellt, beginnend mit denjenigen der Kultur, worauf die des Staates und endlich die der Religion folgen. Es ist ein mehr chronologisches Verfahren, wobei — obwohl hierauf kein Gewicht zu legen ist — wenigstens en bloc das Frühere an den Anfang und das Spätere ans Ende kommt.

Gerne begnügen wir uns dabei mit der einfachen Versetzung und lassen das gleichzeitige doppelte Bedingtsein von X durch Y und Z aus dem Spiel. Wiederholungen aber sind bei unserem Thema, die Anordnung mag sein, welche sie will, unvermeidlich.

1. DIE KULTUR IN IHRER BEDINGTHEIT DURCH DEN STAAT

Wir sehen wieder von allen Anfängen ab und lassen selbst die Frage liegen, ob Staat oder Kultur früher, oder ob beide miteinander entstanden zu denken sind. Auch können wir die Frage, wieweit das Recht ein Reflex des Staates in die Kultur hinein sei, hier bloß aufwerfen. Da es bei fast völliger Abwesenheit des Staates und ohne

Trost von dieser Seite doch als bloße S i t t e (z. B. bei den alten Germanen) stark sein kann, läge es nahe, diesen nicht als seine einzige Voraussetzung zu betrachten.

Ferner: wir beschränken uns auf wirkliche Kulturstaaten und sehen ab z. B. von Nomaden, welche sich stellenweise, an einzelnen Tauschplätzen, Küstenplätzen usw. mit der Kultur einlassen, und ebenso von Gefolgstaaten mit einer Art Halbkultur, wie sie z. B. die Kelten hatten.

Das Hauptbild bietet für uns unstreitig Ägypten, welches vielleicht Ur- und Vorbild der übrigen alten asiatischen Despotien war, und dann vergleichsweise Mexiko und Peru.

Wo irgend eine vollständige, bis zu verfeinertem Städteleben durchgedrungene Kultur sich findet, da ist in solchen früheren Stadien der Staat immer der viel stärkere Teil, ob auch der ältere, mag, wie gesagt, völlig auf sich beruhen bleiben.

Er hat vielleicht noch das deutliche Andenken für sich, daß er mit ungeheurer Mühe durch tausendjährige Anstrengungen und unter schrecklichen Kämpfen zustandegekommen und durchaus nicht eine sich von selbst verstehende, spontane Kristallisation ist; die Religion verstärkt ihn durch ein heiliges Recht und verleiht ihm eine ganz unbedingte Herrschaft; alles Wissen und Denken wie alle physische Kraft und Pracht ist in den Dienst dieser Doppelmacht gezogen; die höchste Intelligenz — Priester, Chaldäer, Magier — umsteht den Thron.

Das deutliche Kennzeichen der Herrschaft über die Kultur liegt nun in dem einseitigen Richten und Stillstellen derselben. Soweit dies durch die Religion geschieht, wird im nächsten Kapitel davon die Rede sein. Allein auch der Staat als solcher hat seinen Teil daran.

Hierher gehört die Frage vom abgeschlossenen Verkehr. Ist derselbe mehr Staatsgebot oder hat er seinen Grund mehr in nationalem Hochmut oder mehr in instinktivem Haß, Furcht und Widerwillen[1]? Die Kultur an und für sich hätte die Neigung, sich mitzuteilen und auszuglei-

[1] Wir erinnern daran, daß hospes und hostis vom gleichen Stamme kommt.

chen; aber der Kulturstaat hat so viel gekostet, bis alles in leidlicher Ordnung war, daß man von draußen nur Störungen und nichts Gutes erwartet.

Wo diese Sinnesweise primitiv vorhanden ist, wird der Staat sie mit der Zeit gewiß gesetzlich systematisieren.

Ihr deutlichstes Zeichen ist die Abwesenheit der Schifffahrt bei Küstenvölkern, wie die Ägypter und Mexikaner waren, während doch schon Naturvölker (wie das der Antillen vor Kolumbus) diese besitzen. In Ägypten existierte dafür eine sehr vollkommene Nilschiffahrt; die Perser aber versahen sogar den ganzen unteren Tigris mit lauter künstlichen Katarakten, damit keine fremde Flotte in ihr Land dränge[1].

Was die Kasteneinrichtung betrifft, so hat sie vielleicht doppelten Ursprung: Priester und Krieger mögen gegeben gewesen sein, und zwar schon bei Entstehung des Staates; die übrigen, den anderen Beschäftigungen entsprechenden Kasten aber scheinen eine spätere Einrichtung zu sein. Und zwar hat das Entscheidende, daß jeder an die Beschäftigung seines Vaters gebunden war, wohl eher der Staat angeordnet als die Priester; denn käme es von diesen her, so würden sie auch das Konubium zwischen den Kasten aufgehoben haben, was, abgesehen von den eine Art Auswurf vorstellenden Schweinehirten, für Ägypten wenigstens nicht zu beweisen ist, während in Indien diese Aufhebung allerdings besteht[2].

Aus dieser stärksten Verneinung des Individuellen geht dann vielleicht eine relativ hohe Partialkultur hervor, welche im Technischen, in der vererbten Vollendung äußerlicher Geschicklichkeiten recht haben kann (obgleich auch Gewebe, Tischlerei, Glas usw. völlig stationär bleiben), im Geistigen aber mindestens Stillstand, Beschränkung, Dünkel gegen außen mit sich führt. Denn bei der Freiheit des

---

[1] Arrian VII, 7, 7, wo erzählt wird, wie Alexander hierüber spottete. — Über den Umschlag in Ägypten unter Psammetich und das damalige enorme Gedeihen des Landes s. Curtius, Gr. Gesch. I, 345 ff.
[2] Hier sind die Hauptkasten: die Vaicias und Sudras, die große Masse der Arier und Nichtarier.

Verneinung des Individuellen

Individuums, welche hier gebrochen wird, handelt es sich ja nicht um die Willkür zu t u n , was jedem beliebt, sondern um die Schrankenlosigkeit des Erkennens und Mitteilens und den freien Trieb des Schaffens, und dies ist es, was nun gehemmt wird.

Damit ging freilich Hand in Hand, daß ohne Zweifel die beiden oberen Kasten auch die höhere Kunst und Wissenschaft in Ägypten einst gewaltsam stillstellten, indem sie sie auf die bedenklichste Weise für heilig erklärten. Der Staat mit heiligem Recht faßte damit das erlaubte Wissen und die erlaubte Kunst in ein System und kassierte das Wesentlichste für eine bestimmte Kaste ein, wobei die Kunst freilich fortfuhr, dem Herrschertum auf alle Weise und mit höchster Hingebung zu dienen; sie erzielte dabei die höchsten Äußerungen des Monumentalen und innerhalb des einmal Stillgestellten die höchste Sicherheit des Stils, aber allerdings verbunden mit langsamem innerem Absterben und Unfähigkeit der Verjüngung.

Was mag der Staat auch bei den Assyrern, Babyloniern, Persern usw. alles getan haben, um das Aufkommen des Individuellen zu verhindern, welches damals für so viel als das Böse gegolten haben wird? Der höchsten Wahrscheinlichkeit nach hat es an allen Enden, bald da bald dort, emporkommen wollen und ist den bürgerlichen und religiösen Schranken, Kasteneinrichtungen usw. erlegen, ohne eine Spur hinterlassen zu können. Die größten technischen und künstlerischen Genies vermochten an den ganz ungeschlachten Königsburgen von Ninive nichts zu ändern; die elende Anlage und die knechtische Skulptur regierten die Jahrhunderte hindurch weiter.

Nicht ausgeschlossen mochte etwa auch positiver Zwang sein; es kam möglicherweise schon in den alten Weltmonarchien auch ein Phänomen im Sinne Peters des Großen vor, indem ein Despot seinem Volke gegen dessen Natur eine anderswoher erlernte Kultur a u f e r l e g t e und es zwang, eine Weltmacht zu werden.

Im Gegensatz zu diesen Despotien steht, nachdem einmal ein tatsächliches, wenn auch nicht auf ewig festgestelltes

Kastenwesen und etwaiges heiliges Recht überwunden war, die freie Polis der klassischen Welt, welche ihre einzig bekannten Vorgängerinnen in den phönizischen Städten hat. In ihr kommt das Viele und Vielartige, in Wandelung Begriffene, sich selbst Wissende, Vergleichende und Beschreibende zur Geltung, und es sind keine heiligen Bücher mit festgestellter Staatsdoktrin und Kultur vorhanden. Hier ist wenigstens die Beschäftigung unabhängig von der Geburt; die bloß technische ist zwar als banausisch gering geschätzt, aber der Ackerbau und meist auch der Handel stehen in Ehren.

Zwar noch relativ spät wirkt der Orient ein und sucht das Individuelle durch einen priesterlichen Bund zu bändigen, indem er dabei auf den Gedanken des Jenseits in der Form der Metempsychose baut; aber das Walten des Pythagoras in Kroton und Metapont hat nur kurzen Erfolg.

Allein vom Staate wurde die Kultur doch in hohem Grade, positiv und negativ, bestimmt und beherrscht, indem er von jedem einzelnen vor allem verlangte, daß er Bürger sei. **Jeder einzelne** hatte das Gefühl, daß die Polis in ihm lebe. Diese Allmacht der Polis aber ist wesentlich verschieden von der modernen Staatsallmacht. Diese will nur, daß ihr niemand materiell entwische, jene wollte, daß jeder ihr positiv diene, und mischte sich deshalb in vieles, was jetzt dem Individuum überlassen bleibt.

Nebendraußen steht vollends Sparta, welches den Zustand einer Eroberung künstlich und grausam aufrecht hält. Hiervon und von der inneren Aushöhlung bei künstlichem Pathos und bewußtem Stile des Lebens ist auch seine besondere Sorte von auswärtiger Politik bedingt.

Bei der Entfesselung des Individuellen zeigt nun das griechische Staatswesen in Liebe und Haß eine ganz besondere Heftigkeit. Die Kultur erhält daher gewaltige Stöße. Jeder Bruch ist furchtbar und führt oft zu grauenvollen, auf Ausrottung des Gegners gerichteten Parteikämpfen und zur Austreibung ganzer, besonders höchstgebildeter Schichten der Bevölkerung. Allein der Glanz des Ruhmes und der Bildung überwiegt am Ende doch alles. Nur in einem griechischen Staatswesen erreichten alle Kräfte des entfesselten Individuums jene Spannung und Schwingung, welche überall das Höchste zu leisten gestattete. Immerhin aber ist zu sagen, daß die ganze Kultur, besonders Kunst und Wissenschaft, unter haltbaren Tyrannien so gut oder besser zu gedeihen pflegte als in der Freiheit; ja, ohne solche (bisweilen hundertjährige) Haltepunkte hätte sie schwerlich ihre volle Höhe erreicht; auch Athen bedurfte seiner Pisistratidenzeit.

Im allgemeinen mag so viel gelten: die durch die Bürgerpflichten bedingte Kultur war jedenfalls dem Können (und zwar einem unendlichen und sehr intensiven) günstiger als dem Wissen, welches auf ruhigem Sammeln beruht. Für letzteres kamen dann die Despotenzeiten unter den Diadochen mit ihrem stillgestellten politischen Leben und ihrer Muße, da Polyb (hauptsächlich im Hinblick auf die Geographie) sagen konnte: „Nachdem die Männer der Tat von der ehrgeizigen Beschäftigung mit Krieg und Politik freigekommen sind, haben sie einen Anlaß genommen, sich der wissenschaftlichen Beschäftigung zu widmen[1]."

Rom rettete dann vor allem die sämtlichen Kulturen der alten Welt, soweit sie noch vorhanden und überhaupt zu retten waren. Es ist vor allem Staat und bedarf keiner Anpreisung seines Studiums; denn hier endlich ist die Polis erreicht, welche nicht nur wie Athen im 5. Jahrhundert eine Klientel von 16 bis 18 Millionen Seelen, sondern mit der Zeit die Welt beherrscht — und zwar nicht durch die Staatsform (denn mit dieser war es in den hundert Jahren vor Cäsar elend bestellt), sondern durch den Staatsgeist, durch das übermächtige Vorurteil des einzelnen, zur Weltherrscherei zu gehören. Die ungeheure Kraft zu Angriff und Widerstand, welche von den Samniterkriegen bis zum Perseuskrieg sich entwickelt hatte und einen neuen Abschnitt der Weltgeschichte (das σωματοειδες des Polyb) verkündete, wirkte noch immer nach und schlug nicht bloß später, wie

[1] Polyb III, 59 und XII, 28.

ähnliches bei den Griechen, in vereinzelten Flammen empor, sondern ballte sich zu einem Cäsar zusammen, welcher imstande war, die großen Versäumnisse nachzuholen, Rom vor der Völkerwanderung zu retten und es dann zu überwältigen und zu reorganisieren. Das Kaiserreich, das dann folgt, ist jedenfalls allen alten Weltmonarchien enorm überlegen und überhaupt die einzige, welche bei allen Mängeln den Namen verdient. Es fragt sich hierbei nicht, ob Weltmonarchien überhaupt wünschbar seien, sondern, ob die römische i h r e n Zweck, die große Ausgleichung der alten Kulturen und die Verbreitung des Christentums, welches allein deren Hauptteile gegenüber den Germanen retten konnte, erfüllt habe oder nicht. Ohne die römische Weltmonarchie hätte es keine Kontinuität der Bildung gegeben.

Höchst bedeutungsvoll ist, daß auch das zerrissene Reich immer wieder zur Einheit hinstrebt; bei der Krisis nach Neros Tode versteht sie sich noch von selbst, bei derjenigen nach dem Tode des Commodus und Pertinax wird sie durch gewaltige Schlachten gerettet; aber selbst nach den dreißig Tyrannen wird sie noch einmal aufs glänzendste durch Aurelian hergestellt und durch seine Nachfolger gegen zahlreiche Usurpatoren gesichert. Als Prätension erhebt sie sich wieder bei Justinian, als umgestaltete Wirklichkeit bei Karl dem Großen. Und dies sind nicht bloß Ergebnisse der Machtsucht, sondern die Teile selber streben wieder zum Ganzen. Inzwischen ist die Kirche erwachsen und hat Rom von den Apostelgrüften aus in neuem Sinn als Weltherrin proklamiert.

Wenn wir nun nach Roms Vorbildung zu dieser gewaltigen Aufgabe in seiner früheren Geschichte fragen, so finden wir ein Volk, das fast ausschließlich in Staat, Krieg und Ackerbau lebt, mit sehr mäßiger Kultur.

Das unerhörte Glück für die Weltkultur lag in dem Philhellenismus, der die Römer beherrschte — allerdings zugleich mit einer deutlichen Scheu vor dem auflösenden fremden Geiste. Ihm verdanken wir ausschließlich die Kontinuität der geistigen Überlieferung.

Imperium und Kultur. Völkerwanderung

Das Verhalten des römischen Reichs zur Kultur an sich war dann ein bloßes Geschehenlassen. Der Staat wünschte gewiß eine allgemeine Tätigkeit, schon um der vectigalia willen, wußte sie aber nicht sonderlich zu fördern. Rom gab sich nur mit dem eigentlichen Regieren ab und sorgte bloß dafür, daß alles und alle ihm zinsbar blieben.

Es schaffte der müden Welt zur Zeit der besseren Kaiser ein ruhiges Privatleben, verhielt sich gegen alle geistigen Dinge in praxi liberal und gegen die Künste günstig, soweit sie zu seiner Machtverherrlichung dienten.

Schlechte Kaiser mordeten die Reichen in Rom und den Provinzen und raubten der Kultur ihre Sekurität, aber doch nur zeitweise. Und wenn Domitian viele Reben ausreuten ließ, so durfte man sie unter Trajan wohl wieder pflanzen.

So konnten sich unter der fast allgemeinen Toleranz die Kulturen und Religionen auf den weiten Territorien a u s - g l e i c h e n. Kulturzerstörend wirkte das Reich erst im 4. Jahrhundert durch sein böses Finanzsystem der Haftbarmachung der Possessores für die Steuern ihres Ortes. Folge davon war selbst Flucht zu den Barbaren, während zugleich noch viele andere Übel Entvölkerung hervorbrachten.

Herrschaft von erobernden Barbaren über Kulturvölker dauert bisweilen sehr lange, ja ewig, wie das Beispiel der Türken lehrt. Daß dies in den S t a a t e n d e r V ö l k e r - w a n d e r u n g nicht der Fall war, hat seinen Grund in dem Umstand, daß Eroberer und Eroberte nicht religiös geschieden blieben, und daß somit das Konubium unter ihnen möglich war, auf dessen Grad und Art in solchen Verhältnissen alles ankommt. Der neue Staat retardierte nun aber doch die Kultur, was nicht immer ein Unglück ist, und zwar besonders durch Neugründung von Kasten. Davon war die eine, nämlich der Klerus, gegeben und vererbt, die andere, der aus den Gefolgschaften hervorgegangene Adel, neu.

Zwischen und neben diesen beiden, die ihre aparte Kultur haben, kommt nur mit größter Mühe der Hauptträger der neuen Kultur empor: das Städtewesen, welches seit dem Untergang des römischen Reiches zuerst wieder a l l e Zweige der Kultur vertritt und seit dem 12. Jahrhundert den Hierarchen sogar die Kunst abnimmt; denn die großen Werke des späteren Mittelalters sind von Bürgern geschaffen. Bald emanzipiert sich dann in Italien auch die Wissenschaft von der Kirche. So kam eine Zeit, da lauter einzelne Kleinstaaten, nämlich die Kommunen, die allseitige Kultur vertraten, während die spezifische Bildungswelt von Adel und Klerus im Abnehmen begriffen und die Höfe nur der Sammelplatz des Adels waren.

Hier haben wir die Lichtseite der Zerstücklung und Kleinstaaterei vor uns, welche das mittelalterliche Lehenswesen mit sich brachte. Aus dem karolingischen Staat hatte sich zunächst ein nationales und zugleich ein provinziales Staatstum und Leben in wunderlicher Verrechnung gebildet, das zu preisen und zu tadeln gleichmäßig unnütz ist. Und dies war nun im kleinen weitergegangen: alle möglichen Rechte, auf allen Stufen der Macht, wurden gegen bestimmte Verpflichtungen verliehen, so daß ein beständiges Vikarieren herrschte, bei dem der Begriff des Amtes verduftete. Es war die erdenklich unsicherste und unbehilflichste Art, von irgendeiner Gattung von Kapital Renten, von Vergebung Leistungen zu beziehen, eine Zerstücklung und Ableitung der Macht, wie sie unserem machttrunkenen Jahrhundert als Torheit und Unglück erscheinen würde, und regieren in jetzigem Sinne könnte man damit allerdings nicht. Aber Dinge, die gar keine Bedeutung für die Kultur ihrer Zeit haben, sind nicht von langer Dauer, und das Lehnwesen ist von langer Dauer gewesen. Die damaligen Menschen entwickelten am damaligen Zustand i h r e Tugenden und Untugenden; die Persönlichkeit konnte sich frei zeigen und guten Willen betätigen und darin lag ihr Pathos. Und nun hat freilich auch in den Städten die Kultur ihre furchtbaren Schranken in der Ausartung des Zunftwesens; allein da ist es doch wesentlich nicht der Staat, sondern die Kultur selbst, welche sich in Gestalt von Korporationen beschränkt.

Nun aber taucht mit Kaiser Friedrich II. und seinem unteritalischen Reich der moderne, zentralisierte Gewaltstaat auf, beruhend auf normannischer Tyrannenpraxis und mohammedanischen Vorbildern, mit furchtbarer Herrschaft auch über die Kultur, besonders durch die Handelsmonopole, die er sich vorbehält — man denke nur an Friedrichs eigenen privilegierten Handel nach dem ganzen Mittelmeere. — Hier mischt sich der Staat in alle Privatverhältnisse, so daß die königlichen Bajuli sogar den Arbeitslohn regulieren; zu der alten Besteurung verschiedener Tätigkeiten kommt ein ganzer Haufe neuer und sehr quälerischer; wo die Einnehmer nicht hart genug sind, setzt Friedrich als letztes Druckmittel sarazenische hin und bedient sich zuletzt sogar sarazenischer Justitiare; wer nicht zu rechter Zeit zahlt, muß auf die Galeeren; in steuerverweigernde Gegenden legt man deutsche oder sarazenische Garnisonen. Dazu kommen ein genaues Katasterwesen, geheime Polizei, Zwangsanleihen, Erpressungen, Verbot der Ehe mit Fremden ohne spezielle Erlaubnis, Studienzwang der Universität Neapel, zuletzt Verschlechterung der Münze und Herauftreiben der Monopole, so daß von Salz, Eisen, Seide usw. 75 Prozent an den Staat kommen; das große Generalverbrechen aber ist die kulturwidrige Absperrung Unteritaliens vom Abendlande. Man möge nur keine liberalen Sympathien mit diesem großen Hohenstaufen haben!

Friedrichs Nachfolger, die italienischen Tyrannen, müssen wenigstens behutsamer verfahren und die Verzweiflung ihrer Untertanen vermeiden. Im ganzen übrigen Europa aber dauert es lange bis zu dieser Konzentration der Macht. Und wo sie eintritt, hat man dann den einen sichern Maßstab dafür, wieweit es ihr mit ihrer **Hervorhebung des allgemeinen Interesses** ernst ist; das Kennzeichen ist, daß der Staat das Recht von seiner Macht ausscheidet, besonders das Fiskalische objektiv behandelt und Prozesse gegen den Fiskus und Klagen gegen seine Beamten vor unabhängigen Gerichtshöfen zuläßt.

Nur beiläufig sei hier Spaniens als einer rein aufbrauchenden und zerstörenden, ohnehin aus Weltlichem und Geistlichem anders gemischten Macht Erwähnung getan; die früheste V o l l e n d u n g des modernen Staates mit höchster und stark geübter Zwangsmacht fast über alle Zweige der Kultur findet sich bei Ludwig XIV. und seinen Nachahmern[1].

Eigentlich schon eine gewaltsame Restauration gegen den wahren Geist der Zeiten, der seit dem 16. Jahrhundert auf politische und intellektuelle Freiheit hinzudrängen schien, war diese Macht entstanden durch das Bündnis des französischen Königtums mit dem römischen Recht seit Philipp dem Schönen und mit den bald auf demokratische Utopien, bald auf den Absolutismus gerichteten Begriffen der Renaissance. Dazu waren die französische Neigung für Gleichförmigkeit, die Gleichgültigkeit gegen Bevormundung und die Vorliebe für eine Allianz mit der Kirche gekommen. Freilich wäre dies mehr mongolische als abendländische Ungetüm, welches Ludwig XIV. heißt, im Mittelalter exkommuniziert worden; jetzt aber konnte er sich als alleinberechtigt und als Alleineigentümer von Leibern und Seelen gebärden.

Ein großes Übel ist, daß, wo einer anfängt, die andern schon um ihrer Sicherheit willen nicht zurückbleiben dürfen. Dieser Machtstaat wurde also nach Kräften überall im kleinen und großen nachgeahmt und wich dann auch nicht, als Aufklärung und Revolution ihn mit ganz neuem Inhalt erfüllten, und als er nicht mehr Louis, sondern Republik hieß. Erst im 19. Jahrhundert nimmt, wie später gezeigt werden soll, die Kultur i h n soweit als möglich in i h r e n Dienst, und es beginnt der Streit darüber, wer den andern bedingen und bestimmen solle, in welchem Streit sich die große heutige Krisis des Staatsbegriffs vollzieht.

[1] Vgl. B u c k l e I, S. 157—190.

Was das Verhältnis zu Erwerb und Verkehr betrifft, so wurde das System Colberts von Ludwig selbst zu reiner Ausbeutung gemißbraucht. Es gab Zwangsindustrien, Zwangskulturen, Zwangskolonien, eine Zwangsmarine — Dinge, worin die deutschen Sultane dem Vorbilde nach Kräften nacheiferten, und doch wurde alles durch den allgemeinen Druck und die Erpressung mehr zurückgehalten als befördert; überall war die wahre Initiative abgeschnitten.

Reste dieses Treibens sind noch heute die Schutzzollindustrien; scheinbar handelt der Staat dabei der Industrie zu Gefallen, eigentlich aber meint er nur sich.

Dabei gewöhnte sich der Staat an eine gewaltsame auswärtige Politik, an große stehende Heere und andere kostspielige Zwangsmittel aller Art, kurz an ein separates Leben, welches von seiner eigentlichen höheren Aufgabe völlig geschieden war. Es wurde bloßer öder Machtgenuß; ein Pseudoorganismus „an und für sich".

Und nun das Verhältnis zum Geist. Bei Ludwig XIV. steht vor allem und als das große charakteristische Ereignis seiner Regierung da die Aufhebung des Edikts von Nantes und die große Hugenottenaustreibung, das größte Molochsopfer, das je einer „Einheit" oder eigentlich dem königlichen Machtbegriff gebracht worden ist.

Zunächst stellt dann der Staat (mit dem l'état c'est moi) eine Doktrin von sich auf, welche mit der allgemeinen Wahrheit kontrastiert und im Gegensatz sowohl zur Kultur als selbst zur Religion steht[1].

Dann werden Ausschließung und Beförderung systematisch gehandhabt und erstere bis zur Verfolgung gewisser Gattungen von Gebildeten gesteigert, und wen man nicht verfolgt, dem verleidet man doch die freie Regung.

Dabei kommt der Geist der politischen Macht gefällig entgegen. Was sie nicht erzwingt, tut man ihr von selbst zu Gefallen, um ihre Gunst zu genießen. Es würde sich an dieser Stelle ein Wort über Wert und Unwert aller Akademien sagen lassen.

[1] Man denke auch an Napoleons catéchisme de l'empire und schon an das gottähnliche spanische Königstum.

Literatur und selbst Philosophie werden in der Verherrlichung des Staates wohldienerisch und die Kunst wohldienerisch-monumental, oder sie schaffen doch nur, was hoffähig ist. Der Geist geht auf alle Arten an die Kost und schmiegt sich an das „Gegebene"[1]. Neben der besoldeten und soldwünschenden Produktion hält sich die freie nur noch bei den Exilierten und allenfalls noch bei den Belustigern des gemeinen Volkes.

Zugleich werden die Höfe das Vorbild einer ganzen Geselligkeit; ihr Geschmack ist der allein entscheidende.

Ferner hält der Staat mit der Zeit selber Lehranstalten jeder Art und duldet keine Konkurrenz, soweit er nicht etwa die der Kirche dulden muß. Freilich **kann** er auch das Geistige nicht ganz der Gesellschaft überlassen, weil diese zeitweise ermüdet und einzelne Zweige untergehen ließe, wenn nicht ein stärkerer Wille sie aufrecht erhielte. Überhaupt kann er ja in müden, späten Zeiten der Noterbe und Notschirmer von irgend etwas sein, das zur Kultur gehört und ohne ihn stürbe, wie denn in Amerika, wo er sich diese Aufgabe nicht setzt, manches fehlt. Dies ist die späte Bedingtheit vom Staat und ganz anderer Art als die primitive.

Die allmähliche Gewöhnung an gänzliche Bevormundung aber tötet endlich jede Initiative; man **erwartet** alles vom Staat, woraus dann bei der ersten Verschiebung der Macht sich ergibt, daß man alles von ihm **verlangt**, ihm alles aufbürdet. Von dieser neuen Wendung, da die Kultur dem Staat seine Programme schreibt (besonders solche, die eigentlich an die Gesellschaft zu adressieren wären), ihn zum Verwirklicher des Sittlichen und zum allgemeinen Helfer machen will und seinen Begriff aufs stärkste ändert, wird später zu sprechen sein.

Diesem allem gegenüber behauptet sich einstweilen gewaltsam das Gewaltstaatstum und Herrschertum mit Hilfe seiner Tradition und mit seinen aufgesammelten Machtmitteln und baut auf die Gewöhnung. Dieser dynastische Zentralwille ist und bleibt aber etwas ganz anderes als

[1] In neuerer Zeit treten auch Verleger resp. Publikum an die Stelle der Regenten.

der mittlere Gesamtwille der Nationen sein würde, indem er die Machtansammlung in einem ganz andern Sinne versteht.

Das moderne Treiben der Völker zur Einheit und zum Großstaat — der dann auch, wenn er (wie die amerikanische Union) in seinem Bestande bedroht ist und der Trennung zuzusteuern scheint, mit den äußersten Mitteln sein Beisammenbleiben behauptet, ist einstweilen in seinen Gründen noch streitig und der Ausgang noch dunkel.

Zwar werden als Zweck u. a. auch gewisse höchste Vollendungen der Kultur (als wäre diese das leitende Prinzip) namhaft gemacht: schrankenloser Verkehr, Freizügigkeit, Erhöhung aller Bestrebungen durch Hinzutreten einer gesamtnationalen Weihe, Konzentration des Verzettelten, großer Mehrwert des Vereinigten, Vereinfachung des Komplizierten. Ja es gibt Pfiffici genug, welche meinen, s i e würden dann dem einmal völlig geeinigten Staat das Kulturprogramm schreiben.

Allein in erster Linie will die Nation (scheinbar oder wirklich) vor allem Macht. Das kleinstaatliche Dasein wird wie eine bisherige Schande perhorresziert; alle Tätigkeit für dasselbe genügt den treibenden Individuen nicht; man will nur zu etwas Großem gehören und verrät damit deutlich, daß die Macht das erste, die Kultur höchstens ein ganz sekundäres Ziel ist. Ganz besonders will man den Gesamtwillen nach außen geltend machen, andern Völkern zum Trotze.

Daher zunächst die Hoffnungslosigkeit jeder Dezentralisation, jeder freiwilligen Beschränkung der Macht zugunsten des lokalen und Kulturlebens. Man kann den Zentralwillen gar nicht stark genug haben.

Und nun ist die Macht an sich böse, gleichviel wer sie ausübe. Sie ist kein Beharren, sondern eine Gier und eo ipso unerfüllbar, daher in sich unglücklich und muß also andere unglücklich machen.

Unfehlbar gerät man dabei in die Hände sowohl ehrgeiziger und erhaltungsbedürftiger Dynastien als einzelner „großer Männer" usw., das heißt solcher Kräfte, welchen gerade an dem Weiterblühen der Kultur am wenigsten gelegen ist.

Aber wer die Macht will und wer die Kultur will, — vielleicht sind beide blinde Werkzeuge eines Dritten, noch Unbekannten.

2. DIE KULTUR IN IHRER BEDINGTHEIT DURCH DIE RELIGION

Hohe Ansprüche haben die Religionen auf die Mutterschaft über die Kulturen, ja die Religion ist eine Vorbedingung jeder Kultur, die den Namen verdient, und kann sogar geradezu mit der einzig vorhandenen Kultur zusammenfallen.

Zwar entsprechen sie zwei wesentlich verschiedenen Bedürfnissen, dem metaphysischen und dem geistig-materiellen. Allein in der Wirklichkeit reißt das eine das andere mit sich und macht es sich dienstbar.

Eine mächtige Religion entfaltet sich in alle Dinge des Lebens hinein und färbt auf jede Regung des Geistes, auf jedes Element der Kultur ab[1].

Freilich reagieren dann diese Dinge mit der Zeit wieder auf die Religion; ja deren eigentlicher Kern kann erstickt werden von den Vorstellungs- und Bilderkreisen, die sie einst in ihren Bereich gezogen hat. Das „Heiligen aller Lebensbeziehungen" hat seine schicksalsvolle Seite.

Jede Religion würde, wenn man sie rein machen ließe, Staat und Kultur völlig dienstbar, d. h. zu lauter Außenwerken ihrer selbst machen und die ganze Gesellschaft von sich aus neu bilden. Ihre Repräsentanten, d. h. ihre Hierarchie, würden vollkommen jede andere Herrschaft ersetzen. Und wenn dann der Glaube Tradition geworden und versteinert ist, dann würde es der Kultur nicht mehr helfen, wenn sie Fortschritt bleiben und sich ändern wollte; sie bliebe gefangen.

---

[1] Wieweit werden geringere Rassen durch ihre Schreckensreligionen in ihrer Unkultur festgehalten? Oder behaupten sich diese Religionen eher, w e i l die Rasse nicht kulturfähig ist?

Wirkung des Jenseitsglaubens

Diese Gefahr ist besonders groß in den Staaten des heiligen Rechtes[1]; hier ist es die vereinte Macht von Staat und Religion, welche die Kultur im Zaum hält.

Außerdem aber kann schon der Inhalt einer Religion, ihre Lehre, der Kultur, und selbst einer hochangelegten, sehr strenge und scharfe Schranken anweisen[2].

Vor allem kann die Beschäftigung mit dem Jenseits das Diesseits völlig überschatten. Am Anfang der Geschichte begegnet uns schon die ägyptische Gräberreligion, die den Ägypter zu so großen Opfern für sein Grabwesen genötigt hat. Und dann finden wir trübe Kontemplation und Askese bis zur Verleidung des Erdenlebens erst recht wieder am Ende des Altertums.

So fing das Christentum an, die römische Kultur nicht bloß zu durchdringen, sondern sie zu ersetzen. Im 4. Jahrhundert überwindet die Kirche die arianische Spaltung, und seit Theodosius sind Imperium und Orthodoxie synonym. Und nun ist nicht nur die Kircheneinheit der Reichseinheit überlegen, sondern die Kirche verdrängt fast alle andere Literatur; wir erfahren fast nichts mehr von den profanen Gedankenkreisen; die Askese färbt äußerlich das ganze Leben; alles stürzt sich in die Klöster; die gebildete alte Welt, auch vom Staate übel gequält, scheint ehelos ausleben zu wollen. Kirche und Barbaren führen allein das Wort; Hierarchen sind die mächtigsten Personen, Kultus und Dogmenstreit, selbst im Volk, die Hauptbeschäftigung.

Doch hatte die Kultur dabei das unaussprechliche Glück, daß wenigstens nicht im Abendlande (während es in Byzanz allerdings bis zu einem gewissen Grade der Fall war) Staat und Kirche in ein erdrückendes Eins zusammenrannen, und daß dann die Barbaren weltliche, zunächst meist arianische Reiche errichteten.

---

[1] Über dessen Entstehung vgl. nachher S. 107 ff. und oben S. 85 f.
[2] Darüber, wieweit der Buddhismus das tägliche und das historische Leben seiner Völker färbt, müssen wir auf die künftigen Ergebnisse Bastians u. a. verweisen.

Dies Zusammenrinnen geschah im Islam, welcher seine ganze Kultur wesentlich beherrscht, bedingt und färbt. Er hat nur einerlei unvermeidlich despotisches Staatswesen, nämlich die vom großen Kalifat auf alle Dynastien wie selbstverständlich übergegangene weltlich-geistliche, theokratische Machtvollkommenheit. Auch alle Stücke also wiederholen nur das Weltreich im kleinen, d. h. arabisiert und despotisch. Alle Macht stammt in dem gleichen Sinne von Gott wie bei den Juden.

Der Islam, der eine so furchtbar kurze Religion ist, ist mit dieser seiner Trockenheit und trostlosen Einfachheit der Kultur wohl vorwiegend eher schädlich als nützlich gewesen, und wäre es auch nur, weil er die betreffenden Völker gänzlich unfähig macht, zu einer andern Kultur überzugehen. Die Einfachheit erleichterte sehr seine Verbreitung, war aber mit derjenigen höchsten Einseitigkeit verbunden, welche der starre Monotheismus bedingt[1], und aller politischen und Rechtsentwicklung stand und steht der elende Koran entgegen; das Recht bleibt halbgeistlich.

Das Beste vielleicht, was vom Kultureinfluß des Koran sich sagen ließe, wäre, daß er die Tätigkeit als solche nicht proskripiert, die Beweglichkeit (durch Reisen) veranlaßt — worauf die Einheit dieser Bildung vom Ganges bis Senegal beruht — und ganz wüste orientalische Gaukelmagie ausschließt.

Aber auch die trübste christliche Kontemplation und Askese war der Kultur nicht so schädlich als der Islam, sobald man folgendes erwägt:

Abgesehen von der allgemeinen Rechtlosigkeit vor dem Despotismus und seiner Polizei, von der Ehrlosigkeit aller derer, die mit der Macht zusammenhängen[2], wofür die Gleichheit aller, die Abwesenheit von Adel und Klerus keinen Ersatz gewähren, entwickelt sich ein diabolischer Hochmut gegenüber dem nichtislamischen Einwohner und gegenüber andern Völkern, bei periodischer Er-

---

[1] „Denn alle Kultur und Wissenschaft ist im Momente ihrer Produktion pantheistisch, nicht monotheistisch." Lasaulx, S. 71.
[2] Vgl. Prévost-Paradol, France nouvelle, S. 358.

neuerung des Glaubenskrieges, ein Hochmut, wodurch man gegen den noch immer unverhältnismäßig größten Teil der Welt und dessen Verständnis abgesperrt ist.

Die einzigen Ideale des Lebens sind die beiden Pole: der Fürst und der zynisch-asketische Derwisch-Sufi, zu denen allenfalls noch der Landstreicher in Art des Abu Seid kommt. In die Satire, das Landstreichertum und „Büßertum" mag sich das Freie und Individuelle noch allenfalls flüchten.

In der Bildung fällt auf das Vordrängen der Sprache und Grammatik über den Inhalt, die sophistische Philosophie, an der nur die häretische Seite frei und bedeutend ist, dann eine erbärmliche Geschichtswissenschaft, weil alles außerhalb des Islam gleichgültig und alles innerhalb des Islam Partei- oder Sektensache ist, und eine im Verhältnis zu ganz ungehemmter Empirie doch nur mangelhafte Pflege der Naturkunde. Sie haben lange nicht so viel geforscht und entdeckt, als sie frei gedurft hätten, es fehlte der allgemeine Drang zur Ergründung der Welt und ihrer Gesetze.

Die Poesie kennzeichnet hier vor allem der Haß des Epischen, weil die Seele der Einzelvölker darin fortleben könnte; Firdusi ist nur per Konterbande da. Dazu kommt noch die für das Epos tödliche Richtung auf das Lehrhafte, die Tendenz, das Erzählende nur als Hülle eines allgemeinen Gedankens, als Parabel wert zu achten. Der Rest flüchtete sich in das figurenreiche, aber gestaltenlose Märchen. Ferner gibt es kein Drama. Der Fatalismus macht die Herleitung des Schicksals aus Kreuzung der Leidenschaften und Berechtigungen unmöglich; — ja vielleicht hindert schon der Despotismus an sich die poetische Objektivierung von irgend etwas. Und eine Komödie ist unmöglich, schon weil es keine gemischte Geselligkeit gibt, und weil Witz, Spott, Parabel, Gaukler usw. die ganze betreffende Stimmung vorwegnehmen.

In der bildenden Kunst ist nur die Architektur ausgebildet, zuerst durch persische Baumeister, dann mit Benützung des byzantinischen und überhaupt jedes vorgefundenen Stiles und Materials. Skulptur und Malerei existieren so gut wie gar nicht, weil man die Vorschrift des Koran nicht nur innehielt, sondern weit über den Wortlaut übertrieb. Was dabei der Geist überhaupt einbüßte, läßt sich denken.

Daneben besteht freilich das täuschende Bild von blühenden, volkreichen, gewerblichen islamitischen Städten und Ländern mit Dichterfürsten, edelgesinnten Großen usw., wie z. B. in Spanien unter und nach den Omajaden.

Aber über jene Schranken hinaus, zur **Totalität des Geistigen**, drang man auch hier nicht durch, und Unfähigkeit zur Wandelung, zur Einmündung in eine andere, höhere Kultur war auch hier das Ende, wozu dann noch die politisch-militärische Schwäche gegen Almoraviden, Almohaden und Christen kam.

Die Wirkung der Religionen auf die Kulturen hängt natürlich sehr von ihrem Geltungsgrad im Leben überhaupt ab[1], allein nicht bloß vom gegenwärtigen, sondern auch von den ehemaligen Geltungsgraden. Eine Religion knickt im entscheidenden geistigen Entwicklungsaugenblick eine Falte in den Geist eines Volkes, die nie mehr auszuglätten ist. Und wenn dann später auch alle Pforten in die freie Kultur hinein geöffnet werden, so ist die Neigung oder doch die beste Neigung für das früher Verwehrte vorüber. Denn derjenige Moment kehrt nicht wieder, da der betreffende Kulturzweig, im Zusammenhang mit sonstiger Erhöhung des nationalen Lebens, geblüht haben würde. Wie große Wälder einmal und dann, wenn ausgerottet, nicht wieder wachsen, so besitzen oder erwerben Mensch und Volk gewisse Dinge in der Jugend oder nie.

Übrigens ließe sich in betreff der Kultur überhaupt fragen, ob wir berechtigt sind, ihre unbedingte Ausbreitung von irgendeinem Stadium aus für wünschbar zu halten, ob nicht das, was hier geknickt wird und unentfaltet stirbt, bestimmt ist, bei künftigen Völkern und Kulturen als völlig Neues und zum erstenmal Geborenes an den Tag zu treten, damit es e i n m a l naiv vorhanden sei.

[1] Vgl. oben S. 50 f.

Am wenigsten hemmend für die Kultur waren die beiden klassischen Religionen als Religionen ohne Hierarchie, ohne heilige Urkunden und ohne sonderliche Betonung des Jenseits.

Die g r i e c h i s c h e Götter- und Heroenwelt war ein idealer Reflex der Menschenwelt mit göttlichen und heroischen Vorbildern für jedes hohe Streben und für jeden Genuß. Es war eine Vergötterung der Kultur und doch keine Versteinerung derselben, wenn aus dem Feuergott der vielkundige Schmied, aus der Blitz- und Kriegsgöttin die Schützer in jeder Kultur und Kunst und der klaren und besonnenen Menschen, aus dem Herdengott der Herr der Straßen, aller Botschaft und alles Verkehrs wurde. Die R ö m e r vergöttlichten vollends jedes irdische Treiben bis auf die pulchra Laverna hinab.

Bei den Alten setzte die Religion dann jeder weiteren Entwicklung der Gedankenwelt nur geringen Widerstand entgegen; da, wo die Poesie als Erzieherin den Menschen entließ, durfte ihn die Philosophie in Empfang nehmen und zum Monotheismus, Atheismus, Pantheismus führen.

Unvermeidlich höhlte sich dann wohl die dennoch fortlebende Religion zum bloßen Massenglauben, zur verkommenden Mantik und Goetie aus, und diese schlug dann seit dem 2. Jahrhundert ihre schwarzen Fittiche wieder um die ermattete Kultur. Die späte Konkurrenz dieser Religion mit dem eindringenden Christentum mußte zur Niederlage führen.

Gesondert ist nun noch in ihrer Bedingtheit durch die Religion die K u n s t zu betrachten[1].

Die Künste, welches auch ihr Ursprung sei, haben jedenfalls ihre wichtigste, entscheidende Jugendzeit im Dienste der Religion zugebracht.

Schon vorher müssen oder können existiert haben: Nachbildungen des Wirklichen in plastischer wie in flacher Darstellung mit der Farbe, Ausschmückungen des Gebauten, Anfänge von erzählendem Dichten und von Seelenausdruck im Gesang, vielleicht auch schon ein sehr künstlicher

[1] Vgl. oben S. 60 ff.

Tanz; wenn auch eine Art von Religion schon daneben existierte, so waren diese Dinge doch noch nicht in deren Dienst.

Allein nur Religion und Kultus brachte diejenigen feierlichen Schwingungen in der Seele hervor, welche imstande waren, in dies alles das höchste Vermögen hineinzulegen; sie erst brachten in den Künsten das Bewußtsein höherer Gesetze zur Reife und nötigten den einzelnen Künstler, der sich sonst hätte gehen lassen, zum S t i l ; d. h. eine einmal erreichte Höhenstufe wird festgehalten gegenüber dem daneben weiterlebenden Volksgeschmack (welcher vielleicht von jeher für das Süßliche, Bunte, Grauenvolle usw. würde gestimmt haben).

Zugleich ergab sich dabei eine Entbindung von der religiösen Angst; die Gestaltung der Götter sicherte vor dem Grauenbild, der Hymnus läuterte die Seele.

Auch die Despoten mochten dann die priesterlich entstandene Kunst wohl für sich ausnützen.

Allein die Kunst wird dann mit der Zeit nicht bloß auf einer gewissen Höhe erhalten, sondern auch nach oben festgehalten, d. h. die weiteren, höheren Entwicklungen werden einstweilen abgeschnitten durch hieratische Stillstellung, das einmal mit enormer Anstrengung Erreichte gilt als heilig, wie besonders am Anfang und am Ausgang der alten Kulturwelt Ägypten und Byzanz lehren.

Ägypten ist dabei geblieben, hat die Schritte zum Individuellen nie machen dürfen und ist unfähig geworden, überhaupt in ein Neues auszumünden und überzugehen. „Sint, ut sunt, aut non sint" muß man von seinen Künstlern sagen.

Die allergrößte Knechtung einer ehemals großen und vielleicht bei Freiheit immer noch großer Dinge fähigen Kunst aber findet sich in Byzanz; hier ist fast nur das Heilige erlaubt und nur in patentierter Auswahl und Darstellungsweise, mit feststehenden Mitteln; die Kunst wird typischer als sonst je.

Anderswo, wie im Islam, wird die Kunst durch die Religion gewaltsam reduziert, ja völlig verneint, wie dies der Kalvinismus und Puritanismus tun, wo die kirchliche Bilder-

flucht sich unvermeidlich auch auf das Leben überhaupt ausdehnt.
Die Griechen aber durchbrachen, während der hieratische Stil noch immer fortdauerte, die Schranken, und zwar noch immer im Dienste des Kultus. Es kamen der große, freie Stil der höchsten Blütezeit, sodann eine reiche Geschichte der künstlerischen Wandelungen, zugleich die Überleitung der Kunst auch auf das Profane und endlich die auf die Verherrlichung des Individuellen und Momentanen.

Die Ablösung der einzelnen Künste vom Kultus möchte nach ihren Stadien aber etwa folgende gewesen sein:
Zuerst macht sich die P o e s i e im wesentlichen los und entwickelt eine neutrale, heroische, lyrische Welt des Schönen; ja bei Hebräern und Griechen auffallend früh auch eine didaktische Dichtung. Die Religion kann sie am frühesten entbehren und entlassen; denn mit den ihr nötigen Ritualien wird sie längst versehen sein und vielleicht die in ihrer Urzeit entstandenen am liebsten beibehalten, woneben sich dann noch eine freie Poesie erbaulichen Inhalts behaupten mag, indem ein freies Walten der Phantasie über das Heilige keine Bedenken hat. Ein Gefäß des Mythus, wo er existiert, bleibt außerdem noch das Volksepos, weil der Mythus von der bloßen Volkssage nicht zu trennen ist. Die profane Poesie aber wird nun um so mehr Bedürfnis, als alle für Haltbarkeit und Überlieferbarkeit bestimmten Aufzeichnungen überhaupt auf die poetische Form angewiesen sind.
Dann trennt sich ein Gebiet der Erkenntnis nach dem andern von der Religion, wenn diese nicht durch ein heiliges Recht Herrin bleibt, und endlich entsteht eine ganz profane W i s s e n s c h a f t.
Und doch spricht eine Ahnung dafür, daß alles Dichten und aller Geist einst im Dienste des Heiligen gewesen und durch den Tempel hindurchgegangen ist.
Länger dagegen und für einen wichtigen Teil ihres Schaffens auf immer bleibt die b i l d e n d e K u n s t im Dienste der Religion, oder doch eng mit ihr verbunden

(denn die Sache hat, wie wir später sehen werden, zwei Seiten).

Die Religion bietet der Architektur ihre höchste Aufgabe und der Skulptur und Malerei einen anerkannten, überall verständlichen Gedankenkreis, eine homogen über weite Lande verbreitete Beschäftigung.

Enorm ist aber der Wert des Gleichartigen in der Kunst für die Bildung der Stile; es enthält die Aufforderung, im Längstdargestellten ewig jung und neu zu sein und dennoch dem Heiligtum gemäß und monumental, woher es denn kommt, daß die tausendmal dargestellten Madonnen und Kreuzabnahmen nicht das Müdeste, sondern das Beste in der ganzen Blütezeit sind.

Keine profane Aufgabe gewährt von ferne diesen Vorteil. An ihnen, die eo ipso stets wechseln, würde sich nie ein Stil gebildet haben; die jetzige profane Kunst lebt mit davon, daß es heilige Stile gegeben hat und noch gibt; man kann sagen, daß ohne Giotto Jan Steen anders und vermutlich geringer wäre.

Endlich bietet die Religion der Musik einen unvergleichlichen Gefühlskreis; freilich kann, was die Musik innerhalb desselben schafft, in seiner Halbbestimmtheit die Religion selber lange überleben.

3. DER STAAT IN SEINER BEDINGTHEIT DURCH DIE RELIGION

So wie es noch spät anerkannt wird, daß die Religion das hauptsächliche Band der menschlichen Gesellschaft sei[1], indem nur sie eine genügende Hüterin desjenigen moralischen Zustandes sei, welcher die Gesellschaft zusammenhalte, so ist gewiß bei den Gründungen der Staaten — vermutlich nach furchtbaren Krisen — die Religion mächtig mitbestimmend gewesen und hat von daher einen dauernden Einfluß auf den ganzen Lebenslauf des Staates beansprucht.

---

[1] Religio praecipuum humanae societatis vinculum, Baco, Sermones fideles. Über den neueren Ersatz durch das Ehrgefühl vgl. Prévost-Paradol, France nouvelle, S. 357 ff.

Durch diese Verflechtung erklärt sich die Entstehung eines heiligen, von den Priestern befestigten Rechtes; der Staat sollte dadurch eine größtmögliche Haltbarkeit bekommen; Herrschern und Priestern war damit anfangs gleichmäßig gedient.

Das Unglück dabei war, selbst wenn die jetzt verdoppelte Macht nicht schon von selbst zu doppeltem Mißbrauch eingeladen hätte — die Hemmung alles Individuellen. Jeder Bruch mit dem Bestehenden wird zugleich ein Sakrilegium und daher mit höchst grausamen Strafen und Henkerserfindungen geahndet; eine weitere Entwickelung ist bei dieser heiligen Versteinerung nicht möglich.

Die Lichtseite ist, daß in Zeiten, wo das Individuelle gebändigt wird, durch die Staats- und Priestermacht wirklich Großes geschehen kann, daß große Zwecke erreicht werden, viel Wissen gewonnen wird, und daß die ganze Nation darin ihren Ausdruck, ihr Pathos und ihren Stolz gegenüber anderen Völkern zu finden vermag. Die Völker des heiligen Rechts sind wirklich für etwas dagewesen und haben eine mächtige Spur zurückgelassen; es ist höchst wichtig, wenigstens e i n solches zu studieren und zu betrachten, wie hier die Individualität des einzelnen gebunden und nur das Ganze individuell ist.

Das heilige Recht gehört im höchsten Sinne zu den Schicksalen d e r Völker, die ihm je gedient haben. Zur Freiheit allerdings taugen sie n i e mehr; die Knechtschaft der frühesten Generationen wirkt im Geblüt bis heute nach. Wie aber die geistige Kultur bei diesem Zustande gehemmt wird, haben wir früher am Beispiel des alten Ägyptens gesehen.

Lehrreich im höchsten Maße sind die heiligen Bücher nämlich nicht allein, sondern erst in Verbindung mit der Gegenrechnung dessen, was bei einem solchen Volke verhindert und unterdrückt worden ist.

Dazu kommt noch, daß über kurz oder lang unfehlbar die Despotie Meister zu werden und die Religion als ihre Stütze zu mißbrauchen pflegt.

Besondere Schattierungen stellen die Tempel- und Orakelstaaten Vorderasiens — eingerechnet das Ammonium —

dar. Hier ist, freilich für einen nur kleinen Kreis, die Religion das Gründende, Alleinherrschende. Eine Bürgerschaft besitzen sie selten, meist aber Tempelsklaven, teils durch Schenkung, teils aus Stämmen, welche dem Gott irgendwie durch heilige Kriege oder auf andere Art dienstbar gemacht worden sind.

Auch Delphi und Dodona mögen als kleine Orakelstaaten ähnlicher Art hier genannt werden. Die Verfassung Delphis war so, daß aus einer Anzahl von Familien, die von Deukalion abstammten (den Δελφῶν ἀριστεῖς, ἄνακτες), die fünf regierenden Hauptpriester durch das Los gewählt wurden, und dazu kam dann noch als obere Behörde der Amphiktyonenrat[1].

Mit einem Worte wollen wir auch hier des interessanten diodorischen Berichtes von der in Meroe von Ergamenes durchgeführten Säkularisation eines solchen Priesterstaates gedenken[2], und endlich möge noch die um 100 v. Chr. blühende dazisch-getische Theokratie erwähnt sein, in der neben dem Könige noch ein Gott (d. h. ein Mensch als Gott) waltete[3].

Die größten, geschichtlich bedeutendsten, stärksten Theokratien fanden sich aber überhaupt nicht bei den Polytheismen, sondern bei solchen Religionen, die sich — vielleicht mit einem heftigen Ruck — dem Polytheismus entzogen haben, welche gestiftet, geoffenbart und durch eine Reaktion entstanden sind.

So sieht man die Juden durch alle Wandlungen ihrer Geschichte hindurch beständig wieder der Theokratie zustreben, wie sich am deutlichsten aus ihrer späteren Restauration als Tempelstaat zeigt. Sie hoffen nicht sowohl Weltherrschaft ihrer Nation als ihrer Religion; alle Völker sollen kommen, auf Moriah anzubeten. Freilich schlägt mit David und Salomo auch die jüdische Theokratie zeitweise in weltlichen Despotismus um; aber periodisch suchen die Juden wieder von ihrem Wesen alles das aus-

---

[1] Vgl. Pauly, Realenc. II, S. 903 ff.
[2] Diodor III, 6.
[3] Strabo VII, 3, 5.

zuscheiden, was Staat und was Weltkultur hineinzumischen trachten.

Durch Umstülpen des arischen Polytheismus zum Pantheismus entstand die B r a h m i n e n religion, die Z e n d religion dagegen durch dessen große Veränderung zu einem Dualismus ohnegleichen. Und zwar kann diese nur eine einmalige und plötzliche von einem großen (sehr großen) Individuum getragene gewesen sein, weshalb denn an Zarduschts Persönlichkeit nicht zu zweifeln ist.

Sie ist im stärksten Sinne theokratisch gemeint gewesen; die ganze sichtbare und unsichtbare Welt, auch die vergangene Geschichte (Schah-Name) wird den beiden Prinzipien und ihren (kaum mehr individualisierten) Gefolgreihen zugeteilt. Und zwar in vorwiegend pessimistischem Sinne, so daß der früher gottgeliebte Herrscher als Böser in den Netzen Ahrimans endigt.

Aber gerade hier ist das leichte Umschlagen der Bedingtheit zwischen Religion und Staat wieder zu beachten: dies alles hat das tatsächliche persische Königtum (wenigstens das achämenidische) nicht gehindert, die Vertretung des Ormuzd auf Erden für sich einzukassieren und sich unter dessen besonderer und permanenter Leitung zu glauben, während es selbst ein scheußlicher orientalischer Despotismus wurde. Ja gerade aus diesem Wahn heraus hält es sich alles für erlaubt und verfügt die infamsten Quälereien gegen seine Feinde. Die Magier — deren Macht im Leben ungleich geringer als die der Brahminen ist — erscheinen nur als Besorger dieser und jener Hofsuperstition, nicht als Lenker und Warner. Im ganzen sind hier Staat und Religion zu ihrem großen Verderb verbunden gewesen.

Überhaupt sieht man nicht, daß die Sittlichkeit von diesem Dualismus den geringsten Vorteil gehabt hätte. Sie scheint schon a priori nicht als eine freie gemeint gewesen zu sein; denn Ahriman betört die Gemüter der Guten, bis sie böse handeln. Und dazu kommt dann gleichwohl ein vergeltendes Jenseits.

So mächtig war aber diese Religion, um die Perser zu hochmütigem Haß gegen alles Götzentum zu stacheln.

Überhaupt war sie kräftig mit dem nationalen Pathos verflochten und daher auch stark genug, um es zu einer Renaissance zu bringen; auf Makedonier und Parther folgen die Sassaniden, welche mit jenem Pathos ihr großes, politisches Geschäft machen und die alte Lehre scheinbar rein herstellen. Freilich hält dann der Dualismus auch nicht stand gegen den Islam. War er schon eine gewaltsame Vereinfachung gewesen, so erlag er logisch der noch gewaltsameren; eine Abstraktion machte dabei einer anderen, noch einfacheren, Platz.

Im Anschluß an die Renaissance der Zendreligion in der Sassanidenzeit möge nun aber im Vorübergehen von derartigen Restaurationen überhaupt kurz die Rede sein. Hierbei scheiden wir völlig aus die Restaurationen nach bloßen Bürgerkriegen, auch kommt die Wiederherstellung Messeniens zur Zeit des Epaminondas in Abrechnung, ebenso die Restaurationen von 1815, wo der Staat erst die Kirche herbeiwinkt, und ferner die noch zu vollziehenden Restaurationen: die der Juden, welche nach zweimaligem Verlust ihres Tempels ihre Sehnsucht an einen dritten Tempel gehängt haben, und die der Griechen, welche sich auf die Aja Sophia bezieht. Die Restaurationen aber, die wir meinen, sind fast immer Wiederaufrichtungen eines vergangenen Volks- und Staatstums durch die Religion oder doch mit ihrer Hilfe, und die Hauptbeispiele sind neben der genannten sassanidischen die der Juden unter Cyrus und Darius, das Imperium Karls des Großen, von welchem die kirchliche Vorstellung einen Zustand wie unter Konstantin und Theodosius postuliert zu haben scheint, und die Herstellung des Königreichs Jerusalem durch den ersten Kreuzzug. Was die Größe dieser Restaurationen betrifft, so liegt sie nicht im Erfolg, denn dieser ist meist geringer als die anfängliche optische Täuschung hoffen ließ, sondern in der Anstrengung, welche dazu gemacht wird, in der Kraft, etwas ersehntes Ideales, nämlich nicht die wirkliche Vergangenheit, sondern ihr verklärtes Gedächtnisbild herzustellen. Dies fällt denn freilich, da sich ringsum alles geändert hat, sehr eigentümlich aus; was übrigbleibt, ist etwa eine geschärfte alte Religion.

Und nun müssen wir nochmals[1] auf den I s l a m zurückkommen mit seiner Ertötung des Vaterlandsgefühls und seiner auf die Religion gepfropften elenden Staats- und Rechtsform, über welche seine Völker niemals hinauskamen. Höchst uninteressant als politisches Bild ist hier der Staat, wo sich beim Kalifat fast von Anfang an, und dann durch eine ganz unlogische Operation auch bei seinen Abtrünnlingen der nach oben und unten garantielose Despotismus wie von selber versteht. Höchst interessant aber ist, w i e dies s o k a m und kommen mußte; und wie es vom Islam selber und von der Herrschaft über Giaurs bedingt ist, daher denn die große Ähnlichkeit der islamitischen Staaten vom Tajo bis an den Ganges, die nur hier mit mehr, dort mit weniger Stetigkeit und Talent regiert werden; nur beim seldschukischen Adel schimmert eine Art von Teilung der Macht durch.

Es scheint, daß es bei den Moslemin fast von Anfang an mit dem Jenseitsglauben nie weit her war. Kein Bann auf abendländische Manier hat Kraft, keine sittlichen Beängstigungen kommen dem Despoten an den Leib, und sich bei der Orthodoxie oder der eben herrschenden Sekte zu halten, ist ihm leicht[2]. Freilich besteht dazwischen eine große Zärtlichkeit für gerechte Despoten; diese aber können doch nur in ihrer Nähe etwas wirken. Und nun mag die Frage sein, inwieweit der Islam (ähnlich dem älteren Parsismus und Byzantinismus) überhaupt ein Staatstum vertritt. Sein Stolz ist, daß er eben der Islam ist, und es ist dieser einfachsten aller Religionen selbst durch die eigenen Leute gar nicht beizukommen: Sakramente kann man dem Bösen nicht entziehen; sein Fatalismus

---

[1] Vgl. oben S. 100 ff.
[2] Nur kann ihm geschehen, daß ein Schwärmer unter irgendeiner Fahne sogenannte Fanatiker — man denke an die Wachabiten — sammelt, in deren trüben Seelenmischmasch wir nicht mehr hineinsehen.

hilft ihm über vieles hinweg; an Gewalt und Bestechung ist alles gewöhnt. Wer die Moslemin nicht ausrotten kann oder will, läßt sie am besten in Ruhe; ihre leeren ausgesogenen und baumlosen Länder kann man ihnen vielleicht nehmen, ihren wirklichen Gehorsam aber unter ein nicht koranisches Staatstum nicht erzwingen. Ihre Sobrietät schafft ihnen einen hohen Grad individueller Unabhängigkeit, ihr Sklavenwesen und ihre Herrschaft über Giaurs hält die zum Pathos nötige Verachtung der Arbeit, soweit diese nicht Ackerbau ist, aufrecht.

Eine eigentümliche Stetigkeit zeigt das osmanische Staatstum; sie ist vielleicht damit zu erklären, daß die Kräfte zur Usurpation aufgebraucht sind. Aber jede Annäherung an die okzidentalische Kultur scheint für die Moslemin unbedingt verderblich zu sein, anzufangen von Anleihen und Staatsschulden.

Im vollen Gegensatz zum Staats- und Religionswesen des alten Orients steht in der Zeit ihrer völligen Entwicklung die griechische und die römische Welt. Hier ist die Religion wesentlich vom Staat und von der Kultur bedingt; es sind Staats- und Kulturreligionen und die Götter Staats- und Kulturgötter, nicht der Staat ein Gottesstaat, daher es denn hier auch keine Hierarchien gibt.

Nachdem also hier die Religion durch den Staat bedingt gewesen war, weshalb wir auf das klassische Altertum später werden zu sprechen kommen, schlug dies alles mit dem christlichen Imperium um, und man kann sagen: es ist dies der größte Umschlag, der jemals vorgekommen. Wie sehr in der nun folgenden Zeit der christlichen Kaiser und ihrer Explikation in der byzantinischen Zeit die Kultur durch die Religion bedingt wurde, haben wir früher (S. 104) gesehen; bald wurde es der Staat fast ebenso sehr, und seither treffen wir bis auf die Gegenwart die Einmischung des Metaphysischen in alle Politik, alle Kriege usw. irgendwie und an irgendeiner Stelle, und wo es nicht Hauptursache ist, wirkt es doch mit zur Entschlie-

Antike. Byzantinismus

ßung und Entscheidung, oder es wird nachträglich hineingezogen (z. B. in den jetzigen großen Krieg).

Der Byzantinismus entwickelt sich nun analog dem Islam und in häufiger Wechselwirkung mit ihm. Hier aber bildet den Grund der ganzen Macht und Handlungsweise der Hierarchie immer die stark betonte Lehre vom Jenseits. Diese war schon dem späteren Heidentum eigen gewesen, bei den Byzantinern kam aber in concreto noch die über den Tod hinaus dauernde kirchliche Bannkraft hinzu. Man hat es vor allem mit einem höchst gemischten, ja volklosen Rest des römischen Reiches mit uneinnehmbarer Hauptstadt und großer Ansammlung von Mitteln und politisch-militärischen Fähigkeiten zu tun, der imstande ist, eine große slawische Einwanderung zu amalgamieren und überhaupt Verlorenes stückweise wiederzugewinnen. Das Verhältnis der Bedingtheit aber wechselt: bis zum Bilderstreit herrscht im wesentlichen die Kirche und erkennt und beurteilt das Imperium nur nach seiner Ergebenheit für ihre Zwecke, wie denn auch die Autoren die Kaiser rein nach der Förderung behandeln, welche der orthodoxen Kirche erwiesen wird[1]. Selbst Justinian muß sich wesentlich als Repräsentant der Orthodoxie, als ihr Schwert und Verbreiter geltend machen[2]. Nach diesem Maßstab garantiert die Kirche dem Imperium auch den Gehorsam der Völker und das Glück auf Erden. Seit Konstantin sind sämtliche Kaiser zum Mittheologisieren genötigt.

Dies geht so lange, bis endlich Leo der Isaurier von sich aus theologisiert. Vielleicht schon bei ihm, jedenfalls aber bei Kopronymos und dessen Nachfolgern macht sich der politische Hintergedanke geltend, das Heft selber wieder in die Hände zu nehmen und Luft zu bekommen gegen Klerus und Mönche. Im ganzen wird doch das Imperium wieder der bestimmende Teil und ist es deutlich zur Zeit der Makedonier und Komnenen; die höhere geistige Triebkraft der Kirche stirbt ab, was sich am Er-

---
[1] Dies geschieht aber freilich auch noch viel später.
[2] Vgl. Gibbon, Kap. 20.

löschen aller wichtigeren Häresie zeigt; Kaisertum, Staat und Orthodoxie gelten seither als selbstverständlich identisch; die Orthodoxie ist dem Imperium nicht mehr gefährlich, sondern eher die stützende Seele des Reiches. Die Religion dient ihm in Gestalt eines nationalen Pathos, gegen die Franken fast mehr als gegen die Mohammedaner.

Überhaupt beginnt dann ihr merkwürdiges letztes Stadium: einmal noch (1261) hilft sie den Staat herstellen. Dann (seit 1453) beginnt sie, zur Nationalsache geworden, den untergegangenen Staat zu ersetzen und beständig auf dessen Herstellung zu dringen. Daß sie so ohne den Staat wirklich unter den Türken weiterdauert, kann als Beleg ihrer Lebenskraft oder ihrer völligen Ertötung dienen.

In den germanischen Staaten der Völkerwanderung treffen wir zunächst den denkwürdigen Versuch, vermöge des Arianismus ohne Mitherrschaft der Hierarchie durchzukommen.

Dieser Versuch scheitert im Laufe der Zeiten überall; die orthodoxe Kirche wird Herrin und erzwingt sich eine gebietende politische Stellung, weshalb wir denn im folgenden zwischen der Kirche und ihrer hierarchischen Ausgestaltung gar nicht mehr zu unterscheiden brauchen; es handelt sich nur darum, wer diese Kirche in jedem Augenblick ist.

Zwar wird im Abendlande die Identifikation von Religion und Staat glücklich vermieden: es bildet sich eine höchst eigentümlich neben und ins Dasein hineingestellte große besitzende Korporation mit Anteil an der obersten Staatsgewalt und am Rechtswesen und mit stellenweiser Souveränität.

Mehrmals kommt die Kirche in einen Verfall, der jederzeit im Eindringen der weltlichen Gier und in der Richtung auf ihre stückweise Ausbeutung besteht. Aber da pflegen ihr oder doch wenigstens ihrem Zentralinstitut, dem Papsttum, weltliche Gewalten beizuspringen, welche sie zeitweise retten und moralisch bessern: Karl der Große,

Otto der Große, Heinrich III. Diese haben die Absicht, sie dann als instrumentum imperii (und zwar über das ganze Abendland) zu brauchen.

Der Erfolg ist jedesmal der entgegengesetzte. Das Reich Karls zersplittert, und die Kirche wird mächtiger als zuvor; von Heinrich III. aus tiefstem Elend emporgerissen, richtet sie sich gegen seinen Nachfolger und alle anderen weltlichen Gewalten baumhoch auf. Denn der Lehnstaat ist eigentlich nur in Stücken vorhanden, während sie a) was Besitz und Rechte betrifft, eben auch ein Stück davon, aber b) gegenüber den Königtümern in der Regel überstark, also ein Teil und dann erst noch das Ganze ist.

So steht sie mit ihrer Einheit und ihrem Geiste neben der Vielheit und schwachen Organisation der Staaten. Mit Gregor VII. schickt sie sich zu deren Absorption an, und indem sie unter Urban II. hievon etwas nachläßt, kommandiert sie doch das Abendland nach dem Orient.

Aber seit dem 12. Jahrhundert spürt sie den Rückschlag davon, daß sie sich zu einem enormen „Reiche von dieser Welt", welches ihre geistlichen und geistigen Kräfte zu überwiegen beginnt, ausgewachsen hat. Sie findet sich gegenüber nicht bloß der waldensischen Lehre von der Urkirche, sondern einem Pantheismus und (bei Amalrich von Bena und den Albigensern) einem mit Metempsychosenlehre verbundenen Dualismus.

Da zwingt sie den Staat, ihr als selbstverständlich das brachium saeculare zu leihen. Sobald man dieses zur Disposition hat, ist der Weg von dem „Eins ist not" zum „nur Eines ist erlaubt" nicht mehr weit. So gewinnt Innozenz III. mit den Drohungen und Versprechungen seiner Instruktionen den Sieg.

Seitdem aber steht die Kirche als siegreiche, rücksichtslose Reaktion gegen den eigentlichen Geist der Zeit, als Polizei da; sie ist an die äußersten Mittel gewöhnt und befestigt nun das Mittelalter künstlich aufs neue.

Dabei ist sie mit der Welt durch ihr Besitz- und Machtwesen tausendfältig verflochten, sie muß tatsächlich ihre höchstdotierten Stellen an den Adel verschiedener Länder überlassen, auch der Benediktinerorden versinkt im

Junkertum, weiter unten herrscht allgemeine Pfründenjagd und das Treiben der Leute vom jus canonicum und von der Scholastik; Junker, Advokaten und Sophisten sind die Hauptpersonen; man hat es mit einer allgemeinen Ausbeutung und dem größten Beispiel der Überwältigung einer Religion durch ihre Institute und Repräsentanten zu tun.

Indem nun für Fortdauer der Orthodoxie nur noch rein polizeilich gesorgt wird, während sie den Mächtigen innerlich gleichgültig wird, kann man von demjenigen Institut, welches äußerlich weiter regiert, im Zweifel sein, ob es überhaupt noch eine Religion repräsentiere. Dazu kommt noch das spezielle Verhältnis des Kirchenstaates zur italienischen Politik; die eigentliche Andacht aber ist in strengere Orden, zu Mystikern und einzelnen Predigern geflüchtet.

Damals muß in der Kirche die Gesinnung des absoluten Konservatismus bereits begonnen haben, da ihr bei keiner Art von Änderung mehr wohl sein konnte und jede Bewegung ihr verdächtig war, weil das komplizierte Besitzwesen und Machtwesen dabei immer irgendwie leiden konnte.

Vor allem bekämpft sie den auftauchenden zentralisierten Gewaltstaat (in Unteritalien und in Frankreich unter Philipp dem Schönen) und drängt — doch immerhin mit Ausnahmen — wenigstens große Konfiskationen zurück. Heiß klammert sie sich an die Vergangenheit in Macht und Besitz an und ebenso in der Unbeweglichkeit der Lehre, nur daß man die Theorie von den Machtbefugnissen noch emporschraubt, während sie doch, was sie mehr bekommt, gierig annimmt, bis sie einen Drittteil aller Dinge besitzt[1]. Und das alles besitzt sie eigentlich nur zum geringen Teile für sich und ihre geistlichen Zwecke, zum größeren nur für diejenigen Mächtigen, die sich ihr aufgedrängt haben.

Nachdem so der bloße Widerspruch mit der Religion, welcher sie entsprechen sollte, schon längst da ist, ist sie

---

[1] Seyssel (Histoire du roy Louis XII) gibt an, der Klerus besitze einen Drittteil des revenue d'iceluy royaume (Frankreichs) und mehr.

Die neuere Zeit. Reformation

dann endlich auch in handgreiflichem Widerspruch mit den sie umgebenden Staatsbegriffen und Kulturkräften. Daher zeitweise ihre Akkorde mit dem Staat, welche tatsächlich Partialabtretungen sind, wie z. B. das Konkordat Franz' des Ersten. Freilich erspart ihr dies in solchen Staaten die Reformation.

Von der Reformation an wird sie dann wieder nach einer Seite hin ernstlich dogmatisch; aber die Kirche der Gegenreformation wird den Charakter einer Reaktion noch viel deutlicher bewahren als die Kirche Innozenz' des Dritten. Zum seitherigen Charakter des Katholizismus gehört — von Ausnahmen wie der Demagogie der Ligue abgesehen — der Bund von Thron und Altar; beide erkennen die Komplizität ihrer beiderseitigen Konservatismen gegenüber vom Geist der modernen Völker. Die Kirche liebt zwar keinen Staat, neigt sich aber demjenigen Staatswesen zu, welches das bereitwilligste und fähigste ist, für sie die Verfolgungen zu exequieren. Sie richtet sich auf den modernen Staat ein, wie sie sich einst auf das Lehenswesen eingerichtet.

Dagegen ist ihr der moderne politische Völkergeist ganz direkt zuwider, und sie läßt sich nie selber mit ihm ein[1], wohl aber läßt sie es geschehen[2], daß einzelne ihrer Vorposten (Geistliche und Laien, welche nicht wissen, was sie dabei für Ketzerei begehen) sich mit ihm einlassen und allerlei milde Grenzpraxis befürworten.

Sie leugnet die Volkssouveränität und behauptet das göttliche Recht der Regierungen[3]; sie geht dabei von der menschlichen Verderbtheit aus und von der Aufgabe der

---

[1] Dies ist, was man in Frankreich nennt l'antagonisme entre l'église catholique et la révolution française. Man denke auch an den Syllabus.
[2] D. h. sie ließ es bis 1870 geschehen; das weitere wird die Zeit lehren.
[3] Vgl. Bossuet, La politique tirée des propres paroles de l'écriture sainte.

Seelenrettung um jeden Preis[1]; ihre wesentliche Schöpfung ist die moderne Idee der Legitimität.

Sie hat sich im Mittelalter auf die drei Stände eingerichtet, wovon sie der eine war. Dagegen perhorresziert sie die moderne konstitutionelle Repräsentation sowohl als die Demokratie. Sie selbst ist in ihrem Innern zuerst immer aristokratischer und endlich immer monarchischer geworden.

Sie übt Toleranz nur, wo und insoweit sie durchaus muß. Sie verfolgt jede für sie bedenkliche geistige Regung auf das äußerste.

Die protestantischen Kirchen in Deutschland und in der Schweiz wie auch in Schweden und Dänemark wurden von Anfang an Staatskirchen, weil die Regierungen von Anfang an übergingen und sie einrichteten. Der Kalvinismus, anfangs die Kirche derjenigen Westvölker, welche katholische und verfolgende Regierungen hatten, wurde später in Holland und England ebenfalls als Staatskirche organisiert, obwohl in England noch als Stand mit unabhängigem Vermögen und mit Repräsentation im Oberhaus; hier ist Kalvinismus auf ein Stück Lehnswesen geimpft.

Die Schulen sind in den katholischen und protestantischen Ländern bald mehr vom Staat, bald mehr von der Kirche bedingt.

Nach so engem Zusammenhang und so vielfachen Wechselbeziehungen zwischen Staat und Religion ist das Problem unserer Zeit die Trennung von Staat und Kirche. Sie ist die logische Folge der Toleranz, d. h. der tatsächlichen unvermeidlichen Indifferenzen des Staates, verbunden mit der wachsenden Lehre der Gleichberechtigung aller, und sobald es einen Staat gibt, der die Leute zu Worte kommen läßt, ergibt sich die Sache von selbst; denn es ist eine der stärksten Überzeugungen unserer Zeit, daß Religionsunterschied keinen Unterschied der bürgerlichen Rechte mehr begründen dürfe, und zugleich dehnen sich

[1] Über die Motivierung der Verfolgungen vgl. oben S. 53 ff.

Trennung von Staat und Kirche

diese bürgerlichen Rechte sehr weit aus: auf allgemeine Ämterfähigkeit und auf Freiheit von Besteuerung zum Unterhalt von Einrichtungen, an welchen man keinen Teil nimmt.

Zu gleicher Zeit hat der Begriff des Staates auch sowohl von oben, von den Herrschenden, als von unten, von der Bevölkerung her neue Veränderung erfahren, welche ihn nicht mehr zum Gefährten der Kirche tauglich macht, so daß es dem Religionsbegriff nichts hilft, wenn er derselbe bleibt, da der Staatsbegriff nicht mehr derselbe ist; denn den Staat zur Beibehaltung des bisherigen Verhältnisses zu zwingen, hängt nicht von der Kraft der Religion ab.

Der Staat ist nämlich erstlich von oben — speziell in Deutschland und der Schweiz[1] — paritätisch, indem er seit Anfang dieses Jahrhunderts durch Mischungen, Abtretungen, Friedensschlüsse usw. sogenannte „Staatsbürger" verschiedener Konfessionen, oft in starken Quoten beiderseits, enthält und seiner Bevölkerung nun gleichmäßiges Recht garantieren muß. Er übernimmt zunächst zwei oder mehrere Staatsreligionen und Staatskirchen, besoldet ihre Geistlichen — was er m u ß, weil er ihre früheren unabhängigen Güter aufgefressen hat — und hofft, auf diese Weise durchzukommen, käme auch wirklich durch, wenn nicht innerhalb der sämtlichen einzelnen Religionsgemeinschaften der große Riß zwischen Orthodoxie und „Aufklärung" vorhanden wäre, und h i e r wird ihm das Aufrechthalten einer Parität so unendlich sauer! Denn mit Bevorzugung von „Majoritäten" kommt er nicht durch, da diese weder maßgebend noch auch nur tatsächlich zu konstatieren sind.

Zweitens, von den Bevölkerungen her, ist es mehr und mehr die Kultur (im weitesten Umfang des Wortes), welche an die Stelle der Religion tritt, sobald es sich darum handelt, wer den Staat bedingen soll. Sie schreibt ihm bereits im großen seine jetzigen Programme.

Die Kirchen aber werden mit der Zeit das Verhältnis zum Staat so gerne aufgeben als dieser das Verhältnis zu

[1] Andere Länder müssen wenigstens ihre Minoritätsreligionen als gleichberechtigt anerkennen.

ihnen. Gleichen sie jetzt dem Schiff, welches einst auf den Wogen ging, aber seit langer Zeit zu sehr ans Vorankerliegen gewöhnt ist, so werden sie wieder schwimmen lernen, sobald sie einmal im Wasser sind; selbst der Katholizismus hat es ja in Amerika bereits gelernt. Dann werden sie wieder Elemente und Belege der Freiheit sein.

4. DER STAAT IN SEINER BEDINGTHEIT DURCH DIE KULTUR

Gegenüber der Kultur ist der Staat in seinen früheren Stadien, zumal in seiner Verbindung mit der Religion, der bedingende Teil; da bei seiner Entstehung sehr verschiedene, besonders höchst gewaltsame, momentane Faktoren zusammengewirkt haben, ist nichts irriger als ihn aufzufassen als ein Abbild oder Geschöpf der damaligen Kultur des betreffenden Volkes. Die früheren Zustände haben daher ganz in die Betrachtung der ersten dieser Bedingtheiten gehört[1].

Hierher aber gehören, soviel wir wissen, zuerst die **phönizischen** Städte. Schon ihre mäßig monarchische oder republikanische, aristokratische, plutokratische Form, das Walten alter erblich-regimentsfähiger Geschlechter neben den Königen, verrät, daß sie unter einer Kulturabsicht entstanden sind. Dieses Entstehen war zum Teil ein ruhiges, systematisches; sie sind frei von allem heiligen Recht[2] und auch frei von Kastenwesen.

[1] Vgl. S. 84 ff. Zu übergehen ist hier die Negation oder Verhinderung der Kultur, wenn z. B. Nomaden dem herrschenden Volke den Ackerbau verbieten und ihn bloß durch Sklaven betreiben lassen.

[2] Eine dunkle Ausnahme ist vielleicht in Tyrus zu konstatieren. Hier erfolgt um 950 der Sturz der Hiramiden durch den Astartenpriester Ithobal; aber in dessen eignem Hause tötet der Urenkel Pygmalion den Enkel, seinen Oheim, den Melkartpriester Sicharbaal und erhält vom Volke die Krone, weil dieses die Mitherrschaft des Priesters nicht will. Das heißt möglicherweise: die Herstellung einer vielleicht von Anfang her beabsichtigten Tempelherrschaft mißlingt.

Ihr Weltverstand und ihre Reflexion über sich selbst gehen schon aus ihrem Koloniengründen hervor. Schon im Mutterland sind die einen Kolonien der anderen; so ist Tripolis von Sidon, Tyrus und Aradus zu gleichen Teilen gegründet; besonders aber gründen hier die ersten echten Poleis die ersten echten überseeischen Kolonien.

Indem nämlich Kultur hier gleich Geschäft ist, müssen bestimmte Interessen künstlich mit Begütigung, Erkaufung und Beschäftigung der Masse obengehalten werden, und dazu gehört die periodische Wegführung derselben in Kolonien, welche etwas ganz anderes ist als die Zwangsversetzungen, welche der Despotismus allein kennt.

Ihre Gefahren haben diese Städte durch Söldner (schon Tyrus hatte solche) und Kondottieren, allenfalls auch durch die äußeren Feinde; der Fremdherrschaft fügen sie sich (d. h. im Durchschnitt) leicht, zumal wenn sie unter derselben ihre ganze Kultur behaupten können, woran ihnen vor allem gelegen ist. Nirgends scheint es bis zur Tyrannis gekommen zu sein, und sie haben sich wenigstens relativ lange gehalten.

Bei völliger Unbedenklichkeit in den Mitteln tritt hier auch hoher Patriotismus zutage, bei großer Genußsucht doch wenig Verweichlichung. Dabei haben sie ihre enormen Verdienste um die Kultur; ihre Flaggen wehten von Ophir bis Cornwales, und wenn sie schon alle andern ausschlossen und zeitweise den Menschenraub als Gewerbe trieben, so gaben sie doch der Welt das erste Beispiel einer freien, unbedingten Beweglichkeit und Tätigkeit. Um dieser willen allein scheint hier der Staat vorhanden zu sein.

Und nun die Poleis der G r i e c h e n. Wie weit hier der Staat über die Kultur herrschte, haben wir früher (S. 87 ff.) betrachtet. Hier aber ließe sich im ganzen erstlich geltend machen, daß in den Kolonien von Anfang an die Kultur (Handel, Gewerbe, freie Philosophie usw.) das Bestimmende gewesen sei, ja daß sie zum Teil dafür entstanden seien, indem man dem harten Staatsrecht der Heimat entwich, und zweitens, daß der Durchbruch der Demokratie als Überwältigung des Staates durch die Kultur zu betrachten sei, welche hier soviel als Raisonnement ist. Ob dieser dann eintrete, wenn die Kultur denjenigen Schichten oder Kasten, die bisher ihre Träger gewesen sind, entwunden und Gemeingut geworden ist, oder ob man etwa umgekehrt sagen soll, sie werde Gemeingut, wenn der Durchbruch der Demokratie erfolgt sei, ist ziemlich gleichgültig.

Jedenfalls folgte dann eine Zeit, da wenigstens uns Spätgeborne an den Athenern mehr ihre Eigenschaft als Kulturherd denn ihr Staatswesen interessiert, und dies gibt uns Veranlassung, bei dieser einzigen Stadt besonders zu verweilen.

Denken wir an den Wert einer solchen Lage in einem solchen Archipel, an die besonders glückliche, ohne Überwältigung erfolgte Mischung der Bevölkerung[1], deren neuzugewanderte Bestandteile in erster Linie neue Anregungen bringen, an die hohe Begabung und Vielseitigkeit des ionischen Stammes, an die Bedeutung der retardierenden Eupatridenherrschaft und dann wieder an den Bruch mit dieser und die Entstehung einer gleichberechtigten Bürgerschaft, wo man nur Bürger ist. Neben dem vehementesten Bürgertum wird zugleich das Individuelle entfesselt, das man mit naiven Gegenmitteln wie dem Ostrazismus usw. und dann auch mit Feldherrn-, Asebie- und Finanzprozessen bekämpft. Und nun entwickelt sich jenes unbeschreibliche Leben des 5. Jahrhunderts: die Individuen können sich nur oben halten, indem sie (wie Perikles) das Unerhörte im Sinne der Stadt leisten oder (wie Alkibiades) freveln. Durch diese Art Regsamkeit wird Athen in einen fürchterlichen Existenzkampf hineingerissen und unterliegt. Aber nun folgt sein Weiterleben als geistige Macht, als Feuerherd derjenigen Flamme, die von den Poleis unabhängig und inzwischen ein mächtiges Bedürfnis der Hellenen geworden ist; der Geist zeigt sich auf einmal kosmopolitisch. Besonders lehrreich ist hier dann auch das Nachwirken der heroischen salaminischen Zeit in der demosthenischen, wo das Wollen sich ohne

[1] In der Sage ist deshalb Athen zum gastfreien Asyl gestaltet.

das Vollbringen darstellt, die Weitergestaltung und das Sich-Aufnützen der Demokratie, das spätere genießende und genossene Athen.

Welch eine unermeßliche geschichtliche Erkenntnis geht von dieser Stadt aus! Jeder muß bei seinen Studien irgendwie dort einkehren und das einzelne auf dieses Zentrum zu beziehen wissen. Die griechische Philosophie, bei verschiedenen Stämmen entstanden, hat in Athen zusammengemündet; Homer ist in Athen in seine gegenwärtige Form gebracht worden; das griechische Drama, die höchste Objektivierung des Geistigen in einem sinnlich Wahrnehmbaren und zugleich Beweglichen, ist fast ausschließlich das Werk Athens; der Attizismus ist der Stil a l l e r späteren Griechen geworden; ja das ungeheure Vorurteil des ganzen (auch römischen) späteren Altertums zugunsten der griechischen Sprache als des reichsten und biegsamsten Organes alles Geistes ruht wesentlich auf den Schultern Athens. Endlich die griechische Kunst, unabhängiger vielleicht von Athen als irgendeine andere Äußerung des griechischen Wesens, dankt ihr doch den Phidias und andere der Größten und hat in Athen ihren wichtigsten Vermittlungsort gefunden.

Hier möge überhaupt der Bedeutung gedacht sein, die ein anerkannter g e i s t i g e r Tauschplatz, und zwar ein f r e i e r, hat. Wenn ein Timur alle Künstler, Handwerker und Gelehrten aus den von ihm verödeten Ländern und zernichteten Völkern nach Samarkand schleppt, so können solche dort nicht viel mehr als sterben. Auch die künstlichen Konzentrationen der Kapazitäten in neueren Hauptstädten erreichen nicht von ferne den geistigen Verkehr von Athen. Die Herren kommen erst hin, wenn sie schon berühmt sind, und einige tun hernach nicht mehr viel, jedenfalls nicht mehr ihr Bestes, so daß man auf den Gedanken kommen kann, sie müßten eigentlich wieder zurück in die Provinz. Sie tauschen sich wenig aus, ja das Austauschen würde beim jetzigen finanziell gesetzlich festgestellten Begriffe von geistigem Eigentum sogar sehr übel genommen; nur wahrhaft kräftige Zeiten geben einander und nehmen voneinander, ohne ein Wort zu verlieren; heutzutage muß einer schon sehr reich sein, um sich nehmen zu lassen ohne Einwendung, ohne seine Ideen für sich zu „reklamieren", ohne Prioritätenhader. Dazu kommt die jetzige geistige Pest: die Originalität; sie entspricht auf der Seite der Empfangenden dem Bedürfnisse müder Menschen nach Emotion. Dagegen im Altertum konnte sich, wenn unter der segensreichen Einwirkung eines freien Tauschplatzes der möglichst wahre, einfache und schöne Ausdruck für irgend etwas gefunden war, ein Konsensus bilden; man perpetuierte ihn ganz einfach. Das stärkste Beispiel ist die Kunst, welche (schon in der Blütezeit) die trefflichsten Typen in Skulptur, Wandmalerei und gewiß ebenso in allen Zweigen, deren Denkmäler wir nicht mehr haben, wiederholte. — Originalität muß man h a b e n, nicht „danach streben".

Um aber auf die freien geistigen Tauschplätze zurückzukommen, so müssen wir sagen, daß lange nicht jedes Volk diesen hohen Vorteil erreicht. Staat und Gesellschaft und Religion können harte, unbiegsame Formen angenommen haben, bevor der individuell entbundene Geist sich ein solches Terrain hat bilden können. Die politische Macht tut das Ihrige, um die Lage zu verfälschen. Die neueren großstädtischen Konzentrationen, unterstützt durch große, offizielle Aufgaben in Kunst und Wissenschaft, fördern nur die einzelnen Fächer, aber nicht mehr den Gesamtgeist, welchem nur durch Freiheit zu helfen ist. Ferner: man müßte, so gerne man da bliebe und ewig lernte, doch den noch stärkeren Trieb empfinden, wegzugehen und die empfangene Macht draußen in der Welt zu äußern; statt dessen klammert man sich in der Hauptstadt an und schämt sich, in der Provinz zu leben, die nun teils dadurch ausgehungert wird, daß, wer kann, fortgeht, teils dadurch, daß, wer bleiben muß, unzufrieden ist. Leidige soziale Rangesinteressen ruinieren unaufhörlich das Beste. — Auch im Altertum blieb mancher in Athen hangen, aber nicht als Angestellter mit Pensionsberechtigung.

Die Versuche analoger Art im Mittelalter sind alle unfrei und nicht auf das Ganze des Geistes gerichtet, aber

Athen und die Geselligkeit

relativ mächtig und merkwürdig. Einen solchen Tauschplatz bildet die wandernde Kaste des Rittervolkes mit seiner Sitte und Poesie; sie bringt es immerhin zu großer Homogeneität ihrer Hervorbringungen, zu einer charakteristischen Kenntlichkeit.

Das Paris des Mittelalters kann für sich die Herrschaft der Scholastik in Anspruch nehmen, woran sich noch viel einzelner Bildungsstoff und allgemeines Raisonnement knüpfte; aber es ist eine Kaste, die, wenn es ihr nachher im Leben irgend gelingt (d. h. wenn sie ihre Pfründe im Trocknen hat), nicht mehr viel von sich gibt.

Auch der jedesmalige Sitz der päpstlichen Kurie, wo enorm viel zu hören und zu lernen war, hinterläßt nicht viel mehr als einen trüben Streif von Medisance.

Das Neuere sind immer nur Höfe, Residenzen usw. Nur das Florenz der Renaissance kann sich an die Seite Athens stellen.

Die wahre Wirkung des freien geistigen Tauschplatzes ist die Deutlichkeit alles Ausdruckes und die Sicherheit dessen, was man will, das Abstreifen der Willkür und des Wunderlichen, der Gewinn eines Maßstabes und eines Stiles, die Wirkung der Künste und der Wissenschaften aufeinander. Den Produktionen aller Zeiten ist es ganz deutlich anzuhören, ob sie unter einer solchen Einwirkung entstanden sind oder nicht. Ihre geringere Ausprägung ist das Konventionelle, die edlere das Klassische. Dabei flechten sich die positive und negative Seite beständig durcheinander.

Nun tritt in Athen auch der Geist frei und offen hervor oder schimmert wenigstens überall wie durch eine leichte Hülle hindurch infolge der Einfachheit des ökonomischen Daseins, des sich Begnügens mit mäßigem Landbau, Handel und Industrie, der großen Mäßigkeit des Lebens; leicht und strahlend entbinden sich aus diesem Treiben Teilnahme am Staat, Eloquenz, Kunst, Poesie und Philosophie.

Wir finden hier keine Abgrenzung von Ständen nach Rang, keine Trennung von Gebildeten und Ungebildeten, keine Quälerei, es einander an Äußerlichkeiten gleich oder zuvorzutun, kein Mitmachen „anstandshalber", daher auch kein Erlahmen nach der Überanstrengung, kein Philisterium im Négligé neben aufgedonnerten Gesellschaften und Festen, sondern eine gleichmäßige Elastizität; die Feste sind etwas Regelmäßiges, kein gequälter Effort.

So ist jene Geselligkeit möglich, die sich aus den Dialogen Platos und z. B. aus Xenophons Convivium ergibt.

Dagegen findet sich keine Überladung mit Musik, welche bei uns das Unzusammengehörige verdeckt; auch findet sich keine Zimperlichkeit mit gemeinen heimlichen Bosheiten daneben. Die Leute haben einander etwas zu sagen und machen auch Gebrauch davon.

So bildete sich ein allgemeines Verständnis aus: Redner und Dramatiker rechnen auf ein Publikum, wie es sonst nie mehr vorhanden gewesen. Die Leute hatten Zeit und Geist für das Höchste und Feinste, weil sie nicht im Erwerb- und Ranggeist und falschen Anstand untergingen. Es war Fähigkeit vorhanden für das Sublime und für die feinsten Anspielungen wie für den frechsten Witz.

Jede Kunde von Athen meldet selbst das Äußerlichste in Verbindung mit Geist und in geistiger Form. Es gibt hier keine langweiligen Seiten.

Sodann stellt sich hier klarer als sonst irgendwo die Wechselwirkung zwischen dem Allgemeinen und den Individuen dar. Indem sich ein starkes lokales Vorurteil bildet, daß man hier alles können müsse, und daß hier die beste Gesellschaft und die größte, ja einzige Anregung sei, produziert die Stadt wirklich eine unverhältnismäßige Menge bedeutender Individuen und läßt sie auch emporkommen. Athen will sich beständig im Einzelnen gipfeln; es ist Sache eines enormen Ehrgeizes, sich hier auszuzeichnen, und der Kampf um dieses Ziel ist furchtbar. Athen aber erkennt sich zeitweise mit offenem Zugeständnis in dieser und jener Gestalt, daher es ein Verhältnis zu Alkibiades hat, wie keine Stadt je zu einem ihrer Söhne gehabt hat. Freilich weiß es, daß es keinen zweiten Alkibiades aushielte.

Infolge der Krisen zu Ende des Peloponnesischen Krieges bemerkt man dann aber ein starkes Abnehmen dieses Ehrgeizes, soweit er ein politischer ist, und die Wendung auf die Spezialitäten, zumal solche, die mit dem Staate nichts mehr zu tun haben. Während in allen Einzelfächern Athen die halbe Welt mit Leuten versehen könnte und zumal in Wissenschaft und Kunst weiterlebt, wird seine Demokratie das Tummelfeld offizieller Mittelmäßigkeiten. Es ist ein Wunder, daß es später noch soviel gute Zeit gehabt hat, nachdem über alles Politische jene rasche und verruchte Ausartung gekommen ist, deren Ursachen und Umstände bei Thukydides so klar vorliegen.

Die Ausartung knüpft sich daran, daß eine Demokratie ein Reich behaupten will, was eine Aristokratie (wie Rom und Venedig) viel länger kann, und daß Demagogen dies Pathos der Herrschaft ausbeuteten. Hieran schließt sich alles übrige Unheil sowie die große Katastrophe.

Alles, was anderswo gemischt und umständlich und undeutlich ist, ist hier durchsichtig und typisch, auch alle Krankheitsformen; so im höchsten Grade die dreißig Tyrannen.

Und damit zur geistigen Vollständigkeit der Überlieferung nichts fehle, kommt zu allem noch die politische Utopie Platos, d. h. der indirekte Beweis, weshalb Athen verloren sei.

Für die geschichtliche Betrachtung aber kann der Wert eines solchen einzigen Paradigmas nicht hoch genug geschätzt werden, wo Ursachen und Wirkungen klarer, Kräfte und Individuen größer und die Denkmäler zahlreicher sind als sonstwo.

Es handelt sich nicht um eine phantastische Vorliebe, welche sich nach einem idealisierten alten Athen sehnt, sondern um eine Stätte, wo die Erkenntnis reichlicher strömt als sonst, um einen Schlüssel, der hernach auch noch andere Türen öffnet, um eine Existenz, wo sich das Menschliche vielseitiger äußert.

Was aber die griechischen Demokratien überhaupt betrifft, so wird hier das Staatswesen seines höheren Schim-

mers durchweg allmählich beraubt und stündlich diskutabel.
Es meldet sich die Reflexion, angeblich als Schöpferin neuer politischer Formen, tatsächlich aber als Allzersetzerin, zuerst in Worten, worauf es dann unvermeidlich auch zu den Taten kommt.
Sie kommt als politische Theorie und nimmt den Staat in die Schule; — sie könnte es nicht, wenn das wahre plastische politische Vermögen nicht schon tief im Sinken wäre; zugleich aber befördert sie noch dies Sinken und zehrt dasjenige plastische Vermögen, das überhaupt noch vorhanden ist, vollständig auf, wobei es demselben ungefähr wie der Kunst geht, wenn sie der Ästhetik in die Hände fällt.
Wehe, wenn man dann ein Mazedonien neben sich hat, und in der Ferne schon ein Rom in Reserve bereit steht!
In den sinkenden Demokratien haben solche Großmächte dann ihre unvermeidlich gegebenen Parteien, und zwar brauchen es nicht einmal immer Bestochene zu sein; — Geblendete tun's auch.
Freilich läßt sich fragen, ob das wirklich eine Überwältigung des Staatswesens durch die reflektierende Kultur gewesen und nicht vielmehr durch einseitigen Parteiegoismus (vom Demagogen als Individuum zu schweigen). Irgend e i n Element drängt sich gegenüber den von Anfang an sehr komplizierten Lebensgrundlagen vor und benützt ratlose und müde Augenblicke; es gibt sich für das Wesentliche, ja für das Ganze aus und verbreitet eine oft sehr allgemeine Blendung, welche erst aufhört, wenn das wirkliche, alte, ererbte Ganze sichtbar aus den Fugen und die Beute des nächsten Mächtigen ist.

Rom als Staat blieb seiner Kultur in allen ihren Phasen überlegen und ist deshalb früher (S. 89 ff.) besprochen.
Was folgt, ist das trübe Staatswesen der germanisch-romanischen Reiche der Völkerwanderung. Als Staaten sind sie rohe Pfuscharbeit, barbarisch-provisorisch und daher, sobald der Impetus der Eroberung irgend stille steht, raschem

Verfall unterworfen. Nämlich die Dynastien sind ruchlos verwildert und haltungslos, Verwandtenkriege, Trotz der Großen und auswärtige Angriffe sind an der Tagesordnung; im Grunde herrscht hier weder Staat noch Kultur noch Religion. Das Beste mögen solche Länder gewesen sein, wo sich wenigstens die germanische S i t t e wieder rekonstruieren konnte, etwa das der Alamannen in der fränkischen Zeit.

Obwohl diese Zustände zum Teil von der Reaktion des romanischen Elementes kommen, so wirkt dieses doch nicht durch seine Bildung oder durch verfeinerte Genüsse ein, sondern es regt sich so roh und wüst als das germanische und tritt, wie die Romanen bei Gregor von Tours zeigen, eben auch nur als elementare Kraft auf.

Am ehesten erbt im ganzen die Kirche, was der Staat an Macht verliert; eigentlich aber geht die Macht in Stücke, welche weiter nichts als eben rohe, wüste Machtfragmente sind.

Da retten die Pipiniden wenigstens das Frankenreich aus diesem Zerfall, und dieses schwingt sich dann mit Karl dem Großen zu einer Weltmonarchie auf.

Man kann nicht sagen, daß unter Karl der Staat von der Kultur bedingt gewesen; sie ist nur das Dritte neben Staat und Kirche, auch kann sie den raschen Verfall des Imperiums nicht aufhalten und weicht bald wieder einer Barbarei, welche ärger scheint als die frühere des 7. und 8. Jahrhunderts.

Ja! Wenn man sich Karls Imperium in seinem vollen Glanz hundert Jahre dauernd denkt, dann hätte die Kultur das Übergewicht bekommen, wäre aus dem Dritten das Erste geworden. Dann wären Städteleben, Kunst und Literatur der allgemeine Charakter der Zeit geworden; es hätte kein Mittelalter mehr gegeben; die Welt hätte es übersprungen und hätte sogleich in die volle Renaissance (statt nur in einen Anfang) eingemündet; die Kirche aber, so sehr Karl sie begünstigte, würde nie von ferne den späteren Machtgrad erreicht haben.

Es waren aber zu viele nur scheinbar gebändigte barbarische Kräfte vorhanden, welche die karolingische Kultur direkt haßten[1] und nur die erste schwache Regierung abzuwarten brauchten. Zunächst mußten diese „Großen" ihre Macht mit der Kirche teilen; — als aber die Gefahren von außen hinzukamen, und die Normannenzeit den Beweis leistete, daß die Priester nur zu fliehen verstanden, da blieb in jeder Landschaft derjenige Meister, der für sich und daneben auch noch zum Schutze anderer Kraft bewies.

Es begann das **Lehnswesen**, auf welches sich auch die Kirche für ihren Besitz und ihre Rechte vollständig einließ.

Bei flüchtigem Anblick erscheint es der Kultur rein hinderlich, retardierend, und zwar nicht durch das Überwiegen des Staats, sondern durch seine Schwäche[2]. Denn wir haben es hier mit einem Staate zu tun, der sich offen unfähig bekennen muß, von sich, d. h. vom König aus Ordnung und Recht zu organisieren, der im zweifelhaftesten Verhältnis zu seinen großen, mittleren und kleinen Einzelelementen lebt, der nur durch seine Wirkungslosigkeit beisammen bleibt und allenfalls noch durch Mithilfe und auf Verlangen der Kirche; in welchem das provinziale Staatsleben das zentrale weit zu überwiegen pflegt, ja welcher in Italien tatsächlich in völlig souveräne Einzelstücke zerfällt und auch anderswo (in Deutschland) nicht einmal die nationale Integrität gegen Hussiten, Polen, Schweizer, Burgunder aufrechtzuerhalten imstande ist.

Davon, wie sich nun das Lehnswesen im kleinen und einzelnen ausgestaltet, war teilweise schon früher (S. 91 ff.) die Rede. Die Welt ist völlig in Kasten eingeteilt; zu unterst steht der hilflose Hörige (vilain); erst allmählich, unter schweren Gefahren heranwachsend, kommt der Bürger; dann der Adel, der durch sein Ritterwesen vollends vom Einzelstaat abstrahiert, indem der einzelne durch eine kosmopolitische Fiktion davon ideell losgesprochen

---

[1] Man denke an die Geschichte von Karl dem Großen und den Schülern.
[2] Über das Königtum des Lehnswesens vgl. S. 33 f. Rechtlich war es gegen alle Usurpation wie sonst in keiner Zeit gesichert; aber die Usurpation lohnte wirklich kaum der Mühe.

ist, und der als höher entwickelter allgemeiner Kriegerstand ein okzidentalisches gesellschaftliches Hochgefühl darstellt; weiter die Kirche in Gestalt von vielen Korporationen (Stiftern, Klöstern, Universitäten usw.). Und dies ist fast alles mit gebundenem Grundbesitz und Gewerbe verbunden und mit jener unbeschreiblichen Unbehilflichkeit jeder politischen Funktion, von der wir bereits gesprochen haben. Schon das Studium dieser endlosen Zerklüftung und Bedingtheit ist mühsam; kaum erfährt man, was jeder war, vorstellte, sollte und durfte, und wie er mit Obern, Abhängigen und seinesgleichen stand.

Aber, während nun alle Macht in Stücken lag, standen diese einzelnen Stücke dessen, was seither Staatsmacht geworden ist, unter einem starken Einfluß ihrer P a r t i a l k u l t u r , so daß diese beinahe als der bestimmende Teil erscheint; jede Kaste: Ritter, Geistliche und Bürger, ist von dieser ihrer Kultur aufs stärkste bedingt; im höchsten Grade gilt dies von der ritterlichen Gesellschaft, welche rein als gesellige Kultur lebt.

Zwar ist das Individuelle noch gebunden, aber nicht innerhalb des geistigen Kreises der Kaste, hier konnte die Persönlichkeit sich frei zeigen und guten Willen entwickeln, und so bestand denn wirklich sehr viele und echte Freiheit. Es gab einen unendlichen Reichtum, noch nicht von Individualitäten, aber von abgestuften Lebensformen. Zeit- und ortsweise herrscht ein bellum omnium contra omnes, das aber, wie früher (S. 65 f.) gesagt, nicht nach dem Sekuritätsbedürfnis unserer Zeit zu beurteilen ist.

Gerade unsere Zeit zehrt vielleicht davon, daß damals retardiert worden ist, und daß nicht einheitliche Despotismen schon damals die Kräfte der Völker auffraßen. Ohnehin sollten wir gegen das Mittelalter schon deshalb den Mund halten, weil jene Zeiten ihren Nachkommen keine Staatsschulden hinterlassen haben.

Dann kam allmählich der moderne, zentralisierte Staat, welcher wesentlich über die Kultur herrschte und sie bedingte, göttlich verehrt und sultanisch waltend[1]. König-

[1] Vgl. oben S. 93 ff.

tümer wie die von Frankreich und Spanien waren der Kultur schon dadurch ganz übermäßig überlegen, daß sie zugleich an der Spitze der großen religiösen Hauptpartei standen. Daneben standen die jetzt nur politisch machtlosen, aber tatsächlich sozial noch privilegierten Geburtsstände und der Klerus. Auch als in der Revolution diese Staatsallmacht nicht mehr Ludwig, sondern Republik hieß und alles anders wurde, wankte doch eines nicht, nämlich eben dieser ererbte Staatsbegriff.

Allein im 18. Jahrhundert beginnt und seit 1815 eilt in gewaltigem Vorwärtsschreiten der großen Krisis zu die moderne Kultur. Schon in der Aufklärungszeit, als der Staat scheinbar noch derselbe war, war er tatsächlich verdunkelt durch Leute, welche nicht einmal über die Ereignisse des Tages disputierten, sondern als philosophes die Welt beherrschten: durch einen Voltaire, einen Rousseau u. a.; der Contrat social des letztgenannten ist vielleicht ein größeres „Ereignis" als der Siebenjährige Krieg. Vor allem gerät der Staat unter die stärkste Herrschaft der Reflexion, der philosophischen Abstraktion: es meldet sich die Idee der Volkssouveränität[1], und sodann beginnt das Weltalter des Erwerbs und Verkehrs, und diese Interessen halten sich mehr und mehr für das Weltbestimmende.

Zuerst hatte es der Zwangsstaat mit seinem Merkantilsystem versucht. Eine Nationalökonomie in verschiedenen Schulen und Sekten war hinterdrein gekommen und hatte sogar schon den Freihandel als Ideal befürwortet; allein erst seit 1815 fielen allmählich die Schranken jeder Tätig-

---

[1] „Es gibt keine einzige politische Idee, die im Laufe der letzten Jahrhunderte eine ähnliche Wirksamkeit ausgeübt hätte wie die Volkssouveränität. Bisweilen zurückgedrängt und nur die Meinungen bestimmend, aber dann wieder hervorbrechend, offen bekannt, niemals realisiert und immer eingreifend, ist sie das ewig bewegliche Ferment der modernen Welt", sagt Ranke, Engl. Gesch. Bd. III, S. 287. (Freilich gerade im Jahre 1648 trat sie in einer Form hervor, die ihrem Inhalt Hohn sprach: die theoretische Behauptung der vollsten Rechte populärer Unabhängigkeit paarte sich im Parlament nach der Prides purge mit faktischer Unterwerfung unter eine militärische Gewalt.)

keit, alles Zunftwesen, aller Gewerbezwang; es kam zur tatsächlichen Beweglichkeit alles Grundbesitzes und zu dessen Disponibilität für die Industrie, und E n g l a n d mit seinem Welthandel und seiner Industrie wurde das allgemeine Vorbild.

England brachte die massenhafte Verwendung von Steinkohle und Eisen, die der Maschine in der Industrie und damit die Großindustrie, es brachte mit Dampfschiff und Eisenbahnen die Maschine in den Verkehr, dazu eine innere Revolution in der Industrie durch Physik und Chemie, und es gewann die Herrschaft über den Großkonsum der Welt durch die Baumwolle. Dazu kam eine unermeßliche Ausdehnung der Herrschaft des Kredits im weitesten Wortsinn, die Ausbeutung Indiens, die Ausdehnung der Kolonisation über Polynesien usw., während zugleich die Vereinigten Staaten sich fast ganz Nordamerikas bemächtigten, und zu diesem allem noch das östliche Asien dem Verkehr geöffnet wurde.

Von diesen Tatsachen aus mag es dann scheinen, als sei der Staat nur noch die Polizei für diese millionenfältige Tätigkeit, zu ihrem Schutze. Die Industrie, welche seinerzeit allerlei Mithilfe von ihm begehrte, verlangt zuletzt nur noch, daß er Schranken abschaffe. Außerdem wünscht sie, daß sein Zollrayon so groß als möglich, und daß er selbst so mächtig als möglich ist.

Allein zu gleicher Zeit wirken die I d e e n d e r F r a n z ö s i s c h e n R e v o l u t i o n auf das stärkste politisch und sozial nach. Konstitutionelle, radikale, soziale Bestrebungen machen sich mit Hilfe der allgemeinen Gleichberechtigung geltend und dringen durch die Presse riesenhaft in die Öffentlichkeit; die Staatswissenschaften werden Gemeingut, Statistik und Nationalökonomie das Arsenal, wo jeder die Waffen holt, die seiner Natur angemessen sind, jede Bewegung ist ökonomisch. Die Kirche aber erscheint nur noch als irrationales Element: man will die Religion, aber ohne sie.

Und anderseits behauptet der S t a a t von diesem allem so unabhängig, als er jeweilen kann, seine Macht als eine ererbte und nach Kräften zu mehrende. Er macht, wo er kann, die Berechtigung der Kräfte von unten zu einer bloß scheinbaren. Es gab und gibt noch Dynastien, Bureaukratien und Militarismen, die fest entschlossen sind, sich selbst das Programm zu schreiben und es sich nicht diktieren zu lassen.

Aus diesem allem entsteht die große Krisis des Staatsbegriffs, in welcher wir leben.

Von unten herauf wird kein besonderes Recht des Staates mehr anerkannt. Alles ist diskutabel; ja im Grunde verlangt die Reflexion vom Staat beständige Wandelbarkeit der Form nach ihren Launen.

Zugleich aber verlangt sie für ihn eine stets größere und umfangreichere Zwangsmacht, damit er ihr ganzes sublimes Programm, das sie periodisch für ihn aufsetzt, verwirklichen könne; sehr unbändige Individuen verlangen dabei die stärkste Bändigung des Individuums unter das Allgemeine.

Der Staat soll also einesteils die Verwirklichung und der Ausdruck der Kulturideen jeder Partei sein, andernteils nur das sichtbare Gewand des bürgerlichen Lebens und ja nur ad hoc allmächtig! Er soll alles mögliche k ö n n e n, aber nichts mehr d ü r f e n, namentlich darf er seine bestehende Form gegen keine Krisis verteidigen, — und schließlich möchte man doch vor allem wieder an seiner Machtübung teilhaben.

So wird die Staats f o r m immer diskutabler und der Machtumfang immer größer. Letzteres auch in geographischem Sinne: der Staat soll jetzt mindestens die ganze betreffende Nation und noch etwas dazu umfassen; es entsteht ein Kultus der Einheit der Staatsmacht und der Größe des Staatsumfanges.

Je gründlicher das heilige Recht des Staates (seine frühere Willkür über Leben und Eigentum) erlischt, desto weiter breitet man ihm sein profanes Recht aus. Die korporativen Rechte sind ohnehin tot; nichts besteht mehr, was geniert. Zuletzt wird man äußerst empfindlich gegen jeden Unterschied; die Vereinfachungen und Nivellierungen, welche der Großstaat garantiert, genügen nicht mehr; der Erwerbssinn, die Hauptkraft der jetzigen Kultur, postuliert

Der heutige Staat

eigentlich schon um des Verkehrs willen den Universalstaat, wogegen freilich in der Eigenart der einzelnen Völker und in ihrem Machtsinn auch ein starkes Gegengewicht tätig ist.

Dazwischen läßt sich dann hier und da ein Gewimmer nach Dezentralisation, Selfgovernment, amerikanischen Vereinfachungen u. dgl. hören.

Das Wichtigste aber ist, daß sich die Grenzen zwischen den Aufgaben von Staat und G e s e l l s c h a f t gänzlich zu verrücken drohen.

Hierzu gab die Französische Revolution mit ihren Menschenrechten[1] den stärksten Anstoß, während der Staat hätte froh sein müssen, wenn er in seiner Verfassung mit einer vernünftigen Definition der B ü r g e r rechte durchkam.

Jedenfalls hätte man sich dabei, wie Carlyle mit Recht bemerkt, auch etwas auf Menschen p f l i c h t e n und Menschen k r ä f t e, auch auf die mögliche Produktion des Landes besinnen sollen.

Die neuere Redaktion der Menschenrechte verlangt das Recht auf Arbeit und auf Subsistenz.

Man will eben die größten Hauptsachen nicht mehr der Gesellschaft überlassen, weil man das Unmögliche will und meint, nur Staatszwang könne dieses garantieren.

Nicht nur, was „Einrichtung" oder „Anstalt" heißt, kommt durch den jetzigen literarischen und publizistischen Verkehr rasch herum, so daß man es überall auch haben will, sondern man oktroyiert dem Staat in sein täglich wachsendes Pflichtenheft schlechtweg alles, wovon man weiß oder ahnt, daß es die Gesellschaft nicht tun werde. Überall steigen die Bedürfnisse und die dazu passenden Theorien. Zugleich aber auch die Schulden, das große, jammervolle Hauptridikule des 19. Jahrhunderts. Schon diese Art, das Vermögen der künftigen Generationen vorweg zu verschleudern, beweist einen herzlosen Hochmut als wesentlichen Charakterzug.

---

[1] Vgl. S y b e l, Franz. Rev. Bd. I, S. 76

Das Ende vom Liede ist: irgendwo wird die menschliche Ungleichheit wieder zu Ehren kommen. Was aber Staat und Staatsbegriff inzwischen durchmachen werden, wissen die Götter.

5. DIE RELIGION IN IHRER BEDINGTHEIT DURCH DEN STAAT

Zu den Religionen, die durch den Staat bedingt sind, gehören vor allem die beiden klassischen Religionen.

Man darf sich dabei nicht durch die vielen Ausdrücke der Frömmigkeit irre machen lassen, wie das horazische „dis te minorem quod geris imperas" oder Cicero, de legibus I, 7 (und sonst) oder die Stelle bei Valerius Maximus I: „omnia namque post religionem ponenda semper nostra civitas duxit... quapropter non dubitaverunt sacris imperia servire".

Welches auch ihre Religiosität gewesen sei[1], Griechen und Römer waren eine völlige Laienwelt; sie wußten eigentlich (wenigstens in ihren entwickelten Zeiten) nicht, was ein Priester sei; sie hatten stehende Zeremonien, aber kein Gesetz und keine schriftliche Offenbarung, welche die Religion über den Staat und das übrige Leben emporgehalten hätte.

Ihre poetisch vermenschlichten, gegenseitiger Feindschaften fähigen Götter sind zum Teil sehr ausdrücklich Staatsgötter ($πολιοῦχοι$) und speziell zum Schutze des Staates verpflichtet; Apoll ist u. a. der Gott des Kolonienaussendens ($ἀρχηγέτης$) und muß in Delphi darüber Auskunft geben.

Mögen auch die Götter für alle Hellenen, ja auch für die Barbaren und für die ganze Welt geltend gedacht werden (was der Reflexion später nicht schwer fiel), so werden sie doch mit einem Zunamen lokalisiert und für die betreffende Stadt, den Staat oder eine spezielle Lebenssphäre verpflichtet.

[1] Wir müssen uns immerhin darüber klar sein, daß dem Schicksal, das ja über Zeus stand, mit keiner Religion beizukommen war, und daß man sich mit dem Jenseits wenig abgab.

Antike und staatsfeindliche Religionen 137

Wenn Griechen und Römer Priester und eine Theologie gehabt hätten, so würden sie freilich auch ihren auf die menschlichen Bedürfnisse und Beziehungen gestellten, vollendeten Staat nicht geschaffen haben[1].

Der einzige Fall, wo sich die römische Religion willentlich proselytisch zeigt, war etwa die Romanisierung der gallischen und anderen nördlichen und westlichen Götter; die Christen aber wollte man zur Kaiserzeit nicht etwa bekehren, sondern nur von Sakrilegien abhalten, und übrigens geschah dies beides im Dienste des S t a a t e s.

Die übrige alte Welt, der Orient, die Staaten des heiligen Rechts usw. sind viel mehr von der Religion bedingt, von welcher ja auch ihre Kultur in Schranken gehalten wird, als die Religion von ihnen; nur daß, wie oben (S. 108 f.) gesagt, der Despotismus mit der Zeit vorschlägt, die Göttlichkeit auf sich bezieht und sich dabei satanisch aufführt.

Die Religionen behaupten ihre Idealität am ehesten, solange sie sich gegen den Staat leidend, protestierend verhalten, was freilich ihre schwerste Feuerprobe ist, an welcher gewiß schon mancher hohe Aufschwung untergegangen ist; denn die Gefahr, vom Staate ausgerottet zu werden, wenn derselbe eine andere, intolerante Religion vertritt, ist wirklich vorhanden. Das Christentum ist eigentlich d a s Leidende und seine Lehre vorhanden f ü r Leidende, und es ist vielleicht von allen Religionen nächst dem Buddhismus am wenigsten geeignet, mit dem Staat in irgendeine Verbindung zu treten. Schon seine Universalität ist dem entgegen. Wie kam es, daß es dennoch mit dem Staate in die engsten Beziehungen trat?

Der Grund wurde schon sehr früh, bald nach dem apostolischen Zeitalter, gelegt. Das Entscheidende war, daß

---

[1] R e n a n , Apôtres, S. 364. L'infériorité religieuse des Grecs et des Romains était la conséquence de leur supériorité politique et intellectuelle. La supériorité du peuple juif au contraire a été la cause de son infériorité politique et philosophique. Juden und Urchristen bauten eben die Gesellschaft auf die Religion, wie der Islam.

die Christen des 2. und 3. Jahrhunderts antike Menschen waren, und zwar in einer Zeit des Einheitsstaates. Und nun verführte das Staatstum das Kirchentum, sich nach seinem Vorbilde zu gestalten; die Christen bildeten um jeden Preis eine neue Gesellschaft, schieden mit der größten Anstrengung e i n e Lehre als die orthodoxe von allen Nebenauffassungen (als Häresien) aus und organisierten ihre Gemeinde schon wesentlich hierarchisch. Vieles war schon sehr irdisch; man denke an die Zeit des Paulus von Samosata und die Klagen Eusebs.

So war das Christentum schon während der Verfolgungen eine Art einheitlicher Reichsreligion, und als nun mit Konstantin der Umschlag eintrat, war die Gemeinde plötzlich so mächtig, daß sie den Staat beinahe hätte in sich auflösen können. Sie wurde jetzt wenigstens zur übermächtigen Staatskirche, und über die ganze Völkerwanderung und bis weit in die byzantinische Zeit, im Okzident aber das ganze Mittelalter hindurch, ist dann, wie wir (S. 112 ff.) gesehen haben, die Religion das Bestimmende. Karls des Großen Weltmonarchie ist wie die des Konstantin und Theodosius wesentlich eine christliche, und wenn die Kirche etwa zu fürchten hatte, von ihr als Werkzeug mißbraucht zu werden, so dauerte diese Sorge nicht lange; das Imperium zersplitterte, und die Kirche blieb im Lehnszeitalter wenigstens mächtiger als alles andere, was daneben war.

Aber jede Berührung mit dem Irdischen wirkt stark auf die Religion zurück; mit der äußeren Machtgestaltung ist unfehlbar eine innere Zersetzung verbunden, schon weil ganz andere Leute an die Spitze kamen als in der ecclesia pressa.

Die Wirkungen dieser A n s t e c k u n g des Kirchentums durch das Staatstum sind nun folgende:

Erstlich erwächst im spätrömischen und byzantinischen Reich, wo Imperium und Kirche sich genau zu decken zensiert sind und die Kirche gleichsam ein großes zweites Staatswesen bildet, aus diesem Parallelismus der falsche M a c h t s i n n in ihr. Statt eine sittliche Macht im Völkerleben zu sein, wird sie, indem sie sich politisiert, selber

ein Staat, also eine zweite politische Macht mit dem hiebei ganz unvermeidlich innerlich-profanen Personal. Macht und Besitz sind es, die in der abendländischen Kirche das Heiligtum mehr und mehr mit Unberufenen anfüllen. Macht aber ist schon an sich böse.
Die zweite Folge aber ist die enorme **Überschätzung der Einheit**, in engem Verband hiemit. Die Tradition stammt, wie wir sahen, schon aus der Zeit der Urkirche und der Verfolgung; die ecclesia triumphans aber bietet nun alle Machtmittel auf zur Behauptung der Einheit und entwickelt aus ihrer Einheit immer mehr Machtmittel, ja sie kann deren nicht mehr genug vor sich sehen und füllt am Ende das ganze Dasein mit ihren Gräben und Festungswerken an. Dies gilt von der abendländischen Kirche so gut wie von der byzantinischen. Umsonst ertönt dazwischen immer wieder die Ansicht, das göttliche Wesen f r e u e sich verschiedenartiger Verehrung.
Jetzt glaubt kein abendländischer Mensch mehr an das Dogma der ecclesia triumphans z. B. des 5. Jahrhunderts; man hat sich allmählich an den Anblick der religiösen Vielheit gewöhnt, die zumal in den englisch sprechenden Ländern mit stark verbreiteter Religiosität vereinbar erscheint, und sieht die Religionsmischung, Parität usw. in den gemischten Bevölkerungen vor sich, von welchem allem damals noch niemandem träumte. Auch übt die gegenwärtige Dogmengeschichte gegen die Häresien Gerechtigkeit, von denen man weiß, daß sie bisweilen das Beste von Geist und Seele der betreffenden Zeiten enthalten haben.
Aber welche Hekatomben sind der Einheit — einer wahren fixen Idee — zum Opfer gefallen! Und diese fixe Idee hatte ihre volle Entwicklung nur erreichen können, weil die politisierte Kirche absolut machtgierig geworden war. Die **dogmatische** Begründung der Einheit und ihre poetische Verherrlichung als tunica inconsutilis ist Nebensache.

Mit der **Reformation**, die in die Zeit fällt, da der moderne Machtstaat an sich schon in starkem Fortschreiten ist, tritt dann eine große allgemeine Veränderung auf beiden Seiten ein.

In den großen Staaten des Westens, England ausgenommen, besiegelt die **Gegenreformation** den „Bund zwischen Thron und Altar", d. h. die Kirche, um sich zu behaupten, braucht noch einmal im weitesten Sinne das brachium saeculare. Seither besteht eine enge Komplizität beider; es ist z. B. in dem Spanien Philipps II. kaum auseinanderzulesen, was jedem von beiden gehört, und doch hat eher die Kirche, welche dabei an den Staat enorm gezahlt hat, helfen sollen, den spanischen Bankerott über möglichst viele Länder auszudehnen; auch bei Ludwig XIV. ist der Katholizismus wesentlich ein instrumentum imperii, und seinen großen kirchlichen Schreckensakt hat der König, obwohl auch von seinem Klerus angereizt, wesentlich aus **politischer** Uniformitätsgier **gegen** die Ansicht des Papstes vollzogen.

In neuerer Zeit ist dieser Bund stets ungleicher und für beide Teile gefährlicher geworden, weit entfernt, beiden so nützlich zu sein, wie das heilige Recht den Gewaltstaaten des Altertums war. Während Prinzipien ewig sein können, sind Interessen unter allen Umständen wandelbar, und nun ist dies eben statt eines Bundes der Prinzipien tatsächlich mehr und mehr ein Bund der Interessen, von welchen es sehr fraglich ist, wie lange sie noch zusammengehen werden. So konservativ die Kirche sich geben mag, der Staat sieht auf die Länge keine Stütze, sondern eine Verlegenheit in ihr.

In Frankreich wird der Staat, so oft er sich wieder der Denkweise und Partei der großen französischen Revolution nähert, auch deren Todfeindschaft gegen die katholische Kirche adoptieren. Diese aber ist durch Napoleons I. Konkordat von 1801 auf die verhängnisvollste Weise zum Staatsinstitut geworden, mit Hilfe einer allgemeinen Voraussetzung, wonach der Staat alles, was nun einmal vorhanden sei, von sich abhängig machen und organisieren müsse. Schon der Anfang der Revolution hatte die constitution civile du clergé von 1791 gebracht, mit Versäumnis des einzigen Moments, da man

mit Erfolg trennen konnte, und 1795 war dann die juridische Trennung zu spät gekommen, weil die Kirche inzwischen ein Märtyrertum aufweisen konnte.
Nun ist von diesen politischen Zuständen nicht bloß die Kirche, sondern auch die Religion wesentlich mitbedingt. Sie steht unter einem jetzigen Schutz und Sold des Staates, der ihrer unwürdig, für sie unanständig ist, kann aber von heute auf morgen, wenn dieser Staat in andere Hände fallen sollte, dessen schwerste Feindschaft erleiden und ist unter allen Umständen von der allgemeinen Krisis des europäischen Staatsbegriffs, von der wir oben (S. 133 ff.) sprachen, mitbedroht.
In den meisten katholischen Ländern gilt mehr oder weniger dasselbe; der Staat ist im Begriff, den erschütterten Bund zwischen Thron und Altar, als jetzund unvorteilhaft geworden, zu künden; die katholische Kirche aber verläßt sich viel zu wenig auf innere Kräfte und sucht viel zu sehr nach äußeren Stützpunkten.
Ob das Konzil eine Lösung bereit hält?
Von seiten des Staates aber ist es lächerlich, wenn er gerne „liberale Prälaten" hätte, die seiner Bureaukratie keine sauern Tage machen sollen. Den nordamerikanischen Regierungen ist es ganz gleichgültig, wie ultramontan oder „aufgeklärt" die katholischen Bischöfe der Union sind.

*

Zusatz 1873. Nachdem den Regierungen das Verhältnis zur katholischen Kirche längst lästig gewesen und höchstens Louis Napoleon sie als Hilfe seiner Macht benützen konnte, Preußen aber ihr wenigstens alles gestattete und Lobsprüche von Pius IX. erntete, nachdem der moderne demokratische und industrielle Geist in eine stets größere Feindschaft mit ihr geraten, fand die Kirche für nötig, ihre Ansprüche auf dem vatikanischen Konzil zu systematisieren; der schon lange vorhandene Syllabus wurde in seinen Hauptzügen zum Kirchengesetz; die Infallibilität krönte das ganze System.
Alle mezzi termini wurden abgeschnitten, die so nützlich erscheinenden Übergänge eines liberalen Katholizismus

u. dgl. total desavouiert, das vernünftige Verhandeln mit den Staaten schwer oder unmöglich gemacht, die ganze Stellung des Katholizismus in der Welt unermeßlich erschwert.

Was war der Zweck? Vor allem ist hier jede voraussehende Beziehung auf den Krieg von 1870 zu eliminieren; den Krieg sah jedermann im Anzug; aber beim Sieg Napoleons wäre es der katholischen Kirche kaum besser ergangen.

Ein bloß theoretischer Hochmut war es nicht; eine große praktische Absicht muß zugrunde gelegen haben, als man der ganzen höheren katholischen Bildung so derb den Abschied gab und unbedingte gleichartige Fügsamkeit verlangte — und endlich erhielt.

Ein straffes Anziehen aller Zügel der Einheit mag notwendig geschienen haben gegenüber der allgemeinen Entwicklung des modernen Geistes, in Voraussicht baldigen Verlustes des dominio temporale; denn auf offenes Ergreifen der Waffen konnte die Kirche gar nirgends hoffen; diesen Faktor mußte sie völlig außer Rechnung lassen.

Und nun das jetzige verschiedene Verhalten der Regierungen. Die meisten nehmen die Sache wie ein bloßes theoretisches Vergnügen des Papsttums, das man demselben lassen könne; Deutschland und die Schweiz dagegen nahmen den Kampf als Kampf auf. Die große Schwierigkeit dabei ist, die Ausgetretenen als Kirche zu konstituieren und ihnen einen neuen Klerus zu schaffen.

Die einzige wahre Lösung, die Trennung von Kirche und Staat, ist an sich sehr schwer, und mehrere Staaten wollen nicht mehr trennen, weil ihnen vor einer wirklich unabhängigen Religion und Kirche bange wäre. — Und gerade ebenso denkt in der Regel auch der Radikalismus.

*

Das **protestantische** Staatskirchentum, im Drang des 16. Jahrhunderts von selber entstanden, hat seine Abhängigkeit vom Staate von Anfang an und oft bitter fühlen müssen. Ohne dasselbe aber wäre die Reformation

Staats- und Volkskirche. Rußland

in den meisten Ländern sicher wieder zugrunde gegangen, weil die Masse der Unentschiedenen sich bald wieder zur alten Kirche würde gehalten haben, und weil auch ohnedies die alte Kirche ihre Staaten gegen die der neuen würde ins Feld geführt haben. Das Staatskirchentum war schon um der Wehrhaftigkeit willen unvermeidlich.

Aber unvermeidlich war auch, daß die Kirche ein Zweig der Staatsregierung wurde. Gefürchtet und für den Staat ein Element der Macht, solange er sie mit seiner Autorität deckte, wird sie seit der Aufklärungszeit mehr und mehr eine Verlegenheit für ihn, während er einstweilen ihr Notschirmer bleibt.

Sie wird es riskieren müssen, aus einer Staatskirche zur Volkskirche zu werden, ja in mehrere unabhängige Kirchen und Sekten auseinanderzugehen, sobald einmal die Krisis des Staatsbegriffes weit genug gediehen sein wird[1].

Hochgefährdet ist besonders die anglikanische Kirche mit ihrem Besitz, konstitutionellem Vorrecht und Hochmut, bei statistisch zählbarer Menge der Bekenner der rechtlosen Nebenkirchen.

Eine indirekte Sicherung erweisen die europäischen Großstaaten gegenwärtig allen von ihnen unterhaltenen oder geduldeten Religionen: ihre Polizei und Gesetzgebung macht das Aufkommen einer neuen Religion (welches ohne Vereinsrecht u. dgl. unmöglich ist) außerordentlich schwer, wenn sich überhaupt eine melden sollte.

Derjenige Staat, welcher seine Kirche im Innern am meisten zum Staatsinstitut umgeschaffen hat und sie zugleich zum politischen Werkzeug nach außen braucht, ist R u ß l a n d. Das Volk ist indolent und tolerant, aber der Staat proselytisch und (gegen den polnischen Katholizismus und den baltischen Protestantismus) verfolgend.

Einstweilen mag auch der protestantische Großstaat noch meinen, Geschäfte machen zu müssen mit seinem Kirchenschutz. Und undenkbar ist es nicht, daß diese Krisis wieder für lange Zeit durch Eintreten eines reinen Gewaltzustandes unterbrochen und verschoben wird. (Januar 1869.)

Die **byzantinische** Kirche dauert bei den Griechen als Ersatz und Stütze des byzantinischen Volkstums unter der Herrschaft der Türken auch ohne den Staat weiter. Aber wie würde es in Rußland mit Religion und Kultur ohne den Zwangsstaat aussehen? Die Religion würde wohl auseinanderlaufen in Aufklärung der wenigen und Schamanentum der vielen.

6. DIE RELIGION IN IHRER BEDINGTHEIT DURCH DIE KULTUR

Bei der Bedingtheit der Religion durch die Kultur handelt es sich um zwei sich berührende, aber verschiedene Phänomene. Erstlich nämlich kann die Religion zum Teil durch Vergötterung der Kultur entstehen. Sodann aber kann eine gegebene Religion auch durch Einwirkung der Kulturen verschiedener Völker und Zeiten wesentlich verändert oder doch gefärbt werden; ja mit der Zeit erhebt sich aus der Mitte der Kultur eine Kritik der Religion. In besonderem Sinne gehört hiezu auch die Rückwirkung der Kunst auf die Religion, welche sie in Anspruch nimmt.

In den **klassischen Religionen**, ja mehr oder weniger in fast allen Polytheismen — denn Kriegs- und Ackerbaugottheiten gibt es fast überall — findet sich neben der Vergötterung der Natur und der astralen Kräfte ganz naiv auch die gewisser Zweige der Kultur[1]. Die Naturvergötterung ist das Frühere, worauf die **Kulturvergötterung** erst gepfropft wird. Aber, nachdem die Naturgottheiten zu ethischen und Kulturgottheiten geworden sind, überwiegt zuletzt diese Seite.

Hier ist kein ursprünglicher Zwiespalt zwischen Religion und Kultur, beides ist vielmehr in hohem Grade identisch; die Religion vergöttert mit der Zeit so viele Tätigkeiten als man will, indem sie die einzelnen Götter als Schützer

[1] Vgl. oben S. 103.

derselben mit ihren Namen versieht[1]. Und nun gibt die Leichtigkeit des Götterschaffens freilich sehr zu denken und mag dem Mythologen die Frage ans Herz legen: bist du imstande, dich ernstlich in eine solche Zeit und Nation hineinzuversetzen? Aber ein wohligeres Mitgefühl gibt es nicht, als das Hineinversenken in jene Welt, wo jeder neue Gedanke sogleich seine poetische Vergöttlichung und später dann seine ewige Kunstform findet, wo so vieles unaussprechlich bleiben darf, weil die Kunst es ausspricht.

Freilich hat dann die Philosophie, der höchste Zweig der Kultur, mit dieser Religion ein gar zu leichtes Spiel. Und nach der Philosophie und ihrem kritischen griechischen Geiste kommt erst leise und dann mächtiger der Gedanke an das Jenseits und macht — allerdings mit Hilfe der Kaiser — dieser Religion den Garaus.

Auch der germanische Polytheismus hat seine Kulturgötter. Neben der rein elementarischen Seite schließt sich an mehrere göttliche Gestalten auch eine der Kultur angehörende an: sie sind Schmiede, Weberinnen, Spinnerinnen, Runenerfinder usw.

Ein Analogon ist im Mittelalter der Kultus der Nothelfer und Spezialheiligen, wie St. Georg, S. S. Crispin und Crispinian, S. S. Kosmas und Damian, St. Eligius u. a. Doch sind diese bloße Nachklänge der antiken Kulturvergötterung[2].

Wie würde aber der Olymp der heutigen Erwerbenden aussehen, wenn sie noch Heiden sein müßten?

Nun ist aber keine Religion jemals ganz unabhängig von der Kultur der betreffenden Völker und Zeiten gewesen.

[1] Man denke an Stellen wie Pausan. I, 24, 3, wo neben der Ἀθηνᾶ Ἐργάνη der Σπουδαίων δαίμων erscheint.
[2] Im Volke waren offenbar die Heiligen auch als V e r u r s a c h e r der Übel gefürchtet und mußten als solche versöhnt werden. Vgl. Rabelais, Gargantua I, 45, wo die Pilger glauben, die Pest k o m m e von St. Sebastian, que St. Antoine mettait le feu aux jambes, St. Eutrope faisait les hydropiques, St. Gildas les folz, St. Genou les gouttes (offenbar z. T. nach dem Namensanklang) Auch II, 7 ist St. Adauras gut gegen das Gehenktwerden.

Gerade, wenn sie sehr souverän mit Hilfe buchstäblich gefaßter heiliger Urkunden herrscht und scheinbar alles sich nach ihr richtet, wenn sie sich „mit dem ganzen Leben verflicht", wird dieses Leben am unfehlbarsten auch auf sie einwirken, sich auch mit ihr verflechten. Sie hat dann später an solchen innigen Verflechtungen mit der Kultur keinen Nutzen mehr, sondern lauter Gefahren; aber gleichwohl wird eine Religion immer so handeln, solange sie wirklich lebenskräftig ist.

Die Geschichte der christlichen Kirche zeigt zunächst eine Reihe von Modifikationen, je nach dem sukzessiven Eintreten der neuen Völker: der Griechen, Römer, Germanen, Kelten, — und je nach den Zeiten ist es vollends eine ganz andere Religion, d. h. die Grundstimmungen sind die entgegengesetzten. Denn der Mensch ist gar nicht so frei, zugunsten einer „Offenbarung" von der Kultur seiner Zeit und seiner Schicht zu abstrahieren. Zwang aber erzeugt Heuchelei und böses Gewissen[1].

Das Christentum der apostolischen Zeit hat am wenigsten Berührung mit der Kultur; es ist nämlich von der Erwartung der Wiederkunft des Herrn dominiert, welche die Gemeinde wesentlich zusammenhält. Weltende und Ewigkeit sind vor der Tür, die Abwendung von der Welt und ihren Genüssen leicht, der Kommunismus fast selbstverständlich und bei der allgemeinen Sobrietät und Dürftigkeit unbedenklich, was ganz anders ist, wenn er mit einem Erwerbssinn in Konflikt tritt.

In der heidnischen Kaiserzeit tritt an die Stelle der verblaßten Wiederkunftsidee Jenseits und Jüngstes Gericht; aber **die griechische Bildung dringt von allen Seiten in die Religion ein** und zugleich ein buntfarbiger Orientalismus. Häresien und gnostische Nebenreligionen würden vielleicht das Ganze zersprengt haben, wenn dasselbe im Frieden sich selbst überlassen geblieben wäre; wahrscheinlich waren es nur die Verfolgungen, welche das

[1] Lange nicht so lehrreich ist die Parallele der Geschichte des Islam bei seinen verschiedenen Völkern und in seinen verschiedenen Zeiten.

Wandlungen des Christentums

Weiterleben **einer** herrschenden Hauptauffassung möglich machten.

Eine totale Wandlung bringt die christliche Kaiserzeit. Die Kirche wird ein Analogon des Reichs und seiner Einheit und demselben überlegen, und Hierarchen werden die mächtigsten Personen, in deren Händen enorme Dotationen und die Benefizenz des ganzen Reiches sind. Und nun siegen einerseits die griechische Dialektik im Schrauben der Trinitätsbegriffe und der orientalische Dogmensinn in der Vernichtung der Andersdenkenden, welche sonst der klassischen Welt gar nicht gemäß war; denn auch die Christenverfolgungen der heidnischen Kaiser waren nicht gegen die Denkweise der Christen gerichtet gewesen. Anderseits ist die Wirkung des Einstroms der großen Massen in die Kirche daran kenntlich, daß der Kultus sich an die Stelle der Religion drängt, d. h. daß er die Religion genugsam mit Zeremonien, Bilderdienst, Verehrung der Märtyrergräber und Reliquien usw. sättigt, um den im tieferen Grunde stets heidnisch fühlenden Massen zu genügen.

Das Christentum von Byzanz ist kenntlich als das einer geknechteten Nation; während es selber nach Kräften die Nation mitknechten hilft, entbehrt es jeder freien Wirkung auf die Sittlichkeit, denn der Bann bezieht sich nur auf Lehre und äußere Disziplin; Orthodoxie und Fastenbeobachtung genügen für das Leben, und einem mäßigen und geizigen Volke wird die Askese leicht. Zwar hört der Geist von Syrien, Ägypten und Afrika seit dem 7. Jahrhundert auf, Byzanz zu beeinflussen, aber erst, nachdem er sein volles Unheil gestiftet. Der spätere Zusatz ist dann mehr slawischer Aberglaube, Vampyrglaube usw., hier und da mit wiedererwachtem antiken Aberglauben vermischt. Das Christentum von Abessinien und andern ganz verkommenen oder geistig unfähigen Völkern verträgt sich tatsächlich mit völlig heidnischem Inhalt.

Was das lateinische Christentum des Frühmittelalters betrifft, so bleiben zunächst die arianischen Germanen stumm, und wir nähern uns ihnen nur durch Hypothesen; das Wort führen bloß orthodoxe Bischöfe und andere Hierarchen.

Endlich nach dem Sturz des germanischen Arianismus, bei rascher Verwilderung und Verweltlichung des nunmehr allein vorhandenen orthodoxen Episkopats, erscheint das Schreiben auf e i n e Korporation beschränkt, welche dann die ganze Überlieferung färbt. Hier zeigt sich nun die Einwirkung der N i c h t kultur: nur noch die Benediktiner führen die Feder und halten (obwohl infolge ihres Reichtums selber beständig von Verweltlichung bedroht) irgendeinen Grad der lateinischen Bildung aufrecht. Der herrschende Gesichtspunkt, der früher allgemein kirchlich war, wird ein klösterlicher; man erfährt nur noch Klösterliches und einzelnes aus der Welt nur als Beigabe; auch von dem damaligen Volkstum vernehmen wir nur insofern etwas, als es an die Klostermauern grenzt und mit den Mönchen in Kontakt tritt, was damals immerhin eine der wichtigsten Lebensbeziehungen ist. Während also zwei sehr verschiedene Dinge: Volksphantasie und Mönchtum an der Klosterpforte zusammentreffen und hier das wenige austauschen, was sie gemeinsam haben und empfinden, treten die historiae zurück neben dem Lokalen, den Legenden und annales; es droht eine Zeit, da die Übersicht der Welt und der Weltgeschichte aufhören könnte.

Die Bevölkerungen aber verlangen von den Kirchenleuten nichts mehr als Askese (im Namen der vielen, welche sie nicht mitzumachen brauchen) und permanente Wunder, und die Kirche richtet sich — unbewußt — auf diese Volksvoraussetzungen hinsichtlich ihrer Magie ein und benützt dergleichen als Stütze für ihre weltlich-politische Macht.

Merkwürdig ist, wie das Wunderwesen und die Askese seit der Rettung des Reiches durch die Karolinger und während ihrer Machtperiode zurücktreten[1], — unter Karl dem Großen ist kaum davon die Rede, — wie sie dann

---

[1] Chrodegang und Benedikt von Aniane beweisen nicht das Gegenteil, da sie nicht eine individuell ekstatische Askese, sondern nur eine (ungern angenommene) neue Disziplin repräsentieren.

aber im 9. und 10. Jahrhundert wieder ihre alte Macht gewinnen, weil die karolingische Kultur wieder der wilden Volksdenkweise Platz gemacht hat. Die Gefühlswelt des 10. Jahrhunderts ist fast dieselbe wie die des 6. und 7.

Scheinbar die völligste Unterordnung der Kultur unter die Religion, welche je dagewesen, zeigt das Christentum des 11. Jahrhunderts. Das inzwischen emporgekommene, ganz achtbare Streben vieler Benediktinerklöster weicht vor dem cluniacensischen Fanatismus. Dieser besteigt mit Gregor VII. den päpstlichen Thron und richtet nunmehr seine Postulate an die Welt. Aber es läßt sich fragen, ob nicht etwa das herrschende Papsttum selbst nur das Eindringen einer besondern Art von W e l t in die Kirche, ob nicht etwa das Kriegertum, welches als bewaffnete militia S. Petri im Investiturstreit auftritt, doch nur eine verhüllte Kraft der damaligen W e l t und ihrer Kultur ist. Die Kreuzzugsidee jedenfalls war ein gemischtes, geistlich-weltliches Ideal.

Und das 11. Jahrhundert verwirklicht dies Ideal und seufzt nicht bloß danach; es schließt mit einem enormen Willensakt des ganzen, mehr und mehr in Feuer geratenen Okzidents.

Im 12. Jahrhundert tut sich dann eine baldige Reaktion auf das Abendland kund. Große weltliche Interessen, Rittertum und Städtetum werden durch die überhaupt geweckten Kräfte an den Tag gebracht und machen der Kirche unbewußt Konkurrenz; die Kirche selber wird wieder unfrommer und weltlicher; ein kenntliches Sinken der Askese ist zu konstatieren; statt ihrer machen sich der Kirchenbau und die Kunst geltend. Es beginnt ein weltliches Raisonnement, und es entstehen die Pariser Schulen und die großen Häresien in den Niederlanden, am Rhein, in Italien und besonders in Südfrankreich mit ihren teils pantheistischen, teils dualistischen Lehren. Es läßt sich fragen, wieweit diese Häresien ein Eindringen fremder Kulturelemente und wieweit sie ein bloßer Beleg des religiösen Schwunges der vorhergegangenen Zeit seien. Letzteres gilt jedenfalls von den Vertretern der ecclesia primitiva, den Waldensern.

Es folgt das Christentum des 13. bis 15. Jahrhunderts, da die Kirche sich als Reaktion im Siege, ja als Polizei darstellt. Künstlich wird das Mittelalter neu befestigt; die Hierarchie, an die äußersten Mittel gewöhnt, ist tatsächlich größtenteils mit Junkern und Kanonisten besetzt; die Wissenschaft ist die kirchlich völlig dienstbare Scholastik, und zwar in den Händen der Bettelorden.

Die Volksreligion aber macht damals ein höchst merkwürdiges Durchgangsstadium durch; sie verflicht sich auf das engste mit der damaligen Volkskultur, wobei man nicht mehr sagen kann, welches das andere bedingt. Sie schließt ein Bündnis mit dem ganzen äußern und innern Leben der Menschen, mit all ihren Geistes- und Seelenvermögen, statt sich im Zwiespalt damit zu erklären.

Das Volk, sehr religiös, mit seinem Seelenheil ernstlich beschäftigt, und zwar mit Hilfe des Werkdienstes, ist jetzt von pantheistischen und dualistischen Auswegen abgeschnitten; auch die Mystiker sind orthodox und unpopulär. Für die Kontinuität des Kultus ist man sehr besorgt, selbst beim Bann. Die starke Versenkung in das Leiden Christi, der sehr gesteigerte Kultus der Hostie und der Mariendienst — alles ist schon als wesentlicher Protest gegen alle Häresie von Bedeutung. In dem naiv polytheistischen Kultus der Nothelfer, Stadtpatrone und Fachheiligen[1] spricht sich eine wirkliche Teilung der göttlichen Kraft aus. Denken wir auch an die populären Mariensagen, die geistlichen Dramen, die Fülle von Bräuchen, die der damalige Kalender verzeichnet, die Naivität der religiösen Kunst.

Bei allen Mißbräuchen, Erpressungen, dem Ablaß usw. hatte die damalige Religion den großen Vorzug, daß sie a l l e höheren Vermögen des Menschen reichlich mitbeschäftigte, zumal die Phantasie. Während die Hierarchie zeitweise über die Maßen verhaßt war, war s i e, die Religion, daher wirklich populär und den Massen nicht bloß zugänglich, sondern diese lebten darin, sie w a r ihre Kultur.

[1] Vgl. oben S. 145.

Reformation: Bruch mit der Phantasie

Ja, hier wäre die Frage aufzuwerfen, ob nicht der wahre Lebensbeweis einer Religion doch darin liegt, daß sie sich auf eigene Gefahr jederzeit kühn mit der Kultur verflechte. Das Christentum gab Beweis von seinem Wachstum, solange es neue Dogmen, Kultformen und Kunstformen trieb, d. h. bis zur Reformation. — Nur daß in den letzten Zeiten vorher bedenkliche Zeichen am Horizont aufstiegen: die ruchlose Machtsucht der Fürsten, die schrecklichen Päpste, die Zunahme der Macht des Teufels in dem (halb populären, halb dominikanischen) Hexenwesen.

Vom Christentum der R e f o r m a t i o n wird das Heil auf einen innern Prozeß zurückgeführt, nämlich auf die Rechtfertigung und die Aneignung der Gnade durch den Glauben, woneben der Kalvinismus dann noch die Lehre von der Gnadenwahl aufstellt. Gerade aus dem Gegensatz zum katholischen Werkdienst macht man das Hauptdogma der neuen Lehre. — Wie wandelbar sind alle so auf die Spitze getriebenen Dinge!

Die Religion ist „gereinigt", d. h. sie ist jetzt ohne jene Außenwerke und Verpflichtungen, in welche überall Werkdienst eingenistet schien, sie sollte auf einmal mit einem mächtigen Vermögen des Menschen, mit der Phantasie, als einer rein sündlichen und weltlichen, irreführenden Potenz nichts mehr zu tun haben und sich dafür „verinnerlichen". — Dazu gehörte schon Muße und Bildung, d. h. Unpopularität, soweit man nicht das allgemeine Mitmachen durch Gewalt erzwang. Und dabei hatte man erst noch die größte Mühe, die unbeschäftigt gelassene Phantasie vom Nebenhinausgehen abzuhalten. Dies war denn auch der Grund, weshalb die Gegenreformation wenigstens in der Kunst eine gewaltsame Herstellung des Verhältnisses zur volkstümlichen Phantasie durchsetzte und der Pomp der Charakter des Barocco wurde.

Ferner erfolgte die Herstellung der Religion in der urchristlichen Auffassung als einer ewig gültigen doch in einer sehr davon abweichenden Zeitlichkeit, bei gewerblichen, kräftig emporstrebenden Völkern, in einer Epoche gewaltiger Bildungsgärung, welche dann mit Gewalt durch

zwei Orthodoxien, eine katholische und eine protestantische, zur schweigenden Huldigung gezwungen wurde.
Die Kultur, auf doppelte Weise (als Phantasie = Kunst und Lebensgestaltung und als Bildung) geknechtet und abgewiesen, legte sich dann auf heimliche Meuterei, bis in der Literatur des 18. Jahrhunderts die Abwendung der Geister offen hervorbricht, gegen die katholische Kirche als reine Negation, gegen die protestantische als Auflösung in allgemeine Vernunft, als Umschlag in Aufklärung und Humanität, auch als individuelle Religiosität, je nach den Gemütern und Phantasien. Zuletzt kann auch der offizielle Protestantismus, als durch einen Prozeß der Geister entstanden, sich der Konzessionen nicht mehr erwehren.

Und nun das neuere Verhältnis des Christentums zur Kultur. Zunächst weist die Kultur in Gestalt von Forschung und Philosophie dem Christentum seine menschliche Entstehung und Bedingtheit nach; sie behandelt die heiligen Schriften wie andere Schriften. Das Christentum, wie alle Religionen, in völlig kritiklosen Momenten und unter völlig hingerissenen und kritikunfähigen Menschen entstanden, kann sich nicht mehr als sensu proprio und buchstäblich gültig gegenüber einem allseitigen Geistesleben behaupten. Neben der rationellen Anschauung von Natur und Geschichte ist die Behauptung eines eximierten Stückes eine Unmöglichkeit. Je mehr dergleichen dennoch versucht wird, desto unerbittlicher steigt beim Gegner die Neigung zur Kritik und zur Auflösung alles Mythischen. Dabei möge man sich immerhin der Schwierigkeit bewußt sein, welche unsere einseitige Kulturzeit hat, zu glauben und uns vorzustellen, daß und wie andere geglaubt haben, und auch unserer Unfähigkeit, uns bei fernen Völkern und Zeiten diejenige Einseitigkeit und hartnäckige Marterbereitschaft klarzumachen, welche für die religiösen Bildungskrisen unumgänglich war.
Zweitens stellt sich die Moral, so gut sie kann, von der Religion getrennt, auf ihre eigenen Füße. Die Religionen stützen sich in ihren späteren Zeiten gern auf die

Moralen als ihre angebliche Töchter; allein dagegen erhebt sich sowohl theoretisch die Doktrin einer vom Christentum unabhängigen, rein auf die innere Stimme begründeten Sittlichkeit, als auch praktisch die Tatsache, daß im großen und ganzen die heutige Pflichtübung enorm viel mehr vom Ehrgefühl und vom eigentlichen Pflichtgefühl im engeren Sinne als von der Religion bestimmt wird. Deutliche Anfänge hievon treten seit der Renaissance zutage. Das künstliche Neupflanzen von Christentum zum Zwecke der guten Aufführung aber war immer völlig vergeblich. Wie lange freilich das Ehrgefühl noch als „letzter mächtiger Damm gegen die allgemeine Flut" vorhalten wird, ist fraglich.

Ein einzelner Beleg von der Abtrennung der Moral vom Christentum liegt z. B. in der heutigen von optimistischer Grundvoraussetzung ausgehenden Philanthropie, welche, insofern sie den Menschen vorwärts helfen, Tätigkeit befördern will, viel mehr ein Korrelat des Erwerbssinnes und der Diesseitigkeit überhaupt als eine Frucht des Christentums ist, das ja konsequenterweise nur Weggeben aller Habe oder Almosen kennt. Indem ferner die liberalen Ansichten vom Jenseits in starkem Fortschreiten begriffen sind, abstrahiert die Moral von einer zukünftigen Vergeltung. Überhaupt dringt der moderne Geist auf eine Deutung des ganzen hohen Lebensrätsels unabhängig vom Christentum.

D r i t t e n s sind das Weltleben und seine Interessen, zu schweigen von derjenigen Sorte von Optimismus, die einen idealen Zustand auf Erden herzustellen hofft, stärker als alles geworden. Die gewaltige zeitlich-irdische Bewegung und Arbeit jedes Grades, mit Inbegriff der freien geistigen Tätigkeit, wobei schon materiell die Muße zur Kontemplation fehlt, steht in einem großen Mißverhältnis zum Dogma der Reformation, welches — ob man nun an die Rechtfertigung oder an die Gnadenwahl denke — an sich schwierig und ohnehin nie jedermanns Sache wäre. Vollends aber steht das Urchristentum selbst zum geschärftesten Christentum unserer Tage (etwa die Trappisten ausgenommen) im Kontrast. Man liebt das demütige Sichwegwerfen und die Geschichte von der rechten und linken Backe nicht mehr; man will die gesellschaftliche Sphäre behaupten, wo man geboren ist; man muß arbeiten und viel Geld verdienen, überhaupt der Welt alle mögliche Einmischung gestatten, selbst wenn man die Schönheit und den Genuß haßt; in Summa: man will bei aller Religiosität doch nicht auf die Vorteile und Wohltaten der neueren Kultur verzichten und gibt damit wiederum einen Beweis von der Wandlung, in welcher sich die Ansichten vom Jenseits befinden.

Die kalvinistischen Länder, die schon von der Reformation an wesentlich die erwerbenden sind, sind zu dem anglo-amerikanischen Kompromiß zwischen kalvinistischem Pessimismus in der Theorie und rastlosem Erwerb in der Praxis gekommen. Sie haben damit einen starken Einfluß ausgeübt, können es aber, sollte man denken, mit dem petit nombre des élus nie so recht ernst genommen haben.

Bedenkliche Mittel der jetzigen Orthodoxien sind das Eingehen auf die „Solidarität der konservativen Interessen", das Anschließen an den Staat, der doch nicht mehr gerne mithalten mag, das Aufrechterhalten des Mythus um jeden Preis u. a. Irgendwie aber wird sich das Christentum zurückziehen auf seine Grundidee vom Leiden dieser Welt; wie sich damit das Leben- und Schaffenwollen in derselben auf die Länge ausgleichen wird, ahnen wir noch nicht.

*

Zusatz 1871. Ob wir jetzt am Eingang einer großen religiösen Krisis stehen, wer vermag es zu ahnen? Ein Kräuseln auf der Oberfläche wird man bald inne werden — aber erst in Jahrzehnten, ob eine Grundveränderung vorgegangen.

*

Zum Schluß möge hier noch als Ergänzung und Gegenstück zu früher (S. 103 ff.) Gesagtem von der besonderen Bedingtheit der Religion durch Kunst und Poesie die Rede sein.

Die Religion durch die Künste bedingt

Beide haben von jeher in hohem Grade zum Ausdruck des Religiösen beigetragen. Allein jede Sache wird durch ihren Ausdruck irgendwie veräußerlicht und entweiht.

Schon die Sprachen üben Verrat an den Sachen: „ut ubi sensus vocabulum regere debeat, vocabulum imperet sensui[1]", wozu dann kommt, daß die Unzähligen, welche sich, obwohl unberufen, mit den Sachen abgeben müssen, froh sind, sich mit dem Wort abfinden zu können.

Vollends aber ist die Kunst eine Verräterin, erstens indem sie den Inhalt der Religion ausschwatzt, d. h. das Vermögen der tieferen Andacht wegnimmt und ihm Augen und Ohren substituiert, Gestalten und Hergänge an die Stelle der Gefühle setzt und diese damit nur momentan steigert, zweitens aber, indem ihr eine hohe und unabhängige Eigentümlichkeit innewohnt, vermöge deren sie eigentlich mit allem auf Erden nur temporäre Bündnisse schließt und auf Kündung. Und diese Bündnisse sind sehr frei; denn sie läßt sich von der religiösen oder anderen Aufgabe nur anregen, bringt aber das Wesentliche aus geheimnisvollem eigenem Lebensgrunde hervor.

Freilich kommt dann eine Zeit, da die Religion inne wird, wie frei die freie Kunst verfährt, ihre Stoffe ballt usw. Sie versucht dann die stets gefährliche Restauration eines vergangenen und befangenen Stiles als eines hieratischen, der nur das Heilige an den Dingen darstellen soll, d. h. von der Totalität der lebenden Erscheinung abstrahiert und natürlich neben dem gleichzeitigen Vollbelebten (wobei die Kunst von dem Baum der Erkenntnis gegessen) um ein Großes zurücksteht.

Hierher gehört die mürrische Dezenz und Behutsamkeit z. B. der neueren katholischen Kunst und Musik. Und vollends wissen Kalvinismus und Methodismus recht gut, warum sie die Kunst mit Gewalt abweisen, so gut es der Islam wußte. Hierbei hat man es freilich vielleicht auch mit einer unbewußten Nachwirkung des Pessimismus des älteren Christentums zu tun, welcher keine Stimmung zur Darstellung von irgend etwas übrig hatte, auch wenn

[1] Baco, Sermones fideles 3.

ihm die Sündlichkeit der Kreatur deren Nachbildung nicht schon verleidet hätte.

Es kommt eben auf das Naturell der Völker und der Religionen an. Das Gegenbild von diesem allem sind Zeiten, in welchen die Kunst den Inhalt der Religionen bestimmen hilft. So, wenn Homer und Phidias den Griechen ihre Götter schaffen, wenn im Mittelalter die Bilderkreise, zumal die der Passion, die ganze Andacht und die Gebete stückweise vorschreiben, oder wenn das religiös-festliche griechische Drama die höchsten Fragen coram populo von sich aus darstellt, und wenn die katholischen Dramen des Mittelalters und die autos sagramentales die heiligsten Ereignisse und Begehungen derb der Volksphantasie zur Beute hinlegen, ohne alle Sorge vor Profanation[1].

Ja die Kunst ist eine wundersam zudringliche Verbündete der Religion und läßt sich unter den befremdlichsten Umständen nicht aus dem Tempel weisen; sie stellt die Religion dar, selbst nachdem diese, wenigstens bei den Gebildeten (und selbst bei einigen Malern, wie bei Pietro Perugino), erloschen ist; im späteren Griechenland, in Italien zur Zeit der Renaissance lebt die Religion (außer etwa noch als Superstition) wesentlich nur noch als Kunst fort.

Aber die Religionen irren sich sehr, wenn sie glauben, daß die Kunst bei ihnen einfach nach Brot gehe.

Sie geht in ihren hohen und primären Repräsentanten auch nicht bei der jeweiligen Profankultur nach Brot, so sehr es oft diesen Anschein hat, wenn geschickte und berühmte Leute sich dazu hergeben, die Lektüre der Philister zu illustrieren.

---

[1] Aus guten Gründen beschränkte sich dagegen der Protestantismus des 16. Jahrhunderts in seinen öffentlichen Dramen auf Allegorien, Moralitäten, Altes Testament und etwa Geschichtliches.

VIERTES KAPITEL
DIE GESCHICHTLICHEN KRISEN

Verschiedenheit und Ähnlichkeit der beschleunigten Prozesse – Der Krieg – Charakteristik der Krisen – Die Revolution – Die Krisen großer Kulturvölker – Kann man Krisen abschneiden? – Der Anfang der Krisis – Krisenkreuzung – Die widerstrebenden Kräfte – Das Erlahmen im Erfolg – Gutes der Krisen – Zur heutigen Krisis

Wenn es sich im bisherigen um die Betrachtung der allmählichen und dauernden Einwirkungen und Verflechtungen der großen Weltpotenzen auf- und miteinander gehandelt hat, so möge jetzt die der beschleunigten Prozesse folgen.

Diese zeigen eine enorme Verschiedenheit und dabei doch eine befremdliche, auf dem allgemein Menschlichen beruhende Verwandtschaft in vielen einzelnen Zügen.

Dennoch sind vorläufig auszuscheiden: die primitiven Krisen, deren Hergang und Wirkung wir nicht genau genug kennen oder nur aus späteren Zuständen erraten müssen.

So die älteren Völkerwanderungen und Invasionen. Diese sind entweder aus Not entstanden, wie die der Etrusker aus Lydien nach Italien und das ver sacrum der alten, besonders mittelitalischen Völker, oder aus einer plötzlichen inneren Gärung, wie die Erhebung von Nomaden zu großer Eroberung durch Auftreten eines großen Individuums, wofür Hauptbeispiele die der Mongolen unter Dschingiskhan, ja auch die der Araber unter Mohammed sind.

Naive Völker lassen sich in solchen Fällen fremde Länder von ihrem Nationalgott schenken und sich mit der Ausrottung der bisherigen Einwohner beauftragen, wie z. B. die Israeliten in Kanaan.

Eine etwas wohlfeile optimistische Ansicht von dem Befruchtenden solcher Invasionen finden wir bei Lasaulx[1]. Einseitig ausgehend von der germanischen Invasion ins römische Reich, sagt er: „Jedes große Volk, wenn es in seiner Gesamtheit nicht mehr eine gewisse Masse unver-

[1] S. 80 ff. und besonders 93.

brauchter Naturkräfte in sich trägt, aus denen es sich erfrischen und verjüngen kann, ist seinem Untergang nahe, so daß es dann nicht anders regeneriert werden kann als durch eine barbarische Überflutung."

Nämlich nicht jede Invasion ist eine Verjüngung, sondern nur die, welche von einem jungen **kulturfähigen** Volk gegen ein älteres **Kulturvolk** ins Werk gesetzt wird.

Die Mongolen haben — wofern uns hier nicht ein post hoc, ergo propter hoc begegnet — auf den asiatischen Mohammedanismus rein ertötend gewirkt, so daß seither dessen höhere geistige Produktionskraft aufgehört hat, — wogegen nichts beweist, daß unmittelbar nach Dschingiskhan noch einige große persische Dichter auftraten, die entweder schon vorher geboren und gebildet waren oder als Sufis überhaupt von keiner irdischen Umgebung mehr abhingen. Krisen treiben das Große wohl hervor, aber es kann das Letzte sein. Auch daß ein paar spätere völlig mohammedanisierte mongolische Dynastien prächtige Moscheen und Paläste bauten, beweist nicht viel. Im ganzen waren die Mongolen doch (soweit sie nicht Türken in sich begriffen) eine andere und geistig geringere Rasse, wie ihr höchstes eigenes Kulturprodukt, nämlich China, beweist.

Und selbst hochstehende kaukasische Rassenvölker können durch nomadische und kriegerische Anlagen in Verbindung mit einer besonderen Religion zu permanenter Barbarei, d. h. Unfähigkeit in höhere Kulturen einzumünden, verurteilt sein, wie z. B. die osmanischen Türken als Herrscher über das ehemalige byzantinische Reich.

Während schon der Islam selber eine gewisse Barbarei mit sich bringt, hat man es hier mit dem Gegensatz einer knechtenden und einer geknechteten Religion zu tun. Dazu kommt die Unmöglichkeit des Konubiums, die allmähliche Gewöhnung an permanente Mißhandlung, ja langsame Ausrottung des geknechteten Volkes, mit infernalem Hochmut im Sieger, der sich an völlige Verachtung des Menschenlebens gewöhnt und diese Sorte

Verjüngung und Vernichtung. Der Krieg 161

von Herrschaft über andere zum integrierenden Teil seines Pathos macht.

Nur beim Konubium der beiden Völker kann Rettung sein, und zu einem heilbringenden Konubium müssen es doch wohl mindestens Völker derselben Rasse sein, wenn nicht mit der Zeit die tieferstehende Rasse wieder vorschlagen soll. Auch dann sieht die Sache zunächst doch eher als Verfall aus. Denken wir dabei an die wüste Verwilderung der germanischen Reiche auf dem Boden des römischen. Daß es ein absolut entsetzliches Leben war, erhellt aus der vielen, dem germanischen Wesen entgegen geübten Untreue; es sieht aus, als hätten die Germanen ihre Rasseeigenschaften eingebüßt und von den Römern nur das Böse angenommen. Aber mit der Zeit klärte sich die Krisis ab, und es entstanden echte neue Nationen — nur mußte man lange Geduld haben. Summa: es gibt eine gesunde Barbarei, wo die höheren Eigenschaften latent schlummern, aber es gibt auch rein negative und zerstörende Barbareien.

Sodann ist hier vorauszunehmen schon der K r i e g überhaupt als Völkerkrisis und als notwendiges Moment höherer Entwicklung[1].

Es gehört mit zur Jämmerlichkeit alles Irdischen, daß schon der einzelne zum vollen Gefühl seines Wertes nur zu gelangen glaubt, wenn er sich mit anderen vergleicht und es diesen je nach Umständen tatsächlich zu fühlen gibt. Staat, Gesetz, Religion und Sitte haben alle Hände voll zu tun, um diesen Hang des einzelnen zu bändigen, d. h. ins Innere des Menschen zurückzudrängen. Für den einzelnen gilt es dann als lächerlich, unerträglich, abgeschmackt, gefährlich, verbrecherisch, sich ihm offen hinzugeben.

Im großen aber, von Volk zu Volk, gilt es als zeitweise erlaubt und unvermeidlich, aus irgendwelchen Vorwänden übereinander herzufallen. Der Hauptvorwand ist, im Völkerleben gebe es keine andere Art von Entscheid, und

[1] Siehe auch unten beim Krieg als Bestandteil der p o l i t i s c h e n Krisen.

„wenn wir's nicht tun, so tun's die andern". Die sehr verschiedenen i n n e r e n Entstehungsgeschichten der Kriege, die oft äußerst komplizierter Art sind, lassen wir einstweilen außer Betracht.

Ein Volk lernt wirklich seine volle Nationalkraft nur im Kriege, im vergleichenden Kampf gegen andere Völker kennen, weil sie nur dann vorhanden ist; auf diesem Punkt wird es dann suchen müssen, sie festzuhalten; eine allgemeine Vergrößerung des Maßstabes ist eingetreten.

In philosophischer Form führt man für die Wohltätigkeit des Kriegs Heraklits „πόλεμος πατὴρ πάντων" an.

Demgemäß führt Lasaulx (S. 85) aus, der Antagonismus sei die Ursache alles Werdens; aus dem Widerstreit der Kräfte entstehe erst die Harmonie, die rerum concordia discors[1] oder die discordia concors[2], — an welchen Stellen indes beiderseits weiterwirkende und lebende Kräfte gemeint sind, nicht eine siegreiche neben einer zerschmetterten —; ja der Krieg sei etwas Göttliches, ein Weltgesetz, schon in der ganzen Natur vorhanden; nicht umsonst hätten die Inder auch einen Zerstörungsgott, Siwa; der Krieger sei mit dem Enthusiasmus der Zerstörung erfüllt; die Kriege reinigten die Atmosphäre wie Gewitterstürme, stärkten die Nerven, erschütterten die Gemüter, stellten die heroischen Tugenden her, auf welche ursprünglich die Staaten gegründet gewesen, gegenüber Entnervung, Falschheit und Feigheit. Denken wir hier vollends auch an H. Leos Wort vom „frischen und fröhlichen Krieg, der das skrofulöse Gesindel wegfegen soll".

Unser Fazit ist: die Menschen sind Menschen im Frieden wie im Kriege; das Elend des Irdischen hängt ihnen in beiden Zuständen gleich sehr an. Überhaupt waltet viel optische Täuschung zugunsten derjenigen Parteien und ihrer Individuen ob, mit deren Interesse das unsrige irgendwie zusammenhängt.

Der lange Friede bringt nicht nur Entnervung hervor, sondern er läßt das Entstehen einer Menge jämmerlicher,

---

[1] Horaz, epist. I, 12, 19.
[2] Manilius, astron. I, 141.

angstvoller Notexistenzen zu, welche ohne ihn nicht entständen und sich dann doch mit lautem Geschrei um „Recht" irgendwie an das Dasein klammern, den wahren Kräften den Platz vorwegnehmen und die Luft verdicken, im ganzen auch das Geblüt der Nation verunedeln. Der Krieg bringt wieder die wahren Kräfte zu Ehren. Jene Notexistenzen bringt er wenigstens vielleicht zum Schweigen.

Sodann hat der Krieg, welcher so viel als Unterordnung alles Lebens und Besitzes unter e i n e n momentanen Zweck ist, eine enorme sittliche Superiorität über den bloßen gewaltsamen Egoismus des einzelnen: er entwickelt die Kräfte im Dienst eines Allgemeinen, und zwar des höchsten Allgemeinen und innerhalb einer Disziplin, welche zugleich die höchste heroische Tugend sich entfalten läßt; ja er allein gewährt den Menschen den großartigen Anblick der allgemeinen Unterordnung unter ein Allgemeines.

Und da ferner nur wirkliche Macht einen längeren Frieden und Sicherheit garantieren kann, der Krieg aber die wirkliche Macht konstatiert, so liegt in einem solchen Krieg der künftige Friede.

Nur müßte es womöglich ein gerechter und ehrenvoller Krieg sein, etwa ein Verteidigungskrieg, wie der Perserkrieg war, welcher die Kräfte der Hellenen in allen Richtungen glorreich entwickelte, oder wie der der Holländer gegen Spanien.

Ferner ein wirklicher Krieg um das gesamte Dasein. Ein permanentes kleines Fehdewesen z. B. ersetzt den Krieg, hat aber keinen Wert als Krise; die deutschen Fehdehelden des 15. Jahrhunderts erstaunten sehr, als sie mit einer Elementarmacht wie die Hussiten zu tun bekamen.

Auch der disziplinierte Kabinettskrieg des 17. und 18. Jahrhunderts brachte nicht viel mehr als Elend mit sich.

Ganz besonders aber sind die heutigen Kriege zwar wohl Teile einer großen allgemeinen Krisis, aber einzeln für sich ohne die Bedeutung und Wirkung echter Krisen; das bürgerliche Leben bleibt dabei in seinem Geleise, und gerade die jämmerlichen Notexistenzen bleiben alle am Leben; diese Kriege hinterlassen aber enorme Schulden, d. h. sie sparen die Hauptkrisis für die Zukunft zusammen. Auch ihre kurze Dauer nimmt ihnen den Wert als Krisen; die vollen Kräfte der Verzweiflung werden nicht angespannt, bleiben daher auch nicht siegreich auf dem Schlachtfelde stehen; und doch könnte nur durch sie die wahre Erneuerung des Lebens erfolgen, d. h. die versöhnende Abschaffung des Alten durch ein wirklich lebendiges Neues.

Endlich ist überhaupt nicht nötig — so wenig wie oben bei den Invasionen — bei jeder Zerstörung eine künftig daraus hervorgehende Verjüngung vorauszuverkünden. Unser Erdball ist vielleicht schon gealtert (wobei es nichts ausmacht, wie alt er sensu absoluto ist, d. h. wie oft er um die Sonne gewandelt ist; er könnte dabei sehr jugendlich sein); von großen verkalkten Ländern ist nicht abzusehen, wie sie nach Verlust ihrer Edelvegetation je wieder eine neue erhalten sollen, und so können auch Völker vernichtet werden, ohne in anderen Völkern als Mischungsbruchteil weiterzuleben.

Und häufig ist zumal die gerechteste Verteidigung ganz nutzlos gewesen, und es ist alles mögliche, wenn wenigstens Rom den Ruhm von Numantia weiterverkünden hilft, wenn die Sieger Sinn für die Größe der Unterliegenden haben.

Schlecht ist der Trost mit einem höheren Weltplan u. dergl. Jede erfolgreiche Gewalttat ist allermindestens ein Skandal, d. h. ein böses Beispiel; die einzige Lehre aus gelungener Missetat des Stärkeren ist die, daß man das Erdenleben überhaupt nicht höher schätze, als es verdient.

Zunächst möge nun die allgemeine Charakteristik der Krisen folgen.

Schon im fernen Altertum sind gewiß nicht selten Nationen auseinandergebrochen durch **Erhebungen von Klassen und Kasten** gegen einen Despotismus oder ein drückendes heiliges Recht, unvermeidlich wird auf beiden Seiten die Religion hinzugetreten, ja es mögen auf diesem Wege neue Volkstümer und Religionen entstanden sein. Allein wir kennen den geistigen Hergang nicht genug.

Sodann kommen zahlreiche, uns schon näher bekannte Krisen in den **griechischen** Staaten vor, welche den Kreislauf von Königtum, Aristokratie, Tyrannis, Demokratie, Despotie durchlaufen. Allein diese sind zwar echt, aber lokal und werden nur beiläufig mitzuvergleichen sein; denn in Griechenland verzettelte sich der Prozeß in lauter lokale Einzelprozesse, und auch der Peloponnesische Krieg vertritt nicht die Stelle einer großen **nationalen** Krisis, welche hier nur im Übergang in einen Großstaat hätte liegen können. Dies geschieht auch unter Makedonien nicht, ja selbst kaum unter dem römischen Imperium, das in dem verödeten Griechenland so viele Autonomien und selbst Abgabenfreiheit bestehen ließ, daß man immer glauben konnte, die Polis lebe noch.

In **Rom** ist bei allen sogenannten Revolutionen doch die eigentliche, große, gründliche Krisis, d. h. der Durchgang der Geschichte durch Massenherrschaft, immer vermieden worden. Rom war bereits ein Weltreich, bevor die Revolutionen begannen. Anders als in Athen aber, wo im 5. Jahrhundert die Massen der regierenden Stadt ein Reich von etwa 18 Millionen Seelen, die attische Hegemonie, regieren wollten, bis Reich und Stadt darob zugrunde gingen, ging hier der Staat immer von Mächtigen an Mächtige über. Auch hatte Rom damals neben sich keine Feinde, wie Athen an Sparta und Persien besaß; Karthago und die Diadochen waren längst ruiniert; man hatte es nur mit den immerhin gefährlichen Cimbern und Teutonen und einem Mithridat zu tun.

Und nun zeigen die sogenannten Bürgerkriege seit den Gracchen folgendes Bild: gegen eine allein genießende, mehr und mehr entartende Nobilität werden ins Feld geführt: verarmende Bürger, Latiner, Italiker, Sklaven. Und zwar geschieht dies besonders durch einzelne nobiles selbst, wenn auch als Volkstribune, oder durch Leute wie Marius. Die Nobilität aber, durch enormen schon gewonnenen oder aus den Provinzen zu erhoffenden Besitz gefesselt, kann erstens nur in kleinen Dingen nachgeben und wird zweitens durch ihre eigenen ruinierten Söhne, wie Catilina, im Belagerungszustand gehalten.

Dann rettet Cäsar durch seine Usurpation Rom vor allen damaligen und künftigen Catilinariern. Er wollte keinen Militärdespotismus, entschied aber tatsächlich den Gang der Dinge durch ergebene Soldaten. Daher ist auch der von seinen Erben geführte sogenannte letzte Bürgerkrieg ebenso eine Soldatensache.

Das julische Haus vollendete dann ruhig die von Marius und den Bürgerkriegen begonnene Ausrottung der Nobilität. Aber das Kaisertum war nun wirklich der Friede, mit auffallender Sekurität vor Bewegungen im Innern. Die Revolutionen in einzelnen Provinzen haben ihre speziellen, nachweisbaren Gründe in sozialen Verhältnissen, wie die gallischen Aufstände wegen des aes alienum, z. B. der durch Florus und Sacrovir zur Zeit Tibers. Oder es sind religiöse Wutausbrüche, wie unter Hadrian der der Juden durch Bar Kochba. Dies alles ist rein lokal.

Die einzige Gefahr ist die Neigung sowohl der Prätorianer als der Grenzlegionen zur Erhebung von Kaisern. Allein auch die sogenannten Krisen beim Tode des Nero und des Pertinax sind stürmische Momente, keine wahren Krisen. Niemand will die Form des Reiches ändern, große Kaiser beschäftigen die Armeen durch große Kriege; vollends ist die Usurpation des 3. Jahrhunderts wesentlich eine rettende; alles Erdenkliche geschieht, damit Rom erhalten werde als das, was es ist. Roms Herrschergeist ist auch in Grenzprovinzialen, wie die illyrischen Kaiser waren, immer stark genug, um das Ganze oben zu halten.

Organische Änderungen und andere fromme Wünsche, welche die neuere Wissenschaft bisweilen den damaligen Imperatoren hat anraten wollen, kommen ohnehin zu spät. Und wenn man Rom gewesen ist, so ändert man sich nicht mehr freiwillig und jedenfalls nicht mit Nutzen, sondern man lebt so aus, wie man ist.

Unter Konstantin und seinen Nachfolgern überdauert das Reich noch die allmähliche Substitution einer christlichorthodoxen Gesellschaft und Kirche, welche sich dem krachenden Imperium unterbaut. Solange dasselbe lebt, muß es zur unerbittlichen Verfolgung von Arianern und Heiden den weltlichen Arm leihen. Und endlich, nachdem die Orthodoxie sich vollständig organisiert und einen Teil der Tradition des Altertums unter ihre Fittiche genommen hat, darf das Imperium sterben.

Die e c h t e n Krisen sind überhaupt s e l t e n. In verschiedenen Zeiten haben bürgerliche und kirchliche Händel die Luft mit sehr langem und intensivem Lärm erfüllt, ohne doch vitale Umgestaltungen mit sich zu führen. Solche Beispiele, wo die politische und soziale Grundlage nie erschüttert wird oder in Frage kommt, und die deshalb auch nicht als echte Krisen gelten können, sind die englischen Rosenkriege, in denen das Volk hinter zwei Adels- und Hof-Faktionen herläuft, und die französischen Reformationskriege, wo eigentlich zwei Adelsgefolge die Hauptsache sind und es sich darum handelt, ob der König sich außerhalb der beiden Faktionen behaupten oder welcher von beiden er angehören soll.

Um aber auf Rom zurückzukommen, so ist dann hier erst die Völkerwanderung die wahre Krisis gewesen. Sie hat im höchsten Grade den Charakter einer solchen: Verschmelzung einer neuen materiellen Kraft mit einer alten, welche aber in einer geistigen Metamorphose, aus einem Staat zu einer Kirche geworden, weiterlebt.

Und diese Krisis gleicht keiner andern uns näher bekannten und ist einzig in ihrer Art.

Indem wir uns nun auf die K r i s e n g r o ß e r K u l t u r - v ö l k e r beschränken, aber auch die gescheiterten Krisen mit in Betracht ziehen, ergibt sich uns das folgende allgemeine Phänomen:

Bei dem enorm komplexen Zustand des Lebens, wo Staat, Religion und Kultur in höchst abgeleiteten Formen neben- und übereinander geschichtet sind, wo die meisten Dinge in ihrer dermaligen Verfassung ihren rechtfertigenden Zusammenhang mit ihrem Ursprung eingebüßt haben, wird längst das eine Element eine übermäßige Ausdehnung oder Macht erreicht haben und nach Art alles Irdischen mißbrauchen, während andere Elemente eine übermäßige Einschränkung erleiden müssen.

Die gepreßte Kraft aber kann, je nach ihrer Anlage, hierbei ihre Elastizität entweder verlieren oder steigern, ja der Volksgeist im größten Sinne des Wortes kann sich als ein unterdrückt gewesener bewußt werden. In letzterem Falle bricht irgendwo irgendwas aus, wodurch die öffentliche Ordnung gestört wird, und wird entweder unterdrückt, worauf die herrschende Macht, wenn sie weise ist, einige Abhilfe schafft, oder es knüpft sich daran, den meisten unerwartet, eine Krisis des ganzen allgemeinen Zustandes bis zur kolossalsten Ausdehnung über ganze Zeitalter und alle oder viele Völker desselben Bildungskreises; denn Invasionen nach außen und von außen hängen sich von selber daran. Der Weltprozeß gerät plötzlich in furchtbare Schnelligkeit; Entwicklungen, die sonst Jahrhunderte brauchen, scheinen in Monaten und Wochen wie flüchtige Phantome vorüberzugehen und damit erledigt zu sein.

Es erhebt sich nun die Frage, ob und welche Krisen man abschneiden könnte, und warum dies nicht geschieht.

Die Krisis des römischen Imperiums war nicht abzuschneiden, da sie auf dem Drang jugendlicher Völker von großer Fruchtbarkeit nach dem Besitz südlicher, menschenarm gewordener Länder beruhte; es war eine Art physiologischer Ausgleichung, die sich zum Teil blind vollzog.

Analog verhielt es sich mit der Ausbreitung des Islams. Sassaniden und Byzantiner hätten ganz anders werden müssen, als sie waren, um jenem Fanatismus zu widerstehen, welcher dem Getöteten das Paradies und dem Sieger den Genuß der Herrschaft über die Welt versprach.

Dagegen hätte können wesentlich abgeschnitten werden die Reformation, und in hohem Grade gemildert konnte die Französische Revolution werden.

Bei der Reformation hätte hierzu eine Reform des Klerus und eine mäßige, völlig in den Händen der herrschenden

Stände bleibende Reduktion der Kirchengüter genügt. Heinrich VIII. und hernach die Gegenreformation beweisen, was überhaupt möglich war. Es lag wohl viele Unzufriedenheit, aber kein allverbreitetes positives Ideal einer neuen Kirche in den Gemütern.

Schon viel schwerer wäre 1789 in Frankreich die Gewalttat zu vermeiden gewesen, weil in den Gebildeten eine Utopie und in den Massen ein aufgespeicherter Schatz von Haß und Rache lebendig war.

Allein Kasten wie die Hierarchie und wie der alte französische Adel sind absolut inkorrigibel, selbst bei klarer Einsicht des Abgrundes in vielen einzelnen. Es ist für den Moment unangenehmer, mit seinesgleichen anzubinden und dabei j e d e n f a l l s unterzugehen, als eine allgemeine Sintflut nur v i e l l e i c h t erleben zu müssen. Und auch abgesehen von einer solchen Probabilitätsrechnung können die Verhältnisse schon zu verdorben sein, als daß Kasten sich noch mit Glück zu bessern vermöchten; vielleicht ist schon eine überwiegende Voraussicht da, daß andere Elemente von draußen sich der Bewegung, wenn sie einmal da ist, bemächtigen werden.

Ob der Krisen vorbereitende Z e i t g e i s t die bloße Summe der vielen gleichdenkenden einzelnen ist oder eher, wie Lasaulx (S. 24 f.) meint, die höhere Ursache ihrer Gärung, mag dahingestellt bleiben wie die Frage über Freiheit und Unfreiheit überhaupt.

Am Ende liegt ein Drang zu periodischer großer Veränderung in dem Menschen, und welchen Grad von durchschnittlicher Glückseligkeit man ihm auch gäbe, er würde (ja gerade dann erst recht!) eines Tages mit Lamartine ausrufen: La France s'ennuye!

Eine scheinbar wesentliche Vorbedingung für die Krisen ist das Dasein eines sehr ausgebildeten Verkehrs und die Verbreitung einer bereits ähnlichen Denkweise in anderen Dingen über große Strecken.

Allein, wenn die Stunde da ist und der wahre Stoff, so geht die Ansteckung mit elektrischer Schnelle über Hunderte von Meilen und über Bevölkerungen der verschiedensten Art, die einander sonst kaum kennen. Die Botschaft geht durch die Luft, und in dem Einen, worauf es ankommt, verstehen sie sich plötzlich alle, und wäre es auch nur ein dumpfes: „Es muß anders werden."

Beim ersten Kreuzzug brachen gerade die großen Massen schon wenige Monate, ja Wochen nach dem Beginn der Predigt auf, entweder nach einer neuen, unbekannten Heimat oder dem sichern Tode entgegen.

Ebenso im Bauernkrieg, wo, in Hunderten von kleinen Territorien zugleich, der Bauer e i n e s Sinnes war.

Frankreich war 1789 allerdings schon sehr nivelliert und der Verkehr groß, doch nicht von ferne wie jetzt; nur waren dafür die Gebildeten bereits sehr homogen im Denken.

Von unserer Zeit mit ihrem unerhörten Verkehrswesen ließe sich im Gegenteil behaupten, daß sie zu Krisen weniger geeignet sei, daß das viele Lesen, Räsonnieren und Reisen schon in gewöhnlichen Zeiten die Leute eher abstumpfe. Freilich, wenn einmal die Krisen doch kommen, werden die Eisenbahnen dabei ihre Rolle spielen, von welchem zweischneidigen Mittel wir später noch zu sprechen haben.

Die städtischen Bevölkerungen sind der Krise von seiten des Räsonnements zugänglicher, für Demagogen erreichbarer; aber je nach der Art der Krisis sind vielleicht die ländlichen doch furchtbarer.

Was die Anfangsphysiognomie der Krisen betrifft, so tritt zunächst die negative, anklagende Seite zutage, der angesammelte Protest gegen das Vergangene, vermischt mit Schreckensbildern vor noch größerem, unbekanntem Druck. Wenn diese letztern von Bacon[1] überschätzt werden, so sind sie doch vielleicht schon etwas, das den Ausbruch, d. h. die Störung der öffentlichen Ordnung in ihrer bisherigen Form, entscheiden hilft. Fataliter helfen hiebei besonders alle diejenigen Aufgeregten mit, welche dann von den ersten Exzessen an in Heuler umschlagen.

[1] Sermones fideles, 15, de seditionibus et turbis.

Ihre Anfangs-Physiognomie

Die um **einer** Sache willen beginnende Krisis hat den übermächtigen Fahrwind vieler andern Sachen mit sich, wobei in betreff derjenigen Kraft, welche definitiv das Feld behaupten wird, bei allen einzelnen Teilnehmern völlige Blindheit herrscht. Die einzelnen und die Massen schreiben überhaupt alles, was sie drückt, dem bisherigen letzten Zustand auf die Rechnung, während es meist Dinge sind, die der menschlichen Unvollkommenheit als solcher angehören. — Ein Blick auf die Dürftigkeit alles Irdischen, auf die Sparsamkeit der Natur in ihrem Haushalt außerhalb des Menschenlebens sollte zum Beweise hiefür genügen; man meint aber gewöhnlich, die Geschichte mache es anders als die Natur.

Endlich machen alle mit, welche irgend etwas anders haben wollen, als es bisher gewesen ist.

Und für den ganzen bisherigen Zustand werden durchaus dessen dermalige Träger verantwortlich gemacht, schon weil man nicht nur ändern, sondern Rache üben will und den Toten nicht mehr beikommen kann.

Zu dem wohlfeilen Heldenmut gegen die Betreffenden, zumal wo man sie einzeln erreichen und verfolgen kann, kommt eine schreckliche Unbilligkeit gegen alles Bisherige; es sieht aus, als wäre die eine Hälfte der Dinge faul gewesen, und die andere Hälfte hätte längst gespannt auf eine allgemeine Änderung gewartet.

Allerdings nur durch diese blinde Koalition aller, die etwas anderes haben wollen, wird es überhaupt möglich, einen alten Zustand aus den Angeln zu heben; ohne sie würden die alten Institutionen, gut und schlecht, sich ewig, d. h. bis zum Verfall der betreffenden Nation überhaupt, behaupten.

Und nun können es freilich befremdliche Allianzen sein, welche sich einer Krisis in ihren Anfängen an den Hals werfen; aber sie kann sich dieselben nicht verbitten, selbst wenn Ahnung vorhanden ist, man möchte dereinst durch dieselben beiseite gestoßen werden, und andere Kräfte als die, welche die Revolution begonnen, möchten sie weiterführen.

Um relativ nur weniges zu erreichen, wobei man fragt, wieweit es sich um Gewünschtes oder gar um Wünschenswertes gehandelt haben wird, braucht die Geschichte ganz enorme Veranstaltungen und einen ganz unverhältnismäßigen Lärm. — Dasselbe Phänomen kommt schon im Leben des einzelnen vor: mit Anspannung des größten Pathos werden Entscheidungen getroffen, aus welchen wunder was hervorgehen sollte, und aus welchen dann ein ordinäres, aber notwendiges Schicksal folgt.

Nun aber die p o s i t i v e, ideale Seite der Anfänge. Sie hängt daran, daß nicht die Elendesten, sondern die Emporstrebenden den eigentlichen Anfang machen; sie sind es, welche der beginnenden Krisis den idealen Glanz verleihen, sei es durch die Rede oder durch sonstige persönliche Gaben.

Und nun beginnt das brillante Narrenspiel der Hoffnung, diesmal für ganze große Schichten eines Volkes in kolossalem Maßstab. Auch in den Massen vermischt sich der Protest gegen das Vergangene mit einem glänzenden Phantasiebilde der Zukunft, welches alle kaltblütige Überlegung unmöglich macht; bisweilen mag sich darin die innerste Signatur des betreffenden Volkes verraten; vielleicht zuckt dabei auch rheumatisch ein Gefühl des Alterns mit, welches man durch das Postulat einer Verjüngung übertäubt. Die Peliaden kochten ja auf Zureden der Medea ihren eigenen Vater, aber er blieb tot.

In solchen Zeiten konstatiert man eine Abnahme der gemeinen Verbrechen: selbst die Bösen werden von dem großen Moment berührt[1].

Und selbst ein Chamfort, in seinen Maximes und seinen Caractères sonst ein in der Wolle gefärbter Pessimist, solange es sich um das Erdenleben im ganzen handelt, wird beim Ausbruch der Revolution anklagender Optimist.

Eine solche Zeit der hoffnungsvollen Aufregung schildert Thukydides (IV, 24) bei Gelegenheit der Verhandlungen vor der sizilischen Expedition. Die Stimmung der Athener war gemischt aus Hoffnung auf den Besitz des Landes, auf die von den Egestäern vorgewiesenen Schätze und auf

[1] Vgl. Guibert. Novigent, ap. Bongars S. 482.

dauernden Kriegssold; die Jüngeren aber machten mit, „weil sie ein fernes Land zu sehen und kennenzulernen wünschten und voll Hoffnung waren, ihr Leben zu erhalten". Überall sah man damals in den Hemizyklen Gruppen von Leuten, welche die Gestalt der Insel auf den Boden zeichneten[1]; und zu dem allem kam noch das von den heimlichen Gegnern bezweckte Fieber des Hermokopidenprozesses.

Beim ersten Kreuzzug, welcher darum so hochbedeutend ist, weil die wirklichen, welthistorischen, bleibenden Folgen sich auf einem ganz andern Gebiet als in dem ersehnten Palästina offenbarten, muß nach Guibert in den Massen ein kurioses irdisch-himmlisches Phantasiebild mitgespielt haben.

Denken wir auch an die Visionen vor Karls VIII. Zug nach Italien, der sich ganz unverhältnismäßig wichtig, wie eine Weltkrisis, anließ, aber nur der Anfang einer Interventionsära wurde.

Dagegen im Bauernkrieg war gerade der Anfang nicht phantastisch und die Einmischung der Chiliasten nur sekundär[2].

Und gar bei der englischen Revolution findet sich nichts der Art. Sie kann hier überhaupt nicht zur Sprache kommen, weil sie das bürgerliche Leben keinen Augenblick in Frage stellte, die höchsten Nationalkräfte gar nie aufregte, in den ersten Jahren die Form eines langsamen Rechtsprozesses hatte und im Grunde schon 1644 in die Hände des Parlamentsheeres und seines Napoleon geraten war, welcher der Nation die Jahre 1792—1794 ersparte. Auch ist aller echte Kalvinismus und Puritanismus von Hause aus zu pessimistisch, um Glanzbilder zu entfalten; die närrischen Independentenpredigten erschütterten daher das Leben nicht.

Ganz glänzend dagegen zeigt sich die Herrschaft des ursprünglichen Phantasiebildes in den Cahiers von 1789[3]

---

[1] Plutarch Alkib. 17.
[2] Über die Ideen der letzteren vgl. Ranke, Deutsche Geschichte im Zeitalter der Reformation, Bd. II, S. 185, 207 ff.
[3] Edidit Chassin.

unter der Herrschaft von Rousseaus Lehre von der Güte der menschlichen Natur und vom Werte der Gefühle als Garantie der Tugend. Es war die Periode der Feste und Fahnen, deren letzter glänzender Moment 1790 das Fest auf dem champ de Mars war. Es ist, als müßte die menschliche Natur in solchen Augenblicken ihre ganze Hoffnungsfähigkeit in Bewegung setzen.

Zu leicht hält man dann diese ideale Gestalt für den spezifischen Geist einer Krisis, während es nur ihr Hochzeitsstaat ist, auf welchen böse Werktage folgen werden.

Ewig wird es unmöglich sein, Grad und Wert einer Krisis und besonders ihre Verbreitungsfähigkeit beim Beginn richtig zu schätzen; denn hier entscheidet nicht so sehr das Programm, als vielmehr die Masse des vorhandenen entzündlichen Stoffes, d. h. die Zahl und Disposition der nicht bloß Leidenden, sondern auch längst zu einer allgemeinen Veränderung Geneigten. Nur eins ist sicher: wahre Krisen geraten durch den materiellen Widerstand erst recht in Flammen, unwahre oder ungenügende erlahmen dabei, nachdem vielleicht der Lärm vorher überaus groß und laut gewesen.

Wenn am Anfang in einem entscheidend scheinenden Moment die Sache verschoben wird und unausgetragen bleibt, so glaubt sich eher die Partei der Neuerung im Vorteil, weil es ja an den Gegnern gewesen und in deren Wünschen begründet wäre, sie zu vernichten, wenn diese gekonnt hätten. Man denke an die Krisis auf dem Markt in Münster 1534, welche ohne Kampf den Sieg der Wiedertäufer entschied. Überhaupt aber kommt viel d a r - a u f an, nach welcher Seite inzwischen die Phantasie weiterarbeiten wird. Die Krisis muß deren Führerin bleiben, wenn sie nicht zurückgehen soll. Sie versucht dies durch Demonstrationen; denn schon die bloße Demonstration kann ein Machtbeweis sein und s o l l in der Regel einer sein; man soll sehen, wieviel sich die bisherige Macht muß bieten lassen.

Offizielle Tummelplätze der Krisen sind die großen L a n - d e s v e r s a m m l u n g e n. Aber sie veralten oft sehr geschwind und sind mit dem Dasein eines wirklich Mächtigen unverträglich (wie dies Napoleon 1815 betonte)[1]. Der wirkliche Machtbarometer ist eher in Klubs und Hetärien zu suchen, welche sich jeden Augenblick dem wirklichen Zustand gemäß neu bilden können und deren Charakter die Unbedenklichkeit ist.

Im ersten Stadium der Krisis, wenn einstweilen drückendes Altes abgeschafft und dessen Repräsentanten verfolgt werden, beginnt dann schon das Phänomen, welches so viel törichtes Staunen erregt: daß nämlich die anfänglichen Anführer beiseite geschoben und ersetzt werden.

Sie waren entweder die Organe ganz verschiedener Kräfte, während nunmehr e i n e Kraft als wirkliche Führerin sich enthüllt hat und die andern vernichtet oder mitschleppt, wie denn die englische Revolution mehr durch die Kavaliere begonnen, aber entschieden nur durch die Rundköpfe ausgeführt wird, wobei es sich zeigt, daß nicht konstitutioneller Rechtssinn, sondern Independentismus die wesentliche Triebkraft war.

Oder sie waren durch die (eigene oder fremde) Phantasie bei ziemlich trübem Bewußtsein mitgenommen worden und unberufen, etwa durch den bloßen Redegeist, an die Spitze geraten.

Oder es waren Eitle und Ehrgeizige, wie Peter von Amiens und Konsorten am Anfang des ersten Kreuzzuges; sie hielten sich für Urheber und waren nur armselige Phänomene oder Symptome, Getriebene, die sich für Treiber hielten.

Das bunte und stark geblähte Segel hält sich für die Ursache der Bewegung des Schiffes, während es doch nur den Wind auffängt, welcher jeden Augenblick sich drehen oder aufhören kann.

Wer im geringsten ermüdet oder der rascher werdenden Bewegung nicht mehr genügt, wird erstaunlich schnell ersetzt; in der kürzesten Zeit hat eine zweite Generation von Bewegungsleuten reifen können, welche schon nur die Krisis und deren wesentliche, spezifische Triebkraft als solche darstellen und sich mit dem früheren Zustand schon in viel loserem Zusammenhang fühlen als die

[1] Vgl. Fleury de Chaboulon, Bd. II, S. 111.

Leute der ersten Reihe. Die Macht duldet gerade in solchen Zeiten am wenigsten eine Unterbrechung; wo **einer** oder eine Partei müde zusammensinkt oder untergeht, steht gleich ein anderer da, welcher selbst wiederum für **seinen** Moment sehr ungenügend sein kann und es dennoch erlebt, daß sich **für** diesen Moment alles um ihn kristallisch anschließt. Es liegt im Menschen die stille Voraussetzung, daß jede Macht am Ende rationell verfahren, d. h. die allgemeinen Bedingungen des Daseins auf die Länge anerkennen und zu Ehren bringen müsse. Auch sogenannte Anarchie bildet sich so rasch als möglich zu Einzelstücken von Macht, d. h. zu wenn auch noch so rohen Vertretungen eines Allgemeinen; die Normannen sowohl in Nordfrankreich als später in Unteritalien beginnen als Räuber und gründen doch rasch feste Staaten.

Überhaupt findet sich in den Krisen das schnellste Umschlagen von Unbändigkeit in Gehorsam und umgekehrt. Jedes Anschließen und Gehorchen aber stellt die Verantwortlichkeit und das damit verbundene Gefühl von Seekrankheit still.

Bei weiterem Fortschreiten bringt eine große Krisis dasjenige „**Soziale**", wobei ihren idealistischen Begründern die Haare zu Berge stehen, nämlich die **Not** und die **Gier** mit ins Spiel, teils durch das Stillestehen des bürgerlichen Verkehrs, teils durch den verfügbar gewordenen Raub, teils durch Straflosigkeit.

Je nach Umständen wird sie auch bald die **Religion** für sich oder wider sich oder einen Riß durch die Religion, eine Teilung derselben in zwei Stücke, zum Inhalt haben, womit alle Kämpfe zugleich den Charakter von Religionskriegen annehmen.

Ja das **ganze übrige Leben** der Welt tritt mit in Gärung und mischt sich freundlich und feindlich tausendfältig mit der Krisis. Es scheint sogar, als ob diese die Bewegungsfähigkeit einer ganzen Zeit mit und in sich absorbiere, so wie bei einer Epidemie die anderen Krankheiten abnehmen, wobei dann Sprünge, Zögerungen,

Rückfälle und neue Sprünge miteinander abwechseln, je nach den im Moment wirksamen Haupttrieben.

Wenn **zwei** Krisen sich **kreuzen**, so frißt momentan die stärkere sich durch die schwächere hindurch. Zweimal ist der Gegensatz von Habsburg und Frankreich durch den Gegensatz von Reformation und Gegenreformation in den Schatten gestellt und übertäubt worden, nämlich vor 1589 und dann wieder vom Tode Heinrichs IV. bis auf Richelieu.

Dem Kampfe zwischen Hussiten und Katholiken substituierte sich tatsächlich ein Kampf zwischen Böhmen und Deutschen bis zur schärfsten slawischen Ausprägung auf böhmischer Seite.

Und nun die **widerstrebenden Kräfte**. Solche sind alle bisherigen Einrichtungen, die längst zu bestehenden Rechten, ja zum **Rechte** geworden sind, an deren Dasein sich Sittlichkeit und Kultur auf alle Weise geknüpft haben, und ferner die Individuen, welche die dermaligen Träger davon und durch Pflicht und Vorteil daran gekettet sind. (Hiergegen gibt es wohl Redensarten, aber keine Mixtur.)

Daher die **Schrecklichkeit dieser Kämpfe**, die Entfesselung des Pathos auf beiden Seiten. Jede Partei verteidigt ihr „Heiligstes", hier eine abstrakte Treupflicht und eine Religion, dort ein neues „Weltprinzip".

Und dabei dann die Gleichgültigkeit in den Mitteln, ja der Tausch der Waffen, so daß der heimliche Reaktionär den Demokraten spielt und der „Freiheitsmann" mit allen möglichen Gewaltstreichen vertraut wird.

Denken wir dabei an die Zersetzung des griechischen Staatslebens im Peloponnesischen Krieg, wie sie Thukydides (III, 81—83) schildert, im Grunde bereits eine Reaktion gegenüber dem Terrorismus des Demos und der Sykophanten gegen jeden, der etwas war. Nachdem die Greuel von Korkyra erzählt sind, heißt es hier, daß das ganze Hellenentum erschüttert wurde. Der Krieg, der überhaupt ein Lehrer der Gewalttat ist, erlaubte den Parteien, Interventionen herbeizurufen; bei verspäteten

Ausbrüchen holte man versäumte Rache nach; schon in der Sprache änderte sich die Bedeutung aller Ausdrücke; in der Bosheit suchte man sich gegenseitig zuvorzukommen; man trat zu Hetärien zusammen, um den Gesetzen zum Trotz seine Sache durchzusetzen, und das Band derselben war die gemeinsame Übertretung; Versöhnungsschwüre waren wertlos; in der Handlungsweise hatte die Tücke den Vorzug, so daß man lieber böse und gewandt, als gut und ungeschickt sein wollte. Überall walteten Herrschsucht, Eigennutz, Ehrgeiz; die Parteilosen wurden aus Neid, weil sie sich aufrecht hielten, erst recht dem Verderben geweiht. Jede Art von Schlechtigkeit war vertreten, das Einfachredliche wurde verhöhnt und verschwand, und der allgemeine Ton war freche Tätlichkeit.

Die Notwendigkeit, den Erfolg um jeden Preis für sich zu haben, führt in solchen Zeiten diese völlige Gleichgültigkeit in den Mitteln und ein totales Vergessen der anfänglich angerufenen Prinzipien bald mit sich, und so gelangt man zu einem alles echte, fruchtbringende, gründende Geschehen unmöglich machenden und die ganze Krisis kompromittierenden Terrorismus, der für seinen Ursprung die bekannte Exkuse der Bedrohung von außen zu haben pflegt, während er aus der höchst gesteigerten Wut gegen zum Teil unfaßbare innere Feinde entsteht, sowie aus dem Bedürfnis nach einem leichten Mittel des Regierens und aus dem wachsenden Bewußtsein, daß man in der Minorität ist. In seinem Fortgang versteht er sich dann von selbst, weil beim Nachlassen sofort die Vergeltung für das bereits Begangene eintreten würde. Allerdings muß er sich bei der Bedrohung von außen dann auch noch steigern, wie dies in Münster 1535 geschah.

Die Vernichtung des Gegners erscheint alsdann dem irren Auge als einzige Rettung; es sollen auch keine Söhne und Erben bleiben; colla biscia muòre il veleno. Indem eine wahre Gespensterseherei herrscht, zernichtet man nach Kategorien mit prinzipieller Auswahl, woneben die größten Massengemetzel, anonym und ins Blaue geschehend, nur

Terror. Erlahmen im Erfolg

geringen Effekt machen, weil sie gelegentlich, jene Hinrichtungen periodisch und endlos sein werden. Dies wurde in den griechischen und italienischen Republiken häufig so weit als möglich durchgeführt, und auch die Proskriptionen des wahnsinnigen alten Marius gegen die Nobilität überhaupt als Kaste (87—86 v. Chr.) gehören dahin. Eine Entschuldigung findet man in dem Bewußtsein, der Gegner würde es, wenn er könnte, ebenso machen.

Die höchste Wut besteht gegen alle Emigranten, welche man sich mit enormer Überschätzung viel zu mächtig denkt oder zu denken vorgibt. Man achtet es wie einen Raub, wenn sich jemand der Mißhandlung und dem Mord entzogen hat. Wenn die Fürsten, wie die Großherzoge Cosimo und Francesco Medici, ihren Emigranten in der Ferne mit Gift zusetzen, so ist alle Welt entrüstet; wenn aber Republiken die zurückgelassenen Angehörigen der Emigranten ins Gefängnis werfen oder hinrichten, so gilt dies als eine „politische Maßregel".

Einstweilen aber trifft der Rückschlag des Terrorismus die Krisis selbst. La révolution dévore ses enfants; jede Stufe der Krisis verzehrt auch die Repräsentanten der nächstvorhergegangenen als Moderantisten.

Während nun vielleicht die Krisis auf mehrere Völker desselben Kulturkreises einwirkt (besonders Kleinstaaten reißt sie gerne mit), sich vielleicht mit den dortigen komprimierten Kräften und Leidenschaften verflicht und eigentümliche Spiegelungen in den dortigen Geistern hervorruft, kann sie in ihrem Heimatland bereits im Erlahmen und Zusammensinken begriffen sein, wobei ihre ursprüngliche Tendenz sich ins Gegenteil verkehren kann, also das eintritt, was man Reaktion nennt. Dies hat folgende Ursachen:

1. Auf die bisherige enorme Übertreibung müßte schon nach gewöhnlicher menschlicher Rechnung eine Ermüdung folgen.

2. Die Massen, deren Irritabilität nur am Anfang groß ist, fallen ab oder werden auch schon bloß gleichgültig. Sie mögen ihre Beute schon im Trockenen haben, haben

aber vielleicht überhaupt nie über ein beschränktes Maß mitgehalten, und man hat nur blindlings vorausgesetzt, sie hielten unbedingt mit, ja die große Masse der Landleute hat man wohl überhaupt nie sonderlich gefragt[1].

3. Indem die Gewalt überhaupt aufgeweckt wurde, sind eine Menge schlummernder Kräfte durch die Krisis geweckt worden, die nun Posto fassen, im Getümmel plötzlich ihr Stück Beute verlangen und die Bewegung auffressen, ohne sich um deren ehemaligen idealen Gehalt im mindesten zu kümmern. Die meisten Guelfen wie Ghibellinen im 13. Jahrhundert hatten diese Gesinnung.

4. Indem das Schafott vorzugsweise auf diejenigen greift, in denen jeder Kulminationspunkt der Krisis am deutlichsten ausgesprochen war, sind die Kräftigsten untergegangen; die sogenannte zweite Generation hat schon ein schwaches, ja epigonisches Aussehen.

5. Die überlebenden Träger der Bewegung haben sich innerlich geändert; sie wollen teils genießen, teils wenigstens sich retten.

Und auch, wenn die c a u s a am Leben bleibt, so gerät sie doch i n a n d e r e H ä n d e und büßt ihre Unwiderstehlichkeit ein. Die deutsche Reformation war bis 1524 Volkssache und völlig dazu angetan, die alte Kirche in nicht langer Zeit gänzlich zu überwinden; da nahm sie der Bauernkrieg scheinbar auf seine Schultern, um sie rasch durch das ganze Meer zu tragen; sein schlechter Ausgang war ihr dann bleibend schädlich, weil sie erstens, wo sie siegte, Regierungssache und Sache von dogmatischen Systematikern wurde und zweitens wegen der Kräftigung der katholischen Regierungen nicht mehr nach dem nordwestlichen Deutschland hindringen konnte. Das anabaptistische Nachspiel in Münster tat hierzu noch ein Mehreres.

Unglaublich ist dann die E r n ü c h t e r u n g , selbst unabhängig von allfallsigem Elend. Mit der größten Geduld

---

[1] Man fragte z. B. die römischen Kolonen des 4. Jahrhunderts nicht, ob sie christlich und die polnischen Bauern des 16. nicht, ob sie protestantisch werden wollten; der Gutsherr verfügte über sie.

Ernüchterung. Resultat. Intervention

läßt man sich auch die erbärmlichsten Regierungen gefallen und sich alles dasjenige bieten, worüber noch wenige Zeit vorher alles in die Luft gesprungen wäre. In England unter Karl II. werden z. B. diejenigen Presbyterianer völlig aufgeopfert, welchen er seine Krone verdankt[1].

Diese Ernüchterung kann, wie die Französische Revolution zeigt, mit glänzenden Erfolgen nach außen und einem ganz leidlichen ökonomischen Zustand im Innern gleichzeitig sein; sie ist weit verschieden von der auf Niederlagen folgenden Erbitterung und hat auch nachweisbar andere Quellen.

Irgend etwas von der ursprünglichen Bewegung setzt sich wohl b l e i b e n d durch. So in Frankreich die Gleichheit, während die Revolution doch naiverweise meinte, s i e habe die Menschen auch zur Freiheit erzogen! Sie hat sich ja auch selber für die Freiheit gehalten, während sie so elementarisch unfrei war, wie etwa ein Waldbrand. Das b l e i b e n d e R e s u l t a t erscheint aber zum Erstaunen gering im Vergleich mit den hohen Anstrengungen und Leidenschaften, die während der Krisis zutage getreten[2]. Freilich übersieht man von einer ganz großen Krisis die wahren (d. h. die relativ wahren) Folgen in ihrer Gesamtsumme (das sogenannte Gute und Böse, d. h. das für den jedesmaligen Betrachter Wünschbare oder Nichtwünschbare, denn darüber kommt man doch nie hinaus) erst nach Abfluß eines Zeitraums, der zu der Größe der Krisis proportional ist; es frägt sich, in welchen Gestalten sie ihren spezifischen Gehalt bei ihrem sekundären und tertiären Auftreten behauptet.

Es ist ein großes Glück, wenn eine Krisis nicht in die Hände einer f r e m d e n I n t e r v e n t i o n fällt oder geradezu den Erbfeind zum Herrn macht. Ein Unikum ist hier

---

[1] Zu der Enttäuschung, welche auf die deutsche Reformation folgte, vgl. Sebastian Franck, Vorrede zum III. Buch der Chronik, Fol. 255. — Man mag hier auch an die katholisch bleibenden Niederlande 1566 und dann 1577 denken.

[2] Vgl. oben S. 172 f.

das Hussitentum, wo sich neben der heftigen terroristischen Partei in den Städten die gemäßigte Partei (später Calixtiner genannt) beständig behauptet, bei der Verteidigung gegen den Angriff von außen mit den Terroristen hält, ihnen aber später, nachdem sie etwas ermattet sind, den Garaus macht, selbstherrlich den Abgrund der Revolution schließt und hundert Jahre lang wesentlich ihren Willen behauptet.

Der Peloponnesische Krieg war ursprünglich ein Streit derjenigen beiden Hegemonien, welche, eine wie die andere, Gesamtgriechenland gegenüber von Persien anführen, ja es e r z i e h e n wollten! Zu Anfang des Kriegs wird ihr Gegensatz unter sich so hoch als möglich genommen, und Perikles und andere Redner stellen ihn sogar als den zweier streitender Weltanschauungen dar, was nicht hindert, daß in der Folge ein von sich selbst abgefallenes Sparta mit persischem Geld ein paar Jahrzehnte die Szene behauptet.

Es kommt nun auch die R ü c k w i r k u n g der neu entstandenen G ü t e r v e r t e i l u n g in Betracht. Hiebei ist zunächst das physiologische Faktum festzustellen, daß in jeder Krisis eine bestimmte Quote von fähigen, entschlossenen und eiskalten M e n s c h e n mitschwimmt, welche mit der Krisis nur Geschäfte machen und vorwärts kommen wollen[1] und eben dasselbe mit dem Gegenteil oder überhaupt mit etwas anderem wollen werden. Diese Art der Haltefest, Raubebald und Eilebeute schwimmt um jeden Preis oben, und um so viel sicherer, da kein höheres Streben sie irre macht. Dieser und jener von ihnen wird freilich erwischt und geht unter[2], allein die Sorte als solche ist ewig, während die primären, anführenden Tendenzmenschen zählbar sind und von den sich steigernden Krisen unterwegs verzehrt werden. Auf Erden

---

[1] Vgl. oben S. 179 f.
[2] Man denke an den zum Teil affektierten sittlichen Zorn der Französischen Revolution gegen einen Fabre d'Eglantine. Anno 1794 nahm man es nicht mehr so genau, obwohl der Lärm gegen die vendus dauerte.

ist das Unsterbliche die Gemeinheit[1]. Diese Sorte aber gibt dann den Ton unter den neuen Besitzern an.

Nun kann schon jeder Besitz, auch der säkulare, an seiner causa Verrat üben. Von dem Schatz von Delphi sagte schon Perikles voraus, daß er einst mit Werbungen könnte ausgegeben werden, und nachdem schon Jason von Pherä und der ältere Dionys die Augen darauf gerichtet hatten, traf dies im heiligen Krieg ein. Auch zur Reformation haben die Kirchengüter den stärksten Anstoß gegeben.

Vollends aber betrachtet neuer Besitz sich selbst und seine Erhaltung, nicht aber die Krisis, durch die er entstanden ist, als das Wesentliche; die Krisis soll ja nicht rückgängig gemacht werden, wohl aber genau an der Stelle innehalten, da der Besitz ins Trockene gebracht ist. So sind die neuen Eigentümer in Frankreich seit 1794/95 voll von Abscheu gegen den früheren Zustand, aber ebenso voll von Sehnsucht nach einer despotischen Gewalt, welche den Besitz garantieren soll, gehe es dann der Freiheit, wie es wolle.

Ähnlich gestalteten sich die Dinge nach dem Albigenserkrieg. Die vierhundertunddreißig Lehensträger im Midi hatten das Interesse, daß die Krone Frankreich den Grafen von Toulouse nicht mehr aufkommen lasse, wobei die Frage über Ketzerei gar nicht mehr aufkam; d. h. in ihrem Innern wäre es ihnen ganz gleich gewesen, ob ihre Gutsbauern albigensisch oder katholisch waren.

In den griechischen Städten schlägt die Behauptung des Besitzes ausgetriebener oder ausgemordeter Parteien, den man im Namen irgendeines Prinzips, heiße es Demos oder Aristokratie, ergriffen hat, leicht in Tyrannis um, wobei weder Demokratie noch Aristokratie behauptet werden.

Und nun spielen auch die Kriege und der Militarismus ihre Rolle. Teils durch die Bändigung solcher Gegenden und Parteiungen im Innern, welche sich gegen die Krisis empören, so daß z. B. ein Cromwell in Irland, die französischen Generale gegen Föderalisten und Vendée

[1] Vgl. Goethes Reim: „Übers Niederträchtige usw."

zu kämpfen haben, teils durch Angriff und Gegenwehr gegen das bedrohte oder angreifende Ausland, wie der Widerstand der Oranier gegen die Spanier[1], der Franzosen gegen die Koalitionen seit 1792, entstehen unvermeidlich Kriege und Armeen. Die Bewegung bedarf auch schon an sich äußerer Gewalt, um die losgebundenen Kräfte aller Art in irgendein Bett zu leiten. Allein sie pflegt den Rückschlag derselben auf ihr Prinzip zu fürchten[2] und gibt dies zunächst durch Terrorismus gegen ihre Generale zu erkennen. Dahin gehört in gewissem Sinne schon der Feldherrnprozeß nach der Arginusenschlacht und ganz besonders das Benehmen der Franzosen in den Jahren 1793 und 1794.

Allein den Rechten erwischt man nicht, weil man ihn noch nicht kennt.

Und sobald dann die Krisis sich überstürzt hat und die Epoche der Ermüdung eintritt, so organisieren sich ohnehin die früheren Machtmittel der älteren Routine, Polizei und Militär, wie von selbst wieder in ihrer älteren Form. Etwas Todmüdes aber fällt unfehlbar dem Stärksten in den Arm, der gerade in der Nähe ist, und dies werden nicht neugewählte und gemäßigte Versammlungen sein, sondern Soldaten.

Nun hat man es mit den Staatsstreichen zu tun. Ein solcher ist die Beseitigung einer für konstitutionell geltenden, aus Krisen übriggebliebenen Staatsrepräsentation durch militärische Macht, unter beifälligem oder gleichgültigem Verhalten der Nation, wie sie Cäsar 49 v. Chr., Cromwell 1653 und die beiden Napoleons wagten. Dabei wird das Konstitutionelle zum Schein beibehalten und rekonstruiert, ja erweitert, wie denn Cäsar den Senat vermehrt, Napoleon III. das suffrage universel herstellt, das durch das Gesetz vom 31. Mai 1850 beschränkt war.

Der Militärgeist aber wird dann unfehlbar nach einigen Momenten des Überganges auf eine Monarchie, und

[1] Hier entsteht dann eine eigentliche Militärpartei unter Moritz der sich ihrer für seinen politischen Zweck bediente.
[2] St. Just sagte zu Barère: tu fais trop mousser nos victoires.

Staatsstreiche. Despotie nach Krisen

zwar auf eine despotische, hindrängen. Er schafft den Staat nach seinem Bilde um.

Nicht jede Armee verschwindet so bescheiden wie die Armee Cromwells, welche allerdings erst während der englischen Revolution entstanden und daher nicht fähig war, an frühere monarchisch-militärische Einrichtungen anzuknüpfen. Sie hatte Cromwell selbst das Königtum n i c h t gewährt, sondern war despotisch-republikanisch gewesen und geblieben; die Restauration der Monarchie erfolgte, indem Monk sie täuschte, nicht durch sie. Und nun verschwand sie 1660 im Privatleben und ähnlich auch die amerikanische nach dem letzten Kriege. Beides freilich geschah bei ganz unmilitärischen Nationen.

Wenn vollends die Krisis in der Art auf andere Nationen gewirkt hat, daß sich dort ihr Gegensatz (etwa gegenüber von Versuchen der Nachahmung) befestigt hat[1], während sie daheim ebenfalls in ihr Gegenteil umgeschlagen ist, so erledigt sich das Übrige in reinen, von Despoten gegen Despoten geführten Nationalkriegen.

Der D e s p o t i s m u s n a c h d e n K r i s e n ist zunächst die Herstellung zweckmäßigen Befehlens und willigen Gehorchens, wobei sich die gelösten Bande des Staates wieder neu und fest knüpfen. Er beruht nicht sowohl auf der direkt zugestandenen Einsicht, daß man selber nicht regierungsfähig wäre, als vielmehr auf dem Schauder vor der durchgelebten Herrschaft des ersten besten, des Rücksichtslosesten und Schrecklichen. Die A b d i k a t i o n, welche man wünscht, ist nicht sowohl die eigne als die einer Rotte von Gewalttätern.

Auch Aristokratien abdizieren mit Willen zeitweise. So die römische Republik, wenn sie einen Diktator ernannte; denn „creato dictatore magnus plebem metus incessit[2]". Die venezianische Aristokratie hängte permanent über sich und ihrem Volke mit dem Rat der Zehn ein Damoklesschwert auf, als traute sie sich selber nicht.

---
[1] Die Französische Revolution ruft z. B. nach Josephs II. Tode in Österreich ein geschärftes Polizeiregiment hervor.
[2] Livius II, 18.

Ganz besonders leicht aber abdizieren bisweilen Demokratien. In Hellas machen sie den, welcher ihre Aristokratie gebrochen oder verjagt hat, zum Tyrannen und setzen dann voraus, daß ein solcher dauernd ihren dauernden Willen vollziehe. Wenn dies dann doch nicht so ganz der Fall ist, so sagt etwa der Demagog Hybreas zum Tyrannen Euthydemos in Mylasa: „Euthydemos, du bist ein notwendiges Übel für den Staat; denn wir können weder mit dir, doch ohne dich leben[1]."

Der Despot kann unendlich viel Gutes stiften, nur nicht eine gesetzmäßige Freiheit herstellen; auch Cromwell regierte England distriktweise durch Generale. Gäbe der Despot eine freie Verfassung, so würde er nicht nur bald selbst beiseite geschoben, sondern durch einen andern und geringern Despoten ersetzt, aber nicht durch die Freiheit; denn diese will man einstweilen nicht, weil man sie in zu schlimmen Händen gesehen hat. Man möge sich erinnern, wie das jetzige Frankreich sich vor seinem eigenen Schatten fürchtet.

Das nächste Phänomen unter dem Despotismus kann dann ein großes materielles Gedeihen sein, womit sich die Erinnerung an die Krisis verwischt. Nur hat der Despotismus wieder seine eigenen inneren Konsequenzen; er ist an sich garantielos, persönlich und als Erbe einer großen gefundenen Macht zu Gewaltstreichen nach außen aufgelegt, wäre es auch schon nur, weil er diese als eine Metastase der bisherigen inneren Unruhe erkennt.

Es folgen nun auch R e s t a u r a t i o n e n. Diese sind von den früher (S. 110 f.) besprochenen wohl zu unterscheiden; denn dort handelte es sich um die Herstellung eines Volks- oder Staatstums, hier dagegen um die Herstellung einer besiegten Partei innerhalb desselben Volkes, also um diejenigen partiellen politischen Restaurationen, welche nach Krisen durch zurückgekehrte Emigranten erfolgen.

Sie sind vielleicht an und für sich eine Herstellung der Gerechtigkeit, ja eine Herstellung der unterbrochenen

[1] Strabo XIV, 2, 24. Die Anektode fällt freilich spät, in die Zeit des zweiten Triumvirats.

Restaurationen. Das neue Geschlecht

Totalität der Nation, praktisch aber genau um so viel gefährlicher, je umfassender die Krisis gewesen ist.

So sehen wir schon bei den Griechen zahlreiche ausgetriebene Bürgerschaften ihre Städte wieder beziehen. Da sie aber meist mit den neuen Besitzern teilen müssen, geschieht es nicht immer zu der Städte und ihrem eigenen Glücke.

Während man eben einige Trümmer und Prinzipien des Vergangenen wieder aufzustellen bemüht ist, hat man es zu tun mit der neuen Generation, welche seit der Krisis aufgewachsen ist und schon das privilegium juventutis für sich hat. Und diese ganze neue Existenz beruht auf der Zerstörung des Vorhergegangenen, ist großenteils schon nicht mehr selber schuld daran und betrachtet daher die Restitution, die man von ihr verlangt, als Verletzung eines erworbenen Rechtes. Und daneben lebt in lockender Verklärung das Bewußtsein weiter, wie leicht einst der Umsturz gewesen, wogegen die Erinnerung an die Leiden verblaßt.

Wünschbar wäre, daß Emigranten nie oder wenigstens nicht mit Ersatzansprüchen zurückkehrten, das Erlittene als ihr Teil Erdenschicksal auf sich nähmen und ein Gesetz der Verjährung anerkennen, das nicht bloß nach Jahren, sondern nach der Größe des Risses seine Entscheide gäbe[1].

Denn die neue Generation, von der man verlangt, daß sie ihrerseits in sich gehen sollte, tut es eben nicht, sondern sinnt auf neuen Umsturz, als auf Beseitigung einer erlittenen Schmach. Und so erhebt sich der Geist der Neuerung doch wieder, und je öfter und unerbittlicher eine Institution über ihn gesiegt hat, desto unvermeidlicher wird ihr endlicher Sturz durch die sekundären und tertiären Neubildungen der Krisis. Les institutions périssent par leurs victoires (Renan).

Bisweilen kommt dann etwa ein Philosoph mit einer Utopie darüber, wie und wasmaßen ein Volk von An-

[1] Über emigrierte Männer der konstitutionellen Freiheit und die Wünschbarkeit ihrer Rückkehr s. Quinet, La révolution, Bd. II, S. 545.

fang an organisiert sein müßte oder hätte sein müssen, um keinen demokratischen Schwindel, keinen Peloponnesischen Krieg, keine neue Einmischung von Persien durchmachen zu müssen. Eine solche Lehre vom Vermeiden der Krisen kann man in Platos Staat finden. Aber freilich um den Preis welcher Unfreiheit soll dies möglich werden! Und erst noch wäre fraglich, wie bald auch sogar in Utopien eine Revolution ausbräche. In Platos Staat wäre dies gar nicht so schwer; sobald seine Philosophen unter sich Händel bekämen, würden sich die übrigen komprimierten Stände von selber regen.
Andere Male ist aber der Utopist schon früher dagewesen und hat das Feuer anzünden helfen, wie Rousseau mit seinem Contrat social.

Zum **Lobe der Krisen** läßt sich nun vor allem sagen: die Leidenschaft ist die Mutter großer Dinge, d. h. die wirkliche Leidenschaft, die etwas Neues und nicht nur das Umstürzen des Alten will. Ungeahnte Kräfte werden in den einzelnen und in den Massen wach, und auch der Himmel hat einen andern Ton. Was etwas i s t, kann sich geltend machen, weil die Schranken zu Boden gerannt sind oder eben werden.
Die Krisen und selbst ihre Fanatismen sind (freilich je nach dem Lebensalter, in welchem das betreffende Volk steht!) als echte Zeichen des Lebens zu betrachten, die Krisis selbst als eine Aushilfe der Natur, gleich einem Fieber, die Fanatismen als Zeichen, daß man noch Dinge kennt, die man höher als Habe und Leben schätzt. Nur muß man eben nicht bloß fanatisch gegen andere und für sich ein zitternder Egoist sein.
Überhaupt geschehen alle geistigen Entwicklungen sprung- und stoßweise, wie im Individuum, so hier in irgendeiner Gesamtheit. Die Krisis ist als ein neuer Entwicklungsknoten zu betrachten.
Die Krisen räumen auf: zunächst mit einer Menge von Lebensformen, aus welchen das Leben längst entwichen war, und welche sonst mit ihrem historischen Recht nicht aus der Welt wären wegzubringen gewesen. So-

dann aber auch mit wahren Pseudoorganismen, welche überhaupt nie ein Recht des Daseins gehabt und sich dennoch im Laufe der Zeit auf das stärkste bei dem ganzen übrigen Leben assekuriert, ja hauptsächlich die Vorliebe für alles Mittelmäßige und den Haß gegen das Ungewöhnliche verschuldet hatten. Die Krisen beseitigen auch die ganz unverhältnismäßig angewachsene Scheu vor „Störung" und bringen frische und mächtige Individuen empor.

Ein besonderes Verhältnis haben die Krisen zu Literatur und Kunst, wofern sie nicht geradezu zerstörend wirken oder mit teilweiser bleibender Unterdrückung geistiger Einzelkräfte verbunden sind, wie z. B. der Islam Bildhauerei, Malerei und Epos unmöglich machte.
Die bloße Störung nämlich schadet der Kunst und Literatur dann wenig oder nichts; mitten in der allgemeinen Unsicherheit treten große, bisher latente geistige Kräfte auf den Schauplatz und machen bisweilen die bloßen Ausbeuter der Krisis ganz verblüfft; die bloßen Schwätzer aber sind in schrecklichen Zeiten ohnehin machtlos[1].
Es zeigt sich, daß kräftige Denker, Dichter und Künstler deshalb, weil sie kräftige Menschen sind, eine Atmosphäre von Gefahren lieben und sich in der frischeren Luftströmung wohl befinden. Große und tragische Erlebnisse reifen den Geist und geben ihm einen andern Maßstab der Dinge, eine unabhängigere Taxation des Irdischen. Augustins De civitate dei wäre ohne den Einsturz des weströmischen Reiches kein so bedeutendes und unabhängiges Buch geworden, und Dante dichtete die Divina commedia im Exil[2].
Künstler und Dichter brauchen nicht gerade den Inhalt der betreffenden Krisen zu schildern oder gar zu verherrlichen, wie David und Monti taten; — wenn nur wieder ein neuer Gehalt in das Leben der Menschen gekommen

---

[1] [Zusatz]: Ja, aber leider die Narren nicht.
[2] Auch die großen persischen Dichter der Mongolenzeit, wenn sie schon dann die letzten waren, gehören hieher; Saadi sagt: „Die Welt war kraus wie Negerhaar."

ist, wenn man nur wieder weiß, was man liebt und haßt, was Kleinigkeiten und was Lebensbedingungen sind.

„Quant à la pensée philosophique elle n'est jamais plus libre qu'aux grands jours de l'histoire", sagt Renan. Die Philosophie gedieh in Athen trotz des Gewagten und Gespannten des athenischen Lebens, das sich im Grunde in einer beständigen Krisis mit beständigem Terrorismus bewegte, trotz den Kriegen, den Staats- und Asebieprozessen, der Sykophantie, den gefährlichen Reisen, wobei man als Sklave verkauft werden konnte usw.

Dagegen umspinnt in ganz ruhigen Zeiten das Privatleben mit seinen Interessen und Bequemlichkeiten den zum Schaffen angelegten Geist und raubt ihm die Größe; vollends aber drängen sich die bloßen Talente an die erste Stelle, daran kenntlich, daß ihnen Kunst und Literatur als Spekulationszweige, als Mittel, Aufsehen zu machen, gelten und daß ihnen die Ausbeutung ihrer Geschicklichkeit keine Beschwerde macht, weil ihnen kein Überquellen des Genius im Wege ist. Und oft nicht einmal das Talent.

Die große Originalität, hier übertönt, übermault, muß auf Sturmzeit warten, wo alle Verlegerkontrakte samt den Paragraphen gegen den Nachdruck von selber aufhören; in dieser Sturmzeit sind auch wohl andere Leute das Publikum, und die Protektionen, welche bisher Leute sui generis protegiert und „beschäftigt" haben, sind von selber am Ende.

Für den besonderen Charakter der **Krisen unserer Zeit** weisen wir besonders auf unsere frühere Erörterung (S. 132 ff.) zurück, wo wir nachzuweisen suchten, wie die Kultur heute dem Staate das Programm schreibt.

Sie sind vorwiegend bedingt durch die tägliche, nicht exzeptionelle, daher je nach Umständen aufregende oder abstumpfende Wirkung von Presse und Verkehr; sie haben einen zu jeder Stunde ökumenischen Charakter.

Daher die viele contrefaçon, die gemachte Scheinkrisis, die falschen, auf künstlicher Agitation, Lektüre, unberechtigter Nachahmung an ungehöriger Stelle, künstlicher

Impfung beruhenden Krisen, welche dann in ihrem Krepieren ganz etwas anderes an den Tag bringen, als sie bezweckt und geahnt hatten, etwas, das längst darunter lag, und das man längst hätte sehen können, das aber erst durch eine Verschiebung der Macht an den Tag kam.

Ein sprechendes Beispiel hiefür bietet Frankreich im Jahre 1848, da die plötzlich aufgedrungene Republik einem Besitz- und Erwerbssinne weichen muß, von dessen Intensivität man noch nicht den wahren Begriff gehabt hatte.

Übrigens wird jetzt manches auch zerschwatzt, bevor es ein Element einer Krisis werden kann.

Neu ist die Schwäche der den Krisen gegenüberstehenden Rechtsüberzeugungen. Frühere Krisen hatten sich gegenüber ein göttliches Recht, welches im Falle seines Sieges zu den äußersten Strafmitteln berechtigt war. Jetzt dagegen herrscht das allgemeine Stimmrecht, welches von den Wahlen aus auf alles ausdehnbar ist, die absolute bürgerliche Gleichheit usw. Von hier aus wird sich dereinst gegen den Erwerbsgenius unserer Zeit die Hauptkrisis erheben.

Ihr besonderes Verhältnis zu Revolution, Reaktion und Krieg haben die Eisenbahnen. Wer sie wirklich oder auch nur ihr Material besitzt, kann ganze Völker regungslos machen.

Drohend aber steht die Verflechtung der gegenwärtigen Krisis mit gewaltigen Völkerkriegen in Aussicht.

Die Lehre vom Verfall und Tod der Nationen müssen wir uns versagen zu behandeln[1]. Als Parallele mögen die Phantasiebilder der verschiedenen Völker und Religionen dienen, von denen wir früher (S. 46 f.) gesprochen haben, besonders das 8. Buch Ottos von Freisingen, und auch auf Sebastian Francks Ketzerchronik[2] ist zu verweisen. Von der Seite der voraussichtlichen Veränderungen des Erdballs behandelt das Ableben der Nationen Decandolle[3].

---

[1] Vgl. darüber Lasaulx, S. 93, 101, 107, 139—153.
[2] Fol. 252.
[3] Histoire des Sciences et des Savants, S. 411. (De l'avenir probable de l'espèce humaine.)

ZUSÄTZE ÜBER URSPRUNG UND BESCHAFFENHEIT DER HEUTIGEN KRISIS

Der lange Friede seit 1815 hatte den täuschenden Schein erweckt, als wäre ein Gleichgewicht der Mächte erreicht worden, welches ewig dauern könnte. Jedenfalls rechnete man von Anfang an zu wenig auf den beweglichen Geist der Völker.

Die Restauration und ihr angebliches Prinzip, die L e g i t i m i t ä t, welche soviel als eine Reaktion gegen den Geist der Französischen Revolution war, stellten in einer an sich höchst ungleichen Weise eine Anzahl von früheren Lebens- und Rechtsformen und eine Anzahl von Ländergrenzen her, bei völliger Unmöglichkeit, die weiter wirkenden Resultate der Französischen Revolution aus der Welt zu schaffen, nämlich den tatsächlich hohen Grad von Rechtsgleichheit (Steuergleichheit, Ämterfähigkeit, gleiche Erbteilung), die Beweglichkeit des Grundbesitzes, die Verfügbarkeit alles Besitzes für die Industrie, die Parität der Konfessionen in mehreren jetzt stark gemischten Ländern.

Und der Staat selber wollte von den Resultaten der Revolution eins nicht entbehren: die große Ausdehnung seines Machtbegriffs, welche inzwischen u. a. aus der Terreur und aus dem überall nachgeahmten napoleonischen Cäsarismus entstanden war. Der Machtstaat selber postulierte die Gleichheit, auch wo er seinem Adel noch Hof- und Militärstellen zur Beute ließ.

Und diesem gegenüber nun der G e i s t d e r V ö l k e r, unter deren heftigster nationaler Aufregung die Kriege von 1812 bis 1815 geführt wurden. Ein Geist der Kritik war wach geworden, der sich trotz allem Ruhebedürfnis nicht mehr schlafen legen wollte und an alle Existenz fortan einen anderen Maßstab legte. Noch schien es soziale Fragen nicht zu geben, und noch wirkte auch Nordamerika nur wenig ein; aber schon die bisherigen und einheimischen Postulate erfüllten die Regierungen mit Sorge.

Die schwächsten unter den Restaurierten wären ohne die Intervention der Großstaaten bald erlegen: Italien

1820/21, Spanien 1823; in solchen Ländern trat dann unvermeidlich eine Verfolgung aller zum Räsonnement aufgelegten Klassen ein.

Es fragte sich aber, wie lange die Großstaaten überhaupt einig sein, d. h. das System von 1815 aufrecht erhalten würden. Und hier wies sich nun die Bedeutung der orientalischen Frage: das allgemeine Verhältnis der Mächte, das wirkliche oder angebliche Gleichgewicht konnte jeden Augenblick auf eine für unerträglich geltende Weise geändert werden durch partielle oder totale Besetzung des ad hoc für verfügbar geltenden osmanischen Reiches.

Den Anlaß bot der Aufstand der Griechen; die wirklichen Gründe waren die Machtgier Rußlands und dessen altes Programm und ferner der Anfang der von Canning vertretenen Tendenz Englands, mit auswärtigen Fragen und mit dem kontinentalen Liberalismus Geschäfte zu machen. Man übersah dabei in England, daß man dergleichen auf die Länge schwer in den Händen behält.

Die früheste offizielle Durchbrechung des Systems von 1815 brachte der russisch-englisch-französische Vertrag von 1827 zur Befreiung Griechenlands, auf welchen Navarin, der russisch-türkische Krieg von 1828 und der Friede von Adrianopel 1829 folgten.

Allein die Satisfaktion der öffentlichen Meinung war gering, alles wartete — und zwar besonders auf Frankreich.

Hier stand jedenfalls ein Ausbruch selbst beim korrektesten Benehmen der Bourbons in steter Aussicht; die Demütigung von 1815 sollte durch ihren und ihrer Werkzeuge Sturz negiert werden; eine Fusion ad hoc zwischen Liberalen und Bonapartisten war deshalb zustande gekommen. Die Regierung, bei manchen guten Eigenschaften, förderte den Haß durch emigrantische Rankunen und dadurch, daß sie das ganze Interesse der katholischen Kirche, d. h. den ganzen Todeshaß zwischen dieser und der Französischen Revolution auf ihre Rechnung herübernahm.

Als dann 1830 die **Julirevolution** kam, war deren allgemeine Bedeutung als europäische Erschütterung viel größer als die speziell politische.

Österreich, Preußen und Rußland **blieben** scheinbar, wie sie waren; überall sonst wurde als Heilmittel die **Konstitution** anerkannt, insofern mit derselben Ernst gemacht werde. Im Westen bestand die Quadrupelallianz, welche unter der Ägide von England und Frankreich auch den Spaniern und Portugiesen die Wohltaten des Verfassungslebens sichern sollte; in Deutschland bildete sich in den Einzelstaaten das damalige konstitutionelle Leben aus, aber überwacht durch die beiden Großstaaten; in Italien, wo es zu völligen, aber bloß lokalen Revolutionen und Versuchen von Republiken gekommen war, erfolgte eine vollständige Repression und als deren Gegenschlag die Verschwörung der giovine Italia, bei deren Beteiligten die Einheitsidee schon über den bloßen Föderalismus hinausging.

Neidisch bewundernd blickten die zersplitterten Deutschen und Italiener, welche das konstitutionelle Wesen verkümmert oder gar nicht besaßen, zu Frankreich und England als **den** Großstaaten auf, welche zugleich große Nationalstaaten und dabei konstitutionell waren. Zugleich bestimmte die Unterdrückung der polnischen Revolution die seitherige Physiognomie der russischen Politik. Nur **eine** bleibende territoriale Veränderung geschah in dieser Zeit: die **Trennung Belgiens** vom Königreich der Niederlande.

Aber die Konstitutionen konnten, so wenig als sonst etwas Irdisches, die geweckte Gier stillen. Zunächst war die **französische** in sich sehr **ungenügend**; der Wahlzensus war so engbrüstig, daß die Kammer später der in ihren Zielen verrannten Regierung nicht mehr zu Hilfe kommen konnte, weil sie selbst nur der Ausdruck einer kleinen Minorität war. Dazu wurde das Programm der Regierung: la paix à tout prix, künstlich mit Haß beladen; Louis Philipp hätte dieses sein Friedensprogramm einer auf viel weiterer Basis, ja auf dem suffrage universel beruhenden Kammer zur Ausführung überlassen können.

In Westeuropa fand in den 1830er Jahren die Ausbildung eines allgemeinen politischen Radikalismus, d. h. derjenigen Denkweise statt, welche alle Übel dem vorhandenen politischen Zustand und dessen Vertretern zuschrieb und durch Umreißen und Neubau vom Boden auf nach abstrakten Idealen das Heil schaffen wollte, jetzt schon unter stärkerer Berufung auf Nordamerika.
Und seit den 1840er Jahren kam, zum Teil hervorgehend aus den Zuständen der großen englischen und französischen Fabrikstädte, die Entwicklung der sozialistischen und kommunistischen Theorien bis zu vollständigen gesellschaftlichen Gebäuden, ein unvermeidliches Korrespondens und ein Rückschlag des entfesselten Verkehrs. Die tatsächlich vorhandene Freiheit war zu ungestörter Verbreitung solcher Ideen reichlich groß genug, so daß laut Renan seit 1840 das Gemeinerwerden deutlich zu spüren war. Dabei herrschte die größte Unklarheit darüber, welches und wie stark die entgegenstehenden Kräfte und Rechte sein würden. Wie man am Rechte der Verteidigung irre geworden, bewies dann der Februar 1848.
Seine Spiegelung fand dieser Zustand in der damaligen Literatur und Poesie. Hier machten sich Hohn, lautes Knurren und Weltschmerz in der neuen, nach-byronischen Auffassung geltend.

Daneben vollzog sich die gefährliche innere Aushöhlung in der konservativen Vormacht Österreich, das Auftreten des Panslawismus zunächst in der russischen offiziellen Publizistik und endlich die italienische Bewegung seit 1846. Für diese letztere nahm England 1847 Partei, was soviel als den Entschluß bedeutete, jenes Österreich stürzen zu helfen, welches doch allein noch einen kontinentalen Subsidienkrieg für England hätte führen können. Die mit Canning begonnene, auf englische

Wahlmajoritäten berechnete liberale auswärtige Politik wurde damals mit Palmerston fortgesetzt.

Während sich der europäische Horizont mit revolutionärem Geist und mit der Voraussicht eines sozialen Kraches vollständig erfüllte, erhob sich in der Schweiz der **Sonderbundskrieg**, von ganz kolossal unverhältnismäßigen Sympathien und Antipathien begleitet, nur weil er ein Exponent der allgemeinen Lage war.

Und nun kam die **Februarrevolution** von 1848. Diese brachte mitten im allgemeinen Umsturz eine plötzliche Klärung des Horizonts. Weit ihr wichtigstes, wenn auch nur augenblickliches Resultat war die Proklamation der **Einheit in Deutschland** und in **Italien**, während der Sozialismus sich lange nicht so mächtig erwies, als man geglaubt hatte; denn schon die Pariser Junitage gaben die Gewalt fast sofort wieder in die Hände der bisherigen Monarchisch-Konstitutionellen, und rasch entwickelte sich der Besitzsinn und Erwerbsinn intensiver als je.

Auf den Wendepunkt hin, der mit der ersten Schlacht bei Custozza gegeben war, folgte zunächst freilich eine allgemeine Reaktion, im ganzen mit Herstellung der Formen und Grenzen, wie sie vorher gewesen waren. Sie siegte im Oktober und November 1848 zu Wien und Berlin und 1849 mit Hilfe der Russen in Ungarn.

Und als Frankreich in neuen Sorgen war, weil sich der Sozialismus von seiner Niederlage erholt zu haben schien und die Maiwahlen von 1852 sicher zu haben glaubte, wurde diese Krisis durch den Staatsstreich des 2. Dezember 1851 kupiert. Für diejenige einzig richtige Lösung, welche schon 1848 in allgemeiner Akzeptation und Unterstützung der einmal vorhandenen Republik bestanden haben würde, waren die Dinge 1851 schon viel zu verdorben.

Allein bei der höchst unvollständigen Durchführung der Reaktion in den meisten Staaten bildete sich nun ein Zustand voller **Widersprüche**.

Februarrevolution. Demokratie

Neben dem Weiterdauern von Dynastien, Bureaukratien und Militarismen mußte man die innere Krisis der Geister fast völlig sich selber überlassen. Öffentlichkeit, Presse, der enorm steigende Verkehr waren überall der stärkere Teil und schon mit dem Erwerb so verflochten, daß man sie nicht mehr hemmen konnte, ohne ihn mit zu schädigen. Überall strebte die Industrie, an der Weltindustrie teilzunehmen.

Zugleich hatten die Regierenden bei den Ereignissen von 1848 tiefere Blicke in das Volk getan. Louis Napoleon wagte für die Wahlen das allgemeine Stimmrecht, und andere ahmten ihm nach; man hatte in den großen Bauernmassen das konservative Element erkannt — freilich ohne dessen mögliche Ausdehnbarkeit von den Wahlen auf alles und jedes (Einrichtungen, Steuern usw.) genauer zu erwägen.

Mit der Steigerung aller Geschäfte ins Große wird nun die Anschauung des Erwerbenden folgende: einerseits sollte der Staat nur noch Hülle und Garant seiner Interessen und seiner Art Intelligenz sein, welche als selbstverständlicher nunmehriger Hauptzweck der Welt gelten; ja er wünscht, daß sich diese seine Art von Intelligenz vermöge der konstitutionellen Einrichtungen des Staatsruders bemächtige; anderseits hegt er ein tiefes Mißtrauen gegen die Praxis der konstitutionellen Freiheit, insofern selbige doch eher von negativen Kräften möchte ausgebeutet werden.

Denn daneben wirkt als allgemeiner Ausdruck teils der Ideen der französischen Revolution, teils der Reformpostulate neuerer Zeit die sogenannte Demokratie, d. h. eine aus tausend verschiedenen Quellen zusammengeströmte, nach Schichten ihrer Bekenner höchst verschiedene Weltanschauung, welche aber in einem konsequent ist: insofern ihr nämlich die Macht des Staates über den einzelnen nie groß genug sein kann, so daß sie die Grenzen zwischen Staat und Gesellschaft verwischt, dem Staat alles das zumutet, was die Gesellschaft voraussichtlich nicht tun wird, aber alles beständig diskutabel und beweglich erhalten will und zuletzt einzelnen Kasten ein spezielles Recht auf Arbeit und Subsistenz vindiziert[1].

Inzwischen war die allgemeine Gefahr der politischen Lage von Europa in Zunahme; das Jahr 1848 hatte alle Positionen wesentlich verändert und teilweise tief erschüttert.
Die größten Regierungen mußten wünschen, sich nach außen zu regen.
In solchen Zeiten meldet sich unvermeidlich die orientalische Frage wieder; sie kommt, wenn und weil Europa gärt.
Sodann war der tiefe Unwille der Deutschen und der (nunmehr durch Cavour vertretenen) italienischen Nation so weit gediehen, daß Großmächte ihn notwendig mit in ihre Berechnungen ziehen mußten.
Die sämtlichen Regierungen hätten höchst einig sein müssen, um die bisherigen Grenzen und das sogenannte Gleichgewicht zu behaupten.
Der Krimkrieg gab letzteren Zweck vor; die Hauptsache war die Befestigung Louis Napoleons auf seinem neuen Thron, bei einem Anlaß, den man liberal, klerikal und militärisch geltend machen konnte.
Österreichs größter Fehler oder, falls es nicht anders konnte, sein größtes Unglück war, daß es wegen dauernder innerer Erschütterung nicht um jeden Preis bei irgendeiner der beiden Parteien mithielt; gerade diese Erschütterung hätte es vielleicht durch Teilnahme für die Westmächte oder für Rußland beseitigen können.
England offenbarte seine Schwäche, die es in allen Kriegen zeigt, wo es auf Massen ankommt, und mußte den Krieg noch extra mit Bändigung des indischen Aufstandes bezahlen. Die ältere Form wäre durchaus gewesen, daß zugleich mit dem englischen Seekrieg Österreich einen englischen Subsidienlandkrieg geführt hätte.
Statt Österreichs trat durch die entscheidende Tat Cavours Sardinien ein, und so heftete sich fataliter eine Erledi-

[1] Vgl. oben S. 133 ff., 190 f.

gung der italienischen Frage an den Pariser Vertrag von 1856.

Hier war der Anfang der ganz grundfalschen Position Louis Napoleons. Mit England zusammen bedrohte er Ferdinand von Neapel; sodann betonte er das im Verhältnis zu seiner Position in Frankreich stets gefährliche Nationalitätsprinzip, trotzdem er angesichts des Nationalitätengärens wissen mußte, daß ein starkes Italien und Deutschland daraus hervorgehen müsse, ja er bot Preußen mehrmals große Stücke von Deutschland an; kurz er benahm sich wie ein Gelehrter, z. B. ein Philosoph oder Naturforscher, welcher vorhandene Kräfte danach konstatiert, ob sie ihm lieb oder leid seien. Auch seine alte Verpflichtung gegen die italienischen Geheimbünde, woran ihn das Attentat Orsinis erinnerte, kam für ihn in Betracht, während er den französischen Klerikalen und allem Konservatismus überhaupt Sicherheiten geben sollte. Und dazu kam seine scheinbare Oberhoheit über alles, was überhaupt passieren durfte.

Der italienische Krieg von 1859 wurde für ihn auf alle Weise gefährlich. Er erschütterte seinen wahren Alliierten Österreich noch mehr, d. h. er stärkte Preußen, und Österreich trat lieber die Lombardei ab, als daß es damals Preußen für dessen Hilfe die Anführerschaft über alle deutschen Bundeskorps gewährt hätte, und den Italienern enthielt er doch Venedig und vollends Rom vor und hatte nun gar die Idee eines italienischen Staatenbundes unter päpstlichem Präsidium! Die Ereignisse von 1860 in Italien aber konnte er gar nicht mehr hindern, während das Publikum sie ihm großenteils zuschrieb, und während es eigentlich England war, das ihm zum Trotz, aus Gründen lokaler Popularität die Sache vollführen half und dabei dem Interesse Österreichs an einem vielheitlichen Italien den Todesstoß gab.

Das Weitere, was Louis Napoleon unternahm, hatte den unbestimmten Charakter einer Beschäftigung seiner Nation und Armee.

An den nordamerikanischen Parteikrieg hängte er den mexikanischen, während er und England, wenn sie in Amerika etwas tun wollten, nur **eins** konnten, nämlich die Trennung der Union befördern. Daß England hiezu nicht aus allen Kräften half, war freilich unbegreiflich, und dies hatte er allerdings nicht berechnen können.

Als Usurpator war er unfähig, ernstlich eine Partei der inneren Verbesserung oder gar der konstitutionellen Freiheit um sich zu sammeln, welche ihn der Besorgnisse vor Verschwörungen, Aufständen der arbeitenden Klassen usw. enthoben hätte. Statt dessen wurde sein Bund mit dem Klerus durch die Septemberkonvention von 1864 täglich dubioser. Und doch entschieden Priester und Bauern wesentlich die Wahlen des suffrage universel.

Inzwischen geriet **Rußland** durch die Bauernemanzipation, die Preßfreiheit und den polnischen Aufstand von 1862 in eine oszillierende Bewegung, deren literarischer Ausdruck jetzt der schärfste Panslawismus ist; wie weit derselbe in den Händen der Regierung oder gar schon sie in den seinigen ist, läßt sich fragen.

Dazu kam jetzt das nicht mehr zu verhehlende Sinken **Englands** durch die Wiedervereinigung der siegreichen Union. In direkter Proportion damit wird Irland schwieriger und die Gärungen der arbeitenden Klasse gefährlicher.

Und endlich reifte die **deutsche Frage** mindestens so weit, daß sich die beiden Großmächte unmittelbar mit derselben einlassen mußten.

Es geschah dies in Konkurrenz mit der konstitutionellen Frage, zumal in Preußen. Die erwerbenden und räsonnierenden Klassen suchten sich tatsächlich durch Entscheidung über Budget und Dienstzeit der Staatsgewalt zu bemächtigen; der Erfolg hat dann bewiesen, daß die Frage der **nationalen Einheit** die weit mächtigere war; diese Frage fraß sich durch die andere hindurch.

Nach der Zeit der Feste von 1862 und 1863, welche auch Konfliktszeit genannt wird, kam nun der durch maßlose Unvorsichtigkeit der Dänen hervorgerufene **dänische Krieg**, den noch beide Großmächte gemeinsam führten.

Offen lag jetzt die Schwäche Englands am Tage; man wußte fortan, daß es um kontinentaler Verhältnisse willen keinen Krieg mehr führen könne, auch nicht wegen Belgiens. Louis Napoleon aber ließ diesmal die Deutschen völlig machen und gab a priori das Londoner Protokoll auf[1].

Endlich machte die preußische Regierung und Armee die große deutsche Revolution von 1866. Dies war eine abgeschnittene Krisis ersten Ranges. Ohne dieselbe wäre in Preußen das bisherige Staatswesen mit seinen starken Wurzeln wohl noch vorhanden, aber eingeengt und beängstigt durch die konstitutionellen und negativen Kräfte des Innern; jetzt überwog die nationale Frage die konstitutionelle bei weitem.

Die Krisis wurde nach Österreich hineingeschoben, welches seine letzte italienische Position verlor und mit seiner polyglotten Beschaffenheit gegenüber von allem Homogenen, zumal von Preußen, in eine immer gefährlichere Stellung geriet.

Louis Napoleon wäre nun mit keiner „Kompensation" mehr zu helfen gewesen; wenn Preußen ihm Belgien ließ, so nahm es voraussichtlich dafür Holland. Es ist zweifelhaft, ob er mit großen und riskierten innern Maßregeln sich hätte retten sollen; jedenfalls waren seine Konzessionen ungenügend.

Die spanische Revolution von 1868, an welcher er Anteil gehabt haben sollte, ging sicher gegen sein eigentliches Interesse.

Im Jahre 1869 aber brach in Frankreich offener Hohn gegen ihn aus.

Nochmals machte er sich legitim durch das Plebiszit vom Mai 1870, und doch war es fraglich, wie lange noch der Konnex von sehr starken Interessen, der ihn bisher oben gehalten, ihn gegenüber vom Geist der städtischen Massen oben halten und die Elemente darbieten würde, um daraus eine dauernde starke Regierung zu bilden.

---

[1] Künstlich deutet Sybel diese Nachgiebigkeit so, als hätte Louis Napoleon Preußen erst recht in gefährliche politische Abenteuer hineinhetzen wollen.

Bei irgendeiner der in Frankreich stets bedenklichen Fragen des **auswärtigen Einflusses** war er voraussichtlich genötigt loszubrechen[1].

In **Deutschland** war inzwischen die **Spannung** aufs höchste gestiegen; die Südstaaten mußten entweder eng an Preußen angeschlossen oder ihm wieder entfremdet werden; neben der nationalen Frage trat alles andere ins tiefe Dunkel.

Da kam die Hohenzollernsche Thronkandidatur für Spanien, und was sich daran hängte.

Die französische Kriegserklärung entschied den Anschluß Süddeutschlands an den Norden und damit den Krieg überhaupt, insofern er jetzt mit höchstem Nachdruck als Sache der ganzen Nation geführt wurde.

Damit sind die innern politischen Krisen auf lange Zeit in Deutschland **abgeschnitten**. Die Macht nach innen und außen kann nun ganz systematisch von oben her organisiert werden.

Die große kirchliche Krisis ist neben all dem anscheinend gänzlich verschollen, und niemand, vielleicht nicht einmal Rom selbst, weiß, in welche Beziehungen das mit neuer Machtvollkommenheit bekleidete Papsttum zu den neuen Gestaltungen treten wird[2].

Frankreich liegt in Ruinen; seine Einwirkung auf Italien und Spanien als Großmacht ist auf lange Zeit null, als vorbildliche Republik dagegen ist es vielleicht nicht ohne Bedeutung.

*

März 1873

Das erste große Phänomen nach dem Kriege von 1870/71 ist die nochmalige außerordentliche Steigerung des Erwerbssinnes, weit über das bloße Ausfüllen der Lücken und Verluste hinaus, die Nutzbarmachung und Erweckung unendlich vieler Werte, samt dem sich daran heftenden Schwindel (Gründertum).

---

[1] Prevost-Paradol braucht für diese Situation das Bild von zwei gegeneinander laufenden Eisenbahnzügen.
[2] Sic anfangs 1871.

Das Staunen der ganzen Fachwelt erweckt die Zahlungsfähigkeit Frankreichs, das in seiner Niederlage einen Kredit genießt, wie kaum je ein Land im vollen Siege.

Eine Parallele von unten herauf bietet die Menge und das Gelingen der Streiks.

Das gemeinsame ökonomische Resultat ist eine Revolution in allen Werten und Preisen, eine allgemeine Verteuerung des Lebens.

Die teils schon eingetretenen, teils bevorstehenden geistigen Folgen aber sind: die sogenannten „besten Köpfe" wenden sich auf das Geschäft oder werden schon von ihren Eltern hiefür vorbehalten; die Bureaukratie ist nirgends mehr eine „Karriere", das Militär in Frankreich und andern Ländern auch nicht mehr; in Preußen muß es mit den größten Anstrengungen im Rang einer solchen erhalten werden.

Die geistige Produktion in Kunst und Wissenschaft hat alle Mühe, um nicht zu einem bloßen Zweige großstädtischen Erwerbs hinabzusinken, nicht von Reklame und Aufsehen abhängig, von der allgemeinen Unruhe mitgerissen zu werden. Große Anstrengung und Askese wird ihr nötig sein, um vor allem unabhängig im Schaffen zu bleiben, wenn wir ihr Verhältnis zur Tagespresse, zum kosmopolitischen Verkehr, zu den Weltausstellungen bedenken. Dazu kommt das Absterben des Lokalen mit seinen Vorteilen und Nachteilen und eine starke Abnahme selbst des Nationalen.

Welche Klassen und Schichten werden fortan die wesentlichen Träger der Bildung sein? Welche werden fortan die Forscher, Künstler und Dichter liefern, die schaffenden Individuen?

Oder soll gar alles zum bloßen business werden wie in Amerika?

Was die politischen Folgen betrifft, so ist durch die Gründung der neuen Großstaaten Deutschland und Italien, welche mit Hilfe einer längst sehr hoch aufgeregten öffentlichen Meinung, zugleich aber mit großen Kriegen erfolgt ist, sowie durch den Anblick des schnellen Wegräumens und Neubauens an Stellen, wo man das Vorhandene noch lange unwandelbar geglaubt hätte, das politische Wagnis in den Völkern zu etwas Alltäglichem geworden, und die entgegenstehenden Überzeugungen, welche geneigt wären, irgend etwas Bestehendes zu verteidigen, immer schwächer. Staatsmänner suchen die „Demokratie" jetzt nicht mehr zu bekämpfen, sondern irgendwie mit ihr zu rechnen, die Übergänge zu dem für unvermeidlich Geltenden möglichst gefahrlos zu machen. Man verteidigt kaum mehr die Form des Staates, nur noch Umfang und Kraft desselben, und hiebei hilft die Demokratie einstweilen mit; Machtsinn und demokratischer Sinn sind meist ungeschieden; erst die sozialistischen Systeme abstrahieren von der Machtfrage und stellen ihr spezifisches Wollen allem voran.

Die Republiken Frankreich und Spanien können schon durch die bloße Gewöhnung und durch die Furcht vor dem schrecklichen Übergangsmoment zu einer Monarchie ganz wohl als Republiken weiterleben, und wenn sie zeitweise wieder etwas anderes werden, so möchten es eher Cäsarismen als dynastische Monarchien sein.

Man fragt sich, wie bald andere Länder folgen werden.

Allein diese Gärungen kollidieren mit dem Erwerbssinn und dieser ist am Ende der Stärkere. Die Massen wollen Ruhe und Verdienst; kann ihnen Republik oder Monarchie dies gewähren, so halten sie mit; wo nicht, so werden die Völker, ohne lange zu fragen, die erste Staatsform befördern, welche ihnen jene Vorteile verheißt. Freilich erfolgt ein solcher Entscheid nie rein, sondern durch Leidenschaft, Persönlichkeiten, Nachwirkung bisheriger Positionen auf das stärkste getrübt.

Das vollständigste Programm enthält die neueste Rede Grants, welche e i n e n Staat und e i n e Sprache als das notwendige Ziel einer rein erwerbenden Welt postuliert.

Und endlich die kirchliche Frage. In ganz Westeuropa besteht der Konflikt zwischen der aus der Französischen Revolution hervorgegangenen Weltanschauung und der Kirche, namentlich der katholischen; ein Konflikt, der in tiefsten Grunde auf dem Optimismus der ersteren und dem Pessimismus der letzteren beruht.

In neuerer Zeit ist derselbe durch Syllabus, Konzil und Infallibilität gesteigert, nachdem die Kirche aus dunkeln Ursachen beschlossen hatte, bewußt den modernen Ideen im weitesten Umfange entgegenzutreten.

Italien benützte den Moment, um Rom zu nehmen; sonst lassen Italien, Frankreich, Spanien usw. die theoretische Seite auf sich beruhen, während Deutschland und die Schweiz den Katholizismus irgendwie dem Staat völlig botmäßig zu machen, ihm nicht nur jegliche Exemtion vom gemeinen Recht zu benehmen, sondern ihn auf immer unschädlich zu machen suchen.

*

Der ganze Hauptentscheid kann nur aus dem Innern der Menschheit hervorgehen. Wird der als Erwerbssinn und Machtsinn ausgeprägte Optimismus weiterdauern, und wie lange? Oder wird — worauf die pessimistische Philosophie der heutigen Zeit könnte hinzuweisen scheinen — eine allgemeine Veränderung der Denkweise wie etwa im 3. und 4. Jahrhundert eintreten?

FÜNFTES KAPITEL

DAS INDIVIDUUM UND DAS ALLGEMEINE
(DIE HISTORISCHE GRÖSSE)

Gibt es Größe? – Magische Wirkung – Einzigkeit und Unersetzlichkeit – Das große Individuum als Ausdruck für Volk, Kultur, Religion – Dichter, Künstler, Philosophen – Entdecker – Forscher – Unersetzlichkeit großer Künstler – Die mythischen Gestalten – Die Großen der Politik – Ihr Kennzeichen – Sittlichkeit – Macht und Größe – Das Schicksal des großen Individuums

Unsere Betrachtung der dauernden Einwirkungen der Weltpotenzen aufeinander, fortgesetzt durch die der beschleunigten Prozesse, schließt mit derjenigen der in einzelnen Individuen konzentrierten Weltbewegung: wir haben es nun also mit den großen Männern zu tun.
Dabei sind wir uns der Fraglichkeit des Begriffes Größe wohl bewußt; notwendig müssen wir auf alles Systematisch-Wissenschaftliche verzichten.
Unsern Ausgang nehmen wir von unserm Knirpstum, unserer Zerfahrenheit und Zerstreuung. Größe ist, was w i r n i c h t sind. Dem Käfer im Grase kann schon eine Haselnußstaude (falls er davon Notiz nimmt) sehr groß erscheinen, weil er eben nur ein Käfer ist.
Und dennoch fühlen wir, daß der Begriff unentbehrlich ist, und daß wir ihn uns nicht dürfen nehmen lassen; nur wird er ein relativer bleiben; wir können nicht hoffen, zu einem absoluten durchzudringen.
Wir sind hiebei von allen möglichen Täuschungen und Schwierigkeiten umgeben. Unser Urteil und unser Gefühl können je nach Lebensalter, Erkenntnisstufen usw. sehr stark schwanken, beide unter sich uneins und mit dem Urteil und Gefühl aller andern im Zwiespalt sein, weil eben unser und aller andern Ausgangspunkt die Kleinheit eines jeden ist.
Ferner entdecken wir in uns ein Gefühl der unechtesten Art, nämlich ein Bedürfnis der Unterwürfigkeit und des Staunens, ein Verlangen, uns an einem für groß gehaltenen Eindruck zu berauschen und darüber zu phantasieren[1]. Ganze Völker können auf solche Weise ihre Er-

---

[1] Dies gilt freilich nur von dem Eindruck der politisch und militärisch Mächtigen, denn den intellektuell Großen (Dichtern, Künstlern, Philosophen) macht man die Anerkennung bei Lebzeiten oft beharrlich streitig.

niedrigung rechtfertigen, auf die Gefahr, daß andere Völker und Kulturen ihnen später nachweisen, daß sie falsche Götzen angebetet haben.

Endlich sind wir unwiderstehlich dahin getrieben, diejenigen in der Vergangenheit und Gegenwart für groß zu halten, durch deren Tun unser spezielles Dasein beherrscht ist, und ohne deren Dazwischenkunft wir uns überhaupt nicht als existierend vorstellen können. Weil uns besonders das Bild derjenigen blendet, deren Dasein zu unserm nunmehrigen Vorteil gereicht hat, wird z. B. der gebildete Russe Peter den Großen, wenn er ihn auch verabscheuen mag, doch (trotz harter Anfechtung seines Ruhmes bei Neuern) für einen großen Mann halten; denn ohne dessen Einwirkung kann er sich selbst doch nicht denken. Aber auch im Gegenteil halten wir diejenigen für groß, die uns großen Schaden zugefügt haben. Kurz, wir riskieren, Macht für Größe und unsere eigene Person für viel zu wichtig zu nehmen.

Und dazu kommt nun gar die so häufig nachweisbar unwahre, ja unredliche schriftliche Überlieferung durch geblendete oder direkt bestochene Skribenten usw., welche der bloßen Macht schmeichelten und sie für Größe ausgaben.

Aller dieser Unsicherheit gegenüber steht das Phänomen, daß alle gebildeten Völker ihre historischen Größen proklamiert, daran festgehalten und darin ihren höchsten Besitz erkannt haben.

Dabei ist uns völlig unwesentlich, ob eine Persönlichkeit den B e i n a m e n „der Große" trägt; dieser hängt schlechterdings davon ab, ob es noch andere desselben Namens gegeben hat oder nicht.

Die wirkliche Größe ist ein M y s t e r i u m. Das Prädikat wird weit mehr nach einem dunklen Gefühle als nach eigentlichen Urteilen aus Akten erteilt oder versagt; auch sind es gar nicht die Leute vom Fach allein, die es erteilen, sondern ein tatsächliches Übereinkommen vieler. Auch der sogenannte Ruhm ist dazu nicht genügend. Die allgemeine Bildung unserer Tage kennt aus allen Völkern und Zeiten eine gewaltige Menge von mehr oder weniger

Berühmten; allein bei jedem einzelnen entsteht dann erst die Frage, ob ihm Größe beizulegen sei, und da halten nur wenige die Probe aus.

Welches ist aber der Maßstab dieser Probe? Ein unsicherer, ungleicher, inkonsequenter. Bald wird das Prädikat mehr nach der intellektuellen, bald mehr nach der sittlichen Beschaffenheit zuerteilt, bald mehr nach urkundlicher Überzeugung, bald (und, wie gesagt, öfter) mehr nach Gefühl; bald entscheidet mehr die Persönlichkeit, bald mehr die Wirkung, die sie hinterlassen; oft findet auch das Urteil seine Stelle schon von einem stärkeren Vorurteil eingenommen.

Schließlich beginnen wir zu ahnen, daß das Ganze der Persönlichkeit, die uns groß erscheint, über Völker und Jahrhunderte hinaus magisch auf uns nachwirkt, weit über die Grenzen der bloßen Überlieferung hinaus.

Nicht eine Erklärung, sondern nur eine weitere Umschreibung von Größe ergibt sich von diesem Punkte aus mit den Worten: Einzigkeit, Unersetzlichkeit. Der große Mann ist ein solcher, ohne welchen die Welt uns unvollständig schiene, weil bestimmte große Leistungen nur durch ihn innerhalb seiner Zeit und Umgebung möglich waren und sonst undenkbar sind; er ist wesentlich verflochten in den großen Hauptstrom der Ursachen und Wirkungen. Sprichwörtlich heißt es: „Kein Mensch ist unersetzlich." — Aber die wenigen, die es eben doch sind, sind groß.

Freilich ist der eigentliche Beweis der Unersetzlichkeit und Einzigkeit nicht immer streng beizubringen, schon weil wir den präsumtiven Vorrat der Natur und der Weltgeschichte nicht kennen, aus welchem statt eines großen Individuums ein anderes wäre auf den Schauplatz gestellt worden. Aber wir haben Ursache, uns diesen Vorrat nicht allzu groß vorzustellen.

Einzig und unersetzlich aber ist nur der mit abnormer intellektueller oder sittlicher Kraft ausgerüstete Mensch, dessen Tun sich auf ein Allgemeines, d. h. ganze Völker oder ganze Kulturen, ja die ganze Menschheit Betreffendes bezieht. Nur in Parenthese möge allerdings hier auch gesagt sein, daß es etwas wie Größe auch bei ganzen Völkern, und ferner, daß es eine partielle oder momentane Größe gibt, welche da eintritt, wo ein einzelner sich und sein Dasein völlig über einem Allgemeinen vergißt; ein solcher erscheint in einem solchen M o m e nt über das Irdische hinausgerückt und erhaben.

Dem 19. Jahrhundert ist nun eine spezielle Befähigung zur Wertschätzung der Größen aller Zeiten und Richtungen zuzuerkennen. Denn durch den Austausch und Zusammenhang aller unserer Literaturen, durch den gesteigerten Verkehr, durch die Ausbreitung der europäischen Menschheit über alle Meere, durch die Ausdehnung und Vertiefung aller unserer Studien hat unsere Kultur als wesentliches Kennzeichen einen hohen Grad von Allempfänglichkeit erreicht. Wir haben Gesichtspunkte für jegliches und suchen auch dem Fremdartigsten und Schrecklichsten gerecht zu werden.

Die früheren Zeiten hatten e i n e n oder wenige Gesichtspunkte, zumal nur den nationalen oder nur den religiösen. Der Islam nahm nur von sich Notiz; das Mittelalter hielt tausend Jahre lang das ganze Altertum für dem Teufel verfallen. Jetzt dagegen ist unser geschichtliches Urteil in einer großen Generalrevision aller berühmten Individuen und Sachen der Vergangenheit begriffen; w i r erst beurteilen den einzelnen von s e i n e n Präzedentien, von s e i n e r Zeit aus; falsche Größen sind damit gefallen und wahre neu proklamiert worden. Und dabei ist unser Entscheidungsrecht nicht vom Indifferentismus getragen, sondern eher vom Enthusiasmus für alles vergangene Große, so daß wir das Große z. B. auch an entgegengesetzten Religionen anerkennen.

Auch das Vergangene in den Künsten und in der Poesie lebt für uns neu und anders als für unsere Vorgänger. Seit Winckelmann und seit den Humanisten vom Ende des 18. Jahrhunderts sehen wir das ganze Altertum mit andern Augen als die größten früheren Forscher und Künstler, und seit dem Wiedererwachen Shakespeares im

18. Jahrhundert hat man erst Dante und die Nibelungen kennengelernt und für poetische Größen den wahren Maßstab gewonnen, und zwar einen ökumenischen.

Einer künftigen Zeit mag es vorbehalten bleiben, auch unsere Urteile wieder zu revidieren. Und unter allen Umständen begnügen wir uns hier damit, nicht den Begriff, sondern den faktischen Gebrauch des Wortes „historische Größe" zu beleuchten, wobei wir auf große Inkonsequenzen stoßen können.

Wir finden nun folgenden geheimnisvollen Umschlag: Völker, Kulturen, Religionen, Dinge, bei welchen scheinbar nur das Gesamtleben etwas bedeuten kann, und welche nur dessen Produkte und Erscheinungsweisen sein sollten, finden plötzlich ihre Neuschöpfung oder ihren gebietenden Ausdruck in großen Individuen.

Zeit und Mensch treten in eine große, geheimnisvolle Verrechnung.

Aber die Natur verfährt dabei mit ihrer bekannten Sparsamkeit, und das Leben bedroht die Größe von Jugend auf mit ganz besonderen Gefahren, darunter die falschen, d. h. mit der wahren Bestimmung des großen Individuums im Widerspruch stehenden Richtungen, welche vielleicht nur eben um ein Minimum zu stark zu sein brauchen, um unüberwindlich zu sein.

Und wenn vollends das Leben den **Anlaß** der Offenbarung nicht gibt, so stirbt die Größe unentwickelt, unerkannt oder auf einem ungenügenden Tummelplatz, von wenigen angestaunt, dahin.

Die Sache wird daher von jeher rar gewesen sein und rar bleiben oder gar noch rarer werden.

Groß ist die Verschiedenheit desjenigen Allgemeinen, welches in den großen Individuen kulminiert oder durch sie umgestaltet wird.

Zunächst sind Forscher, Entdecker, Künstler, Dichter, kurz die **Repräsentanten des Geistes** gesondert zu betrachten. Sie haben für sich das hier allgemeine Zugeständnis, daß ohne das große Individuum nicht vorwärts zu kommen wäre, daß Kunst, Poesie und Philosophie und alle großen Dinge des Geistes unleugbar von ihren großen Repräsentanten leben und die allgemeine zeitweilige Erhöhung des Niveaus nur ihnen verdanken, während die sonstige Geschichtsbetrachtung, je nach den Händen, in welchen sie sich befindet, den großen Männern den Prozeß macht, sie für schädlich oder unnötig erklärt, indem die Völker auch ohne selbige besser fertig geworden wären.

Künstler, Dichter und Philosophen, Forscher und Entdecker kollidieren nämlich nicht mit den „Absichten", wovon die vielen ihre Weltanschauung beziehen, ihr Tun wirkt nicht auf das „Leben", d. h. den Vor- und Nachteil der vielen; man braucht nichts von ihnen zu wissen und kann sie daher gelten lassen.

(Freilich, heute treibt die Zeit die fähigsten Künstler und Dichter in den Erwerb, was sich dadurch offenbart, daß sie der „Bildung" der Zeit entgegenkommen und sie illustrieren helfen, überhaupt jede sachliche Abhängigkeit über sich ergehen lassen und das Horchen auf ihre innere Stimme gänzlich verlernen. Mit der Zeit haben sie dann ihren Lohn dahin, sie haben den „Absichten" gedient.)

Künstler, Dichter und Philosophen haben zweierlei Funktion: den innern Gehalt der Zeit und Welt ideal zur Anschauung zu bringen und ihn als unvergängliche Kunde auf die Nachwelt zu überliefern.

Warum die bloßen Erfinder und Entdecker im gewerblichen Fach, ein Althan, Jacquart, Drake, Daniel, keine großen Männer sind, auch wenn man ihnen hundert Statuen setzte, und wenn sie noch so brave, aufopfernde Leute gewesen und die tatsächlichen Folgen ihrer Entdeckungen ganze Länder beherrschen, beantwortet sich damit, daß sie es eben nicht mit dem Weltganzen zu tun haben, wie jene drei Arten. Auch hat man das Gefühl, sie wären ersetzlich und andere wären später auf dieselben Resultate gekommen, während jeder einzelne große Künstler, Dichter und Philosoph schlechthin unersetzlich ist, weil das Weltganze mit seiner Individualität

Geistesgröße. Erfinder. Entdecker 215

eine Verbindung eingeht, welche nur diesmal so existierte und dennoch ihre Allgültigkeit hat.

Vollends ist, wer bloß die Rente eines Bezirkes steigen macht, noch kein Wohltäter der Menschheit. Man kann nicht überall Krapp pflanzen, wie im Departement de la Vaucluse, und selbst im Departement de la Vaucluse verdient der bloße Einführer der Krappkultur noch keine Statue.

Von den Entdeckern ferner Länder ist nur Columbus groß, aber sehr groß gewesen, weil er sein Leben und eine enorme Willenskraft an ein Postulat setzte, welches ihn mit den größten Philosophen in einen Rang bringt. Die Sicherung der Kugelgestalt der Erde ist eine Voraussetzung alles seitherigen Denkens, und alles seitherige Denken, insofern es nur durch diese Voraussetzung frei geworden, strahlt auf Columbus unvermeidlich zurück.

Und doch ließe sich die Entbehrlichkeit des Columbus behaupten, „Amerika würde bald entdeckt worden sein, auch wenn Columbus in der Wiege gestorben wäre[1]", was von Äschylus, Phidias und Plato nicht gesagt werden könnte. Wenn Raffael in der Wiege gestorben wäre, so wäre die Transfiguration wohl ungemalt geblieben.

Dagegen sind alle weiteren Entdecker der Ferne nur sekundär; sie leben nur von der durch Columbus eröffneten und erwiesenen Möglichkeiten. Cortez, Pizarro u. a. haben freilich daneben ihre besondere Größe als Konquistadoren und Organisatoren großer neuer Barbarenländer; aber schon ihre Motive sind unendlich geringer als die des Columbus. Bei Alexander dem Großen liegt eine höhere Weihe darin, daß der Entdecker eigentlich den Eroberer vorantreibt. Die berühmtesten Reisenden unserer Tage durchziehen in Afrika und Australien doch nur Länder, deren Umrisse wir schon kennen.

Immerhin behauptet bei wichtigen Entdeckungen in der Ferne der erste Entdecker (z. B. ein Layard in Ninive) einen unverhältnismäßigen Glanz, obwohl wir wissen,

---
[1] K. E. v. Baer, Blicke auf die Entwicklung der Wissenschaft, S. 118, nach dem Zitat bei Lasaulx, S. 116.

daß die Größe im Objekt und nicht im Manne liegt. Es ist ein Dankgefühl in bezug auf die hohe Wünschbarkeit des Entdeckten, wobei fraglich bleibt, wie lange die Nachwelt diese Dankbarkeit bewahren wird für einen doch bloß einmaligen Dienst.

Bei den **wissenschaftlichen Forschern** hat zwar die Geschichte jedes Faches eine Anzahl von relativen Größen, allein sie geht dabei von dem Interesse des betreffenden Faches und nicht dem des Weltganzen aus und fragt, wer dieses Fach am meisten gefördert habe.

Daneben existiert eine ganz andere, unabhängige Wertschätzung, welche auf dem Gebiet der Forschung das Prädikat der Größe auf ihre Weise vergibt oder versagt. Sie krönt dabei weder die absolute Fähigkeit noch das sittliche Verdienst und die Hingebung an die Sache — denn diese verleiht Würde, aber noch nicht Größe —, sondern die großen Entdecker in bestimmten Richtungen, nämlich die Auffinder von Lebensgesetzen ersten Rangs.

Hiebei scheinen einstweilen ausgeschlossen die Repräsentanten aller **historischen Wissenschaften**. Diese fallen einer bloßen literargeschichtlichen Wertschätzung anheim, weil sie selbst beim großartigsten Wissen und Darstellen doch es nur mit dem Erkennen von Teilen der Welt, nicht mit dem Aufstellen von Gesetzen zu tun haben; denn die „historischen Gesetze" sind unpräzis und bestritten. Ob die Nationalökonomie mit ihren Lebensgesetzen schon unbestrittene Größe produziert hat, läßt sich fragen.

Dagegen in den mathematischen und den **Naturwissenschaften** gibt es allgemein anerkannte Größen.

Alles seitherige Denken ist erst frei geworden, seit Kopernikus die Erde aus dem Zentrum der Welt in eine untergeordnete Bahn eines einzelnen Sonnensystems verwiesen hat. Im 17. Jahrhundert gibt es außer einigen Astronomen und Naturforschern, einem Galilei, Kepler und wenigen andern gar keinen Forscher, welcher groß hieße; nur auf ihren Resultaten beruht eben alle weitere

Betrachtung des Weltganzen, ja alles Denken überhaupt, womit sie bereits in die Reihe der Philosophen treten.

Mit den großen P h i l o s o p h e n erst beginnt das Gebiet der eigentlichen Größe, der Einzigkeit und Unersetzlichkeit, der abnormen Kraft und der Beziehung auf das Allgemeine.

Sie bringen die Lösung des großen Lebensrätsels, jeder auf seine Weise, der Menschheit näher; ihr Gegenstand ist das Weltganze von all seinen Seiten, den Menschen nota bene mit inbegriffen, sie allein übersehen und beherrschen das Verhältnis des einzelnen zu diesem Ganzen und vermögen daher den einzelnen Wissenschaften die Richtungen und Perspektiven anzugeben. Gehorcht wird, wenn auch oft unbewußt und widerwillig; die Einzelwissenschaften wissen oft gar nicht, durch welche Fäden sie von den Gedanken der großen Philosophen abhängen.

An die Philosophen möchten diejenigen anzuschließen sein, welchen das Leben in so hohem Grade objektiv geworden ist, daß sie darüber zu stehen scheinen und dies in vielseitigen Aufzeichnungen an den Tag legen: ein Montaigne, ein Labruyère. Sie bilden den Übergang zu den Dichtern.

Und nun folgt also in der hohen Mitte zwischen der Philosophie und den Künsten die P o e s i e. Dem Philosophen ist nur Wahrheit mitgegeben, daher sein Ruhm erst nach seinem Tode, dann aber desto intensiver lebt; den Dichtern und Künstlern dagegen ist einladende heitere Schönheit verliehen, um „den Widerstand der stumpfen Welt zu besiegen"; durch die Schönheit sprechen sie sinnbildlich[1]. Die Poesie aber hat nun mit den Wissenschaften das Wort und eine endlose Menge von sachlichen Berührungen gemein, mit der Philosophie, daß auch sie das Weltganze deutet, mit den Künsten die Form und

---

[1] Vgl. Lasaulx S. 134 ff. über die Stellung Homers. Über das Verhältnis des Dichters zum Philosophen vgl. Schiller an Goethe (17. Januar 1795): „So viel ist indes gewiß, der Dichter ist der einzige wahre M e n s c h , und der beste Philosoph ist nur eine Karikatur gegen ihn."

die Bildlichkeit ihrer ganzen Äußerungsweise, und daß auch sie eine Schöpferin und Macht ist.

Hier möge nun gleich auch im allgemeinen erörtert werden, warum Dichtern und Künstlern Größe beigelegt wird.
Unbegnügt mit bloßer Kenntnis, welche Sache der Spezialwissenschaften, ja mit Erkenntnis, welche Sache der Philosophie ist, inne geworden seines vielgestaltigen, rätselhaften Wesens, ahnt der Geist, daß noch andere Mächte vorhanden seien, welche seinen eigenen dunklen Kräften entsprechen. Da findet es sich, daß große Welten ihn umgeben, welche nur bildlich reden zu dem, was in ihm bildlich ist: die Künste. Unvermeidlich wird er den Trägern derselben Größe zuschreiben, da er ihnen Vervielfachung seines innersten Wesens und Vermögens verdankt. Sie sind ja imstande, fast sein ganzes Dasein, insofern es über das Alltägliche hinausgeht, in ihre Kreise zu ziehen, sein Empfinden in einem viel höheren Sinn, als er selbst könnte, auszudrücken, ihm ein Bild der Welt zu gewähren, welches, frei von dem Schutte des Zufälligen, nur das Große, Bedeutungsvolle und Schöne zu einer verklärten Erscheinung sammelt; selbst das Tragische ist dann tröstlich.
Die Künste sind ein Können, eine Macht und Schöpfung. Ihre wichtigste zentrale Triebkraft, die Phantasie, hat zu jeder Zeit als etwas Göttliches gegolten.
Inneres äußerlich machen, darstellen zu können, s o d a ß es als ein dargestelltes Inneres, als eine Offenbarung wirkt, ist eine seltenste Eigenschaft. Bloß Äußeres noch einmal äußerlich zu geben, vermögen viele, — jenes dagegen erweckt im Beschauer oder Hörer die Überzeugung, daß nur der e i n e es gekonnt, der es geschaffen, daß er also unersetzlich gewesen.
Ferner lernen wir die Künstler und Dichter von jeher in feierlichen und großen Beziehungen zu Religion und Kultur kennen; das mächtigste Wollen und Empfinden der vergangenen Zeiten redet durch sie, hat sie zu seinen Dolmetschern erkoren.

Rangordnung in den Künsten

Sie allein können das Mysterium der Schönheit deuten und festhalten; was im Leben so rasch, selten und ungleich an uns vorüberzieht, wird hier in einer Welt von Dichtungen, in Bildern und großen Bilderkreisen, in Farbe, Stein und Klang gesammelt als eine zweite, höhere Erdenwelt; ja in der Architektur und Musik lernen wir das Schöne überhaupt erst durch die Kunst kennen, ohne welche wir hier nicht wüßten, daß es vorhanden wäre.

Unter den Dichtern und Künstlern aber legitimieren sich die wahrhaft großen als solche durch die Herrschaft, welche sie bisweilen schon bei Lebzeiten über ihre Kunst ausüben, wobei, wie überall, die Erkenntnis oder stille Überzeugung mitwirkt, daß die große Begabung stets etwas höchst Seltenes sei. Es bildet sich das Gefühl, daß d i e s e r Meister absolut unersetzlich sei, daß die Welt unvollständig wäre, nicht mehr gedacht werden könnte ohne ihn.

Tröstlicherweise gibt es bei der hohen Seltenheit der Menschen ersten Ranges noch eine zweite Stufe von Größe in Kunst und Dichtung: was die primären Meister der Welt als freie Schöpfung geschenkt, das kann, vermöge der Art der Überlieferung in diesen Gebieten, von trefflichen s e k u n d ä r e n Meistern als S t i l festgehalten werden, freilich meist als ein kenntlich Sekundäres, es sei denn, daß die Anlage des Betreffenden an sich ersten Ranges war und nur eben die erste Stelle schon entschieden eingenommen vorfand.

Die Meister der d r i t t e n Stufe, die der Veräußerlichung, zeigen dann wenigstens noch einmal, wie mächtig der große Mensch gewesen sein muß; sie zeigen auch in sehr lehrreicher Weise, welche Seiten an ihm erstens besonders aneignungs w e r t erscheinen, und zweitens, welche am ehesten entlehnt werden k o n n t e n.

Immer von neuem aber wird man auf die Meister ersten Ranges zurückgewiesen; ihnen allein scheint in jedem Wort, Strich oder Ton wahre Originalität anzuhangen, selbst wo sie sich selber wiederholen (obschon dabei einige Täuschung mit unterläuft, und ganz traurig freilich ist es, wenn die Anlage ersten Rangs sich zur massenhaften Lohnarbeit verkauft).

Charakteristisch ist ihnen ferner die von der Viel- und Schnellproduktion der Mittelmäßigkeit himmelweit verschiedene Reichlichkeit, öfter so auffallend, daß wir sie aus einer Ahnung des frühen Todes hervorgegangen glauben. So bei Raffael und Mozart, auch bei Schiller mit seiner zerstörten Gesundheit. Wer nach einmaligen bedeutenden Leistungen ein Schnellproduzent, gar um des Erwerbes willen, wird, der ist von Anfang an nie groß gewesen.

Die Quellen dieser Reichlichkeit sind die große, übermenschliche Kraft an sich und ferner bei jedem gewonnenen Fortschritt die Macht und Lust zu vielseitiger Anwendung. Jeder neuen Stufe Raffaels entspricht z. B. eine Gruppe von Madonnen oder heiligen Familien; auch an Schillers Balladenjahr 1797 läßt sich hier denken. Endlich kann dem großen Meister auch, wie dies Calderon und Rubens zugute kam, ein schon feststehender Stil und ein großes Verlangen bei seinem Volke entgegenkommen.

Es fragt sich nun, wieweit die großen Dichter und Künstler von der **persönlichen Größe** dispensiert seien. — Jedenfalls bedürfen sie jener Konzentration des Willens, ohne welche überhaupt keine Größe denkbar ist, und deren magische Nachwirkung uns als zwingende Kraft berührt. Hierin müssen sie wohl oder übel außerordentliche Menschen sein, und wer dies nicht ist, kann bei glänzender Begabung frühe zugrunde gehen, ja ohne diesen Grad von Charakter bleibt das glänzendste „Talent" ein Lump oder ein Hund. Alle großen Meister haben zunächst viel und immerfort gelernt, wozu bei schon erreichter bedeutender Höhe und bei leichter und glänzender Produktion ein sehr großer Entschluß gehört. Ferner erreichen sie alle ihre späteren Stufen nur in gewaltigem Kampf mit den neuen Aufgaben, die sie sich stellen. Michelangelo mußte als weltberühmter Sechziger ein großes neues Reich entdecken und in Besitz nehmen, be-

Persönliche Größe. Höhepunkte der Poesie 221

vor er das Weltgericht schaffen konnte. Man denke auch an die Willenskraft Mozarts in seinen letzten Monaten, von dem sich noch Leute einbilden, er sei zeitlebens ein Kind geblieben.

Andererseits ist man versucht, den großen Meistern eine vollständigere, glücklichere Existenz und Persönlichkeit zuzutrauen als andern Sterblichen, zumal ein glücklicheres Verhältnis von Geist und Sinnlichkeit. Hiebei ist vieles bloße Vermutung; auch übersieht man dabei sehr große spezifische Gefahren, die ihrem Lebensgang und ihrer Beschäftigung anhangen. Das jetzige Ausmalen von Dichter- und Künstlerleben hat eine sehr ungesunde Quelle; besser, man begnüge sich mit den Werken, worin z. B. Gluck den Eindruck der Größe und des ruhigen Stolzes, Haydn den des Glückes und der Herzensgüte macht. Auch haben nicht alle Zeiten über diese Fragen gleichmäßig gedacht; das ganze vorrömische Griechentum macht von seinen allergrößten bildenden Künstlern auffallend wenig Worte, während es Poeten und Philosophen sehr hoch stellt.

Und nun die verschiedene A n e r k e n n u n g , welche der Größe in den einzelnen Künsten zuteil wird.

Die P o e s i e hat ihre Höhepunkte: wenn sie aus dem Strom des Lebens, des Zufälligen und Mittelmäßigen und Gleichgültigen heraus, nachdem sie vorläufig in der Idylle anmutig darauf mag angespielt haben, das allgemein Menschliche in seinen höchsten Äußerungen herausnimmt und zu idealen Gebilden verdichtet und die menschliche Leidenschaft im Kampf mit dem hohen Schicksal, nicht von der Zufälligkeit verschüttet, sondern rein und gewaltig darstellt; — wenn sie dem Menschen Geheimnisse offenbart, die in ihm liegen, und von welchen er ohne sie nur ein dumpfes Gefühl hätte, — wenn sie mit ihm eine wundervolle Sprache redet, wobei ihm zumute ist, als müßte dies einst in einem bessern Dasein die seinige gewesen sein; — wenn sie vergangene Leiden und Freuden einzelner aus allen Völkern und Zeiten zum unvergänglichen Kunstwerk verklärt, damit es heiße: spirat adhuc amor, vom wilden Jammer der Dido bis zum wehmütigen

Volkslied der verlassenen Geliebten, damit das Leiden des Spätgeborenen, der diese Gesänge hört, sich daran läutere und sich in ein hohes Ganzes, in das Leiden der Welt, aufgenommen fühle, was sie alles kann, weil im Dichter selber schon nur das Leiden die hohen Eigenschaften weckt; — und vollends, wenn sie d i e Stimmungen wiedergibt, welche über das Leiden und Freuen hinausgehen, wenn sie das Gebiet desjenigen Religiösen betritt, welches den tiefsten Grund jeder Religion und Erkenntnis ausmacht: die Überwindung des Irdischen, die wir dramatisch am größten in der Kerkerszene zwischen Cyprian und Justina bei Calderon finden, aber auch Goethe in „der du von dem Himmel bist" rührt wunderbar daran, — und wenn sie, von gewaltigem Sturm ergriffen, zu ganzen Völkern redet, wie die Propheten taten bis zu jenem unvergleichlichen Ausbruch der Inspiration: Jesaias 60.

Die großen Dichter würden uns schon groß erscheinen als wichtigste Urkunde über den Geist aller der Zeiten, welche ihre Dichtungen schriftlich gesichert hinterlassen haben; vollends aber bilden sie in ihrer Gesamtheit die größte zusammenhangende Offenbarung über den innern Menschen überhaupt.

Allein die „Größe" des einzelnen Dichters ist sehr von seiner „Verbreitung" oder Benützung zu unterscheiden, welche noch von ganz andern Gründen mitbedingt wird.

Man sollte sonst zwar denken, daß bei Dichtern vergangener Zeiten nur die Größe entschiede; aber ein Dichter kann als Bildungselement und als Kunde seiner Zeit einen Wert haben, der weit über seinen Dichterwert hinausgeht. So manche Dichter des Altertums, indem jede Kunde aus jener Zeit an sich unschätzbar ist.

Es läßt sich z. B. fragen, ob Euripides Größe hat neben Äschylus und Sophokles. Und doch ist er für eine Wendung in der ganzen athenischen Denkweise die bei weitem wichtigste Quelle. Aber hier gerade haben wir ein sprechendes Beispiel des Unterschiedes: Euripides zeugt von einem Zeitlichen in der Geschichte des Geistes, Äschylus und Sophokles vom Ewigen.

Andererseits sind Schöpfungen, die unbestritten groß und herrlich sind: Volksepos, Volkslied und Volksmelodie, scheinbar dispensiert von der Entstehung durch große Individuen; diesen substituiert sich ein ganzes Volk, welches wir uns ad hoc in einem besondern, glücklich-naiven Kulturzustand vorstellen.

Allein diese Substitution beruht tatsächlich nur auf der Mangelhaftigkeit der Überlieferung. Der epische Sänger, dessen Namen wir nicht mehr (oder nur als Kollektivum) kennen, ist sehr groß gewesen in dem Augenblick, da er einen Zweig der Sage seines Volkes z u m e r s t e n M a l e in dauernde Form faßte; in diesem Augenblick konzentrierte sich in ihm der Volksgeist magisch, was nur in ausgezeichnet geborenen Menschen möglich ist. Und so wird auch das Volkslied und die Volksmelodie ersten Ranges nur von ausgezeichneten Individuen und nur in Augenblicken der Größe geschaffen werden, da der konzentrierte Volksgeist aus ihnen spricht; sonst hätte das Lied schon keine Dauer.

Daß wir bei einer namenlosen Tragödie sogleich an einen Verfasser denken und uns dies bei sogenannten Volksepen glauben verwehren zu müssen, ist nichts als eine moderne Meinung und Gewohnheit. Es gibt Dramen, welche mindestens ebenso „volksmäßig" zustande gekommen sind wie jene Volkepen usw.

Es folgen nun die großen M a l e r und B i l d h a u e r.

Ursprünglich arbeiten im Dienste der Religion die Künstler namenlos. Dort, im Heiligtum, geschehen die ersten Schritte zum Erhabenen; sie lernen das Zufällige aus den Formen ausscheiden; es entstehen Typen und endlich Anfänge von Idealen.

Und nun beginnen die Einzelnamen und ihr Ruhm auf jener schönen, mittleren Höhe der Kunst, da ihr heiliger, monumentaler Ursprung noch nachwirkt und doch schon die Freiheit in den Mitteln und die Freude an denselben gewonnen ist. Jetzt wird nach allen Richtungen das Ideale gefunden und bereits auch das Reale mit zwingender Magie bekleidet. Hin und wieder taucht die Kunst tief unter in sachliche Knechtschaft, hebt sich aber glorreich wieder als ein höheres Gleichnis des Lebens. Ihre Berührung mit dem Weltganzen ist wesentlich eine andere als die der Dichtung; beinahe nur der Lichtseite der Dinge zugewandt, schafft sie ihre Welt von Schönheit, Kraft, Innigkeit und Glück, und auch in der lautlosen Natur sieht und schildert sie den Geist.

Die Meister, welche die entscheidenden Schritte hierin getan, waren außerordentliche Menschen. Freilich in der griechischen Kunstwelt, wo wir ihre Namen kennen, dürfen wir diese doch nur selten sicher auf bestimmte Kunstwerke beziehen, und in der Blütezeit des nordischen Mittelalters fehlen uns auch die Namen. Wer schuf die Statuen an den Portalen von Chartres und Reims? Eine eitle Voraussetzung ist, daß eben das Trefflichste hier doch nur Schulgut sei, mit bloß mäßigem Verdienst des einzelnen Meisters. Es verhält sich gerade wie bei der Volksdichtung. Der erste, welcher den Christustypus auf die Höhe hob, wie wir ihn am Nordportal von Reims finden, war ein sehr großer Künstler und wird noch manches Herrliche zum erstenmal geleistet haben.

In der völlig historischen Zeit, da bestimmte Künstlernamen fest an bestimmten Werken haften, wird dann das Prädikat „Größe" mit aller Sicherheit und fast übereinstimmend einer bestimmten Plejade von Meistern erteilt, bei welchen jeder geübte Blick das Primäre, die Unmittelbarkeit des Genius inne wird.

Ihre Werke, so reichlich sie auch schufen, sind doch nur in beschränkter Zahl über die Erde verbreitet, und wir dürfen für ihr dauerndes Dasein zittern.

Von den Architekten hat vielleicht keiner eine so klar zugestandene Größe, wie einzelne Dichter, Maler usw. sie besitzen. Sie müssen schon a priori die Anerkennung mit ihren Bauherren teilen; ein größerer Teil der Bewunderung strahlt auf das betreffende Volk, die betreffende Priesterschaft, den betreffenden Herrscher, — und dabei geht mehr oder weniger bewußt die Ansicht mit, daß Größe in der Architektur überhaupt mehr ein

Produkt der betreffenden Zeit und Nation, als dieses oder jenes großen Meisters sei. Dazu wird auch der Maßstab das Urteil trüben, und das Riesige oder auch das Prächtige wird ein Vorrecht auf die Bewunderung haben.

Ohnehin ist die Architektur vermeintlich unverständlicher als Malerei und Bildnerei, weil sie nicht das Menschenleben darstelle; sie ist aber als Kunst gerade so schwer oder so leicht zu verstehen als diese beiden.

Außerdem tritt aber noch dasselbe oder ein ähnliches Phänomen ein wie bei den übrigen Künsten: die Schöpfer der Stile, welchen man gerne die Größe beilegte, kennt man in der Regel nicht, sondern nur die Vollender oder Verfeinerer; so bei den Griechen nicht denjenigen Meister, welcher den Typus des Tempels feststellte, wohl aber den Iktinos und Mnesikles; — im Mittelalter nicht den Baumeister von Notre Dame von Paris, welcher die letzten entscheidenden Schritte zur Gotik tat, wohl aber eine ziemliche Anzahl von Meistern berühmter Kathedralen des 13. bis 15. Jahrhunderts.

Anders bei der Renaissance, wo wir eine Anzahl berühmter Architekten genau kennenlernen, und zwar nicht bloß weil die Zeit näher und die Urkunden an sich viel zahlreicher und sicherer sind, sondern weil sie nicht bloß einen Haupttypus wiederholen, vielmehr stets neue Kombinationen schaffen, so daß jeder etwas Unabhängiges geben konnte, innerhalb eines zwar einheitlichen, aber höchst biegsamen Formensystems. Auch wirkt auf uns nach der damalige Glaube an diese Architekten, welchen man Platz, Material und unerhörte Freiheit gönnte.

Eigentliche Größe aber wird im Grunde doch nur dem Erwin von Steinbach und dem Michelangelo zuerkannt, auf welche dann zunächst Brunellesco und Bramante folgen dürften. Freilich haben beide hiezu die Vorbedingung des massenhaft Großen erfüllen müssen, und Michelangelo hat für sich, daß er den Haupttempel einer ganzen Religion erbauen durfte. Für Erwin spricht der bis jetzt höchste Turm der Welt, der gar nicht nach seinem Plan ausgebaut ist, aber ohne diesen wäre seine Fassade mit der allerschönsten, durchsichtig gewordenen Gotik nie zu jenem ganz ausnahmsweisen und doch so wohlverdienten Ruhm gelangt. Michelangelo aber hat den schönsten Außenumriß und den herrlichsten Innenraum auf Erden mit seiner St. Peterskuppel erreicht; über ihn besteht zwischen der populären und der kunstgelehrten Betrachtung völlige Übereinstimmung.

Ganz am äußersten Ende der Künste, am ehesten in flüchtiger Verwandtschaft mit der Architektur, kommt die Musik, die man, um auf den Grund ihres Wesens zu kommen, ohne Verbindung mit Texten und vollends ohne Verbindung mit der dramatischen Darstellung als Instrumentalmusik betrachten muß.
Wunderbar und rätselhaft ist ihre Stellung. Wenn Poesie, Skulptur und Malerei sich noch immer als Darstellerinnen des erhöhten Menschenlebens geben mögen, so ist die Musik nur ein Gleichnis desselben. Sie ist ein Komet, der das Menschenleben in kolossal weiter und hoher Bahn umkreist, dann aber auf dasselbe wieder so nahe zu demselben herbeiläßt als kaum eine andere Kunst und dem Menschen sein Innerstes deutet. Jetzt ist sie phantastische Mathematik — und jetzt wieder lauter Seele, unendlich fern und doch nahe vertraut.
Ihre Wirkung ist (d. h. in den rechten Fällen) so groß und unmittelbar, daß das Dankgefühl sofort nach dem Urheber frägt und unwillkürlich dessen Größe proklamiert. Die großen Komponisten gehören zu den unbestrittensten Größen. Zweifelhafter ist schon ihre Unvergänglichkeit. Sie hängt erstlich von stets neuen Anstrengungen der Nachwelt ab, nämlich den Aufführungen, welche mit den Aufführungen aller seitherigen und (jedesmal) zeitgenössischen Werke konkurrieren müssen, während die übrigen Künste ihre Werke ein für allemal hinstellen können, und zweitens hängt sie von der Fortdauer unseres Tonsystems und Rhythmus ab, welche keine ewige ist. Mozart und Beethoven können einer künftigen Menschheit so unverständlich werden, als uns jetzt die griechische, von den Zeitgenossen so hoch gepriesene Musik sein würde. Sie werden dann auf Kredit groß bleiben, auf die entzückten

Aussagen unserer Zeit hin, etwa wie die Maler des Altertums, deren Werke verlorengegangen.

Und nun zum Schlusse noch eines: wenn sich der gebildete Mensch bei Kunst und Poesie der Vergangenheit zum Mahle setzt, wird er die schöne Illusion, daß jene g l ü c k l i c h gewesen, als sie dies Große schufen, nie völlig von sich abwehren können oder wollen. Jene freilich retteten nur mit großen Opfern das Ideale ihrer Zeiten und kämpften im täglichen Leben den Kampf, den wir alle kämpfen. Ihre Schöpfungen sehen nur für uns aus wie gerettete und aufgesparte Jugend.

*

Von Kunst und Poesie aus ist der nächste Übergang auf diejenigen Größen, welche wesentlich der Kunst und Poesie ihr Dasein verdanken: auf die G e s t a l t e n d e s M y t h u s. Es mögen hier also diejenigen folgen, welche entweder gar nicht oder ganz anders existiert haben als sie uns geschildert werden, die idealen oder idealisierten Männer, welche entweder als Stifter und Gründer an der Spitze der einzelnen Nationen stehen oder als Lieblingsgestalten der Volksphantasie in ein heroisches Alter der Nation versetzt werden. Wir dürfen sie deshalb nicht übergehen, weil dieses ganze Kapitel der Umdeutung des historisch Vorhandenen und der Neuschaffung von nicht Existierendem der stärkste Beweis für das Bedürfnis der Völker nach großen Repräsentanten ist.

Hieher gehören diejenigen Heroen des Mythus, welche teilweise verblaßte Götter, Göttersöhne, geographische und politische Abstrakta usw. sind, und zwar zuerst die Namensheroen und Archegeten eines Volkes als mythische Repräsentanten seiner Einheit.

Sie sind (zumal die Namensheroen) fast prädikatlos oder doch, wie Noah, Ismael, Hellen, Tuisko und Mannus nur durch wenige Züge als die Gründer bezeichnet; die Lieder, die von ihnen gehandelt haben mögen (so laut der Germania des Tacitus die auf Tuisko und Mannus), sind verlorengegangen.

Die historische Größe

Oder aber ihre Biographie enthält schon sinnbildlich, wie die des Abraham, Dschemschid, Theseus[1], Romulus und seiner Ergänzung Numa, ein Stück von der Geschichte des Volkes, namentlich seiner wichtigsten Institutionen, in sich.

Andere sind nicht sowohl Archegeten als reine Ideale, in welchen das Volk nicht die Geschichte einer Polis, sondern direkt sein Edelstes personifiziert: Achill, welcher früh stirbt, w e i l das Ideal für die Welt zu herrlich ist, oder Odysseus, welcher lange Jahre gegen den Haß gewisser Götter kämpft und durch Prüfungen den Sieg erringt, dieser der Repräsentant der w i r k l i c h e n Eigenschaften des urzeitlichen Griechen, der Schlauheit und Beharrlichkeit.

Ja noch späte Völker erheben und verklären einzelne historische Gestalten zu populären Idealen, und zwar durch die freieste Umgestaltung: so die Spanier den Cid, die Serben den Marco, welche zu Urtypen des Volkes umgeschaffen sind.

Anderseits entstehen rein imaginäre volkstümliche Karikaturen, welche das Leben von irgendeiner Kehrseite darstellen und hier als Beweise der Leichtigkeit des poetischen Personifizierens dienen mögen. So ein Eulenspiegel oder die Masken der jetzigen italienischen Volksbühne: Meneking, Stenterello, Pulcinella usw., oder die mit Hilfe des Dialekts möglichen Stadtpersonifikationen; ja es entsteht mit Hilfe der Zeichnung eine Figur, welche eine Nation personifiziert, wie John Bull als Pächter.

Endlich finden sich hier auch Postulate des Künftigen, wie z. B. der künftige Held im Simplizissimus und die merkwürdigste Gestalt dieser Art: der Antichrist.

Am Eingang der eigentlich historischen Größen nehmen eine sehr eigentümliche Stellung die R e l i g i o n s s t i f t e r ein[2]. Sie gehören im höchsten Sinne zu den großen Männern, weil in ihnen dasjenige Metaphysische lebendig

---

[1] Im Theseus des Plutarch wird die Bedeutung eines κτιστής ganz deutlich dargestellt.
[2] Vgl. Lasaulx, S. 125 ff.

ist, welches dann fähig bleibt, Jahrtausende hindurch nicht bloß ihr Volk, sondern vielleicht noch viele andere Völker zu beherrrschen, d. h. religiös-sittlich beisammenzuhalten. In ihnen wird das unbewußt Vorhandene bewußt und verhüllt gewesenes Wollen zum Gesetz. Sie finden ihre Religion nicht durch einen Durchschnittskalkul, der auf kaltblütiger Betrachtung der sie umgebenden Menschen beruhte, sondern das Ganze lebt in ihrer Individualität mit unwiderstehlicher Gewalt. Selbst das unsauberste Exemplar, Mohammed, hat etwas von dieser Größe.

Hierher gehört auch die spezifische Größe der Reformatoren: ein Luther orientiert die Sittlichkeit, ja die ganze Weltanschauung seiner Anhänger neu. Dagegen ist Kalvin mit seiner Lehre gerade bei s e i n e m französischen Volk unmöglich gewesen; die Mehrheit hat er nur in Holland und England gewonnen[1].

Endlich die g r o ß e n M ä n n e r d e r s o n s t i g e n h i s t o r i s c h e n W e l t b e w e g u n g.

Die Geschichte liebt es bisweilen, sich auf einmal in einem Menschen zu verdichten, welchem hierauf die Welt gehorcht.

Diese großen Individuen sind die Koinzidenz des Allgemeinen und des Besondern, des Verharrenden und der Bewegung in e i n e r Persönlichkeit. Sie resumieren Staaten, Religionen, Kulturen und Krisen.

Höchst erstaunlich sind schon diejenigen, durch welche ein ganzes Volk aus einem Kulturzustand plötzlich in einen andern übergeht, z. B. vom Nomadentum zur Welteroberung, wie die Mongolen durch Dschingiskhan. Ja die Russen unter Peter dem Großen sind hier zu erwähnen; denn sie wurden durch ihn aus Orientalen zu Europäern. Vollends aber erscheinen uns groß diejenigen, welche K u l t u r völker aus einem ältern Zustand in einen neuen hinüberführen. Dagegen gar nicht groß sind die bloßen kräftigen Ruinierer; Timur hat die Mongolen

[1] Hier müßte auch noch von den großen Gesetzgebern gesprochen werden.

nicht gefördert; nach ihm war es schlimmer als vorher; er ist so klein, als Dschingiskhan groß ist.

In den Krisen kulminiert in den großen Individuen zusammen das Bestehende und das Neue (die Revolution). Ihr Wesen bleibt ein wahres Mysterium der Weltgeschichte; ihr Verhältnis zu ihrer Zeit ist ein ἱερὸς γάμος (eine heilige Ehe), vollziehbar fast nur in schrecklichen Zeiten, welche den einzigen höchsten Maßstab der Größe geben, und auch allein nur das Bedürfnis nach der Größe haben.

Zwar ist jederzeit am Anfang einer Krisis großer Überfluß an vermeintlich großen Männern, wofür man die zufälligen Anführer der Parteien, oft wirklich Leute von Talent und Frische, gütigst zu nehmen pflegt. Dabei besteht die naive Voraussetzung, daß eine Bewegung von Anfang an ihren Mann finden müsse, der sie bleibend und vollständig repräsentiere, während sie selber so bald in Wandlungen hineingerät, wovon sie anfangs keine Ahnung gehabt.

Diese Anfänger sind daher nie die Vollender, sondern werden verschlungen, weil sie die Bewegung auf deren anfänglichem Stadium darstellten und daher nicht mitkommen konnten, während das neue Stadium schon seine eigenen Leute bereit hält. In der Französischen Revolution, wo die Schichten merkwürdig genau abwechseln, war selbst wirkliche Größe (Mirabeau) dem zweiten Stadium nicht mehr gewachsen. Weit die meisten der früheren Revolutionszelebritäten werden beseitigt, sobald ein anderer der herrschenden Leidenschaft noch besser entspricht, was kaum schwierig ist. Warum aber haben Robespierre und St. Just und auch Marius keine Größe trotz aller Vehemenz und unleugbaren historischen Wichtigkeit? Solche stellen nie ein Allgemeines, sondern nur das Programm und die Wut einer Partei dar. Ihre Anhänger mögen versuchen, sie bei den Religionsstiftern unterzubringen.

Inzwischen reift, von wenigen erkannt, zwischen gewaltigen Gefahren derjenige heran, welcher dazu geboren ist, die schon weit gediehene Bewegung zu einem Abschluß zu führen, deren einzelne Wogen zu bändigen und sich rittlings über den Abgrund zu setzen.

Die Gefahren der Anfänge sind typisch dargestellt in der Art, wie Herodes nach dem Jesuskind fahnden läßt. — Cäsar wird wegen Trotzes gegen Sulla tödlich bedroht, der viele „Mariuse" in ihm ahnt, Cromwell mit Prozessen heimgesucht und an der Auswanderung gehindert. Irgend etwas von dem außerordentlichen Wesen des Betreffenden pflegt nämlich doch schon frühe durchzublitzen.

Wie viele Höchstausgestattete untergingen, bis einer sich von Stadium zu Stadium durchschlug, drückt sich dann als Rückschlag aus in dem Fatalismus vieler großer Männer, obschon dabei auch ein Stück Ruhmsinn tätig ist, indem man sich offen für wichtig genug erklärt, um für das Fatum ein ernstes Objekt zu sein.

Der Erbfürst eines großen Reiches ist zwar über diese Gefahren der Anfänge hinaus und tritt gleich diejenige Macht, in welcher er Größe entwickeln kann, vollständig an. Dafür ist er durch die frühe Möglichkeit von Willkür und Genuß weiter vom Erreichen der Größe entfernt und von Anfang an nicht zur Entwicklung aller inneren Kräfte angespornt. Weit das größte Beispiel ist Alexander der Große; dann dürften Karl der Große, Peter der Große, Friedrich der Große folgen.

Hier, vor der Charakteristik der Größe, ist am besten auch die „relative Größe" zu erörtern, welche wesentlich in der Torheit oder Niedrigkeit der übrigen besteht und nur aus dem Abstand überhaupt entspringt. Ohne einige bedeutende Eigenschaften ist auch diese nicht denkbar. Sie meldet sich besonders in Erbfürstentümern und ist wesentlich die Größe der orientalischen Despoten, von welcher man nur selten genau Rechenschaft geben kann, weil sie sich nicht im Konflikt mit ihrer Welt ausbilden und auswachsen und daher keine innere Geschichte, keine Entwicklung, kein Werden haben. Auch die Größe Justinians zum Beispiel ist dies, der dann aber freilich mit Unrecht tausend Jahre lang als ein großer, guter und heiliger Mann gegolten hat. Es gibt übrigens auch leere Jahrhunderte, wo man mit einer Größe, wie die seinige, eher vorlieb nimmt als sonst. Zwischen dem Tode Theodorichs und dem Auftreten Mohammeds hat gerade eine solche offizielle Figur Platz. Aber wirkliche Größe hat in dieser Zeit doch nur Papst Gregor I.

Nun aber mag die Größe auf die Menschen losschreitend betrachtet werden. Womit und in welchem Augenblicke beginnt ihre Anerkennung in der jedesmaligen Gegenwart? Die Menschen sind teils unsicher und zerfahren und leicht zum Anschluß bereit, zum Teil neidisch oder sehr gleichgültig. Welches werden nun die Eigenschaften oder Taten sein, um derentwillen die schon längst latent vorhandene Bewunderung der nächsten Umgebung zu einer allgemeinen Bewunderung wird?
Wenn es sich hier nun also um das Wesen der Größe handelt, so müssen wir uns vor allem dagegen verwahren, daß im folgenden sittliche Ideale der Menschheit sollten geschildert werden; denn das große Individuum ist ja nicht zum Vorbild, sondern als Ausnahme in die Weltgeschichte gestellt. Für uns aber sind nun folgendes die Umrisse der Größe:
Die Fähigkeiten entwickeln sich oder schließen sich wie selbstverständlich und vollständig auf mit dem Selbstbewußtsein und den Aufgaben. Der große Mensch erscheint in jeder Stellung nicht nur komplett, sondern jede scheint für ihn sogleich zu klein; er füllt sie nicht bloß aus, sondern er kann sie sprengen.
Fraglich ist, wie lange er sich wird bändigen, sich die Größe seines Wesens verzeihen lassen können.
Abnorm ist seine Macht und Leichtigkeit in allen geistigen (und selbst leiblichen) Funktionen, im Erkennen sowohl als im Schaffen, in der Analyse wie der Synthese.
Dazu ist ihm eigen und natürlich die Fähigkeit, sich nach Belieben auf eine Sache zu konzentrieren und dann ebenso zu einer andern überzugehen. Daher erscheinen

ihm die Dinge einfach, während sie uns höchst kompliziert erscheinen und einander gegenseitig stören. Wo wir konfus werden, da wird er erst recht klar[1].

Das große Individuum übersieht und durchdringt jedes Verhältnis, im Detail wie im ganzen, nach Ursachen und Wirkungen. Dies ist eine unvermeidliche Funktion seines Kopfes. Auch die kleinen Verhältnisse sieht es, schon weil sie in der Multiplikation groß werden, während es sich von der Kenntnis der kleinen Individuen dispensieren darf.

Völlig klar schaut es zwei Hauptsachen: es sieht zunächst überall die wirkliche Lage der Dinge und der möglichen Machtmittel und läßt sich durch keinen bloßen Schein blenden und durch keinen **Lärm des Augenblicks** betäuben. Von allem Anfang an weiß es, welches die Grundlagen seiner künftigen Macht sein können. Gegenüber Parlamenten, Senaten, Versammlungen, Presse, öffentlicher Meinung weiß es jederzeit, wieweit sie wirkliche Mächte oder bloß Scheinmächte sind, die es dann einfach benützt. Dieselben mögen sich hernach wundern, daß sie bloß Mittel waren, während sie sich für Zwecke hielten.

Sodann aber weiß es den Moment des Eingreifens zum voraus, während wir die Sachen erst hernach aus den Zeitungen lernen. In betreff dieses Moments beherrscht es seine Ungeduld (wie Napoleon 1797 tat) und kennt kein Zagen. Es schaut alles vom Gesichtspunkt der nutzbaren Kraft aus, und da ist ihm kein Studium zu mühsam.

Bloße Kontemplation ist mit einer solchen Anlage unvereinbar; in dieser lebt vor allem wirklicher Wille, sich der Lage zu bemächtigen, und zugleich eine abnorme Willens**kraft**, welche magischen Zwang um sich verbreitet und alle Elemente der Macht und Herrschaft an

---

[1] Die verschiedenen Gegenstände fanden sich bei Napoleon nach seiner Aussage casés dans sa tête comme ils eussent pu l'être dans une armoire. „Quand je veux interrompre une affaire, je ferme son tiroir et j'ouvre celui d'une autre ... Veux-je dormir, je ferme tous les tiroirs et me voilà au sommeil."

sich zieht und sich unterwirft. Dabei wird sie von ihrem Überblick und Gedächtnis nicht beirrt, sondern handhabt die Elemente der Macht in ihrer richtigen Koordination und Subordination, ganz als gehörten sie ihr von Hause aus.

Ordinärer Gehorsam gegen irgendwie zur Macht Gekommene findet sich bald. Hier dagegen bildet sich die Ahnung der Denkenden, daß das große Individuum da sei, um Dinge zu vollbringen, die nur ihm möglich und dabei notwendig seien. Der Widerspruch in der Nähe wird völlig unmöglich; wer noch widerstehen will, muß außer dem Bereich des Betreffenden, bei seinen Feinden leben und kann ihm nur noch auf dem Schlachtfeld begegnen.

„Je suis une parcelle de rocher lancée dans l'espace", sagte Napoleon. So ausgerüstet, tut man dann auch in wenigen Jahren die sogenannte „Arbeit von Jahrhunderten".

Endlich als kenntlichste und notwendigste Ergänzung kommt zu diesem allem die Seelenstärke, welche es allein vermag und daher auch allein liebt, im Sturme zu fahren. Sie ist nicht bloß die passive Seite der Willenskraft, sondern verschieden von ihr.

Schicksale von Völkern und Staaten, Richtungen von ganzen Zivilisationen können daran hangen, daß ein außerordentlicher Mensch gewisse Seelenspannungen und Anstrengungen ersten Ranges in gewissen Zeiten aushalten könne.

Alle seitherige mitteleuropäische Geschichte ist davon bedingt, daß Friedrich der Große dies von 1759 bis 1763 in supremem Grade konnte.

Alles Zusammenaddieren gewöhnlicher Köpfe und Gemüter nach der Zahl kann dies nicht ersetzen.

Im Erdulden großer dauernder Gefahren, z. B. beständiger Attentatsgefahr, bei höchster Anstrengung der Intelligenz, vollzieht das große Individuum deutlich einen Willen, der über sein Erdendasein weit hinausreicht. Dies ist die Größe des Oranien-Taciturnus und des Kardinals Richelieu. Letzterer war kein Engel und seine Staatsidee keine gute, aber die damals einzig mögliche. Und sowohl der Taciturnus (welchem Philipp beständig heimliche Anerbietungen machte), als auch Richelieu hätten ihren Frieden mit den Gegnern machen können.

Dagegen haben Louis Philippe und Victoria wegen der vielen Attentate zwar Anspruch auf unsere Teilnahme, aber nicht auf Größe, weil ihre Stellung eine gegebene war.

Das Allerseltenste aber ist bei weltgeschichtlichen Individuen die Seelengröße. Sie liegt im Verzichtenkönnen auf Vorteile zugunsten des Sittlichen, in der freiwilligen Beschränkung nicht bloß aus Klugheit, sondern aus innerer Güte, während die politische Größe egoistisch sein muß und alle Vorteile ausbeuten will. Verlangen kann man sie a priori nicht, weil, wie schon gesagt, das große Individuum nicht als Vorbild, sondern als Ausnahme hingestellt ist; die historische Größe betrachtet aber von vornherein als erste Aufgabe, sich zu behaupten und zu steigern, und Macht bessert den Menschen überhaupt nicht.

Seelengröße möchte man z. B., wie Prévost-Paradol in der France nouvelle tut, von Napoleon nach dem Brumaire gegenüber von dem erschütterten, durch ein freies Staatsleben zu heilenden Frankreich verlangen. Allein Napoleon sagte (Februar 1800) zu Matthieu Dumas: „J'ai bientot appris en m'asseyant ici (in den Fauteuil Ludwigs XVI.), qu'il faut bien se garder de vouloir tout le bien qu'on pourrait faire; l'opinion me dépasserait." Und nun behandelt er Frankreich nicht als einen Schutzbefohlenen oder Patienten, sondern als Beute.

Eine der deutlichsten Proben der Größe in der Vergangenheit tritt damit ein, daß wir dringend wünschen (wir Nachwelt), die Individualität näher kennenzulernen, d. h. das Bild nach Kräften zu ergänzen.

Bei den Gestalten der Urzeit hilft eine individualisierende Volksphantasie nach, ja sie schafft wohl erst das Bild.

Bei den uns näher stehenden Gestalten kann nur urkundlich bezeugte Geschichte helfen, woran es dann oft gebricht. Phantasten aber legen Beliebiges hinein, und historische Romane verwerten oder verunwerten die großen Gestalten auf ihre Manier.

Es gibt sehr große Individuen, welche besonderes Unglück gehabt haben. Karl Martell, dessen weltgeschichtliche Wirkung von erstem Range ist, und dessen individuelle Kraft jedenfalls bedeutend gewesen, hat weder sagenhafte Verklärung noch auch nur eine Zeile individueller Schilderung für sich; — was etwa von ihm in der mündlichen Tradition lebte, mag sich mit der Gestalt seines Enkels verschmolzen haben.

Wenn aber die Kunde reichlicher fließt, dann ist höchst wünschbar, daß in dem großen Menschen ein bewußtes Verhältnis zum Geistigen, zur Kultur seiner Zeit nachweisbar sei, daß ein Alexander einen Aristoteles zum Erzieher gehabt habe. Einem solchen allein trauen wir dann eine höchst gesteigerte Genialität und den wahren Genuß seiner welthistorischen Stellung schon bei Lebzeiten zu. So denken wir uns Cäsar.

Und alles ist erfüllt, wenn sich noch Anmut des Wesens und allstündliche Todesverachtung hinzugesellt und, wie auch bei Cäsar, der Wille des Gewinnens und Versöhnens, ein Gran Güte! Ein Seelenleben wenigstens wie das des leidenschaftlichen Alexander!

Das Hauptporträt eines mangelhaft ausgestatteten Menschen ersten Ranges ist das Napoleons in der France nouvelle von Prévost-Paradol. Napoleon ist die Garantielosigkeit in Person, insofern er die in seiner Hand konzentrierten Kräfte einer halben Welt rein auf sich orientiert. Sein stärkster Gegensatz ist Wilhelm III. von Oranien, dessen ganze politische und militärische Genialität und herrliche Standhaftigkeit in beständigem und vollkommenem Einklang mit den wahren und dauernden Interessen von Holland und England gestanden hat. Das allgemeine Resultat überwog immer weit das, was man etwa über seinen persönlichen Ehrgeiz vorbringen mochte; und erst nach seinem Tode begann sein ganz großer Ruhm.

Wilhelm III. besaß und handhabte gerade alle die Gaben, welche für seine Stellung im höchsten Grade wünschbar waren.

Schwierig ist es oft, Größe zu unterscheiden von bloßer Macht, welche gewaltig blendet, wenn sie neu erworben oder stark vermehrt wird. Für unsere Neigung, diejenigen für groß zu halten, durch deren Tun unsere eigene Existenz bedingt ist, möge auf den Anfang dieser Erörterung (S. 209 f.) verwiesen sein; die Quelle dieser Neigung besteht in dem Bedürfnis, uns durch fremde Größe wegen unserer Abhängigkeit zu entschuldigen.

Von dem weiteren Irrtum, Macht ohne weiteres für Glück und Glück für etwas dem Menschen Gebührendes, Adäquates zu halten, ist hier besser zu schweigen. Völker haben bestimmte große Lebenszüge an den Tag zu bringen, ohne welche die Welt unvollständig wäre, und zwar völlig ohne Rücksicht auf die Beglückung der einzelnen, auf eine möglichst große Summe von Lebensglück.

Unverhältnismäßig blendend ist vor allem die Wirkung der Kriegstaten, welche unmittelbar auf das Schicksal Unzähliger einwirken und dann wieder mittelbar durch Begründung neuer Verhältnisse des Daseins, vielleicht auf lange Zeiten.

Das Kriterium der Größe ist hier letzteres; denn bloß militärischer Ruhm verblaßt mit der Zeit zu bloßer fachhistorischer, kriegsgeschichtlicher Anerkennung.

Aber diese dauernden neuen Verhältnisse dürfen nicht bloß Machtverschiebungen sein, sondern es muß ihnen eine große Erneuerung des nationalen Lebens entsprechen. Ist dies der Fall, so wird die Nachwelt dem Urheber unfehlbar und mit Recht eine mehr oder weniger bewußte Absicht bei jenen Taten und daher Größe zuschreiben.

Eine besondere Spezies ist der Revolutionsgeneral: Es kommen im Verlauf einer tiefen Erschütterung des Staatslebens — wobei die Nation physisch und geistig noch frisch, ja in einem Prozeß der Erfrischung begriffen, politisch aber doch schon sehr ausgelebt sein kann —

beim völligen Wegfall oder Unmöglichwerden früherer Gewalten Stimmungen über die Menschen, da die Sehnsucht nach etwas, was diesen früheren Gewalten analog ist, unwiderstehlich wird. Da gewöhnt man sich, die Quelle der weiteren Erlebnisse in einem glücklichen General zu erkennen oder zu erwarten und ihm auch die Gabe der politischen Regierung zuzutrauen, da ja das Staatsleben günstigsten Falles zunächst doch nur aus Befehlen und Gehorchen bestehen kann. Kriegstaten gelten dann als völlig genügende Garantie vor allem der Entschlußkraft und der Tatkraft, und dabei ist es e i n e r — in Zeiten, da man von Wirrköpfen und von Verbrechern, und zwar von v i e l e n , Unerhörtes hat ausstehen oder befürchten müssen. Für den e i n e n arbeitet dann die gehabte Angst, die Ungeduld der sogenannten Ruheliebenden (das „wenn er doch nur entschieden fertig machte!"), die Furcht sowohl vor ihm als vor den andern weiter, und um sich vor sich selbst zu rechtfertigen, schlägt sie äußerst gern in Bewunderung um. Überhaupt bildet die Phantasie von selbst an einer solchen Gestalt weiter. Und nun ist eben der entscheidende Moment, da Größe möglich wird, überhaupt der, da die Phantasie vieler sich mit e i n e m beschäftigt.

Aber ein solcher kann noch immer wegsterben wie Hoche oder sich politisch ungenügend erweisen wie Moreau. Erst nach diesen beiden kam Napoleon. — Viel schwerer als er hatte es Cromwell, der zwar seit 1644 durch die Armee tatsächlich Herr war, aber dem Lande die tiefste Erschütterung und Terreur e r s p a r t e ; er hat sich damit selbst im Wege gestanden.

Im A l t e r t u m , wenigstens in den griechischen Staaten, wo eine ganze Kaste von Freien sämtlich groß und stark und trefflich sein wollte, kam man nicht wesentlich als Feldhauptmann empor. Auch als Tyrann wurde keiner zu einer historischen Größe, obwohl interessante, bedeutende Köpfe unter den Tyrannen reichlich sind, und zwar, weil hier der Boden zu eng war und keiner auch nur irgendeinen beträchtlichen Teil der griechischen Nation unter sich brachte, keiner irgendwie dem Ganzen entsprach.

Griechische Größe. Cäsar

Allein gleichwohl gibt es in Hellas Menschen, welchen wir wahre, auch auf dem engsten Raum betatigte Größe bei legen. Mit- und Nachwelt haben sich mit Leuten beschäftigen müssen, die höchstens über das Schicksal von einigen Hunderttausenden zu entscheiden hatten, aber die Kraft hatten, sich der Heimat im guten und bösen objektiv gegenüberzustellen.

Denken wir hier vor allem an Themistokles. Er war bedenklich von Jugend auf; sein Vater soll ihn verstoßen, seine Mutter sich seinetwegen erhängt haben, und doch wurde er später medium Europae et Asiae vel spei vel desperationis pignus[1]. Er und Athen ringen beständig miteinander; ganz einzig ist, wie er es im Perserkriege rettet und es doch völlig wie etwas Fremdes sich gegenüberzuhalten weiß, von dem er innerlich frei ist.

Denjenigen, welche hier emporkamen, gelang dies nur durch einen Komplex von bedeutenden Eigenschaften und nur unter heftigen Gefahren. Das ganze Dasein weckte den stärksten individuellen Ehrgeiz, duldete ihn aber kaum an gebietender Stelle, setzte ihm in Athen den Ostrazismus entgegen und trieb ihn in Sparta zum heimlichen und offenen Frevel.

Dies ist der berühmte Undank der Republiken. Auch Perikles ist ihm nahezu erlegen, weil er über den Athenern stand, ihr Höchstes in sich vereinigte. Man hört nicht, daß er darob als über ein inauditum nefas die Götter angerufen hätte; er mußte wissen, daß Athen ihn eben kaum duldete.

Dagegen personifizierte Alkibiades Athen im guten und bösen; er stand nicht darüber, sondern war Athen selbst. Hier liegt eine Art Größe in der völligen Koinzidenz einer Stadt mit einem Individuum. Die Stadt warf sich ihm trotz dem Unerhörtesten, was vorgegangen war, wie ein leidenschaftliches Weib wieder an den Hals, um ihn dann nochmals zu verlassen.

Bei ihm ist die frühe und permanente Absicht, die Phantasie seiner Mitbürger auf sich zu lenken, und auf sich allein. — Auf Cäsar in seiner Jugend lenkte sich die Phan-

[1] Valer. Max. VI, 11.

tasie der Römer wirklich, aber ohne daß seine vornehme Natur dies bezweckt zu haben scheint. Freilich, als es an das Ämtersuchen ging, bestach er die Römer kecker als alle seine Konkurrenten, aber eben nur den Stimmpöbel und nur ad hoc. Auch sonst ist die Größe der Römer eine wesentlich andere als die der Griechen.

Sehr zweifelhaft ist und bleibt die Größe der Hierarchen, eines Gregor VII., St. Bernhard, Innozenz III., vielleicht auch noch späterer.
An ihrem Andenken rächt sich zunächst die falsche Aufgabe: ihr Reich zu einem Reich von dieser Welt zu machen. Aber auch, wenn dies auf sich beruhen bliebe, bleiben doch die Männer nicht groß. Sie frappieren zwar durch die enorme Keckheit, womit sie der profanen Welt entgegentreten und ihre Herrschaft zumuten, aber Herrschergröße zu entwickeln fehlt ihnen schon die Gelegenheit, weil sie nicht direkt, sondern unter anderem durch vorher gemißhandelte und erniedrigte weltliche Gewalten herrschen, sich also mit gar keinem Volkstum wirklich identifizieren und in die Kultur nur mit Verboten und polizeilich eingreifen.
St. Bernhard begehrt nicht einmal Bischof, geschweige Papst zu werden, regiert aber von draußen um so ungescheuter in Kirche und Staat hinein. Er war ein Orakel und half den Geist des 12. Jahrhunderts unterdrücken; beim schlechten Ausgang seiner Hauptstiftung, des zweiten Kreuzzugs, nahm er einen tüchtigen Schuh voll mit heraus.
Diese Hierarchen brauchen sich sogar nicht einmal als wahre, ganze Menschen zu entwickeln, da jeder Mangel der Person, jede Einseitigkeit und Unvollständigkeit durch die Weihe gedeckt wird.
Ebenso sind sie im Konflikt mit den weltlichen Gewalten gedeckt und bevorzugt durch die Anwendung der geistlichen Gewaltmittel.
Nachwelt und Geschichte aber bringen diese unbilligen Vorteile in Abzug, wenn über solche Persönlichkeiten geurteilt wird.

Hierarchen. Bestimmung der Großen

Einen Vorteil haben sie: im Leiden groß scheinen zu können und in der Niederlage nicht eo ipso Unrecht zu behalten wie die weltlichen Größen. Aber sie müssen von diesem Vorteil Gebrauch machen; denn wenn sie in eine Gefahr kommen und sich ohne Martyrium herausziehen wollen, machen sie einen schlechten Effekt.

Eine wirkliche Größe und Heiligkeit aber hat Gregor der Große. Er hat ein wahres Verhältnis zur Rettung von Rom und Italien vor der Wildheit der Langobarden; sein Reich ist noch nicht eigentlich von dieser Welt; er verkehrt eifrig mit zahlreichen Bischöfen und Laien des Okzidents, ohne Zwang gegen sie ausüben zu können oder zu wollen; er operiert nicht wesentlich mit Bann und Interdikt; von den Weihekräften des römischen Bodens und seiner Heiligengrüfte ist er völlig naiv durchdrungen.

Wenn die Zeit es erlaubte, müßten nun eigentlich noch viele Kategorien von Größen durchgegangen werden; indes müssen wir uns mit diesen begnügen, um uns nunmehr dem **Schicksal und der Bestimmung des großen Individuums** zuzuwenden.

Wenn dieses seine Macht ausübt, so wird es abwechselnd als der höchste Ausdruck des Gesamtlebens oder als im tödlichen Streit mit dem bisherigen Zustande erscheinen, bis eins von beiden unterlegen ist.

Unterliegt in diesem Kampfe der große Mann, z. B. ein Oranien-Taciturnus, in gewissem Sinne auch Cäsar, so übernimmt bisweilen das Gefühl der Nachwelt die Sühne und Rache und holt das ganze Pathos in dem Beweise nach, wie sehr jener das Ganze vertreten und in seiner Persönlichkeit dargestellt habe; — freilich geschieht dies oft nur, um für sich selber zu demonstrieren und bestimmte Zeitgenossen zu ärgern.

Die Bestimmung der Größe scheint zu sein, daß sie einen Willen vollzieht, der über das Individuelle hinausgeht, und der je nach dem Ausgangspunkt als Wille Gottes, als Wille einer Nation oder Gesamtheit, als Wille eines Zeitalters bezeichnet wird. So erscheint uns jetzt in hohem Grade als Wille eines bestimmten Weltalters die Tat Alexanders: die Eröffnung und Hellenisierung Asiens; denn auf sein Tun sollten sich ja dauernde Zustände und Kulturen, oft für viele Jahrhunderte, gründen; ein ganzes Volkstum, eine ganze Zeit scheint von ihm Dasein und Sicherung verlangt zu haben. Hiezu bedarf es aber auch eines Menschen, in welchem Kraft und Fähigkeit von unendlich vielen konzentriert ist.

Der Gesamtwille, dem das Individuum dient, kann nun ein bewußter sein: es vollzieht diejenigen Unternehmungen, Kriege und Vergeltungsakte, welche die Nation oder die Zeit haben will. Alexander nimmt Persien, und Bismarck einigt Deutschland. Oder aber er ist ein unbewußter: das Individuum weiß, was die Nation eigentlich wollen müßte, und vollzieht es; die Nation aber erkennt dies später als richtig und groß an; Cäsar unterwirft Gallien, Karl der Große Sachsen.

Es zeigt sich, scheint es, eine geheimnisvolle Koinzidenz des Egoismus des Individuums mit dem, was man den gemeinen Nutzen oder die Größe, den Ruhm der Gesamtheit nennt.

Hiebei meldet sich dann die merkwürdige Dispensation von dem gewöhnlichen Sittengesetz. Da sie konventionellerweise den Völkern und andern großen Gesamtheiten gestattet wird, so wird sie logisch unvermeidlich auch denjenigen Individuen gestattet, die für die Gesamtheit handeln. Nun ist tatsächlich noch gar nie eine Macht ohne Verbrechen gegründet worden, und doch entwickeln sich die wichtigsten materiellen und geistigen Besitztümer der Nationen nur an einem durch Macht gesicherten Dasein. So tritt denn der „Mann nach dem Herzen Gottes" auf, ein David, Konstantin, Chlodwig, welchem alle Ruchlosigkeit nachgesehen wird, freilich um irgendeines religiösen Verdienstes willen, doch auch ohne dieses. — Für einen Richard III. freilich gibt es keine solche Nachsicht; denn alle seine Verbrechen waren nur Vereinfachungen seiner individuellen Situation.

Wer also einer Gesamtheit Größe, Macht, Glanz verschafft, dem wird das Verbrechen nachgesehen, namentlich der Bruch abgedrungener politischer Verträge, indem der Vorteil des Ganzen, des Staates oder Volkes, absolut unveräußerlich sei und durch nichts auf ewig beschädigt werden dürfe; nur muß man dann fortfahren, groß zu sein, und wissen, daß man auch den Nachfolgern das fatale Legat hinterläßt, Genie haben zu müssen, um das gewaltsam Gewonnene so lange zu behaupten, bis alle Welt daran als an ein Recht gewohnt ist.

Auf den Erfolg kommt hier alles an. Derselbe Mensch, mit derselben Persönlichkeit ausgestattet gedacht, würde für Verbrechen, die nicht zu jenen Resultaten führen würden, keine Nachsicht finden. Erst weil er Großes vollbracht, findet er dann diese Nachsicht, auch für seine Privatverbrechen.

Was die letzteren betrifft, so sieht man ihm das offene Gewährenlassen seiner Leidenschaften nach, weil man ahnt, daß in ihm der ganze Lebensprozeß viel heftiger und gewaltiger vor sich gehe als bei den gewöhnlichen Naturen. Auch die viele Versuchung und die Straflosigkeit mögen ihn teilweise entschuldigen. Und dazu kommt die unstreitige Verwandtschaft des Genius mit dem Wahnsinn. Alexander verriet vielleicht ein beginnendes Irrewerden, als er bei der Trauer um Hephästion einen materiellen Ausdruck suchte wie das Scheren aller Rosse und die Demolition aller Städtezinnen.

Es wäre nun gar nichts gegen jene Dispensation vorzubringen, wenn die Nationen wirklich etwas so Unbedingtes, a priori zu ewigem und mächtigem Dasein Berechtigtes wären. Allein dies sind sie nicht, und das Begünstigen des großen Verbrechers hat auch für sie die Schattenseite, daß dessen Missetaten sich nicht auf dasjenige beschränken, was die Gesamtheit groß macht, daß die Abzirkelung des löblichen oder notwendigen Verbrechens in der Art des ‚Principe' ein Trugbild ist[1], und daß die angewandten

[1] Napoleon auf St. Helena nimmt einfach die Notwendigkeit als Maßstab an: „Ma grande maxime a toujours été qu'en politique comme en guerre tout m a l, fût-il dans les règles, n'est excusable qu'autant qu'il est absolument nécessaire; tout ce qui est au delà, est crime."

Mittel auf das Individuum zurückwirken und ihm auf die Länge auch den Geschmack an den großen Zwecken nehmen können.

Eine sekundäre Rechtfertigung der Verbrechen der großen Individuen scheint dann darin zu liegen, daß durch dieselben den Verbrechen zahlloser andern ein Ende gemacht wird. Bei dieser Monopolisierung des Verbrechens durch die Herrschaft eines Gesamtverbrechers kann die Sekurität des Ganzen in hohem Grade gedeihen. Bevor er auftrat, hatten vielleicht die Kräfte einer glänzend begabten Nation in dauerndem Zernichtungskampf gegeneinander gelegen und hatten das Aufkommen alles dessen verhindert, was zu seiner Blüte Ruhe und Sicherheit verlangt. Das große Individuum aber zerstört, bändigt oder engagiert die wilden Einzelegoismen; sie addieren sich plötzlich zu einer Macht, die in seinem Sinne weiterdient. In solchen Fällen — denken wir z. B. an Ferdinand und Isabel — erstaunt man dann bisweilen über das rasche und glänzende Aufschießen der bisher zurückgehaltenen Kultur, welche dann den Namen des großen Mannes trägt als das Jahrhundert des N. N.

Endlich kommt für das politische Verbrechen noch die bekannte Lehre in Betracht: „Wenn wir es nicht tun, so tun es andere." Man würde sich im Nachteil glauben, wenn man moralisch verführe. Ja es kann eine schreckliche Tat im Anzug sein, in der Luft liegen, welche dem, der sie vollziehen wird, Herrschaft oder Machtzuwachs sichert oder gar erst verleiht, und nun vollzieht die bestehende Regierung, wenn sie nicht beiseite geschoben werden will, das Verbrechen. So bemächtigt sich Katharina Medici statt der Guisen der Bluthochzeit. Wenn sie in der Folge Größe und wirkliche Herrscherkraft bewiesen hätte, so würde ihr die französische Nation den Greuel völlig nachgesehen haben. Allein sie geriet später doch ins Schlepptau der Guisen und hat nun die Verdammnis nutzlos auf sich. — Auch über den Staatsstreich von 1851 wäre hier ein Wort zu sagen.

Was den inneren Sporn des großen Individuums betrifft, so stellt man in erste Linie meist den Ruhmessinn oder dessen gewöhnliche Ausprägung, den Ehrgeiz, also das Verlangen nach Ruhm bei der Mitwelt, einem Ruhme, der doch eigentlich mehr Gefühl der Abhängigkeit als ideale Bewunderung ist[1]. Indes der Ehrgeiz wirkt doch nur sekundär mit und der Gedanke an die Nachwelt erst tertiär, so derb bisweilen der Ausdruck lauten mag, wie denn Napoleon auf Elba sagte: „Mon nom vivra autant que celui de Dieu[2]". Ein sehr ausgesprochener Durst nach diesem Ruhm war allerdings bei Alexander vorhanden; andere große Männer aber haben sich nicht erweislich mit dem Gedanken an die Nachwelt beschäftigt; es mochte ihnen genügen, wenn ihr Tun die Schicksale derselben bestimmen half. Auch lieben wohl Mächtige eher die Schmeichelei als den Ruhm, weil letzterer nur ihrem Genius huldigt, wovon sie ja ohnehin überzeugt sind, erstere aber ihre Macht konstatiert.

Das Entscheidende, Reifende und allseitig Erziehende ist viel eher der Machtsinn, der als unwiderstehlicher Drang das große Individuum an den Tag treibt, auch wohl in der Regel mit einem solchen Urteil über die Menschen verbunden ist, daß nicht mehr auf das zum Ruhme summierte Meinen derselben, sondern auf ihre Unterordnung und Brauchbarkeit gesehen wird.

Aber der Ruhm, welcher vor denen flieht, die ihn suchen, folgt denen nach, welche sich nicht um ihn bemühen.

Und zwar geschieht dies in ziemlicher Unabhängigkeit von dem sachlichen oder Fachurteil. In der Tradition, im populären Urteil richtet sich nämlich der Begriff der Größe nicht ausschließlich nach dem gehabten Verdienst um das erhöhte Gedeihen des Ganzen, auch nicht nach genauer Messung der Fähigkeit, ja nicht einmal nach der historischen Wichtigkeit, sondern das Entscheidende ist am Ende doch die „Persönlichkeit", deren Bild sich magisch weiterverbreitet. Dies ist z. B. recht gut bei

---

[1] Auch der Ruhm bei der Nachwelt ist nicht ganz frei davon; man verehrt d e n Längstverstorbenen, von welchem unser Dasein bedingt ist.

[2] Fleury de Chaboulon, Mém. I, S. 115.

den Hohenstaufen nachzuweisen, von denen der hochwichtige Heinrich VI. rein vergessen ist, von Konrad III. und IV. selbst die Namen vergessen sind (während die Konradinswehmut vollends ganz neuen Datums ist) Friedrich I. dagegen mit dem in der Ferne verschwundenen Friedrich II. zusammengeschmolzen wurde. Und nun wurde dessen Wiederkommen erwartet, dessen Hauptlebensziel, die Unterwerfung Italiens, mißraten und dessen Regierungssystem im Reich von sehr zweifelhaftem Wert gewesen war. Seine Persönlichkeit muß die Resultate weit überwogen haben; gemeint war aber mit der Erwartung doch wohl Friedrich I.

Eigentümlich ist die Umgestaltung und Färbung, welche die einmal für groß Erkannten erfahren. On ne prête qu'aux riches; Mächtigen bietet man von selber Anleihen dar, und so bekommen die großen Männer von ihren Nationen und Bekennern sowohl gewisse Eigenschaften als auch Sagen und Anekdoten geliehen, in welchen eigentlich irgend welche Seite des Volkstypus sich ausspricht. Ein Beispiel aus heller historischer Zeit bietet Henri IV. Auch der spätere Historiker kann sich hier nicht immer frei halten; schon seine Quellen können unbewußt davon tingiert sein, und eine allgemeine Wahrheit liegt immerhin in solchen fingierten Zutaten.
Dagegen ist die Nachwelt eher streng gegen solche, die einst bloß mächtig gewesen sind, wie Louis XIV., und malt sich dieselben ins Schlimmere aus.
Gegenüber der Symbolisierung des Nationalen oder der Erhebung der Persönlichkeit zum Typus tritt aber auch eine Idealisierung auf. Mit der Zeit nämlich werden die großen Männer von jeder Fraglichkeit der Taxation, von jeder Nachwirkung des Hasses derer, die unter ihnen gelitten, frei; ja ihre Idealisierung kann dann in mehrfachem Sinne zugleich erfolgen, so die Karls des Großen als Held, Fürst und Heiliger.
Wir sehen zwischen Tannen des hohen Jura hindurch in weiter Ferne einen berühmten Gipfel mit ewigem Schnee; er wird freilich zugleich von vielen andern Orten

Ihre Umgestaltung. Wert dieser Ideale

aus in anderer Art gesehen, durch Weinlauben über einen gewaltigen See hinweg, durch Kirchenfenster, durch enge Hallengassen Oberitaliens; er ist und bleibt aber derselbe Montblanc.

Die als Ideale fortlebenden großen Männer haben einen hohen Wert für die Welt und für ihre Nationen insbesondere; sie geben denselben ein Pathos, einen Gegenstand des Enthusiasmus und regen sie bis in die untersten Schichten intellektuell auf durch das vage Gefühl von Größe; sie halten einen hohen Maßstab der Dinge aufrecht, sie helfen zum Wiederaufraffen aus zeitweiliger Erniedrigung. Napoleon, mit all dem Unheil, welches er über die Franzosen gebracht, ist dennoch weit überwiegend ein unermeßlich wertvoller Besitz für sie.

Heutzutage ist zunächst eine Schicht von Leuten auszuscheiden, welche sich und die Zeit vom Bedürfnis nach großen Männern emanzipiert erklären. Es heißt, die jetzige Zeit wolle ihre Geschäfte selber besorgen, und man denkt sich etwa, es werde ohne die Verbrechen großer Männer recht tugendhaft zugehen. Als ob nicht die kleinen, sobald sie auf Widerstand stoßen, eben auch böse würden, abgesehen von ihrer Gier und ihrem Neid untereinander.

Andere führen die Emanzipation (NB. wesentlich nur auf den intellektuellen Gebieten) praktisch durch mittelst allgemeiner Garantie der Mediokrität, Assekuranz gewisser mittlerer Talente und falscher, an ihrem schnellen Daherrauschen kenntlicher Renommeen, die dann freilich auch bald platzen[1]. Das Übrige tut die polizeiliche Unmöglichkeit alles großartig Spontanen. Mächtige Regierungen haben einen Widerwillen gegen das Geniale. Im Staate ist es kaum zu „brauchen", außer nach den stärksten Akkommodationen; denn dort geht alles nach der „Brauchbarkeit". Auch in den übrigen Lebensrichtungen liebt man mehr die großen Talente, d. h. die Ausbeutungsfähigkeit des Gegebenen als das Große = Neue.

[1] Allerdings gibt es, je nach dem Fache, auch echten und dabei sehr rasch durch plötzliche Enthüllung des Genius gewonnenen Ruhm.

Dazwischen aber verlautet bisweilen heftiges Begehr nach großen Männern, und das hauptsächlich im Staat, weil die Dinge in allen großen Ländern auf eine solche Bahn geraten sind, daß man mit gewöhnlichen Dynasten und Oberbeamten nicht mehr durchkommt, sondern Extrapersonen haben sollte.

Wenn aber der große Mann käme und nicht gleich in seinen Anfängen unterginge, so ist noch die Frage, ob man ihn nicht zerschwatzen und durch Hohn über ihn Meister würde. Unsere Zeit hat eine zermürbende Kraft.

Dagegen ist die Zeit sehr geneigt, sich zeitweise durch Abenteurer und Phantasten imponieren zu lassen.

In frischer Erinnerung steht auch noch, wie man sich 1848 nach einem großen Mann sehnte, und womit man dann in der Folge vorlieb nahm.

Nicht jede Zeit findet ihren großen Mann, und nicht jede große Fähigkeit findet ihre Zeit. Vielleicht sind jetzt sehr große Männer vorhanden für Dinge, die nicht vorhanden sind. Jedenfalls kann sich das vorherrschende Pathos unserer Tage, das Besser-Lebenwollen der Massen, unmöglich zu einer wahrhaft großen Gestalt verdichten. Was wir vor uns sehen, ist eher eine allgemeine Verflachung, und wir dürften das Aufkommen großer Individuen für unmöglich erklären, wenn uns nicht die Ahnung sagte, daß die Krisis einmal von ihrem miserabeln Terrain „Besitz und Erwerb" plötzlich auf ein anderes geraten, und daß dann „der Rechte" einmal über Nacht kommen könnte, — worauf dann alles hinterdrein läuft.

Denn die großen Männer sind zu unserem Leben notwendig, damit die weltgeschichtliche Bewegung sich periodisch und ruckweise frei mache von bloßen abgestorbenen Lebensformen und von reflektierendem Geschwätz.

Und für den denkenden Menschen ist gegenüber der ganzen bisher abgelaufenen Weltgeschichte das Offenhalten des Geistes für jede Größe eine der wenigen sicheren Bedingungen des höheren geistigen Glückes.

SECHSTES KAPITEL
ÜBER GLÜCK UND UNGLÜCK IN DER WELTGESCHICHTE

Die Übertragung unserer Begriffe auf die Vergangenheit – Das Urteil aus Ungeduld – Das Urteil nach der Kultur, dem Geschmack überhaupt, der politischen Sympathie, der öffentlichen Sicherheit – Das Urteil des Egoismus – Unser Begriff „Glück" ist auszuschalten – Verharren ist nicht Glück – Das Böse ein Teil der weltgeschichtlichen Ökonomie – Zerstörer und Vorbilder – Gesetz der Kompensation – Verschiebung und Ersatz – Untergegangenes – Glück und Unglück weichen der Erkenntnis

In unserem eigenen Leben sind wir gewöhnt, das uns Gewordene teils als Glück, teils als Unglück aufzufassen, und tragen dies wie selbstverständlich auf die vergangenen Zeiten über.

Obwohl uns von Anfang an dabei Zweifel aufsteigen müßten, indem je nach Lebensaltern und Erfahrungen unser Urteil in eigenen Sachen sich stark ändern kann; erst die letzte Lebensstunde gewährt den abschließenden Spruch über diejenigen Menschen und Dinge, mit welchen wir in Berührung gekommen sind; — und dieser Spruch kann ganz verschieden lauten, je nachdem wir im vierzigsten oder im achtzigsten Jahre sterben; — und er hat doch nur eine subjektive Wahrheit für uns selbst und keine objektive. Das erlebt vollends jeder, daß ihm früher gehegte Wünsche später als Torheit vorkommen.

Trotz allem aber haben sich geschichtliche Urteile über Glück und Unglück in der Vergangenheit gebildet, sowohl solche über einzelne Ereignisse als solche über ganze Zeiten und Zustände, und zwar liebt derartige Urteile hauptsächlich die neuere Zeit.

Wohl gibt es auch einige ältere Aussagen: das Wohlbehagen einer über Dienende herrschenden Klasse spricht sich hin und wieder, z. B. im Skolion des Hybreas[1] aus; Macchiavelli[2] rühmt das Jahr 1298, freilich um den gleich darauf erfolgten Umschlag damit in Kontrast zu setzen, und ähnlich zeichnet Justinger das Bild des alten Bern um 1350. Dies alles ist zwar viel zu lokal, und das betreffende Glück beruhte zum Teil auf den Leiden anderer; doch haben immerhin diese Aussagen wenigstens die Nai-

[1] Vgl. S. 33 Anm. 1.
[2] Stor. Fior. II.

vität für sich und sind nicht im Sinne weltgeschichtlicher Perspektiven ersonnen.

Wir aber urteilen z. B. folgendermaßen:

Es war ein Glück, daß die Griechen über die Perser, Rom über Karthago siegte. —

Ein Unglück, daß Athen im Peloponnesischen Kriege den Spartanern unterlag. —

Ein Unglück, daß Cäsar ermordet wurde, bevor er dem römischen Weltreich eine angemessene Form sichern konnte. —

Ein Unglück, daß in der Völkerwanderung so unendlich vieles von den höchsten Errungenschaften des menschlichen Geistes unterging. —

Ein Glück aber, daß die Welt dabei erfrischt wurde durch neuen gesunden Völkerstoff. —

Ein Glück, daß Europa im 8. Jahrhundert sich im ganzen des Islams erwehrte. —

Ein Unglück, daß die deutschen Kaiser im Kampf mit den Päpsten unterlagen, und daß die Kirche eine so furchtbare Gewaltherrschaft entwickeln konnte. —

Ein Unglück, daß die Reformation sich nur in halb Europa vollzog und daß der Protestantismus sich in zwei Konfessionen teilte. —

Ein Glück, daß Spanien und dann Ludwig XIV. mit ihren Weltherrschaftsplänen am Ende unterlagen usw.

Freilich, je näher der Gegenwart, desto mehr gehen dann die Urteile auseinander. Man könnte aber sagen, daß damit gegen das Urteilen an sich nichts bewiesen sei, indem dasselbe, sobald man eine etwas größere Zeitenfolge übersehe, sein gutes Recht habe und die Ursachen und Wirkungen, die Ereignisse und Folgen richtig schätzen könne.

Eine optische Täuschung spiegelt uns das Glück in gewissen Zeiten, bei gewissen Völkern vor, und wir malen es nach Analogie der menschlichen Jugend, des Frühlings, des Sonnenaufgangs und in andern Bildern aus. Ja wir denken es uns in einer schönen Gegend, in einem bestimmten Hause wohnhaft, etwa wie abendlicher Rauch aus einer entfernten Hütte die Wirkung hat, daß wir uns eine Vorstellung von der Innigkeit zwischen den dort Wohnenden machen.

Auch ganze Zeitalter gelten als glücklich oder unglücklich; die glücklichen sind die sogenannten Blütezeiten der Menschheit. Ernstlich wird etwa hiefür das perikleische Zeitalter in Anspruch genommen, in welchem der Höhepunkt des ganzen Lebens des Altertums in bezug auf Staat, Gesellschaft, Kunst und Poesie erkannt wird. Andere dergleichen Zeitalter, z. B. die Zeit der guten Kaiser, sind als zu einseitig gewählt, aufgegeben worden. Doch sagt noch Renan[1] von den drei Jahrzehnten zwischen 1815 und 1848, es seien die besten, welche Frankreich und vielleicht die Menschheit erlebt habe.

Als eminent unglücklich gelten natürlich alle Zeiten großer Zerstörung, indem man das Glücksgefühl des Siegers (und zwar mit Recht) nicht zu rechnen pflegt.

Es ist erst ein Zug der neueren Zeit, denkbar erst bei dem neueren Betrieb der Geschichte, solche Urteile zu fällen. Das Altertum glaubte an ein ursprüngliches goldenes Zeitalter, auf welches hin die Dinge immer schlimmer geworden; Hesiod malt das „jetzige" eiserne Zeitalter mit düsteren Nachtfarben. In der jetzigen Zeit macht sich eher eine Theorie der wachsenden Vervollkommnung (der sogenannte Fortschritt) zugunsten von Gegenwart und Zukunft geltend. — So viel lassen die prähistorischen Entdeckungen erraten, daß die vorgeschichtlichen Zeiten des Menschengeschlechts in großer Dumpfheit, halbtierischer Angst, Kannibalismus usw. möchten dahingegangen sein. Jedenfalls sind diejenigen Epochen, welche bisher als Jugendalter der einzelnen Völker galten, nämlich diejenigen, in welchen sie zuerst kenntlich auftreten, an sich schon sehr abgeleitete und späte Zeiten.

Wer ist es nun aber, der im ganzen diese Urteile fällt?
Es ist eine Art von literarischem Konsensus, allmählich angehäuft aus Wünschen und Räsonnements der Aufklä-

[1] Questions contemporaines S. 44.

rung und aus den wahren oder vermeinten Resultaten einer Anzahl vielgelesener Historiker.

Auch verbreiten sie sich nicht absichtslos, sondern sie werden oft publizistisch verbraucht zu Beweisen für oder gegen bestimmte Richtungen der Gegenwart. Sie gehören mit zu dem umständlichen Gepäck der öffentlichen Meinung und tragen zum Teil sehr deutlich (schon in der Heftigkeit resp. Grobheit ihres Auftretens) den Stempel der betreffenden Zeitlichkeit. Sie sind die Todfeinde der wahren geschichtlichen Erkenntnis.

Und nun mögen einige ihrer Einzelquellen nachgewiesen werden.

Vor allem haben wir es mit dem Urteil aus Ungeduld zu tun. Es ist spezifisch dasjenige des Geschichtsschreibers und Geschichtslesers und entsteht, wenn man sich zu lange mit einer Epoche hat beschäftigen müssen, zu deren Beurteilung vielleicht die Kunde, vielleicht auch nur unsere Anstrengung nicht hinreicht. Wir wünschen, die Dinge möchten geschwinder gegangen sein und würden z. B. von den sechsundzwanzig ägyptischen Dynastien einige aufopfern, damit nur endlich König Amasis und sein liberaler Fortschritt Meister würden. Die Könige von Medien, obwohl ihrer nur vier sind, machen uns ungeduldig, weil wir so wenig von ihnen wissen, während das große Phantasieobjekt Cyrus bereits vor der Tür zu warten scheint.

Summa: wir nehmen Partei für das uns Ignoranten interessant Erscheinende, als für ein Glück, gegen das Langweilige als gegen ein Unglück. Wir verwechseln das Wünschbare entlegener Zeiten (wenn es eins gab) mit dem Ergötzen unserer Einbildungskraft.

Bisweilen suchen wir uns hierüber durch eine scheinbar edlere Auffassung zu täuschen, während uns doch nur eine retrospektive Ungeduld bestimmt.

Wir bedauern vergangene Zeiten, Völker, Parteien, Bekenntnisse usw. als unglücklich, welche lange Zeit um ein höheres Gut gekämpft haben. Gerade wie man heute den Richtungen, welche beim einzelnen in Gunsten sind, gerne die Kämpfe ersparen und den Sieg ohne Mühe pflücken möchte, so auch in der Vergangenheit. Wir bemitleiden z. B. die römischen Plebejer und die Athener vor Solon in ihrem Kampf von Jahrhunderten gegenüber den harten Patriziern und Eupatriden und dem erbarmungslosen Schuldrecht derselben.

Allein erst durch den langen Kampf war nun einmal der Sieg möglich und die Lebensfähigkeit und der hohe Wert der Sache erweisbar.

Und dann wie kurz war die Freude, und wie nehmen wir ein Hinfälliges in Schutz gegen ein anderes Hinfälliges! Athen geriet mit der Zeit durch den Sieg der Demokratie in politische Ohnmacht, und Rom eroberte Italien und endlich die Welt unter unendlichen Leiden der Völker und bei starker innerer Entartung.

Besonders aber meldet sich diese Stimmung, der Vergangenheit ihre Kämpfe ersparen zu wollen, bei der Betrachtung von Religionskriegen. Es empört, daß irgend eine Wahrheit (oder was uns dafür gilt) sich nur durch äußere Gewalt solle Bahn machen können, und daß sie, wenn diese nicht genügt, unterdrückt wird. Unfehlbar verliert auch während längerer Kämpfe die Wahrheit innerlich von ihrer Reinheit und Weihe durch die zeitlichen Absichten ihrer Vertreter und Parteigänger. So erscheint es uns als ein Unglück, daß die Reformation politisch in der Welt Stellung fassen, materiell gegen eine furchtbare materielle Gegnerschaft kämpfen und dabei Regierungen zu Vertretern haben mußte, welchen oft mehr an den Kirchengütern als an der Religion gelegen war.

Allein absolut nur im Kampf, und zwar nicht nur in der gedruckten Polemik, entwickelt sich das ganze, volle Leben, das aus Religionsstreitigkeiten kommen muß; nur der Kampf macht auf beiden Seiten alles bewußt; nur durch ihn, und zwar in allen Zeiten und Fragen der Weltgeschichte, erfährt der Mensch, was er eigentlich will und was er kann.

Zunächst wurde auch der Katholizismus wieder eine Religion, was er eben kaum noch gewesen war; dann wurde der Geist nach tausend Seiten hin geweckt, Staatsleben und Kultur mit dem religiösen Kampf in alle mögliche Verbindung und Gegensatz gebracht und am Ende die Welt umgewandelt und geistig unermeßlich bereichert, was bei bloßem glattem Gehorsam unter dem neuen Glauben unterblieben wäre.

Ferner das Urteil nach der Kultur. Es besteht darin, daß man Glück und Moralität eines vergangenen Volkes oder Zustandes nach der Verbreitung der Schulbildung, der Allerweltskultur und des Komforts im Sinne der Neuzeit beurteilt, wobei dann gar nichts die Probe besteht und alle vergangenen Zeitalter nur mit einem größeren oder geringeren Grade des Mitleids abgefertigt werden. „Gegenwart" galt eine Zeitlang wörtlich gleich Fortschritt, und es knüpfte sich daran der lächerlichste Dünkel, als ginge es einer Vollendung des Geistes oder gar der Sittlichkeit entgegen. Unvermerkt wird dabei auch der Maßstab der unten zu besprechenden Sekurität mit ins Spiel gezogen, und ohne diese und ohne die eben geschilderte Kultur könnten wir allerdings nicht mehr leben. Aber ein einfaches, kräftiges Dasein, noch mit dem vollen physischen Adel der Rasse, unter beständiger gemeinsamer Gegenwehr gegen Feinde und Bedrücker, ist auch eine Kultur und möglicherweise mit einer hohen innern Herzenserziehung verbunden. Der Geist war schon früh komplett! Und die Erkundigung nach ‚moral progresses' überlassen wir billig Buckle, der sich so naiv verwundert, wenn sich keine finden wollen, während sie sich doch auf das Leben des einzelnen, nicht auf ganze Zeitalter beziehen[1]. Wenn schon in alten Zeiten einer für andere das Leben hingab, so ist man seither darüber nicht mehr hinausgekommen.

Es folgt nun, indem wir hier mehreres zusammenfassen, das Urteil nach dem Geschmack überhaupt. Dasselbe hält diejenigen Zeitalter und Völker für glücklich, in und bei welchen das Element besonders mächtig war,

[1] Vgl. oben S. 65 ff.

welches jedem gerade das teuerste ist. Je nachdem nun Gemüt, Phantasie oder Verstand vorherrschen, wird man solchen Zeiten und Völkern die Krone reichen, da eine möglichst große Quote von Menschen sich ernsthaft mit den übersinnlichen Dingen beschäftigte, oder da Kunst und Poesie herrschten und möglichst viele Zeit und Teilnahme für edlere Geistesarbeit und Kontemplation übrig hatten, oder da möglichst viele Leute guten Verdienst hatten und alles rastlos für Gewerbe und Verkehr tätig war.

Mit Leichtigkeit könnte man allen dreien beweisen, wie einseitig ihr Urteil ist, wie wenig es das ganze damalige Leben umfaßt, und wie unerträglich ihnen der Aufenthalt in jenen gepriesenen Zeiten aus verschiedenen Gründen sein würde.

Auch das Urteil nach der politischen Sympathie läßt sich oft hören. Der eine kann die vergangenen Zeiten z. B. nur da für glücklich halten, wo Republik, der andere nur da, wo Monarchie gewesen ist; der eine nur, wo beständig heftige Bewegung, der andere nur, wo Ruhe herrscht; denken wir dabei z. B. an Gibbons Ansicht von der Zeit der guten Kaiser als der glücklichsten des Menschengeschlechts überhaupt.

Diese Urteile heben einander gegenseitig von selbst auf. Und vollends diejenigen, welche das Glück der vergangenen Zeiten je nach der Konfession des Urteilenden bemessen.

Schon bei den obigen Fällen, zumal bei der Kultur, spielt stellenweise das Urteil nach der Sekurität hinein. Dasselbe verlangt als Vorbedingung jeglichen Glückes die Unterordnung der Willkür unter polizeilich beschütztes Recht, die Behandlung aller Eigentumsfragen nach einem objektiv feststehenden Gesetz, die Sicherung des Erwerbs und Verkehrs im größten Maßstab. Unsere ganze jetzige Moral ist auf diese Sekurität wesentlich orientiert, d. h. es sind dem Individuum die stärksten Entschlüsse der Verteidigung von Haus und Herd erspart, wenigstens in der Regel. Und was der Staat nicht leisten kann, das leistet die Assekuranz, d. h. der Abkauf bestimmter Arten des Unglücks durch bestimmte jährliche Opfer. Sobald die Existenz oder deren Rente wertvoll genug geworden ist, ruht auf dem Unterlassen der Assekuranz sogar ein sittlicher Vorwurf.

An dieser Sekurität fehlte es nun in bedenklichem Grade in mehreren Zeitaltern, welche sonst einen ewigen Glanz um sich verbreiten und in der Geschichte der Menschheit bis aufs Ende der Tage eine hohe Stelle einnehmen werden.

Nicht nur in der Zeit, welche Homer schildert, sondern auch offenbar in derjenigen, in welcher er lebte, versteht sich der Raubüberfall von selbst, und Unbekannte werden ganz höflich und harmlos darüber befragt. Die Welt wimmelt von freiwilligen und unfreiwilligen Mördern, welche bei den Königen Gastfreundschaft genießen, und selbst Odysseus in einem seiner ersonnenen Lebensläufe dichtet sich eine Mordtat an. Daneben aber welche Einfachheit und welcher Adel der Sitte! Und eine Zeit, da der epische Gesang als Gemeingut vieler Sänger und als allverständliche Wonne der Nation von Ort zu Ort wanderte, wird man ewig um ihr Schaffen und Empfinden, um ihre Macht und ihre Naivität beneiden. Denken wir dabei nur an die eine Gestalt der Nausikaa.

Die Zeit des Perikles in Athen war vollends ein Zustand, dessen Mitleben sich jeder ruhige und besonnene Bürger unserer Tage verbitten würde, in welchem er sich todesunglücklich fühlen müßte, selbst wenn er nicht zu der Mehrzahl der Sklaven und nicht zu den Bürgern einer Stadt der attischen Hegemonie, sondern zu den Freien und zu den athenischen Vollbürgern gehörte. Enorme Brandschatzung des einzelnen durch den Staat und beständige Inquisition in betreff der Erfüllung der Pflichten gegen denselben durch Demagogen und Sykophanten waren an der Tagesordnung. Und dennoch muß ein Gefühl des Daseins in den damaligen Athenern gelebt haben, das keine Sekurität der Welt aufwiegen könnte.

Sehr beliebt ist in den jetzigen Zeiten das Urteil nach der Größe[1]. Man kann zwar dabei nicht leugnen, daß rasch und hoch entwickelte politische Macht herrschender Völker und einzelner nur zu erkaufen war durch das Leiden von Unzähligen; allein man veradelt das Wesen des Herrschers und seiner Umgebung nach Kräften[2] und legt in ihn alle möglichen Ahnungen derjenigen Größe und Güte, welche später sich an die Folgen seines Tuns angeknüpft hat. Endlich setzt man voraus, der Anblick des Genius habe verklärend und beglückend auf die von ihm behandelten Völker gewirkt.

Mit dem Leiden der Unzähligen aber verfährt man als mit einem „vorübergehenden Unglück" äußerst kühl; man verweist auf die unleugbare Tatsache, daß dauernde Zustände, also nachheriges „Glück", sich überhaupt fast nur dann gebildet haben, wenn schreckliche Kämpfe die Machtstellung so oder so entschieden hatten; in der Regel beruht Herkommen und Dasein des Urteilenden auf so gewonnenen Zuständen, und daher seine Nachsicht.

Und nun endlich die gemeinsame Quelle, die durch alle diese Urteile hindurchsickert, das schon längst durch alles Bisherige hindurchklingende Urteil des Egoismus! „Wir" urteilen so und so; freilich ein anderer, der — vielleicht auch aus Egoismus — das Gegenteil meint, sagt auch „wir", und in absolutem Sinne ist damit so viel erreicht als mit den Wünschen nach Regen oder Sonnenschein je nach den Interessen des einzelnen Landbauers.

Unsere tiefe und höchst lächerliche Selbstsucht hält zunächst diejenigen Zeiten für glücklich, welche irgendeine Ähnlichkeit mit unserem Wesen haben; sie hält ferner diejenigen vergangenen Kräfte und Menschen für löblich, auf deren Tun unser jetziges Dasein und relatives Wohlbefinden gegründet scheint.

Ganz als wäre Welt und Weltgeschichte nur unsertwillen vorhanden. Jeder hält nämlich seine Zeit für die Er-

---

[1] Schlözer traktierte einen Miltiades usw. wie Dorfschulzen.
[2] So Plutarch in De fortuna Alexandri.

füllung der Zeiten und nicht bloß für eine der vielen vorübergehenden Wellen. Hat er Ursache zu glauben, daß er ungefähr das ihm Erreichbare erreicht hat, so versteht sich diese Ansicht von selbst; wünscht er, daß es anders werde, so hofft er, auch dies in Bälde zu erleben und noch selber bewirken zu helfen.

Alles einzelne aber, und wir mit, ist nicht nur um seiner selbst, sondern um der ganzen Vergangenheit und um der ganzen Zukunft willen vorhanden.

Diesem großen und ernsten Ganzen gegenüber sind die Ansprüche der Völker, Zeiten und Individuen auf dauerndes oder nur momentanes Glück und Wohlbefinden nur von sehr untergeordneter Bedeutung; denn weil das Leben der Menschheit ein Ganzes ist, stellen dessen zeitliche und örtliche Schwankungen nur für unsere schwachen Organe ein Auf und Nieder, ein Heil und Unheil dar, in Wahrheit aber gehören sie einer höheren Notwendigkeit an.

Wir müßten überhaupt suchen, den Ausdruck „Glück" aus dem Völkerleben loszuwerden und durch einen anderen zu ersetzen, während wir, wie sich weiter zeigen wird, den Ausdruck „Unglück" beizubehalten haben. Die Naturgeschichte zeigt uns einen angstvollen Kampf ums Dasein, und dieser nämliche Kampf erstreckt sich bis weit in Völkerleben und Geschichte hinein.

„Glück" ist ein entweihtes, durch gemeinen Gebrauch abgeschliffenes Wort. Wohin käme man, wenn eine allgemeine Abstimmung nach der Kopfzahl auf der ganzen Erde über die Definition desselben zu entscheiden hätte?

Vor allem: nur das Märchen nimmt einen sich gleichbleibenden Zustand für Glück. Die kindliche Anschauung, wie sie etwa hier lebt, mag das Bild eines dauernden festlichen Wohlbefindens (zwischen Olymp und Schlaraffenland in der Mitte) festzubannen suchen. Und auch damit ist es nicht einmal gründlicher Ernst: wenn endlich die bösen Zauberer tot, die bösen Feen bestraft sind, dann regieren Abdallah und Fatime freilich als ein glückliches Königspaar bis in ihr hohes Alter weiter; aber die Phantasie gibt ihnen eigentlich gleich nach dem Ende ihrer Prüfungen den Abschied, um sich weiter nicht mehr für sie, sondern für Hassan und Suleika oder Leila oder ein anderes Paar zu interessieren. Und doch ist schon der Schluß der Odyssee so viel wahrer; die Prüfungen des Dulders werden fortdauern, und zunächst harrt seiner noch eine schwere Pilgerfahrt.

Die Anschauung von einem Glück, welches in einem Verharren in einem bestimmten Zustande bestände, ist an sich falsch. Sowie wir von einem primitiven oder Naturzustande absehen, wo ein Tag dem andern, ein Jahrhundert dem andern gleichsieht, bis durch einen Bruch das geschichtliche Leben beginnt, müssen wir uns sagen: das Verharren würde zur Erstarrung und zum Tode; nur in der Bewegung, so schmerzlich sie sei, ist Leben. Und vor allem ist die Vorstellung vom Glück als einer positiven Empfindung schon falsch, während es nur Abwesenheit des Schmerzes ist, höchstens mit einem leisen Gefühl des Wachstums verbunden.

Freilich gibt es stillgestellte Völker, welche in ihrer Gesamterscheinung Jahrhunderte hindurch ein und dasselbe Bild gewähren und dadurch den Eindruck einer leidlichen Zufriedenheit mit ihrem Schicksal machen. Allein meist wird dies die Wirkung des Despotismus sein. Dieser entsteht von selbst, indem eine (vermutlich sehr mühsam) einmal erreichte Form von Staat und Gesellschaft gegen das Emportauchen widerstrebender Kräfte verteidigt werden muß, und zwar mit allen, auch den äußersten Mitteln. Die erste Generation ist dabei gewiß meist sehr unglücklich, die folgenden aber wachsen schon unter dieser Voraussetzung heran und heiligen zuletzt das, was sie nicht mehr ändern können und wollen, und preisen es vielleicht als höchstes Glück. Als die Spanier materiell am Aussterben waren, hielten sie ein hohes Pathos aufrecht, sobald es sich um die Herrlichkeit des kastilischen Namens handelte. Man sieht nicht, daß der Druck der Regierung und der Inquisition sie im geringsten innerlich erniedrigt hätte; ihre größten Künstler und Dichter fallen in diese Zeit.

Solche stationäre Völker und Völkerzeiten sind vielleicht dazu da, bestimmte geistige, seelische, auch materielle Güter aus einer Vorzeit zu bewahren und sie unberührt einer Zukunft als Ferment zu überliefern. Auch ist ihre Ruhe keine absolute, tödliche, sondern einem guten Schlaf zu vergleichen.

Andere Zeitalter, Völker, Individuen dagegen gehören zu denjenigen, welche zeitweise ihre Kräfte, ja ihre ganzen Kräfte in rascher Bewegung ausgeben. Ihre Bedeutung ist die, Altes zu zerstören und Neuem Bahn zu machen; zu irgendeinem eigenen dauernden Glück aber und mit Ausnahme der kurzen Augenblicke des Siegesjubels auch nur zu einem vorübergehenden sind sie nicht geschaffen. Ihre neuernde Kraft beruht nämlich auf einer beständigen Unzufriedenheit, die sich auf jeder erreichten Station langweilt und nach einer weiteren Form verlangt.

Und zwar tritt dies Streben, — wie wichtig auch seine Folgen, wie groß die historische Bestimmung sei, — tatsächlich und zeitlich doch im Gewande des unergründlichsten menschlichen Egoismus auf, welcher andern seinen Willen auferlegen und seine Satisfaktion auf deren Gehorsam gründen muß, dabei aber nie genug Gehorsam und Verehrung zu genießen meint und im großen sich jede Gewalttat erlaubt[1].

Und nun ist das Böse auf Erden allerdings ein Teil der großen weltgeschichtlichen Ökonomie: es ist die Gewalt, das Recht des Stärkeren über den Schwächeren, vorgebildet schon in demjenigen Kampf ums Dasein, welcher die ganze Natur, Tierwelt wie Pflanzenwelt, erfüllt, weitergeführt in der Menschheit durch Mord und Raub in den früheren Zeiten, durch Verdrängung resp. Vertilgung oder Knechtung schwächerer Rassen, schwächerer Völker innerhalb derselben Rasse, schwächerer Staatenbildungen,

[1] Vgl. oben S. 35 ff.

schwächerer gesellschaftlicher Schichten innerhalb desselben Staates und Volkes[1].

Der Stärkere ist als solcher noch lange nicht der Bessere. Auch in der Pflanzenwelt ist ein Vordringen des Gemeineren und Frecheren hie und da erweisbar. In der Geschichte aber bildet das Unterliegen des Edlen, weil es in der Minorität ist, besonders für solche Zeiten eine große Gefahr, da eine sehr allgemeine Kultur herrscht, welche sich alle Rechte der Majorität beilegt. Und nun waren alle diese unterlegenen Kräfte vielleicht edler und besser; allein die Sieger, obwohl nur von Herrschsucht vorwärts getrieben, führen eine Zukunft herbei, von welcher sie selber noch keine Ahnung haben. Nur in der Dispensation der Staaten vom allgemeinen Moralgesetz, bei fortwährender Geltung desselben für den einzelnen, blickt etwas wie eine Ahnung durch.

Das größte Beispiel bietet das römische Weltreich, begonnen mit den entsetzlichsten Mitteln bald nach Erlöschen des Kampfes zwischen Patriziern und Plebejern in Gestalt der Samniterkriege, vollendet durch Unterwerfung von Orient und Okzident mit unermeßlichen Strömen von Blut.

Hier erkennen wir im großen einen wenigstens für uns recht scheinbaren weltgeschichtlichen Zweck: die Schöpfung einer gemeinsamen Weltkultur, wodurch auch die Verbreitung einer neuen Weltreligion möglich wurde, beides überlieferbar auf die barbarischen Germanen der Völkerwanderung als künftiger Zusammenhalt eines neuen Europas.

Allein daraus, daß aus Bösem Gutes, aus Unglück relatives Glück geworden ist, folgt noch gar nicht, daß Böses und Unglück nicht anfänglich waren, was sie waren. Jede gelungene Gewalttat war böse und ein Unglück und allermindestens ein gefährliches Beispiel. Wenn sie aber Macht begründete, so kam in der Folge die Menschheit heran mit ihrem unermüdlichen Streben, bloße Macht in Ordnung und Gesetzlichkeit umzuwandeln; sie brachte

[1] Wir erinnern hier an die Prophezeiung Hartmanns: Philosophie d. Unbew. S. 341/3.

ihre heilen Kräfte herbei und nahm den Gewaltzustand in die Kur[1].

Und das Böse herrscht bisweilen lange **als Böses** auf Erden, nicht bloß bei Fatimiden und Assassinen. Der Fürst dieser Welt ist laut der christlichen Lehre Satan. Nichts Unchristlicheres, als der Tugend eine dauernde Herrschaft, einen materiellen Gotteslohn auf Erden zu verheißen, wie die Kirchenschriftsteller den christlichen Kaisern versprachen. Aber das herrschende Böse hat eine hohe Bedeutung: nur neben ihm gibt es ein uneigennütziges Gutes. Es wäre ein unerträglicher Anblick, wenn infolge konsequenter Belohnung des Guten und Bestrafung des Bösen hienieden die Bösen sich alle aus Zweckmäßigkeit anfingen gut aufzuführen; denn unvermeidlich vorhanden und innerlich böse wären sie ja doch. Man könnte in die Stimmung kommen, den Himmel wieder um eine Straflosigkeit der Bösen auf Erden zu bitten, nur damit dieselben wenigstens ihre wahren Züge wieder an den Tag legten. Es ist schon so Verstellung genug in der Welt.

Suchen wir nun auch einigen der erlaubtesten Klagen der Weltgeschichte den unserer Ahnung zugänglichen Trost gegenüberzustellen.

Zunächst hat zwar gar nicht jede Zerstörung auch Verjüngung zur Folge. So wie das Zerstören des edleren Pflanzenwuchses ein Land auf ewig zur verbrannten Wüste machen kann, so wird sich auch ein zu übel mißhandeltes Volk nie mehr erholen. Es gibt (wenigstens scheinbar) absolut zerstörende Mächte, unter deren Hufschlag kein Gras mehr wächst. Asien scheint dauernd und auf alle Zeiten durch die zweimalige Herrschaft der Mongolen in seiner wesentlichen Kraft geknickt worden zu sein; besonders Timur wütete entsetzlich mit seinen Schädelpyramiden und seinen Mauern aus Stein, Kalk und lebenden Menschen. Es ist gut, daß man sich beim Bilde eines solchen Zerstörers, wie er seinen und seines Volkes Egoismus im Triumph durch die rauchenden Ruinen der

[1] Vgl. oben S. 36 f.

Trost. Zerstörer und Vorbilder

Welt spazieren führt, davon Rechenschaft gebe, mit welcher Wucht das Böse sich zuzeiten vordrängen darf. In solchen Ländern wird man auf ewig nie mehr an Recht und an menschliche Güte glauben. Und doch hat er vielleicht Europa vor den Osmanen gerettet; man denke sich ihn hinweg und Bajazeth und die Hussiten zugleich sich über Deutschland und Italien werfend! Die späteren Osmanen, Volk und Sultane, so schrecklich sie für Europa waren, haben doch nicht mehr jenen Höhepunkt der Kraft erreicht, welchen Bajazeth I. vor der Schlacht bei Angora darstellte.

Es gibt schon in den alten Zeiten ein entsetzliches Bild, wenn man sich die Summe von Verzweiflung und Jammer vorstellt, welche das Zustandekommen z. B. der alten Weltmonarchien voraussetzte. Unser besonderes Mitleid würden vielleicht jene Einzelvölker verdienen, welche in verzweifeltem Kampfe um ihre Nationalität den Königen von Persien, vielleicht schon denjenigen von Assyrien und Medien unterlegen sein müssen. All die einsamen Königsburgen der Einzelvölker (Hyrkanier, Baktrier, Sogdianer, Gedrosier u. a.), welche Alexander antraf, bezeichnen lauter entsetzliche letzte Kämpfe, von welchen wir nichts mehr wissen. Haben sie umsonst gekämpft?

Ganz anders stellen sich zu unserem Gefühl diejenigen Bevölkerungen, von deren letzten Kämpfen und Untergang Kunde erhalten ist: die lydischen Städte gegen Harpagus, Karthago, Numantia, Jerusalem gegen Titus. Solche scheinen uns aufgenommen in die Reihe von Lehrern und Vorbildern der Menschheit in der **einen** großen Sache: daß man an das Gemeinsame alles setze, und daß das Einzelleben der Güter höchstes nicht sei. So daß aus ihrem Unglück ein herbes, aber erhabenes Glück für das Ganze entsteht.

Und wenn persische Keilschriften gefunden werden sollten, die auch vom Untergang jener Völker in den Ostprovinzen des Reiches nähere Meldung täten, sei es auch nur in dem bombastischen Ormuzdstil des geistlosen Siegervolkes, so würden auch sie sich jenen großen Erinnerungen beigesellen.

Beiseite mag hier der Trost bleiben, daß ohne solche vorläufige Zermalmer, wie Assur und Persien, Alexander die Elemente der griechischen Kultur nicht so weit nach Asien hinein hätte tragen können; über Mesopotamien hinaus hat dieselbe keine große Wirkung mehr gehabt. Überhaupt müssen wir uns hüten, unsere geschichtlichen Perspektiven ohne weiteres für den Ratschluß der Weltgeschichte zu halten.

Bei allen Zerstörungen läßt sich aber immer **eins** behaupten: weil uns die Ökonomie der Weltgeschichte im großen dunkel bleibt, wissen wir nie, was geschehen sein würde, wenn etwas, und sei es das Schrecklichste, unterblieben wäre. Statt einer weltgeschichtlichen Woge, die wir kennen, wäre wohl eine andere gekommen, die wir nicht kennen, statt eines schlimmen Unterdrückers vielleicht ein noch böserer.

Nur soll deshalb kein Mächtiger sich zu entschuldigen glauben mit dem Wort: „Tun wir's nicht, so tut's ein anderer," womit jede Art von Verbrechen gerechtfertigt werden könnte. (Solche halten eine Entschuldigung übrigens auch meist nicht für nötig, sondern finden: „Was **wir** tun, schlägt ja eo ipso zum Glück aus.")

Vielleicht würde auch der unterlegene Teil selbst bei längerem Dasein unserer Teilnahme nicht mehr würdig scheinen. Ein Volk z. B., das früh in glorreichem Kampf untergegangen, wäre vielleicht später nicht sehr glücklich, nicht sehr kulturfähig, ja durch eigenes Böses in seinem Innern frühe verrucht und für die Nachbarn verderblich geworden. Dagegen, in seiner Vollkraft dahingenommen, macht es eine ähnliche Wirkung, wie früh gestorbene ausgezeichnete Menschen, welchen die Phantasie bei vorausgesetztem längerem Dasein nur Fortschritt in Glück und Größe andichtet, während sie vielleicht ihre Sonnenhöhe schon erreicht und überschritten hatten.

Von der anderen Seite meldet sich als Trost das geheimnisvolle Gesetz der K o m p e n s a t i o n , nachweisbar wenigstens an e i n e r Stelle: an der Zunahme der Bevölkerung nach großen Seuchen und Kriegen. Es scheint ein Gesamtleben der Menschheit zu existieren, welches die Verluste ersetzt[1].

So ist es z. B. nicht gewiß, wohl aber für unser Auge wahrscheinlich, daß das Zurückweichen der Weltkultur aus dem östlichen Becken des Mittelmeeres im 15. Jahrhundert äußerlich und innerlich kompensiert wurde durch die ozeanische Ausbreitung der westeuropäischen Völker; der Weltakzent rückte nur auf eine andere Stelle.

So wie dort statt eines Todes ein anderer Tod gekommen wäre, so substituiert hier statt eines untergegangenen Lebens die allgemeine Lebenskraft der Welt ein neues.

Nur ist die Kompensation nicht etwa ein Ersatz der Leiden, auf welchen der Täter hinweisen könnte, sondern nur ein Weiterleben der verletzten Menschheit mit Verlegung des Schwerpunktes. Auch darf man nicht etwa den Leidenden und ihren Deszendenten und sonstigen Verwandten damit kommen. Die Völkerwanderung war eine große Erfrischung der Welt für das absterbende Römerreich, aber wenn man in dem östlichen, übriggebliebenen Rest desselben etwa im 12. Jahrhundert unter den Komnenen einen Byzantiner fragte, so redete er so stolz als möglich vom Fortleben Roms am Bosporus und so verachtungsvoll als möglich gegen das „erneute und erfrischte" Abendland; und noch der jetzige Gräkoslawe unter den Türken hält sich nicht für geringer und wohl auch nicht für unglücklicher als den Abendländer. Überhaupt, sobald man die Leute fragt, bedanken sie sich für alle Erneuerung der Welt, welche durch ihren Untergang und durch Einwanderung wilder Horden bewirkt werden soll.

Die Lehre von der Kompensation ist meist doch nur eine verkappte Lehre von der Wünschbarkeit, und es ist und bleibt ratsam, mit diesem aus ihr zu gewinnenden Troste sparsam umzugehen, da wir doch kein bündiges Urteil über diese Verluste und Gewinste haben. Entstehen und Vergehen sind zwar das allgemeine Erdenschicksal; aber

---

[1] Vgl. besonders die konstanten Zahlen der Statistik, Bevölkerungslehre usw. (Schopenhauer, Die Welt als Wille und Vorstellung, Bd. II, S. 575.)

jedes wahre Einzelleben, das durch Gewalt und (nach unserem Dafürhalten) vorzeitig dahingerafft wird, darf als schlechthin unersetzlich gelten, sogar als nicht ersetzlich durch ein anderes ebenso treffliches.

Eine andere Schattierung der Kompensation ist die **Verschiebung** eines versprochen scheinenden Ereignisses. Es unterbleibt einstweilen etwas Großes, sehnsüchtig Gewünschtes, weil eine künftige Zeit es vollkommener vollziehen wird. Deutschland war im Dreißigjährigen Kriege vielleicht zweimal der Einheit ganz nahe: 1629 durch Wallenstein, 1631 durch Gustav Adolf; in beiden Fällen würde ein furchtbarer, kaum zu bändigender Gegensatz im Volke geblieben sein; der Welttag der Nation wurde um 240 Jahre verschoben und trat dann ein in einem Moment, da jener Gegensatz seine Gefährlichkeit völlig verloren hatte. Im Gebiete der Kunst kann man sich in ähnlicher Weise sagen, daß die neue St. Peterskirche des Papstes Nikolaus V. unendlich geringer geworden wäre als die des Bramante und Michelangelo.

Eine Schattierung ist auch der **Ersatz** von einzelnen Kulturzweigen durch andere: in der ersten Hälfte des 18. Jahrhunderts bei fast völliger Nullität der Poesie und geringer Richtung in der Malerei erreicht die Musik ihre größte Erhabenheit. Allein auch dies sind Imponderabilien, die man nicht so keck gegeneinander abwägen darf. Sicher ist nur, daß **eine** Zeit, **ein** Volk nicht alles zugleich besitzen kann, und daß viele an sich unentschiedene Kräfte von derjenigen Gattung angezogen werden, welche sich bereits im größten Schwung befindet.

Die allergerechtesten Klagen jedoch, welche man, wie es scheint, gegen das Schicksal sollte erheben dürfen, beziehen sich auf den Untergang hoher Werke der Kunst und Dichtung. Auf das Wissen des Altertums, auf die Bibliotheken von Pergamus und Alexandrien würden wir am Ende noch verzichten: das neuere Wissen ist erdrückend genug; allein die untergegangenen Dichter höchsten

Verschiebung, Ersatz. Das Untergegangene

Ranges erfüllen uns mit Jammer, und auch an den Historikern haben wir unersetzliche Verluste erlitten, weil die Kontinuität der geistigen Erinnerungen auf große, wichtige Strecken fragmentarisch geworden ist. Diese Kontinuität ist aber ein wesentliches Interesse unseres Menschendaseins und ein metaphysischer Beweis für die Bedeutung seiner Dauer; denn ob Zusammenhang des Geistigen auch ohne unser Wissen davon vorhanden wäre, in einem Organ, das wir nicht kennen, das wissen wir nicht und können uns jedenfalls keine Vorstellung davon machen, müssen also dringend wünschen, daß das Bewußtsein jenes Zusammenhanges in uns lebe.

Allein unsere unerfüllte Sehnsucht nach dem Untergegangenen ist auch etwas wert; ihr allein verdankt man es, daß noch so viele Bruchstücke gerettet und durch eine rastlose Wissenschaft in Zusammenhang gesetzt worden sind; ja Verehrung der Reste der Kunst und unermüdliche Kombination der Reste der Überlieferung machen einen Teil der heutigen Religion aus.

Die verehrende Kraft in uns ist so wesentlich, als das zu verehrende Objekt.

Vielleicht auch mußten jene hohen Kunstwerke untergehen, damit eine neuere Kunst unbefangen schaffen könne. Wenn z. B. im 15. Jahrhundert plötzlich große Massen wohlerhaltener griechischer Skulpturen und Malereien wären gefunden worden, so hätten Lionardo, Michelangelo, Raffael, Tizian und Correggio nicht schaffen können, was sie geschaffen haben, während sie mit dem von den Römern Ererbten wohl in ihrer Weise wetteifern konnten. Und wenn nach der Mitte des 18. Jahrhunderts bei der begeisterten Erneuerung des philologischen und antiquarischen Studiums die verlorenen griechischen Lyriker aufgetaucht wären, so hätten sie möglicherweise den ganzen hohen Flor der deutschen Poesie stören können. Freilich würde wohl nach einigen Jahrzehnten der Störung, nach dem ersten Erstaunen das massenhaft vorhandene Alte mit dem Neuen sich auseinandergesetzt und das Neue seine eigenen Wege gefunden haben, — allein der entscheidende Augenblick des Vermögens der Blüte, welcher nicht mehr in seiner vollen Höhe wiederkehrt, wäre vorüber gewesen. Nun aber war im 15. Jahrhundert für die Kunst, im 18. für die Poesie genug vom Alten da, um anzuregen, und nicht so viel, um zu erdrücken.

Auf diesem Punkt angelangt, ist innezuhalten. Wir sind unmerklich von der Frage des Glückes und Unglückes auf das Fortleben des Menschengeistes geraten, das uns am Ende wie das Leben e i n e s Menschen erscheint. Dieses, wie es i n der Geschichte und d u r c h sie bewußt wird, muß allmählich die Blicke des Denkenden dergestalt fesseln, und die allseitige Ergründung und Verfolgung desselben muß seine Anstrengung derart in Anspruch nehmen, daß die Begriffe Glück und Unglück daneben mehr und mehr ihre Bedeutung verlieren. „Reif sein ist alles." Statt des Glückes wird das Ziel der Fähigen nolentium volentium die Erkenntnis. Und dies nicht etwa aus Gleichgültigkeit gegen einen Jammer, der uns ja mitbetreffen kann, — wodurch wir vor allem kalten Objektiv-tun geschützt sind, — sondern weil wir die Blindheit unseres Wünschens einsehen, indem die Wünsche der Völker und einzelnen wechseln und sich widersprechen und aufheben.
Könnten wir völlig auf unsere Individualität verzichten und die Geschichte der kommenden Zeit etwa mit ebensoviel Ruhe und Unruhe betrachten, wie wir das Schauspiel der Natur, z. B. eines Seesturms vom festen Lande aus mitansehen, so würden wir vielleicht eins der größten Kapitel aus der Geschichte des Geistes bewußt miterleben.
In einer Zeit:
Da der täuschende Friede jener dreißig Jahre, in welchen wir aufwuchsen, längst gründlich dahin ist und eine Reihe neuer Kriege im Anzug zu sein scheinen,
Da die größten Kulturvölker in ihren politischen Formen schwanken oder in Übergängen begriffen sind,
Da mit der Verbreitung der Bildung und des Verkehrs auch die des Leidensbewußtseins und der Ungeduld sichtlich und rasch zunimmt,
Da die sozialen Einrichtungen durchgängig durch Bewegungen der Erde beunruhigt werden, — so vieler an-

derer angehäufter und unerledigter Krisen nicht zu gedenken, —
Würde es ein wunderbares Schauspiel, freilich aber nicht für zeitgenössische, irdische Wesen sein, dem Geist der Menschheit erkennend nachzugehen, der über all diesen Erscheinungen schwebend und doch mit allen verflochten, sich eine neue Wohnung baut. Wer hievon eine Ahnung hätte, würde des Glückes und Unglückes völlig vergessen und in lauter Sehnsucht nach dieser Erkenntnis dahinleben.

NACHWORT

Eine Endbemerkung zu dem ungeheuren Buche der Weltgeschichtlichen Betrachtungen, die im Geiste des Lesers das Bild des noch Nachbebenden hier und da ein wenig zu ergänzen oder zu beleuchten unternimmt, sieht sich wie bei allen Büchern Burckhardts — und so wenigen anderer Gelehrter — zuerst und zuletzt darauf hingewiesen, vom M e n s c h e n Burckhardt zu reden. Zwischen seiner geistigen und seiner sinnlichen Gestalt, zwischen dem, was er dachte, und dem, was er täglich tat und war, habe eine kurze Wanderung durch sein Leben ihren Platz, während unser erster Rundgang ganz nach Wohlgefallen von seinem Werke mitnimmt, was ihm nahelag, beachtens- oder bewahrenswert schien.

Die Weltgeschichtlichen Betrachtungen — beginnen wir damit — haben zunächst gar nicht diesen Titel. Sie sind auch gar nicht als Buch gedacht und wären, hätte man nach Burckhardts Wünschen statt nach einer halben Zusage des Sterbenden gehandelt, auch nie als Buch erschienen. Sie sind vielmehr nur das häusliche Konzept einer Vorlesung, die Burckhardt unter dem Namen „Über Studium der Geschichte" zweimal, im Winter 1868 und im Winter 1870/71, unter dem Grollen der Gegenwart, der deutsch-französischen Geschütze, gehalten, d. h. frei vorgetragen hat. Als er seine vierwöchigen Sommerferien 1868 in Konstanz verbrachte, war dies Konzept entstanden; als das Wintersemester herannahte, hat er es mit vorbildlicher Sorgfalt, im Herbst und im Winter, noch zweimal durch- und umgearbeitet. Dazu kamen nach jahrelanger Spannung in nächster Nähe, von dem Ausguck Basel sorgenvoll beobachtet, die plötzlichen großen Wetterschläge europäischer Politik mit dem Unerwarteten: der

Einigung Deutschlands und Italiens und dem zunächst rätselvollen Vaticanum, die dieser Vorlesung, als sie zum zweiten Male gehalten wurde, gleichsam über Nacht einen ungeahnten Resonanzgrund in den Zuhörern auftaten und ihr weit über Zwecke des Universitätsunterrichts hinaus Bedeutung für die Erkenntnis des Tages verliehen. Burckhardt, der in liebenswürdiger, sich bescheiden gebender Skepsis sonst gern vermied, Grundsätzliches seiner Wissenschaft öffentlich auszusprechen, scheint den Wert dieser Betrachtungen für seine Basler selbst deutlich gefühlt zu haben; denn er behandelte den Gegenstand des vorletzten Kapitels, die historische Größe, über die Vorlesung hinaus noch im November 1870 in drei öffentlichen Vorträgen und sprach im selben Monat, gleichfalls öffentlich, in der Aula des Basler Museums über Glück und Unglück in der Weltgeschichte. Von dem Eindruck der Vorlesung und dieser (ebenfalls frei gehaltenen) Vorträge könnten sich die, welche Burckhardt noch nicht kennen, aus der scheinbar so kargen Niederschrift des Konzepts wohl kaum eine Vorstellung machen, hätte nicht unter den Hörern ein Zeuge gesessen, der, selbst ein begnadeter Meister in den Bereichen des Wortes, darüber berichtet hat: Friedrich Nietzsche. Noch ichhaft-ungebunden, froh der jungen freundschaftlichen Annäherung an den sechsundzwanzig Jahre Älteren, in Burckhardt mit Macht das ihm Verwandte an sich reißend, das ihm Fremde übersehend, schreibt er am 7. November 1870 an den Freiherrn v. Gersdorff jenen denkwürdigen Brief, der zugleich schon die ganze Tragödie seiner Verkennung Burckhardts aufdämmern läßt: „Gestern abend hatte ich einen Genuß, den ich Dir vor allem gegönnt hätte. Jacob Burckhardt hielt eine freie Rede über ‚historische Größe‘, und zwar völlig aus unserem Denk- und Gefühlskreise heraus. Dieser ältere, höchst eigenartige Mann ist zwar nicht zu Verfälschungen, wohl aber zu Verschweigungen der Wahrheit geneigt, aber in vertrauten Spaziergängen nennt er Schopenhauer ‚unseren Philosophen‘. Ich höre bei ihm ein wöchentlich einstündiges Kolleg über das Studium der Geschichte und glaube der einzige seiner sechzig Zuhörer zu sein, der die tiefen Gedankengänge mit ihren seltsamen Brechungen und Umbiegungen, wo die Sache an das Bedenkliche streift, begreift. Zum ersten Male habe ich ein Vergnügen an einer Vorlesung: dafür ist sie auch derart, daß i c h sie, wenn ich älter wäre, halten könnte." Und er hat sie in seinem Sinne gehalten..

Was uns übrig ist von dem belebten Wort jener Stunden, die Nietzsche und viele entzündeten, sind die Blätter, nach denen Burckhardt memoriert hat. Seinem Schwestersohne Jakob Oeri bleibt das Verdienst, sie 1905 aus dem Nachlasse herausgegeben zu haben. Hier und dort löste er dabei stichwortartige Aufzeichnungen Burckhardts in knappe, gleichfalls burckhardtisch empfundene Sätze auf und gab dem Ganzen statt der „irreführenden" Kollegbezeichnung den Verlegenheitstitel Weltgeschichtliche Betrachtungen.

Wir besitzen in ihnen das persönlichste Werk Burckhardts. Zwischen seinen Zeilen spürt der feiner Hörende auch heute noch die menschliche Gegenwart des großen Lehrers, wie er neben dem Katheder, mit der einen Hand die Togaöffnung suchend, ohne Pathos, unter sehr skeptischen Einschränkungen sprechend, an Übergängen wie „Die Kriege von heute" vorsichtig den Kopf vorschiebt, als wolle er den Ahnenden noch etwas anvertrauen. Wir besitzen in ihnen zugleich, unter dem Namen einer bloßen historischen Handwerkslehre für Hörer aller Fakultäten, die feinste Zusammenfassung der Ergebnisse seiner geschichtlichen Studien, ein in allem Entscheidenden geschlossenes, souverän gesehenes und gegliedertes, gedrängt, fast gepreßt geschriebenes Bekenntnisbuch über Eigenart, Methode, Gesamtbild und Sinn der Geschichtschreibung Burckhardts und damit den wichtigsten Beitrag zum Bilde seiner geistigen Person. Auf der Höhe seines Könnens, im Rücken die drei Meisterwerke der „Zeit Konstantins des Großen" (1852), des „Cicerone" (1855) und der „Kultur der Renaissance in Italien" (1860), denen sich ebenbürtig das Architekturbuch „Geschichte der Renaissance" (1867) anreiht, neben Vorlesungen, die „von Adam bis auf Napoleon" ungefähr alles behandeln, und ungezählten öffentlichen Vorträgen über politische und Kulturgeschichte, Kunst und Literatur, kurz bevor er noch den Lehrstuhl für Kunstgeschichte dazu übernimmt, erhebt sich der Fünfziger zu dieser Behandlung der höchsten und letzten Fragen seiner Wissenschaft, während er fast um dieselbe Zeit, zwischen Februar 1869 und Januar 1870, auch noch den Stoff für die „Griechische Kulturgeschichte" zusammenträgt.

Seine geistigen Züge: Anschauungsfreude, zuweilen erscheinend als sich hingebende Lust an der Betrachtung, die auf Tat verzichtet; Schätzung des Menschen in seiner Besonderheit, seiner Freiheit, in der allein Kultur möglich sei; bildungsfreudiger Blick zur ganzen, in Sprachen und Nationen geschiedenen Menschheit; Liebe zum Stadt- und Kleinstaat, in dem er noch am ehesten die Kultur unbehelligt glaubt, und in zarter, tatschwacher Seele, halb Haß, halb Liebe, aus dem Schauen aufsteigend doch der Schauer vor der Macht der Großen und der Großmächte vor den Toren: all das erinnert lebhaft den, der innerer Verwandtschaft nachzuspüren lernte, an Burckhardts Ursprünge: Basel. Er ist zutiefst Kind und Ausdruck der alten Humanistenstadt, die zu beiden Seiten der Rheinbrücke zwischen dem Wetterhahn von St. Martin und den roten Turmnadeln des Münsters, unvergeßlich dem Reisenden, sich breitet; der Stadt des Konzils, des Erasmus, der von hier aus in epikuräischem Humanitätsglauben für die Willensfreiheit, das liberum arbitrium, gegen Luther auftrat, und Holbeins, der den Tod von Basel hier in Holz schnitt; der Stadt, in der sich Frommes und Freies von den großen Predigern bis zu Nietzsche wundersam kreuzte und vor deren Toren auf den Heerstraßen zwischen Paris, Mailand und Frankfurt die großen Kriege ausgetragen wurden, die man, selber zum Eingriff meist zu schwach doch innerlich lebhaft mitbewegt, wie aus dem Fenster zu betrachten gelernt hatte. Hier, schauend im Brennpunkt der Geschichte, hatte, noch vor Herder, Iselin den Blick zu einer „Geschichte der Menschheit" erhoben, um an den Schicksalen recht vieler verschiedener Völker die Vorzüge der Gesittung zu beobachten, und entwarf Bachofen um 1860, wie Burckhardt als Ausgangspunkt und alleinige Kontrolle „überall das Einzelne in den Vordergrund stellend", seine großartige, die gesamte antike Vorwelt einschließlich Ägyptens und Indiens behandelnde Lehre vom Kampfe zwischen Mutterrecht und Vaterrecht. Aus dieser Stadt endlich, der er Burckhardts wegen „einen Vorrang an Humanität" zuerkannte, warf der junge Nietzsche um 1870 seine Bildungsschriften: „Über die Zukunft unserer Bildungsanstalten" und gegen den „Bildungsphilister" David Friedrich Strauß und später noch sein voltairisch-burckhardtisches „Menschliches Allzumenschliches" in seine Zeit.

Aus dem Betrachten und der von allen Himmelsrichtungen stets neu hereinfließenden Kunde wächst in Basel die Lust zur Geschichtspflege. Paart sich die betrachtsame Art in einem Menschen mit einer so starken anschaulichen Begabung und einem so starken Anschauungsstreben wie in Burckhardt, so muß sich eine höchst eigenartige, sozusagen intuitive Weise bilden, der Geschichte Herr zu werden. Tritt zu diesen Zügen ferner eine aus geistiger Überlegenheit, Verfeinerung und Zartheit fließende, sich selbst und die meisten andern stündlich als begrenzt erlebende, fast melancholische Skepsis und Selbstkritik, die die Lust am Schauen und die Abneigung vor der Tat noch vertieft, und ferner eine Freude an künstlerischer Gestaltung des Innegewordenen, so muß sich aus einem ichgebundenen lyrischen Jüngling sehr bald ein vornehmlich erkennender junger Mann bilden, der seine Grenzen weiß und vielleicht schon seine Aufgaben sieht. So ist es mit Burckhardt geschehn. Durch seine passive, skeptische Natur geführt, verzichtet er sehr bald auf Begeisterung, Teilnahme an den politischen Kämpfen der Gegenwart, verzichtet er hart und früh auf Liebe und Ehe, bald danach auch auf Ruhm und äußeren Glanz. Schon der Vierundzwanzigjährige hat die Lust zur Betrachtung und Anschaulichmachung deutlich als eine seiner Hauptkräfte erkannt, weist die „Lücken" seiner Begabung, die in der Unfähigkeit liegen hegelisch zu konstruieren, klar nach und seinen Jugendliebhabereien als

Liebhabereien eindeutig ihren Platz. So heißt es in den Briefen an Gottfried Kinkel: „Überhaupt werdet ihr längst den einseitigen Hang meiner Natur zur Anschauung erkannt haben. Ich habe mein Leben lang noch nie philosophisch gedacht und überhaupt noch keinen einzigen Gedanken gehabt, der sich nicht an ein Äußeres angeschlossen hätte." Oder an den jungen Theologen Willibald Beyschlag: „Mein ganzes Geschichtsstudium ist so gut wie meine Landschaftskleckserei und meine Beschäftigung mit Kunst aus einem enormen Durst nach Anschauung hervorgegangen. Ich rechne zur Anschauung natürlich auch die geistige, z. B. historische, welche aus dem Eindruck der Quellen hervorgeht." Und wieder an Kinkel: „Ich weiß sehr wohl, daß ich mit meiner Landschafts-Miniaturmalerei und Kleinlyrik nur einen gewissen Kreis von Lesern und Freunden günstig stimmen könnte, aber für solche Rühmchens danke ich. Ein Zeitdichter kann ich doch nicht werden. Ich beschränkte mich daher in meinen Versen darauf, hie und da meinen Nächsten ein Vergnügen zu machen — aber ein Zeitgeschichtsschreiber möchte ich gerne werden." Doch auch in diesem neu erkannten Berufe begreift er sogleich wiederum seine Eigenart und Grenze: „Die Geschichte ist mir noch immer größtenteils Poesie, sie ist mir eine Reihe der schönsten malerischen Kompositionen. Meine historische Darstellung kann vielleicht mit der Zeit lesbar, ja angenehm werden, aber, wo nicht ein Bild aus meinem Innern auf das Papier zu bringen sein wird, muß sie insolvent dastehen." Und noch der Sechzigjährige schreibt 36 Jahre später an Nietzsche, als ihm der sein „Menschliches Allzumenschliches" zuschickt, das Gleiche, wenn nun auch französisch höflich und mit einem Hauch Ironie: „In den Tempel des eigentlichen Denkens bin ich nie eingedrungen, sondern habe mich zeitlebens in Hof und Hallen des Peribolos ergötzt, wo das Bildliche im weitesten Sinne des Wortes regiert."

Damit verschlingt sich, wie alles in einer geistigen Person — unsere Zerlegung des in sich Ganzen ist ja nur methodisch und vergröbert durch Nennung — noch etwas andres: Burckhardts Anschauungserlebnis ist **statisch**, plastisch, dem in sich Ruhenden, in sich Begrenzten, in sich Wiederkehrenden zugewandt, ganz entsprechend der durch Skepsis und Resignation gedämpften Leidenschaftlichkeit seines Erlebens. Der Formfreund, der sich aus Jugend und Gegenwart, Gotik und politischer Romantik in die klaren Formen der Kunstwelt Italiens flüchtete, sich an ihnen zu trösten; der verdrängte Künstler, der sich im Erkennen vom Leiden des Daseins erlöst, dem Betrachten die höchste Lust wurde: er sieht, weil er so ist, wie er ist, das geschichtliche Dasein nicht als ein Vorüberstürmen eines ständig Andren, nicht als ein grenzenloses Nacheinander und Auseinander von Geschehnissen, deren einzige Ordnung das Nacheinander ist, sondern er sieht das Geschichtliche, wie er in Italien die Kunstwerke sah: als eine in sich ruhende Gesetzmäßigkeit, als ständige Wiederholung eines anschaubaren Gleichen: eines Konstanten, Typischen. Und damit wird auch erst seine tiefe Abneigung der Hegelschen Geschichtsphilosophie gegenüber ganz deutlich. Der wie Goethe gegenständlich Denkende, der wie Goethe „den Weg zur Klarheit" nach Italien ging, konstruiert nicht, sondern schaut an. Und anschauend findet er nicht die **Entwicklung** in der Geschichte, sondern die **Wiederholung**. Und so kommt er in den Weltgeschichtlichen Betrachtungen zu den bedeutsamen Sätzen, aus denen dem aufmerksamen Leser neben dem Leit- und Endgedanken seiner Geschichtsbetrachtung auch die Verachtung des Geistigen für seine fortschrittsfrohe Mitwelt herausklingt: „Die chronologisch verfahrende Geschichtsphilosophie legt mehr Gewicht auf die Gegensätze zwischen den aufeinandergefolgten Zeiten und Völkern, wir mehr auf die Identitäten und Verwandtschaften; dort handelt es sich mehr um das Anderswerden, hier um das Ähnlichsein." „Die Geschichtsphilosophen betrachten das **Vergangene** als Gegensatz und Vorstufe zu uns als Entwickelten; — wir betrachten das **sich Wiederholende, Konstante, Typische**."

Eine andere, nicht minder tiefe Schicht von Burckhardts geistiger Gestalt, und eine, so glauben wir, nicht weniger bezeichnende Frage für sein Werk schlagen wir an, wenn wir nun einmal darüber nachdenken, was in Burckhardts Geschichtsbild eigentlich dem Inhalt nach dasjenige ist, an dem die Wiederholung vor sich geht, dasjenige, aus dem die Wiederkehr typischer Grundformen fließt, was eigentlich der zentrale Oberbegriff seines Geschichtsdenkens ist. Mußte er als statisch Anschauender — abgesehen von dieser Typenlehre geschichtlicher Formen — zu einem scheinbar stillstehenden Bilde der Geschichte: zu seinen kulturgeschichtlichen Querschnitten, gelangen, die daher auch mit Vorliebe das Präsens, das sozusagen zeitlose Tempus anwenden (im Gegensatz zu den Geschichtschreibern der Längsschnitte, der Entwicklung oder des Nacheinander von Einmaligem, die sich mit Vorliebe der Form des Vorbei, des Vergangenheitstempus bedienen), so muß sich bei ihm, ebenfalls anschaulich erlebt, ein in sich gleich Bleibendes als Ausgangspunkt und Former der Geschichte finden lassen. Dies das Geschichtsbild Bestimmende (in Wahrheit die persönliche Voraussetzung) ist nach Burckhardt nicht mehr Gottes Plan wie bei Bossuet, nicht die Aufklärung wie bei Voltaire, sind nicht mehr die Ideen wie bei Hegel oder (wirklichkeitsgesättigt) noch bei Ranke, nicht, ins Praktische gewandt, die konstitutionelle Verfassung und politische Stärkung wie bei Sybel oder die nationale Erziehung wie bei Treitschke: es ist der M e n s c h. Und dieser (wiederum echt humanistisch gedacht und zugleich, wie das 18. Jahrhundert, romantischem Entfernungstrieb aus dem Wege gehend) bleibe sich im Wesen gleich: „Unser Ausgangspunkt ist der vom einzigen bleibenden und für uns möglichen Zentrum, vom duldenden, strebenden und handelnden Menschen, wie er ist und immer war und sein wird." Das „Wesen der Geschichte" ist zwar „die Wandlung". Aber „am Ende liegt ein Drang zu periodischer großer Veränderung in dem Menschen". Und aus diesem Drange verändern sich in anschaubaren Typen die Formen, mit denen der Mensch in den Bereich der Geschichte hineinragt: Staat, Religion und Kultur. Die Geschichte ist bei Burckhardt nach der notwendigen Verengung des Blickfeldes auf das Staatlich-

Politische, wie sie zu Beginn des 19. Jahrhunderts in Ranke, seiner Schule und Sybel erscheint, zum ersten Male wieder Wissenschaft vom Menschen als ganzem und seinen Äußerungsformen. Doch pocht diese durch die Romantik mit ihrer Würdigung jeglicher Besonderheit und die historisch-kritische Methode hindurchgegangene nun nicht mehr wie Voltaire aufklärungsstolz auf die Gegenwart, sieht sie nicht mehr das Interessante der Geschichte wie dieser darin, daß man aus ihr die Dummheit der Vergangenheit kennenlerne, und übersieht sie nicht mehr wie dieser die unauflösbare, vielleicht tragische Bindung, die zwischen dem staatlichen und kulturellen Leben notwendig schwebt.

Obwohl nun, wie wir sahen, Burckhardts Geschichtsblick dem angeschauten Typus, der Menschengeschichte als ganzer, dem aus den Quellen gehobenen Querschnitt durch ein Zeitalter, also einem scheinbar abstrakt hinter den Einzelmenschen und -Geschehnissen Liegenden zugewandt ist, so beruht dies doch keineswegs etwa auf einer Geringschätzung des Menschen als Person, sondern folgt lediglich aus dem durch die Aufgabe selbst gesteckten Zwange, das als möglichst Vielen gemeinsam Angeschaute auszusprechen. Und hier kreuzt sich in Burckhardt auf das seltsamste ein Zug seiner Weltanschauung mit einem Zuge seiner Begabung.

Von früh an war er von dem **Werte und der Würde des Einzelmenschen** aufs tiefste durchdrungen. Ihm, d. h. dem wertvollen, seiner freien Entfaltung, solle im Denken und Handeln von Staats wegen möglichst wenig Zwang in den Weg geworfen werden. Und auch ferner echt humanistisch: die eigengesetzliche, nur mit dem Höchsten gespeiste Entfaltung des Individuums Mensch führe als einzige zur wahren Kultur, zur wahren Bildung. Diesen Gedanken hat Burckhardt auch bis in sein Alter festgehalten. Als tief an den Geist seiner Vaterstadt Gebundener, dieser patrizisch regierten, einen Renaissancehauch bis in unsere Tage tragenden Stadtrepublik, deren Bewohner sich ihre Freiheit nach außen und innen durch die Jahrhunderte erhielten, hat er als verwandter, „homogener Geist" (wie ihn Gottfried Keller nannte) zweimal unvergeßlich das Erwachen des Menschen, des freien Individuums aus dem ständisch gebundenen, dargestellt: in den Stadtrepubliken Florenz und Athen, und die Uniformität der Barbarenstaaten, die Monotonie orientalischer Despotismen und die mittelalterliche Hierarchie als Bürger einer freien Stadt zeitlebens mit sichtlichem Grauen geschildert. In diesem humanistischen Grundgefühle hoher Achtung vor dem freien, selbständigen Einzelnen als dem Kulturträger ist auch seine schon berührte Ablehnung der Großstaaten verankert. Er will das Individuum und damit die Kultur nicht der Macht zum Opfer gebracht wissen. Aber das Individuum ist ihm — und das nimmt bei dem Skeptiker, der sich früh aus lyrischer Ich-Gebundenheit betrachtend in die Welt der Dinge, der geschichtlichen Leistungen herausbegibt, nicht wunder — **allein** kein letzter Wert. Das frei sich selbst seine **Aufgaben** setzende Individuum vielmehr nur, das Individuum, soweit es Kultur-Schöpfer und -Träger ist: nur dies hat seine Liebe.

Mit der so gewonnenen Neutralisierung des Individuums trifft aber außerdem ein eigenartiger Zug in Burckhardts Begabung zusammen. Ihm gelingen nämlich seit seiner Jugend Figuren, Menschen in Vers und Bild nur als schmückendes Beiwerk, nicht als Hauptsache. Wie danach in seinen Geschichtswerken die wegen ihrer Feinfühligkeit für das Wesentliche gepriesenen Charakteristiken einzelner Männer immer nur vor die große Zustandsmalerei gesetzt sind, so herrschen schon hier deutlich die Hintergründe. Was uns noch bis in seine Methode hinein begegnet und im Tiefsten seiner Weltansicht ebenso wie im Aufbau seiner Bücher deutlich wird, erscheint hier noch als Begabungsgrenze: der Einzelne auf dem Hintergrund des Allgemeinen, das Individuum als konkretes Sinnbild für das Ganze, das Einzelne als Andeutung für das Typische.

Ist nun die Geschichte Wissenschaft vom Menschen und das Individuum nur wertvoll als Träger eines Überindividuellen, der Kultur, so muß das Mittel, im Einzelnen die überindividuellen Werte und Güter zur Entfaltung zu bringen, die „Bildung" im weitesten Sinne, bei Burckhardt gleichfalls hoch in Schätzung stehen. Und zwar tritt, wiederum ganz humanistisch, neben die Kunst die **Geschichte** als Führerin zur **Bildung**, d. h. Menschlichmachung. Burckhardt sah daher, zumal in der Humanistenstadt Basel, die Aufgabe seines akademischen Lehrstuhls tatsächlich auch „weniger in der Mitteilung spezieller Gelehrsamkeit als in der allgemeinen Anregung zu geschichtlicher Betrachtung in der Welt", wie er in seinem Nekrolog sagt und es auf jeder Seite seiner Bücher und in jedem Satze seiner Vorlesungen, Vorträge und Unterrichtsstunden wahr machte wie keiner mehr in seiner Zeit. So heißt es (wiederum verknüpft mit einem Ausdruck seines Willens zur Anschauung) schon in der ersten Vorrede zum Konstantin: „Der Verfasser wollte nicht wissenschaftliche Kontroversen durch Herbeiziehung neuer Einzelheiten um einen Schritt weiterführen helfen, um sie dann doch im wesentlichen ungelöst liegen zu lassen; er hat überhaupt nicht vorzugsweise für Gelehrte geschrieben, sondern für denkende Leser aller Stände, welche einer Darstellung so weit zu folgen pflegen, als sie entschiedene abgerundete Bilder zu geben imstande ist." Und in demselben Tonfall, ganz sinnverwandt, nochmals auf Anschauung zielend, philosophisch-ästhetische Spekulation ablehnend, nur mit Bezug auf den bildenden Wert der Kunstgeschichte, in der Vorrede zum Cicerone: „Das Räsonnement des ‚Cicerone' macht keinen Anspruch darauf, den tiefsten Gedanken, die Idee eines Kunstwerkes zu verfolgen und auszusprechen. Könnte man denselben überhaupt in Worten vollständig geben, so wäre die Kunst überflüssig. Das Ziel, welches mir vorschwebt, war vielmehr: Umrisse vorzuzeichnen, welche das Gefühl des Beschauers mit lebendiger Empfindung ausfüllen könnte." Geschichts- und Kunstbetrachtung, seine beiden Lebensaufgaben, sind ihm demnach Mittel zur Bildung der Person, und die Person Mittel zur Erzeugung und Bewahrung der Kultur. Es ist daher echt burckhardtisch, wenn er mündlich Nietzsches „Menschlichem Allzumenschlichem" als Höchstes das „Souveräne" nachrühmt, das „zur Vermehrung der Unabhängigkeit in der Welt beitragen" werde, und auf seine Lieblinge, die Franzosen, die Nietzsche mit eben diesem Buche für Deutschland wiederentdeckte, hinweist: den „alten Montaigne", ihm neben Erasmus am verwandtesten, den König der skeptischen Essayisten, den Humanisten und Epikuräer, Schwarzseher und lächelnden Nichtswisser in einem; Larochefoucauld und Labruyère, die die Seelen der Menschen, auf Mitspiel im Lebenstheater verzichtend, mit schwermütigem Witz und stoischer Gebärde in der Beobachterloge zerlegen, und Vauvenargues, diesen zarten, tiefen Denker. Und es ist andererseits auch nur eine Verlängerung von Burckhardts Gedankenbahnen, wenn 1874 der junge Nietzsche in seinem Aufsatz „Schopenhauer als Erzieher" als den Grundgedanken aller Erziehung und Kultur die Erzeugung des genialen Menschen, d. h. des wiederum Kultur schaffenden, bezeichnet. Ein menschlich ebenso wie um der Sache willen erschütterndes Zeugnis für diesen Grundwillen Burckhardts: zu b i l d e n, dem er in der ersten Lebenshälfte, als er noch Bücher schrieb, deren Anlage und Stil unterwarf (was auch wiederum mit seiner künstlerischen Freude an Rundheit und Form zusammenhängt: Bildung, Form und Kunst liegt ja für ihn sehr nahe zusammen) und dem er in der zweiten in Vorlesungen und Vorträgen überhaupt seine ganze Kraft zur Verfügung stellte, möge, mit einem ähnlichen zusammengehalten, diese Gedankenfolge abschließen. Es ist Burckhardts Brief an Nietzsche vom 25. Februar 1874. Burckhardt wendet sich in ihm unter der Form seiner wahrhaft französischen Liebenswürdigkeit wie in einer Selbstwehr gegen den Gedanken, den Nietzsche mit seiner soeben übersandten Schrift „Vom Nutzen und Nachteil der Historie für das Leben" in ihm erweckt hat: daß die einseitige historische Bildung den ursprünglichen Lebenswillen der Jugend verschütte und lähme. Er, der in diesen Jahren gerade die Weltgeschichtlichen Betrachtungen hinter sich hatte, beginnt dem jungen Kollegen gegenüber in einem gewissen, ihm eigenen Kokettieren mit seiner mangelnden Fähigkeit, ganz wie er zwei Jahre zuvor, als man nach einem Worte Wilhelms I. noch „Gründerpreise

für die Professoren zahlte", das glänzende Angebot, Rankes Lehrstuhl in Berlin zu übernehmen, mit seinem Alter und seiner Ungeschicklichkeit liebenswert kokettierend abgewiesen hatte. Und ferner schraubt der Skeptiker (wie er es überhaupt liebt) hier ängstlich das Niveau seiner Begriffe aus der humanistischen Bildungsmetaphysik auf das vor Augen liegende Zweckhafte herab. So entsteht folgender höchst bezeichnende Brief: „..Vor allem ist mein armer Kopf gar nie imstande gewesen, über die letzten Gründe, Ziele und Wünschbarkeiten der geschichtlichen Wissenschaft auch nur von ferne so gut zu reflektieren, wie Sie dieses vermögen. Als Lehrer und Dozent darf ich wohl sagen: ich habe die Geschichte nie um dessen willen gelehrt, was man pathetisch unter Weltgeschichte versteht, sondern wesentlich als propädeutisches Fach: ich mußte den Leuten dasjenige Gerüste beibringen, das sie für ihre weiteren Studien jeder Art nicht entbehren können, wenn nicht alles in der Luft hängen soll." „Ich habe das mir Mögliche getan, um sie zur eigenen Aneignung des Vergangenen — irgendeiner Art — anzuleiten und ihnen dieselbe wenigstens nicht zu verleiden; ich wünschte, daß sie aus eigener Kraft möchten die Früchte pflücken können." Dann immer höflicher aus dem Sachlichen in das Schlupfloch einer unangreifbaren Bescheidenheit zurückweichend: „Auch dachte ich gar nie daran, Gelehrte und Schüler im engern Sinne großzuziehen, sondern wollte nur, daß jeder Zuhörer sich die Überzeugung und den Wunsch bilde: man könne und dürfe sich dasjenige Vergangene, welches jedem individuell zusagt, selbständig zu eigen machen, und es könne hierin etwas Beglückendes liegen." Und endlich dies höchste Bestreben eines Geschichtslehrers: zu bilden, überlegen scheinbar preisgebend: „Ich weiß auch recht wohl, daß man ein solches Streben als zum Dilettantismus führend tadeln mag, und tröste mich hierüber. In meinen vorgerückten Jahren ist dem Himmel zu danken, wenn man für diejenige Anstalt, welcher man in concreto angehört, ungefähr eine Richtschnur des Unterrichts gefunden hat."
Und schließlich für diese unter der Form einer bloßen

Privatmeinung, über die sich reden läßt, vorgetragene tiefste Enthüllung seines Bildungswillens gleichsam noch um Verzeihung bittend: „Dies soll nicht eine Rechtfertigung sein, welche Sie ja nicht von mir erwarten, sondern nur ein rasches Besinnen auf das, was man bisher gewollt und erstrebt hat." Oder er faßt seine Aufgabe ein andermal in die Worte: „Rückwärts gewandt zur Rettung der Bildung früherer Zeiten, vorwärts gewandt zu heiterer und unverdrossener Vertretung des Geistes in einer Zeit, die sonst gänzlich dem Stoff anheimfallen könnte."
Diese die Größe und die Tragik Burckhardts gleich klar umschreibende Kennzeichnung leitet uns weiter. Burckhardt fühlt sich als Mittler und Bewahrer der Kultur in einer Zeit (und, wie Hölderlin, über eine Zeit hinweg), der die Einheit zwischen den Teilfunktionen des Lebens und damit die Achtung vor dem zweckfrei schaffenden Geiste verlorenging. Um die Güter der Kultur, die Zentren seines Lebensglaubens, wie ein Feuer im Niedergang des Jahres zu hüten und zugleich, um aus der quälenden Zerreißung und Mechanisierung des ehemals Organischen, aus der allgemeinen Zersetzung seiner Zeit in ein heiliges Wunschreich sozusagen zeitloser Werte, der Ruhe und des Trostes zu fliehen, wendet er der Kunst und der Geschichte, als der Erkenntnis der Leistungen des Menschen, seine ganze, bei aller Vielseitigkeit klar zusammengefaßte Kraft zu. Der Leser erinnert sich hier, wie Burckhardts Ton gleichsam geheime Schwingen erhält, wenn er etwa von den Dichtern und Künstlern spricht, — ganz wie es geschehn konnte, daß ihm im Kolleg anläßlich der Sixtina Raffaels oder der Periklesherme des Vatikans tränenerstickt die Stimme schwieg, so daß man in der großen Stille den Rhein rauschen hörte. Dem allen liegt Burckhardts tiefer Glaube zugrunde, daß in den hohen Werken der Kunst als der unersetzbaren Spitze der Kultur das Göttliche sich am unmittelbarsten dem Menschen enthülle. Die Gipfelwerke der Kunst als vollendetste, über sich hinausweisende Schöpfungen des Menschen werden zum Sinn der Geschichte (ähnlich wie es Schelling und Schopenhauer in ihrer Weise gelehrt hatten). Sie sind das eigentlich Bleibende in einer Welt,

in der alles fließt. Mit ihnen ständig umzugehen in einer Gegenwart, die von merkantiler Hast und Versklavung, politischem Geschrei und der „Begehrlichkeit der Massen" dröhnt, ist schon des Jünglings Burckhardt Lebenswunsch. Zwischen ihnen wie in einem zeitlosen „Asyl" vor den Stürmen sich zu bergen, beginnt er ein Gedicht auf sich:

> Versenkt mich ins Tyrrhenische Meer!
> Das ist die stillste Grabesgrotte!
> Dort liegt von alten Zeiten her
> Manche karthag'sche Silberflotte..
>
> Bei diesen Altertümern mag
> Eminus Konservator werden;
> Dann freßt euch auf, ihr Lumpenpack,
> Daß wieder Stille wird auf Erden!

und schließt es:

> Wandelt vorbei, Zeitalter der Welt!
> Ewige Jugend verbleibt dem Schönen!

Und aus demselben Gefühl: seiner Religion der Kunst, fließt die tiefe Erschütterung bei der Falschmeldung vom Brand des Louvre im Mai 1871, als er und Nietzsche sich gegenseitig in ihren Wohnungen suchen und dann schweigend Hand in Hand die Treppe zu Nietzsche hinaufgehn: was ist ihre ganze wissenschaftliche Existenz, wenn ein einziger Tag die herrlichsten Kunstwerke, an die sie als an das allein Ewige und den höchsten Sinn der Geschichte geglaubt haben, vernichten kann; wenn die Gegenwart, aus der Burckhardt in sein Reich der Kunst und der Betrachtung floh, jeden Augenblick sinnlos ihre Pranke über die vermeintliche Mauer werfen kann? Und durch Hans Trog ist noch ein ähnliches Geschehnis berichtet, das uns den Kulturhüter Burckhardt fast leibhaft vor das Auge stellt: „Eines Tages begann er seine Stunde damit, daß er eine Zeitung aus der Tasche zog: es sei sonst nicht seine Gewohnheit Neuigkeiten im Hörsaal vorzubringen, aber die Nachricht sei dieser Erwähnung wert: Bei Anlaß eines Brotaufschlags war in London im Pall Mall eine Straßenrevolte ausgebrochen. Nun liegt, so ungefähr fuhr Burckhardt fort, in der Nähe des Tatortes die Royal Academy, und dort hängt der berühmte Karton Leonardos (Maria und Elisabeth mit den beiden Kindern); wie nun, wenn dieses Meisterwerk, von dem keine Reproduktion existiert, bei einer solchen Gelegenheit unterginge? Es wäre für die Menschheit auf alle Zeiten verloren. Darum ist es eine hohe Pflicht, so viel als möglich zu photographieren und in dieser Hinsicht nirgends Verbote oder Einschränkungen zu gestatten."

In den Formen des Raumzeitlichen heißt das Wunschland Italien. Gleichsam als Exklaven zählen zu ihm die Galerien, Kirchen und Profanbauten von Wien und Dresden bis nach London und Paris. Nach Italien geht seine romantische Flucht aus der Zeit, die Hedschra des Fünfunddreißigers von 1853. Aus der gotisch-vaterländischen Romantik seiner Jugend tritt er wie Goethe in die Welt der klar begrenzten Formen. Doch er kehrt nicht als Handelnder zurück, nicht als Mensch des Jetzt und Hier, sondern als Betrachter eines Vergangenen, das nur als Leistung ewig gelten kann. Die Renaissance und hinter ihr die Antike werden ihm eine neue Romantik; aus der Flucht, die Einschläferung, Narkose vor der täglich neu quälenden Gegenwart war, wird für ihn eine Renaissance. Er hat in den Werken und Gestalten jener Epoche Italiens, die auf das Mittelalter folgte, das aufgespürt, was er selbst nicht war, wonach er sich sehnte: die stete Gegenwart, die aus ihren Werken, die unbekümmerte Kraft, die aus ihren Gestalten strahlte, und ein Abglanz davon geht als haltender Glaube auf den leicht Verwundbaren über, der das Bewußtsein persönlicher Schwäche und Nichtigkeit, seine erasmische Seele im Anprall der großen Zeitmächte hinter einer Mischung von Diogenes und Epikur einigermaßen glücklich verbarg. Das noch ungeeinte Italien vor 1860, das er mit Hilfe von Vetturin und Eisenbahn durchquert hat, abends in den Gasthäusern seinen Cicerone zusammenschreibend, war ihm das Einfallstor zur Geheimwelt der Renaissancekunst und -kultur, deren Wiederentdeckung gegen das Nazarenertum und die Neigung zum Mittelalter aus persönlicher Not, aus der brennenden Sehnsucht nach der Ergänzung durch das Andersartige geschah. Italien gegen Amerika, die Kultur gegen die Zivilisation, das in sich selbst freie Individuum noch einmal gegen Lohnherrn und Lohnsklaven, war Burckhardts leitendes Grundgefühl, das ihm in einer künftigen Geschichte des europäischen Geistes seine tragische Stelle geben wird. Er wandte sich nach Italien, weil die ruhende Kunst der Renaissance seinem Drang nach Anschauung von Ruhendem entgegenglänzte. Der Humanist wandte sich zum Ausgangspunkte menschlicher Bildung, der romantische Kulturhüter neigte sich, wie sein Landsmann Bachofen, zur Quelle der Tradition, zur Vergangenheit, zur grauen Geschichte: „Es ist etwas Eigenes mit dieser römischen Landschaft. Man sollte einmal mit dieser uralten Person ein ernsthaftes Wort darüber reden, was sie eigentlich für ein Privilegium hat, den Menschen zeitweise auf das höchste aufzuregen und dann in Wehmut und Einsamkeit stehenzulassen." Und der Einsame fand hier in den Werken und durch die Werke hindurch bei den Schöpfern Tröstung, Bestärkung seiner Lebensform in einer Gegenwart, deren sittliche Maßstäbe sich zusehends vergröbern. So richtet er sich auf an seinem Liebling, dem wehmütig goldnen Claude Lorrain, von dem es im Cicerone heißt: „Claude als reingestimmte Seele vernimmt in der Natur diejenige Stimme, welche vorzugsweise den Menschen zu trösten bestimmt ist, und spricht ihre Worte nach"; und im Gedicht:

> Vielleicht hast du im Leben viel verloren,
> Bis du, entrinnend vor des Schicksals Bränden,
> Dein Bündnis schlossest an des Waldes Enden
> Mit den Dryaden und den süßen Horen.
>
> Drum will ein tiefes Sehnen uns beschleichen
> Nach Glück und Ruh, wann du den Blick geleitest
> Vorbei den hohen, immergrünen Eichen ..
>
> Paläst' und Tempel baust, und jenen weichen
> Nachmittagsduft auf ferne Meere breitest.

So erhebt er sich vor allem an dem ihm als Mensch und Künstler gleich einzig scheinenden Raffael, für ihn dem

Inbegriff Italiens und der Kunst überhaupt, bei dem sich „Gedanke" und „Motiv", das Gewollte und das jeweilig Gekonnte von Anfang an in einer wunderbaren Harmonie befinden, „der den Sinn mit dem höchsten Interesse an der Sache und das Auge mit innigstem Wohlgefallen erfüllt, lang ehe man nur an die Mittel denkt, durch welche er sein Ziel erreicht hat." Ganze vierzig Seiten hat er Raffael als — neben Rubens — der Krönung der Malerei gewidmet, die zum Erlesensten gehören, was überhaupt über den Urbinaten geschrieben wurde, und schon ihr Anfang ist ein Bekenntnis: „Die Seele des modernen Menschen hat im Gebiet des Form-Schönen keinen höheren Herrn und Hüter als ihn .. Die höchste persönliche Eigenschaft Raffaels war nicht ästhetischer, sondern sittlicher Art; nämlich die große Ehrlichkeit und der starke Wille, womit er in jedem Augenblicke nach demjenigen Schönen rang, welches er eben jetzt als das höchste Schöne vor sich sah. Er hat nie auf dem einmal Gewonnenen ausgeruht und es als bequemen Besitz weiter verbraucht." Und aus fast persönlicher Gewißheit setzt Burckhardt hinzu: „Diese sittliche Eigenschaft wäre ihm bei längerem Leben auch bis ins Greisenalter verblieben." Oder an anderer Stelle: „Was in Raffaels Leben als Glück gepriesen wird, war es nur für ihn, für eine so überaus starke und gesunde Seele, eine so normale Persönlichkeit wie die seinige. Andere konnten unter den gleichen Umständen zugrunde gehen."

Wir befinden uns mit diesen Sätzen im Mittelpunkt von Burckhardts Lebensanschauung und Kunstbewertung.

Sein Italien, sein Renaissanceerlebnis war aus dem Willen zur Flucht aus der Gegenwart erwachsen. Vor der entscheidenden Italienfahrt hatte der entlaufene Romantiker im August 1852 Paul Heyse seinen fast bewußten Übergang zum neuen Denken, durch den er sich rettete, in den Sätzen mitgeteilt: „Ich habe seit einiger Zeit in meinen Ansichten von der Kunst (en bloc gesprochen) eine langsame ganze Wendung gemacht. Ich hätte nicht geglaubt, daß ein so alter Kulturhistoriker wie ich, der sich einbildete, alle Standpunkte und Epochen in ihrem Wert gelten zu lassen, zuletzt noch so einseitig werden könnte, wie ich bin. Es fällt mir aber wie Schuppen von den Augen. Im ganzen sind es die römischen Elegiker, die mir einen Hauptstoß gegeben haben. Zu der ganzen Operation gehört außerdem, daß man die Augen fest zumache gegen alle jetzt gepredigte ‚Ästhetik'." Der Schritt von einer inhaltlich belasteten Kunst zu einer Formenkunst, vom Nazarenertum und nationaler Romantik zu der Schönheit im antiken Sinn, wie ihn Winckelmann und Goethe verstanden hatten, von der Masse der Gegenwart zu den Individuen der Vergangenheit, von der erlebten Notwendigkeit zu der erträumten Freiheit war damit getan. Damit rückte die Kunst harmonisch in sich ruhender Zentriertheit, die klassisch-statische Kunst der italienischen Renaissance und der Blütezeit des Altertums statt der bisher gepflegten Gotik in den Mittelpunkt seiner Kunstanschauung. Was ihn daran anzog, war außer dem Augen- und Tastreiz der in ihren Werken allseitig klar angelegten Verhältnisse ein tiefes menschliches Erlebnis. Diese Schöpfungen konnten nur deswegen so harmonisch wirken, weil ihre Schöpfer harmonische Menschen waren. Harmonisch aber ist man nur zum Teil durch Gabe, den andern Teil immer neu zu harmonisieren bleibt Aufgabe, und zwar sittliche Aufgabe. So ist — ganz schillerisch gedacht — für Burckhardt der Schöpfer harmonischer Werke durch eben diese ein Erzieher im höchsten Sinne, ein Führer zu harmonischer Menschlichkeit, da sich in ihm als Vorbedingung seiner höchsten Leistungen die Naturgabe mit dem sittlichen Willen zu einer harmonischen Persönlichkeit durchdrungen haben müsse.

Durch diesen tiefen Humanitätsgedanken unserer klassischen Dichter wurde Burckhardt zwar vorläufig daran gehindert, Werke der Kunst einzig und allein nach Formgesichtspunkten zu betrachten — wie er es später in seinem Architekturbuch „Geschichte der Renaissance in Italien" von 1867 so vorbildlich durchführte —, und verengt er sein Blickfeld damit auch bewußt auf das Harmonisch-Klassische, die Hochrenaissance, so gewinnt doch eben erst dadurch sein Cicerone jenen eigentümlich ergreifenden Unterton eines einzigen großen Bekenntnisses und damit seine Wirkung als Kunstwerk. Raffael wird nicht ohne ein gewisses Grauen der Bildhauer Michelangelo, der „Dämonische", der „Mensch des Schicksals" gegenübergestellt, bei dem Burckhardt (ähnlich wie er damals noch das Barock einen „verwilderten Dialekt" der Renaissance nannte) „das Motiv als solches, nicht als passendsten Ausdruck eines gegebenen Inhaltes" zu erblicken meint. Am schärfsten aber — neben dem „pöbelhaften" Rembrandt — und deutlichsten trifft das sittlich erzürnte Wort des Baslers den lustvollen „Ästheten" Correggio. „Es gibt Gemüter, welche er absolut zurückstößt und welche das Recht haben, ihn zu hassen.. Innerlich so frei von allen kirchlichen Prämissen wie Michelangelo, hat Correggio in seiner Kunst nie etwas andres als das Mittel gesehen, das Leben so sinnlich reizend und so sinnlich überzeugend als möglich darzustellen. Er war hierfür gewaltig begabt; in allem, was zur Wirklichmachung dient, ist er Begründer und Entdecker.. Allein in der höhern Malerei verlangen wir nicht das Wirkliche, sondern das Wahre. Wir kommen ihr mit einem offenen Herzen entgegen und wollen nur an das Beste in uns erinnert sein, dessen belebte Gestalt wir von ihr erwarten. Correggio gewährt dies nicht; das Anschauen seiner Werke wird darob wohl zu einem unaufhörlichen Protestieren; man ist versucht sich zu sagen: ‚als Künstler hättest du dieses alles höher zu fassen vermocht.' Vollständig fehlt das sittlich Erhebende; wenn diese Gestalten lebendig würden, was hätte man an ihnen?"

Als Burckhardts andere Hauptleistung für die Geistesgeschichte seines Jahrhunderts neben der Entdeckung der Renaissancekunst bezeichnet man wohl die Entdeckung der Gewaltmenschen der Renaissance. Auch hier stoßen wir auf ein persönliches Erlebnis als ihren Hintergrund. Der bei körperlicher Rüstigkeit Sensible, in dem eine alte Patrizierfamilie zu Ende geht, in dem sich ein Tropfen italienischen Blutes von mütterlichen Ahnen her mit der ernsten Festigkeit väterlicher Vorfahren, von Ratsherrn und Pfarrern, mischt, er verbindet in seiner geistigen Haltung das Ungenügen an der gegenwärtigen Wirklichkeit mit einem früh durch die resignierende Einsicht gedämpften Selbstgefühl, am Ende doch nur „ein armer Tropf gegenüber den Mächten der äußeren Welt" zu sein. Seelisch gelockert, anverwandlungsfähig, von einer erasmischen Ängstlichkeit und Verantwortungsscheu und daher schmiegsam, die tiefe Unsicherheit des Verfeinerten im Blute tragend: ist er das Gegenbild zu jenen starken Menschen rücksichtsloser Tat, deren Gestalten er auf dem Hintergrund der italienischen Renaissance beschwor. Wie Petrarca aus sehnsuchtsvoller Schau die Illustren des Altertums wiederentdeckte, in ihnen ein freieres, bildsameres Menschentum ahnend, wie Carlyle ein Jahrzehnt zuvor, auf der Suche nach einem neuen Glauben, sich dem Kult heldenhafter Größe der Vergangenheit zuwandte, so entdeckt Burckhardt aus Überdruß und dem Gefühl der Schwäche gegenüber dem Anprall allzu naher Gegenwart als eine Verführung der Kraft die gleißenden Vollmenschen der Renaissance und Antike. Doch auch hier geht, wie in seiner Stellung zur Kunst der Renaissance, seine sittliche Einschränkung, die gleichsam theologische Bindung von Blut und Erziehung, als Bruch durch den großen Gedanken. Burckhardt glaubt — nicht kleinlich-eng, doch grundsätzlich — an die Allgültigkeit der sittlichen Normen. Seine südlich-freudige Phantasie stellte, sich dem Gegenstand anverwandelnd, mit kaum verhehlter Bewunderung dar, was sein Gewissen als böse verwerfen mußte. So lassen sich die Stellen häufen, in denen der Gegensatz von Zuneigung und Abneigung, sehnendem Verstehen und sittlichem Erschrecken beinahe rauh hervorspringt: von Konstantin, „diesem furchtbaren, aber politisch großartigen Menschen", angefangen über die Renaissancefürsten, die mit „tiefer Verworfenheit edelste Harmonie" verbinden, bis zur Geschichte des Themistokles, die „noch heute den Leser zwischen Bewunderung und Schauer balanciert", und Agathokles, dessen „grauenvolle, aber ergreifende Gestalt" den Eindruck mache, „als hätte sich alle geistige und moralische Kraft und aller Frevel und Eidbruch in einem einzigen Menschen verdichtet" und „das Urteil so zwischen Bewunderung und Abscheu in der Schwebe" halte. Der Unterschied zu Nietzsche ist deutlich. Burckhardt geht dessen letzten Schritt, daß das große Individuum jederzeit sein eigenes Gesetz schaffe, „jenseits von gut und böse", nicht mit. Er denkt nicht daran, Fragen der Moral in Fragen der Kraft umzuwandeln. Der große Mensch bleibt ihm ein durch die zeitliche Ferne (trotz kritischer Quellenforschung) phantasiemäßig irgendwie verklärtes Objekt der Geschichtsforschung, dessen Verklärbarkeit, dessen den Betrachter ergänzender Phantasiewert in dem Maße abnimmt, wie sich seine Lebenszeit der Gegenwart nähert. So konnte er Bismarck, noch wenn er mild sprach, als „eine übernatürliche Intelligenz, eine übernatürliche Kraft und einen ganz ordinären Charakter" definieren und verlangte von einem großen Mann „ein Gran Güte", menschlicher Größe, das ihn über sein Macht- und Tatendasein ins Reich der Freiheit erhebe. So bereute er später auch in mündlicher Aussprache seine „Expektorationen über die Renaissance", als Nietzsche dazu schritt, den Übermenschen in seiner Zeit zu erziehen. Der Humanist Burckhardt, der seine Gewaltmenschen aus Sehnsucht zum Gegenbilde sich zur Tröstung schuf, hielt daran fest, daß die sittlichen Grundbegriffe für alle Menschen bindend seien, im großen auch für die Ausnahmemenschen der Weltgeschichte, denen das Prädikat der Größe mit Recht zukommen solle, obwohl man an sie als die „Koinzidenz des Besonderen und des Allgemeinen" nicht im einzelnen die Maßstäbe von „uns Knirpsen" anlegen dürfe. —

Im Hereinbruch der veränderten Zustände und Lebensformen der Zivilisation wußte sich Burckhardt andererseits aus der äußeren und inneren Unabhängigkeit seines diogeneshaften und doch epikuräischen Junggesellenlebens über die Ländergrenzen hinweg den Blick frei zu halten für die ihn verwandt ansprechenden Leistungen. Man begreift Burckhardt nicht, wenn man ihn einzig der deutschen Geistesgeschichte und Geschichtschreibung einzureihen sucht: er müßte dann unverständlich und manchem schnellen Urteiler durch seine Äußerungen seit dem deutsch-französischen Kriege nur als rückwärtsblickender Nörgler oder schwungloser Frankophil erscheinen. Er ist vielmehr dem deutschen wie dem romanischen Wesen gleich offen zugewandter Schweizer. Der deutschen Gründlichkeit gegenüber hat er die unleugbaren stilistischen Vorzüge der Franzosen zeitlebens betont. In der Quellenbenutzung ein Schüler Rankes, neigt er durch Stoff, Geist und Stil sich in die Nähe der französischen Geschichtschreiber der Kultur: etwa von Guizots kluger und unbefangener „Histoire de la Civilisation en France" (1829-35), welche nach Voltaires Forderung im „Essai sur les mœurs" an die Stelle der chronologischen und Personengeschichte hier und dort die systematische Analyse des Zeitalters als eines ganzen setzt, zu dem Zwecke, die großen Wandlungen in Staat und Gesellschaft herauszuarbeiten, und mit dieser hier nur versuchten Darstellungsform bei Burckhardt auf eine besondere Wesensanlage traf, die diese Form in der Kultur der Renaissance und der Griechischen Kulturgeschichte zu endgültiger Meisterschaft entwickelt hat. So fühlt sich auch der Anschauungsdurstige und der Künstler angezogen von Augustin Thierrys „Recits des temps mérovingiens" (1833) mit ihrem sinnenstarken Lokal- und Zeitkolorit für jene zwischen Kultur und Barbarei kämpfende Epoche oder übernimmt der Schilderer der Renaissance aus dem Mittelteil von Michelets an Einzelzügen reicher „Histoire de France", der unmittelbar vorher, seit 1855, erschien, die Ausdrücke la découverte du monde, la découverte de l'homme und füllt sie erst aus den italienischen Quellen mit ihrem ganzen Sinn. Endlich verbindet ihn mit seinem Zeitgenossen jenseits der Grenze: mit Hippolyte Taine (Renan trat erst hervor, als Burckhardt zu schreiben aufgehört hatte) hohe gegenseitige Wertschätzung auf dem Grunde einer verwandten, künstlerischen Verfeinerung des historischen Sinns. Und noch unter den Engländern sind es die „Franzosen" nach Stil oder Gedanke: Gibbon oder Buckle, die Verwandtes in ihm anregen. Der große Gibbon hatte unter dem Eindruck Voltaires in seiner „History of the decline and fall of the Roman empire" (1776—88) in einem Stile, in dem sich Größe und zuweilen schneidende Ironie seltsam einen, das bis dahin unerreichte Muster einer auf selbständigem Urteil beruhenden, ein weites Gebiet der allgemeinen Geschichte bewältigenden und die

Tatsachen zum ersten Male nach inneren Gesichtspunkten gruppierenden Geschichtsdarstellung gegeben. Der Burckhardt des Konstantin verdankte ihm schon rein stofflich manches. Die Verehrung Voltaires verband sie. Dazu trat angesichts des gleichen Gegenstandes eine ähnlich düstere, elegische Grundstimmung, die etwa Gibbon die Vorliebe der Dichter und Geschichtschreiber für die großen Kriegstaten der Monarchen auf die Vorliebe des Menschen zurückführen ließ, „seine Verderber mehr als seine Wohltäter zu erheben". Der Leser kennt diesen Ton resignierter Bitterkeit aus manchem Satze der Weltgeschichtlichen Betrachtungen. Zu Buckle andererseits, dem Schüler Comtes, der in seiner nicht über die beiden Einleitungsbände hinausgelangten „History of Civilisation in England" (1857 u. 61) eine Reform der Geschichte nach dem Vorbilde der allein seligmachenden Naturwissenschaften, eine Erweiterung ihres Stoffbereiches und eine Erhebung ihrer Ergebnisse zur Soziologie, zu einer Entwicklungslehre der Gesellschaft der Gegenwart, fordert, wurde Burckhardt durch hier und dort ähnliche Fragestellungen grundsätzlicher Art geführt, trotz der Verschiedenheit ihrer Meinungen im ganzen.

Aus den genannten Namen, unter denen sich kein durch die kritische Historikerschule gleichsam approbierter befindet, wird deutlich, daß sich Burckhardt, als er in seinem Sinne Kulturgeschichte schreiben wollte, nicht damit begnügt hat, die in Berlin erlernte Methode als endgültige anzuwenden, sondern in seinen Sympathien für die sogenannte „vorkritische" Geschichtschreibung vor allem Frankreichs Wegweiser fand, die ihn schließlich zu einer für seinen Zweck geschaffenen eigenen Methode führten. Bevor wir darauf aber noch mit einer Bemerkung eingehen, sei mit einem Worte auch noch der Deutschen gedacht, von denen der Mensch Burckhardt Eindrücke erfuhr oder bei denen der Historiker Anreiz zu gedanklicher Fortführung oder Ablehnung von Grundsätzlichem fand.

Neben Homer, den Dichtern der italienischen Renaissance und den französischen Enzyklopädisten waren Goethe und Schiller, der anschaulichen und der ethischen Schicht seines Wesens entsprechend, die ihm liebsten Dichter. Fand der an leisere Sprachreize gewöhnte Skeptiker Schillers Diktion auch ein wenig pathetisch, so ändert das nichts an seiner tiefen Bewunderung, wie aus der schönen Schiller-Rede von 1859 hervorgeht. Daneben, wiederum sehr bezeichnend, wecken verwandte Saiten in ihm der wirklichkeitsnahe Ethiker Gotthelf und der hochgestimmte Formklassizist Platen und, zu anderen Wesensschichten sprechend, der herzliche und der zarte Idylliker landschaftlichen Lebens: Hebel, dessen Ton der dreißigjährige Professor in den trauerschweren alemannischen Liebesgedichten an Margaretha Stehlin seines Heftchens „E Hämpfeli Lieder" erschütternd wieder aufnahm, und Mörike. Dazu tritt noch für den Fünfziger das Erlebnis des „Weltflüchtlings" Grillparzer, aus dessen Dramen, Selbstbiographie und Aufzeichnungen aller Art Burckhardt „mit Staunen" innewird, „wie nützlich und fruchtbar eine solche Zurückgezogenheit für die Nachwelt werden kann". — Spärlicher sind die Eindrücke deutscher Philosophie. Wie er in Schellings Berliner Vorlesungen das Gefühl gehabt hatte, „es müßte irgendein Ungetüm von asiatischem Gott auf zwölf Beinen dahergewatschelt kommen und sich mit zwölf Armen sechs Hüte von sechs Köpfen nehmen", wie er an seinen Schüler Albert Brenner seine Grundsätze gegenüber philosophischen Verlockungen in den Satz faßte: „Dieses alles wiegt doch keinen Gran realer Anschauung und Empfindung auf", so entlieh er, als es sich darum handelt, selbst Klarheit in die letzten Erkennbarkeiten der Geschichte zu bringen — die Ausleihelisten der Basler Universitätsbibliothek zeigen es —, Hegels „Vorlesungen über die Philosophie der Geschichte" erst, als seine Weltgeschichtlichen Betrachtungen schon innerlich fertigwaren, und nur zu dem Zwecke, den Trennungsstrich zwischen sich und der „Geschichtsphilosophie" überhaupt, d. h. der Hegels zu ziehen. Geschichtsphilosophischen Anregungen — das zeigen die Weltgeschichtlichen Betrachtungen zur Genüge — geht er im übrigen durchaus nach, soweit sie ihm diskutierbar scheinen. So läßt er Herder gelten, weist etwa zwanzigmal auf des Münchner Philologen und Religionsphilosophen Ernst von Lasaulx (1805—61) „Neuen Versuch einer alten, auf die Wahrheit der Tatsachen gegründeten Philosophie der Geschichte" hin und folgt, wo er nicht zweifelt, widerspricht oder ihn als Abnehmer ihm ferner liegender Untersuchungen benutzt, dem in seiner Mystik Schelling und Baader Verwandten, in seinem Personenkult von Carlyle Abhängigen oft bis zu den Ausdrücken in metaphysische Bezirke: so wenn er von der Idealität und Kontinuität des Geistes, vom immer gleichen Menschenwesen, vom „Zusammenpulsieren der Menschheit" und den Heroen als Träger des Volksgeistes spricht.

Sein persönliches philosophisches Erlebnis aber ist Schopenhauer. Vielleicht lernte er dessen Hauptwerk durch seinen Freund Friedrich von Preen schon gegen Ende der sechziger Jahre kennen. In dem für den Menschen Burckhardt und seine Stellung zur Zeitpolitik höchst wertvollen Briefwechsel mit diesem (zwischen 1869 und 93) wird Schopenhauer häufig und stets in wichtigen Dingen bemüht. Zu Beginn der siebziger Jahre nennt er ihn in Gesprächen mit Nietzsche geradezu „unseren Philosophen". Das ewige Ungenügen des Geistesmenschen, der das Ideal dem Unzulänglichen, das ihn allenthalben umgibt, ständig schmerzvoll gegenüberhält und sich schließlich mitleidend, vom Begehren befreit in die lichtvolle Oberwelt der Ideen, der Kunst und Erkenntnis, zurückzieht: all das mußte in dem Romantiker der Renaissance, der der düsteren Hölle der Gegenwart als Entdecker vergangener Schönheit und Größe entflohen war, auf eine tiefe Verwandtschaft treffen. So begegnen denn auch in den Weltgeschichtlichen Betrachtungen drei Hinweise auf dies Buch, und noch die große Verbeugung vor der Philosophie am Eingang, die „wenn sie wirklich dem großen allgemeinen Lebensrätsel direkt auf den Leib geht, hoch über der Geschichte" stehe, scheint vor allem ihm zu gelten. Dennoch darf man sich Burckhardt durchaus nicht etwa als irgendwie strengeren Schopenhauer-Anhänger vorstellen. Wie hätte er als Historiker leben können mit Schopenhauers Geringschätzung der Geschichte als eines sinnlosen Hin und Her von Kriegen und Regierungen, eines „langen, schweren und verworrenen Traumes der Menschheit"? So weist denn Burckhardts Handexemplar der „Welt als Wille und Vorstellung" zu den Einzellehren auch fast nur Fragezeichen auf. Die Größe einer ähnlich pessimistischen Gesamtvision der Welt, in stoisch-herber Sprache ohne Furcht vor den Konsequenzen aufgerichtet von einem unabhängigen Geiste: s i e wird ihn verwandt angesprochen haben, gleichwie er sich in Eduard von Hartmanns „Philosophie des Unbewußten", die nur noch für die Zusätze und den Schlußvortrag der Weltgeschichtlichen Betrachtungen Einfluß geübt haben kann — er besaß erst die dritte Auflage von 1871 —, nur die ihn unmittelbar bekräftigenden Stellen vom „furchtbaren", „grausamen" Konkurrenzkampf der Völker und der „schauderhaften Perspektive dieses perpetuierlichen Kampfes vom eudämonologischen Standpunkt" angestrichen hat.

Es bleibt in unserem Versuch einer gleichsam zeitlosen Zerlegung von Burckhardts Wesen und den sich daraus ergebenden Folgerungen für Werk und Weltansicht noch ein Blick auf seine Stellung und Eigenart in der deutschen Geschichtschreibung übrig, der mit einer Kennzeichnung des damals Vorhandenen eröffnet sei.

Seit das 18. Jahrhundert in Montesquieu und Voltaire die Wissenschaft von der Geschichte der einseitigen Einwirkung der humanistischen Studien, der sie im Zeitalter des Humanismus, der Reformation und Gegenreformation unterlag, entzogen und sie der philosophischen Universalwissenschaft der Aufklärung eingeordnet hatte — ersterer, indem er mit seinem „Esprit des lois" (1748) der Wechselbeziehung zwischen Gesetzen und Lebensverhältnissen nachging und damit eine tiefere Auffassung der inneren Geschichte des Staates der leblosen Diplomatie- und Kriegsgeschichte etwa Chemnitzens und Pufendorfs entgegenstellte (hierin unmittelbar von Mösers „Osnabrückischer Geschichte" gefolgt und in der Durchforschung eines Einzelfalles durch Heranziehen der Wirtschaft übertroffen); Voltaire, indem er mit seinem „Essai sur les mœurs" (zuerst 1754), einer allgemeinen Geschichte von

Karl dem Großen bis schließlich auf Ludwig XV., forderte, die bis dahin herrschende politische Geschichte einer umfassenden überstaatlichen Kulturgeschichte, die „faits", die Tatsachen, den „mœurs", den Sitten, dem Geist der Menschen, unterzuordnen, — war die höchst wichtige Frage aufgetreten: was ist überhaupt der Gegenstand der Geschichte und welches ist ihre Forschungsmethode? Die Beantwortung beider Fragen, die zuweilen voneinander getrennt, häufiger als zusammengehörig betrachtet wurden, füllt die grundsätzlichen geschichtlichen Debatten des 19. Jahrhunderts. Zunächst — wenn wir die in der Zwischenzeit Schreibenden, die Voltaire-Schüler Schlözer und Schmidt, übergehen — schien die Frage nach der Methode die nach dem Gegenstand verdrängen zu wollen. Die beiden entscheidenden Werke, in denen die neue Forschungsrichtung zuerst hervortrat, mit denen eine neue Phase wissenschaftlicher Geschichtschreibung überhaupt anhebt, sind Niebuhrs „Römische Geschichte (1811 bis 32) und Rankes „Geschichten der germanischen und romanischen Völker" mit dem bedeutsamen Anhang „Zur Kritik neuerer Geschichtschreiber" (1824). Zeitlich neben ihnen schrieb noch unbekümmert, unter dem Eindruck Rousseaus und der Aufklärung, unberührt von Gedanken der Romantik und der neuen Methode, Schlosser seine farbige, im liberalen Lager noch lange beliebte „Weltgeschichte in zusammenhängender Darstellung" (1816-24), die Burckhardt wohl um des Reizes ihrer unbeschwerten Erzählung willen, als dem 18. Jahrhundert zugehörig, schätzte und in der Vorzüge und Grenzen der älteren Geschichtschreibung noch einmal deutlich ins Licht treten. Vorzüge liegen bei ihren besten Werken, und auch nur bei einigen, beinahe allein in der Darstellung: die Geschichte, seit Voltaire als der Bildung dienende, aufklärende Macht betrachtet, wandte sich der gelehrten Geschichtschreibung gegenüber in flüssig geschriebenen Gesamtüberblicken an die breite Schicht der Bildungsbeflissenen, die danach von den neuen Geschichtschreibern in Deutschland nur hier und da noch erreicht wurde (während Frankreich, dessen Enzyklopädisten noch schwankten, ob die Geschichte zur Wissenschaft oder zur schönen Literatur gehöre, und das den Methodenwandel nicht in dieser Schärfe erlebt hat, sich bis tief in das 19. Jahrhundert hinein den gebildeten Geschichts-Darsteller neben dem gelehrten Geschichts-Forscher erhielt). Ihre Grenzen andererseits liegen in der durchgehenden Willkür der Materialbenutzung. Man las wohl Quellen, doch strebte man nicht danach, die Darstellung grundsätzlich n u r auf Quellen aufzubauen. Man verschaffte sich und dem Leser ein Bild von den Dingen, indem man ältere Darstellungen und Quellen durcheinander las und sein eigenes Urteil oder seine Weltanschauung dazutat. Dieser Mangel der Geschichtschreibung, den Voltaire zuerst aussprach, ohne ihn aber zu verbessern: daß sie Wahres und Falsches ungeprüft aufnehme, wurde nun von Niebuhr durch einen neuen Forschungsgrundsatz abgestellt. Ausgehend von der kritischen Textzerlegung, wie sie die Altphilologen F. A. Wolf und Heyne für ihre Zwecke übten, ging er unter Beiseitelassung aller abgeleiteten Darstellungen als erster methodisch dazu über, die Quellen s e l b s t auf ihre Glaubwürdigkeit zu untersuchen. Man dürfe, so sagte er, eine Quelle keineswegs ohne weiteres als eine in sich geschlossene, in sich gleichwertige Einheit ansehen, wie die Historiker bisher taten, und wer über e i n e n Gegenstand gut unterrichtet sei, brauche es nicht für a l l e Gegenstände zu sein. So könne man von den subjektiven Zeugnissen zur Erkenntnis der objektiven Vorgänge der Geschichte, „wie sie wirklich geschehen" sei, erst dann gelangen, wenn man die Geschichte der Überlieferung dieser Vorgänge erkannt habe. Diese Forschungsweise, die danach Ranke auf die Quellen der mittelalterlichen und neueren Geschichte übertrug und die von Pertz und Rankes Schüler Waitz an der großen Quellenveröffentlichung der „Monumenta Germaniae historica" (seit 1820) zur Virtuosität ausgebildet wurde, heißt die „historisch-kritische Methode". Sie sucht einerseits die Geschichte der Überlieferung dadurch aufzuhellen, daß sie eine Quelle aus äußeren oder inneren Kennzeichen in ihre brauchbaren, d. h. älteren oder aus erster Hand stammenden, und in ihre unbrauchbaren, neueren, abgeleiteten Bestandteile zerlegt, und andererseits den Wert einer Quelle dadurch festzustellen, daß sie diese auf ihre Tendenz, Auffassung oder die Situation hin untersucht, unter der sie der Autor verfaßte. Zu diesem methodischen Fortschritt tritt mit Niebuhr und Ranke ein weiterer, ausgehend von dem großen Gedanken der deutschen Romantik, daß der Einzelne abhängig sei von den allgemeinen Mächten seiner Zeit: der Versuch, Menschen, Vorgänge und Erscheinungen der Vergangenheit (soweit irgend möglich) nun nicht mehr von den Standpunkten der jeweiligen Gegenwart aus zu beurteilen oder abzuurteilen, wie es Voltaire aufklärerisch, Schlosser in sittlicher Entrüstung tat, sondern sie aus ihrem eigenen Kreis und Zusammenhang zu begreifen, sie darzustellen, nicht aber sittlich zu beurteilen. So fand der junge Burckhardt in Rankes „Römischen Päpsten", die drei Jahre vor seiner Berliner Studienzeit vollständig wurden, und bei Ranke im Seminar als für ihn bildende Kräfte neben dem einzigartigen Blick für die großen Zusammenhänge und das Wesentliche unter der verwirrenden Masse der Tatsachen eine fast gottähnliche Objektivität, ein grundsätzliches Verschmähen absoluter Maßstäbe der Moralmessung, das auf den Jüngling als hohe Forderung zugleich erschreckend und befreiend wirken mußte. Zusammen mit der Erkenntnis von der Unausweichbarkeit der Macht, gegen die er später aus dem Gewissen des Kulturbewahrers und freien Schweizers wie gegen seinen großen Albdruck bewundernd protestierte, geht ihm hier die Pflicht des Historikers auf, durch das Mittel quellenkritischer Kleinarbeiten hindurch zum Gesamtbilde vorzudringen, möglichst den Gegenstand selbst sprechen zu lassen (was er zeitlebens tat, trotz burschikoser Ein- und Ausfälle im Kolleg) und über der Forschung die Darstellung nicht zu vernachlässigen. Er bekennt, daß eine Gelegenheitsäußerung Rankes: „Meine Herren, Sie müssen den Sinn für das Interessante in sich entwickeln", großen Eindruck auf ihn gemacht habe, was aus unserer Betrachtung leicht begreiflich wird. Seine Sonderstellung in der deutschen Geschichtschreibung aber kann erst an dem Gegensatz zu den Historikern n a c h Ranke ganz deutlich werden.

Die neue Art der Geschichtschreibung forderte weit umfänglichere Vorarbeiten als die frühere. So konnte es schon Hegel als Eigentümlichkeit der neueren deutschen Historiker bezeichnen, daß sie nicht über Vorarbeiten hinauskämen. Beschränkung im Stoffe, Arbeitsteilung mußte die Folge sein, wenn man seine Darstellung auf genaueste Quellenstudien bauen wollte. Dazu kam, daß sich selbst Ranke aus Neigung und Pflicht in erster Linie der Erforschung der Geschehnisse des äußeren staatlichen Lebens zugewandt, verfassungs- und wirtschaftsgeschichtliche Fragen, Literatur- und Kunstgeschichte dagegen nur vereinzelt behandelt hatte, und daß ferner die Frage des Staates und seiner Verfassung als die Hauptfrage der Zeit alle Gemüter bewegte, um der auf Ranke folgenden Geschichtschreibung, den wichtigsten Werken Droysens, Sybels und Häussers, ihr Gepräge als ausschließlich **politische** Geschichtschreibung zu geben. Tatsächlich bildete denn auch in Droysens „Geschichte der preußischen Politik", Häussers „Deutscher Geschichte" und Heinrich v. Sybels „Geschichte der Revolutionszeit" (1853/8), dem Hauptwerk dieser Richtung, das Politische wieder den alleinigen Gegenstand der Darstellung, so daß boshafte Beurteiler meinen konnten, die vorvoltairische Geschichtschreibung der Haupt- und Staatsaktionen sei zurückgekehrt. Damit verband sich bei diesen Historikern eine Wandlung ihres Verhältnisses zum behandelten Stoffe. Hatte Ranke die historisch wirksamen Ideen einfach beschrieben, ohne sie zu kritisieren, hatte er die Geschichtschreiber des liberalen Lagers, Schlosser und Rotteck, außer durch seine Methode gerade dadurch hinter sich gelassen, daß er seine Darstellung über die Schlagworte der Parteien erhob und dogmatische Werturteile ebenso wie eine publizistische Benutzung der Geschichte verschmähte — was ihn im Ausdruck nicht selten zu einer diplomatisch die dunkeln Farben dämpfenden, vornehmen Neutralität, zu den „gemäßigten Redaktionen" geführt hat, die Burckhardt in der Vorlesung mit etwas amüsantem Geschmack durchnehmen konnte —, so suchen s i e im Gegensatz dazu ihr politisches Glaubensbekenntnis mit ihrem Gegenstand in

Verbindung zu bringen. Für Sybel und Häusser ergab sich daraus die Aufgabe, an ihrem Gegenstand die Notwendigkeit einer liberalen und dennoch starken Staatsverwaltung zu erweisen; für Droysen und Treitschke, dessen Fähigkeit kulturgeschichtlicher Schilderung sich mit der Riehls und Freytags, den damaligen Vertretern einer gleichsam staatslosen Kulturgeschichte, durchaus vergleichen läßt, die Aufgabe, militärische Gesinnung und unparteiische Beamtenschaft als die Wurzeln politischen Gedeihens und kräftigen Geisteslebens darzutun. Was Sybel Rankes „ästhetischer Freude an jeder Erscheinung eines besondern Daseins", seiner Gleichbewertung aller in der Geschichte wirksamen Ideen, als Forderung entgegenstellte: „Wärme der sittlichen Auffassung" und „Verarbeitung des Stoffs nach politischen und sittlichen Prinzipien", mußte tatsächlich trotz sorgfältiger Quellenstudien bei diesen Historikern einen Rückfall in die publizistische Tendenzgeschichtschreibung herbeiführen, in die Historie der „Wünschbarkeiten" Burckhardts, so hoch man auch die Wirkung der Werke dieser Richtung bis zu Treitschkes „Deutscher Geschichte im 19. Jahrhundert" (1879/94) auf das staatliche Denken ihrer Volksgenossen einschätzen mag. Und noch Mommsens „Römische Geschichte" (1854/6) durchwehte, wenn auch leiser, der Hauch des Tages. Während Treitschke seine Leser durch geschichtliche Belehrung offen in nationalliberalem Sinne erziehen will, beschränkte sich der Demokrat Mommsen darauf, den Leser durch eine Darstellung politisch denken zu lehren, deren Objektivität er über die Quellenkritik hinaus durch Heranziehung der Inschriften, Gesetze und Münzen zu fundieren bestrebt war.

Zu diesem Bilde trat in Burckhardts Mannesjahren, zwischen der Zeit Konstantins und dem Cicerone, mit Riehls „Bürgerlicher Gesellschaft" (1851) und Freytags „Bildern aus der deutschen Vergangenheit" (1859/62) die Kulturgeschichte. Man hat sie im Lager der politischen Historiker wegen ihrer „unkritischen" Methode zu hart gescholten: sie hatten ja außer Forderungen (etwa bei Voltaire) und Ansätzen (seit Herder und Schlosser bei der

Romantik und der erzählenden Schule: Thierry, Leo und Guizot) kaum direkte Vorläufer und versuchten etwas, das seinem Gegenstande nach als zunächst der Geschichtsforschung im strengen Sinne nur zur Hälfte zugehörig gelten mußte. Dennoch bleibt dem liebenswerten kulturgeschichtlichen Genremaler Riehl das Verdienst, in seiner „Naturgeschichte des Volkes" (unter welchem Titel er seine Einzelbände später zusammenfaßte), ausgehend von der Volkskunde, der Betrachtung der Stämme und Landschaften, als erster die unteren Schichten des Volkes, zumal die kleinen Bauern und Kleinbürger, zusammenhängend aus eigener Anschauung beschrieben zu haben; während Freytag, zwar sehr erziehlich, doch ohne den Charakter der Nachbarvölker hinreichend zu berücksichtigen, aus der verständlichen, tiefen Liebe des Nationalliberalen zum Vaterlande, der deutschen Sprachgemeinschaft, die er deutsches Volk nannte, alle die Tugenden als nur bei ihr vorhanden und seit der Urzeit ihr eigentümlich zubilligte, die einen Bürger seiner Zeit vorwärtsbringen konnten.

Der Aufgabe einer tiefer dringenden Analyse der Kultur als ganzer aber sah sich Burckhardt allein gegenüber. Seine anschauende und statische Natur, die schon den Jüngling den intuitiven Grundzug seiner Erkenntnis in die Worte fassen läßt: „Was ich historisch aufbaue, ist nicht Resultat der Kritik und Spekulation, sondern der Phantasie, welche die Lücken der Anschauung ausfüllen will", mußte, vermischt mit den andern Seiten seines Wesens, neben den Genannten einen ganz neuen Begriff von Kulturgeschichtschreibung aufrichten. Ihn unterschied von jenen und ihren Vorläufern nicht nur der Umstand, daß er als Humanist in der Kultur den einzig sinnvollen Mittelpunkt seines Geschichtsdenkens verehrte und mit einer seltenen Witterung für ihre Geschicke und Wandlungen die Gabe subtilen und doch nüchternen Ausdrucks verband, sondern auch, daß in sein Werk die schmerzvollen Seelenschicksale und Ausblicke eines der letzten Kulturmenschen in der allgemeinen Zivilisierung eingingen. Aus der elegischen Wehmut des Einsamen schuf er die klar ruhende Gestalt seiner Bücher. Für den tiefer Blickenden erscheint es keineswegs als Zufall, daß er den politischen oder wirtschaftlichen Tagesfragen keinen Einfluß auf sein Geschichtsbild einräumte: sie waren ihm, dem Feinde des Entwicklungs-Glaubens, im Gegensatz zu den politischen Historikern das Negativum, aus dem er sich erkennend erhob: und nicht als Zufall, daß er keine seiner Vorlesungen über politische Geschichte, und auch die über die Kultur des Mittelalters nicht, zu einem Werk ausgearbeitet hat. Seine Bücher sind seine Grunderlebnisse, in die Schicht des Objektiven gespiegelt. So ist es neben der schwermütig nachklagenden, Gibbon-Schillerischen Frage des Konstantin: „Schöne Welt, wo bist du? Kehre wieder" nur das eine große Erlebnis: die gleichsam zeitlos klare Renaissance, die gleichsam zeitlos hellen Griechen. Der sich in die Klassik Rettende empfängt von diesen beiden klassischen, d. h. auf diesseitige Gestalt, auf Leben im Gegenwärtigen gerichteten Kulturen seinen sehnsuchtsvollen Traum, und sein wach geträumter Traum läßt ihn aus seiner Zeit heraustreten und hellsichtig in die Wesensstruktur dieser Geschichtswelten hineinsehen. Durch seine Anlage zum Anschauen von Statischem auf das sich im Wechsel gleich Bleibende, sich Wiederholende, Typische gerichtet, spürt er hinter den verschiedenen Äußerungsformen in Staat, Mensch, Gesellschaft, Kunst, Sitte, Mythus, Kultus und Religion durch das Mittel und zum Zwecke einer Geschichte ihrer „Denkweisen und Anschauungen" den besonderen Geist dieser Kultur auf, der durch diese Äußerungsformen mit derselben, gleichsam nur immer anders verstellten Stimme redet. Von ihm als geheimem Mittelpunkt aus, der doch wiederum erst durch die zahllosen Quellen hindurch gefunden wurde, scheiden sich die brauchbaren Quellenaussagen, d. h. die Quellenaussagen, deren Inhalt für irgendeine Seite des griechischen oder Renaissancegeistes charakteristisch ist, von den unbrauchbaren. Von ihm aus ordnet sich der Stoff unter Hauptgesichtspunkte und gliedert sich harmonisch zum Kunstwerk, indem seine Abgrenzung gegen die anstoßenden Kulturen klar, durch die Auslassung der allmählichen Übergänge von Zeitalter zu Zeitalter, Kultur zu Kultur vielleicht zu künstlerisch komponiert, gezeichnet wird. Nach der Behandlung des Stoffes betrachtet hat Burckhardt auf diese Weise zunächst den alten Gegensatz der rein politischen Geschichtschreibung zur gleichsam staatlosen Kulturgeschichtschreibung, deren Gegenstände nach dem Bisherigen einander beinahe auszuschließen schienen, in einer höheren Einheit überbrückt. Die Betrachtung des Staates und seiner Geschicke gehört soweit in die Kulturgeschichte, als sich aus ihr Gesichtspunkte für die innere Geschichte: die Geschichte der Denkweisen und Anschauungen der betreffenden Kultur, gewinnen lassen (welchen Gedanken danach Lamprecht in seiner Weise abwandelte). Erforschung und Behandlung der übrigen Staatsgeschichte bleibt nach wie vor Aufgabe der politischen Historie, wie die Weltgeschichtlichen Betrachtungen zeigen, die als Totalüberschau über die Geschichte als ganze den Staat durchaus gesondert behandeln und mit einem entsprechend verengten Begriffe der Kultur: als der „Summe derjenigen Entwicklungen des Geistes, welche spontan geschehen und keine universale oder Zwangsgeltung in Anspruch nehmen", arbeiten. Sein Streben zum statischen Bilde staut den Fluß des geschichtlich Gedachten und Gewollten im gleichsam zeitlosen „Gesichtspunkt": er ist „derjenige Stoß an das Wasserglas, der die Eiskristalle anschießen läßt". Er ist die geistige, unvergängliche Seite des Geschehens, dessen Extrakt in der zeitlosen Erkenntnis. Durch ihn wird jede historische Einzeltatsache „Kunde einer bestimmten Epoche des wandelbaren Menschengeistes" und „zugleich, in den richtigen Zusammenhang gebracht", ein „Zeugnis von der Kontinuität und Unvergänglichkeit des Geistes". Dieser Entzeitlichung der Geschichte kommt ferner jener Wesenszug Burckhardts zu Hilfe, den wir früher hinter seiner Abneigung, ja Unfähigkeit entdeckten, auf Zeichnungen und in Gedichten menschliche Gestalten anders zu geben denn als schmückendes Beiwerk für den Hintergrund: das Einzelne hat für ihn nur Sinn auf dem allgemeinen Hintergrunde, das Besondere nur als Sinnbild für ein Typisches, das aus ihm spricht. „Das Einzelne" der Quelle, „zumal das sogenannte Ereignis", darf in der kulturgeschichtlichen Betrachtung Burckhardts demnach „nur im Zeugenverhör über das Allgemeine, nicht um seiner selbst willen, zu Worte kommen; denn dasjenige Tatsächliche, das wir suchen, sind die Denkweisen, die ja auch Tatsachen sind. Die Quellen aber werden, wenn wir sie d a r a u f hin betrachten, ganz anders sprechen, als bei der bloßen Durchforschung nach antiquarischem Wissensstoff." So heißt es in der Einleitung zur Griechischen Kulturgeschichte, ganz ähnlich wie Bachofen in den großen Vorreden zum „Mutterrecht" und zur „Sage von Tanaquil" Grundsatz und Ziel seiner Forschung formuliert hat. Indem diese Art, Geschichte zu betrachten, „damit auf das Konstante kommt, erscheint am Ende dieses Konstante größer und wichtiger als das Momentane, erscheint eine Eigenschaft größer und lehrreicher als eine Tat", „die Anschauung so wichtig als irgend ein Tun". „Aber auch wenn eine berichtete Wahrheit gar nicht oder doch nicht s o geschehen, behält die Anschauung . . ihren Wert durch das T y p i s c h e der Darstellung." „Vielleicht ist aber das Konstante, das aus diesen typischen Darstellungen hervorgeht, der wahrste Realinhalt des Altertums. Wir lernen hier den e w i g e n Griechen kennen, wir lernen eine Gestalt kennen, anstatt eines einzelnen Faktors." „Allgemeine Fakta aber . . dürften wohl durchschnittlich wichtiger sein als die speziellen, das sich Wiederholende wichtiger als das Einmalige."

Das Ziel der geschichtlichen Erkenntnis Burckhardts weicht in diesem allen ebenso weit vor dem der übrigen deutschen oder ausländischen Geschichtschreiber ab wie Anlage und Inhalt seiner Weltgeschichtlichen Betrachtungen von dem ihrer Weltgeschichten des Nacheinander. So ist es nur natürlich, wenn diese Geschichtschreibung des Sinnbildlichen, des Nebeneinander im Raume, des Allgemeinen, des Typischen, die „auf das Innere der vergangenen Menschheit geht und verkündet, wie diese war, wollte, dachte, schaute und vermochte" und damit auf das Konstante kommt, sich auch in der Quellenverwertung von der historisch-kritischen Methode einer eigenen zuwandte. Sie kann mit deren Feststellungen darüber, „was zu einer bestimmten Zeit durch eine bestimmte Persönlichkeit an einem bestimmten Orte geschehen" ist, nicht auskommen und auch deren Grundsatz, die Darstellung auf möglichst zeitgenössischen Quellen aufzubauen, nicht streng befolgen, wenn sie ihre durchaus anderen Aufgaben erfüllen will. Sie kann sich überhaupt nicht (dies ging schon aus einem im vergangenen Absatz angeführten Worte hervor) mit einer durch die Grundsätze der neuen Forschung so verengten Anzahl von Quellen begnügen. „Man kann sich nicht ausbitten, was Quelle sei. Quelle ist, wo man schöpfen kann", wie es Burckhardt einmal in der Vorlesung über alte Geschichte aussprach. Oder wie es in der Griechischen Kulturgeschichte heißt: „Quelle kann für uns alles aus dem hellenischen Altertum Erhaltene werden, nicht bloß die Schriftwelt, sondern jeder Überrest und vor allem die Bauten und die bildende Kunst — und in der Schriftwelt selbst nicht bloß der Historiker, der Dichter und der Philosoph, sondern auch der Politiker, der Redner, der Epistolograph, der späte Sammler und Erklärer — welcher ja oft sehr alte Aussagen weiter meldet. Wir dürfen nicht wählerisch sein, wenn es sich darum handelt, das große Bild des Altertums an irgend einer Stelle zu ergänzen. Auch der Fälscher, sobald er durchschaut ist, kann eben durch seine Fälschung und deren durchschauten Zweck die wichtigste Belehrung gewähren." (Dieses Durchschauen, die kritische Klärung und Aufarbeitung des gesamten für Burckhardt als Quelle dienenden Stoffes, diese auch für die Kulturgeschichte mindestens höchst wünschenswerte Vorarbeit, war aber damals wie auch heute noch nicht abgeschlossen. Auch hat sich Burckhardt, um die Stimmung zu seinem großen Werke nicht zu verlieren, nicht um den Stand der damaligen Forschung in jeder der tausend Einzelfragen kümmern können. Der Gesamtwert seiner Griechischen Kulturgeschichte wird dadurch aber nicht berührt.)

Doch wie gelangt der Forscher zur Erkenntnis dessen, was an einer Kultur typisch ist, wie zu den „Gesichtspunkten", um die der Stoff sich ordnend wie um einen

Kristallkeim zusammenschießt? Hier kann Burckhardt nur das äußere Verfahren seiner intuitiven Induktion, nur die handwerkliche Technik angeben, die ihn durch die Quellen hindurch zur Anschauung der geheimen Konzentrationsachsen des Stoffes führte. „Woher weiß er, was konstant und charakteristisch, was eine Kraft gewesen ist und was nicht? Erst eine lange und vielseitige Lektüre kann es ihm kund tun, einstweilen wird er lange Zeit manches übersehen, was von durchgehender Wichtigkeit war, und einzelnes wieder für bedeutend und charakteristisch halten, was nur zufällig war. Bei der Lektüre ferner wird ihm, je nach Zeit und Stimmung, Frische und Ermüdung und besonders je nach dem Reifepunkt, auf welchem sich seine Forschung gerade befindet, alles, was ihm gerade in die Hände fällt, unbedeutend und inhaltlos oder bezeichnend und interessant in jedem Worte erscheinen. Dies gleicht sich nur bei fortgesetztem Lesen in den verschiedenen Gattungen und Gegenden der Literatur aus." So wiegen sich nach Burckhardt die einzelnen Quellenäußerungen selbsttätig gegeneinander ab: sie üben eine Art Selbstkontrolle unter sich und empfangen ihre Bewertung von dem angeschauten großen Gesichtspunkte aus, den sie ihrerseits erst erkennen halfen. Da der Klassiker nun das Typische herauszustellen strebt, nicht das Besondere, gewinnen Äußerungen, die auf Typisches weisen, den höchsten Wert — während die Geschichtschreibung des Nacheinander meist gerade an dem Besonderen des Inhalts einer Quellenaussage weiterschreitet. „Wenn es sich um Erkundung vergangener Zeiten handelt, fahren wir mit den Autoren besser, die uns das Mittlere, Allgemeine geben; denn dadurch kommen wir auf die Durchschnitte der Meinungen, und das ist für uns das Wichtige." So sind für diese Geschichte der typischen Denkweisen und Anschauungen auch die (sonst verworfenen) Anekdoten durchaus brauchbar, wenn sie für einen allgemeinen Zug im Bilde der darzustellenden Kultur als charakteristisch gelten können. „Sind denn alle diese Geschichten", fragt Burckhardt, „die ja oft das einzige sind, was wir von einer Zeit haben, keine Geschichte mehr? Geschichte im gewöhnlichen Sinne allerdings nicht, da wir dadurch nicht erfahren können, was zu einer bestimmten Zeit durch eine bestimmte Persönlichkeit an einem bestimmten Orte geschehen ist, wohl aber gewissermaßen eine historia altera, eine vorgestellte Geschichte, die uns sagt, was man den Menschen zutraute und was für sie charakteristisch ist." Der Koordination des Einzelnen, die nach Schopenhauer und noch den Weltgeschichtlichen Betrachtungen das Verfahren der Geschichte ist (die wirkliche Geschichtsforschung blieb nie darin stecken), stellt Burckhardt mit seiner Kulturgeschichtschreibung tatsächlich das Gegenbild: die Subordination unter das Allgemeine, nun auch in der Methode, gegenüber. Diese Unterordnung geschieht **sinnbildlich**, aus der Anschauung, nicht abstrakt aus dem Begriffe heraus, wie in die Geschichte als die „unwissenschaftlichste aller Wissenschaften", „wo alles schwebend und in beständigen Übergängen und Mischungen existiert", überhaupt nicht die scharfen Begriffsbestimmungen der Logik, sondern so flüssige und offene als möglich gehören: das sind eben die „Gesichtspunkte", die das Einzelne nur als **Beispiel**, nur als Sinnbild für das Allgemeine betrachten und so aus dem Anschaulichen in innerer Anschauung zum immer Klareren, Einfacheren, Zeitloseren, Typischen aufsteigen, zu einem Geschichtsbilde, das sagt, was „im ganzen immer wahr ist und doch kein einziges Mal wahr gewesen ist" (wie wir nach Burckhardt „in der höhern Malerei" nicht das „Wirkliche", sondern das „Wahre" verlangen). Diese „Entwertung aller bloßen ‚Ereignisse' der Vergangenheit", — die Burckhardt nach einem Brief an Preen seltsamerweise erst 1870 in ihrer ganzen Tiefe begriff, nachdem er sie als Forschungsgrundsatz schon fast zwei Jahrzehnte, von Werk zu Werk deutlicher, befolgt hatte — diese Umwandlung des Besonderen in ein Beispiel für ein Allgemeines, macht auch vor den „großen Männern" nicht halt. Auch sie, in denen ja das Besondere mit dem Allgemeinen in „geheimnisvoller Koinzidenz" zusammentrifft, dienen in Burckhardts Betrachtung „nur als Illustration und höchstes Zeugnis zu den geistigen Dingen, als Zeugen ersten

Ranges im großen Verhör". Ihre Lebensläufe müssen naturgemäß aufgeopfert werden.

Obwohl nun Burckhardt den auf diese Weise erkannten wichtigeren kulturgeschichtlichen Tatsachen den ersten Grad geschichtlicher Gewißheit zuerkennt gegenüber den „historischen im gewöhnlichen Sinne, den Ereignissen" (weil die Kulturgeschichte wichtigerenteils von dem lebe „was Quellen und Denkmäler unabsichtlich und uneigen nützig, ja unfreiwillig, unbewußt und andererseits soga durch Erdichtungen verkünden, ganz abgesehen von dem jenigen Sachlichen, welches sie absichtlich melden, ver fechten oder verherrlichen mögen, womit sie wiederun kulturgeschichtlich lehrreich sind", während die Ereig nisse „mannigfach ungewiß" seien, „streitig, gefärbt oder von der Phantasie oder vom Interesse völlig erdichtet"), so ergibt er sich doch darein, „daß seine Behandlungsweise als eine **subjektive** bestritten werde", wie schon die Vorrede zum Konstantin sagt. „Bei universalhistorischen Arbeiten kann man schon über die ersten Grundsätze und Absichten verschiedener Meinung sein." Deshalb heißt die Kultur der Renaissance im Untertitel ein „Versuch", ein Essai, und bemerkt vorweg, daß die geistigen Umrisse einer Kulturepoche „vielleicht für jedes Auge ein ver schiedenes Bild" geben und sich zumal bei der Betrach tung einer noch fortwirkenden „das subjektive Urteilen und Empfinden jeden Augenblick beim Darsteller und beim Leser einmische". Und die Griechische Kultur geschichte, die reifste der drei Darstellungen, schließt diesen Gedanken überlegen ab, indem sie in der propor tionalen Wichtigkeit des Ausgewählten zwar ein Korrek tiv gegenüber der Willkür der Auswahl betont, sich im übrigen aber voll echter Skepsis ein bescheideneres Er kenntnisziel steckt als das Rankes, der noch zeigen wollte „wie es eigentlich gewesen": die an den einmaligen Men schen Burckhardt gebundene, durch das Mittel der ihm zugänglichen Quellen gewonnene, **relative** Gesamt anschauung einer Kultur, über deren Relativität keine Methode je hinausführen kann. „Eine große subjektive Willkür in der Auswahl der Gegenstände wird gar nicht zu umgehen sein. Wir sind ‚unwissenschaftlich'. Aus denselben Studien, aus welchen wir dieses Kolleg eigenmächtig aufgebaut haben, indem wir uns mit unserem subjektiven Verfahren nach der proportionalen Wichtigkeit zu richten suchten, würde ein anderer eine andere Auswahl und Anordnung, ja mannigfach andere Resultate entnommen haben". „Ohnehin schaut jedes Zeitalter die entferntere Vergangenheit neu und anders an; es könnte z. B. im Thukydides eine Tatsache ersten Ranges berichtet sein, die man erst in hundert Jahren anerkennen wird."

Wie legt aber Burckhardt seine Bücher der entzeitlichten Querschnitte, der erstarrten Geschichte, der Typendarstellung, die nicht Ereignisse, sondern „Gesichtspunkte für die Ereignisse" geben, „nicht erzählend, wohl aber geschichtlich" verfahren wollen, dem Grundriß nach an und wie ordnet sein Blick auf Geschichtliches die Tatsachen in seinem anderen Arbeitsgebiet: der Kunstgeschichte? Schon in der Zeit Konstantins sucht er die Dinge nicht mehr „nach der Zeitfolge und der Regierungsgeschichte, sondern nach den vorherrschenden Richtungen des Lebens" zu schildern, wenn auch hier noch die Darstellung der politischen Geschichte in der Form des Nacheinander gegeben wird. Den Meister des Nebeneinander aber, der gleichsam zeitlosen Hintergrundsschilderung, den tiefen und zarten Aufspürer der geistigen Grundzüge einer Kultur zeigt danach schon ein Blick auf die souveränen Inhaltsverzeichnisse seiner Kultur der Renaissance und seiner Griechischen Kulturgeschichte. Der Typenbildner, der durch das Vergängliche der Tatsachen und Personen als durch Gleichnisse anschaulich redet, faßt hier mit der Frische und Beweglichkeit seiner erlebnisfähigen Seele scheinbar mühelos, klar und doch keineswegs starr, die Hauptausstrahlungen eines versunkenen Daseins. Jeder Leser wird das anschaulich Offene und doch gedanklich sich Schließende dieser Bücher empfunden haben, jenen geheimen Reiz, den nur Werke der Kunst ausatmen, jenes Zwischengefühl von Vergangen und Immer Gegenwärtig, gesteigert durch einen reinen, zwischen Helle und Entsagung ergreifend abwechselnden Ton und Stil. Triumphiert in der Kultur der Renaissance als dem Mittagswerk kristallisch die Zeitlosigkeit der erstarrten Strahlen aus jenem vergangenen Lebensganzen, so tritt zehn Jahre danach in den Weltgeschichtlichen Betrachtungen und der Griechischen Kulturgeschichte die Zeit wieder in bedingte Rechte: in die Einteilung nach „Potenzen" schiebt sich hier die Betrachtung der aufeinander folgenden typischen Grundformen von Staat, Religion und Kultur und ihrer Durchdringungen; an die drei ersten Bände, die manche Seite des griechischen Daseins schon im Nacheinander ihrer typischen Gestaltungen behandeln, schließt sich dort als vierter das grandiose Finale der auf säkulare Typen zusammengezogenen Geschichte des hellenischen Menschen.

Ähnlich, doch noch nicht ganz so vollendet, verknüpfte Burckhardt Sein und Geschehen im Cicerone. Von seinem Lehrer und späteren innigen Freunde Franz Kugler, den die Allgemeinheit durch seine volkstümliche Geschichte Friedrichs des Großen, die Kunstwissenschaft durch seine vom jungen Burckhardt in zweiter Auflage bearbeiteten Werke „Handbuch der Geschichte der Malerei" und „Handbuch der Kunstgeschichte" (zuerst 1837 u. 42) kennt und in dem wir neben Ranke Burckhardts bei weitem wichtigsten Lehrer sehen müssen, konnte er in dieser Hinsicht manches lernen. Hatten nach Winckelmanns grundlegenden und Rumohrs methodeschaffenden Arbeiten die Kenner Passavant und Waagen durch Sammlungspraxis und spezialistische Forschung das kunstgeschichtliche Einzelwissen ausgedehnt, hatten die Hegelschüler Hotho und Schnaase durch universalhistorischen Blick dialektisch den geistesgeschichtlichen Horizont der neuen Wissenschaft erweitert, so suchte, während die Positivisten Koloff und Springer exakt beobachteten und sich bei den geschichtlichen Tatsachen beruhigten, Kugler, über eine äußerlich nach Nationalstilen gruppierende Darstellungsweise hinausstrebend, die inneren, „aus der Kunst selbst entwickelten Triebkräfte" aufzudecken (Waetzold). Diese Forschungsrichtung Kuglers traf nun schicksalhaft mit dem gekennzeichneten Wesenszuge im Erleben und Denken des jungen Burckhardt zusammen: das Besondere nur als Staffage für den allgemeinen Hintergrund zu betrachten, und hat diesem Zuge höchst wahrscheinlich erst zum Durchbruch und zur gedanklichen Klärung verholfen. Wie sich in dem norddeutsch hellen Geiste Kuglers seine Fähigkeit, die Einzelheiten durchsichtig in Gruppen zu ordnen, das universalgeschichtliche Interesse mit einer feinen Einstellung auf die sinnlichen Eindrücke der Kunstwerke vereinte, so verbindet Burckhardt — nach dem kleinen Vor-Cicerone der „Kunstwerke der belgischen Städte" (1842) des Vierundzwanzigjährigen, der noch Skizze blieb — als wesensverwandter Schüler und geistiger Erbe, der ansetzen kann, wo Kugler aufhörte, im Cicerone sogleich meisterhaft die Darstellung nach Gattungen und innerhalb dieser nach Richtungen des Kunstschaffens mit der hohen Gabe des wahrhaften Kunstführers: durch Vorzeichnung der sinnlichen Umrisse des Einzelwerkes den Betrachter zum Genuß der Kunstwerke Italiens anzuleiten. Konnte in diesem Buche, das einen Zeitraum von mehr denn zwei Jahrtausenden durchschreitet, das Zeitliche nicht völlig ausgeschaltet werden, wenngleich auch hier die Zusammenziehung des Verlaufes auf überzeitlich repräsentative Leistungen, die Verknüpfung von Wert und Entstehung bewunderungswürdig bleibt, so gelangte Burckhardt zwölf Jahre danach in den 195 Paragraphen seines Architekturwerkes Die Geschichte der Renaissance in Italien (die als dritter Band von Kuglers „Geschichte der Baukunst" erschien und daher den zunächst seltsamen Titel trägt) zur letzten Klarheit über seine das Allgemeine suchende, vom zeitlichen Nacheinander der Einzelgeschehnisse möglichst absehende kunsthistorische Forschungsrichtung. Es verblüfft uns nicht mehr, ja wir empfinden es nach allem Bisherigen nur als folgerichtig, wenn wir Burckhardt hier die Behandlung der **Kunstgeschichte nach Aufgaben** fordern und für seinen Gegenstand meisterhaft durchführen sehen. Hatte sich Kugler, wenn er Ursprung, Entwicklung, Aus- und Umbildung architektonischer Formen betrachtete, noch ziemlich eng an das

Gesetz der lokalen Gruppierung gehalten, so ordnete Burckhardt in seiner Geschichte der Renaissance den Stoff nun erstmalig **streng systematisch**, nach architektonischen Formproblemen an und übertraf so seinen Lehrer. Des „Schuttes" der bloßen Tatsachen und der allzu „mikroskopischen" Arbeitsmethoden auch hier überdrüssig, unternahm er es (wie in seinen kulturgeschichtlichen Büchern), durch das Einzelne als durch ein Beispiel für das Allgemeine in innerer Anschauung zum Gesetz vorzudringen, und zwar: „**die lebendigen Gesetze der Formen in möglichst klare Formeln zu bringen**" (worin ihn später Wölfflin mit seinem Streben nach einer Kategorienlehre der künstlerischen Anschauungsformen fortsetzte). Es sei erwünscht, sagt das Vorwort, daß „neben die erzählende Kunstgeschichte auch eine nach Sachen und Gattungen trete, gleichsam ein zweiter systematischer Teil" — wie andererseits der Geschichte im eigentlichen Sinne die auf Typen gerichtete Kulturgeschichtsforschung Burckhardts zur Seite treten soll.

Wer aber den immanenten, von keinem anderen Gebiet der Geschichte abhängigen oder beleuchtbaren Entfaltungen der künstlerischen Formgesetze als Fünfzigjähriger mit so leidenschaftsloser Liebe der Erkenntnis nachgeht, muß, zum wenigsten als Erkenner, aus seiner Eigenschaft als Künder und „Großpriester der Renaissance", wie Kugler ihn einmal nannte und wie er es als Vierziger war, heraustreten und das Begreifen an die Stelle des Verdammens setzen. Dies geschieht auch in den bedeutsamen Briefen an den Architekten Alioth und Friedrich v. Preen: „Mein Respekt vor dem Barocco nimmt ständig zu, und ich bin bald geneigt, ihn für das eigentliche Ende und Hauptresultat der lebendigen Architektur zu halten. Er hat nicht nur Mittel für alles, was zum Zweck dient, sondern auch für den schönen Schein." „Die vorgebliche Ausartung bestand meist in genialen letzten Konsequenzen und Fortschritten, und die Stile starben in der Regel, wenn sie in der Höhe waren, sonst hätte nicht gleich wieder ein kräftiger Stil auf den gestorbenen folgen können."

Mit diesen Sätzen kehrt der Klassiker gereift in die geistige Haltung seines romantischen Jünglingsalters: aus der Anbetung des erhebenden Traumbildes der Renaissance wie der späte Goethe zur Relativität des Urteils zurück. Knüpfen wir daran einen Blick auf Burckhardts äußeres Leben, indem wir ihn selbst sprechen lassen.

*

„Der Schreiber dieser Zeilen, Jacob Christoph Burckhardt, wurde zu Basel am 25. Mai 1818 geboren, als das vierte Kind des damaligen Obersthelfers, späteren Antistes (ersten Münsterpfarrers) Jacob Burckhardt und seiner Gattin Margaretha Susanna geb. Schorendorf. Das Familienleben, in dem er aufwuchs, war ein überaus glückliches; noch in sehr früher Jugend aber traf ihn mit dem Tode der lieben Mutter, den 17. März des Jahres 1830, in welchem Jahre das Haus auch durch Krankheit heimgesucht war, das erste Leid im Leben.

So machte sich bei ihm schon frühe der Eindruck von der großen Hinfälligkeit und Unsicherheit alles Irdischen geltend und bestimmte seine Auffassung der Dinge bei all seiner sonst zur Heiterkeit angelegten Gemütsart, wahrscheinlich einem Erbe seiner seligen Mutter.

Auch wurde Schreiber dieses frühe inne, daß es ihm bei manchen Anlässen nicht schlimmer und oft besser ging als andern, welche in ähnlicher Lage waren.

Den Schulen von Basel ist er schon Dank schuldig dafür, daß er sich nicht überarbeiten mußte und keinen Haß gegen das Lernen faßte, sodann ganz besonders für diejenige Grundlage in den alten Sprachen, welche ihm in allen Zeiten seines Lebens die Vertrautheit mit dem Altertum möglich gemacht hat. Ein besonderes Andenken widmet er mit zahlreichen andern Schülern vieler Generationen der Methode und der Persönlichkeit des verehrten Herrn Rektor Dr. Rudolf Burckhardt.

Nach Absolvierung des Pädagogiums folgte 1836/37 ein dreivierteljähriger Aufenthalt in Neuenburg, wo ihm der Eingang in die französische Gedankenwelt eröffnet und eine zweite geistige Heimat bereitet wurde.

Auf den Wunsch des seligen Vaters begann er hierauf an der hiesigen Universität das Studium der Theologie und widmete demselben die vier Semester vom Frühling 1837 bis 1839, worauf ihm der Übergang zur Geschichtswissenschaft vom seligen Vater ohne Widerstand gestattet wurde. Er hat später seine Beschäftigung mit der Theologie, unter Lehrern wie De Wette und Hagenbach, niemals bereut oder für verlorene Zeit erachtet, sondern für eine der wünschenswertesten Vorbereitungen gehalten, welche dem Geschichtsforscher zuteil werden können. Nachdem das letzte Semester in Basel bereits dem neuen Studium angehört hatte, bezog er im Herbst 1839 die Universität Berlin, welcher er bis zum Frühling 1843 angehörte, mit Ausnahme des in Bonn zugebrachten Sommersemesters 1841.

Nicht sehr systematisch, sondern im wechselnden Angriff von verschiedenen Seiten her suchte er sich seiner nunmehrigen Fachwissenschaft zu bemächtigen. Er hatte das Glück, für Rankes Seminar zwei umfangreichere Arbeiten zu liefern und die Zufriedenheit des großen Lehrers als Lohn zu empfangen.

Außer der Geschichte aber hatte ihn auch die Betrachtung der Kunst von jeher mächtig angezogen, und neben den reichen geistigen Anregungen jeder Art, welche Berlin ihm gewährte, waren die dortigen Museen von Anfang an für ihn eine Quelle des Lernens und des ersehnten Genusses. Es wurde ihm die Lehre und der nahe Umgang Franz Kuglers zuteil, welchem er im wesentlichen seine geistige Richtung zu verdanken haben sollte. Eine edle Persönlichkeit öffnete ihm Horizonte weit über die Kunstgeschichte hinaus.

Nach einem längeren Aufenthalt in Paris (1843) habilitierte er sich 1844 an unserer Universität als Dozent der Geschichte und erhielt 1845 den Titel eines außerordentlichen Professors. Vom Frühling 1846 an folgte wieder eine zweijährige Abwesenheit zum Zwecke von Studien und literarischen Arbeiten in Berlin und Italien. Der Geschichte und den Denkmälern dieses Landes hat er auch weiterhin nach bestem Vermögen seine Kräfte geweiht und dies nie zu bereuen gehabt. Im Frühling 1848 trat er sein hiesiges Amt wieder an, jetzt zugleich als Lehrer der Geschichte an der realistischen Abteilung des Pädagogiums, und glaubte nun zum erstenmal in gesicherter Lage seiner Wissenschaft leben zu können. Allein bei der Umwandlung dieser Anstalt zur Gewerbeschule 1853 büßte er diese Stelle ein und sah sich nun wesentlich auf literarische Tätigkeit angewiesen, anfangs wieder in Italien, dann hier, wo er seine Vorlesungen wieder aufnahm. Eine entscheidende Wendung trat für ihn ein durch die Berufung als Professor der Kunstgeschichte am Eidgenössischen Polytechnikum, welches Amt er im Herbst 1855 antrat.

Der Aufenthalt in Zürich, an einer neu beginnenden Anstalt, gewährte ihm Anregungen und Erfahrungen aller Art; auch war ihm jetzt ruhige Arbeit nach bestimmten Zielen gegönnt. Im Frühling 1858 folgte er dem Rufe an die hiesige Universität, welcher er seither als ordentlicher Professor der Geschichte angehörte. Der selige Vater hat noch die vollständige Rehabilitation des Sohnes erleben dürfen.

Die Jahrzehnte, welche er in diesem Amte verlebte, sind die glücklichsten seines Lebens geworden. Eine feste Gesundheit erlaubte ihm, sich ungestört seinen Aufgaben zu widmen, ohne eine einzige Stunde aussetzen zu müssen bis zu einem Unfall im Mai 1891. Auch in andern Beziehungen verfloß sein Dasein jetzt fast ungetrübt. Nachdem in den ersten Jahren die Ausarbeitung unternommener Schriftwerke beendigt war, lebte er ausschließlich seinem Lehramt, in welchem die beharrliche Mühe durch ein wahres Gefühl des Glückes aufgewogen wurde. Die Aufgabe seines akademischen Lehrstuhls glaubte er, den Bedürfnissen einer kleineren Universität gemäß, weniger in der Mitteilung spezieller Gelehrsamkeit erkennen zu sollen, als in der allgemeinen Anregung zu geschichtlicher Betrachtung der Welt. Eine zweite Tätigkeit, der Unterricht am Pädagogium (zuerst an den zwei oberen, dann nur noch an der obersten Klasse), welcher ihm ebenfalls zu einer beständigen Freude gereichte, wurde — ungerne — teilweise und endlich völlig aufgegeben, um dafür an der Universität neben der Geschichte noch ein möglichst vollständiges Pensum der Kunstgeschichte zu übernehmen, so daß in den Jahren 1882—1886 die akademische Verpflichtung wöchentlich zehn Stunden betrug. Endlich ist Schreiber dieses auch häufig vor dem Publikum unserer Stadt aufgetreten, anfangs mit eigenen Zyklen von Vorträgen, später in der Reihe der allgemeinen Unternehmungen dieser Art, welche teils in der Aula, teils im Bernoullianum stattfinden.

Möge die wohlwollende Erinnerung der ehemaligen Studierenden der Universität Basel, die seine Zuhörer waren, der Schüler des Pädagogiums und der Zuhörerschaft der Wintervorträge ihm über das Grab hinaus gesichert bleiben; er hat dies Amt in seinem ganzen Umfang stets hochgehalten und daneben auf literarische Erfolge von Herzen gerne verzichtet. Ein bescheidener Wohlstand hat ihn in der späteren Zeit davor bewahrt, um der Honorare willen schreiben zu müssen und in der Knechtschaft buchhändlerischer Geschäfte zu leben.

Mahnungen der herannahenden Altersbeschwerden bewogen ihn zu Ende 1885, bei der hohen Behörde um Entlassung von seinem Amt als Lehrer der Geschichte einzukommen; auf seinen Wunsch blieb ihm noch seit Herbst 1886 der Lehrstuhl der Kunstgeschichte. Asthmatische Beschwerden nötigten ihn endlich, im April 1893, um gänzlichen Abschied einzukommen."

So weit Burckhardts Selbstbiographie, die nach seinem Wunsch am Grabe verlesen wurde.

*

Als er am 8. August 1897, nahezu achtzigjährig, nach ein paar Jahren der Muße, die ihm das Schicksal noch schenkte und die der Rastlose noch auf die Abfassung seiner schönen, fast wie ein Schlußbekenntnis klingenden „Erinnerungen aus Rubens" und dreier zusammenfassender Aufsätze verwandte, die danach unter dem Titel „Beiträge zur Kunstgeschichte von Italien" erschienen sind, im Lehnstuhl seiner einfachen Gelehrtenstube dem Asthma erlag, veröffentlichte der Regierungsrat von Basel am Tage danach eine Kundgebung, „um den

Dank für das von dem Verstorbenen der Stadt Geleistete feierlichst zu bezeugen". „Von dem Glanze seines Namens", so heißt es darin, „ist ein Schein auch auf Basel gefallen. Burckhardt ist unter ausdrücklichem Verzicht auf Stätten einer größeren und glänzenderen Tätigkeit seiner Vaterstadt treu geblieben. Er hat ihr und ihrer Universität mit andauernder Hingebung gedient und auf das geistige Leben des Gemeinwesens eine Wirkung edelster Art ausgeübt. Basel wird es darum allezeit unter seine hohen Ehren rechnen, diesen Bürger besessen zu haben." In diesen schlichten Sätzen, die der ehemalige Stadtstaat Basel seinem letzten Humanisten, dem Historiker der Renaissance und der griechischen Polis nachrief, in denen für den Kenner jedes Wort wahr, ja fast zu unpersönlich klingt, — entgegen heutigem Gedröhn amtlicher Botschaften — ist der Kern von Burckhardts öffentlichem Wirken und die Haupttätigkeit seiner zweiten Lebenshälfte: zu lehren, zu bilden, zu erziehen, klar ausgesprochen. Durch Leben und Wort zum begnadeten Lehrer geradezu vorausbestimmt, gelingt es ihm, die Gedanken des geistigen Basel in einer Zeit unaufhaltsamer Entstaltung und Entwertung von Geist und Seele, in der auch bei den Wichtigen das Haben als Leitgefühl längst das innere Sein abgelöst hat, drei Jahrzehnte lang noch einmal um Dinge der Kultur, der Bildung zu sammeln. So gibt er dem Gemeinwesen, in dessen Universität, Großem Rat oder Synode er im übrigen, als Zeuge und Vergegenwärtiger der Kultur, nie ein Ehren- oder Verwaltungsamt annahm, in eigener Münze zurück, was es an ihm tat. So genügt zugleich der aus innerer Verfeinerung Schwache, durch geistige Höhe und Seelen-Schicksal Einsame, der sich und seine Aufgabe als Mensch ängstlich vor den Zudringlichkeiten des Tages wahrt, seinem Drange nach Menschen, wohltuendem Wirken und Freundschaft. „Es war ihm ein tröstliches Gefühl, daß ihm viele Leute um dieser Abendstunden in Aula oder Bernoullianum willen gut seien." (Trog.)

Aus der romantisch-poetischen Virtuosität und Vaterlandsbegeisterung der Jugendjahre, als man mit Kinkels Bonner poetischem Kränzchen, den „Maikäfer"-Orden auf der

Brust, mit altdeutschem Barett, freiem Hals und langem Haar um Mitternacht bei erhobenen Fackeln aufbrach und in der Ahrschlucht „Was ist des Deutschen Vaterland?" anstimmte, hat er sich in unentwegter Arbeit an seiner Aufgabe zu dem großen Lehrer und Hüter echter Humanität geformt, der trotz größter persönlicher Zurückhaltung seiner Vaterstadt das geistige Gepräge gibt und bei alledem, dem Fremden zunächst als Typus eines braven Bäckermeisters geltend, ohne Rock und Halsbinde mehlbestaubt unter den Bäckern seines Hauses Albanvorstadt 64 sitzend angetroffen werden kann. Den jugendlichen Burckhardt hatte Kinkel übertreibend, doch anschaulich, mit den Worten charakterisiert: „ein Virtuos des Genusses, ein feinster Kenner des Ästhetischen; er beutet die ganze moderne Kulturwelt zu seiner geistigen Bereicherung aus; er weiß alles; er weiß, wo am Comersee die süßesten Trauben reifen und sagt Ihnen zugleich aus dem Kopfe, welches die Hauptquellen für das Leben des Nostradamus sind. Dann legt er sich aufs Sofa, raucht ein Dutzend feiner Manillazigarren und schreibt, gleich ins Reine, eine poetisch-phantastische Erzählung von der Liebschaft eines Kölner Kurfürsten mit der Tochter eines Alchymisten. Wer kann verlangen, daß solch ein reiches, genußvolles Leben sich enthusiastisch zwischen die Bajonette der modernen Geschichte werfe?" Aus ihm ist auf dem Umweg über die Journalisten- und Redakteurzeit und dem über Zürich der Klare, Beruhigte, Zusammengefaßte geworden, der für sich selbst Verzicht und Genuß in der feinen Weisheit des Epikuräers verband und vom Studentenleben außer der Unabhängigkeit und gelegentlichen Übermutsausbrüchen nur die fast dürftige Wohnung über der halsbrecherischen Treppe beibehielt, auf der er dann den Besucher wohlmeinend ermahnte, sich zu bücken, um nicht mit dem Kopf anzustoßen: die paar Zimmer ohne Fenstervorhänge, ohne Teppich und Tischdecke, und der Schreibtisch von Tannenholz, „von dem der Blick ungehindert über die Giebel der Stadt nach den schönen, geschwungenen Linien des Blauen schweifte" (Gothein). Wie er sich als Dreißigjähriger in der ihm eigenen Mischung von Resignation und Beschaulichkeit selbst anredete, war er, nun tiefer und vor äußeren Sorgen geschützt, geworden:

> „Du entsage! gib dein Sinnen
> Ganz dem Schönen; bettelarm,
> Doch im Herzen göttlich warm
> Zieh' getrosten Muts von hinnen."

Wie nah tritt er uns aus der Schilderung eines seiner Hörer entgegen, den er in den Jahren 1868/69, den Jahren der Weltgeschichtlichen Betrachtungen und der Griechischen Kulturgeschichte, mehrfach zu sich lud: „Durch den dunkeln Gang des Hauses in der St. Albanvorstadt, den meist noch die staubigen Mehlsäcke des Bäckers, der hier sein Geschäft betrieb, verengten, und über zwei steile Holztreppen hinauf gelangte man zu einer Zimmertür, auf der ein angeklebtes Stück Papier von Quartformat den mit Bleistift in Antiqua aufgemalten Namen J. Burckhardt trug. Ein kräftiges breites „Herein" begrüßte den Anklopfenden. Von dem einfachen Schreibtisch am Fenster, wo zwei Wachskerzen ihm zur Lektüre leuchteten, erhob sich die mittelgroße, gedrungene Gestalt mit dem kurz geschorenen weißhaarigen Charakterkopf, mit dem breit geknoteten schwarzen Halstuch und dem grauen Malerhemd, und bot dem Eintretenden freundlich die Hand. Die ersten Fragen Burckhardts gingen immer mit einer rührenden Teilnahme nach des Besuchers äußerem Befinden, wovon sich auch eine sorgfältige Musterung von Gesicht und Aussehen zu überzeugen suchte; dann ward man zum Sitzen auf dem kurzen Sofa hinter dem runden Tisch genötigt, während der Gastgeber auf dem hölzernen Stuhle zur Seite Platz nahm. In der mäßig großen, aber niedrigen Stube herrschte gute Ordnung, obwohl kein dienstbarer Geist je zu erblicken war. An der Rückwand stand ein Piano. An den Wänden sah man außer den Gestellen mit Büchern, Mappen und Schriften hauptsächlich noch, über und neben dem Schreibtisch, zwei schöne große Stiche, das Pantheon und Alt-St. Paul in Rom vorstellend.

Nun teilte man mit dem gastlichen Junggesellen, der den Wirt und den Kellner selbst in freundlichster Weise machte, das einfache Abendbrot, das im wesentlichen aus einem langen Abschnitte einer großen kalten Fleischpastete bestand; man mußte erzählen und wieder erzählen und sehr viel roten Wein dazu trinken. Für allerlei wissenschaftliche und künstlerische Pläne, für Reiseerlebnisse, für persönliche Bekanntschaften zeigte er das liebevollste Interesse und wußte durch seine Zwischenbemerkungen, die Art des Zuhörens, Beifall und Übereinstimmung, Bedenken und Tadel in derselben feinen bald aufmunternden, bald abmahnenden Weise kund zu geben. Man wagte es, auf seine freundliche Aufforderung hin, ihm die Skizzenbücher der letzten Reise vorzulegen, ihm die Gedichte vom vergangenen auswärts zugebrachten Semester, auf die man ja damals sehr viel hielt, vorzulegen. Er sah und hörte alles mit einer Geduld an, die ich jetzt noch mehr als damals bewundere, lobte und tadelte die Verse mit dem gleichen Wohlwollen; wenn es ihm damit zu bunt ward, so eilte er ans Klavier und griff frei phantasierend auf ein vorgelesenes Stück zurück, das ihm gefallen hatte, und das er nun, den Text vor sich auf dem Notenbrett, vorwegkomponierte und mit seiner angenehmen Tenorstimme durchsang. Dann fiel er in eines seiner lieben Schubert-Lieder ein, von denen er die bekannteren auswendig sang und begleitete, obgleich er es sich hierin nicht immer zu Dank machen konnte und auch als Ästhetiker das Klavier schalt, an dem man aussehe wie ein Affe, was bei den Streichinstrumenten so ganz anders sei. War er besonders wohlgelaunt, so erwiderte er die naiven Mitteilungen der eigenen Produkte des Jüngern durch Vorweisungen der Skizzenbücher aus seinen jungen Jahren und stand auch lächelnd zu der eigenen dichterischen Tätigkeit, die er sonst der Öffentlichkeit gegenüber verleugnete. Am rührendsten war diese seine Bescheidenheit, wenn er von seinen wissenschaftlichen Leistungen sprach, unter denen er die unmittelbare Einwirkung auf Zuhörer bei weitem höher stellte als die auf Leser durch das geschriebene Wort. Beides, meinte er, könnte niemand vereinigen, und so habe auch er nun seinen Vorlesungen zu lieb auf das Schreiben verzichtet. Wenn man ihn staunend fragte, wie er denn die glänzenden Anerbietungen des Auslandes, seine Lehrtätigkeit auf eine viel größere Zuhörerschar auszudehnen, habe ausschlagen können, so pries er das bescheidene ruhige Wirken an unsern schweizer Hochschulen im Gegensatz zu dem oft so wenig erbaulichen Treiben an deutschen Universitäten. Er riet auch dem Schüler von jeder Art Betriebsamkeit und Streberei ab und empfahl ihm die freie und uneigennützige Beschäftigung mit allem was menschlich sei, wenn er ein wahrer Mensch bleiben wolle. Als mir einst einer seiner jüngern Kollegen wohlmeinend geraten hatte, mich zu konzentrieren und eines Tages mein Cello zu verbrennen, stärkte Burckhardt meinen gesunkenen Mut mit manchem kräftigen Spruch über die Trostlosigkeit des bloßen Brotstudiums, demgegenüber er die Unbefriedigtheit des vielseitiger angelegten Menschen als „embarras de richesse" pries.. „Drinke Si, Herr V., drinke Si, dä Wî dut kaim Kind nit", so munterte immer noch der stets gesprächiger werdende Wirt den jungen Gast auf und pries den feurigen Château-neuf du Pape an, den er sich auf seinen Zügen in die sonnige Provence als seinen Liebling auserwählt hatte. Auch die jugendlichste Naivität empfand es endlich gegenüber diesen dringenden Einladungen des Alten doch gegen ein oder zwei Uhr als Pflicht, ein Ende zu machen, und der gesundeste Durst des Studenten fand es am Platze, das Symposion abzubrechen, wenn auch das Gehörte und Angeregte ihn in der mondhellen Nacht herumtreiben mochte, bis über dem St. Albantor der Morgen graute."

In den Büchern von großer Zurückhaltung seiner Person, scheute sich Burckhardt in Vorlesungen und Vorträgen nicht, seine Subjektivität als Auffassung, Stimmung oder Urteil deutlich hervortreten zu lassen. Dieses subjektive Einschmelzen des gelehrten Stoffes in die Einheit seiner in jedem Worte wahren und bedeutenden Menschlichkeit und Weltansicht, verbunden mit einer souveränen Beherrschung des freien Worts, das, unpathetisch, scheinbar nur die Sache selbst sprechen ließ, war der höchste Zauber und das Geheimnis seiner Wirkung auf die Hörer. Etwas altmodisch, aber sehr sorgfältig gekleidet, „von der

Zeit her, da man über der breiten schwarzen Halsbinde einen schmalen Umlegekragen trug, der fest am Hemde saß" (Neumann), trat er frei neben das Katheder und begann ohne jede Aufzeichnung zu sprechen, indem er auch die Verweisungen auf Quellen und Literatur auswendig gab. Er hatte sich Höhepunkte und Schluß jeder Stunde sorgfältig überlegt, zuweilen wörtlich fixiert, und memorierte den Stoff jeder Vorlesung an Hand seiner Auszüge und Aufzeichnungen bis ins hohe Alter dreimal: am Vorabend, am Vormittag und unmittelbar vor der Stunde, die er täglich von vier bis fünf Uhr oder danach hielt. „Die freie Rede floß in breitem Fluß dahin, Schwierigkeiten des Ausdruckes existierten für ihn nicht. Im Stile der geistvollen Causerie erzählte Burckhardt, da und dort mit untrüglicher Wirkungssicherheit durch eine bestimmte Tonnüance, durch einen stärkern und schärfern Akzent, durch die gehobene, manchmal bis zum Feierlichen und Geheimnisvollen sich steigernde Stimme Lichter in das Gemälde hineinsetzend. Geistreiche Porträts der geschichtlichen Personen, charakteristische Anekdoten und Aussprüche belebten die Begebenheiten." (Trog.) Durch das Mittel eines ständigen Lesens und Wiederlesens der Quellen, das ihm im Laufe der Jahre eine besondere Feinhörigkeit für deren Färbungen und Hintersinne verlieh, stieg er, von seiner Anlage zum Bilde unterstützt, zu einer unerhört illusionären Macht des anschaulichen Ausdrucks auf, der sich zunächst erweckend und bildend an die Phantasie wandte, sie durch einen Kranz von Bildern zu entzücken. Er spricht, darin Lasaulx und dem von ihm verehrten Geschichtschreiber der Griechen Ernst Curtius verwandt, nicht von einer Kolonisierung der Mittelmeerländer durch die Griechen, sondern von einer Zeit, „da die griechische Nation an allen Barbarenstrand einen hellenischen Küstensaum anwob". Und er sagt im Tone Voltaires: „Das Symposion dient mehr zum Sprechen, als zum Essen oder scharfen Trinken. Die Griechen kannten das Essen aus langer Weile nicht, das sich bei uns in neuerer Zeit dem Gefühle des Schlagflusses nähert"; er flicht im Vorübergehen, höchst charakteristisch ausbrechend, Sätze ein wie: „Heinrich VIII. (dieses Stück Speck in Goldstoff mit den schrecklich falschen Schweinsaugen) war ein Lümmel und ein Teufel zugleich" und in andrem Zusammenhang unübertrefflich: „Francis Bacon, Minister, Begründer der induktiven Wissenschaften, aber ein Schurke; 1626 ist er gestorben: sit ei terra levis!" Oder er faßt den Zauber seiner anekdotischen Begabung in eine so überlegene und farbige Charakteristik wie die des Sokrates, des „Totengräbers der attischen Polis", die noch in der Nachschrift ergreift: „Der Sohn des Sophroniskos mit seiner zersetzenden Dialektik erzog die Söhne der Stadt, aber nicht für die Republik .. Die Demokraten hatten von ihrem Standpunkte aus durchaus recht, wenn sie ihn verurteilten. Durch seine übermütige Apologie und seinen Eigensinn verdarb er vollends seine Sache.. Sodann, meine Herren, ist es mir ganz begreiflich, daß ein so hochmütiger, ironischer und ablehnender Mensch, wie Sokrates, in einem demokratischen Gemeinwesen höchst unpopulär war. Durch seine Kreuz- und Querfragen wurden die Leute ganz perplex. Die Herren Schüler standen daneben und lächelten. Daher die Feindschaften, die ihm den Tod brachten. Er wollte die Athener βελτίους ποιεῖν (besser machen). Aber er machte sie nur konfus und ließ sie stehen .. Dabei war er fromm und ein pflichtgetreuer Bürger. Er kämpfte für eine erhöhte Gottesidee, für Fortdauer und Verantwortlichkeit der Seele, also für die einzigen Grundlagen wahrer Sittlichkeit. Aber vielen Leuten muß er zuwider gewesen sein; er sagt es selbst in seiner Apologie. Es ist dies nur zu begreiflich. Stellen Sie sich einmal vor, es träte bei uns einer auf den Markt oder in die Hallen des Rathauses und fragte den ersten besten Zunftbruder, der vorübergeht: ‚Nicht wahr, Bruder, das Handwerk, das Du treibst, ist ein irgendwie beschaffenes Handwerk?' Je mehr derselbe mit: ‚versteht sich' .. Konzessionen über Konzessionen macht, um so unerbittlicher setzt unser Philosoph seine Hetzjagd und sein Katechismusabfragen fort; er schneidet erbarmungslos alle Rückzugslinien ab; er drängt das arme wissenschaftliche Prüfungsobjekt von Position zu Position, bis dasselbe endlich todesmatt in den Netzen seiner analytischen Methode und seiner hinterhältigen Dialektik zappelt. Dabei denke man sich als Chorus die ganze übermütige Rotte der jeunesse dorée von Athen, einen Alkibiades und einen Kritias an der Spitze; die ließen natürlich eine laute Lach- und Jubelsalve zu dem dialektischen Erfolg ihres Lehrers ertönen, während der widerlegte Spießbürger beschämt davon schlich .. Die vornehmen jungen Herren unterhielten sich vormittags mit Sokrates über Philosophie und nachts verstümmelten sie die geweihten Gnadenbilder. Ja, meine Herren, das Auftreten und Benehmen des Sokrates und der Sokratiker wirkte vielleicht frappierend durch seine Neuheit, aber populär hat es die Gesellschaft entschieden nicht gemacht."

So steht Burckhardt in seinem Basler Hörsaal, zwischen den Ländern, zwischen den Großstaaten Europas, deren Endkampf um die Macht militärisch und wirtschaftlich immer gewaltigere Formen annimmt, in denen die Verelendung der Massen mit dem Aufstieg der internationalen Industrie Schritt hält, und spricht noch einmal vom M e n s c h e n , von der innerlich unabhängigen Persönlichkeit als dem Einzigen, was die Würde des Menschen vor der endgültigen Versklavung durch das von ihm erst Geschaffene retten könne. Erschüttert und gänzlich ohne Illusion, doch furchtlos, sieht er in die Zukunft und skizziert in seinen Weltgeschichtlichen Betrachtungen als einziger überparteilicher Beobachter jenen ungeheuren, hellsichtigen Querschnitt durch die Geschichte, dessen Themen und Sprache über Nietzsche bis zu Spengler hin spürbar sind und der wie kaum ein zweiter durch die klare Architektonik seiner Anlage das Fachwerk abgeben kann, in das der Heutige, der ein tieferes Verständnis der Grundkräfte seiner Zeit sucht, seine Einzelbeobachtungen einordnet. Er verzweifelt nicht; denn er weiß, daß der Geist „ein Wühler" ist, daß die Geschichte nirgends ruht und die Minorität, ob sie siegt oder stirbt, allezeit die Weltgeschichte macht .. Und er lebte, vielleicht als letzter, unabhängig.

„Seht ihn nur an —
Niemandem war er untertan!"

ANMERKUNGEN

S. 4: *Contradictio in adjecto:* Widerspruch im Beiworte, wodurch der ganze Begriff sich selbst aufhebt. – B. zitiert nach 'Hegels Werke, Berlin 1832 ff.' Bd. 9 'Vorlesungen über die Philosophie der Geschichte' hg. v. E. Gans S. 12 (Einleitung). Heute außer in Frommanns heliostatischem Neudruck in Reclams Univers. Bibl. zugänglich. Vgl. ferner: G. W. F. Hegel 'Die Vernunft in der Geschichte. Einleitung in d. Philos. d. Weltgeschichte', auf Grund des aufbehaltenen handschr. Materials neu hg. v. G. Lasson (Meiners 'Philosophische Bibliothek' Bd. 171 a) S. 4 ff.

S. 5 *Augustins 'Gottesstaat'* deutsch v. A. Schröder in der 'Bibliothek d. Kirchenväter' 3 Bde. s. zu S. 189.

S. 6: *Ernst von Lasaulx* (1805–61) wirkte nach längeren Reisen in Italien, Griechenland und im Orient seit 1835 als Prof. der Philologie zu Würzburg, seit 1844 in derselben Eigenschaft und als Prof. der Ästhetik zu München. 1848 als eifriger Katholik in die deutsche Nationalversammlung gewählt. Schrieb außer dem 'Neuen Versuch einer alten auf die Wahrheit der Tatsachen gegründeten Philosophie der Geschichte', München 1856, 'Die prophetische Kraft der menschlichen Seele in Dichtern und Denkern' (1858), 'Philos. der schönen Künste' (1860) u. a. 'Neuer Versuch' S. 72 ff.: Man wird, alles wohl erwogen, im wesentlichen kaum zu einem anderen Ergebnis kommen als demjenigen welches schon vor mehr als zweitausend Jahren Hippokrates und Aristoteles ausgesprochen haben in den denkwürdigen Worten: 'wenn man die Völker betrachte und die Erde wie sie unter die verschiedenen Völker verteilt ist, so werde man finden, daß die Menschen im ganzen geschätzt so seien wie das Land und Klima welches sie bewohnen, physisch und psychisch mit dem Boden übereinstimmend. Darum sind die Völker welche kalte Länder bewohnen in Europa, zwar voll Mut, an geistiger Einsicht aber und an Kunstsinn dürftiger; so daß sie wohl ihre Freiheit zu behaupten wissen, zu echter Staatenbildung aber und zur Herrschaft sind sie weniger geschickt. Asien dagegen ist milder als unser Land, darum sind auch seine Bewohner sanfter und gutartiger, kunstreich und geistvoll; mannhafter Mut aber und die Fähigkeit Arbeiten und Mühsale zu ertragen, können in einer solchen Natur nicht gedeihen: weshalb auch die meisten seiner Völker immerdar und ganz von Königen beherrscht werden. Der hellenische Volksstamm aber, zwischen beiden Erdteilen wohnend, an den Küsten Asiens und Europas, vereinigt auch in seinem Charakter die Eigenschaften beider, denn er ist tapfer zugleich und geistvoll, also zum Herrschen und zum Freisein tüchtig; deshalb findet sich auch Freiheit bei ihm und eine gute bürgerliche Verfassung, und wenn er sich zu *einem* Staate vereinigte, so würde er wohl alle andern beherrschen können.'

Gegenwärtig wird die ganze Erde von dem kleinsten Erdteil, von Europa aus beherrscht; in Europa von dem kleinsten Inselreiche, England; und in England von einer den Kern aller Klassen der Bevölkerung bildenden aristokratischen Minorität.

Überblicken wir nun den allgemeinen Lebensgang der Menschheit, die große geordnete Bewegung des Völkerlebens auf Erden, so zeigt sich vor allem, daß der ganze Strom der uns bekannten menschlichen Kulturgeschichte, wie die allgemeine Bewegung der Meere zwischen den Wendekreisen, und analog der scheinbaren Bewegung der Sonne, von Osten nach Westen zieht. Das leuchtende Gestirn des Tages ist das erste, was dem aufblickenden Auge des Menschen entgegentritt, nach der Sonne richtet sich all sein Tagewerk, mit ihr steht er auf und mit ihr geht er zur Ruhe, ihr zieht er nach, noch heute nicht nach Osten, sondern nach Westen, nach Amerika wandernd.

Nach den heiligen Büchern der Juden war das älteste Kulturland der Erde jenes, welches nach den übereinstimmenden Berichten alter und neuer Forscher alle anderen Länder an wunderbarer Fruchtbarkeit weit übertrifft, Assyrien, Babylon und Ninive, von wo aus die Völkerstämme und mit ihnen die Bildung sich ergossen haben nach allen Ländern der alten Welt, zunächst dem Mittelmeere zu, nach den Niederungen von Ägypten, Phoenikien, Kleinasien, und von dort nach Europa hinüber. Andere, ältere und neuere Forscher haben Ägypten, das Niltal, als das älteste Kulturland betrachtet; noch andere Indien, insbesondere das Tal Kasmir, als die Urheimat der Menschen angenommen, von wo die Völker sich ausgebreitet hätten. Für die Frage, auf die es hier ankommt, den Weltgang des Menschen von Osten nach Westen, macht dies keinen Unterschied. Die Griechen, an der Wasserscheide von Asien, Afrika und Europa wohnend, und darum das erste gebildete Volk Europas, haben dann die gesamte Erbschaft der asiatischen und afrikanischen Bildung übernommen, haben sie hellenisiert, und haben ihre Bildung den Römern mitgeteilt; die Römer infolge ihrer Weltherrschaft die ihrige den keltisch-germanischen Völkern; wir die unserige den Bewohnern der neuen Welt Amerikas: so daß hiernach auch unserem Erdteile Europa einst das Schicksal Asiens bevorstehen würde.

Wenn nun bloß die Menschen und mit ihnen ihre Religionen, ihre Künste und ihre Wissenschaften, diesen Weg gingen von Osten nach Westen, so könnte man sich allerdings versucht fühlen, wie vorhin angedeutet wurde, hier eine unwiderstehliche Täuschung anzunehmen, und diesen Weltgang als ein Nachfolgen dem schein-

baren Laufe der Sonne erklären; denn der natürliche sinnliche Eindruck dieses Phänomens ist so gewaltig, daß wir trotz alles bessern Wissens dennoch von ihm überwältigt werden. Denn obgleich wir es mit mathematischer Gewißheit wissen, daß die Sonne nicht im Osten aufgeht und nicht im Westen untergeht, sondern daß gerade umgekehrt unsere Erde sich täglich um ihre eigene Achse von Westen nach Osten bewegt, und daß dadurch der Schein entsteht als ob die Sonne sich von Osten nach Westen bewege: so nimmt die große Masse der Menschen, ja selbst der Gebildeten, im gewöhnlichen Leben von all diesem besseren Wissen dennoch gar keine Notiz, und spricht auch heute noch von dem Aufgange und Untergange der Sonne ganz so wie vor Jahrtausenden, als ob Kopernikus, Galilei, Kepler und Newton nie gelebt hätten.
Es wandern aber nicht bloß die Menschen von Osten nach Westen, sondern mit ihnen auch die Pflanzen und die Tiere.

S. 7 *Anmerkung: Lasaulx* S. 33 ff.: Werfen wir nun, ehe wir den historischen Entwicklungsgang der Menschheit verfolgen, zuvor einen Blick auf den geographischen Schauplatz derselben, auf die Erde, welche wir bewohnen: so zeigt sich hier, wie C. Ritter nachgewiesen hat, vor allem andern folgendes Verhältnis der drei Erdteile, auf denen die alte Völkergeschichte sich entwickelt hat.

Afrika, der am einförmigsten und rohesten gestaltete Erdteil, elliptisch zugerundet, bildet durch seine Meeresbegrenzung ein in sich abgeschlossenes Ganzes, welches aus zwei räumlich fast gleichen Hälften besteht, deren südliche vorherrschend Hochland, die nördliche Flachland ist, beide auf ihren Grenzen in einer geraden Linie von Osten nach Westen zusammenstoßend. Der ganze Erdteil zeichnet sich durch eine inselartige Abgeschiedenheit vor allen übrigen aus, seine Vorsprünge ins Meer bilden nirgendwo Halbinseln, nirgendwo dringt das Meer in tieferen Buchten ein, er scheint sich gegen jeden belebenden Einfluß von außen abzuschließen. Bei einer Grundfläche von 545000 Quadratmeilen hat Afrika nur einen Küstensaum von 3500 Meilen, auf je 156 Quadratmeilen Grundfläche eine Meile Küste.

Asien ist ebenfalls an drei Seiten vom Meere umflossen; aber seine Küsten, vorzüglich im Osten und Süden, laufen in weitvorspringende Landzungen, Vorländer und Halbinseln aus, welche ebensoviele selbständige Glieder des großen und breiten Erdkörpers bilden. Rings um den Erdteil, von Kamtschatka über Korea, die Mandschurei und China, die beiden Indien, Arabien, und gegen Westen Kleinasien, bilden diese Vorländer sehr bedeutende Teilganze. Dennoch aber ist die Oberfläche dieses Erdteiles so groß, daß das ungeteilte Binnenland noch immer ein entschiedenes Übergewicht hat über die Vorländer. Asien ist ein gesunder kräftiger Körper mit gewaltigen das Meer beherrschenden Armen. Seine Grundfläche beträgt 883000 Quadratmeilen, seine Küstenlänge 7700 Meilen, es hat demnach auf je 115 Quadratmeilen Grundfläche eine Meile Küste.

Anmerkungen zu Seite 7

Europa, der kleinste unter den Erdteilen und der am mannigfaltigsten gestaltete, besitzt verhältnismäßig den größten Küstensaum. Seine Kernmasse ist vom Meere wie von Binnenseen überall tief eingeschnitten und durchbrochen, es scheint fast auf dem Punkte sich in lauter Inseln und Halbinseln aufzulösen. Und selbst seine Halbinseln, wie Griechenland, Italien, Skandinavien, wiederholen dies Phänomen von Einschnitten, Buchten und Busen bis ins Unendliche. Die Landseen und Meeresarme, welche zur Gliederung des Landes beitragen, machen fast die Hälfte der Oberfläche des ganzen Erdteiles aus. Seine Grundfläche beträgt 168000 Quadratmeilen, die Ausdehnung seiner Küstenlänge 4300 Meilen. Europa ist demnach kaum ein Drittteil so groß als Afrika, hat aber 800 Meilen Küstensaum mehr als Afrika: es hat auf 40 Quadratmeilen Grundfläche eine Meile Küste. Es ist darum der für den auswärtigen Verkehr am meisten geöffnete Erdteil, und zugleich der in sich selbst am meisten gegliederte und individualisierte, an örtlichen Verhältnissen reichste und der reichsten Entwicklung fähigste Erdteil.

Es zeigt sich hienach eine sukzessive Steigerung zwischen den drei Erdteilen der Alten Welt. Afrika ist der am wenigsten entwickelte, ein steifer kolossaler Rumpf ohne gelenkige Glieder, ein Stamm ohne Zweige, ein schwerfälliges Ungetüm. Asien, an Größe noch umfangreicher, ist aber zugleich auch gliederreicher, obgleich die Summe dieser Glieder nur den fünften Teil des Ganzen beträgt. In Europa dagegen beherrschen die Glieder den Rumpf, die Zweige überdecken den Stamm, seine Halbinseln machen den dritten Teil seiner ganzen Oberfläche aus. Afrika ist dem Ozean verschlossen, Asien öffnet ihm bloß seine Ufer, Europa ergibt sich ihm ganz, es ist der zugänglichste aller Kontinente: der eben darum das reichste Leben, die größte Mannigfaltigkeit auf dem kleinsten Raum entfaltet hat. Welches alles übrigens schon der Geograph Strabon andeutet wenn er sagt: das vielgestaltige Europa sei eben deshalb auch zu jeglicher Tüchtigkeit am besten genaturet, für das kriegerische wie für das politische Leben, und habe eben deshalb auch den andern Erdteilen am meisten mitgeteilt von den Gütern, die bei ihm zu Hause sind.

(Ebendort S. 46 ff.): Was nun zweitens die naturwissenschaftliche Erforschung der sogenannten Menschenrassen betrifft, so unterscheidet der Gründer dieser Studien, Blumenbach, deren bekanntlich fünf: die kaukasische, die mongolische, die äthiopische, die amerikanische und die malaiische Rasse. Von diesen fünf Hauptrassen sei die kaukasische die Stamm- oder Mittelrasse, und die beiden Extreme, in welche diese ausarte, seien einerseits die mongolische, anderseits die äthiopische Rasse; die zwei andern Rassen machten die Übergänge: die amerikanische den Übergang zwischen der kaukasischen und der mongolischen; die malaiische der Übergang zwischen der kaukasischen und der äthiopischen. Blumenbach selbst wie nach ihm Cuvier reduziert demnach diese fünf

Anmerkungen zu Seite 7

Rassen wieder auf drei Rassen, und alle drei auf *eine* ursprüngliche Spezies. Sein naturwissenschaftlicher Horizont ist weiter als der des Altertums sein konnte, denn die vierte und fünfte der von ihm angenommenen Menschenrassen knüpfen sich an die Länder der Neuen Welt, Amerika und Australien, welche den Alten unbekannt waren; die drei erstgenannten Rassen aber, die weiße kaukasische, die gelbe mongolische, und die schwarze äthiopische, bewohnen, nicht streng geschieden, sondern teilweise gemischt, die drei Erdteile der Alten Welt, Asien, Europa, Afrika.

(Ebendort S. 87 ff.): Derselbe Antagonismus der Kräfte, welcher sich hier im großen in den weltgeschichtlichen Kämpfen zwischen den Bewohnern der drei Erdteile Asien, Afrika und Europa zeigt: dasselbe Schauspiel wiederholt sich auch in kleinerem Maße innerhalb Europas in den Völkerkämpfen zwischen dem Norden und dem Süden unseres Erdteiles, und zwar insbesondere in den durch die ganze europäische Geschichte sich hindurchziehenden Kämpfen um den Besitz der italienischen Halbinsel, als des schönsten und am reichsten ausgestatteten Landes in Europa.

Betrachten wir nämlich die geographische Lage Italiens in Verbindung mit den anderen Ländern der Erde, so zeigt sich, daß ihm schon dadurch eine große weltgeschichtliche Bestimmung angewiesen sei. Verbunden *mit* den nordischen Ländern und doch geschützt *gegen* sie durch die mächtige Gebirgswand der Alpen, hinausgebreitet in das herrliche Meer, welches Asien und Afrika mit Europa verbindet, und dadurch jenen Erdteilen näher gerückt, an sich selbst von bedeutender Größe, 5800 Quadratmeilen, nicht so von Gebirgen zerklüftet wie Griechenland, voll breiter Ebenen, in sich reich an allen natürlichen Erzeugnissen und vom schönsten Himmel überwölbt: scheint Italien mehr als irgendein anderes Land geeignet ein großes Volk zu ernähren und ihm alle Mittel der reichsten und freiesten Entwicklung zu gestatten. Schon die Alten selbst, Griechen wie Römer, haben diese natürlichen Vorzüge klar erkannt. Der Geograph Strabon und der Naturforscher Plinius, indem sie die Ursachen der Größe Roms untersuchen, machen darauf aufmerksam, 'daß kein anderes Land in Europa so deutlich durch seine Natur bestimmt sei ein Ganzes zu bilden und die umliegenden Länder zu beherrschen als Italien. Im Norden bilden die Alpen eine natürliche Felsenmauer gegen jeden Angriff, auf allen übrigen Seiten schützt das Meer. Italien hat wenige Häfen, wodurch der Angriff von außen erschwert wird; die wenigen aber, welche es besitzt, sind groß und trefflich, sie erleichtern die Unternehmungen nach außen. Zu diesen Vorzügen kommt das glückliche Klima, gleich weit entfernt von übermäßiger Hitze wie Kälte: dies fördert das Gedeihen aller Naturprodukte ohne die Kraft des Menschen zu lähmen. Die Apenninen, welche das ganze Land durchziehen, haben zu beiden Seiten breitbrüstige Ebenen und fruchtbare Hügel, voll Waldungen für die Schiffahrt und voll nährender Kräuter für die Herden. Reich ist es auch an Flüssen und Seen, an warmen und an kalten Quellen, an Metallen aller Art; die Güte der Früchte ist nicht zu beschreiben. Außerdem da es in der Nähe liegt von Griechenland und den besten Teilen Asiens und Afrikas, so hilft ihm auch das seine Oberherrschaft mit Nachdruck und Würde zu behaupten, und seinen Befehlen schnellen Gehorsam zu verschaffen. Wahrlich die Götter selbst haben dies Land erwählt zu einer Erzieherin aller übrigen, damit es die getrennten Reiche vereinige und ihre Sitten mildere, die vielgeteilten Menschen unter sich verständige und human mache, kurz, daß es ein Vaterland werde allen Völkern des Erdkreises.'

Kein Wunder darum, daß von dort aus, das einzige Beispiel der Art, eine zweimalige Weltherrschaft erstrebt und erreicht wurde; daß dorthin von jeher andersredende Menschen eingewandert sind; daß um den Besitz dieser Erde alle Völker der Alten Welt sich gestritten haben; und daß auch wir Spätlinge des europäischen Lebens in Italien, trotz seines politischen Verfalles, mehr als irgendwo sonst auf Erden das Gefühl persönlicher Unabhängigkeit, leiblicher, sittlicher, geistiger Freiheit genießen.

S. 8 *Anmerkung 1: Lasaulx* S. 114 ff.: Dieses ist, auf den kürzesten Ausdruck gebracht, der subjektiv psychologische und der objektiv historische Entwicklungsgang der Philosophie in Europa: die Religion ist ihr Ausgangspunkt, der Zweifel an der Religion ihr Durchgangspunkt, und entweder die subjektive Verzweiflung oder die objektive Versöhnung mit der Religion ist ihr Ende.

Und daß dieser Prozeß im ganzen geschätzt nicht bloß ein hellenischer sei, und ein im Leben der hellenisch gebildeten Völker sich wiederholender; sondern daß das erste Auftreten der Philosophie in Europa mit dem innersten Kern des gesamten menschheitlichen Lebens und Bewußtseins innig zusammenhänge, zeigt sich sehr klar darin: daß die Geburtsstunde der hellenischen Philosophie in merkwürdiger Weise zusammentrifft mit Weltbegebenheiten, die unter ganz verschiedenen weitentlegenen Völkern und Zonen *alle ein* Ziel verfolgen. Denn es kann unmöglich ein Zufall sein, daß ungefähr gleichzeitig, sechshundert Jahre vor Christus, in Persien Zarathustra, in Indien Gautama-Buddha, in China Confutse, unter den Juden die Propheten, in Rom der König Numa, und in Hellas die ersten Philosophen, Jonier Dorier Eleaten, als die Reformatoren der Volksreligion auftraten: es kann dieses merkwürdige Zusammentreffen nur in der inneren substanziellen Einheit des menschheitlichen Lebens und des Völkerlebens, nur in einer gemeinsamen alle Völker bewegenden Schwingung des menschheitlichen Gesamtlebens seinen Grund haben, nicht in der besonderen Effereszenz eines Volksgeistes. —

Anmerkung 2: L. v. Ranke, Deutsche Geschichte im Zeitalter der Reformation. Die Stelle steht heute: Sämtl. Werke, Bd. I. 94 S. 151—54: Geistig entwickelt, literarisch ausgebildet, in großen Hierarchien dargestellt, standen dem Christentum vor allen die indischen Religionen und der Islam entgegen, und es ist merk-

Anmerkungen zu Seite 8

würdig, in welch einer lebendigen inneren Bewegung wir sie in unserer Epoche begriffen sehen.

War die Lehre der Brahmanen ursprünglich von monotheistischen Ideen ausgegangen, so hatte sie dieselben doch wieder mit dem vielgestaltigen Götzendienst verhüllt; zu Ende des fünfzehnten, Anfang des sechzehnten Jahrhunderts bemerken wir in Hindostan, von Lahore her, die Tätigkeit eines Reformators, Nanek, der die ursprünglichen Ideen wiederherzustellen unternahm, dem Zeremoniendienst die Bedeutung des Moralisch-Guten entgegensetzte, auf Vernichtung des Unterschiedes der Kasten, ja eine Vereinigung der Hindus und der Moslimen dachte – eine der außerordentlichsten Erscheinungen friedlicher, nicht fanatischer Religiosität. Leider drang er nicht durch: die Vorstellungen, die er bekämpfte, waren allzutief gewurzelt. Dem Manne, der den Götzendienst zu zerstören suchte, erweisen die, welche sich seine Schüler nennen, die Seiks, selber abgöttische Verehrung.

Auch in dem anderen Zweige der indischen Religionen, dem Buddhismus, trat während des fünfzehnten Jahrhunderts eine neue großartige Entwicklung ein. Der erste regenerierte Lama erschien in dem Kloster Brepung und fand allmählich in Tibet Anerkennung; der zweiten Inkarnation desselben (von 1462–1542) gelang das auch in den entferntesten buddhistischen Ländern; Hunderte von Millionen verehren seitdem in dem Dalailama zu L'Hassa den lebendigen Buddha der jedesmaligen Gegenwart, die Einheit der göttlichen Dreiheit, und strömen herbei, seinen Segen zu empfangen. Man kann nicht leugnen, daß diese Religion einen günstigen Einfluß auf die Sitten roher Nationen ausgeübt hat; allein welch eine Fessel ist hinwiederum eine so abenteuerliche Vergötterung des Menschengeistes! Man besitzt dort die Mittel einer populären Literatur, weitverbreitete Kenntnis der Elemente des Wissens sowie die Buchdruckerkunst; nur die Literatur selbst, das selbständige Leben des Geistes, das sich in ihr ausspricht, kann nie erscheinen. Auch die Gegensätze, welche allerdings eintreten, hauptsächlich zwischen den verheirateten und den unverheirateten Priestern, der gelben und der roten Profession, die sich an verschiedene Oberhäupter halten, können sie nicht hervorbringen. Die entgegengesetzten Lamas wallfahrten einer zum anderen, erkennen sich gegenseitig an.

Wie Brahma und Buddha, so standen einander innerhalb des Islam seit seinem Ursprung die drei alten Kalifen und Ali entgegen; im Anfang des sechzehnten Jahrhunderts erwachte der Streit der beiden Sekten, der eine Zeitlang geruht hatte, mit verdoppelter Stärke. Der Sultan der Osmanen betrachtete sich als den Nachfolger Ebubekrs und jener ersten Kalifen, als das religiöse Oberhaupt aller Sunni in seinen eigenen sowie in fremden Gebieten, von Marokko bis Bochara. Dagegen erhob sich aus einem Geschlechte mystischer Scheiche zu Erdebil, das sich von Ali herleitete, ein glücklicher Feldherr, Ismail Sophi, der das neupersische

Reich stiftete und den Shii aufs neue eine mächtige Repräsentation, eine für die Welt bedeutende Stellung verschaffte. Unglücklicherweise ließ sich weder die eine noch die andere Partei angelegen sein, die Keime der Kultur zu pflegen, welche seit den besseren Zeiten des alten Kalifats auch dieser Boden nährte: sie entwickelten nur die Tendenzen despotischer Alleinherrschaft, die der Islam so eigen begünstigt, und steigerten ihre natürliche politische Feindseligkeit durch die Motive des Fanatismus zu einer unglaublichen Wut. Die türkischen Geschichtschreiber erzählen, die Feinde, welche in Ismails Hand gefallen, seien gebraten und verzehrt worden. Der Osmane Sultan Selim dagegen eröffnete seinen Krieg gegen den Nebenbuhler damit, daß er alle Shii von sieben bis zu siebzig Jahren in seinen gesamten Landen aufspüren und auf einen Tag umbringen ließ, wie Seadeddin sagt: '40000 Köpfe mit niederträchtigen Seelen'. Man sieht, diese Gegner waren einander wert.

Und auch in dem Christentum herrschte eine Spaltung zwischen der griechisch-orientalischen und der lateinischen Kirche, die zwar nicht zu so wilden Ausbrüchen gewalttätiger Roheit führte, aber doch auch nicht beigelegt werden konnte. Selbst die unwiderstehlich heranflutende, das unmittelbare Verderben drohende türkische Macht konnte die Griechen nicht bewegen, die Bedingung, unter der ihnen der Beistand des Abendlandes angeboten ward – Beitritt zu den unterscheidenden Formen des Bekenntnisses –, anders als für den Augenblick und ostensibel einzugehen. Die Vereinigung, welche 1439 so mühsam zu Florenz zustande gebracht wurde, fand wenig Teilnahme bei dem einen, bei den anderen den lebhaftesten Widerspruch: die Patriarchen von Alexandrien, Antiochien und Jerusalem eiferten laut gegen die Abweichung von der kanonischen und synodalen Tradition, die darin liege; sie bedrohten den griechischen Kaiser wegen seiner Nachgiebigkeit gegen die lateinische Heterodoxie ihrerseits mit einem Schisma.

Fragen wir, welche von diesen Religionen politisch die stärkste war, so besaß ohne Zweifel der Islam diesen Vorzug. Durch die Eroberungen der Osmanen breitete er sich im fünfzehnten Jahrhundert in Gegenden aus, die er noch nie berührt, tief nach Europa, und zwar in solchen Formen des Staates, welche eine unaufhörlich fortschreitende Bekehrung einleiten mußten. Er eroberte die Herrschaft auf dem Mittelmeere wieder, die er seit dem elften Jahrhundert verloren hatte. Und wie hier im Westen, so breitete er sich bald darauf auch im Osten, in Indien aufs neue aus. Sultan Baber begnügte sich nicht, die islamitischen Fürsten zu stürzen, welche dieses Land bisher beherrscht. Da er fand, wie er sich ausdrückt, 'daß die Paniere der Heiden in zweihundert Städten der Gläubigen wehten, Moscheen zerstört, Weiber und Kinder der Moslimen zu Sklaven gemacht wurden', so zog er in den heiligen Krieg wider die Hindus aus, wie die Osmanen wider die Christen; wir finden wohl, daß er vor einer Schlacht sich entschließt, dem

Anmerkungen zu Seite 8–21

Wein zu entsagen, Auflagen abschafft, die dem Koran nicht gemäß sind, seine Truppen durch einen Schwur auf dies ihr heiliges Buch ihren Mut entflammen läßt; in diesem Stil des religiösen Enthusiasmus sind dann auch seine Siegesberichte: er verdiente sich den Titel Gazi. Die Entstehung einer so gewaltigen, von diesem Ideenkreise erfüllten Macht konnte nicht anders als die Verbreitung des Islam über den ganzen Osten hin gewaltig fördern.

S. 10 *Anmerkung:* Die in Plotins 'Enneaden' (erste Enneade, Buch 6 Kap. 9) stehende Stelle lautet übersetzt: 'Denn ein dem zu sehenden Gegenstand verwandt und ähnlich gemachtes Auge muß man zum Sehen mitbringen. Nie hätte das Auge jemals die Sonne gesehen, wenn es nicht selber sonnenhaft wäre; so kann auch eine Seele das Schöne nicht sehen, wenn sie nicht selbst schön ist. Darum werde jeder zuerst gottähnlich und schön, wenn er das Gute und Schöne sehen will.' (H. F. Müller.) Danach Goethes Spruch (Zahme Xenien III) 'Wär' nicht das Auge sonnenhaft, / Die Sonne könnt' es nie erblicken; / Läg' nicht in uns des Gottes eigne Kraft, / Wie könnt' uns Göttliches entzücken?' – *Historia vitae magistra:* 'Die Geschichte die Lehrerin des Lebens'.

S. 15: *Die Kongregation von St. Maurus:* französische Benediktinerkongregation, zeichnete sich, im Zeitalter der Gegenreformation, besonders durch Arbeiten zur Geschichte Frankreichs, zu den historischen Hilfswissenschaften und durch Editionen der Kirchenväter aus. – Lodovico Antonio *Muratori* (1672–1750), Konservator der Bibliothek Ambrosiana in Mailand, gilt durch seine Antichità Estensi, die Ausgabe der Rerum italicarum scriptores und der Antiquitates Italicae und die gründliche Darstellung der italischen Geschichte in den Annali d'Italia (bis 1749) für den Vater der italienischen Geschichtsforschung. – Die allgemeine Praxis des 'Gehn- und Reden-Lassens'. – *Anmerkung:* Edmond Dehault de *Pressensé* (1824–91), der theologische Verteidiger der protestantischen Freikirche in Frankreich, schrieb besonders L'Église et la Révolution française, 1864.

S. 17: Cornelius *Tacitus* (etwa 55–120 n. Chr.) beschrieb das Leben seines Schwiegervaters, des Statthalters von Britannien Julius Agricola, auf etwa fünfundzwanzig mäßigen Druckseiten.

S. 20: Henry Thomas *Buckle* (1821–62), der Verfasser der beiden Einleitungsbände seines groß geplanten Werkes 'The History of Civilisation in England' (1857, 1861), eines der Hauptwerke naturwissenschaftlicher Geschichtschreibung. Es sieht im Anschluß an Comtes Soziologie den Fortschritt der Kultur allein in der intellektuellen Entwicklung. Die sittlichen Grundsätze und Gefühle seien von Anbeginn unveränderlich die eines englischen Gentlemans von um 1850 gewesen. Buckle starb auf einer Reise zu Damaskus an Typhus. Das Werk deutsch v. Ruge, ferner v. Ritter 2. Aufl. 1900, 2 Bde.

S. 21: Filippo *de Boni* (1816–70), italienischer Schriftsteller, nahm an den politischen Kämpfen um Italiens Befreiung auf der Linken teil. Die angeführte Stelle: 'man muß lesen können', stammt wohl aus seiner Schrift 'Dell'incredulità degl'Italiani nel medio evo', 1868.

S. 22: *Thukydides* (um 460 bis 400 v. Chr.), der berühmte Geschichtschreiber des 'Peloponnesischen Krieges'.

S. 25: *Regnum, genus, species:* Reich, Gattung, Art.

S. 31: *eponyme Archegeten:* namengebende Stammväter. *Anmerkung*: *Lasaulx* S. 18 ff.: Jedes Volk, hervorgegangen aus seinem Stammvater, einem besonders kräftigen Urmenschen, ist dann naturnotwendig nichts anderes als die sukzessive Entfaltung der Individualität seines Archegeten: alle Juden zusammen der ausgewachsene Abraham, alle Hellenen der entwickelte Hellen, alle Deutschen der vollwüchsige Tuisko. Was in dem Stammvater latent implicite enthalten war, ist in seinen Nachkommen explicite manifest geworden.

(Ebendort S. 40 ff.): Auch ist es eine sehr bemerkenswerte Tatsache, daß, wie nach der hebräischen Erzählung die drei Söhne Noachs die Väter *aller* Völker sind, auch in den Sagen der *einzelnen* Völker selbst in ähnlicher Weise drei Söhne eines Vaters als die Archegeten der verschiedenen Stämme jedes Volkes, und innerhalb der einzelnen Stämme selbst wieder drei Söhne eines Stammvaters als die Urheber von untergeordneten Gliederungen überliefert werden: so daß auch hier, auf dem Gebiete der Völkersagen, ein und dasselbe Prinzip, wie eine heilige uralte Erinnerung, überall durchschlägt. Ich will einige Beispiele anführen.

Die babylonische Sage bei Berosus: daß nach der großen Flut des Xisuthrus dessen drei Söhne Zerovanus Titan Japetosthes die Herrschaft der Erde unter sich geteilt hätten: ist augenscheinlich bis auf die Namen völlig identisch mit der Mosaischen Erzählung von den drei Noachiden. Gleicherweise die altpersische Sage: daß Feridun, nachdem er die große Schlange getötet, die Ahriman zum Verderben der Welt gemacht hatte, nunmehr allein Herr der Erde geworden, diese unter seine drei Söhne Selm Tur Iredsch verteilt habe: dem ältesten habe er Rum und das Abendland, dem zweiten Turan und Tschin, dem dritten die Erde von Iran, das Land der Heroen, geschenkt mitsamt der Krone und dem Siegelringe: so daß auch er wie Noach den jüngsten zum mächtigsten unter den Brüdern erhob. Die Skythen ferner erzählen, ihr Urvater Targitaos, der Sohn des höchsten Gottes und der Nymphe Borysthenis, habe drei Söhne gehabt, von denen alle Skythen abstammten, den Lipoxaïs, den Arpoxaïs, den Kolaxaïs, und es hätten auf ein Götterzeichen hin die älteren Brüder dem jüngsten die Herrschaft über alle Stämme übergeben. Gleicherweise priesen die Deutschen ihren Gott Tuisko und dessen Sohn Mannus als ihres Volkes Ursprung und Gründer, und schrieben dem Mannus drei Söhne zu, nach deren Namen die alten Hauptstämme der Ingaevonen, der Herminonen, und der Iskaevonen benannt wurden: eine Dreizahl, die dann auch in vielen besonderen Stammsagen wiederkehrt. Und

Anmerkungen zu Seite 31–33

ebenso erzählt die hellenische Sage, daß Hellen, der Vater der Hellenen, nur dem Namen nach ein Sohn des Deukalion, in Wahrheit aus dem Samen des Zeus entsprossen, unter seine drei Söhne Dorus, Xuthus, Aeolus, das Land verteilt habe, und daß von diesen dreien alle Hauptstämme des hellenischen Volkes abstammen: von Dorus dem ältesten die Dorier; von Aeolus, dem jüngsten, die Aeolier; der mittlere aber, Xuthus, habe zwei Söhne gehabt, Achaeus, den Stammvater der Achäer, und Jon, den Stammvater der Jonier. Von dem dorischen Stammhelden Aegimios ferner wird dann weiter berichtet, er habe zwei Söhne gehabt, den Pamphylos und den Dymas, und dazu als den dritten Hyllos des Herakles Sohn adoptiert: nach welchen dreien sodann in Sparta die vollberechtigten Bürger, die Spartiaten mit ihrer von Gott gegebenen Freiheit (θεοδμάτω σὺν ἐλευθερία) in die drei Phylen oder Schößlinge der Hylleer, der Dymaner und der Pamphyler gegliedert waren. Und dieselbe Dreigliedrigkeit kehrt abermals wieder in den drei Söhnen des Herakliden Aristomachos, in Temenos, Kresphontes, Aristodemos, welche die peloponnesischen Reiche Argos, Messene, Lakedaemon unter sich geteilt haben sollen. Ja ich halte es nicht für unwahrscheinlich, daß auch in der altathenischen Sitte: bei Eingehung der Ehe zur glücklichen Erzeugung von Kindern vor allem die Τριτοπάτορες d. i. die πρῶτοι ἀρχηγέται, *primi generis humani auctores*, die drei Urväter aller Menschen durch Gebet und Opfer anzurufen: eine dunkele Erinnerung an die drei Stammväter nicht nur der Hellenen, sondern der Menschheit überhaupt erhalten sei. Dieselbe Dreibrüdersage endlich begegnet uns auch bei der jüngsten unter den Japhetischen Völkerfamilien, bei den slawischen Stämmen.

S. 33 *Anmerkung 1:* Das *Skolion des Kreters Hybrias* heute zugänglich in der Anthologia lyrica ed. E. Diehl Vol. II Fasc. 1. 1924 S. 128 f.: Ἔστι μοι πλοῦτος μέγας δόρυ καὶ ξίφος / καὶ τὸ καλὸν λαισήιον, πρόβλημα χρωτός / τούτωι γὰρ ἀρῶ, τούτωι θερίζω, / τούτωι πατέω τὸν ἁδὺν οἶνον ἀπ' ἀμπέλω, / τούτωι δεσπότας μνοίας κέκλημαι. // τοὶ δὲ μὴ τολμῶντ' ἔχειν δόρυ καὶ ξίφος / καὶ τὸ καλὸν λαισήιον, πρόβλημα χρωτός, / πάντες γόνυ πεπτηῶτες ἐμὸν κυνέοντι δεσπόταν / καὶ μέγα βασιλῆα φωνέοντες. Deutsch etwa: 'Großer Reichtum sproßt nur aus Schwert und Speer, / Aus dem schmucken Schilde, der Wehr des Leibes; / Nur durch sie ja pflüg' ich, durch sie nur ernt' ich, / Nur durch sie ja preß' ich den Most der Traube, / Nur durch sie ja heiß' ich den Sklaven Herr! // Die zu gehn nicht wagen mit Schwert und Speer, / Mit dem schmucken Schilde, der Wehr des Leibes, / Nahen alle zitternd sich meinen Knieen, / Fallen alle dienend in Staub und nennen / Ihren großen König und Kaiser mich.' (Mähly, Griech. Lyriker S. 87 f.) – *Manu*, der Sage nach Stammvater und erster König der Inder. Auf ihn wird das brahmanische Rechtsbuch zurückgeführt. – *Menes*, der das „Alte Reich" durch Vereinigung Ober- und Unterägyptens gründete, wird heute zwischen etwa 3300 und 2880 v. Chr. angesetzt. – *Anmerkung 2: Lasaulx* S. 104 ff.: Die drei reinen Grundformen der Verfassungen sind: Monarchie, Aristokratie, Demokratie; diesen gegenüber stehen dreierlei Ausartungen: der Monarchie in Despotie oder Tyrannis, der Aristokratie in Oligarchie, der Demokratie in Ochlokratie (Herrschaft der Masse). Diese drei reinen Grundformen und die ihnen gegenüberstehenden drei Ausartungen bilden unter sich einen Kreislauf, so daß mit einer Art von sittlicher Naturnotwendigkeit die eine Form in die andere übergeht: die Monarchie in die Tyrannis, und dann gestürzt wird und in die Aristokratie übergeht; welche dann ihrerseits in Oligarchie übergeht, und dann gestürzt wird und in Demokratie übergeht; die dann ihrerseits in Ochlokratie verkehrt wird und in Anarchie übergeht, aus welcher dann als die letzte Krankheit der Staaten Militärdespotismus hervorgeht, unter dem die Völker sich ausleben. Ich habe diesen Kreislauf der Verfassungsformen schon vor zehn Jahren in der Geschichte von Athen, von Rom und von Deutschland nachgewiesen und gezeigt, daß alle größeren ausgebildeten Staatsverfassungen gemischt sind aus einem monarchischen, einem aristokratischen und einem demokratischen Bestandteil, und nur dadurch von einander sich unterscheiden, daß in der einen Staatsverfassung dieser, in der andern jener Bestandteil der vorherrschende ist.

S. 36: *Schlosser*, Friedrich Christoph (1771–1861), Prof. in Heidelberg, erblickte, von Kants Morallehren durchdrungen, die Aufgabe der Geschichte in der sittlichen Hebung des Menschengeschlechts. Er erkannte nur *eine* Moral an: die private des „wahren und rechtschaffenen Mannes", und richtete die gesamte Geschichte und ihre Träger nach den Maßstäben des ehrbaren, aufgeklärten deutschen Kleinstädters aus dem Ende des 18. Jhs.: Weltgesch. in zusammenhängender Erzählung, 9 Bde., 1815–24; Gesch. d. 18. Jhts. 2 Bde., 1823; unter d. Titel: Gesch. d. 18. Jhts. u. d. 19. bis zum Sturz d. frz. Kaiserreichs mit besonderer Rücksicht auf geistige Bildung, 6 Bde., 1836–48; 8 Bde., 1864–66; Universalhistorische Übersicht der Gesch. d. Alten Welt u. ihrer Kultur, 9 Teile 1826–54; Weltgesch. f. d. dt. Volk, 18 Bde., 1844–56. – *Rekrimination:* Gegenbeschuldigung.

S. 41 *Anmerkung 1:* Des französischen Publizisten und Literarhistorikers Edgar *Quinet* (1803–73) Ausdruck 'die religiösen Ideen wieder in den Schmelztigel werfen' stammt wahrscheinlich aus dem Werk 'La révolution' (1865), das B. S. 187 anführt. Quinet hatte 1827 Herders 'Ideen zur Philosophie der Geschichte der Menschheit' übersetzt, lebte von 1842–46 als Professor der auswärtigen Literatur am Collège de France in Paris, ging, wegen Verbreitung demokratischer Ideen abgesetzt und 1852 aus Frankreich verbannt, bis 1870 in die Schweiz, wo er gegen geistige und politische Reaktion schrieb, und war seit 1871 in der französischen Nationalversammlung ein bekannter Führer der äußersten Linken. – Die *Inder* verwandelten ihre ursprüngliche

Anmerkungen zu Seite 41

Vedische Religion, die noch 4 Götterklassen kennt, etwa vom 8. bis 6. Jh. v. Chr. allmählich in den Brahmanismus, die Lehre vom „Einen", „Unvergleichlichen", das man an die Spitze der Götter stellte und später zu dem männlichen Gott Brahma umdeutete. Nach dem tausendjährigen Zwischenspiel des von vielen als ketzerisch empfundenen Buddhismus (im 6. Jh. v. Chr. gestiftet, im 3. Jh. v. Chr. Staatsreligion) erhob sich um 800 n. Chr. die brahmanische Gegenreformation als die neue Orthodoxie des Hinduismus. Neben Brahma treten Schiwa und Wischnu und bilden mit ihm eine Dreieinigkeit (Trimurti). – Die *Religion der Perser*, die in vorgeschichtlicher Zeit wohl lange mit den Indern zusammengelebt haben müssen und mit diesen einen gemeinsamen arischen Vorstellungs- und Sagenkreis besitzen, war ursprünglich eine Religion nomadischer Hirten, in der Kuh und Hund als heilig galten. Dann brachte ihnen Zarathustra (geb. wohl um 660 v. Chr.) die Lehre des Parsismus mit ihrer zwischen dem Lichtgott Ahura Mazda und dem bösen Prinzip Ahriman gespaltenen, umkämpften Welt, in welcher sich der Mensch entscheiden muß und Ahriman am Ende unterliegt. Dieser Parsismus ist die offizielle persische Religion unter dem Herrscherhaus der Achämeniden (560–330 v. Chr., s. zu S. 109). Von der Eroberung Persiens durch Alexander d. Gr. (gest. 323 v. Chr.) unter den makedonischen Seleukiden (312–64 v. Chr., Hauptstadt zunächst Seleukeia am Tigris, südlich von Bagdad, danach das syrische Antiochia, das heutige Antâkije) und den ersten parthischen Arsakiden (256 v. Chr. bis 226 n. Chr., Hauptstadt Ktesiphon am Tigris, gegenüber Seleukeia) durch Vermischungsversuche gefährdet, erlebt der Parsismus im neupersischen Reiche der Sassaniden (226–651, Sommerresidenz Ekbatana, das heutige Hamadan, Winterresidenz Madain auf den Trümmern Ktesiphons) eine Wiedergeburt. Jetzt wird die heilige Schrift, das Avesta, endgültig von Priesterhand aufgezeichnet. Gegen Manichäer und Christen entwickelt sich eine theologische Scholastik. Die Besiegung der Sassaniden durch die Araber 651 zwang die Perser zur Annahme des Islams. In Indien drang der Islam seit 712 militärisch ein, annektierte um 1000 das Panjâb, errichtete 1206 das Sultanat von Delhi. Ihm folgten die Großmogule in Delhi, die von 1556–1707 fast ganz Indien beherrschten. – *primus in orbe* etc.: 'als erste in der Welt schuf Furcht die Götter' steht bei P. Papinius Statius (etwa 40–96 n. Chr.) in dessen Epos Thebais (3, 661), das im „silbernen Zeitalter" der römischen Literatur den Zug der Sieben gegen Theben behandelt.

Anmerkung 2: Ernest *Renan* (1823–92), der bedeutende Orientalist, Religionsforscher und Schriftsteller, erregte mit seiner 'Vie de Jésus' (1863) größtes Aufsehen und wurde bis 1871 seiner Professur am Collège de France enthoben. Dieses Werk bildet den ersten Teil seiner Histoire des origines du christianisme, dem Les apôtres (1866), Saint-Paul (1869), L'Antéchrist (1873), Les évangiles et la seconde génération chrétienne (1877), L'Église chrétienne (1878) und Marc-Aurèle et la fin du monde antique (1882) folgten. Wichtig auch sein Buch L'Averroès et l'averroïsme (1852). Die Stelle aus den Questions contemporaines (1868): Obwohl die *eine* Hälfte der menschlichen Seele für ewig mit der Religion gebrochen hat, erhält sich die doch ewig, gestützt auf die andre. Wäre die Religion ein bloßer Irrtum der Menschheit, wie Astrologie, Hexerei und andrer Wahn, den man jahrhundertelang allgemein glaubte, so hätte die Wissenschaft sie schon hinweggefegt, wie sie in den untersten Stufen menschlichen Zusammenlebens den Glauben an Geister und Zauberer zerstört hat. Wäre andrerseits die Religion nur das Ergebnis einer naiven Berechnung, durch welche der Mensch die Früchte seiner guten Taten hier auf Erden jenseits des Grabes ernten will, so wäre der Mensch nur durch die jeweiligen Triebe des Egoismus zur Religion gekommen. Er ist aber gerade in seinen *besten* Momenten religiös: wenn er gut ist, so daß er wünscht, die Tugend möchte einer ewigen Weltordnung entsprechen, wenn er die Dinge ganz unbefangen betrachtet, so daß er den Tod empörend und sinnlos findet. Warum sollte man nicht annehmen, daß der Mensch gerade in diesen Augenblicken das Beste sieht? Wer hat recht? der egoistische, zerstreute Mensch oder der gute, nachdenkliche? – Wäre die Religion eine Erfindung der Einfältigen und Schwachen, wie die italienischen Sophisten des 16. Jahrhunderts annahmen, wie könnten dann gerade die besten Naturen die religiösesten sein? Sagen wir doch ehrlich, daß die Religion ein Produkt des Normalmenschen ist, daß der Mensch dann am wahrhaftigsten ist, wenn er am religiösesten ist und völlig überzeugt von einer ewigen Bestimmung.

S. 42: *Präsumption:* Annahme, Wahrscheinlichkeit. – David Friedrich *Strauß* (1808–74) gelangte als Repetent am theologischen Seminar zu Tübingen in seiner Schrift 'Das Leben Jesu, kritisch bearbeitet' (1835) zu dem Ergebnis, daß der Inhalt der Evangelien ein Produkt des unbewußt gemäß dem alttestamentlich-jüdischen Messiasbilde dichtenden Geistes der urchristlichen Gemeinden, also mythischen Ursprungs sei. Des Amtes enthoben, lebte er als freier Schriftsteller. In 'Der alte und der neue Glaube, ein Bekenntnis' (1872) vollzog er den endgültigen Bruch mit dem Christentum als Weltanschauung und suchte ein neues Weltbild auf dem Boden der damaligen Naturwissenschaften zu errichten. Die Stelle im Auszug:

Gewiß ist auf der einen Seite: ohne Vernunft keine Religion. D. h. erst mit dem Trieb und dem Vermögen, bei der Wirkung nach der Ursache zu fragen, und darin bis zu einer vermeintlich letzten oder ersten Ursache zurückzugehen, also erst beim Menschen, nicht schon beim Tiere, wird Religion möglich. Um die Religion, deren Möglichkeit in der Vernunft liegt, wirklich zu machen, dazu muß noch ein anderer Faktor in Tätigkeit treten, der in des Menschen Stellung zu seiner Umgebung liegt. Und hier hat nun Hume recht mit der Behauptung, daß nicht der uneigen-

Anmerkungen zu Seite 42

nützige Wissens- und Wahrheitstrieb, sondern der sehr interessierte Trieb nach Wohlbefinden die Menschen ursprünglich zur Religion geführt, und daß als religiöse Motive von jeher weit mehr die unangenehmen als die angenehmen gewirkt haben. Die epikuräische Ableitung der Religion aus der Furcht hat etwas unbestreitbar Richtiges. Ginge es dem Menschen stets nach Wunsch . . so wäre schwerlich je der Gedanke an höhere Wesen im Sinne der Religion in ihm aufgestiegen. So aber sieht er vor allem die Natur als ein unheimliches Wesen sich gegenüber. Wohl hat die Natur eine Seite, die dem Menschen freundlich erscheinen mag . . Aber die Kehrseite dieses freundlichen Gesichts . . ist ein schreckliches: neben und hinter dem schmalen Grenzgebiete, worauf sie ihn gewähren läßt, behält sie für sich eine ungeheure Übermacht, die in unerwartetem Ausbruch aller menschlichen Bemühungen grausam spottet . . Der Natur gegenüber kann er sich nur dadurch retten, daß er sich selbst in sie hineinträgt . . Dann sind selbst die verderblichen Naturgewalten nicht mehr so schlimm wie sie aussehen . . Persönlich vorgestellt, als höhere Wesen, als Dämonen oder Gottheiten, sind sie zwar böse Wesen, aber es ist doch schon viel gewonnen. Nämlich eine Handhabe, sie zu fassen . . Man erweist sich ihnen unterwürfig, läßt sich gute Worte und Geschenke nicht dauern, und siehe da, sie zeigen sich traktabler als man hoffen durfte." „Zugleich tritt jetzt die sittliche Natur des Menschen als mitwirkender Faktor ein: der Mensch will sich nicht bloß gegen andere, sondern auch sein höheres Streben gegen seine eigene Sinnlichkeit und Willkür schützen, indem er hinter die Forderungen seines Gewissens als Rückhalt eine gebietende Gottheit stellt. Wie hülflos findet sich im fremden Lande und Volke der Ankömmling, und wie leicht ist es dem Eingeborenen, von dieser wehrlosen Lage Vorteil zu ziehen: aber es gibt einen Zeus xenios, der die Gäste schützt. Wie unsicher ist es, sich auf Versprechungen der Menschen, und wären es eidliche, zu verlassen, und wie nahe liegt unter Umständen die Versuchung, sich denselben zu entziehen: aber es waltet ein Zeus horkios, der den Meineid straft. Nicht immer wird der blutige Mord von den Menschen entdeckt: aber die schlummerlosen Erinnyen heften sich dem flüchtigen Mörder an die Sohlen . . Die ursprüngliche und in gewissem Sinne natürliche Form der Religion ist hienach die Vielgötterei gewesen. Es war eine Mehrheit von Erscheinungen, die sich dem Menschen darstellten, eine Mehrheit von Mächten, die auf ihn eindrangen, und vor denen er sich geschützt oder deren er sich versichert wünschte, eine Mannigfaltigkeit von Lebensverhältnissen, die er geweiht und begründet haben wollte: so mußte ihm naturgemäß auch eine Mehrheit göttlicher Wesen entstehen. – *Anmerkung 2:* Über die Schöpfung des Systems der 12 Tierkreisgötter durch einen Einzelnen ist nichts bekannt. „Es finden sich Spuren von verschiedenen Einteilungen des Tierkreises. Die auf dem Sexagesimalsystem und der lunisolaren Jahresrechnung beruhende Zwölfteilung hat sich erst in später Zeit durchgesetzt. Auch die bis in die Gegenwart gültige Benennung und Abgrenzung der einzelnen Tierkreisbilder ist in geschlossener Überlieferung erst aus hellenistischer Zeit bekannt." (Chantepie de la Saussaye, Lehrb. d. Rel. Gesch. 1 S. 506.)

S. 43: *Sobrietät:* Bedachtsamkeit.

S. 45 *Anmerkung 1:* Der griech. Philosoph *Euhemeros* schrieb um 300 v. Chr. eine in Bruchstücken erhaltene Utopie 'Heilige Inschrift.' In ihr erklärte er die Götter als historische Könige, die erst nach ihrem Tode göttliche Verehrung erfahren hätten. – *Anmerkung 2 u. 3: Lasaulx* S. 97 ff.: Darin, in der inneren Anerkennung und Verehrung eines dem individuellen Geiste und Willen des Menschen gegenüberstehenden universellen Geistes und Willens Gottes, sind *alle* Religionen einig. Sie unterscheiden sich aber innerlich dadurch, daß sie diesen höheren göttlichen Geist und Willen entweder nach heidnischer Weise pantheistisch oder polytheistisch als einen substanziellen innerweltlichen; oder nach jüdischer Weise monotheistisch als einen persönlichen überweltlichen; oder wie in der christlichen Trinitätslehre als einen der beides zugleich ist, als einen substanziellen innerweltlichen *und* als einen persönlichen überweltlichen auffassen, und zwar als *einen* der in sich eine Mehrheit birgt, als einen drei-einigen. So daß die weltgeschichtlichen Religionen ihrer inneren und äußeren Reihenfolge nach einfach folgende sind:

1. die pantheistischen Religionssysteme des Orientes und die polytheistischen Religionssysteme des Okzidentes: als der vollkommenste Repräsentant des Pantheismus die indische Religion, und als der schönste Repräsentant des Polytheismus die hellenische Religion;

2. die monotheistische Religion der Juden, und deren Nachzügler, die Religion des Islam d. i. der unbedingten Ergebung in den Willen Allahs, der allein Gott ist und außer welchem keiner Macht und Gewalt hat, so daß verflucht sein solle wer neben Gott *ich* sage;

3. die christliche Trinitätslehre, die von Anfang an nicht als eine Volksreligion, sondern als die Weltreligion auftrat und, wie schon die Kirchenväter auf das bestimmteste aussprachen, sowohl den starren Monotheismus der Juden, τὴν μοναρχίαν τῶν Ἰουδαίων, als die zerflossene Göttervielheit der Heiden, τὴν πολυαρχίαν καὶ ἀφθονίαν τῶν Ἑλλήνων, vermieden und das Wahre beider zur echten Dreieinigkeitslehre verklärt, die monotheistische Reinheit und Erhabenheit der jüdischen Religion mit der pantheistischen Wärme und Lebendigkeit der indisch-hellenischen Religionen glücklich vereinigt hat. Denn Gott ist, wie ein großer Kirchenlehrer (Gregor der Große) sich ausdrückt, innerhalb aller Dinge und außerhalb aller Dinge, über und unter allen: über ihnen nach seiner Macht, unter ihnen als ihre Grundfeste, außer ihnen als der größte und in ihnen als der feinste, alles regierend, erhal-

Anmerkungen zu Seite 45–46

tend, umfassend, durchdringend, einer und derselbe überall ganz. Tatsächlich in dem geschichtlichen Verlaufe des Völkerlebens scheinen die Religionen immer da zu entstehen, wo eine Kulturperiode untergeht und auf ihren Trümmern eine andere sich erhebt. Wie alles was ein Volk besitzt nur zum kleinsten Teile von ihm selbst errungen, großenteils das Vermächtnis seiner Vorfahren ist, so sind auch die Religionen der Völker ein heiliges Erbe, welches aus dem Schiffbruch der Zeiten gerettet, das Beste der untergegangenen Generationen den nachkommenden überliefert, und hier den Ausgangspunkt einer neuen Lebensentwicklung bildet. Alle Religionen ohne Ausnahme tragen darum deutliche Spuren der Zeiten und Völker an sich, unter denen sie entstanden sind: sie enthalten in ihren Mythologien, wie schon Aristoteles erkannt hat, Trümmer einer untergegangenen Weisheit, Reste alter Kosmologie und Geologie, Astronomie und Anthropologie, Physiologie und Psychologie, des gesamten Lebens und Wissens mit welchem eine Kulturperiode abschließt, und welches als ihr Gesamtergebnis sie der neuen Kulturperiode übergibt. Darum auch, weil sie der gemeinsame Ausgangspunkt und die bleibende Grundlage jeder neuen Entwicklung des nationalen Lebens sind, hängen sie so innig mit allen Herzfasern desselben zusammen, und begleiten die Völker durch alle Stadien des Lebenstages in dessen Morgenfrühe sie geboren wurden; denn sie sind wie der mütterliche Boden aus welchem die Bäume aufsprossen und aus dem entwurzelt sie vertrocknen.
(Die oben angezogene Stelle Gregors lautet: Gregorius Magnus Op. I p. 47, A: ipse manet intra omnia, ipse extra omnia, ipse supra omnia, ipse infra omnia; et superior est per potentiam, et inferior per sustentationem, exterior per magnitudinem, et interior per subtilitatem; sursum regens, deorsum continens, extra circumdans, interius penetrans . . unus idemque totus ubique.)
– *Eschatologie:* die Lehre von den letzten Dingen: Tod, Gericht, Seligkeit, Verdammnis.
S. 46: *Metempsychose:* Seelenwanderung. – *Albigenser:* die nach der südfranzösischen Stadt Albi (Depart. Tarn) genannte Sekte der Katharer (der 'Reinen') oder Tisserands ('Weber'), ital. Gazzari (daraus 'Ketzer'), auch Neumanichäer (s. zu S. 52), auf dem Balkan 'Bulgaren' geheißen, setzte über die thrakischen Paulicianer und kleinasiatischen Bogomilen ('Gottesfreunde') gnostisches Gedankengut (s. zu S. 146) fort. Ihre Hauptsitze waren Südfrankreich, wo sie vor allem durch die Grafen Raimund VI. und Raimund VII. von Toulouse beschützt wurden, und Oberitalien. Sie glaubten die Welt dualistisch gespalten in ein gutes (geistiges) und in ein böses (körperliches) Prinzip. Die Erlösung in der Lehre Christi bestehe darin, daß sich der Mensch vom Leibe, seinem bösen Gotte, der seine Seele gefangenhält, freimache. Die Seele müsse so lange durch die Reihe der Körper wandern, bis sie geläutert sei. Im Mittelpunkt der Sekte standen die 'Apostel' (per-

fecti), durch die Geistestaufe (consolamentum) des heiligen Geistes innegeworden (Joh. 14, 26), in strengster Askese, ohne Rückfall in die Sünde lebend, im Besitz der Geheimlehre, eine Geheimkirche mit Bischöfen, Diakonen usw. bildend, während der weitere Kreis der Gläubigen (credentes) nach außen hin Mitglieder der katholischen Kirche blieb. Die Albigenser legten das Neue Testament in romanischer Sprache aus, lehnten aber die Ehe, die kirchlichen Sakramente, die Heiligen und Reliquien, Altäre, Kreuze und Bilder, ebenso alle Fleischnahrung, außer Fischen, ab. Sie wurden unter Papst Innozenz III. durch einen eigenen Kreuzzug von 1209–29 niedergeworfen, der die südfranzösische Kultur vernichtete. – *Anmerkung 1:* Otto von Freising (1111 bis 58) entwarf in seiner (unzutreffend 'Chronik' genannten) Schrift 'Von den beiden Reichen' einen geschichtsphilosophischen Längsschnitt, in dem er nach dem Vorbilde Augustins und des Orosius dem Elend dieser Welt, der Babel, die Herrlichkeit des Reiches Gottes, des himmlischen Jerusalem, gegenüberstellte. In den ersten 7 Büchern handelt er von der irdischen Vermischung beider Reiche bis auf seine Zeit, im achten von der Scheidung beider Welten nach der Auferstehung und von ihrem entgegengesetzten Ausgang. – *Anmerkung 2:* Das 20. Kapitel der Offenbarung Johannis handelt 'Vom gebundenen und aufgelösten Drachen; Gog und Magog; und jüngsten Gericht'; 2. Thessaloniker 2, 3: 'Niemand soll euch auf irgendeine Weise betrügen (über die Wiederkunft Christi); denn es muß durchaus der Abfall zuerst kommen und der *Mensch der Sünde* geoffenbart werden, der *Sohn des Verderbens*, der Widersacher.' – *Anmerkung 3:* Statt Simrock heute Eug. Mogk, Germanische Religionsgeschichte u. Mythologie. 2. Aufl. 21. – *Muspilli:* 'Weltuntergang', Bruchstück eines althochdeutschen Stabreimgedichts vom Schicksal der Seele nach dem Tode und vom Weltenende (um 835).

S. 47: *Cyrillus,* Bischof v. Jerusalem (315? bis 386?) gab mit seinen 23 'Katechesen' in Frage und Antwort lehrhafte Unterweisungen über die Hauptfragen des christl. Glaubens und Lebens. – *Theurgie:* Zauberei. – *Anmerkung 2: Thaumaturgie:* Wundertätigkeit. Die Stelle aus Bs 'Zeit Konstantins d. Gr.' in KTA S. 420 f.

S. 48: *Zendleute:* Anhänger der persischen Religion Zarathustras (Zarduschts), des Stifters des Parsismus, der im 7. oder 6. Jahrh. v. Chr. lebte. So genannt nach dem heiligen Buch der Parsen 'Zend-Avesta' d. h. 'kommentiertes Wissen'. Der Parsismus lehrt: die Welt sei gespalten in ein lichtes, gutes Prinzip (das Reich Ahura Mazdas, Ormuzds) und in ein finsteres, böses Prinzip (das Reich Ahrimans), die seit Anbeginn im Kampf miteinander liegen. Der Mensch muß sich für eines dieser Prinzipien entscheiden. Entschließt er sich für das lichte, so schenken ihm sein Eintreten für Wahrheit des Denkens und sittliche Tat nach seinem Tode ewiges Glück. Wer sich für das finstere Prinzip entscheidet, lebt in stetem Unfrieden, in Angst und Bedrückung. Noch heute leben 90000 Parsen in Indien. Das Avesta hat Fritz Wolff 1910 aus der Originalsprache, einer altertümlichen iranischen Mundart, ins Deutsche übersetzt. s. zu S. 41. Vgl. Edv. Lehmann in Chantepies Lehrb. d. Religgesch. u. H.S. Nyberg, Die Religionen d. alten Iran, dt. 40. − In der jüd. Relig. d. neutestamentl. Zeit existierte tatsächlich ein *Jenseitsglaube*. (Vgl. etwa O. Holtzmann, Neutestam. Zeitgeschichte im 'Grundriß d. Theol. Wissensch.' 2. A. 06 S. 379 ff.

S. 49: *proselytisch*: bekehrungssüchtig. − Die *koptische*, die jüngste Form der ägyptischen Sprache, wurde etwa vom 2. bis 17. Jht. gesprochen.

S. 52: *Häresie*: Irrlehre, Ketzerei. − *exekriert*: verwünscht. − *Der Manichäismus* geht zurück auf den vornehmen Perser Mani (215 bis 273, gekreuzigt), der im Gegensatz zu der in Persien herrschenden Lehre Zarathustras: dem Parsismus (s. zu S. 48), im Gegensatz zu Jesus und Buddha, als deren aller Vollender er sich fühlt, eine neue Weltreligion begründen wollte, den Priestern des Parsismus jedoch unterlag. Er lehrte: der Einzelne kann sich in einem bewegten theosophischen Welt-Drama aus Finsternis zum Licht erheben und so erlösen. Der König der Finsternis ist in uralter Zeit in das Reich des 'Königs der Lichtparadiese' eingebrochen und hat diesem Lichtelemente geraubt, die dieser nun in 5 Stufen im Einzelnen, 'Erwählten' zurückerobert. Der 'Erwählte' hat durch 3fache Versiegelung: durch Siegel auf Hand, Mund und Schoß, auf Ehe, Fleisch- und Weingenuß zu verzichten. Wenn das Ende im reinigenden Weltbrand hereinbricht, kehren die 'Erwählten', die die 10 vorwiegend moralischen Gebote beobachtet haben, über Sonne und Mond zum Licht zurück; die Laien, die den Unterhalt der 'Erwählten' zu beschaffen haben, gehen in den Leib 'Erwählter' ein; alle Nicht-Manichäer sinken in Finsternis. Mani hinterließ Schriften in persischer und syrischer Sprache, von denen Teile neuerdings in Turfan und, in koptischer Übersetzung, im Fayûm wiederentdeckt sind, so die 'Kephalaia' d. h. 'Kapitel': Gespräche des Meisters mit seinen Jüngern (hg. v. C. Schmidt, 40). Seine Lehre dehnte sich bis nach Spanien, Südfrankreich und China aus. Vgl. R. Reitzenstein, Das iran. Erlösungsmysterium, 21; I. Scheftelowitz, Die Entstehung d. man. Relig. u. d. Erlösungsmysteriums, 22; F. C. Burkitt, The Religion of the Manichees, 25. − *Der Mazdakismus* soll um 500 in dem Persien der Sassaniden (224 n. Chr. bis 644) durch einen sonst unbekannten Mazdak gegen den herrschenden Parsismus begründet sein. Nach ihm ist die Aufgabe der wahren Religion, in allgemeiner Bruderliebe das ursprüngliche Gleichgewicht durch Güterverteilung und eine gewisse Weibergemeinschaft wiederherzustellen. Nach anfänglichem Einfluß auf König Kawâd (489−531), der einen Teil dieser Gedanken durchführt, endet die Sekte durch eine staatlich befohlene Massaker 528/29. Vgl. Th. Nöldeke, Gesch. d. Perser u. Araber z. Zt. d. Sasaniden, 1879 S. 455 ff. − *Die staatengrün-*

denden Häresien des Islam: Gegen die ersten Kalifen und die Omaijaden (661–750, Hauptstadt Damaskus), welche außer dem Koran (d. h. der 'Verkündigung' Muhammeds) auch die 'Sunna' d. h. die *mündlich* überlieferten Aussprüche des Propheten und die Nachfolge seines Schwiegervaters Abu Bekr, Omars und Othmans anerkennen (*Sunniten*), standen seit Muhammeds Tode 632 die *Schiiten* d. h. 'Anhänger', nämlich Alis, des Schwiegersohns Mohammeds, als des allein zur Nachfolge Berechtigten, der 656 durch Verschwörer ermordet wurde. Auf die nach der arabischen Unterwerfung wiedererstarkenden Perser gestützt, siegten die häretischen Schiiten 750 am Zab, einem Nebenfluß des Tigris, unter Abul Abbas, dem ersten Abbasiden, über den Omaijaden Merwan II. Nur der Prinz Abdarrachman entkam nach Spanien und begründete hier das sunnitische Kalifat von Córdova, während in Bagdad unter dem schiitischen Kalifat der Abbasiden die Perser wieder den Vorrang über die Araber gewinnen. Die Kirchenspaltung wird seit 750 auch zur Spaltung des mohammedanischen Weltreichs. Von dem Kalifat der Abbasiden in Bagdad (750 bis 1258; s. z. S. 111) riß sich 910 das arabische Fürstengeschlecht der Fatimiden, die sich auf Mohammeds Tochter Fátime zurückführten, los und begründete ein eigenes schiitisches Kalifat in Arabien, Sizilien und Ägypten, das sich zeitweise von Damaskus über Palästina und Mekka bis an den Atlantischen Ozean ausdehnte, mit der Hauptstadt Kairo. Ihm machte sein sunnitischer Wesir, der Kurde Saladin (1171–1193), ein Ende, vereinigte es mit dem syrischen Reiche Nureddins und unterwarf 1187 das Königreich Jerusalem der Kreuzfahrer. Vgl. Carl Brockelmann, Gesch. d. islam. Staaten u. Völker 39; J. Wellhausen, Die religiös-polit. Oppositionsparteien im alten Islam, 01. – *Die sacra:* die religiös-kirchlichen Dinge. – *in thesi:* in der Regel.

S. 53: *Transaktionen:* Verhandlungen, Vergleiche. – *Asebie:* griech. Gottlosigkeit, Frevel gegen die Götter. Man machte ihretwegen Alkibiades, Sokrates, Aristoteles und den Philosophen Anaxagoras und Protagoras den Prozeß. – *Apis:* der heilige Stier, die Personifizierung des lebenden Gottes Ptah in Memphis. – *Giaur.* türk. Schimpfwort für Ungläubiger, Nichtmuhammedaner.

S. 54: *Affirmation:* Bejahung, Behauptung. – *Syllogismen:* Schlüsse. – *Subintelligiert:* darin mitgedacht. – *On est* etc. 'Man ist lieber dabei, die Leute in *dieser* Welt zu verbrennen als daß sie in jener brennen müssen.' – *Die Donatisten:* große christl. Sekte in nördl. Afrika d. 4. Jhts., vertraten entgegen der Kirche den alten auf Martyrium u. strenge Kirchenzucht drängenden Rigorismus und den Gedanken, daß von Todsündern vollzogene Sakramente unwirksam seien. Gegen sie, unter anderen Schriften, Augustin 'Wider das Schreiben des Petilianus' (400 bis 02).

S. 55: *Schismatiker:* Abtrünniger, Glaubensspalter. – *Sankt Hilarius* Kirchenvater, gest. 367, verteidigte als Bischof von Poitiers die durch die Arianer gefährdete Trinitäts- u. Menschwerdungslehre

Anmerkungen zu Seite 55–59

in 'Vom Glauben gegen die Arianer'. – *St. Hieronymus:* etwa 345 bis 420, Kirchenvater aus Dalmatien, zuerst und zuletzt Mönch im Orient, seit 386 Leiter eines Klosters in Bethlehem, entfaltete einen streitbaren Briefwechsel und schuf, von Bischof Damasus von Rom angeregt, die für die katholische Kirche bis heute maßgebende lateinische Bibelübersetzung 'Vulgata'. – *Hierarchen:* die Obersten der Kirche. – *mauvais genre:* schlechter Geschmack.

S. 57: *Ausrottung des Buddhismus in Indien:* von Buddha (etwa 560 bis 480 v. Chr.) begründet, im 3. Jht. v. Chr. unter König Ashoka indische Staatskirche, wurde er nach heutiger Kenntnis ungefähr seit 600 n. Chr. von der Gegenreformation des orthodoxen Brahmanismus und dessen Nachfolger: dem Hinduismus, zurückgedrängt, bis ihn in seinem Ursprungsgebiet, dem indischen Magadhalande, der Islam um 1200 völlig überwand. In Hinterindien und auf Ceylon erhielt sich jedoch sein südlicher Zweig, der keine persönliche Seele und keinen Gott anerkennt. In China soll er schon im 1. Jht. n. Chr. eingedrungen sein und blühte dort, in Japan und Korea seit dem 6. Jht., ebenso in Tibet und der Mongolei in verschiedenen Formen, dem Wechsel der Politik ausgesetzt.

S. 58 *Anmerkung 2: die tria corda des Ennius:* der dichterische Hauptrepräsentant der archaischen Epoche der römischen Literatur, Quintus Ennius (239–169), aus Kalabrien gebürtig und während des 2. punischen Krieges 204 nach Rom gekommen, wo er im älteren Scipio einen Gönner fand, rühmt sich seiner 'drei Herzen' d. h. der Kenntnis dreier Sprachen: des Griechischen (der wichtigsten Verkehrssprache Unteritaliens), des Oskischen (die umbrisch-oskischen Dialekte wurden von Umbrien bis zum äußersten Süden Italiens gesprochen) und des Lateinischen. Mit seinem Nationalepos 'Annales', d. h. 'Jahrbücher', in dem er die römische Geschichte von Aeneas bis zu seiner Zeit behandelte und die Konsuln und Tribunen preist, führte er den Hexameter Homers und dessen erhabenen Stil in die römische Literatur ein. Außerdem trat er mit Tragödien und Komödien nach griechischen Originalen hervor. Tragödien von ihm hielten sich bis zum Ende der Republik lebendig. Seine weltliterarische Bedeutung besteht darin, daß er für die epische Dichtung der Römer die griechische Literatur zum Vorbild nahm. Damit wurde er zum 'eigentlichen Schöpfer der lateinischen Dichtersprache' (E. Norden). Sein Ruhm verblaßte erst, als der Vergils aufging. Von seinen Dichtungen sind nur zufällige Bruchstücke erhalten. Gesammelt bei J. Vahlen, Ennianae poesis reliquiae, 1854, 2. Aufl. 1903.

S. 59 *Anmerkung: Lasaulx S. 30 ff.:* Gerechter und der Wahrheit der Tatsachen mehr entsprechend als die hingeworfene Bemerkung Machiavellis (daß in dem Leben der gebildeten Völker und Staaten zuerst die Waffen, dann die Wissenschaften kommen, zuerst die Feldherren, dann die Philosophen) ist das gediegene Urteil des englischen Staatskanzlers und Philosophen Francis Bacon von Verulam: in der Jugend der Völker und Staaten blühen die Waffen und die

Künste des Krieges; im reifen männlichen Alter der Völker und Staaten Künste und Wissenschaften; dann eine Zeitlang beide zusammen, Waffenkunst und Musenkünste; endlich im Greisenalter der Völker und Staaten Handel und Industrie, Luxus und Moden.
So wenigstens war es in Griechenland und in Rom, und ich fürchte es ist auch bei uns so.
Je mehr ein Mensch aus dem Becher der Welt trinkt, desto mehr saugt er von ihrem Gifte ein; je älter er wird und je mehr er in allem mit Selbstbewußtsein handelt, um so schlechter und egoistischer handelt er: denn das Alter gewinnt mehr an Kraft des Verstandes als an Güte des Willens; der Wille aber ist der Mensch im Menschen, der Kern und Feuerherd des Lebens.
Und ebenso ist es im großen Leben der Völker. − [Die Baco-Stelle steht: De dignitate et augmentis scientiarum IV, 2 p. 114 und lautet: optime a quibusdam annotatum est, nascentibus et crescentibus rebus publicis artes militares florere, in statu et culmine positis liberales, ad declinationem et decasum vergentibus voluptarias; und in den Sermones fideles 56 p. 1236: in rei publicae alicuius adolescentia arma florent, media aetate litterae, ac deinceps ad moram aliquam duo illa simul florere solent, devexa autem aetate artes mechanicae et mercatura.) − Das *Vers-Zitat* steht in Schillers 'Lied von der Glocke' Vers 17 ff.
S. 61: Das *Vers-Zitat* aus Schiller steht im Prolog zu 'Wallensteins Lager' Vers 48 f.
S. 62 *Anmerkung 1*: *Lasaulx* S. 108 ff.: Wie die Religionen und die Staatsverfassungen, so entwickeln sich auch die Künste und die Wissenschaften, wo sie spontan, nicht durch fremde Ableger entstehen, nach bestimmten Gesetzen: die Künste zunächst aus dem religiösen Kultus, und die Wissenschaften *nach* den Künsten, aus derselben Wurzel der individuellen Freiheit des Geistes, welche die treibende Kraft des politischen Lebens ist. Überblickt man nämlich den Entwicklungsgang der Künste im ganzen bei demjenigen Volke, welches zuerst einen vollständigen Kunstbau in Europa hervorgebracht hat, bei den Griechen, so zeigt sich, daß die sechs freien Künste, die drei bildenden Architektur, Skulptur, Malerei, und die drei redenden Musik, Poesie, Prosa innerlich und äußerlich auch in dieser Reihenfolge entstanden und ausgebildet wurden. Man hat der Gottheit, an die man glaubte, zuerst eine Hütte, ein heiliges Haus gebaut, einen Tempel wie ein Weihgeschenk dargebracht; dann in dem Heiligtum ihr Bild, aus Holz geschnitzt, aus Ton gebacken, aus Erz gegossen, aus Marmor gehauen aufgestellt, als sichtbaren Ausdruck der inneren religiösen Vorstellung; dieses Götterbild dann je nach seiner Naturbedeutung teilweise mit dem Schmucke symbolischer Farben bekleidet, damit es klar und hell wie im Glanze der Sonne dastehe; hat dann den stillen religiösen Gefühlen in heiliger Tempelmusik einen lauten Ausdruck gegeben, damit auch sie, wie der Gesang der Lerchen am Morgen und Abend, zum Himmel aufsteigen; hat dann die substanziellen Natur-

Anmerkungen zu Seite 62–65

gefühle in den Rhythmus artikulierter Worte, als den adäquaten Ausdruck der poetischen Gedanken vergeistigt; und zuletzt, die Phantasiebilder zu Verstandesbegriffen vollendet, dies alles sich zum Bewußtsein gebracht und über dasselbe philosophiert.

S. 65 *Anmerkung 3*: Eduard von Hartmann (1842–1906) sucht in seiner 'Philos. des Unbewußten' (1869–1871) Hegels entwicklungshaltige logische 'Idee' mit Schopenhauers unlogischem 'Willen' zum Begriff des 'Unbewußten', einer Art Weltgeist, und den abstrakten Monismus der spekulativen Philosophie mit dem realistischen Individualismus zu einem 'konkreten Monismus' zu verbinden. Die Stelle lautet: Die Unsittlichkeit ist seit der Gründung einer primitiven menschlichen Gesellschaft bis heute, wenn man mit dem Maßstabe der Gesinnung mißt, in der Welt nicht weniger geworden, nur die Form, in welcher die unsittliche Gesinnung sich äußert, ändert sich. Abgesehen von Schwankungen des ethischen Charakters der Völker im Großen und Ganzen sieht man überall dasselbe Verhältnis von Egoismus und Nächstenliebe, und wenn man auf die Greueltaten und Rohheiten vergangener Zeiten hinweist, so vergesse man auch nicht die Biederkeit und Ehrlichkeit, das klare Billigkeitsgefühl und die Pietät vor der geheiligten Sitte alter Naturvölker einerseits, und den mit der Kultivierung wachsenden Betrug, Falschheit, Hinterlist, Chikane, Nichtachtung des Eigentums und der berechtigten, aber nicht mehr vorhandenen instinktiven Sitte andererseits in Rechnung zu stellen ... Nein, nicht *gebessert* hat sich bis jetzt die Bosheit und die alles Fremde zertretende Selbstsucht der Menschen, nur künstlich *eingedämmt* ist sie durch die Deiche des Gesetzes und der bürgerlichen Gesellschaft, weiß aber statt der offenen Überflutung tausend Schleichwege zu finden, auf denen sie die Dämme durchsickert. Der Grad der unsittlichen *Gesinnung* ist derselbe geblieben, aber sie hat den Pferdefuß abgelegt und geht im Frack; die Sache und der Erfolg bleibt dieselbe, nur die Form wird eleganter.
– *Anmerkung 4*: Alphonse de Candolle (1806–93), bedeutender Pflanzen-Geograph in Genf, Sohn des großen Pflanzen-Systematikers Augustin De C. Uns war nur die 2. 'wesentlich erweiterte Auflage' von 1885 zugänglich. Es folgen die beiden Hauptstellen, auf deren eine B. am wahrscheinlichsten anspielt, in d. Übertragung v. W. Ostwald (Alphonse de Candolle, Zur Geschichte d. Wissenschaften u. d. Gelehrten seit zwei Jahrhunderten, 1911 S. 131 f., 137 f.; in Ostwald, Große Männer Bd. 2): 'Die sogenannten Kulturmenschen weisen nicht immer die Merkmale auf, welche sie von den Barbaren unterscheiden. Zuweilen tritt etwas wie eine Rückwärtsbewegung ein. Diese zeigt sich bald bei einzelnen Personen, bald bei einer Bevölkerungsgruppe, bald endlich bei einem ganzen Volke. Der erste Fall ist der der Verbrecher, die entgegen ihrem eigenen Interesse Akte der Barbarei ausführen, obwohl sie inmitten einer intelligenten Bevölkerung mit geregelten Sitten geboren sind. Der zweite Fall ist der der Revolutionen und

Kriege. Unter diesen beiden Umständen entziehen sich Tausende von Menschen oder auch ganze Völker den menschlichen und göttlichen Gesetzen, die sie bis dahin respektiert hatten, und handeln während einer gewissen Zeit wie völlige Barbaren, ohne immer durch eine gerechte Selbstverteidigung dazu gezwungen zu sein. Angenommen, daß eine Revolution durch gerechte Ursachen hervorgerufen worden ist, oder daß der Krieg wirklich nur zur Verteidigung dient, so werden beide doch für viele Menschen Gelegenheiten, um ihrer Neigung zur Willkür, der Gewalt und selbst der Grausamkeit nachzugeben, die einer völligen Barbarei würdig sind. Die Kriminalisten und Historiker beschäftigen sich mit diesen Übeln, ohne jedoch auf ihre tiefen und vielleicht alten Ursachen zurückzugehen, während die Theologen sich mit ihrer Theorie von der Erbsünde einer Wahrheit genähert zu haben scheinen, an der sie nur die Natur, die Folgen und die moralische Bedeutung mißverstanden haben. Tatsächlich kann der Atavismus, d. h. die Ähnlichkeit mit Vorfahren, die zuweilen um mehrere Generationen zurückliegen, Übel hervorbringen, wenn mehrere Vorfahren schlecht gewesen sind; die naturgeschichtliche Auffassung führt aber zu Verschiedenheiten gegenüber der theologischen. Je weiter die schlechten Vorfahren entfernt sind, um so geringer wird die Wahrscheinlichkeit für die jetzt lebenden Personen, ihnen ähnlich zu werden.'
'Umgekehrt haben sich die christlichen Völker kaum aus der Barbarei erhoben. In Mitteleuropa hat ihre Kultur vor etwa drei Jahrhunderten begonnen, und in Rußland erst mit Peter dem Großen. Sie haben beständig gegen die alten Gewohnheiten des Raubes, der Ungerechtigkeit und der moralischen wie physischen Vergewaltigung zu kämpfen gehabt. Im Süden unseres Kontinents gibt es noch Völker, welche die Rache als Tugend ansehen, selbst die Rache, die sich auf die Nachkommen eines Menschen bezieht, der einem der ihrigen Unrecht getan hat. An den Nordküsten des Erdteils gibt es andere Bevölkerungen, die den Schiffbruch als eine legitime Gelegenheit zum Plündern ansehen. In unseren kultiviertesten Städten hat man vor zwei Jahrhunderten Ketzer und vor einem Jahrhundert Zauberer verbrannt. Noch im 18. Jahrhundert waren willkürliche Gefangennahmen gewöhnlich, und die Hochgestellten schämten sich nicht, wider Gesetz und Recht niedriger Gestellte prügeln zu lassen. Am Anfange des 19. Jahrhunderts wurde in England jemand wegen eines unbedeutenden Diebstahles gehängt. Der Krieg ist stets fürchterlich gewesen, und die Seeräuberei ist kaum außer Gebrauch gesetzt. Unseren Vorfahren ähnlich zu sein, wäre für uns nicht ohne Gefahr. Gemäß dem Atavismus muß ihre Neigung zu Gewalttaten von Zeit zu Zeit wiederkehren. Infolge einer langen Gewohnheit war sie zum Instinkt geworden, und es bedarf einer längeren Zeit, um andere Instinkte einzuwurzeln. Galton (Hereditary genius S. 349) sagt: 'Noch gestern sind die Menschen Barbaren gewesen, und man darf daher nicht erwarten, daß entsprechend den inzwischen gemachten Fort-

Anmerkungen zu Seite 65–67

schritten die Anlagen der Rasse sich bereits befestigt hätten. Wir Modernen sind wie die Tiere, die in ein neues Land mit neuem Klima und neuer Nahrung gebracht worden sind. Unsere Instinkte entsprechen nicht den veränderten Bedingungen. Dies ist um so wahrer, als ein Teil unserer Bevölkerung sich noch im barbarischen Zustande befindet und fortpflanzt, woraus sich durch Vererbung und gelegentlich durch Atavismus barbarische Handlungen ergeben.' – Die Stelle bei *Buckle*: 'Der Ausdruck sittlicher und intellektueller Fortschritt kann einen sehr ernstlichen Irrtum erzeugen. Wie er gewöhnlich gebraucht wird, gibt er die Vorstellung, das sittliche und intellektuelle Vermögen der Menschen sei bei vorgerückter Zivilisation (Kultur) von Natur schärfer und zuverlässiger, als sie vor diesem waren. Aber obgleich dies wohl der Fall sein mag, so ist es doch nie bewiesen worden. Die durchschnittliche Fähigkeit des Gehirns mag, aus noch unbekannten natürlichen Ursachen, in großen Zeiträumen allmählich größer geworden sein; und der Geist, der durch das Gehirn wirkt, mag, selbst unabhängig von der Erziehung, an Fähigkeit und Zuverlässigkeit zugenommen haben. Unsere Unkenntnis der Naturgesetze ist jedoch noch so groß .. daß wir den angegebenen Fortschritt für sehr zweifelhaft halten müssen; und bei dem gegenwärtigen Zustande unsrer Wissenschaft können wir nicht mit Sicherheit annehmen, daß eine durchgehende Verbesserung in den sittlichen und intellektuellen Fähigkeiten der Menschen stattgefunden habe; auch haben wir keinen entscheidenden Grund zu behaupten, daß diese Fähigkeiten größer sein müßten bei einem Kinde aus dem zivilisiertesten Teil von Europa, als bei einem, welches in dem wildesten Teil eines barbarischen Landes geboren worden. Was also auch der sittliche und intellektuelle Fortschritt der Menschheit sein mag, es ergibt sich, daß er kein Fortschritt in natürlicher Fähigkeit sein kann, sondern sozusagen nur ein Fortschritt in der Bequemlichkeit ist, d. h. eine Verbesserung der Umstände, unter denen die Fähigkeit nach der Geburt in Wirksamkeit tritt .. Der Fortschritt ist nicht ein Fortschritt innerlicher Kräfte, sondern äußerlicher Vorzüge oder Vorteile'. – *Präsumtion:* Annahme, Dünkel.

S. 66: *riskiert:* gefährlich. – *Abdikation:* Abdankung.

S. 67: *Herstellung des Judentums nach dem Exil:* Hatten die Assyrer 721 v. Chr. das Nordreich Israel vernichtet und zur assyrischen Provinz gemacht, hatte der babylonische König Nebukadnezar 598 v. Chr. das Südreich Juda erobert, Jerusalem zerstört und den größten Teil des Volkes in die Verbannung nach Babylonien geführt, so gab der persische König Kyros 538 die Erlaubnis für die Rückwanderung, der ein Teil des Volkes folgte. 516 wird der Jahvetempel zu Jerusalem neu geweiht. Im Auftrage der persischen Regierung und der babylonischen Juden bringt Esra 458 die Tora, das 'Gesetz Gottes', das in Babylonien vorbereitet worden war, nach Palästina, wodurch der religiöse und völkische Zusammenhang der Juden gegenüber den Nichtjuden gesichert wurde. Nehemia umgibt 445 Jerusalem mit der Stadtmauer. Siehe auch zu S. 110. – *Herstellung des Persertums durch die Sassaniden:* Die Herrschaft über Persien war 331 v. Chr. von dem letzten Achämeniden Dareios III. Kodomannos an Alexander d. Gr. und nach dessen Tode (323) an die makedonischen Seleukiden übergegangen. Diesen folgte von 240 v. Chr. bis 226 n. Chr. die Oberherrschaft der Parther, eines iranischen Reitervolkes. Ihr Herrscher, der letzte Arsakide Ardawan V., wurde 226 n. Chr. von Ardaschir gestürzt, der sich von den Achämeniden herleitete und die nationaliranische Dynastie der Sassaniden sowie das zweite persische ('neupersische') Großreich begründete. Straffe Zentral-Regierung und -Verwaltung. Die Religion Zarathustras wird Staatsreligion, die bisherige Duldung anderer religiöser Bekenntnisse hört auf. Das Sassanidenreich unterlag dann 651 den Arabern. – *Karolingische Renaissance:* Der Frankenkönig Karl d. Gr. knüpft durch seine Kaiserkrönung 800 an die antike Idee des Kaisertums an. In der Hofschule, später der Schule des Martinklosters zu Tours läßt er seit 781 durch den gelehrten Angelsachsen Alkuin (etwa 730–804), den langobardischen Geschichtschreiber Paulus Diakonus (etwa 720–95), den Mainfranken Einhard (etwa 720–95), den Grammatiker Petrus von Pisa, den aus Spanien stammenden Goten Theodulf, Bischof von Orléans, und andere eine Art Akademie zusammentreten, welche die durch den christlichen Geist hindurchgegangene Antike vermitteln und daneben die germanischen Kulturzeugnisse sammeln sollte. Die ursprünglich auch für Laien bestimmten, im wesentlichen aber von künftigen Geistlichen besuchten Schulen, die in Lyon, Utrecht, Metz, Köln, Fulda, Reichenau, Freising, St. Gallen, Salzburg nach dem Vorbild von Tours eingerichtet wurden, lehrten die 'sieben freien Künste': das Trivium (Grammatik, Rhetorik, Dialektik) und das Quadrivium (Astronomie, Arithmetik, Geometrie und Musik). – An die karolingische knüpfte rund 200 Jahre später die *ottonische Renaissance* (um 1000) unter Otto III. an, doch war die Macht der Kirche, die das antike Bildungsgut: vor allem die lateinische Sprache und die 'sieben freien Künste', vermittelte, inzwischen gefestigt. Zu den genannten Klosterschulen waren Hersfeld und Korvey getreten. Die bedeutendsten Namen dieser lateinisch schreibenden Renaissance sind: die Geschichtschreiber Widukind von Korvey und Thietmar von Merseburg, Notker Balbulus von St. Gallen ('Sequenzen'), Hrotsvita von Gandersheim (Heiligendramen), Ekkehard I. von St. Gallen (Das Epos von Walther und Hildegunde), der vielseitige Gerbert, der als Sylvester II. 999 Papst wurde, und die anregenden Kunstförderer: die Bischöfe Bernward von Hildesheim und Meinwerk von Paderborn. – Die *byzantinische Renaissance*, gekennzeichnet durch das Zurücktreten des orientalischen Einflusses, der fast 300 Jahre bestimmend gewesen war, und durch die Wiedergeburt der griechischen Kultur, setzt nach der Beendi-

Anmerkungen zu Seite 67

gung des Bilderstreits (726—843), in dem die Bilderverehrer Sieger blieben, 863 mit der Neugründung der Universität Konstantinopel ein und dauert, nach den makedonischen Kaisern, unter denen sie stattfand, auch 'makedonische Renaissance' genannt, als ein Wiederaufleben von Kunst und Wissenschaft bis ins 12. Jh. Vgl. Gg. Ostrogorsky, Gesch. d. byz. Staates (seit 325, in Iw. Müller, W. Otto, Handb. d. Altert. Wiss.) 40; H. Gelzer, Byz. Kulturgesch. 09; K. Krumbacher, Gesch. d. byz. Lit. (527—1453, in I. Müller, Handb. d. Altert. Wiss.) 2. Aufl. 1897; H. Glück, Die christl. Kunst d. Ostens, 23; C. Diehl, Manuel d'art byzantin 2. Aufl. 2 Bde. Paris 25 f. — An *Renaissancen unter dem Islam* kennen wir zwei: 1. die Blütezeit arabischer Kultur unter den Kalifen von Bagdad, den Abbasiden. Sie ist keine Renaissance arabischen Wesens, wohl aber in gewissem Umfange eine Wiederaufnahme antiken, unbefangenen Geistes in Philosophie und Wissenschaft. Unter Almansur, Harun al Raschid, Al Mamun und Mutawakkil, zwischen 750 und 860, werden die im Westen vergessenen Schriften des Aristoteles zur entscheidenden Anregung. Anfangs nur aus persischen Übersetzungen der Sassanidenzeit bekannt, werden sie bald aus dem Griechischen selbst ins Arabische übertragen. Das gleiche geschieht mit der medizinischen Literatur der Griechen. Philologie und Grammatik, Logik und Rhetorik, religiöse Dogmatik und Jurisprudenz, Mathematik und Geographie blühn auf, während die Geschichtswissenschaft in dynastischem Druck, Astronomie und Chemie trotz großer Leistungen in abergläubischen Grundvorstellungen befangen bleiben. — 2. Die Wiedergeburt der persischen Dichtung, des iranischen Heldenepos, besonders unter der türkischen Dynastie der Ghasnawiden (998—1040), die seit dem großen Krieger Mahmud die Länder Chorassan, Persisch-Belutschistan und Afghanistan, dazu den Turan mit Chiwa, Buchara, Samarkand und Taschkent bis nach Lahore im Pandschab beherrschten. An ihrem Hofe in Ghasna (heute Ghasni südlich von Kabul im Hindukusch) wetteiferten Gelehrte und Dichter in poetischen Kämpfen, darunter Anßari († 1029) und Firdusi (s. zu S. 101, 109), den alten iranischen Heldensagen in neupersischer Sprache, die durch die arabische Dichtung an Klarheit und Schärfe gewonnen hatte, die endgültige, veredelte dichterische Gestalt zu geben. In Ghasna wurden gleichfalls eine Universität und ein naturwissenschaftliches Museum für Unterrichtszwecke begründet. Die Zierde des Hofes bildeten Abu Ali al-Hussein, bekannt unter dem Namen Ibn Sina (lat. Avicenna, 980—1037), als Denker, Aristoteleskommentator und weithin wirkender Lehrer der Medizin berühmt, und al-Beruni, der Chronolog. Während Dichtung und Wissenschaft in Ghasna erblühten, unterwarf Sultan Mahmud in 17 Feldzügen große Teile Indiens dem Islam, so daß bei seinem Tode 1030 die Grenze östlich der Indusmündung und des Pandschab mitten durch Radschputana bis zum Quellgebiet des Ganges verlief. s. zu S. 107 Schluß.

S. 68: *Repression:* Unterdrückung, Steuerung.
S. 70: *Paränese:* Ermahnung. – In der *Lieder-Edda* (Edda heißt wohl 'Buch von Oddi', dem Hof des angeblichen Verfassers Saemund Sigfusson, um 1100), einer Handschrift des 13. Jhts. in altisländischer Sprache, sind skandinavische Lieder vorwiegend Islands und Norwegens, seltener Dänemarks oder Grönlands, aus der Wikingerzeit (9. bis 12. Jht., manche wohl älter) gesammelt. In der Völuspá d. h. 'der Seherin Gesicht' enthüllt eine Seherin aus Riesenstamm in Odins Auftrag den Menschen die Schicksale der Götter von der Urzeit bis zum Weltuntergang und zum Erstehn einer neuen Walhall. Im Grímnirlied belehrt Odin seinen verblendeten Schützling, einen König, der ihn mit Feuer bedrängt, über die Heime der Götter und richtet ihn dann durch Zauber zugrunde. Im Vafthrúdnirlied befindet sich Odin im Wettgespräch mit einem kundigen Riesen über Schöpfung, Einrichtung und Untergang der Welt. Siehe Edda, übertragen von Felix Genzmer. Mit Einl. u. Anm. von Andr. Heusler, 12–20; Andr. Heusler, Die altgerm. Dichtung (in Walzels Handb. d. Lit. Wiss). 23.
S. 71: *agonal:* wettkämpferisch.
S. 73: Das bedeutendste dichterische Zeugnis der *Karlssage* ist die 'Chanson de Roland' (um 1100), das altfranzösische Volksepos von der Schlacht bei Roncevall. Danach das Rolandslied des Pfaffen Konrad (um 1150) und das Epos 'Karl der Große' des Strickers (um 1225), sodann Volksbuch. – Die *Artussage* macht diesen König der keltischen Briten, der um 500 n. Chr. gegen die eindringenden Sachsen kämpfte, zum Haupt einer Tafelrunde, deren Helden als Vorbilder edlen Rittertums Abenteuer zu bestehen haben. Mit der Artussage wuchsen die Sagen von Parzival, dem Gral und von Tristan zusammen. Chrétien de Troyes (1140 oder 1150 – vor 1191) erzählte die alten Stoffe geschmeidig neu aus dem Geiste der ritterlichen Liebe der Troubadours: 'Erec', 'Yvain' und 'Perceval'. Ihm folgten in der Behandlung der Artussage Hartmann von Aue, Wolfram von Eschenbach und Gottfried von Straßburg. In Prosa erzählte der Engländer Thomas Malory die Artussage noch 1469 in seinem 'Morte d'Arthur' seiner verbürgerlichten Zeit. Vgl. I. D. Bruce, The evolution of Arthurian romance, 23. – *Fabliaux* sind gereimte Schwänke, die in heiterer Gesellschaft in Frankreich aufgesagt wurden. Man kennt davon 148 Sammlungen zwischen 1159 und 1340. – Die *Tales* sind Geschichten verschiedenen Inhalts in Versen, gipfelnd in den 'Canterbury Tales' Geoffrey Chaucers (1340–1400), in denen der neue Wirklichkeitssinn der Renaissance von Boccaccios Novellen auf einen großen Dichter des englischen Spätmittelalters traf. – An *Bojardos* unvollendetes Renaissance-Epos 'Orlando innamorato' (1487), in dem Roland als verliebter, irrender Ritter erscheint, schließt in der Handlung *Ariosts* 'L'Orlando furioso' (zuerst 1516) an, in dem Roland vor Liebe zu Angelika aus Eifersucht wahnsinnig wird. Beide Dichter nehmen die Karlssage: Karls Nieder-

lage am Fuße der Pyronäen und die ihr folgenden Geschehnisse, nur noch zum Anlaß, um im Geschmack ihrer Zeit 'Frauen und Ritter, Lieb' und Heldenmut' höfisch-weltmännisch zu besingen.

S. 74: *Die kalvinistisch-puritanische Volksbewegung Englands* (Presbyterianer) erzwang gegen das politische Gottesgnadentum und den kirchlichen Absolutismus (Anglikanische Bischofskirche), der mit Jakob I., dem Sohn der Maria Stuart, 1603 eingesetzt hatte und mit Verschwendungssucht des Hofes einherging, unter dessen Sohn Karl I. die Schließung aller Theater (1642). Auf ihnen waren seit Shakespeare mehr und mehr die Gattungen der Sittenkomödie und des Balletts in den Vordergrund getreten. Im gleichen Jahre begann der Bürgerkrieg. Die puritanische Parlamentspartei siegte über die Königspartei. Als sie jedoch gleichfalls mit kirchlichem Glaubenszwang auftrat, verlor sie ihre Vormachtstellung an die Independenten, welche freie Kirchengemeinden mit Verschiedenheit des Glaubens und Kultus sowie Toleranz forderten und sich auf das von Oliver Cromwell geführte Parlamentsheer stützten. Es folgte die Hinrichtung Karls I. (1649) und die Militärdiktatur des religiös bestimmten Cromwell bis 1660. Unter ihm und dem ihm folgenden Karl II., der wieder die Alleinherrschaft der anglikanischen Bischofskirche heraufzuführen suchte, dauerten die religiösen Streitigkeiten und politischen Kämpfe gegen das Parlament an. Sie führten 1688 in der 'glorreichen Revolution' zur Absetzung seines katholisch gewordenen Nachfolgers Jakob II. und zur Thronfolge Wilhelms III. von Oranien, des Erbstatthalters der Niederlande und Gatten der protestantischen Tochter Jakobs II. Jetzt erst wurde die parlamentarische Monarchie vollendet und durch die Toleranzakte allen protestantischen Bekenntnissen außerhalb der anglikanischen Bischofskirche volle kirchliche Freiheit gewährt. Mit dem Geiste der Duldsamkeit hing es zusammen, daß 1695 die Pressezensur gelockert wurde. Nun erhielt nach fast fünfzigjähriger Unterbrechung auch das Theater – und damit das Drama – wieder Entfaltungsmöglichkeiten. s. zu S. 143 u.

zu S. 132 Anm. – *Das chinesische Drama* kam erst unter der mongolischen Yüandynastie (1260–1368) auf. Es ist musikalisches Drama. 'Gemischtes Spiel' (Tsa Hsi); die langen Stücke heißen 'Historien', 'Darstellung merkwürdiger Begebenheiten' (Tschuan K'i). Die darstellenden Pantomimen fügten sich einem der typischen Rollenfächer ein. Der gesprochene Text wurde durch bis zu 40 oder 50 Arien unterbrochen, die im Norden von Saiten-, im Süden von Schlaginstrumenten begleitet wurden. In den 'Hundert Dramen der Yüanzeit' sind die bedeutendsten 'Gemischten Spiele' auf uns gekommen, darunter das Liebesstück 'Die Klosterzelle' und die 'Lautengeschichte', die Verherrlichung der Treue einer Frau. Hierhin gehören auch die in Europa bekannt gewordenen Stücke 'Das Westzimmer', 'Der Kreidekreis' und 'Die Waise von Tschao', wonach Voltaire 1755 seine Tragödie 'L'Orphelin de la Chine' dichtete. Von einigen Stücken kennen wir die

Namen der Verfasser. Sie lebten unter dem Volk, und alle ihre Stücke sind Volksstücke. Die Bühne diente der moralischen Hebung des Volkes. Die südliche Form wurde bis zum Ende der Mingzeit (1368–1644) gepflegt. Dann kam das mit Kampfpantomimen durchsetzte große Heldendrama und andrerseits das bürgerliche Drama, daneben, ohne Musik, die Posse auf. Der Volksbelustigung diente seit der Sungzeit (960–1279) das Schattentheater.

S. 75: *Protagonist:* Der erste Schauspieler. – *Mitbewerb von Dilettanten:* die Aristophanes-Stelle lautet: Herakles: Ihr habt ja dort noch andre Bürschchen, nicht? / Die euch Tragödien machen, tausendweis, / Und Meilen breiter als Euripides! / Dionysos: 'ne saubre Stoppelernte! Schnatterenten! / 'Ein Musenhain von Schwalben', lauter Stümper! (Ludw. Seeger). – Zur *Komödie:* Die älteste Art der griechischen Komödie war die *dorische.* Sie blühte mit den Götterburlesken und Typenkomödien des Epicharmos (um 550–460) in den dorischen Kolonien Siziliens. Die *alte attische* Komödie gipfelt für uns in Aristophanes (etwa 446–385), von dessen Komödien 11 auf uns gekommen sind. Von seinem Vorgänger Kratinos und seinen Zeitgenossen Eupolis, Krates, Pherekrates, Hermippos und Phrynichos besitzen wir nur Bruchstücke. Die alte attische Komödie ging mit Athens Freiheit (338 v. Chr.) unter. Neben ihr hatte sich mit dem Komiker Platon die unpolitische 'mittlere Komödie', die den Chor aufgab, mit ihren Alltags-, Berufs- und Verwechslungsstücken entwickelt (Antiphanes, etwa 400–330, der Rhodier Anaxandrides, 382–348, und Alexis aus Thurioi in Unteritalien). Der Neffe des letztgenannten, Menandros aus Athen (343–290), führt dann in 100 Stücken, von denen nur 4 in größeren Teilen erhalten sind, in hellenistischer Zeit diese Entwicklung mit der 'neuen Komödie', dem bürgerlichen Lustspiel, im Liebes-, Intrigen- und Typenstück virtuos zu Ende. Wir besitzen mehrere Stücke Menanders außer in den Umdichtungen des Plautus lateinisch von Terenz (gest. 159 v. Chr.), doch nannte Cäsar ihn einen 'halbierten Menander', dem die Kraft der Komik fehle. Dem Genie des Menandros ging die Stände- und Charakterkomödie Philemons (etwa 361–263) voraus. Neben Menandros dichteten Diphilos aus Sinope am Schwarzen Meer, Apollodoros und Poseidippos, deren Handlungen gleichfalls bei Terenz und Plautus durchschimmern. Die Blütezeit der neuen Komödie ist das 3. Jh. v. Chr. Die Komiker-Fragmente sammelten Aug. Meineke 1839 in 5 Bdn., die attischen Th. Kock 1881–88 in 3 Bdn., die dorischen G. Kaibel 1899, Menandros' Reste A. Koerte (12) und S. Sudhaus (14). – *Anmerkung 1: Georg Weber* gibt an der angegebenen Stelle seiner 'Allgemeinen Weltgeschichte' (1857) folgende Gründe für die angeblich nur mäßige Entwicklung des indischen Dramas an: „Die Entstehung des indischen Dramas hängt, wie die des griechischen, mit dem religiösen Kultus zusammen; doch war es nicht der dem Dionysoskult verwandte Sivadienst, bei dem es zur Anwendung kam, sondern der für die Ent-

Anmerkungen zu Seite 75

wicklung der Kunst und Poesie wirksamere Vischnukultus. Die mit Gesängen verbundenen Tänze (Nataká, daher Nata; Tänzer und Schauspieler), die bei den religiösen Feierlichkeiten vorkamen, wurden allmählich durch dialogische Vorträge erweitert, wie sie in den Gesprächen der Epen bereits angedeutet vorlagen, so daß das Lyrische, worin der Hauptsänger eine ruhmvolle Tat der Gottheit vortrug und das daher auch stets vorherrschend blieb, durch rezitierende Gespräche verschiedener Tänzer unterbrochen ward . .
Daß bei einem so phantasievollen und poetischen Volke wie die Inder das Drama hinter den übrigen Dichtgattungen überhaupt zurückblieb, mag von der düsteren Lebensanschauung derselben und von dem geringen Wert herrühren, den sie auf das Erdenleben und dessen Kämpfe und Wechselfälle legten. Dem Inder fehlte das volle Bewußtsein der starken Persönlichkeit, die in eigener Kraft und Selbständigkeit mit dem allgewaltigen Schicksal ringt und großartig untergeht; daher entbehrt das Drama der tiefern ethischen Unterlage, die das griechische auszeichnet." –
Dem entgegen steht die heutige Kenntnis: Das indische Drama, wie das chinesische eine verhältnismäßig späte Dichtungsgattung, wird von der Mehrzahl der Forscher heute nicht mehr auf griechische Einwirkung zurückgeführt, sondern aus älteren indischen Vorformen abgeleitet. Bereits gegen 100 n. Chr. scheint allgemein üblich gewesen zu sein, im Drama mit Prosa und Versen abzuwechseln, die Männer aus hoher Kaste sowie Büßerinnen und Kurtisanen, weil gebildet, im Sanskrit, alle übrigen Personen im Prâkrit sprechen zu lassen, sowie ein Vorspiel vorauszuschicken, in dem sich der Hauptschauspieler (Sûtradhâra) mit seiner Frau oder seinen Mitarbeitern über das Stück unterhält und somit das Publikum einführt. Vor dem Vorspiel steht der Segensspruch, in dem der Gott gepriesen wird. Das Drama gilt als von den Göttern geschaffen. Es soll ein zum Nachdenken führendes Bild von Welt und Leben geben. Musik, Gesang und Tanz begleiten die Worte und Gesten der Schauspieler. Die Hauptrollen sind: der Held (nâyaka); die komische Person (Viduschaka, der gefräßige, ungebildete Brahmane als Freund des Helden); der durchtriebene Lebemann (Vita); die Heldin; ihre Freundin; eine alte Frau (Nonne oder Kupplerin). Die Stücke haben bis zu 14 Akten. Alle gehn glücklich aus. Wir besitzen 13 Dramen der frühklassischen Zeit, darunter Schúdrakas 'Tonwägelchen' (Vasantasena). Die Blütezeit stellt Kâlidâsa (Wende des 4./5. Jhs. n. Chr.) mit seinen Dramen Mâlavikâgnimitra, Urwaschi und Schakuntala dar. Außerdem sind zu nennen Bhasa, Schudraka und Wischakhadatta. Einen zweiten Höhepunkt bildet Bhavabûti Ende des 7. Jhs. Im 11. und 12. Jh. folgen Krischnamischra und Dschajadewa. Neben dem eigentlichen Drama laufen Sonderarten, so die der Einakter und der Stücke humoristischen Inhalts, her. Als erstes indisches Drama drang Kâlidâsas Schakuntala in Europa ein: William Jones übersetzte sie 1789 ins Englische. Auf seiner Übertragung be-

ruht Georg Forsters deutsche Fassung (Mainz 1791), die Goethe tief ergriff. Außer dem Drama existiert das alte volkstümliche Puppentheater. – *Georg Weber* (1808–88) lebte als Direktor der höheren Bürgerschule in Heidelberg. Von seinen Geschichtswerken, die in gemäßigtem Geiste an Schlosser anknüpfen, zeichnen sich durch übersichtliche Gliederung aus: das 'Lehrbuch der Weltgeschichte' (1847, 23. Aufl. hg. v. Baldamus, 4 Bde. 1921–25) und die 'Allgemeine Weltgeschichte mit besonderer Berücksichtigung des Geistes- und Kulturlebens der Völker', 15 Bde., 1857–80.

S. 76 *Anmerkung 1:* Ein *Kapitular* ist eine Verordnung der karolingischen Herrscher. Die Kapitularien sind gesammelt in den zwei Bänden Capitularia Regum Francorum (in den Monumenta Germaniae Historica, 1883–97). – '*Mysterium*' *des Mittelalters:* eigentlich ministerium d. h. 'geistliche Verrichtung', auch Miracle genannt, geistliches Schauspiel, aus den lateinischen Wechselgesängen hervorgegangen, die von jungen Geistlichen zu Weihnachten oder Ostern seit dem 10. Jh. neben dem Altar gesungen wurden. Allmählich wurde das geistliche Schauspiel vom Gottesdienst unabhängig, weltlicher und in den Volkssprachen abgefaßt, so die ältesten: das französische Adamsspiel ('Representacio Ade', 12. Jh.), das Sankt Nikolausspiel ('Jeu saint Nicolas' von Jehan Bodel, gest. 1210 im Aussätzigenspital zu Arras), das deutsche Osterspiel von Muri (Anf. 13. Jh.) und das Spiel von den klugen und törichten Jungfrauen (Eisenach 1321). Etwa um die Mitte des 13. Jh. sind in England ein in normannischer Sprache überlieferter 'Adam', ein Auferstehungsspiel und ein 'Ludus super iconia Sti. Nicolai' ('Spiel bei den Bildern des Hl. Nikolaus'), in Italien die sog. dramatischen Lauden (aus der Lithurgie erwachsene, gesungene Lobpreisungen Gottes oder eines Heiligen in der Volkssprache) aufgeführt worden, und in das 12. Jh. fällt auch das 'Auto de los Reyos Magós', s. zu S. 77 u. 150. – Die '*Moralität*': mittelalterliches Schauspiel religiös oder sittlich meist lehrhaften Charakters, oft mit allegorischen Gestalten von Tugenden und Lastern. Seit dem 13. Jh. vor allem in Frankreich, Holland, Italien und England beliebt. – Die *Nachbildung der antiken Tragödie* brachte die italienische Renaissance mit des Humanisten Gian Giorgio Trissino 'Sophonisbe' (1515), dem Giovanni Rucellai mit seiner 'Rosmunda' folgte. An Plautus und Terenz lehnten sich, nachdem Niccolò da Correggio und Pandolfo Collenuccio (1486/87) Übersetzungen auf die Bühne gebracht hatten, mit ihren Komödien an: der junge Ariost ('Cassaria', 'I Suppositi', 1508/09 u. a.), Machiavelli ('Mandragora', 1513), Pietro Aretino u. a.

S. 77: Der vielseitige *John Fletcher* (1579–1625) verfaßte die meisten seiner Stücke gemeinsam mit Francis *Beaumont* (1585 bis 1616): bühnenwirksame, lebensnahe Sitten-, Liebes- und Verwicklungsstücke, Komödien, Tragödien, vor allem Tragikomödien. Sie knüpfen an Ben Jonsons Charakterlustspiele an. – *Auto sacramental,* (aus lat. actus: öffentliche Handlung, Vorstellung) drama-

Anmerkungen zu Seite 77–90

tisches Stück der älteren spanischen Literatur mit biblischem Stoff und meist allegorischem Sinn, an die Mysterienspiele (vgl. zu S. 76) anschließend, von dem Dreikönigsspiel zum Epiphaniasfest 'Auto delos Reyes Magos' (12. Jh.) über Lope de Vegas rund 400 Autos bis zu Calderons zwölf 'Autos sacramentales, alegoricos y historiales' (1677) gepflegt. Letztere deutsch von J. v. Eichendorff, 2. Aufl. 1864, und Lorinser, 2. Aufl. 18 Bände. 1882–87.

S. 78: *Spektakelstück:* pièce à spectacle, Ausstattungsstück, Schau-Stück. – *Feerie*, engl. fairy: Feensttück, Zauberposse. – *Stonehenge:* engl. 'hängender Stein', die beiden Steinkreise ineinander, darin die beiden Hufeisen aus Steinblöcken und der 'Altarstein', Baudenkmal der Jungstein- und älteren Bronzezeit bei Salisbury in England, wohl ein Stammesheiligtum.

S. 85: *Anmerkung: hospes* (lat.): Gast, Fremder; hostis (lat.): Feind.

S. 86: Die Stelle in *Arrians* (etwa 95–175) 'Anabasis Alexanders': 'Alexander äußerte: wer in den Waffen überlegen sei, für den seien solche Kunststücke nichts. Er achtete darum solche Sicherheitsmaßregeln für seiner unwürdig, wie er sie denn auch durch die Tat als nicht einmal der Rede wert darstellte, indem er diese Werke persischen Fleißes ohne Mühe zerstörte.' – *Konubium:* Eheschließung.

S. 88: Die *Spartaner* eroberten, aus ihrem Lakonien nach Westen vordringend, vor 700 v. Chr. das fruchtbare Messenien, verteilten es unter sich und drückten die früheren Eigentümer zu Heloten hinab. Siehe zu S. 110.

S. 89: *Polybios* (etwa 201–120): als achäischer Geisel nach Rom gekommen, lebte er im Kreise des jüngeren Scipio und nahm an dessen Feldzügen in Afrika und Spanien teil. Er schrieb als Staatsmann nüchtern und voll Bewunderung für Roms Verfassung und militärische Leistung griechisch eine 'Weltgeschichte' in 40 Büchern, von denen die ersten 5 (bis zur Schlacht von Cannä 216 v. Chr. reichend) vollständig, von anderen Exzerpte erhalten sind. Das Gesamtwerk behandelte die Geschichte vom ersten Punischen Kriege bis zum Fall Karthagos und Korinths (266 bis 144 v. Chr.) und diente Livius als Quelle. – *Klientel:* in indirekter Form, durch ungleiche Verträge, etwa nach Art eines Protektorats, beherrschte Staaten und Bevölkerungen. – In der Epoche von den 3 Kriegen gegen die mittelitalienischen *Samniten* (343–290) an bis zur Niederwerfung Makedoniens unter *Perseus* (3. Makedon. Krieg, 168, Schlacht bei Pydna) formte sich Roms politisch-militärische Kraft. Polybios (vgl. zu S. 89) sah darin ein neues 'Ganzes', einen neuen Abschnitt ($\sigma\omega\mu\alpha\tau\omicron\varepsilon\iota\delta\acute{\varepsilon}\varsigma$) der Weltgeschichte.

S. 90: *Cäsar rettete Rom vor der Völkerwanderung:* er unterwarf 58–50 v. Chr. Gallien und unternahm zwei Feldzüge über den Rhein (55 und 53). – *Krisis nach Neros Tode:* im Vierkaiserjahr 68/69 n. Chr. erhebt die Prätorianer-Garde in Rom Galba, dann Otho zum Kaiser; Otho wird durch die Rheinarmee des Vitellius, dieser durch die syrische Armee Vespasians gestürzt. – *Nach dem*

Tode des Commodus (192) zweites Vierkaiserjahr: es folgt Pertinax, Stadtpräfekt von Rom; ihn ermordeten die Prätorianer und verkauften die Kaiserwürde an Didius Julianus. Inzwischen erheben die Legionen L. Septimius Severus in Pannonien (Ungarn), Pescennius Niger in Syrien und Clodius Albinus in Britannien. Severus nimmt Rom; Albinus verzichtet; Niger wird bei Kyzikos, Nicäa, Issos (194) besiegt. – Die Zeit der '*dreißig Tyrannen*' nennen die damaligen Historiker die Regierungszeit der Kaiser Valerianus und Gallienus (253–268), weil in ihr, vor allem in Gallien, eine große Reihe von Provinzialkaisern auftrat. *Aurelian* (270–275) sicherte die Donaugrenze durch Abwehr der Alamannen und Verzicht auf Dakien (Rumänien), eroberte Palmyra, stellte damit die Ostgrenze wieder her, hielt die Nordgrenze in den Alpenländern und befestigte Rom. – *Justinian* (527–565) ließ durch seine Feldherrn Belisar und Narses von Byzanz aus die Vandalen in Afrika und die Ostgoten in Italien unterwerfen sowie die Westgoten in Spanien angreifen (s. zu S. 231). – *Philhellenismus:* die Freundlichkeit den griech. Leistungen in Wissenschaft, Technik, Philosophie und Kunst gegenüber. Die Kenntnis der griech. Sprache griff bei den Römern seit etwa 200 v. Chr. immer mehr um sich; seit dem Ausgang der Republik war sie bei jedem Gebildeten selbstverständlich; unter Hadrian und den Antoninen, zwischen 120 und 180 n. Chr., schreibt dann eine ganze Reihe lateinischer Autoren, darunter Apuleius und Tertullian, ebenso vollendet griechisch. Seit etwa 250 n. Chr. nimmt jedoch die Kenntnis des Griech. im Westen wieder ab und wird schließlich zur Seltenheit. Selbst der gelehrte Augustinus (354–430) verstand nur noch 'sehr wenig oder eigentlich gar nicht' Griechisch.

S. 91: *vectigalia:* Steuern. – *possessores:* Besitzer, Grundbesitzer, auch für die Inhaber des Quasi-Eigentums von Provinzialgrundstücken gebraucht. – *Die Türken* drangen aus ihren Sitzen am Altai, wo sie jahrhundertelang sich der Einbeziehung in das chinesische Großreich widersetzt hatten, 626 n. Chr. über den Amudarja in das neupersische Sassaniden-Reich ein. Sie stellten den ihm folgenden abbasidischen Kalifen von Bagdad im 9. Jh. die Garden. Die den Söldnern folgende türk. Völkerwanderung unter Führung des Stammes der Seldschuken, der nach seiner Herrscherfamilie hieß, erobert 1051 Ispahan, 1055 Bagdad und Mosul, 1064 Armenien. Damaskus und Jerusalem folgen. 1081 wird Kleinasien bis auf einen Küstenstrich, Byzanz gegenüber, an sie abgetreten (s. zu S. 111). Aus dem Niedergang der Seldschuken erhebt sich im Innern von Kleinasien unter Osman Ende des 13. Jhs. das Osmanische Reich. 1365 wird Adrianopel Residenz, 1389 fällt in der Schlacht auf dem Amselfeld Serbien, 1453 das Oströmische Reich den Türken in die Hand. Unter Suleiman II. (gest. 1566) größte Ausdehnung ihres Reiches: Mesopotamien, Arabien, Syrien und die Kaukasusländer, Nordafrika von Ägypten bis nach Marokko, dazu die gesamte Balkan-Halbinsel und der größte Teil Ungarns.

Anmerkungen zu Seite 91—99 363

1529 und 1683 stehn die Türken vor Wien und wurden erst durch lange Türkenkriege Österreichs und Rußlands zurückgeworfen. Als Burckhardt seine Vorlesung 1869 hielt, hatten sich Ungarn und Siebenbürgen, die Krim, Griechenland und Rumänien, dazu Ägypten und der größte Teil Arabiens mit Hilfe der europäischen Großmächte aus dem türk. Staatsverbande gelöst. Jedoch erst durch den Russisch-Türkischen Krieg von 1877/78 wurden Bulgarien, Serbien und Montenegro selbständig.

S. 93: *Bajuli* (lat.): eigentl. 'Träger' d. i. Bevollmächtigte.

S. 95: Das *System Colberts:* Jean Baptiste Colbert (1619–83), seit 1661 Generalkontrolleur der Finanzen, schuf das Merkantilsystem: der Reichtum des Landes beruht auf dem Besitz von edeln Metallen und auf dem Überwiegen der Ausfuhr über die Einfuhr. Daher werden Bergbau, Handel, Industrie, Export gefördert, Ackerbau und Einfuhr beschränkt. Im *Edikt von Nantes* hatte Heinrich IV. den Hugenotten 1598 freie Religionsausübung zugesichert; Ludwig XIV. hob es 1685 auf. – '*L'état c'est moi*' ist als Äußerung Ludwigs XIV. unverbürgt, doch für seine Staatsauffassung bezeichnend. Neuerdings behauptet Dulaure: ,,Er unterbrach einen Richter, der in einer Rede die Worte 'der König und der Staat' gebrauchte, indem er mit Hoheit ausrief: 'Ich bin der Staat.'" (Histoire de Paris, 1853, S. 387). Bossuet schrieb von ihm: 'Tout l'État est en lui' (Oeuvres 23, Paris 1864 S. 643). – Anm. *Napoleons catéchisme de l'empire:* Der Senatskonsult vom 18. Mai 1804, in sich der Erste Konsul Napoleon Bonaparte als erblicher Kaiser mit der Regierung der französischen Republik betrauen ließ, unter der Anleitung Napoleons selbst entworfen. Mit ihm ging praktisch die gesetzgeberische und alle sonstige Gewalt vom Senat an den Kaiser über. Abgedruckt bei Hélie, Les constitutions de la France. Deutsch bei Pölitz, Europäische Verfassungen.

S. 99 *Anmerkung 1:* Adolf *Bastian* (1826–1905) begründete die moderne Völkerkunde. Von seinen Hauptwerken war damals erschienen: Der Mensch in der Geschichte (1860). Später folgten: Ethnologische Forschungen (1871–73), Der Völkergedanke (1881), Allgemeine Grundzüge der Ethnologie (1884), Der Menschheitsgedanke (1901). – Über den *Buddhismus* vgl. Edvard Lehmann, Der B. als indische Sekte, als Weltreligion, 11; H. Oldenberg, Buddha, sein Leben, seine Lehre, seine Gemeinde, 1881–1920; Max Weber, Hinduismus u. B. (in Ges. Aufsätze zur Religionssoziologie Bd. 2) 21; J. Witte, Der B. in Geschichte u. Gegenwart, 30. – *Die arianische Spaltung* (320–381): die Lehre des Arius, der, Presbyter in Alexandria, bis 336 lebte, daß Christus Gott dem Vater nicht wesensgleich, sondern dessen Geschöpf, aus dem Nichts erschaffen und mit ihm nicht gleich ewig sei, wurde 320 auf der Synode zu Alexandria und 325 unter Kaiser Konstantin auf der Synode zu Nicäa verworfen. Es siegte die katholische Lehre des Athanasius von der Wesensgleichheit Christi. Der arianische Glaube hielt sich jedoch bei den Westgoten, Vandalen, Burgundern, Sueven, Ostgoten noch bis ins 7. Jh., am längsten bei den Langobarden. s. zu S. 110, 114, 147. – *Theodosius I.* regierte in Ostrom von 379–395.

S. 100 *Anmerkung 2: Prévost-Paradol*, Lucien Anatole, liberaler französischer Schriftsteller (1829–70), gab sich nach der Kriegserklärung Frankreichs an Deutschland als Gesandter in Washington selbst den Tod. Schrieb u. a. Essai sur l'histoire universelle, 1854; Essais de politique et de littérature, 3 Bde. 1859–63; Quelques pages d'histoire contemporaine. Lettres politiques, 4 Bde., 1862–66; Études sur les moralistes français, 1865; La France nouvelle, 1868. Die Stelle, auf die sich B. bezieht, heißt deutsch: Unser Land bietet heute den Augen jedes klarblickenden und gutwilligen Beobachters das in der Welt wohl einzig dastehende Schauspiel einer Gesellschaft, in der das Ehrgefühl die Hauptgarantie für die bestehende Ordnung geworden ist und die Mehrzahl dazu veranlaßt, Pflichten und Opfer auf sich zu nehmen, nachdem die Religion und die Vaterlandsliebe ihre herrschende Stellung eingebüßt haben. Wenn unsere Gesetze, soweit sie in Einklang stehen mit den Vorschriften des Welt-Gewissens, allgemein beachtet werden, wenn der junge Soldat gehorsam zur Fahne eilt und ihr treu bleibt, wenn der Finanzbeamte die Staatskasse unangetastet läßt, wenn endlich der Franzose wie es sich gehört seine Pflichten dem Staate und seinen Mitbürgern gegenüber erfüllt, so verdanken wir das hauptsächlich dem Ehrgefühl. – Es ist nicht die Achtung vor dem göttlichen Gesetz, das längst zu einem Problem geworden ist, auch nicht das philosophische Sich-Ergeben in ein ungewisses Müssen noch weniger der Respekt vor dem abstrakten Wesen Staat, das durch so viele Revolutionen umgestürzt und in Mißkredit geraten ist – es ist allein die Furcht, öffentlich wegen einer für schimpflich geltenden Tat erröten zu müssen, die in uns den Wunsch, das Gute zu tun, hinreichend aufrechterhält. Will man die bedeutende Hilfe, die uns das Ehrgefühl gewährt, richtig ermessen, so betrachte man einmal die Völker, denen nach dem Verblassen der Religion und dem Verschwinden der Vaterlandsliebe diese letzte Hilfsquelle gefehlt hat. Im Orient z. B., wo der Diebstahl nicht als entehrend gilt, wo der ungetreue Beamte so lange anerkannt und respektiert wird als er unbestraft ist und solange unbestraft bleibt, als nicht ein mächtiger Gegner an seinem Sturze arbeitet, wo er wieder auftreten kann, ohne sich schämen zu müssen, wenn ihn neue Gunst wieder zur Höhe führt – dort ist die einwandfreie Verwaltung der Finanzen gänzlich ausgeschlossen, und der Staat kann kaum einige Trümmer der faktisch eingegangenen Steuern für sich buchen. Das Ehrgefühl ist Herr über diese verhängnisvollen Schwächen; es leitet alle Kräfte der Eigenliebe um zugunsten des Allgemeinwohles und verteidigt demzufolge den großen Apparat der Gesellschaft und des Staates gegen den Verfall, der sonst unvermeidlich wäre. Am Ufer eines Baches sieht man manchmal einen von der Zeit stark mitgenommenen Baum;

Anmerkungen zu Seite 100–106

sein Stamm klafft weit, das Holz darin ist zerstört, er fault kaum mehr; doch seine Rinde lebt noch, der Saft kann darin aufsteigen – und jedes Jahr ist er wieder mit frischem Grün bedeckt wie in der besten Zeit seiner Jugend; stolz bleibt er stehn und trotzt manchem Sturm. Das ist das getreue Abbild einer Nation, die das Ehrgefühl noch aufrechterhält, nachdem die Religion und die Tugend entschwunden sind.

S. 101: *Abu Seid:* der literarische Vagabund der 'Makamen' ('Bettleransprachen') des Hariri (1054–1121). Deutsch von Friedrich Rückert, 1826. – *Firdusi* (richtig Firdauβi d. h. 'Der Paradiesische'), eigentlich Abû l'Kâsim Manßûr (932–1020 zu Tûs in Chorasan), Persiens Homer, dichtete um 1000 n. Chr. sein großes 'Schâchnâme' ('Königsbuch'), in dem er die gesamten mythischen und geschichtlichen Erinnerungen der Perser in vollendeter Poesie zusammenfaßte. Deutsch: Ad. Friedr. Graf Schack, Heldensagen des F., 1865; Friedr. Rückert, Rostam und Suhrab, 1838, und Fs. Königsbuch, 3 Bde., aus Rückerts Nachlaß hg. v. E. A. Bayer, 1890–95. s. zu S. 67 Renaissancen unter d. Islam u. zu S. 109. – *Drama unter dem Islam:* Es sind nur einige Passionsspiele schiitischer Heiliger in der neupersischen Literatur (seit 650 n. Chr.) bekannt, die aber vielleicht eines altes Volksgut sind. Aus China und Indien gelangte über Persien zu den Türken lediglich das Schattentheater, wo es als eine Art Kasperle-Komödie mit dem Karagös ('Schwarzauge') im Mittelpunkt beliebt war. Ihm steht das possenhafte türkische Volksschauspiel nahe, das man Ortá Ojunú, 'Spiel in der Saal-Mitte', nennt.

S. 102: Die *Omajjaden* folgten 661 auf die engeren Anhänger des Hauses Muhammeds Abu Bekr, Omar, Othman und Ali. Sie herrschten bis 749 als Kalifen in Damaskus, von wo sie durch die Abbasiden vertrieben wurden, und von 756 bis 1031 in Córdoba. Kulturblüte bis um 1000. – *Almoraviden und Almohaden:* nordafrikanisch-spanische Dynastien. Die erste eroberte 1090 das arabische Spanien, unterlag aber 1147 in Spanien und Marokko der Berbersekte der Almohaden, die Spanien bis 1212 beherrschten.

S. 103: *pulchra Laverna:* 'die schöne Laverna'. Laverna, die Schutzgöttin des (recht- oder unrechtmäßigen) Gewinns, daher auch der Diebe und Betrüger. – *Mantik:* die Wahrsagekunst aus dem Vogelflug, den Eingeweiden der Opfertiere, dem Opferfeuer, aus Hand oder Wetter, Sternen oder Träumen. – *Goëtie:* Zauberei, von goásthai (griech.) = heulen. Der Ausdruck geht auf die in heulendem Ton ausgesprochenen Beschwörungsformeln der Zauberer zurück.

S. 104: *'Sint etc.':* 'mögen sie sein, wie sie sind, oder nicht sein'!

S. 106: *Giotto di Bondone* (1266–1337) schritt in seinen biblischen Szenen als erster Maler durch seelischen Ausdruck über die traditionelle Auffassung der byzantinischen Ikonenbildnerei hinweg. – *Jan Steen* (1626–79) stellte in schalkhaften Genrebildern vor allem das Leben der holländischen Bauern und Bürger dar.

S. 107: *Völker des heiligen Rechts:* B. denkt an die Ägypter, wohl auch an die Babylonier, Assyrer und Juden des Altertums, an die Chinesen und Inder sowie an die unter dem Islam lebenden Araber, Perser und Türken. Wir nennen die rechtliche oder praktische Verbindung von staatlicher und kirchlicher Macht in den gleichen Personen auch Cäsaropapismus, wofür die Kaiser von Byzanz, die Kalifen (d. h. 'Stellvertreter' Muhammeds), die Zaren u. a. Beispiele sind. – *Tempel-Staaten:* Die babylonischen Stadtstaaten der südlichen Sumerer und nördlichen Akkader (die Städte Kisch, Uruk, Ur, Lagasch, Akkad, Larsa, Isin u. a.) wurden von Priesterkönigen (Patesi) regiert, an deren Stelle nach 2119 v. Chr. die Zentralregierung von Babylon mit ihrem Marduk-Kult trat. Die Assyrer, seit Tiglat-Pileser III. (747–727) Herren Babyloniens, setzen in ihren Hauptstädten Assur, Kalchu und Ninive, die 'halb militärisches, halb religiöses Gepräge' (Rostovtzeff) tragen, den Kult Assurs und den seines Statthalters auf Erden: des Königs von Assyrien, an seine Stelle. Das ihnen folgende Neubabylonische Reich (625–539) greift auf seine alten religiösen Traditionen zurück, bis es 539 von den Persern gestürzt wird. Inzwischen haben die Israeliten ihren Kult Jahves, der ursprünglich nur der Gott Israels war, und ihre Theokratie in Jerusalem errichtet (s. zu S. 67 u. 110), während die Phöniker in ihren aristokratischen Handelsrepubliken (Byblos, Tyros, Sidon) zu El, Baal und Aschtart beten. – In Ägypten wurde Theben (das heutige Karnak) mit seinem Stadtgott Amun im Mittleren Reich, unter der 11. und 12. Dynastie (2100–1780) religiöser und zugleich politischer Mittelpunkt des Landes. 'Die Großen des Reichs rühmten sich, zu den Priestern des Amun zu gehören, die Tempelschulen blühten, und die Könige opferten keinem andern Gotte reichlicher' (G. Steindorff). Im Neuen Reich, nach der Erschütterung durch die Invasion der sog. Hyksos d. h. 'Hirtenkönige' (etwa 1700–1555) und dem Zwischenspiel des Amun-Hassers Amenhotep IV. Echnaton (1375 bis 1358), des Vorletzten der 18. Dynastie, der an die Stelle aller örtlichen Kulte die Verehrung einer höchsten Gottheit: Atons, des großen Sonnengottes, zu setzen suchte und die Regierung nach Tell el-Amarna in Mittelägypten verlegte, bleibt Theben Reichshauptstadt. Unter Ramses III. (1198–1167; 20. Dynastie) wird der Hohe Priester des Amun der mächtigste Mann im Staate. Der Hohepriester Hrihor besteigt 1090 nach Ramses XII. Tode sogar den Pharaonenthron. Sein Enkel Painozem I., der sich mit den Machthabern von Tanis im östlichen Delta (21. Dynastie) verschwägerte, herrschte 40 Jahre über ein geeintes, allerdings schwaches Ägypten, bis die 22., libysche Dynastie (945–745) dem Priesterkönigtum von Theben ein Ende bereitet, indem sie die Würde des Hohenpriesters an die Prinzen ihres Hauses vergibt. Vgl. Ed. Meyer, Gottesstaat, Militärherrschaft u. Ständewesen in Ägypten (Sitzungsber. Berl. Ak. 1928). – Nächst dem Amun-Tempel in Theben war Heliopolis-On, südlich vom Delta, mit den

Heiligtümern des Sonnengottes Atum-Rê seit uralter Zeit ein religiöses Zentrum Ägyptens. Hier wurden die Krönungszeremonien der Herrscher vollzogen. – Das Ammonium, die heutige Oase Siwa in der Libyschen Wüste, war die Orakelstätte des Amun, der von den Griechen Zeus, von den Römern Jupiter gleichgesetzt wurde. Hier ließ sich Alexander d. G. 331 v. Chr. zum Sohn des Gottes erklären. – Andere theokratisch regierte Priesterstaaten oder Tempelstädte: Das syrische Emesa (Homs) mit einer Dynastie von Priesterkönigen an der Spitze, aus der Julia Domna und deren Schwester Julia Maesa, die Großmutter des von den syrischen Legionen auf den Kaiserthron erhobenen Elagabal (218–222) stammen. Als Hoher Priester des Sonnengottes führt er mit dem 'Gott von Emesa', einem schwarzen Stein, den syrischen Baalskult als Staatsreligion in Rom ein. – Kultzentren waren ferner: Baalbek (Heliopolis) am Fuße des Libanon, dessen Baal als Jupiter Heliopolitanus, Palmyra (Oase Tudmur in der Syrischen Steppe, 273 n. Chr. durch Aurelian zerstört), deren Gott Malachbel, Hierapolis am oberen Euphrat, deren Baalath Atargatis als syrische Göttin schlechthin in das römische Imperium eingeführt wurde; Pessinūs in Galatien, südwestlich von Ankara, Hauptsitz des Kultes der Bergmutter Kybele, deren Bildnis, einen schwarzen Stein, die Römer 204 v. Chr., im zweiten Punischen Kriege, auf Weisung der sibyllinischen Bücher nach Rom bringen ließen; Komāna Pontica (bei Tokat in der nördlichen Mitte Kleinasiens) mit berühmtem Orakel und Tempelsklavinnen wie in Babylon; Komāna am Antitaurus mit uraltem assyrischem Kult der Anaitis, auch Artemis Taurica oder Bellona genannt, u. a. – Als eine Handels- und Tempelstadt, wo der Gottesfriede herrschte, erscheint auch das vorislamische Mekka, ursprünglich ein Marktflecken, der sich nur zu den Messen füllte, mit seinem polytheistischen Kult, dem Heiligtum Kaaba, in das die beiden heiligen Steine eingemauert sind, das man siebenmal umgehen muß, und dem nahen wunderkräftigen Brunnen Zamzam. – Ein eindrucksvolles Beispiel einer indischen Tempelstadt bildet Somnat auf der Halbinsel Gutscherat (heute Kathiawar), südöstlich der Indusmündungen, am Golf von Kambay. Hier sollen 2000 Ortschaften, 2000 Brahmanen, 500 Bajaderen (Tempeltänzerinnen) und 300 Spielleute dem Heiligtum des brahmanischen 'Großen Gottes': des Todes- und Unsterblichkeitsgottes Mahadewa, dienstbar gewesen sein, als es der Ghasnawide (s. zu S. 67 Schluß) Sultan Mahmud 1028 eroberte. Ähnliche Zustände fand er in den Heiligtümern von Nagarkot, Tanesar und Mattra vor. –

S. 108: *Delphi*, griech. Delphoi, nördlich vom Golf von Korinth am Südhang des Parnassos gelegen, Haupttheiligtum des pythischen Apollon mit zahlreichen Schatzhäusern und dem berühmten Orakel, das die Priesterinnen, Pythia genannt, verkündeten. Die 'Umwohner' (Amphiktyonen) dieser gesamtgriechischen Kultstätte – die Stämme der Phoker, Lokrer, Böoter, Thessaler u. a.

– verpflichteten sich für die Festeszeit zum Gottesfrieden untereinander, zum Schutz des Heiligtums und der Pilger, die Delphi aufsuchten, sowie zur gemeinsamen Bestrafung der Frevler und Räuber. Seit 100 n. Chr. in seiner Bedeutung zurückgegangen, wurde das Orakel 390 von Theodosius d. Gr. aufgehoben. Delphi ist seit 1861 von den Franzosen ausgegraben. – *Dodona:* uraltes Zeusheiligtum, vielleicht Baumheiligtum, im nordgriechischen Epirus beim heutigen Joannina, mit Orakel, das die Priester aus dem Rauschen heiliger Eichen verkündeten. – Δελφῶν ἀριστεῖς, ἄνακτες: 'Die Edeln von Delphi, die Herren.' – Ein Tempelstaat war auch die Insel Delos, die kleinste der Zykladen, neben Delphi das bedeutendste Apollon-Heiligtum, bekannt auch als Sklavenmarkt. – Ein berühmtes Orakel befand sich ferner bei dem Apollontempel zu Chalcedon gegenüber Byzanz. – Das äthiopische von Priestern regierte Reich *Meroë* (Merowe im anglo-ägypt. Sudan) mit der Hauptstadt Napata. Seit 1800 Jahren war es von den Ägyptern mehr oder weniger abhängig gewesen. Da unterwarf der Aethiope Pianchi um 730 v. Chr. vorübergehend ganz Ägypten. Als 25., äthiopische Dynastie (712–663) saßen seine Könige auf dem Thron der Pharaonen; dann mußten sie der assyrischen Übermacht weichen. König Argamon (griech. *Ergamenes*) zerstörte um 270 v. Chr. nur vorübergehend die Priesterherrschaft. Es regierten hier häufig Königinnen, von den antiken Schriftstellern Kandake genannt, auch für ihre mündigen Söhne, die sie nur als Mitregenten betrachteten. Der spätere Versuch, Ägypten den Römern zu entreißen (23 v. Chr.) scheiterte am Widerstand der Grenztruppen. Der Sonnentempel, der Amuntempel, Königspaläste und königliche Bäder von Meroë sind ausgegraben sowie zwei Gruppen Pyramiden erhalten. Die Stelle in *Diodors* (gest. nach 27) 'Historischer Bibliothek', einer ziemlich flüchtig kompilierten, für rein praktische Zwecke bestimmten Weltgeschichte, lautet: In Meroë können die Priester, welche in Rang und Ansehen jedem Stande vorgehen, wenn es ihnen einfällt, dem König einen Boten schicken, mit dem Befehl, er solle sterben; das sei ihnen von den Göttern angekündigt, und über ein Gebot der Unsterblichen dürfe sich kein Sterblicher jemals wegsetzen .. Der erste König von Äthiopien, der es wagte, sich dem Befehl zu widersetzen, war Ergamenes .. Er erhob sich zu dem Selbstgefühl, das der Königswürde angemessen war, drang mit Soldaten in das unzugängliche Heiligtum ein .. und ließ die Priester alle niedermachen. – Die aus *Strabos* (etwa 68 vor bis 20 n. Chr.) 'Erdbeschreibung', dem geographischen Seitenstück zu Diodor, angezogenen Sätze lauten: Man erzählt, daß ein Gote (ein Gote, im heutigen Rumänien wohnhaft) namens Zamolxis bei dem Pythagoras gedient und manches aus der Himmelskunde gelernt habe. In die Heimat zurückgekehrt aber habe er als Ausleger der Vorbedeutungen bei den Fürsten und dem Volke in großem Ansehen gestanden und zuletzt den König beredet, ihn als einen Mann, der

Anmerkungen zu Seite 108–110

geschickt sei den Willen der Götter zu verkünden, zum Teilnehmer an der Regierung zu machen. Anfangs nun, sagt man, wurde er zum Priester des bei ihnen verehrtesten Gottes bestellt, später aber selbst für einen Gott erklärt ..Diese Sitte nun hat bis auf unsre Zeit herab bestanden, indem sich immer ein Mann von solcher Eigenschaft vorfand, der dem König als Ratgeber diente, von den Geten aber ein Gott genannt wurde. – Schließlich kann die Mönchsrepublik des Athos, die sich seit 963 gebildet hat, mit ihren 6000 Mönchen in 20 Klöstern und 11 Dörfern ein christlicher Tempelstaat genannt werden. Er erlangte von den Türken gegen eine Abgabe freie Religionsübung und hat bis heute eine eigene Verfassung. – In Europa sind zu den theokratischen Priesterstaaten ferner zu zählen: der Kirchenstaat (756–1870), aus der Schenkung Pippins an Papst Stephan II. entstanden, und die geistlichen Fürstentümer, in denen deutsche Erzbischöfe, Bischöfe und Reichsäbte zugleich Inhaber politischer Herrschaftsrechte wurden, indem ihnen der Kaiser Privilegien auf geistlichen Grundbesitz, Gerichtsbarkeit, Zollgerechtigkeit usw. verlieh sowie ihren Grundbesitz durch Schenkungen vermehrte. Diese geistliche Fürstengewalt bildete sich unter Otto d. Gr. (936–73) und dauerte bis zum Regensburger Reichsdeputationshauptschluß von 1803. – Über die *Juden*, ihre spätere Restauration als *Tempelstaat* s. zu S. 67.

S. 109: Über die Geschichte der *Brahminenreligion* s. z. S. 41, über die *Zendreligion* ebendort und zu S. 48. – Über Firdusis 'Schach-Name' s. zu S. 67 u. 101. In ihm lebt ein tragischer Zug. Das Sonnenland Iran wird immer wieder von den Mächten der Finsternis Turans überfallen. Der böse Geist Ahriman neidet den lichten Helden ihren Sieg und läßt sie oder ihr Geschlecht untergehn. So beklagt Feridun das Geschick seines Hauses. Rustem tötet unerkannt seinen eigenen Sohn Sohrab und den königlichen Jüngling Isfendiar, dann stirbt er durch die Falle seines Bruders; Frevel gegen die Götter und Verrat unter Verwandten herrschen, und Isfendiars Vater, der greise Sal, stirbt vereinsamt auf dem Rachezuge für seinen Sohn. – Die *Achämeniden* sind das aus der griechischen Geschichte bekannte Herrscherhaus, begründet durch Kyros (560–529), den Schöpfer des persischen Großreiches, endend mit Dareios III. Kodomannos (336–330), der Alexander d. Gr. unterlag. Der persische Großstaat, in 20 Satrapien (Statthalterschaften) zerfallend, reichte vom Ägäischen Meer bis zum Indus. Seine Hauptstadt war Persepolis (in Persis; durch Alexander d. Gr. 330 v. Chr. zerstört; Ruinen nordöstlich von Schiras), die Residenz war im Winter Babylon, im Frühling Susa (in Susiana am Karun, dem Nebenfluß am Tigris-Unterlauf, Ruinen beim heutigen Disful), im Sommer das medische Ekbatana (Hamadan). s. zu S. 41 u. 48. – *Magier* heißen die persischen Priester von Zarathustras Gott Ahura Mazda. s. zu S. 41 u. 48.

S. 110: Über die *Sassaniden* s. zu S. 67. – *Wiederherstellung Messeniens:* s. zu S. 88. Um seinen Gegner Sparta zu schwächen, befreite der thebanische Führer Epameinondas nach der siegreichen Schlacht bei Leuktra (371 v. Chr.) die von Sparta unterdrückte Landschaft Messenien und gründete 369 die selbständige Hauptstadt Messene. – Über die *jüdische Restauration* s. zu S. 67. Als Alexander d. Gr. 332 v. Chr. Syrien erobert, unterwirft sich Palästina kampflos. Eine makedonische, später seleukidische Garnison wird auf der Burg Zion stationiert. Vom 5. bis zum 2. Jh. v. Chr. entfaltet sich im Tempelstaat Jerusalem unter der Führung der Priesterkaste (dem Hohen Rat und Hohen Priester) die Gesetzes-Religion und -Theologie, die im rabbinischen Schrifttum und danach im ersten Teil des Talmud: der 'Mischna' (d. h. der erläuternden 'Wiederholung' der Tora, abgeschlossen um 200 n. Chr.), niedergelegt ist. Die Theokratie geht zum Aufstand über, als der Seleukide Antiochos IV. Epiphanes 166 v. Chr. den Jahvedienst aufhebt und durch Altar und Tempel des Olympischen Zeus ersetzt. Führer dieses sogen. Makkabäer-Aufstandes waren 6 Brüder aus dem Hause der Hasmonäer, darunter Judas Makkabi, d. h. 'der Hammer'. Sie erobern Jerusalem 165 zurück und erneuern Jahvedienst und Tempelstaat. Die erbliche Würde des Hohen Priesters kommt an die Hasmonäer. Sie schaffen, wie ehemals David und Salomo, wieder einen jüdischen Nationalstaat, der außer Judäa auch Galiläa, Samaria und das Ostjordanland umfaßte, und verbinden den Königstitel mit dem des Hohen Priesters. Familienstreitigkeiten und Parteikämpfe riefen die Römer zu Schiedsrichtern herbei. Pompeius setzt 63 v. Chr. den Makkabäer Hyrkanos II. als halbabhängigen Vierfürsten (Tetrarch) ein. Als sich Antigonos, der letzte Hasmonäer, wieder zu größerer Selbständigkeit erheben wollte, brachte sein angeheirateter Verwandter, der Idumäer Herodes, dessen Vater Antipater Schützling des Pompeius gewesen war, mit römischen Truppen die Herrschaft als abhängiger König von Judäa an sich (40–4 v. Chr.). Der letzte große Aufstand der nationalen Freiheitspartei der Zeloten ('Eiferer') zwang die Römer 66 n. Chr. zum Abzug, führte jedoch 70 n. Chr. unter dem Kommando von Titus zur zweiten Zerstörung Jerusalems und seines Jahvetempels. Palästina wurde römische Provinz. Hadrian warf die Erhebung unter Simon Bar Kochba 132–135 n. Chr. nieder. Von 395 ab oströmisch, stand Palästina 637–1918 unter islamischer Herrschaft. Auf dem Platz des Salomonischen Tempels steht seit Abd ul Melik (685–706) der Felsendom. Von den Fatimiden (s. zu S. 52) fällt Jerusalem 1071 an die türkischen Seldschuken (s. zu S. 91), dann an die Fatimiden zurück. Eine Unterbrechung der islamischen Herrschaft bedeutete lediglich der Kreuzfahrerstaat des Königreichs Jerusalem (1099–1187). Dann folgt mit Saladin bis 1250 die Dynastie der Ejubiden (s. zu S. 52). Von 1260–1277 zerstört Baibars, der Sultan der Mamluken (ursprünglich türkischer Sklaven) und Herr von Ägypten, die Reste des Königreichs Jerusalem. Von 1517–1918 ist Palästina türkisch, von 1922–48 britisches Mandat. Seitdem souveräner

Anmerkungen zu Seite 110

Staat Israel. – Die *Hagia Sophia*, türk. Aja Sophia (griech. 'Heilige Weisheit'), die Hauptkirche des Patriarchen von Konstantinopel, auf Anordnung Justinians durch Anthemios von Tralles unter Mitarbeit von Isidor von Milet 532–37 errichtet, ist das Symbol der byzantinischen Staatskirche und ihrer Kunst, der griechischorthodoxen Kirche überhaupt (s. zu S. 231). Die Türken benutzten sie seit der Eroberung Konstantinopels 1453 als Moschee und sehen in ihr das Vorbild für eigne Moscheenbauten. Seit dem 18. Jh. ist ihre Wiedereroberung ein politisch-religiöses Ziel der Zaren. Seit 1934 Museum. – In *Karls d. Gr. Imperium* (768–814) blieb die Kirche dem Staat untergeordnet, der Papst der erste Bischof des Reiches; die Bischöfe hatten Gesandtschafts- und Königsbotendienst zu tun; Kirchengut war Königsgut. Kurz vorher, um 756, war jedoch in der päpstlichen Kanzlei das Dokument der sogen. Konstantinischen Schenkung entstanden, worin Konstantin d. Gr. (306–37) dem Papste Silvester I., der ihn bekehrt und vom Aussatz geheilt haben sollte, den Vorrang Roms über alle Kirchen und dem Papst die Herrschaft über ganz Italien und alle seine westlichen Provinzen zugestanden haben sollte, wobei die Verfasser wohl zunächst hauptsächlich an den westlichen Besitz Ostroms, nicht an die germanischen Länder dachten. Natürlich liegt hier 'nicht die wirkliche Vergangenheit, sondern ihr verklärtes Gedächtnisbild' vor, mit dem politischen Ziel der Verselbständigung des Papsttums gegenüber Byzanz. Der historische Konstantin hatte zwar 325 aus politischen Gründen das Christentum als Staatskirche anerkannt, führte eine Kreuzfahne mit sich, empfahl dem Orient die Annahme des Christentums und begünstigte es in seiner Gesetzgebung, doch behielt er den Titel pontifex maximus bei, forderte Toleranz für die heidnischen Kulte und ließ in seiner neuen Hauptstadt Konstantinopel (eingeweiht 330) neben Kirchen auch heidnische Tempel aufführen. In den Fuß des Obelisken auf dem Hippodrom, der als 'verbrannte Säule' (Dschemberli-Tasch) heute noch vorhanden ist, soll er neben einem Stück vom Kreuze Christi das altrömische Palladium, das heilige Symbol der streitbaren Pallas, das Äneas aus dem brennenden Troja mitgebracht haben soll, haben einschließen lassen. Unter Konstantins Söhnen Konstantius, Konstans und Konstantin II. verlor die Religionspolitik ihren toleranten Zug; das christliche Staatskirchentum ging zur Verfolgung der heidnischen Kulte über. Dann folgte mit Julian (361–63), der jedoch im Perserkriege fiel, der heidnische Gegenschlag. Theodosius d. Gr. (379–395) machte dann durch das Edikt von 380 der Religionsfreiheit ein Ende, ließ auf der Synode von Konstantinopel 381 das Nicänum bestätigen, die Heiden, die Arianer (s. zu S. 99) und alle übrigen Splitter-Richtungen als Häretiker verdammen und legte dadurch den Grund für die orthodoxe Staatskirche. – *Die Herstellung des Königtums Jerusalem* durch den ersten Kreuzzug (1096–99), den französische, normannische, flandrische und nieder-lothringische Ritter unter

Führern aus fürstlichen Häusern unternahmen, sollte die Zustände der ersten christlichen Jahrhunderte wieder herbeiführen, als das Heilige Land noch christlich und die Wallfahrtsstätten, die von den Fatimiden und Seldschuken für die Pilger gesperrt wurden, noch allgemein zugänglich waren. Enthusiasten hofften, den Islam aus seinen Eroberungen zu vertreiben und die byzantinische und armenische Kirche dem Papsttum zu unterstellen. 1099 wurde ein schmaler Küstenstrich mit Jerusalem erobert und unter dem lothringischen Herzog Gottfried von Bouillon zum Königtum mit den Lehnsstaaten Edessa, Antiochia und Tripolis (nördlich von Beirut) erhoben. Der ägyptische Sultan Saladin eroberte Jerusalem jedoch 1187 zurück, 1291 ging Akkon, der letzte Besitz der Kreuzfahrer, verloren. S. die vorige Anm.

S. 111: *Die Seldschuken* (s. zu S. 91) traten als Führer wandernder türkischer Stämme mit ritterlichem Sinn um 950 unter Seldschuk in die muhammedanische Welt ein und nahmen als halbkultivierte Nomaden die übernationale sunnitische Lehre an. 1055 eroberten sie Bagdad, befreiten den abbasidischen Kalifen (s. zu S. 52) von seinen bujidischen Hausmeiern, die dort seit 946 die wirklichen Herrscher gewesen waren und der schiitischen Lehre anhingen, rissen die politische Macht mit der Würde des Emir-al-omra an sich und ließen dem Kalifen nur sein geistliches Amt. Sie vereinigten mit entschlossener Hand noch einmal die islamischen Länder Vorderasiens unter ihrer Herrschaft und ordneten sie, besiegten die Byzantiner, bekämpften die Kreuzfahrer, förderten Dichtung und Wissenschaft, erlagen jedoch als Großmacht 1224 den Mongolen unter Dschingis Khan Temüdschin. – *Anmerkung 2: Wachabiten:* eine islamische Reformbewegung, um 1745 von dem Theologen Muhammed Ibn Abd al-Wahhāb (1703-87) und seinem Schwiegersohn, dem Häuptling Ibn Saūd begründet. Sie sucht den Islam durch Ablehnung aller Neuerungen, wie des Heiligenkults, zur puritanischen Strenge und Reinheit seiner Frühzeit zurückzuführen. Zeitweise Herrin von Mekka bis zum Persischen Golf, stürzte sie die Pforte in schwere Kämpfe. Ibn Saūd unterlag zwar den ägyptischen Türken, doch beherrschen die Wahhabiten unter dem aus der Familie des Begründers stammenden Abd el Asis, der als Oberhaupt der Wahhabiten die Bezeichnung Ibn Saūd trägt, seit dem Ende des 1. Weltkrieges in zunehmendem Maße Saudisch-Arabien. – *Islam* heißt 'Hingebung an Gott' und den rechten Glauben des Propheten.

S. 112: *Explikation:* Entwicklung.

S. 113: *Der jetzige große Krieg:* Der deutsch-französische Krieg von 1870/71, die Besetzung Roms durch die Italiener und die Aufhebung der weltlichen Herrschaft des Papstes. – *Slawische Einwanderung:* Sie wird durch die Züge der Hunnen und der Germanen vorbereitet und nur mit diesen zusammen verständlich. Die Hunnen, eine Gruppe mongolischer Reitervölker mit türkischem Einschlag, schieben sich aus ihren Stammsitzen in der Mongolei, wo

Anmerkungen zu Seite 113

sie von 209–174 v. Chr. ein mächtiges Reich bis zum Pamir beherrscht und in ständigen Kämpfen mit dem chinesischen Großstaat der Han-Dynastie (206 v. Chr.–9 n. Chr.) gelegen hatten, nach dem Westen vor. Sie unterwerfen um 350 das nordiranische Skythenreich der Alanen zwischen Don und Kaspischem Meer und gegen 375 Ermanarichs südrussisches Ostgotenreich. Kaiser Valens schließt mit den Westgoten unter Frithigern, die bisher westlich des Dnjestr und nördlich der Donau saßen, als 'Verbündeten' (foederati) einen Vertrag zur Ansiedlung auf Reichsgebiet, wofür sie die Grenze zu schützen und Truppen zu stellen haben. Als jedoch nach ihrem Donauübergang Ernährungsschwierigkeiten auftreten, kommt es zu Kämpfen, und 378 wird Valens von Frithigern in der Schlacht bei Adrianopel vernichtend geschlagen und fällt. Theodosius d. Gr. (379–95), unter dem das Christentum zur alleinigen Staatsreligion erklärt wird, erneuert den Vertrag. Als nach dessen Tode im byzantinischen Reich eine den Germanen feindliche Gesinnung aufkommt, durchzieht der Westgotenkönig Alarich von seinem Ansiedlungsgebiet Moesien (dem heutigen Bulgarien) aus seit 395 plündernd die ganze Balkanhalbinsel und fällt 401 in Italien ein. Inzwischen sind die Hunnen unablässig weiter nach Westen vorgedrungen. Als Attila (gotisch 'Väterchen') 434 ihren Thron besteigt, reicht ihr Gebiet vom Kaukasus fast bis an den Rhein und von der Donau bis nach Norddeutschland und Polen, mit dem Zentrum in Ungarn. Sie verwüsten 441 Armenien, Mesopotamien, Syrien und Persien, überschreiten die untere Donau, plündern Thrakien und Makedonien und erscheinen vor Konstantinopel, so daß Theodosius II. ihnen 447 Moesien abtreten muß. Ihr Angriff kommt dann 451 in Gallien bei Troyes, auf den 'Katalaunischen Gefilden', durch den weströmischen Feldherrn Aëtius mit seinen germanischen Söldnern und Foederaten-Truppen und den Westgotenkönig Theoderich I. zum Stehen. Attila kehrt um, verwüstet die Poebene und stirbt 453. Das Hunnenreich löst sich auf. An der unteren Donau, am Schwarzen Meer und an der Wolga entstehen aus Hunnenstämmen die Staaten der Bulgaren. Bulgarische Truppen werden von Byzanz zum ersten Male 482 gegen die Perser ins Feld geschickt. In diesen Jahrzehnten wandern die Germanen, die von den Hunnen unterworfen waren, nach Westen: die Gepiden nach Dacien (Rumänien, mit der Hauptstadt Sirmium, dem heutigen Mitrovica bei Belgrad) und Slawonien, die Ostgoten nach Pannonien (Ungarn), die Heruler in die heutige Slowakei, die Rugier nach Ober- und Niederösterreich. In die leer gewordenen Räume rücken langsam die Slawen nach, deren Heimat etwa in der Ukraine und Südpolen bis zur mittleren Weichsel zu suchen ist. Seit 514 brechen hunnisch-bulgarische, seit 518 auch slawische Stämme immer bedrohlicher in die oströmischen Donauprovinzen ein. 531 rücken Slawen bis zur Saale vor. Sie werden bald danach vorwärtsgedrängt durch das vom Kaukasus auf die Donau vorrückende türkisch-mongolische Steppenvolk der Avaren, das, anfangs mit den Byzantinern verbündet, sich bald zu deren gefährlichstem Feinde entwickelt. Die Avaren unterwerfen die bulgarischen und slawischen Völker, die allmählich miteinander verschmolzen, bis zur Donau und Elbe, zerstören 567, von den Langobarden unterstützt, das Gepidenreich in Dacien und Pannonien, verdrängen die Langobarden nach Italien und errichten in Ungarn, wie einst die Hunnen, erneut das Zentrum eines Großstaates von der Wolga bis an die Ostgrenze des Frankenreiches und nach Istrien. Um 623 schütteln jedoch die slawischen Moraven (Mähren) und Tschechen, zu einem wendischen Staate unter dem zum König ausgerufenen fränkischen Kaufmann Samo vereint, die Herrschaft der Avaren ab, unterwerfen Pannonien und errichten von Böhmen aus ein Reich, das sich für kurze Zeit von der Ostsee (Vineta-Wollin) bis ans Adriatische Meer erstreckt. 631 fallen die Wenden zum ersten Mal in Thüringen ein. Das deutsche Reich führt den Gegenschlag: Ludwig der Deutsche erobert 870 Böhmen; 2 Jahre danach erheben sich die Slawen und gewinnen ihre Selbständigkeit zurück. Auf die Wiedereroberung Böhmens durch Heinrich I., auf die Einsetzung des slawischen Herzogshauses der Przemysliden, welche die Lehnshoheit der deutschen Könige anerkennen, und Heinrichs Sieg über die vereinigten Slawen bei Lenzen (929) antwortet 983 der Aufstand aller Elb-Slawen gegen Otto II. und 1011 die Erhebung der Nordmark gegen Heinrich II., bis dieser dem Polenkönig Boleslaw Chrobry im Frieden zu Bautzen 1015 die Lausitz zugesteht und 1134 Albrecht der Bär die Mark Brandenburg, Heinrich der Löwe 1171 Westmecklenburg besiedelt und Pommern der Lehnshoheit des Reiches unterstellt. – Inzwischen haben die stark mit Slawen vermischten Bulgaren und westlich von ihnen die Serben im 7. und 8. Jh. das Gebiet zwischen Donau und Balkan, die ganze nördliche Hälfte des späteren Bulgarien, als ihre Wohn- und Weideplätze in Besitz genommen. Nur noch dem Namen nach ist der Begründer ihres ersten Reiches Kuvrat als Patricius Untertan des byzantinischen Kaisers; in Wahrheit sind die Bulgarenfürsten unabhängig. Ständig brechen ihre slawischen Stämme in das byzantinische Mazedonien bis nach Thessalonike (Saloniki) und Hadrianopolis (Adrianopel) vor. Aus Thessalonike bringen ihnen die Brüder Kyrillos und Methodios und deren Schüler die christliche Religion, die griechische Schrift und damit die byzantinische Kultur. Fürst Boris (852–888) empfängt die Taufe, doch führen die Slawen die Liturgie in ihrer Nationalsprache ein, nicht in der griechischen. Symeon, der große erste Zar der Bulgaren (893–927), der Nachfolger von Boris, dehnt sein Reich bis an beide Meere aus, bedroht Konstantinopel und drängt die von Norden nachrückenden Magyaren (finnisch-ugrische Nomadenstämme mit türkischer Oberschicht, aus Nordkaukasien zwischen Don und Kuban) und die türkischen Petschenegen (nördlich vom Kaspischen Meer ansässig) nach dem Westen ab, wo sie 907 das mährische Slawenreich zerstören und in Deutschland und Italien

Anmerkungen zu Seite 113

einbrechen. Nach schweren Kämpfen gelingt dem byzantinischen Kaiser Basileios 'Bulgartöter' 1014 die Unterwerfung der Bulgaren und Rückeroberung aller verlorenen Länder bis an die Donau und Save. Die Bulgaren waren nun für 170 Jahre den Bildungseinflüssen von Byzanz ausgesetzt. Sie erhoben sich jedoch 1186 wieder gegen die byzantinische Herrschaft und begründeten zwischen Donau und Balkan unter den drei Brüdern Asen ein neues Bulgarenreich, das nach 200jähriger Blüte 1393 türkische Provinz wurde. – Das Bild slawischer Völkerbewegungen rundet sich, wenn man hinzunimmt, daß 862 der schwedische Normanne Rurik aus dem Warägerstamm Rus zum Fürsten von Nowgorod berufen wird. Bereits 866 erscheint eine beutelüsterne Warägerflotte vor Konstantinopel, wird jedoch von den byzantinischen Waffen abgewiesen, ebenso ein zweiter Eroberungsversuch. Fürst Igor von Kiew schließlich verliert 941 Heer und Flotte, als er dasselbe unternimmt. Dann beginnt auch hier in steigendem Maße der Einfluß byzantinischer Kultur: Igors Witwe Olga empfängt 957 zu Konstantinopel die Taufe, umgibt sich in Kiew, der Wiege aller russischen Kirchen, mit griechischen Priestern und Mönchen und unterstellt die russische Geistlichkeit dem ökumenischen Patriarchen von Konstantinopel. Ihr Enkel, der heilige Wladímir (980 bis 1015), der sich mit der byzantinischen Kaisertochter Anna vermählte, wird dann zum Begründer der orthodoxen Kirche Rußlands, s. zu S. 143 Rußland, Staat und Kirche. – *Bilderstreit:* Genau 50 Jahre nach Muhammeds Auswanderung von Mekka nach Medina 622 ('Hedschra') erschienen die Araber als Belagerer vor Konstantinopel. Inzwischen waren unter den ersten Kalifen im Sturm erobert: Damaskus (635), Jerusalem und Antiochia (638), Alexandria (641) und das Sassanidenreich (651). Der zweiten Eroberungswelle fielen Karthago (697), das Westgotenreich in Spanien (711) und die östlichen Reiche bis nach Turkestan und an den Indus zum Opfer. Konstantinopel aber, das östliche Bollwerk des Christentums, widerstand. Beide Belagerungen: die von 672–78 und die von 717–18 mußten aufgehoben werden. Bei der Abwehr der zweiten hatte sich Kaiser Leo III. der Isaurier (717–41) militärisch ausgezeichnet. 726 erließ er, auf das Heer gestützt, um die Kirche der Macht des Staates erneut zu unterstellen und den Einfluß der Mönche zu brechen, das erste Edikt gegen die Bilderverehrung. Der hohe Klerus folgte dem Willen des Hofes mit wenigen Ausnahmen ohne Widerspruch, das niedere Volk jedoch fühlte sich in seinem religiösen Empfinden tief verletzt und ging, von den Mönchen geführt, zum offenen Aufstande, ja Kampf über. Seit dem 5. Jh. an die griechisch-antike Vorstellung gewöhnt, daß das Bild nicht nur ein Zeichen, sondern daß der Heilige selbst mit seiner Wunderkraft im Bilde gegenwärtig sei, dem man sich mit Kerzen, Weihrauch, Küssen und Niederfallen persönlich nahen könne, ja daß viele Bilder Christi und Mariae auf wunderbare Weise entstanden seien, wollte sich das Volk diese Zuflucht nicht nehmen lassen, während die Mönche, die außerdem ihre Einkünfte aus der Ikonen-Herstellung gefährdet sahen, erkannten, daß es sich hier grundsätzlich um die Gefährdung der Freiheit der Kirche durch den staatlichen Machtanspruch handle und deshalb dem Kaiser und damit dem Staate das Recht bestritten, Verordnungen über den Glauben und die Kirche zu erlassen, wie dies ehemals Justinian getan hatte. Auch der große Theologe Johannes von Damaskus stimmte ihnen darin bei. Die Erregung riß das Volk in zwei feindselige Lager auseinander, und 727 erschien eine Flotte der Bilderverehrer aus Hauptgriechenland und den Kykladen, um Konstantinopel zu nehmen und den Kaiser abzusetzen. Sie wurde jedoch durch die kaiserliche Marine vernichtet. Auf Leo den Isaurier folgte in Konstantin V. (741–775) abermals eine militärische Kraftnatur. Er besiegte die Araber in Kleinasien, schwächte die Macht der Bulgaren, ließ auf der Kirchenversammlung von Konstantinopel (754) die apostolische Gewalt des Kaisers über die Kirche bestätigen, den Bilderkult als 'Erfindung des Teufels' verdammen und mit Tod, Kerker und Verbannung bestrafen, wofür ihm die Bilderverehrer den Beinamen Kopronymos ('vom Mist') verliehen. Erst die Athenerin Irene (780–802), die vormundschaftlich regierende Witwe seines früh verstorbenen Sohnes Leon IV., ließ 787 auf der 7. ökumenischen Synode zu Nicäa die Bilderverehrung wiederherstellen. Als der Streit im 9. Jh. erneut ausbrach, wurde er 843 auf der Synode von Konstantinopel endgültig für die Bilder entschieden. – *Edvard Gibbon* (1737–94), einer der großen englischen Historiker und Prosaisten, schrieb im skeptischen Geiste der Aufklärung und wohl abgewogener Rede seine glänzend komponierte 'History of the Decline and Fall of the Roman Empire', in der u. a. erstmalig Entstehung und Ausbreitung des Christentums mit seinen historischen Bedingungen wie eine Frage der Profangeschichte dargestellt wurde. 6 Bde., 1776–88 (von 180 n. Chr. bis 1500). Beste Neuausg. v. J. B. Bury, 7 Bde. 1896–1914. Deutsch v. I. Sporschil, 4. Aufl. 1862. – *Die* '*Makedonier*': die makedonische Dynastie (867–1028), von Basileios I. begründet, der aus einer armenischen, in Makedonien angesiedelten Familie stammt, führt das byzantinische Reich durch Besiegung der Araber, Bulgaren, Russen auf einen neuen Höhepunkt seiner äußeren Macht, so daß es an ihrem Ende von der Adria bis nach Armenien und von der Donau bis zum Euphrat reicht. Im Innern neue, umfassende Gesetzgebung, Ausbau des Beamtenapparats, Zusammenfassung des Handels und der Gewerbe in Zünften, Schutz für Kleingrundbesitz und Soldatengüter, trotz des Drängens der Magnatenfamilien zu feudalen Großgrundbesitz. Die Hauptvertreter der Dynastie sind Leon VI. der Weise, Nikophoros II., Johannes I., Tzimiskes und Basileios II. – Die *Komnenen* (1081–1180), deren Dynastie mit dem General Alexios Komnenos beginnt, halten nach einem halben Jahrh. des staatlichen Verfalls, das sie von den Makedoniern trennt, das byzantinische Reich mit militärischer Kraft-

Anmerkungen zu Seite 113–115

anstrengung und Diplomatie noch einmal für 100 Jahre zusammen. Sie kämpfen oder verhandeln mit den Seldschuken, Petschenegen, Normannen, Ungarn, Serben und Venetianern sowie den aufständischen Bulgaren und gewinnen in den ersten beiden Kreuzzügen das westliche Kleinasien zurück. Im Innern siegt der Militär- über den Beamtenadel, und die Feudalisierung des Grundbesitzes schreitet fort. Am Ende der Dynastie gehen Dalmatien, Kroatien, Serbien, Cypern verloren, und die Normannen erobern Thessalonike (Saloniki). Schließlich lenkt Venedig den 4. Kreuzzug gegen Konstantinopel, das 1204 erobert wird. Die 'Franken' (weil es vorwiegend französische Ritter waren) errichteten dort das 'lateinische Kaisertum' (1204–61) und teilten den byzantinischen Herrschaftsbesitz untereinander und mit den Venetianern auf. Der bedeutendste Komnene außer dem Begründer der Dynastie ist sein Enkel Manuel I., von den Kreuzfahrern als Vorbild eines Ritters gefeiert oder gehaßt, der Gegner Barbarossas.

S. 114: *1261* eroberte der Feldherr Michael Palaiologos von dem östlich des Marmara-Meeres gelegenen Nicäa (Isnik) aus, wo er sich zum Kaiser aufgeschwungen hatte, Konstantinopel und stürzte das lateinische Kaisertum Balduins II. – *1453* fiel Konstantinopel in die Hand der osmanischen Türken. s. zu S. 91. – *Arianismus* s. zu S. 99. Der Frankenkönig Chlodovech dagegen trat, obwohl gleichfalls von Arianern umworben, nach sorgfältiger politischer Überlegung 507 in St. Martin zu Tours zum *katholischen* Bekenntnis des Athanasius von der Wesensgleichheit Christi über, wie es 325 auf der Synode von Nicäa niedergelegt war (s. zu S. 242 Chlodwig). – *Die große besitzende Korporation:* s. zu S. 108 Schluß über die geistlichen Fürstentümer.

S. 115: *instrumentum imperii:* Machtmittel des Kaiserreichs. – *Heinrich III.* riß die Kirche aus tiefstem Elend empor, indem er 1046 auf den Synoden von Sutri zwei simonistische (des Verkaufs geistlicher Würden überführte) Päpste absetzte, eine religiöse, innerliche Reform des Papsttums im Sinne der Cluniacenser durchführte und einen neuen Papst nominierte. Seinen Sohn und Nachfolger Heinrich IV. exkommunizierte Papst *Gregor VII.* 1076, erklärte ihn für abgesetzt und entband die Untertanen vom Treueid, so daß Heinrich IV., um vom Banne gelöst zu werden, 1077 Kirchenbuße im Schlosse zu Canossa leisten mußte (s. zu S. 240 Gregor VII.) – *Papst Urban II.* rief 1095 auf der Synode zu Clermont zum ersten Kreuzzug auf. – *Die Waldenser:* die Anhänger des Lyoner Kaufmanns Waldes, der sich seit 1176, auf dem Boden der katholischen Kirche, gestützt auf eine romanische Bibelübersetzung, zur Wander-Bußpredigt und zum Armutsideal der Apostel (Matth. 10 u. 19, 21), überhaupt zur Rückkehr zu den Formen des Urchristentums bekannte, Keuschheit, Fasten und Vaterunser-Beten forderte, jedoch Seelenmessen, Fegfeuer, bischöfliche Ablässe, durch Unwürdige gespendete Sakramente, Krieg, Eid und Blutgerichtsbarkeit verwarf. Die Waldenser ('Pauperes spiritu',

Arme im Geist), zu denen auch Frauen gehörten, verpflichteten sich, zu zweien in apostolischer Tracht als arme Bußprediger durch die Lande zu ziehen. Dabei trafen sie in Mailand auf den von ähnlichen Idealen erfüllten Handwerkerverein asketischer Laienprediger: die Humiliaten (die 'Niedrigen'), und es bildete sich in Oberitalien der zweite große Zweig der Waldenser: die 'Pauperes Lombardi' (die 'Lombardischen Armen'). Während sich die französischen Waldenser schnell im Languedoc, Lothringen, Flandern und Nordspanien verbreiteten, hatten die Oberitaliener in Süddeutschland ihre Anhänger. War die Gesamtsekte bereits 1184 exkommuniziert, so wurden die deutschen Waldenser 1231 von dem Inquisitor Konrad von Marburg verfolgt; gegen die französischen rief Sixtus IV. 1477 zum Kreuzzug auf, 1545 wurden 4000 ermordet, und noch 1655 ging ein piemontesisches, 1685 ein französisch-italienisches Heer gegen sie vor, bis sie 1848 freie Religionsausübung erhielten. – *Amalrich von Bena* (gest. um 1206), Lehrer der Philosophie und Theologie zu Paris, näherte sich einem neuplatonischen Pantheismus. Seine Lehre wurde 1210 auf dem Konzil zu Paris verdammt. – *Albigenser* s. zu S. 46. – *brachium saeculare:* der 'weltliche Arm', die Machtmittel des Staates. – *Papst Innozenz III.* (1198–1216) sucht durch Zugeständnisse den Anspruch durchzusetzen, daß das Papsttum das Kaisertum als ein Lehen zu vergeben habe, indem er im deutschen Thronstreit Otto IV., dann Philipp von Schwaben, danach wieder Otto IV. anerkennt und Friedrich II. gegen diesen ausspielt. Johann ohne Land nimmt 1213 in der Tat England als päpstlicher Vasall von ihm zum Lehen. Der Papst strebt ferner danach, die oberste Appellationsinstanz in geistlichen und weltlichen Angelegenheiten zu sein. Die Wahl der Bischöfe erfolgt nur durch das Domkapitel, bedarf jedoch, um gültig zu sein, der Prüfung und Bestätigung durch den Papst. (s. zu S. 240 Innozenz III.)

S. 116: *Zentralisierter Gewaltstaat in Unteritalien:* Zwischen 1221 und 1231 macht Friedrich II. (1212–50) Unteritalien und Sizilien zu einem fest durchgegliederten, absolutistisch regierten Staat, dem ersten modernen. Besoldete Beamte treten an die Stelle der Ministerialen. Die Einkünfte des Staates werden erstmalig in direkte (Grundsteuer, Kollekte) und indirekte Steuern (Verbrauchssteuer, Akzise), Zölle (auf Ein- und Ausfuhr, Hafenzölle) und Staatsmonopole (Salz, Eisen, Kupfer, Hanf, Seide, tatsächlich auch Korn) eingeteilt. Baumwolle und Zuckerrohr wird angebaut. Die Anfänge eines stehenden Heeres, von Deutschen und Sarazenen unter königlichen Offizieren gebildet, werden geschaffen. (s. zu S. 246 Friedrich II.) – *Philipp IV., der Schöne* (1285–1314), gewinnt, auf den neuen Juristenstand der Legisten gestützt, Valenciennes, die Argonnen, das Erzbistum Lyon und bringt den wallonischen Teil Flanderns, Douai und Lille, an Frankreich; Burgund fällt ihm als Mitgift seines Sohnes zu. Als Philipp den anmaßenden päpstlichen Legaten Bernhart Saisset an seinem Hofe verhaften

Anmerkungen zu Seite 116–117 379

ließ, berief Papst Bonifatius VIII. eine Synode nach Rom zur Ordnung der französischen Zustände und faßte die theokratische Forderung des Papsttums (die Lehre von den zwei Schwertern, der geistlichen und der weltlichen Gewalt; Gehorsam gegenüber dem Papst sei notwendig für das ewige Heil) in der Bulle 'Unam sanctam' 1302 zusammen. Philipp berief dagegen die Reichsstände (Adel, Klerus, Volk); sie stellten sich hinter den König. Als er von Bonifatius VIII. gebannt werden sollte, ließ Philipp den Papst 1303 im Schlosse zu Anagni von Wilhelm von Nogaret gefangennehmen, um ihn vor ein französisches Konzil zu stellen. Bonifatius VIII. starb vor Erregung kurz danach. Der nächste Papst, der Gaskogner Klemens V., wurde in Lyon inthronisiert und nahm 1309 seinen Sitz in Avignon, wo die Päpste nun bis 1377 von der französischen Politik abhängig in ihrer 'babylonischen Gefangenschaft' residierten. Um sich der Vermögen zu bemächtigen, läßt Philipp, ohne den Widerspruch des Papstes zu finden, alle Templer der Ketzerei anklagen und viele hinrichten sowie die Juden und italienischen Bankiers ('Lombarden') enteignen.

S. 117: *Franz I.* v. Frankreich (1515–47) schloß 1516 mit Leo X. ein Konkordat, das die Wahl der Bischöfe und Äbte im wesentlichen dem Könige überließ. – *Demagogie der Ligue:* Die 'Ligue', der Zusammenschluß der französischen Katholiken zur Zeit Heinrichs III. gegen die Hugenotten 1576, berief die Stände und beeinflußte sie, sich gegen die *Religionsfreiheit* zu erklären. Zugleich aber forderte sie die Beschränkung und Kontrolle der *Königsmacht* durch die Stände, s. zu S. 167.– *Thron und Altar:* Die Wortverbindung stammt von Voltaire, der sie zuerst auf Muhammed anwandte ('Mahomet' 1741). Seit der 'Heiligen Allianz' von 1815 zwischen Alexander I. von Rußland, Friedrich Wilhelm III. von Preußen und Franz I. von Österreich, in der die Vertragschließenden versprechen, ihre Politik nach den Grundsätzen des Christentums einzurichten und das Zeitalter der Restauration: der Wiederherstellung des vor der Französischen Revolution von 1789 Gewesenen, heraufführen, oft gebraucht. – *exequieren:* ausführen, vollziehen. – *Anmerkung 1:* 'l'antagonisme etc.' : 'Widerstreit zwischen der katholischen Kirche und der Französischen Revolution'. – *Syllabus:* 'Verzeichnis' der mit dem römischen Katholizismus nicht verträglichen 'Irrtümer' der modernen Zeit, auf Befehl Pius IX. am 8. Dez. 1864 an die Bischöfe verschickt. – *Bossuet,* Jacques Bénigne, großer franz. Kanzelredner und theologischer Geschichtsschreiber (1627–1704), Lehrer des Dauphins. In der Schrift 'Politique tirée de l'Écriture Sainte' (geschrieben seit 1679, erschienen 1702) legt er dar: die Grundsätze der Politik können und sollen aus der Heiligen Schrift gewonnen werden. Nach dem gesetzlosen Kampf aller gegen alle habe man einem Einzelnen den Schutz der Ordnung übertragen. Diesem, dem Herrscher, schulde man nun unbedingten Gehorsam. In Ludwig XIV. sah Bossuet die Erfüllung seines Ideals: die Verbindung von weltlicher, die Kirche schirmender, und geistlicher Macht. Sein 'Discours sur l'histoire universelle' (1681, bis auf Karl d. Gr.) und seine Aufzeichnungen zu dessen Fortsetzung bis 1661 (ed. Herhan 1806), ursprünglich für den Unterricht des Dauphins bestimmt, sind 'eine Predigt mit historischem Text' (E. Fueter).

S. 118: *Idee der Legitimität:* die der Rechtmäßigkeit der Thronfolge; die konservative Staatsauffassung, wonach der Hauptwert, auch bei einem gestürzten, jedoch rechtmäßigen Herrscherhaus (so den 1830 vertriebenen Bourbonen), auf die Legitimität gelegt wird. – *Protestantische Kirchen: Deutschland,* seit 1517 in Gärung (Luther), erhält erst im Augsburger Religionsfrieden 1555, nach dem Schmalkaldischen Kriege (1546/47), für die Reichsstände Religionsfreiheit. Der Landesherr hat das Recht, die Konfession seiner Untertanen zu bestimmen (cuius regio, eius religio). *Die Schweiz:* seit 1523 ist Zürich (Zwingli), seit 1555 Genf (Calvin) protestantisch. Beide Städte einigen sich 1549 über das Abendmahl (Consensus Tigurinus von Bullinger); die übrigen Schweizer Kirchen treten bei. *Schweden:* Gustav Wasa erzwingt 1527 auf dem Reichstag von Westerås die Freigabe der evangelischen Predigt und die Überweisung des Kirchenguts an die Krone. *Dänemark:* 1527 wird auf dem Reichstag zu Odense durch Friedrich I. die Duldung der Lutheraner erreicht, 1536 die Reformation durchgeführt (Bugenhagen). *Niederlande:* seit 1519 Verfolgung von Protestanten durch die spanisch-habsburgische Regierung. Niederländischer Befreiungskampf 1566–1609 und 1621–48. Unter Wilhelm von Nassau-Oranien 1565 Geusenbund; auf der Synode von Antwerpen wird 1566 die kalvinische Kirche zur Staatskirche der niederländischen Republik erklärt. 1579 reißen sich die 7 nördlichen Provinzen von der spanischen Herrschaft los (Ewige Union von Utrecht), was im Westfälischen Frieden 1648 endgültig anerkannt wird (s. zu S. 184). *England:* das Parlament erkennt 1534 in der Suprematsakte den König (Heinrich VIII.) als oberstes irdisches Haupt der anglikanischen Staatskirche an (s. zu S. 143). – *Indifferenzen:* Uninteressiertheiten.

S. 119: *paritätisch:* gleichberechtigt (und gleich verpflichtet) verschiedenen Konfessionen, Staatskirchen gegenüber.

S. 121: *Tripolis:* das heutige Tarabulus im Staate Libanon; *Aradus* das heutige Arwād (Ruād) ebendort. – *Ophir:* nicht genau zu bestimmen, vermutlich Südarabien oder Indien.

S. 122: *Die ohne Überwältigung erfolgte Mischung der Bevölkerung:* die Ionier mischten sich in Attika mit der Urbevölkerung und nahmen Adelsgeschlechter aus Pylos, Theben und Thessalien als Flüchtlinge auf. Um 950 v. Chr. soll dann die Einigung, Zusammensiedlung (Synoikismós) der Bewohner Attikas um das Zentrum Athen unter einem Könige erfolgt sein. Die Sage führt den Synoikismos auf den Stammesheros Theseus zurück. Er soll auch die alte Sitte eingeführt haben, daß Schutzgenossen (Metöken) neben den Stadtbürgern wohnen und unter dem Schutz der Gesetze ihre

Anmerkungen zu Seite 122–123

Geschäfte betreiben konnten. Die Sage von der treuen Freundesliebe zwischen Theseus und Peirithoos wird auf die frühe Aufnahme zweier altthessalischer Geschlechter in Attika zurückgeführt, die Peirithoos zum Stammesheros hatten. – *Die Eupatriden* (die 'von edlen Vätern Stammenden'), der Grund und Schiffe besitzende Geburtsadel, hielt von etwa 750 an die Kleinbauern in wirtschaftlicher Abhängigkeit, ja Schuldknechtschaft, bis viele ihr Land und damit ihr Bürgerrecht verloren. 683 schafften sie das Königtum ab und setzten jährlich wechselnde Archonten ein. Solon hebt als regierender Archon 594 die bestehenden Schuldverpflichtungen und die Schuldknechtschaft auf, verbietet die Anhäufung von Grundbesitz und ruft die geflüchteten Schuldner zurück. – *Ostrazismus:* Beschluß der Volksversammlung gegen Einzelne aus politischen Gründen. Jeder Wähler hatte den Namen dessen, den er verbannt sehen wollte, auf eine Scherbe zu schreiben. Wer 6000 Scherben gegen sich hatte, mußte Athen auf 10 (später 5) Jahre verlassen, konnte jedoch durch Volksbeschluß früher zurückgerufen werden. – *Asebie:* Frevel gegen die Götter. – *Perikles* (nach 500–429 v. Chr.) führte als jährlich wiedergewählter Stratege seit 443 Athen und dessen attisches Reich mit Hilfe der Volkspartei zur staatlichen und kulturellen Blüte. – *Alkibiades* (um 450–404), ein Neffe des Perikles, bewog die Athener zu der unglücklichen sizilischen Expedition (415), wurde in Abwesenheit von seinen Gegnern der Verstümmelung der Hermen und der Profanierung der heiligen Mysterien von Eleusis in seinem Hause angeklagt, floh ins feindliche Lager nach Sparta, dann zum persischen Satrapen Tissaphernes, kehrte nach Athen zurück und besiegte 411 die Spartaner bei Abydos (nahe Canakkale an den Dardanellen), 410 Spartaner und Perser bei Kyzikos (im Marmarameer). Als sein Unterfeldherr Antiochos jedoch bei Notion unweit Ephesos 407 gegen die Spartaner eine verlustreiche Schlappe erlitt, wurde Alkibiades der Oberbefehl genommen. Er zog sich auf seine thrakischen Besitzungen zurück und ging nach der Schlacht bei den Ziegenflüssen (Aegospotamoi, gegenüber Abydos in den Dardanellen 406), in welcher die Spartaner unter Lysandros die kaum bemannte athenische Flotte eroberten und zerstörten, zu dem persischen Satrapen Pharnabazos von Bithynien, um den Spartanern zu entgehen. Hier wurde er auf Betreiben der Spartaner und ihres Verbündeten, des jüngeren Kyros, 404 ermordet. – *Die heroische salaminische Zeit:* die des Sieges des Themistokles über die Perser in der Seeschlacht von Salamis 480 v. Chr. (s. zu S.239). – *Die demosthenische Zeit:* die der vergeblichen Aufrufe des großen Redners Demosthenes gegen Philipp von Makedonien, der danach 338 v. Chr. durch die Schlacht von Chaironeia Griechenland die Selbständigkeit nahm.

S. 123: *Attizismus:* der nach Einfachheit, Klarheit und Natürlichkeit in Ausdruck und Satzbau strebende Stil griech. in attischer Mundart schreibender Autoren des 5. und 4. Jhs. v. Chr., des Thukydides, Xenophon, Platon, Lysias, Demosthenes, der großen Tragiker, des Aristophanes u. a. Er wird nach dem blühenden, reichen, barocken, 'asianischen' Stil des Hellenismus (der Jahrhunderte zwischen Alexander d. Gr. und Augustus) bei den Griechen des 1. Jhs. v. Chr. immer mehr, auch im Wortschatz, zum klassizistischen Vorbild, wodurch sich die Literatursprache immer weiter von der gesprochenen Sprache des Volkes trennt und selbst verarmt. Dieser rückwärts gewandte Stilwille verstärkt sich besonders unter Hadrian (117–138) und lebt in byzantinischer Zeit wieder auf unter den Dynastien der Komnenen (1081–1180) und Paläologen (1261–1453). – *Timur* (osttürk. 'Eisen'), Timur-Leng (pers. 'der Lahme'), deutsch Tamerlan, mongolischer Abstammung, bemächtigte sich auf 35 Feldzügen rund 150 Jahre nach dem Dschingis Khan Temüdschin (1206–27) der von diesem hinterlassenen Teilreiche der Ilkhane und Tschagatai: 1369 fällt Transoxanien (Usbekistan) in seine Gewalt mit der Hauptstadt Samarkand, die er zur Residenz erhebt, mit Palästen und Gärten schmückt und in die er Gelehrte verpflichtet; von 1380 an unterwirft er mit höchster Grausamkeit das in Kleinstaaten zerfallene Persien; 1391 besiegt er Toktamisch, den Herrn des Reiches der Goldnen Horde (der Kiptschak), das, von Dschudschi, dem Sohne des Dschingis Khans Temüdschin begründet, die Länder nördlich des Schwarzen Meeres und am Aralsee umfaßte, und zerstört dessen Hauptstadt Sarai (bei Leninsk nahe der unteren Wolga); er erobert Aleppo und Damaskus und zerstört 1392 Bagdad; 1398 plündert er Delhi; 1402 besiegt er die zur Großmacht aufgestiegenen Osmanen unter Sultan Bajazid I. bei Ankara entscheidend, verheert Kleinasien und empfängt Tribute von den Kaisern von Byzanz und Trapezunt. Er stirbt auf dem Marsche gegen China 1405. s. zu S. 143 Rußland, Staat und Kirche.

S. 124: *Konsensus:* gemeinsames Denken. – *perpetuieren:* dauernd verwenden, verewigen.

S. 125: *Scholastik:* 'Schulwissenschaft', die Theologie, Philosophie und Wissenschaft des Mittelalters (9. bis 14. Jh.), die von den Grundlehren der christlichen Kirche ausgeht, wie sie in der Bibel den griechischen und lateinischen Kirchenvätern und einigen Denkern der Antike niedergelegt sind, und diese Grundlehren mit Scharfsinn zu beweisen sucht, wobei zuweilen ganz neue Ergebnisse erzielt werden. Von den großen Scholastikern wirkten zeitweilig in Paris: Johannes Scottus Eriugena (d. h. 'der in Irland geborene Schotte', 810 bis um 877, der Neuplatoniker), Petrus Abaelard (1079–1142, der kühne Dialektiker; 'nichts ist zu glauben, das nicht zuvor verstanden ist'), Alexander von Hales (gest 1245, 'Doctor irrefragabilis', der 'unwiderstehliche Lehrer', zog zuerst den ganzen Aristoteles heran), Albertus Magnus Graf von Bollstädt (1207?–1280, 'Doctor universalis'), Alexanders Schüler Bonaventura (Johannes Fidanza, 1221–1274, 'Doctor seraphicus') und Alberts Schüler Thomas, Sohn des Grafen von Aquino (1225?

bis 1274, 'Doctor angelicus'). Eine ähnliche Stufe des von den Glaubenswahrheiten ausgehenden Denkens gibt es auch in der chinesischen, indischen, persischen, jüdischen und arabischen Philosophie bzw. Religionsgeschichte. – *Medisance:* üble Nachrede.

S. 126: *Effort:* Anstrengung, Aufwand. – *Xenophons* (etwa 430 bis 355 v. Chr.) *Convivium*, 'Symposion', 'Gastmahl', zeigt seinen Meister Sokrates im heiteren Kreise des reichen Kallias, über die Liebe philosophierend.

S. 127: *Der Peloponnesische Krieg* (431–404 v. Chr.) zwischen Athen und Sparta, das zeitweise von Persien unterstützt wurde, um die Vormachtstellung in Griechenland endete mit der Belagerung und durch Hunger erzwungenen Ergebung Athens und hat vorzeitig die Schwächung und den politischen Niedergang Griechenlands herbeigeführt. s. zu S. 122 Alkibiades. – Über *Thukydides* s. zu S. 22. – *Demagogen:* B. denkt hier an radikale Demokraten wie Kleon, Peisandros oder Kleophon, die sich von der Masse und ihren unrealen Vorstellungen tragen ließen und Athen in den politisch-militärischen Untergang steuerten. Der Lederfabrikant Kleon trat 429 nach Perikles' Tode an dessen Stelle und betrieb unsinniger Weise die Fortsetzung des Krieges. In seiner Amtsperiode bedrohten Denunzianten (Sykophanten) die Ruhe jedes Bürgers. Peisandros veranlaßte 415 als Vorsitzender der Kommission zur Untersuchung des Hermenfrevels (s. zu S. 122 Alkibiades) die Abberufung des Alkibiades vom sizilischen Kommando, um in ihm die Adelspartei zu treffen. Der Lyra-Fabrikant Kleophon stellte den friedenswilligen Spartanern 406 nach dem attischen Seesieg bei den Arginusen (südöstlich von Lesbos) zu harte Bedingungen und ließ die 6 siegreichen attischen Strategen durch Beschluß der Volksversammlung hinrichten, weil sie bei stürmischer See die Schiffbrüchigen nicht hatten retten können. – *Die dreißig Tyrannen:* Nach der Ergebung Athens 404 v. Chr. (s. oben) kehrten die vertriebenen Angehörigen der Adelspartei (Oligarchen) zurück. Der spartanische Eroberer Athens, Lysandros, von diesen als Schiedsrichter im Streit der Parteien angerufen, hob die demokratische Verfassung Athens auf und übertrug die Regierung 30 vornehmen, Sparta ergebenen Athenern, deren bekanntester Kritias ist. Sie entfalteten nun ihrerseits ein Schreckensregiment gegen Demokraten und Gemäßigte, beließen nur 3000 Bürgern volles Bürgerrecht, enteigneten und töteten ihre Parteigegner, darunter auch vermögende Schutzbürger (Metöken). Theramenes, das Haupt der Gemäßigten, wurde aus der Liste der 3000 gestrichen und kurzerhand hingerichtet. Den gefährlichsten Emigranten, Alkibiades, ließ man mit Hilfe der Spartaner ermorden (s. zu S. 122 Alkibiades). Die demokratischen Emigranten sammelten sich jedoch um den Gemäßigten Thrasybulos, besiegten und stürzten die 30 Oligarchen. Deren Widerstand war gebrochen, als die spartanische Führung von Lysandros an König Pausanias überging. 403 wurde in Athen die gemäßigte Demokratie wieder hergestellt. – *Platons* (427–348/47) *politische Utopie* ist sein aus 10 Büchern bestehender Dialog 'Der Staat' ('Politeia'). In ihm wird der Staat der Gerechtigkeit, als sittliches Lebewesen, als Einzelmensch vorgestellt und mit dem Philosophen-König an der Spitze, von der Idee der Vollkommenheit her bis zur Güter- und Weibergemeinschaft konstruiert. Diesem vollkommenen Staate gegenüber erscheinen alle realen Staatsformen: Timokratie, Oligarchie, Demokratie und Tyrannis, als ungerecht (Buch 8 u. 9) und die Menschen unter ihrer Herrschaft daher als unglücklich.

S. 128: *Die Reflexion:* B. meint die griechische Philosophie der *Sophisten:* Gorgias (483–375 v. Chr.: Es ist nichts, wenn aber etwas wäre, so wäre es unerkennbar; wäre aber etwas und wäre es erkennbar, so wäre es unmitteilbar an andre), Protagoras (um 480 bis 410: Der Mensch ist das Maß aller Dinge; eine allgemein gültige Wahrheit ist daher nicht möglich; selbst 'derselbe' Mensch ist zu verschiedenen Zeiten ein andrer; also ist nichts an und für sich, sondern nur für das wahrnehmende Subjekt so wie es ist), Zenon, den Vater der Dialektik (etwa 490–430), Kritias (gest. 403, Haupt der 'dreißig Tyrannen'. s. zu S. 127: es gibt keine Götter; die Religion ist von den Klugen nur erfunden, um die Menge zum sittlichen Handeln zu bewegen); *die Kyniker:* Antisthenes (etwa 444–368: Zurück zur Natur und Bedürfnislosigkeit!; nur sie sind Tugend; lehnt den herkömmlichen Staat und die herkömmliche Religion ab; der Weise ist Weltbürger), Diogenes von Sinope (an der Nordküste Kleinasiens), genannt 'der Hund' (403–323: Verwirft alle geltenden Sittengesetze, fordert äußerste Bedürfnislosigkeit und Gemeinsamkeit der Frauen und Kinder); *die Kyrenaiker:* Aristippos aus Kyrene in Nordafrika, östlich Bengasi (435–355: Höchstes Gut ist die Lust; sie wird mir durch Wissen dienstbar); und *Platons Staatsphilosophie* (s. zu S. 127).

S. 129: *Das Land der Alamannen in der fränkischen Zeit:* um 750 umfaßte es ungefähr Württemberg-Baden, Württemberg-Hohenzollern, Baden und Elsaß und reichte östlich bis über den Lech hinaus; im Süden wurde es durch den Rhein gegen das Reich der Burgunder abgegrenzt. 843, bei der Teilung des Karolingischen Reiches im Vertrag von Verdun, war Elsaß an Lotharingien, die Gebiete nördlich des Neckar an die Franken verloren, aber die ganze spätere Schweiz hinzugewonnen. – *Gregorius, Bischof von Tours* (um 540–94), aus alter römischer Familie, schrieb zwischen Altertum und Mittelalter eine farbige, für uns sehr wertvolle 'Historia Francorum', die von Adam bis zum Jahre 591 reicht und uns aus genauer Kenntnis vor allem ein Bild der ersten 100 Jahre des Merowingerreiches (457–751) überliefert hat. – *Pipiniden:* ostfränkisches (austrasisches) Fürstengeschlecht, die späteren Karolinger. Als erster dieser Familie wird Pippin der Ältere (gest. 640) von dem Merowingerkönig Dagobert I. (622–638), der die Residenz des fränkischen Gesamtreiches 628, wie Chlodwig

Anmerkungen zu Seite 129–132

schon 508, wieder nach Paris verlegt – ursprünglich war sie Tournai an der Schelde gewesen, dann waren Soissons und Paris Hauptstädte des Westlandes (Neustrien), Metz und Reims Hauptstädte des Ostlandes (Austrien), Orléans die von Burgund geworden – mit dem Amt des Majordomus, Hausmeiers betraut. Zunächst Vorsteher der Hofhaltung, wird der Träger dieses Amtes bald der allmächtige Beamte in jedem der drei Teilreiche, der das berittene militärische Gefolge des Königs (die Antrustionen) führt und die Oberaufsicht über alle Beamten und die gesamten Regierungsgeschäfte erlangt. Durch Tüchtigkeit der Söhne Pippins wird das Amt erblich. Pippins Sohn Grimoald greift schon 656 nach der Krone, scheitert aber am Widerstand der Hausmeier der beiden anderen Teilreiche. Dessen Sohn Pippin der Mittlere (gest. 714), seit 688 Majordomus des ganzen Frankenreiches, begründet die überragende Machtstellung seines Hauses; er kämpft gegen Alamannen und Friesen und beseitigt das selbständige Stammesherzogtum der Thüringer. Sein außerehelicher Sohn Karl Martell (altfrz. 'Hammer'), Hausmeier von 717–741, unterwirft Friesen und Alamannen und besiegt mit dem Heerbann des ganzen Reiches 732 zwischen Tours und Poitiers die Araber unter Abdarrachman, dem Statthalter der omajjadischen Kalifen von Damaskus in Spanien. Karls jüngerer Sohn Pippin der Kurze, seit 741 Hausmeier in Neustrien, Burgund und der Provence, vereinigt 747 das ganze Frankenreich und wird 751 zu Soissons durch Schilderhebung von den Franken zum König ernannt und von Bonifatius gesalbt. 754 und 756 unterstützt er den Papst gegen die Langobarden und beschenkt ihn mit dem den Langobarden abgenommenen Exarchat Ravenna (Pippinsche Schenkung), woraus sich der Kirchenstaat entwickelte. Er vererbt sein Reich an seine Söhne Karlmann und Karl (d. Gr.). – Über das *Verhältnis des Staates zur Kultur unter Karl d. Gr.* s. zu S. 67: Karolingische Renaissance. – *Die Barbarei nach Karl d. Gr.* beginnt schon unter Ludwig dem Frommen (814–840): der Hof verödete, die Akademie ging ein, die Hofschule verlor an Bedeutung; die Laien nahmen immer weniger an der Bildung teil; Dom- und Klosterschulen bildeten nur noch Geistliche aus; in den Klöstern gelangte statt der Benediktinerregel, die Handarbeit und Pflege der Wissenschaft gebot, das weltflüchtige, asketische Mönchsideal zur Herrschaft; allenthalben siegte die Kirchlichkeit, begünstigt durch die Auflösung der fränkischen Gesamtmonarchie, Familienzwist im Herrscherhaus, die Normannenüberfälle und das Erstarken der Stammesherzogtümer und Territorialherrschaften. – *Das 7. und 8. Jh.* wird durch die sittliche Entartung der Merowinger und den Zerfall ihres Reiches bis zur Herrschaft der Pippiniden, durch den Niedergang der Westgotenherrschaft in Spanien, durch das Vordringen der Slawen und Araber u. a. gekennzeichnet.

S. 130: *Anm. 1: Die Geschichte von Karl d. Gr. und den Schülern:* Notker I. Balbulus ('der Stammler', um 840–912) erzählt in seinen

'Geschichten von Karl dem Großen' (I,3), die er anläßlich eines Besuches Karls III. (des Dicken) in seinem Kloster St. Gallen 883 aufzeichnete, Karl d. Gr. habe, aus dem Kriege nach Gallien zurückgekehrt, eine Schulvisitation vorgenommen, festgestellt, daß die Vornehmen unter den Schülern 'nur albernes und laues Zeug' vorweisen konnten, und sie mit heiligem Zorn bedroht. Notker Balbulus ist der Schöpfer der lateinischen Liedgattung der Sequenz ('Folge'), deren ungleiche Strophen und wechselnde Melodien aus den Koloraturen des ausgehaltenen letzten a vom Halleluja der Messe erwuchsen.

S. 132: *Königtümer Frankreich und Spanien: Frankreich* wurde unter Philipp IV. dem Schönen (1285–1314) ein moderner, zentralisierter Staat, der die Päpste von 1309–77 in ihre 'babylonische Gefangenschaft' nach Avignon führte, s. zu S. 116. Es entstand die frz. Nationalkirche (gallikanische Kirche) unter starkem Einfluß des Staates. Schon 1407 erklärt die frz. Gesetzgebung die 'gallikanischen Freiheiten'. Vom Konzil zu Basel (1431–49) übernommen, werden sie 1438 in der Pragmatischen Sanktion von Bourges niedergelegt: weitgehender Einfluß des Königs auf die Besetzung der kirchlichen Stellen; das Pariser Parlament (Gerichtshof) hat die geistliche Gerichtsbarkeit u. a. Die Kurie hat diese Freiheiten im Konkordat von 1516 gegen Zahlung von Annaten (d. h. Abgabe der ersten halben Jahreseinnahme aus einer verliehenen Pfründe) anerkannt. Die Führung des Staates gegenüber Kirche und Kultur dauert an. Die Hugenottenkriege (s. zu S. 167) enden zwar 1598 mit dem Edikt von Nantes, in dem Heinrich IV. den Hugenotten beschränkte Religionsfreiheit und bürgerliche Gleichberechtigung garantiert; der katholische Absolutismus Richelieus (leitender Minister Ludwigs XIII. von 1624–42) bricht jedoch ihre politische Sonderstellung, und Ludwig XIV., der sie immer noch als Staat im Staate empfindet, hebt 1685 das Edikt von Nantes auf. Damit ist die Ausübung des reformierten Bekenntnisses in Frankreich verboten, seine Geistlichen werden ausgewiesen; auf der Auswanderung von Laien steht Todesstrafe oder Galeere. Dennoch wandert eine halbe Million Refugiés der gebildeten, Handel oder Gewerbe treibenden Stände aus. Nicht nur die Kirche, auch die *frz. Kultur*, besonders unter Ludwig XIV., ist weitgehend von der Krone, vom Hofe bedingt. In die Regierungszeit Ludwigs XIII. (1610–43) und vor allem in die Ludwigs XIV. (1643–1715, bis 1661 unter dem Regentschaftsrat mit dem Kardinal Mazarin an der Spitze, der 1653 den Adelsaufstand der Fronde niederwarf) fällt die erste Blüte der frz. Literatur: Descartes (1596–1650), Corneille (1609–84, 'Le Cid' 1636), Pascal (1623–62), Madame de Sévigné (1626–96), Comtesse de La Fayette (1654–93), Racine (1639–99), Molière (1622–73), Lafontaine (1621–95), Boileau (1636–1711), Bossuet (1627–1704), La Bruyère (1645–96), Fénélon (1651–1715), Fléchier (1632–1710), Bourdaloue (1632–1704) und der Herzog von Saint-Simon (1675–1755). Daneben wirken

Anmerkungen zu Seite 132

die Architekten: Lemercier (1585–1654), de Brosse (um 1562 bis 1626), Le Vau (1612–70, Beginn des Erweiterungsbaues von Versailles 1668), Perrault (1613–88, Louvrefassaden 1667), Hardouin-Mansart (1646–1708), der Innenarchitekt Lebrun (1619–90), der Gartenkünstler Lenôtre (1613–1700), die Maler Rigaud (1659 bis 1743), Poussin (1593–1665), Le Sueur (1617–55), und Claude Lorrain (1600–82), der Radierer Callot (1592–1635) und der Komponist Lully (1632–87). – *Spanien:* Die Macht des spanischen Staates über die Kirche ist schon unter Isabella von Kastilien (1474–1504) und Ferdinand 'dem Katholischen' von Aragon (1479 bis 1516) im Konkordat von 1482 niedergelegt: die Bistümer werden nach den Vorschlägen der Krone besetzt; die Verkündung päpstlicher Erlasse bedarf der Zustimmung des Landesherrn. Die Ritterorden von Alcantara und Calatrava werden durch Reformen der Krone unterworfen. Die seit 1391 gewaltsam bekehrten Juden und Mauren, die im geheimen an der Religion ihrer Väter festhalten, werden durch die Erneuerung der Inquisition 1481 in den Griff des Staates gebracht, getötet oder vertrieben (Thomas de Torquemada, Großinquisitor 1483–98), kirchliche und klösterliche Reformen unter Francisco Ximenes, dem Beichtvater Isabellas (1495 Erzbischof von Toledo, 1507 Großinquisitor, gest. 1517) durchgeführt. Diesen Staat des Ursprungslandes der Gegenreformation übernimmt Isabellas und Ferdinands Enkel Karl I. (1516–56; als römisch-deutscher Kaiser Karl V. 1519–56), der die unbeschränkte Königsgewalt in Spanien herstellt, und dessen Sohn Philipp II. (1556–98), der 1559 im Frieden zu Chateau Cambrésis Italien und Burgund an Spanien bringt, 1571 unter der Führung seines Halbbruders Juan d'Austria die Flotte der Osmanen bei Lepanto (griech. Naupaktos am Nordufer des Golfs von Korinth) besiegt, 1580 Portugal nach dem Aussterben seines Königshauses in Personalunion mit Spanien vereint, 1588 gegen England jedoch die Armada verliert, im Innern Mauren und Protestanten mit der Inquisition verfolgt und die Juden ('Spaniolen') vertreibt. Unter dessen Sohn Philipp III. (1598–1621) und seinem allmächtigen Minister, dem Grafen Lerma, sowie unter Philipp IV. (1621–65), als Olivarez die Regierung führt, wird der politische und wirtschaftliche Niedergang Spaniens immer deutlicher (1609–21 Waffenstillstand im Freiheitskampf der Niederlande; 1640 Losreißung Portugals). Von Hof, Kirche und Adel getragen, ersteht seit Philipp II. bis in die Zeit Philipps IV. die große *spanische Malerei:* El Greco (1541 bis 1613, seit 1577 in Toledo), Ribera (1590–1652), Zurbarán (1598 bis 1664), Velasquez (1599–1660) und Murillo (1618–82), die auf Schmuck verzichtende spanische Renaissance-*Architektur* Herreras (um 1530–97, 'Desornamentadostil', Escorial 1567–89) und die durch reiche, schweifende Formen ornamentierte Barock-Architektur Churrigueras (1650–1723, 'Churriguerismus'), sowie, als Theater vorwiegend vom Volk getragen, seit der Zeit Karls V. die Blüte der spanischen *Dichtung:* die Lyriker Luis de Leon (1527–91),

Herrera (1534–97) und Góngora (1561–1627), der Epiker Ercilla y Zuñiga (1535–95), der unbekannte Verfasser der realistischen Szenen 'La Celestina' (1499) und der des ersten Schelmenromans 'Lazarillo de Tormes' (1554), der Erzähler Montemayor (1520? bis 61, Schäferroman 'Diana' 1559?), vor allem aber Cervantes (1547–1616, 'Don Quijote' 1605–15), der Satiriker Quevedo (1580 bis 1645) und die Dramatiker Lope de Vega (1562–1635), Tirso de Molina (1572–1648), Guillen de Castro (1569–1631), Ruiz de Alarcón (um 1580–1639), Montalván (1602–38), Calderon de la Barca (1600–81), Rojas Zorrilla (1607–48) und Moreto y Cabaña (1618–69) u. a. Die Lehrdichtung pflegen Guevara (1480–1545) und Gracián (1601–58), die Mystik Teresa de Jesus (1515–82). In der polyphonen *Chormusik* ihrer Motetten und Messen ragen Morales (um 1500–53), de Victoria (um 1540–1611) und Pujol (um 1573–1626) neben Orgelmeistern, Meistern der Gambe (Kniegeige), Lautenisten und einer reichen Liedkunst in diesem 'Goldenen Zeitalter' der spanischen Musik hervor. – *Jean Jacques Rousseaus* (1712–78) *'Contrat social'*, 'Gesellschaftsvertrag', erschien 1762. Grundgedanken: Niemand hat *von Natur* Gewalt über einen andern; denn aus der Stärke allein folgt kein Recht. Die gesellschaftliche Ordnung beruht vielmehr auf einem Vertrage. Im sogen. Gesellschaftsvertrage gibt jeder seine Kräfte und Habe der Gesamtheit hin, um von dieser Schutz zu erhalten. So entsteht der geistige Gesamtkörper des Staates mit eigenem Willen. Die Summe seiner Mitglieder heißt 'Volk', jedes einzelne Mitglied 'Bürger' als Teilhaber an der obersten Gewalt, 'Untertan' als zum Gehorsam gegen das Gesetz Verpflichteter. Der Einzelne bringt dem Staat seine 'natürliche Freiheit' zum Opfer und erhält dafür die durch den allgemeinen Willen beschränkte 'bürgerliche Freiheit', das Eigentumsrecht an allem, was er besitzt, und die Gleichheit mit allen vor dem Gesetz. Unbeschränkter Herrscher, 'Souverän', ist das Volk; sein auf das gemeinsame Wohl gerichteter Gesamtwille ist Gesetz; seine Gesetzgebung richtet sich auf das Ziel der 'Freiheit und Gleichheit' für alle. Die Regierung hat den moralischen Gesamtwillen des Volkes nur auszuführen, der Untertan zu gehorchen. Das Volk soll die von ihm Beauftragten, die Regierung, in regelmäßigen Volksversammlungen überwachen, erforderlichenfalls absetzen und die Verfassung verbessern. – *Anm. Prides purge:* 'Prides Säuberung'. Der Oberst Pride umstellte 1648 in London das Gebäude, in dem das 'Lange Parlament' tagte, mit Truppen und ließ etwa 143 Mitglieder verhaften oder zwang sie zum Austritt. Die verbleibenden rund 80 Mitglieder konstituierten sich als 'Rumpfparlament' und unterwarfen sich der Militärdiktatur des Independentenheeres unter Oliver Cromwell (Lord-Protektor 1653–58). Sie verurteilten Karl I. 1649 zum Tode. – *Merkantilsystem:* auch 'Kameralismus', die Gesamtheit der wirtschaftspolitischen Maßnahmen, um die Kasse (camera) der absolutistisch regierten Staaten vom 16. bis ins 18. Jh., im Unterschiede zu dem ständischen Feudalismus und Partikularismus des Mittelalters, mit Geld zu versehen, um die stehenden Heere und das Berufsbeamtentum zu bezahlen. Man ging dabei von der Finanz- und Domänenverwaltung aus. Vertreter waren Colbert (s. zu S. 95), Oliver Cromwell, der Große Kurfürst, Friedrich Wilhelm I. und Friedrich d. Gr. – *Freihandel:* das 'physiokratische System', von François Quesnay (1694–1774), dem Leibarzt Ludwigs XV., in seinem 'Tableau économique' 1758 zuerst entwickelt, sieht die Aufgabe des Staates, im Unterschied zum Merkantilsystem, darin, die 'natürliche Ordnung' des menschlichen Zusammenlebens zu erhalten und die Hindernisse zu beseitigen, die ihrer Entwicklung entgegenstehen. So soll der Staat nicht in die Wirtschaft hineinregieren, sondern den wirtschaftlichen Entfaltungsdrang des Einzelnen durch Gewerbefreiheit und Freihandel gewähren lassen ('Laissez faire'). Ihn vertraten ferner Victor von Mirabeau, der Vater des Staatsmanns, der Philosoph Condillac und Turgot, der von 1774–76 Finanzminister Ludwigs XVI. war, u. a.

S. 133: *Disponibilität:* Verfügbarkeit. – *Zollrayon:* Bereich der nur verzollt eingeführten Waren.

S. 134: *korporative Rechte:* Rechte einer zusammengehörigen Menschengruppe, z. B. Standesrechte, Zunftrechte usw.

S. 135: *Anmerkung 1: Heinrich v. Sybel* (1817–95), bedeutender Geschichtsschreiber aus Rankes Schule, Professor in Marburg, München, Bonn, 1875 Direktor der preußischen Staatsarchive. Als preußischer Abgeordneter nationalliberal, als Geschichtsschreiber kleindeutsch gesinnt. Sein Hauptwerk ist die 'Geschichte der Revolutionszeit' 1789–95 (3 Bde., zuerst 1853–58), bis 1800 fortgesetzt in Bd. 4/5, 1870–79. Ihm folgte 'Die Begründung des Deutschen Reichs durch Wilhelm I.' 7 Bde., 1889–94. Die Sybel-Stelle lautet: '... Lafayettes Antrag geht auf drei Hauptsätze zurück: alle Menschen sind frei und gleich, nur das Gesamtwohl darf einen Unterschied begründen; – alle Menschen haben das Recht zum Widerstand gegen Unterdrückung; – alle Souveränität hat ihren Ursprung im Volke; kein einzelner darf eine Autorität ohne ausdrückliche Übertragung ausüben.

Er folgert hieraus dann für die einzelnen Religions- und Preßfreiheit, Sicherheit der Person und des Eigentums, Unterwürfigkeit gegen das Gesetz, wenn man selbst oder durch seine Vertreter zugestimmt hat, Teilung der gesetzgebenden, ausführenden und richterlichen Gewalt. Dies alles endlich nicht als das Programm einer neu einzuführenden Verfassung, sondern als überall geltendes Urrecht, dessen bisherige Unterdrückung rechts- und sittenwidrig sei ... Die Bewegung ... ließ sich in drei Worte zusammenfassen: alles für das Volk. Lafayette setzte nun mit gleichem Nachdruck die weitere Forderung hinzu: alles durch das Volk ... Statt der Gleichheit der Rechtsfähigkeit und des Rechtsschutzes erklärte er, alles bestehende Recht vernichtend, den Anspruch auf tatsächliche Gleichheit.'

Thomas Carlyles (1795–1881) 'History of the French Revolution',

3 Bde., 1837, ein mit dichterischer Ausdruckskraft gestaltetes Gemälde des bedeutenden Schriftstellers, gehört seit seinem Erscheinen der Literatur an. – *Redaktion: Fassung*, – *Subsistenz:* Lebensunterhalt. – *Hauptridikule:* das Hauptlächerliche.

S. 136: '*dis etc.*': 'durch Unterordnung unter die Götter herrschest du (Rom)' steht bei Horaz (65–8 v. Chr.) in den 'Oden' III, 6, 5. Die drei Bücher Oden entstanden 30–23 v. Chr. – Cicero (106–43 v. Chr.) behandelt in den 5 Büchern seiner Schrift 'De legibus', 'Von den Gesetzen', die er etwa 52 v. Chr. begann und von der nur die ersten drei Bücher erhalten sind, in der Form eines Gespräches zwichen ihm, seinem Bruder Quintus und seinem Freunde den Satz, daß das Recht natürlichen, göttlichen Ursprungs sei, und geht dann im 3. Buche zu einer genauen Darstellung des Magistratsrechts und seiner Organisation über. Die Stelle I, 7 lautet: 'Es [dieses Geschöpf: der Mensch] allein unter so vielen Gattungen und Arten von lebenden Geschöpfen besitzt Vernunft und Denkfähigkeit, während alle übrigen dieser entbehren. Was gibt es aber, ich will nicht sagen an dem Menschen, sondern im ganzen Himmel und auf der Erde, Göttlicheres als die Vernunft, sie, die nach erlangter Reife und Vervollkommnung mit Recht den Namen Weisheit führt? Weil es nun nichts Besseres gibt als die Vernunft und diese sich bei dem Menschen und bei der Gottheit findet, so bildet sie das erste Band zwischen dem Menschen und der Gottheit. Zwischen welchen Wesen aber die Vernunft gemeinschaftlich ist, zwischen diesen ist es auch die Einsicht in die ewigen Verhältnisse der Dinge. Da nun diese das Gesetz sind, so muß angenommen werden, daß die Menschen mit den Göttern auch durch das Gesetz verbunden sind. Zwischen welchen ferner Gemeinschaft des Gesetzes stattfindet, zwischen denen besteht auch Gemeinschaft des Rechtes. Wenn sie aber dieses gemeinschaftlich mit einander haben, so sind sie auch als einem und demselben Staate angehörig zu betrachten, und das um so viel mehr, wenn sie auch denselben Oberbefehlen [im Kriege, imperiis] und Staatsgewalten [im Frieden, potestatibus] gehorchen. Sie gehorchen aber wirklich dieser himmlischen Einrichtung und diesem göttlichen Verstande, dem allmächtigen Gotte, so daß man diese ganze Welt als *einen* Staat betrachten muß, der gemeinschaftlich aus Göttern und Menschen besteht. Und wie in den Staaten nach einem gewissen Verhältnisse die Stände sich nach Familienverwandtschaften unterscheiden, so zeigt sich dies auch in der ganzen Natur, nur um so viel großartiger und herrlicher: die Menschen stehen nämlich mit den Göttern in Familien- und Stammverwandtschaft.' (Wilh. Binder). – *Valerius Maximus* verfaßte unter Tiberius (14–37) nach dem Tode seines Ministers Seianus (31) 'Neun Bücher denkwürdiger Taten und Aussprüche', die fast vollständig erhalten sind: Auszüge aus guten, meist verlorenen Autoren zu 94 verschiedenen Themen, von römischem Patriotismus erfüllt, als Beispielsammlung für die Rednerschulen. Die Stelle: 'Unser Staat war stets der

Ansicht, alles müsse der Religion nachgeordnet werden ... so daß man nicht mehr daran zweifelte, die Obrigkeit diene dem Kultus.'

S. 137: *Anmerkung:* Die Stelle aus Renans (s. zu S. 41) '*Aposteln*': 'Die religiöse *Unter*legenheit der Griechen und Römer war die Folge ihrer politischen und intellektuellen *Über*legenheit. Die Überlegenheit des jüdischen Volkes war umgekehrt die Ursache seiner politischen und philosophischen Unterlegenheit.' − *proselytisch:* bekehrungssüchtig. − *Sakrileg:* Religionsfrevel. − '*vorschlägt*': überwiegt.

S. 138: *Paulus von Samosata,* um 260 n. Chr. Bischof von Antiochia in Syrien, erfreute sich der Gunst der Königin Zenobia von Palmyra. Da er die Menschwerdung des göttlichen Logos in Christus bestritt, in Jesus vielmehr nur einen vom göttlichen Geiste beseelten Menschen sah, wurde er 268 auf der zweiten antiochenischen Synode 'entlarvt' und exkommuniziert. Zenobia ließ ihn aber nicht fallen. So hielt er sich, bis Kaiser Aurelian 273 das Reich der Zenobia eroberte und ihn auf Bitten seiner christlichen Gegner des Amtes entsetzte. − *Eusebios,* um 260 bis um 300 Bischof von Cäsarea in Palästina, der Verfasser des Quellenmosaiks seiner 'Kirchengeschichte', welche für uns das wertvollste Werk über die ersten drei christlichen Jahrhunderte bildet. − Über *Konstantin d. Gr.* s. zu S. 110, 142, 166. − *Ecclesia pressa:* die Kirche in der Zeit ihrer Unterdrückung.

S. 139: *Ecclesia triumphans:* B. meint hier die zum politischen Siege über den Staat gelangte römisch-katholische und griechisch-orthodoxe Kirche des Mittelalters, von denen jede den Anspruch erhob, als mystischer Leib Christi auf Erden einzig und allein die Wahrheit zu vertreten, katholisch bzw. ökumenisch d. h. 'allgemein, für die ganze Welt geltend' und allein seligmachend zu sein. − *tunica inconsutilis:* der ungenähte (und darum unteilbare) Rock Christi.

S. 140: *Thron und Altar:* s. zu S. 117. − *brachium saeculare:* der weltliche Arm (des Staates). − *Komplizität:* Verwicklung. − *Spanien Philipps* II. s. zu S. 132. − *instrumentum imperii:* ein Mittel der Staatsgewalt. − *großer kirchlicher Schreckensakt:* die Aufhebung des Edikts von Nantes durch Ludwig XIV. (1685), in welchem Heinrich IV. den französischen Protestanten (Hugenotten) die Ausübung ihres reformierten Gottesdienstes 1598 staatsrechtlich garantiert hatte. s. zu S. 132, 167.−*Napoleons I. Konkordat von 1801,* das die katholische Kirche nach der Französischen Revolution als die 'Religion der großen Mehrheit der französischen Bürger' wieder aufrichtete, bestimmt: die Erzbischöfe und Bischöfe werden vom frz. Staat ernannt, die Ernannten vom Papste eingesetzt; die gesamte Geistlichkeit leistet den staatlichen Treueid; die Bischöfe wählen die Pfarrer aus unter den dem Staate genehmen Personen; der Klerus wird aus der Staatskasse bezahlt; die Kirche erhält alle in der Revolution nicht veräußerten Kirchengebäude und alles

Gut zurück, das nicht verlorenging. Dieses Konkordat war in Frankreich bis 1905 in Geltung. Seitdem Trennung von Staat und Kirche; der Staat kommt nicht mehr für den Unterhalt der Kirche auf. – Die *constitution civile du clergé* von 1790, von der frz. Nationalversammlung beschlossen, unterstellte die kirchliche völlig der staatlichen Verwaltung: Pfarrerwahl durch sämtliche wahlberechtigten Kantonbürger, Bischofswahl durch die Departementsverwaltung. Als der Klerus den Eid auf diese Konstitution verweigerte, wurden 1792 etwa 40000 Priester vertrieben.

S. 141: '*künden*': kündigen. – Im '*Syllabus* complectens praecipuos nostrae aetatis errores' ('Verzeichnis, enthaltend die wichtigsten Irrtümer unseres Zeitalters') verdammte *Pius IX.* im Jahre 1864 unter dem Einfluß der Jesuiten 80 Lehren der Religion, Wissenschaft, Politik und Wirtschaft und forderte erneut die Unterordnung von Staat und Wissenschaft unter die Autorität des Papstes. Auf dem vatikanischen Konzil, auf dem 80% romanische Prälaten vertreten waren, wurde dann 1870 das Dogma von der *Infallibilität*, d. h. der Unfehlbarkeit der vom Papste ex cathedra erlassenen Lehren über Glauben und Sitte, verkündet. Dies war ein Vierteljahr vor dem Untergang des Kirchenstaats. – *mezzi termini:* Auswege.

S. 142: *Dominio temporale:* ital. 'weltliche Herrschaft'. – *Deutschland und die Schweiz nahmen den Kampf auf:* In *Deutschland* 1872 – bis 79 der sog. 'Kulturkampf': Bismarck erläßt 1871 den Kanzelparagraphen, der die Benutzung der Kanzel zu politischen Zwecken mit Gefängnis oder Festung bestraft, schließt durch das Jesuitengesetz (1872) diesen und verwandte Orden vom Deutschen Reichsgebiet aus und führt 1875 die Zivilehe ein; die Maigesetze von 1873 beschränken in Preußen die kirchlichen Strafmittel und errichten einen staatlichen Gerichtshof für kirchliche Angelegenheiten. Dann wird der Kulturkampf wegen Erregung der katholischen Massen und Anwachsen der Zentrumspartei abgebrochen. Die Ausgetretenen bilden die Kirche der Altkatholiken. Die Trennung von Staat und Kirche wurde in der Verfassung des Deutschen Reiches vom 11. August 1919 ausgesprochen. In der *Schweiz* wird 1874 die Trennung von Kirche und Schule beschlossen, 1875 die Zivilehe eingeführt und in den meisten Kantonen die Wahl der Pfarrer auf Zeit (6 Jahre) durchgesetzt. Aus den Ausgetretenen bildet sich die Christ-katholische Kirche. Die Trennung von Kirche und Staat wird in Genf 1907, in Basel-Stadt 1910 beschlossen. – *Abhängigkeit der protestantischen Kirchen vom Staat:* seit dem Augsburger Religionsfrieden 1555. s. zu S. 118. Der Landesherr bestimmte die Konfession seiner Untertanen; später verwaltete sein Hof seine Landeskirche; die kirchlichen Behörden wurden Staatsbehörden, die Kirchenbeamten Staatsbeamte; das Staatskirchentum war in Gefahr, dadurch seinen geistlichen Inhalt zu verlieren.

S. 143: *Anglikanische Staatskirche.* s. zu S. 118 Schluß. Sie entstand aus einer Reihe politischer Kompromisse Heinrichs VIII. (1509–47),

Anmerkungen zu Seite 143

Eduards VI. (1547–63) und Elisabeths I. (1558–1603). Vom Katholizismus behält sie die Zeremonien und die bischöfliche Verfassung bei. Wie der Katholizismus legt sie Wert darauf, daß ihre Geistlichen in ununterbrochener Aufeinanderfolge ihre Weihe von den Aposteln herleiten können ('apostolische Sukzession'); denn als das Parlament 1559 – nach der Zeit der katholischen Reaktion unter Maria Tudor (1553–58) – den Suprematseid, die Anerkennung der Oberherrschaft der Krone über die anglikanische Kirche, auf Elisabeth forderte (die durch Heinrich VIII. nach dem Tode ihrer Mutter, der Hofdame Anna Boleyn, 1536 für illegitim erklärt worden war), stimmte diesem Eide von den 16 Bischöfen als einziger Matthäus Parker zu und weihte von nun an als Erzbischof von Canterbury die anglikanische Geistlichkeit. (Von Rom ist diese Sukzession allerdings für ungültig erklärt.) Dagegen verwirft die anglikanische Kirche die päpstliche Rechtsprechung und die katholische Messe. Ihre Lehre ist die protestantische, gemäßigt calvinische. Als Staatskirche hat sie einen stark nationalen Zug und hält die Engländer für das von Gott auserwählte Volk. – *Nebenkirchen:* die streng calvinistischen *Puritaner* ('Reingläubige'), so seit 1564 genannt, weil sie die anglikanische Staatskirche von allen katholischen Beimischungen reinigen wollen. Wie ihr Meister Calvin (s. zu S. 229) in Genf die urchristliche Gemeindeverfassung (Presbyterium) wiederaufnehmen wollte, nach der auch Nichtgeistliche (Älteste, Presbyter) kirchliche Aufgaben wie Gesetzgebung und Verwaltung übernehmen können, so lehnen sie als Vorkämpfer der religiösen und politischen, parlamentarischen Freiheit die rein priesterliche Bischofsverfassung der vom staatlichen Absolutismus gelenkten anglikanischen Kirche ab. Deshalb heißen sie auch 'Presbyterianer'. Die anglikanische Staatskirche sieht in ihnen eine bedeutende opponierende Minorität. Die Krone verfolgt sie durch einen unter Elisabeth 1583 eingesetzten eigenen Gerichtshof hart als 'Nonconformisten' oder 'Dissenters' ('Andersdenkende'). Ihr Führer ist Thomas Cartwright (1535–1603). Sie verbünden sich mit den schottischen Calvinisten, deren Führer John Knox (1505–72) gewesen und deren reformierte Kirche 1567 staatsrechtlich anerkannt worden war. Als puritanische Parlamentspartei siegen sie 1644/45 über Karl I. und sind im Begriff, auf der sog. Westminstersynode (seit 1643) die anglikanische Staatskirche mit bischöflicher Verfassung zu ersetzen durch ihre, gleichfalls einheitlich gedachte Staatskirche mit Presbyterialverfassung. Da kommt eine neue calvinistische Partei empor und reißt mit Oliver Cromwell und dem von ihm geführten Parlamentsheer die Macht an sich: die der *Independenten* ('Unabhängigen'). Sie erkennen nur die einzelne Gemeinde (engl. congregation, daher auch 'Kongregationalisten' genannt) an, nicht die Zusammenfassung der Einzelgemeinden zu irgendeiner Kirche; diese Einzelgemeinde soll unabhängig vom Staat sein; in ihr gibt es keinen Unterschied zwischen Geistlichen und Laien mehr; in ihren Versammlungen darf sprechen, wem es der Geist eingibt; Feiertage existieren nur, wenn für besondere Fälle beschlossen; bestimmte Gebete oder Glaubensbekenntnisse gibt es nicht; denn die Reformation sei mit Luther und Calvin nicht abgeschlossen, vielmehr weiter auf dem Marsche. Dieser independistischen Bewegung, deren Anhänger sich auch 'Heilige' nennen, strömen die aus Holland und Amerika zurückkehrenden Flüchtlinge, Schwarmgeister und Täufer zu. Ende 1648 schließt Cromwell, auf diese Bewegung gestützt, die Presbyterianer aus dem Parlament aus. s. z. S. 132 Anm., S. 74. – Als mystische Nebenströmung der Independenten trat die in sich dreigespaltene Bewegung der *Täufer* (Baptisten) auf, die an die Stelle der Kindertaufe die Erwachsenentaufe setzte und entweder an die Erwählung der Seligen durch Gott (Gnadenwahl, 'einfache Prädestination') oder, wie Calvin, an Gottes Vorherbestimmung, sowohl derjenigen, die selig, als auch derjenigen, die verdammt sein sollen, ('doppelte Prädestination') glaubt. – Als hart verfolgter Gegner Cromwells galt die 'Gesellschaft der Freunde', der sog. '*Quäker*' (d. h. 'Zitterer' nach ihren ekstatischen Zuckungen), die, von dem Schuhmacher und Wanderprediger George Fox (1624–91) begründet, die Spitze der Schwarmgeister bildete, danach jedoch ihre mystische Lehre vom Christus in uns und der inneren Erleuchtung der Gläubigen, auf die man im Gottesdienst warten müsse, und ihre Hochschätzung ernster Sittlichkeit und tätiger Nächstenliebe, mit Ablehnung von Kriegsdienst und Sklaverei (William Penn, 1644–1718, seit 1682 in Pennsylvanien), ausbildete. – *Rußland, Staat und Kirche:* Das Christentum wird aus Byzanz eingeführt durch Wladímir I. den Heiligen, Großfürsten von Kiew (980–1015, s. zu S. 113 Schluß), den fünften warägo-russischen Herrscher aus Ruriks Stamm. Sein Großreich umfaßt Rußland vom Dnjepr bis zum Ladogasee und zur Düna. Es gelingt ihm, das Christentum in Kiew und seiner Umgebung zu verbreiten, und zwar in slawischer Sprache und durch volkstümliche Gestaltung der christlichen Feste; der Norden und Osten seines Reiches blieb heidnisch. Wichtigste Bildungsstätte des Klerus ist das Höhlenkloster (Petscherskaja Lawra) zu Kiew. Unter Wladimirs Nachfolgern zerfällt das Reich in Teilfürstentümer; nur Wladimir II. Monomach (1113–25) gelingt noch einmal die Vereinigung der Teile. Der Sitz der Großfürsten wird um 1150 weit nach Nordosten, nach Wladimir, verlegt (1299 folgt ihm der Metropolit d. h. Erzbischof von Kiew hierher), und um dieselbe Zeit, 1147, hören wir zum ersten Male von Moskau, westlich von Wladimir. In diesen Jahrzehnten beginnt auch der erneute Aufschwung der alten Hansestadt Nowgorod (am Ilmen-See), der Stadt des Pelzhandels, deren Kaufmannsgilden demokratische Freiheiten erlangen. Dann bricht der Mongolensturm herein: 1223 siegt Dschingis Khan Temüdschin entscheidend an der Kalka (mündet ins Asowsche Meer), und von 1237 an, nachdem auf der allgemeinen Reichsversammlung in der mongolischen Residenz

Karakorum (Ruinen am östlichen Fuße des Changai-Gebirges bei Erdenitso) 1235 die Eroberung Europas beschlossen war, unterwirft sein Enkel Batu Gesamtrußland – außer den baltischen Ländern der Handelsrepublik Nowgorod – der Herrschaft seiner mongolischen (tatarischen) Goldnen Horde vom Türkstamme Kiptschak, bricht jedoch die Eroberung Mitteleuropas nach der Schlacht bei Liegnitz 1241 ab. Hauptstadt seines russisch-mongolischen Teilreiches wird Sarai (bei Leninsk, nahe der unteren Wolga). Die russischen Fürsten werden tatarische Vasallen von des Khans Gnaden, müssen vor ihm in Sarai und vor dem Großkhan in Karakorum mit der Stirn die Erde berühren (Kotau) und drückende Tribute aufbringen, die von Amtsleuten eingetrieben oder an fremde Kaufleute verpachtet werden; die Uneinigkeit dieser russischen Teilfürsten untereinander kommt dem Herrscher zugute. Mit ihrem Staate scheint die christliche Kirche vernichtet, wenn die Mongolen auch versuchen, die Geistlichkeit auf ihre Seite zu ziehen. Trotz Abhängigkeit und schlimmen Familienzwists halten sich die Ruriks auf dem Thron ihres Teilfürstentums. Von ihnen macht Iwan I. Kalita ('der Sammler', 1324–41), vom Khan zum erblichen Großfürsten ernannt, Moskau zur Residenz (1328) und anstelle Kiews und dann Wladimirs zur Reichshauptstadt; der Metropolit von Kiew, der höchste Geistliche der altrussischen Kirche, siedelt unter ihm nach Moskau über. Iwans Enkel Dmitri 'Donski' (1362–89) wagt bereits, sich gegen die durch innere Streitigkeiten geschwächte Goldne Horde zu erheben, besiegt sie auch 1380 auf dem Kulikowschen Felde am oberen Don (wonach er heißt), doch gehen die Früchte seines Sieges wieder verloren, als Khan Toktamisch, auf den neuen Eroberer des mongolischen Großreichs, Timur-Leng (s. zu S. 123) gestützt, 1382 Moskau erobert. Als Toktamisch Timurs Oberherrschaft dann jedoch nicht anerkennen will, besiegt ihn dieser, zerstört 1391 Sarai und setzt einen neuen Khan ein. Doch bald lösen sich aus dem Reiche der Goldnen Horde von Sarai selbständige Khanate heraus: Kasan (1438), die Krim (1441), Astrachan (1480). So wird die Konzentrierung und Ausdehnung des Großfürstentums Moskau unter dem kalten Rechner Iwan III. (1462–1505) möglich, ohne daß das Tatarenjoch abgeschüttelt zu werden braucht (1480). Iwan macht den Khan von Kasan tributpflichtig, verbündet sich mit dem der Krim und verweigert dem von Sarai die Abgaben. Zuvor, 1478, bringt er Nowgorod, das sich auf Polen-Litauen gestützt hatte, in seine Hand, nimmt ihm seine Sonderfreiheiten, wirft dessen bedeutendste Kaufleute ins Gefängnis, verpflanzt einen Teil seiner Bürgerschaft ins Innere Rußlands, schließt das Hanse-Kontor und siedelt Leibeigene in der Stadt an, so daß sie aus einer blühenden Welthandelsmetropole bald zu einer Landstadt herabsinkt. Die Teilfürsten von Twer (Kalinin) im Nordwesten und Wjatka (Kirow) im Nordosten des moskauer Reiches müssen sich ihm unterwerfen. Er nimmt den Titel eines Großfürsten und Selbstherrschers (Gossudar) von ganz Rußland an, fügt nach seiner Vermählung mit Sophie Palaiologos 1472, der Enkelin des letzten Kaisers von Byzanz, den byzantinischen Doppeladler dem russischen Reichswappen hinzu und tritt als erster russischer Selbstherrscher, der die griechisch-katholische Rechtgläubigkeit verkörpert, nachdem die Kaiser von Rom und Konstantinopel dahingegangen sind, als Herrscher Moskaus als des 'dritten Rom' auf. Zu Gegnern hat er Litauen-Livland und die Türken – das sind auch danach die Ziele russischer Außenpolitik. Ausdruck der neuen Macht wird der 1491 von italienischen und deutschen Architekten und Handwerkern begonnene Kreml (Burg). Was Iwan III. politisch vorgezeichnet hatte, vollendet sein Enkel Iwan IV. 'Grosnij' ('der Grausame', 1533–84) als unumschränkter Herrscher. Er läßt sich 1547 als erster vom Moskauer Metropoliten feierlich zum Zaren (Cäsar, Kaiser) krönen, erhebt sich zum absoluten Herrscher über die fürstlichen Bojaren, läßt das Recht aufzeichnen, tritt der Unbildung des Klerus entgegen und schafft nach europäischem Vorbild ein stehendes Heer (die 'Strelitzen' d. h. Schützen). Unter ihm entsteht die Fremdenkolonie Sloboda bei Moskau. Als sein eben geborener Sohn Dmitri während Iwans Erkrankung von einem Teil der Bojaren als Nachfolger abgelehnt wird, läßt er, wieder genesen, aufs grausamste die Latifundien der Großherren durch Sonderkommandos enteignen und große Teile des russischen Staates in privaten Grundbesitz des Zaren verwandeln (Opritschnina, 'das Ausgesonderte'). In diesem Zusammenhang macht er 1579 Nowgorod den völligen Garaus. Schreckliche Ausschweifungen wechseln bei ihm mit mönchischen Andachtsübungen; als ihm aber sein Metropolit Philipp Vorwürfe macht, läßt er ihn durch ein geistliches Gericht schuldig sprechen, ins Gefängnis werfen und erdrosseln. Waren unter seinem Vater Wassilij III. (1505–33) durch Eroberung die Länder um Pskow (das Pleskau der Hanse, am Peipussee), Smolensk und Rjasan (südöstlich von Moskau) hinzugekommen, so erobert Iwan IV. das östliche Khanat Kasan, das südöstliche Khanat Astrachan, und für eine Zeit lang Livland. In seiner Regierungszeit beginnt unter dem Kosakenführer Jermák das Vordringen nach Sibirien. Iwan IV. hat Rußland zur Großmacht erhoben und gefestigt. Unter ihm bereits sind die Grundzüge der kommenden russischen Politik zu erkennen. Sein Sohn Feodor I. (1584–98), der letzte Rurik und ein schwacher Regent, kann wohl noch ganz unter den Einfluß seines Schwagers und mächtigen Ministers Borís Godunów geraten, und Godunów kann ihm selbst als Zar folgen (1598–1605), doch erhöht die Kronprätendentschaft der beiden falschen Demetrius nur das Verlangen des Volkes nach Ruhe und Einheit; dies wird dann durch das auf den Zarenthron berufene Haus Romanow (1613–1917) erfüllt. – Mit dem Wachstum Rußlands zum Großstaat wächst die russische Kirche. In der Krönung Iwans IV. durch den Moskauer Metropoliten kommt zum Ausdruck, wie weit sie sich schon gegenüber dem

Patriarchen von Konstantinopel verselbständigt hat, der unter türkischer Herrschaft seinen Wirkungsbereich stark eingeschränkt sieht. 1589 erkennt er auf Drängen des Reichsverwesers Boris Godunow den russischen Metropoliten als selbständigen Patriarchen an. Doch das Zarentum möchte den Patriarchen nicht als geistlichen Herrscher neben sich sehen. So läßt Peter d. Gr. 1702 den Patriarchenstuhl unbesetzt, legt die Leitung der kirchlichen Angelegenheiten in die Hände eines Prälatenkollegiums, beschränkt die geistliche Rechtsprechung, revidiert die Klostergesetze und setzt 1721 den 'allerheiligsten Synod', mit einem den Zaren vertretenden Oberprokureur an der Spitze, als höchste Kirchenbehörde ein. Die geistliche Oberherrschaft des Patriarchen geht damit auf den weltlichen Oberherrn, den Zaren, über. Diesen Grundsatz des Cäsaropapismus, der in Rußland bis 1917 galt, sprach Peter d. Gr., als ihn eine Versammlung um Erhaltung des Patriarchats bat, durch den Satz aus: 'Hier ist euer Patriarch!' Die Abhängigkeit der Kirche vom Staat und ihr Charakter als Staatskirche tritt dann besonders in Erscheinung, seit Katharina II. alles Kirchengut einzog und dem Klerus aus der Staatskasse Gehälter – den niedern Graden kläglich geringe – zahlen ließ (1764). – Für die russische Religiosität haben neben der offiziellen Kirche die Mönche und die Starzen (Laienseelsorger) besondere Bedeutung. Eine eigentliche Reformation kennt die russische Kirche nicht. Als unter dem Patriarchen Nikon 1667 liturgische Texte berichtigt und einige gottesdienstliche Bräuche geändert wurden, führte dies jedoch sogleich zur Abspaltung der konservativen Sekte der Raskolniki ('Abtrünnigen'), die in sich wieder in priesterliche und priesterlose Altgläubige (Starowjerzy), in die schwärmerischen Chlysten (Geißler, glauben an die Inkarnation Gottes und Christi in den Bauern Filipow und Suslow, um 1650), die Skopzen (Selbstverstümmler), die radikalen Duchoborzen (Geisteskämpfer), die mystischen Molokanen (Milchtrinker) u. a. zerfallen. Die orthodoxe Staatskirche verfolgte sie hart; auch Katholiken, Protestanten und Juden hatten unter ihrem Bekenntnis viel zu leiden, obwohl Peter d. Gr. 1702 Katholiken und Protestanten freie Religionsübung zugestanden hatte. Erst 1905, unter dem Druck der Volkserhebung, verkündete Nikolaus II. Gewissensfreiheit. Ehe sie wirklich durchgedrungen war, kam die Revolution von 1917 und damit die Trennung von Staat und Kirche heran; der 'allerheiligste Synod' wurde aufgehoben und durch das unter staatlicher Kontrolle stehende neue Patriarchat von Moskau ersetzt.

S. 144: *Schamanentum:* vermeintliche Geisterbeschwörung und -befragung durch Selbsthypnose, Tanz, Lärm. Auf mongolischem Boden, bei nordamerikanischen Indianern und Südseevölkern anzutreffen.

S. 145 *Anmerkung 1.: Pausanias,* wahrscheinlich aus dem kleinasiatischen Magnesia (Manisa bei Smyrna), verfaßte unter Commodus (180–192) in geziertem Griechisch seine 'Rundreise durch Griechenland' ('Periégesis helládos'), einen zur Lektüre bestimmten Reiseführer für Mittelgriechenland und den Peloponnes, ihre geographischen, geschichtlichen und künstlerischen Sehenswürdigkeiten. Die Stelle lautet: 'Zuerst verehrten die Athener die Athene mit dem Beinamen Ergane ('Arbeiterin') ... mit ihnen ist im Tempel der Dämon Spudaion ('Eifer').' Der Beiname Ergane wird der Athene als Beschützerin der Arbeit, besonders der Webekunst, beigelegt. – *Kulturgötter der Germanen:* der kunstreiche Schmied ist Wieland; Weberinnen sind die Nornen (Idisen); Spinnerin ist Freija (nord. Frigg), die Segnerin des häuslichen Fleißes, besonders der Spinnstube; Runenerfinder ist Wodan. – *Spezialheilige:* St. Georg: der Sattler und Küfer; S. S. Crispin und Crispinian: der Gerber und Schuster; S. S. Kosmas und Damian: der Ärzte und Apotheker; St. Eligius: der Schmiede und Goldarbeiter.

S. 146: *Sobrietät:* Mäßigkeit. – *Gnostische Nebenreligionen:* Seit etwa 135 n. Chr., unter Hadrian, brechen in die christlichen Gemeinden, deren Lehre noch nicht festgelegt ist, vor allem in Syrien und Ägypten, dann auch in Rom, philosophierende Gedankengänge ein, welche die 'Gnosis' (d. h. 'Erkenntnis'), die mystische Schau der tieferen Zusammenhänge von der Entstehung der Welt aus Gott und deren Rückkehr in Gott, durch besondere Weihen und Denksysteme vermitteln wollen. Vorstellungen besonders der altbabylonischen und persischen Religion kehren in ihnen wieder, vermischt mit Begriffen der griech. Philosophie, vor allem Platons, der Pythagoreer und Stoiker; dazu tritt der Einfluß der griechischen Mysterienkulte. Die Verkünder der gnostischen Lehren bezeichnen ihr Geheimwissen als geoffenbart; sie besitzen eigene heilige Schriften und tragen ihre Schau außerdem durch gelehrte Kommentare in die Schriften des Urchristentums hinein. Ihre gemeinsamen Grundvorstellungen sind etwa: die Gottheit ist das Gute, doch unfaßbar; ihr steht die Materie als das Böse gegenüber; die Welt ist nicht von der erlösenden, guten Gottheit, sondern gegen deren Willen vom Demiurgos ('Baumeister') erschaffen, einem niedern Mittelwesen oder Teufel; da in der Welt geistige, aus der Gottheit stammende ('pneumatische') Elemente mit stofflich-materiellen Elementen durcheinander vorhanden sind, gibt es 3 Klassen von Menschen: 'Pneumatiker' (denen die Weltschau der Gnosis aufgeht), 'Psychiker' (die sich an das Wort halten, ohne zur Gnosis vorzudringen) und 'Hyliker' (die im Materiellen befangen bleiben); die ersteren gehn ohne jüngstes Gericht infolge ihrer pneumatischen Natur unmittelbar in die Unsterblichkeit ein, während die Psychiker durch tätiges Wirken eine niedere Form der Seligkeit erlangen können oder mit den Hylikern dem Untergang preisgegeben sind (so lehren die Valentinianer); zwischen der Gottheit und der geschaffenen Welt wirken die 'Aeonen', Mittelwesen, in denen sich die Gottheit entfaltet; auch Christus, mit dem der kosmische Prozeß der Erlösung beginnt, ist solch himmlischer Aeon, der entweder auf der mensch-

Anmerkungen zu Seite 146

lichen Erscheinung Jesu nur für dessen Lebenszeit von oben her ruhte (Basilides) oder auch Jesu Leib aus der Aeonenwelt mitbrachte (Valentinus) oder Jesus nur in einen Scheinleib hüllte (Satornilos). Die wichtigsten gnostischen Gruppen sind: die *Satornilianer* in Syrien (nach Saturnilos aus Antiochia: Gott ist unerkennbar und von Ewigkeit; 7 Engel, wovon einer der Gott der Juden, haben die Welt aus der Materie geschaffen, auch den Menschen; doch ihm hat die höhere Kraft den Lebensfunken verliehen, der zum göttlichen Ursprung zurückkehrt, wenn sein Körper zerfällt; Christus hebt die Macht des Judengottes auf und rettet die Gläubigen und Guten; Gnosis und Askese bringen die Rettung, daher sind Ehe und Zeugung vom Satan); die *Basilidianer* (nach dem bedeutenden syrischen Theologen Basilides, der 120–140 n. Chr. in Alexandria lehrte: er unterscheidet 365 Himmelssphären und Engelordnungen; an ihrer Spitze steht Abraxas, dessen Name die Zahl 365 bedeutet, wenn man seine Buchstaben als griech. Zahlenwerte liest; der Herr des untersten Himmels, den die Menschen allein erblicken, ist der Gott der Juden; er hat die irdische Welt erschaffen und will dem von ihm auserwählten Volke alle Völker unterwerfen; aus Erbarmen sandte da der ungewordene Gottvater seinen Erstgeborenen (Nus, Geist, Christus) zur Rettung der Gläubigen von den Mächten, die die Welt beherrschen); die *Karpokratianer* (nach Karpokrates aus Alexandria, um 130 n. Chr., dessen Anhänger Bilder von Jesus, Paulus, Homer, Pythagoras, Platon und Aristoteles verehrten: die Seelen der Menschen haben in unmittelbarer Gemeinschaft mit Gott gelebt, bevor sie in die Körper herabstiegen; die kräftigen und reinen Seelen erinnern sich dieser Gemeinschaft; ihnen wird von Gott, jenseits des Himmelsgewölbes, die Kraft zuteil, die Mächte, die diese Welt beherrschen, zu überwinden; denn die göttliche Kraft dringt liebend zu den Seelen, die ihr, wie die Seele Jesu, ähnlich ist; durch Glaube und Liebe wird der Mensch gerettet; ausgebildeter Kultus, von den Gegnern als Magie bezeichnet; Epiphanes, Karpokrates' Sohn, fügte der Lehre, wohl auf Einfluß von Platons 'Staat', s. zu S. 127, Kommunismus mit Weibergemeinschaft hinzu); die zahlreich im Orient verbreiteten, in sich wieder in Untergruppen zerfallenden *Ophiten* ('Schlangenbrüder', wohl jüdisch-alexandrinischen Ursprungs, bezeichnen sich als *die* Gnostiker schlechthin; sie heißen nach der Schlange des Sündenfalls; während eine Untergruppe diese für den Ursprung alles menschlichen Verderbens hält, sieht eine andere Untergruppe in ihr das Sinnbild für das Fortschreiten des Geistes; denn die Schlange sagt 1. Mose 3, 5 zu Eva: 'Ihr werdet ganz gewiß nicht sterben; sobald ihr davon eßt, da werden euch die Augen aufgetan, daß ihr werdet wie Gott und wissen, was Gut und Böse ist.' Der Anfang der Vollkommenheit ist die Erkenntnis des Menschen, ihr Ende aber die Erkenntnis Gottes. Adam, der Urmensch, sei mannweiblich gewesen und habe in sich das Geistige, Psychische und Materielle verbunden, ebenso Jesus; ihre Lehre führen sie auf Jakobus, den Bruder des Herrn zurück) und die *Valentinianer* (nach dem bedeutenden Ägypter Valentinus, der erst in seinem Geburtslande, um 136–165 n. Chr. in Rom, danach wieder im Orient lehrte und von dessen Predigten, Hymnen und Briefen Bruchstücke erhalten sind; seine Lehrgemeinschaft fiel später in eine abendländische und eine orientalische Schule auseinander; sein System scheint eine Synthese aus Platon und der Stoa, Worten Jesu und Gedanken des Paulus gewesen zu sein; außer den oben berichteten Grundgedanken sind die Vorstellungen bezeichnend: aus dem Urvater, der 'Tiefe', dem 'Unnennbaren', dem 'vollkommenen Aeon', sind Nus, Logos und Zoë (Leben), aus diesen der Mensch und Ekklesía (die göttliche Lebensgemeinschaft) hervorgegangen; es gibt im ganzen 30 Aeonen; sie bilden zusammen das Reich der göttlichen Lebensfülle (pleroma); der 30., jüngste Aeon ist weiblich: Sophia ('die Weisheit'); sie versuchte, von sich aus eine Welt zu schaffen, die aber nur Stoff ohne Form, eine Fehlgeburt wurde; Nus und Aletheia ('Wahrheit') schufen deshalb auf Befehl des Urvaters den Christus und den Heiligen Geist, um dieser mißglückten Welt Form und Wesen zu geben; darauf kehrte Christus in das Plerona zurück, um die Aeonen über ihre Stellung zum Urvater zu belehren). Die katholische Kirche überwand die Gefahren, die ihr aus den gnostischen und verwandten Nebenreligionen erwuchsen, zwischen 160 und 180 durch Festsetzung des 'apostolischen' Taufsymbols, des Schriftkanons und der Bischofslisten, wodurch die Bischöfe in lückenloser Nachfolge als von den Aposteln eingesetzt erscheinen. Der Gnostizismus wird als 'häretisch' ausgeschieden. Seit etwa 400 werden die gnostischen und verwandten Schriften von Kirche und Staat vernichtet. Unsere Kenntnis beruht auf der christlichen Abwehrliteratur: Irenäus (178 Bischof von Lyon), Tertullian von Karthago (um 150–223), Hippolytus von Rom (160 bis vor 238) u. a. – Eine bedeutende Nebenkirche begründete ferner *Marcion*, ein Reeder aus Sinope an der Nordküste Kleinasiens (gest. um 160 n. Chr.), nachdem er 144 aus der römischen Gemeinde ausgeschlossen war. Die Kirche hat ihn den 'Erstgeborenen des Satans' genannt. Er verwirft, wie viele Gnostiker, das Alte Testament und knüpft mit seiner Lehre vom Gegensatz zwischen der jüdischen Gesetzes- zur christlichen Gnadenreligion des Evangeliums an Paulus an. Der erst durch Christus bekannte *gute* Gott habe mit dem Weltschöpfer ('Demiurgos') der Juden, der nur die Gerechtigkeit des 'Auge um Auge, Zahn um Zahn' kennt, nichts gemeinsam; er sei ein unbekannter, fremder Gott, der sich der Menschen aus Gnade erbarmt und Christus im Scheinleib als Welterlöser gesandt habe, der dann vom Judengott ans Kreuz geschlagen sei. Damit habe aber der Judengott seinen und seinen gesetzgläubigen Anhänger Untergang besiegelt; denn durch Christi Opfertod sei das Gesetz aufgehoben und durch die Religion der Liebe überwunden, die jedem Seligkeit allein durch den Glauben verheißt. Ehe, Fleisch- und Weingenuß sind dem Gläubigen allerdings untersagt. Marcion schuf einen eigenen, von judaistischen Stellen gereinigten neutestamentlichen Kanon. Marcionitische Gemeinden waren im 2. und 3. Jh. von der Rhone bis zum Euphrat verbreitet und verschmolzen im 6. Jh. mit den Manichäern. s. zu S. 52, 46.

S. 147: *Dotation:* Schenkung. — *Benefizenz:* Wohltätigkeit. — *Trinitätsbegriffe:* sie wurden erst nach Überwindung der judenchristlichen, staatlichen, gnostischen, marcionitischen (s. beides zu S. 146), montanistischen, monarchianischen und arianischen (s. zu S. 99) Gegenströmungen möglich. Der kleinasiatische Prophet *Montanus* hatte seit 156 mit seinen Prophetinnen Prisca und Maximilla das kurz bevorstehende Weltende verkündet und alle seine enthusiastischen Gläubigen nach Pepuza in Phrygien gerufen; er forderte schärfstes Fasten, Beschränkung auf trockene Speisen, Jungfräulichkeit und ein Leben, das auf das Martyrium hindränge. Von seinen Anhängern wurde er für den neuen Parakleten ('Fürsprech'), den Jesus in seinen Abschiedsreden (Joh. 14, 16) verkündet hatte, und seine Lehre für die über Christus hinausgehende neue Offenbarung gehalten. — Die *Monarchianer* suchten seit um 190 die Alleinherrschaft (griech. monarchia) Gottes dadurch zu erhalten, daß sie Christus entweder als einen Menschen, der durch göttliche Kraft vergottet, von Gott adoptiert sei, oder als eine Erscheinungsform (modus) Gottes selbst ansahen. Dem allen entgegen wurde auf der ersten ökumenischen Synode von Nicäa (in Kleinasien nahe dem Marmara-Meer) 325 unter Vorsitz Kaiser Konstantins d. Gr., der aus politischen Gründen eine dehnbare Einigungsformel wünschte, das offizielle Glaubensbekenntnis der Kirche (das sog. 'Nicänum') beschlossen, das den Begriff der *Trinität* festlegte: Gott Vater, Sohn und Heiliger Geist sind drei einander völlig gleiche Personen, bilden aber eine Einheit. Unter Theodosius bestätigte dann die Synode von Konstantinopel 381 das Nicänum, auch gegenüber den inzwischen entstandenen weiteren schismatischen und häretischen Nebenkirchen. — *Die Slawen und Byzanz* s. zu S. 113 Schluß — *Vampyrglaube:* ob der Glaube an Vampyre (slaw. 'kein Vogel'), blutsaugende Gespenster in Vogelgestalt, die man sich als Geister verstorbener Zauberer oder anderer Toter vorstellte, bei deren Bestattung man irgendein Ritual vergaß, urslawisch ist oder von Vorstellungen des griech. Altertums stammt, ist ungewiß. In Bulgarien war er bis ins 17. Jh. verbreitet. Slawisch sind mit Sicherheit der Glaube an Werwolf und Nachtmahr. — *Christentum von Abessinien:* es existiert seit 330; das Bekenntnis ist monophysitisch: Christi Körper habe nur 'eine Natur', nämlich die vergottete, und habe nur wie ein menschlicher Körper ausgesehen; so lehrte Eutyches, ein angesehener Archimandrit bei Konstantinopel, im Gegensatz zu seinem Patriarchen Nestorius (gest. 450/51), der behauptete, in Christus sei die menschliche Natur von der göttlichen getrennt, so daß Maria nur die Mutter von Jesu menschlicher Natur sei (Dyophysitismus). Als die 4. allgemeine Synode von Chalcedon (gegenüber Konstantinopel) 451 beiden Parteien eine vermittelnde Lösung aufzwingen wollte – das 'Chalcedonense' bestimmt: Christus, vollkommener Gott und vollkommener Mensch, hat zwei Naturen, die weder miteinander vermischt noch voneinander scharf getrennt sind –, erhoben sich in Syrien und Ägypten unter dem Einfluß der alexandrinischen Theologen, die diese Provinzen vom griechischen Byzanz losreißen wollten, in nationaler Volksbewegung die Massen und Mönche für die reine monophysitische Lehre; die östliche Reichskirche löste sich auf, und es bildeten sich die monophysitischen Kirchen des Ostens: die ägyptische (koptische), syrische, äthiopische (abessinische) und armenische Kirche. Die abessinische Landeskirche untersteht seither dem Patriarchen von Alexandria (heute in Kairo). Sie versteinerte geistig früh und weist neben einigen uralten Zügen viel unverstandenes Brauch- und Formelwesen auf. Wohl auf jüdische Einflüsse geht zurück, daß der Sabbat neben dem Sonntag gefeiert, kein Schweinefleisch gegessen und jeder Gläubige beschnitten wird. – *Arianische Germanen* (s. zu S. 99, 110): Als erste Germanen traten die *Westgoten* über, nachdem seit 250 schon Kriegsgefangene die Lehre Jesu bei ihnen gepredigt hatten; ihr Missionsbischof Wulfila (griech. Ulfilas) bekehrte sie zwischen 340 und 383 zu der im Balkan damals herrschenden Form des Christentums: einem gemilderten Arianismus, bei dem sie auch blieben, als auf der Synode von Konstantinopel 381 das Nicänische Glaubensbekenntnis für das römische Reich als alleinberechtigt bestätigt und die arianische Lehre verdammt wurde. Sie waren aus Ostpreußen um 150 n. Chr. ans Schwarze Meer, im 3. Jh. nach Thrakien (Südbulgarien) und Kleinasien vorgedrungen, hatten die römische Provinz Dakien (Rumänien) erobert und wurden 382 von Theodosius d. Gr. in Moesien (Nordbulgarien) als Föderaten angesiedelt. Seit 395 durchziehen sie unter Alarich die Balkanhalbinsel bis zum Peloponnes, brechen, vielleicht im Einverständnis mit Ostrom, 401 in Oberitalien ein und plündern 410 Rom. Alarich stirbt, bevor er nach Afrika übersetzen kann. Seine Nachfolger gründen 418 in Südfrankreich das Tolosanische Reich (Hauptstadt Toulouse) und erobern nach 450 Spanien (Residenz Toledo), bis sie 711 den Arabern erliegen. Von den Westgoten gelangt das arianische Christentum zu den übrigen ostgermanischen Stämmen. – Die *Vandalen* saßen wohl ursprünglich in Schlesien und Polen, lassen sich kurz, nachdem die Goten aus Ostpreußen ans Schwarze Meer gezogen waren, seit 170 n. Chr. in den Karpathen und an der oberen Theiß nieder. Zu Beginn des 5. Jhs. ziehn sie nach Westen und dringen 409 in Spanien ein, wo ein Teil durch die nachdrängenden Westgoten vernichtet wird. Mit ihnen war ein Kontingent der suevischen Quaden nach Spanien gezogen. 429 errichten die Vandalen unter Geiserich ihr nordafrikanisches Reich mit Karthago als Hauptstadt. Es wird

Anmerkungen zu Seite 147–148

534 von dem byzantinischen Feldherrn Belisar erobert. – Die *Ostgoten*, aus dem gleichen Reservoir wie die Westgoten hervorgebrochen, errichten in deren Rücken um 350 unter Ermanrich ein großes Reich zwischen Schwarzem Meer und Ostsee, unterliegen 375 den Hunnen und werden nach dem Zerfall der Hunnenherrschaft 453 in der römischen Provinz Pannonien (Ungarn und Slawonien zwischen Save und Drau) angesiedelt. Von hier bricht Theoderich d. Gr., durch den byzantinischen Kaiser Zeno angeregt, 488 zur Eroberung Italiens auf, wo er Odoakers Reich zerstört, der sich 476 von den germanischen Söldnern anstelle des letzten weströmischen Kaisers zum König hatte ausrufen lassen. Die zahlenmäßige und kulturelle Überlegenheit der Römer über die Goten und ihr konfessioneller Gegensatz als Katholiken gegen die arianischen Eroberer schwächen das Ostgotenreich nach Theoderichs Tode (526) bald, so daß es 555 den byzantinischen Feldherren Belisar und Narses unterlag. Dreizehn Jahre später brechen aber schon die arianischen *Langobarden* ('Langbärte') in Ober- und Mittelitalien ein, die, möglicherweise aus Gotland stammten, ihre Sitze von der Unterelbe um 490 nach Niederösterreich und in die ungarische Tiefebene, von dort nach Westungarn (Pannonien) verlegt und dabei die Reiche der Heruler und Gepiden zerstört hatten. Sie überwinden unter König Agilulf (gest. 616) durch Übertritt zum Katholizismus den konfessionellen Gegensatz, geraten dann aber in den Herrschaftsbereich der von Anfang an katholischen Franken: Pippin zwingt sie 754 zur Herausgabe des von ihnen eroberten Ravenna, und 774 wird ihr Reich besiegt und dem Karls d. Gr. einverleibt. – Die *Burgunder*, die, ursprünglich wohl auf Bornholm beheimatet, zwischen Weichsel und Oder gesessen, dann 406 um Worms und Mainz ein Königreich begründet hatten, das 436 von den Hunnen vernichtet war (Kern des Nibelungenliedes), errichteten an der Rhone ein neues Reich. Es ging 534 im Frankenreich unter. – Die arianische Stammesgruppe der *Sueven* wurde als Semnonen zu Alamannen, als Hermunduren zu Thüringern, als Markomannen zu Bayern; die Quaden schließlich gingen teils in Oberungarn, teils in Spanien unter.

S. 148: *Die Benediktiner:* der Ordo Sancti Benedicti (abgek. O.S.B.), begründet von Benedikt von Nursia (um 480 bis nach 543) auf dem Monte Cassino in Mittelitalien (529), der älteste abendländische Mönchsorden, verpflichtet in der Regula Benedicti seine Mitglieder zum Verbleiben im Kloster und Eigentumsverzicht, zu Keuschheit und Gehorsam; die Askese tritt zurück; der Wert der Arbeit in Haus und Feld, bei Weinbau und Viehzucht wird hochgeschätzt, Armenpflege geübt und eine Klosterschule zur Heranbildung des Nachwuchses unterhalten. Nach dem Vorbilde des Römers Cassiodorus (um 490 bis um 583), Theoderichs Kanzler, der in seinem Kloster Vivarium im kalabrischen Scyllacium (Squillace) Handschriften sammeln und Abschriften machen ließ, begannen die Benediktiner nach dem Tode ihres Ordensgründers, für die Überlieferung christlicher und antiker Literatur und Geschichtsschreibung zu sorgen. Die antiken Autoren wurden vor allem um ihrer Formvollendung willen abgeschrieben. Die Benediktinerregel, durch Papst Gregor I. d. Gr. (590–604, s. zu S. 232) trotz der Langobardennöte verbreitet, wurde vom 8. bis zum 12. Jh. die herrschende des Abendlandes. Karls d. Gr. karolingische Renaissance knüpft an Cassiodor und die Benediktiner an. Das alte Kloster Monte Cassino wurde 581 von den Langobarden zerstört, um 720 neu gegründet und 883 abermals zerstört und neu erbaut. – *Historiae:* die Inhalte der Vergangenheit, ihre Kenntnis und zusammenhängende Darstellung in Geschichtswerken; *annales:* Zusammenstellungen der Ereignisse eines einzelnen Jahres oder der größerer Zeiträume, nach Jahren geordnet, im Anschluß an den Kalender, ohne tieferen Zusammenhang. – *Anmerkung: Bischof Chrodegang von Metz* stellte unter Karl d. Gr. um 760 eine bis ins einzelne geregelte Ordnung für das gemeinsame Leben der Kleriker auf, die dem Mönchtum nachgebildet war, und führte dies Programm einer 'vita canonica' vorbildlich an seiner Metzer Kathedrale durch. – *Benedikt*, der 779 in Südfrankreich das Kloster Aniane gegründet hatte, führte unter Ludwig dem Frommen in den Klöstern Aquitaniens die Benediktinerregel durch (gest. 821).

S. 149: *Cluniacenser:* von der burgundischen Benediktinerabtei Cluni (nordwestlich Mâcon; gegründet 910) ging, vor allem unter den Äbten Odo (927–42) und Odilo (994–1049) eine von mönchisch-asketischen Idealen geleitete Reform, besonders der romanischen Benediktinerklöster, aus. Sie suchte sie vom Einfluß der weltlichen Herren durch Erweiterung des Klostergutes wirtschaftlich unabhängig zu machen, von dem der Bischöfe durch unmittelbare Unterstellung unter den Papst zu befreien und das mönchische Leben durch strenge Beobachtung der Benediktinerregel (s. zu S. 148), des Gehorsams gegen den Abt, innerlicher zu gestalten. Sie läuft mit der Straffung der geistlichen Herrschaftsansprüche und einem Wiederanstieg des Wunderglaubens parallel. – *Investiturstreit:* der Streit um die Einsetzung der Bischöfe und Äbte zwischen Papst und weltlichem Herrscher: dem deutschen Kaiser oder den französischen oder englischen Königen. War die Investitur mit Ring und Stab seit dem 9. Jh. von den weltlichen Herrschern vorgenommen, so wurde der Investiturstreit 1075–1121 zum Machtkampf zwischen Papst (vor allem Gregor VII., 1073–85) und deutschem Kaiser (Heinrich IV., 1056–1106, Heinrich V., 1106–25) überhaupt. Das Kaisertum verzichtete im Wormser Konkordat 1122 auf die Investitur mit den geistlichen Insignien Ring und Stab, erhielt aber die mit dem Zepter, welches die Belehnung der unter seiner Mitwirkung Ernannten mit den weltlichen Besitzungen ihrer Kirchen bedeutet. In Frankreich verzichtete die Krone 1104, in England 1107 auf die Investitur mit Ring und Stab. s. zu S. 240 Gregor VII., 116, 132. – *Die Pariser Schulen:* s. zu S. 125. – *Die großen Häresien:* die Albigenser ('Katharer' s. zu

Anmerkungen zu Seite 150–155 405

S. 46) und die Waldenser (s. zu S. 115). – *ecclesia primitiva:* christliche Urkirche.
S. 150: *Kanonist:* Kenner des Kirchenrechts. – *Geistliche Dramen:* s. zu S. 76. Sie werden im 14. und 15. Jh. volksmäßig umgebildet durch Einschaltung komischer Szenen in die Oster- und Weihnachtsspiele; das liturgische Element tritt hinter realistischer Darstellung des bürgerlichen Lebens zurück z. B. im Redentiner Osterspiel (1464) mit seinen Krämerszenen oder im Wiener Osterspiel mit dem Apostelwettlauf. Das Passionspiel wird aus der alten geistlichen Oper mit liturgischem Text und pantomimischem Spiel zum umfangreichen Schauspiel, das 3 und mehr Tage dauert und große Aufmachung erfährt, wobei die Schaulust der aufblühenden Städte durch Zünfte und Bruderschaften, die als Theatergesellschaften auftreten, befriedigt wird, z. B. Frankfurter (1493) und Alsfelder Passionsspiel, Spiel von der Päpstin Jutte (1480). In Paris besaßen die berühmten 'Passionsbrüder' (Confrarie de la Passion et Resurreccion Nostre Seigneur) seit 1402 ein Privileg für die Aufführung geistlicher Spiele, und in Florenz entwickelt sich kurz danach die nun gleichfalls diesseitiger gestimmte 'Rappresentazione' ('Vorstellung'), in deren aus Bibel oder Heiligenleben entnommene Stoffe sich derbkomische Szenen, auch Ständesatiren, einschieben; das gleiche gilt für die zahlreichen englischen und für die holländischen Mysterien- und Mirakelspiele dieser Zeit (etwa das 'Spiel vom heiligen Sakramente', das Smoken aus Breda um 1500 verfaßte).
S. 151: *Kalvinismus*, Lehre von der Gnadenwahl: s. zu S. 143, 229.
S. 152: *sensu proprio:* im eigentlichen, wörtlichen Sinne. – *rationell:* vom Verstande (und der Wissenschaft) bestimmt. – *eximiert:* ausgenommen.
S. 153: *abstrahiert:* sieht ab.
S. 154: *Petit nombre des élus:* die kleine Zahl der nach Calvins Prädestinationslehre zur Gnade, Seligkeit Auserwählten. s. zu S. 143, 229.
S. 155: *ut etc.:* 'so daß, wo der Sinn den Ausdruck leiten müßte, nun der Ausdruck dem Sinne Vorschriften macht'. – Die von Burckhardt durch Lasaulx häufiger angezogenen '*Sermones fideles*' ('Vertraulichen Gespräche') des engl. Renaissance-Philosophen Francis Bacon (1561–1626) sind die unter dessen Augen angefertigte lat. Übersetzung seiner 'Essays moral, economical and political', 1597. s. zu S. 59. – *substituiert:* unterschiebt. – *Methodismus:* die Methodisten, eine von den anglikanischen Theologen John und Charles Wesley (1703–91; 1707–88) und George Whitefield (1714 bis 70) begründete Religionsgemeinschaft, vor allem in Großbritannien und Nordamerika verbreitet, die ihren Namen von der methodisch geregelten Frömmigkeit der Brüder Wesley herleitet. Von herrnhutischer Innerlichkeit beeindruckt, erlebten beide im Mai 1738 zu London ihre Erweckung, John, als er Luthers Vorrede zum Römerbrief über die Rechtfertigung des Menschen durch Gott, ohne die Werke des Gesetzes, allein auf Grund seines Glau-

bens, anhörte. Sie verkündeten seitdem als gewaltige volkstümliche Prediger unter freiem Himmel die Grundgedanken des Evangeliums und riefen, indem sie die Höllenqualen eindringlich vor Augen führten, die Massen zu sofortiger Bekehrung auf. Sie wird als Durchbruch der göttlichen Gnade vermittels Bußkampfs erlebt. Da dieser Durchbruch häufig krampfartig erfolgt, heißen die Methodisten auch Jumpers ('Springer'). Die Wesleys lehnten im Unterschiede zu Whitefield die Prädestinationslehre ab. Allmählich erfolgte die Trennung von der anglikanischen Staatskirche, obwohl die Methodisten deren Hauptartikel beibehielten. Ihre Bewegung ist getragen von persönlichem Heilsbewußtsein und dem freudigen Willen, die Welt zum bessern umzugestalten; sie traten für Enthaltsamkeit gegenüber Alkohol und Tabak und für Aufhebung der Sklaverei ein. Die Mitglieder mußten sich von einem Vierteljahr zum andern bewähren oder ausscheiden; die bewährten Laien stiegen zu Predigern, Krankenpflegern oder Gemeindehelfern auf.

S. 156: *coram populo*: offen vor allem Volk. – *Die katholischen Dramen des Mittelalters*: s. zu S. 76 u. 150. – *autos sagramentales*: s. zu S. 77. – *Protestantisches Drama des 16. Jhs.*: die Reformations- oder polemischen, an die 'Moralitäten' anknüpfenden Stücke heute größtenteils vergessener Dramatiker wie der Neulateiner Thomas Naogeorgus und Nicodemus Frischlin oder der deutsch dichtenden Bartholomäus Ringwaldt, Burkard Waldis, Paul Rebhun, Christian Zyrl, Sixt Birck u. a. sowie die didaktischen 'Tragödien' von Hans Sachs. In England bezeichnen diese Stufe die antikatholischen Tendenzstücke von John Bale (1495–1563), mit dem die 'Mysterien' zu Ende gehen. – *Pietro Perugino*, eigentl. Vannucci (um 1446–1523), Lehrer Raffaels, der reinste Vertreter der im weichen Farbenschmelz ihrer Bilder klar, harmonisch, diesseitig wirkenden umbrischen Malerschule des 15. Jhs. – *Superstition*: Aberglaube.

S. 159: *Die Etrusker*: nach Herodot (etwa 484–425 v. Chr.), dem ersten erhaltenen großen griech. Geschichtsschreiber (T, 94), sollen sie aus dem kleinasiatischen Lydien nach 18jähriger Hungersnot ausgewandert sein. Man setzt heute ihre Einwanderung in Italien um 850 v. Chr. an; älteste Wohnsitze in Südtoskana (Tarquinii, Caere). Gegen Ende des 8. Jhs. v. Chr. erlangen sie die Vormachtstellung in Italien; im 6. Jh. steht Rom in ihrer Abhängigkeit (etruskisches Königsgeschlecht der Tarquinier); seit dem 5. Jh. beginnen die Römer, die Macht des etruskischen 12-Städtebundes durch Eroberung einzelner Stadtstaaten allmählich zu brechen, doch bleibt etruskischer Geist in Religion und Kultur weiterhin wirksam. – *ver sacrum*: der Brauch des 'heiligen Frühlings'. In besonderen Notzeiten gelobten die Römer und die mittelitalischen Stämme der Umbrer, Sabiner, Peligner, Aequer, Falisker, Herniker, Latiner u. a. den gesamten Nachwuchs eines Frühlings an Menschen und Vieh den Göttern. Die Tiere wurden geopfert; die Menschen, wenn sie erwachsen waren, als den Göttern verfal-

Anmerkungen zu Seite 159

lene, von Mars und seinen heiligen Tieren (Ackerstier, Specht, Wolf) geführte Aussiedler Landes verwiesen. – *Mongolen unter Dschingis Khan:* s. zu S. 143 Rußland, 123 Timur, auch 91, 111 Türken. – *Araber unter Mohammed:* s. zu S. 52 Schluß und zu S. 113 Bilderstreit. – *Lasaulx* S. 80 ff.: In allen großen Kulturperioden Asiens sehen wir wilde nordische Horden ungestüm ihre Landesgrenze durchbrechen und die zivilisierten Nachbarvölker überfluten. Gleich den Eiswinden ihrer Heimat kommen sie wie Gewitterstürme und vernichten was ihnen in den Weg tritt. Aber gerade wie nach solchen Stürmen die ruhig gewordene Natur wieder neu aufatmet und frische Lebenstriebe zeigt, so lassen auch die zivilisierten Nationen, welche *vor* dem Überfalle im Überflusse erschlafft, verweichlicht, entnervt waren, jedesmal *nach* der Überflutung eine neue jugendliche Lebensfrische blicken, sooft sich die nordischen Natursöhne mit ihnen gemischt haben. Dies ist das große Schauspiel, welches die Geschichte Asiens wie Europas zeigen. Ich will einige Beispiele anführen, zuerst aus der asiatischen Geschichte.

Schon in der ältesten Geschichte Asiens, in den heiligen Büchern der Parsen, im Zendavesta, werden solche Völkerkämpfe erwähnt zwischen Iran und Turan, den Verehrern des lebenspendenden Lichtgottes Ormuzd und den Bewohnern der nördlichen Gegenden, den Dienern des todbringenden Ahriman. Eine Folge dieser Kämpfe aber ist die neue Lichtreligion des Zarathustra. Ebenso wird schon in der ältesten Geschichte Ägyptens ein Zug des Sesostris erwähnt gegen die Skythen des Nordens; und gleicherweise wissen wir, daß um das Jahr 632 v. Chr. dieselben nordischen Skythen mit ungeheuerer Heeresmacht in Medien einbrachen, den Kyaxares schlugen, bis an die Grenzen Ägyptens vordrangen, und ein Menschenalter lang Herren von ganz Asien wurden, bis sie um das Jahr 604 wieder in ihre nordische Heimat zurückgetrieben wurden. Ferner, daß um dieselbe Zeit im siebten Jahrhundert vor Chr. der von den Skythen vertriebene Volksstamm der Kimmerier in Kleinasien einbrach und Sardes erobert, Ephesus bedroht, Magnesia zerstört hat, bis es endlich nach fünfzigjährigen Kämpfen gelungen ist, auch sie wieder zurückzuwerfen. Nichts aber gleichet dem Völkerbeben, welches durch ganz Asien zuckte als die Wut der Mongolen in die Reiche der gebildeten Südvölker einbrach. Ausgehend aus ihren Steppen, unter der Herrschaft des Tschingischan, 1167–1227, ergossen sie sich wie vernichtende Gießbäche oder wie Heuschreckenschwärme über ganz Asien, und gründeten einerseits in China anderseits in Rußland ihr nordisches Reich, bis es den Germanen gelang sie zurückzutreiben. Unmittelbar nach dieser mongolischen Überflutung Persiens aber traten die größten aller persischen Dichter auf, die gottestrunkenen Männer Dschelaleddin Rumi, Musliheddin Sadi, Mahmud Schebisteri, Feridoddin Attar, und es erblühte unmittelbar nach jenen Nordstürmen ein Liederfrühling wie Persien nie einen schöneren gesehen hatte.

In der Geschichte der europäischen Kultur, die wir genauer kennen, zeigt sich dasselbe Schauspiel noch glänzender: hier knüpft sich in der Tat jeder große weltgeschichtliche Fortschritt an einen Zusammenstoß europäischer Völker und Prinzipien mit asiatischen und afrikanischen Völkern und Prinzipien, an einen Völkerkrieg der drei Erdteile, in denen die bisherige Kulturgeschichte der Menschheit verlaufen ist d. h. an einen Kampf, dessen Ziel bewußt oder unbewußt, dunkeler oder klarer, kein anderes ist und bleibt bis es vollständig erreicht wird, als die Herrschaft Europas über Asien und Afrika, der Japhetiten über die Semiten und Chamiten. Am Anfange der uns bekannten europäischen Geschichte steht der sagenberühmte Troische Krieg, hellenischer Waffen gegen asiatische, hellenischer Monogamie gegen asiatische Polygamie: und auf ihn bezieht sich die Homerische Poesie, der Paradiesesgarten aller europäischen Kunst; auf dem Höhepunkt des hellenischen Lebens begegnen uns die Perserkriege, hellenischer Waffen gegen asiatische, hellenischer Freiheit gegen asiatischen Despotismus, und in ihnen ist nicht nur das Schicksal Griechenlands, sondern Europas entschieden worden. Hätte auf den Feldern von Marathon die Standarte der Perser gesiegt, so wären wir in diesem Augenblicke nicht hier versammelt, denn der ganze Strom der nachfolgenden Völkergeschichte wäre ein anderer geworden. Eine Frucht der Perserkriege aber ist in Griechenland alles was uns heute noch an hellenischer Kunst und Wissenschaft entzückt, Perikles und Phidias, Aeschylus und Sophokles, Platon und Aristoteles. Und am Ende des hellenischen Lebens steht der Siegeszug Alexanders des Großen, der zuerst unter allen Europäern den Gedanken einer Weltherrschaft gefaßt und mehr als irgendein anderer ausgeführt hat; und als dessen Folge die alexandrinische Kulturperiode, die zukunftreiche Vermählung europäischer, asiatischer und afrikanischer Bildung, die innere Vorbedingung des Christentumes.

Dasselbe zeigt sich auf der Höhe des römischen Lebens in den Kriegen gegen die afrikanischen Punier und gegen die Könige Asiens; hätte Hannibal gesiegt statt besiegt worden zu sein, die ganze spätere Geschichte Europas hätte einen anderen Gang genommen. Durch die Zerstörung Karthagos aber und den Sieg über Mithridates ist Roms Weltherrschaft und die Glanzperiode der ciceronisch-augustinischen Zeit bedingt.

Dasselbe finden wir auf der Höhe des mittelalterlichen Lebens in den Kreuzzügen, ein Zusammenstoßen europäischer und asiatischer Waffen, europäischer und asiatischer Ideen, und als dessen Folge die Blüte des christlichen Rittertums und der gesamten mittelalterlichen Kunst und Bildung, die gotischen Dome, und mit ihnen aus *einer* Wurzel Thomas Aquinas, Dante, Raffael, Palaestrina; dasselbe am Ende des mittelalterlichen Lebens in dem Falle der byzantinischen Macht gegen die Türken, in der Eroberung Konstantinopels, deren unmittelbare Folge die Einwanderung byzantinischer Künstler und Gelehrten in Italien und die dadurch be-

Anmerkungen zu Seite 159–162

wirkte Wiederherstellung der Wissenschaften in Europa war; und dasselbe endlich, ein Menschenalter später, in dem Sturze des Maurenreiches in Spanien.

Und gleicherweise hängt in neuester Zeit der Welthandel, der Weltreichtum und die Weltmacht Englands mit den Siegen der britischen Waffen in Indien und China zusammen. Überall ist die nächste Folge der Kriege allerdings Not und Elend, ihre weitere Folge aber eine wohltätige Aufregung der innersten nationalen Kräfte und eine daraus hervorgehende Erfrischung und Neugestaltung des Völkerlebens.

Und auch die Zukunft Europas wird sich wahrscheinlich an einen solchen Völkerkrieg knüpfen, der abendländischen mit den morgenländischen Waffen, der mit dem Falle des Türkenreiches in Europa endigen und eine politische Neugestaltung des Erdteiles zur Folge haben wird.

(Ebendort S. 93:) Jedes große Volk, wenn es in seiner Gesamtheit nicht mehr eine gewisse Masse unverbrauchter Naturkräfte in sich trägt, aus denen es sich erfrischen und verjüngen kann, ist seinem Untergang nahe; so daß es dann nicht anders regeneriert werden kann als durch eine barbarische Überflutung.

Übrigens ist es sehr merkwürdig wie frühe schon der Übergang der römischen Herrschaft an die Deutschen vorbereitet und angezeigt war, und wie langsam und allmählich er erfolgt ist und erst dann offenkundig wurde als er im verborgenen für den Tieferblickenden längst entschieden war.

Schon der Sieg Caesars über Pompejus in der Schlacht von Pharsalus d. h. des neuen Kaisertums über die alte Republik ist vorzüglich durch die Hilfe der germanischen Reiter im Heere Caesars entschieden worden; ebenso der Sieg Konstantins über Maxentius, des christlichen Kaisertums über das heidnische, nur durch die germanischen, gallischen und britischen Truppen im Heere Konstantins d. h. durch die Hilfe derjenigen Völker, auf deren Gedeihen die der römischen folgende Kulturperiode Europas beruhte. Noch deutlicher zeigt sich dieser allmähliche Übergang in der chronologischen Reihenfolge der römischen Kaiser. – Statt an die Ausrottung der Kanaaniten durch die Isrealiten glaubt man heute überwiegend an eine Vermischung beider. – *Germanische Invasion:* s. zu S. 113 Slawische Einwanderung u. 147 Arian. Germanen.

S. 160: *post hoc, ergo propter hoc:* da*nach*, also des*wegen*: bekannter Trugschluß der Logik. – *Große persische Dichter:* s. zu S. 67 Renaissancen unter d. Islam 2, 101, 109. – *Sufis:* 'mit Wolle Bekleidete', ursprünglich Ausdruck für die Asketen des Islams, die sich großenteils in den Orden der Derwische (pers. 'Armen') zusammenschlossen, danach für die theosophischen Mystiker, die wie jene die Vereinigung mit Gott schon in diesem Dasein erstreben. Sie schufen eine eigene islamische Literatur.

S. 162: *Heraklits* (etwa 544–483 v. Chr.) 'Streit ist der Vater aller Dinge'; die 'zwieträchtige Eintracht der Dinge' des *Horaz* (65–8 v.

Chr.); 'die einträchtige Zwietracht' des *Manilius*, der im 1. Jh. n. Chr. dem Fatalismus gläubig und voll Poesie sein astrologisches Lehrgedicht 'Astronomica' schrieb. – *Heinrich Leos* (1799–1878), des romantischen Geschichtschreibers und konservativen Politikers, Wort steht im Volksblatt für Stadt und Land, Juni 1853. Er war seit 1828 Prof. in Halle. Sein Hauptwerk ist die 'Geschichte der italienischen Staaten', 1829 f. – *Krieg der Holländer gegen Spanien:* s. zu S. 184 u. S. 118 Prot. Kirchen, Niederlande.

S. 163: *Hussiten:* Als der tschechische Theologe Johannes Hus unter Bruch des Geleitbriefes 1415 auf dem Konzil zu Konstanz verbrannt und seine Lehre verdammt worden war, trat ganz Böhmen in Aufruhr. Die *gemäßigte* Prager Richtung (Utraquisten, Kalixtiner d.h. 'Kelchler') schloß sich den Forderungen von Hus an: freie Predigt des Gotteswortes; der Kelch soll beim Abendmahl nicht nur dem Priester, sondern auch dem Laien gereicht werden (Laienkelch, Communio sub utraque forma, Abendmahl in beiderlei Gestalt); Einziehung des kirchlichen Besitzes und Rückkehr der Geistlichkeit zur Armut der Apostel; strenge Kirchenzucht ('Die 4 Prager Artikel', 1420). Die *radikale* Richtung der Taboriten (nach der von ihnen erbauten Stadt Tabor), vor allem aus Landbevölkerung bestehend, in der sich der Gedanke der Wiederkunft Christi mit kommunistischen Ideen verband, verwarf außerdem alle kirchlichen Lehren, Einrichtungen und Bräuche, die nicht aus der Bibel geschöpft sind, wie die Anrufung von Heiligen, Ohrenbeichte, Fasten, Seelenmessen, Bilder- und Reliquienverehrung. Ihr Führer war Johann Ziska (gest. 1424), danach Prokop der Kahle. Von dieser radikalen Richtung gingen die Hussitenkriege (1419–36) aus, die sich zugleich gegen die Deutschen, gegen Adel und Königtum richteten. Diese werden vertrieben und enteignet. In König Sigismund, der sein Wort in Konstanz gebrochen hatte, sieht man den Mörder von Hus. Er ist zwar auf dem Hradschin zum König von Böhmen gekrönt, kann aber Prag nicht nehmen, wird vielmehr vom Landtag in Czaslau zum Feind der böhmischen Nation und seiner Krone für verlustig erklärt und muß Böhmen verlassen. Sein Heer wird 1422 bei Deutsch-Brod vernichtend geschlagen. Er versucht vergeblich, gleichzeitig von Deutschland aus, wo der Kampf als Reichskrieg und Kreuzzug geführt wird, von Ungarn, dessen König er seit 1410 ist, und von Österreich aus die Hussiten anzugreifen: Kurfürst Friedrich von Sachsen unterliegt ihnen 1426 bei Aussig, ein weiteres Reichsheer in Westböhmen bei Mies (Stříbro) 1427. Inzwischen, von 1426–30, überschwemmen hussitische Volksheere die böhmischen Grenzen und dringen in Mähren, Österreich, Schlesien, die Lausitz, Meißen und Franken ein. Als schließlich 1431 ein Kreuzheer beim westböhmischen Städtchen Taus (Domažlice) vor ihnen davonläuft, gesteht das Baseler Konzil der gemäßigten Richtung der Hussiten: den sog. Prager Kompaktaten, 1433 das Abendmahl in beiderlei Gestalt zu. Die radikalen Taboriten, die den Vergleich ablehnen,

Anmerkungen zu Seite 163–165 411

werden 1434 bei Lipan (östlich von Prag) vernichtend geschlagen; Sigismund, 1433 in Rom zum Kaiser gekrönt, zieht 1436 in Prag ein. Der Adel eignet sich das bedeutende Kirchen- und Klostergut an; die Bauern leben bedrückt wie zuvor; die Deutschen sind auf die Randgebiete zurückgedrängt. – *Kabinettskrieg:* auf unmittelbare Veranlassung des regierenden Fürsten und seines Ministerrats, ohne eine Volksvertretung, beschlossener und geführter Krieg.

S. 164: *sensu absoluto:* im vollständigen, unbedingten Sinne. – *Numantia:* Stadt der Keltiberer, in Nordspanien am Oberlauf des Duero bei Soria, 133 v. Chr. von Publius Cornelius Scipio Aemilianus, dem Eroberer Karthagos, nach zehnjährigen heldenhaften Freiheitskämpfen gegen die Römer eingeschlossen und durch 15 Monate Belagerung ausgehungert.

S. 165: *Peloponnesischer Krieg:* s. zu S. 122, 127 ganz. S. 166: *Die sog. Revolutionen in Rom:* der Aristokrat Tiberius Sempronius *Gracchus* beantragt als Volkstribun 133 v. Chr., kein Bürger soll mehr als 500 Morgen (iugera) öffentlichen Landes behalten (= 125 ha); wenn er allerdings 2 Söhne hat, darf er 1000 Morgen behalten; alles darüber Hinausgehende wird eingezogen und an römische Bürger ohne Grundeigentum zu Kleingütern von je 30 Morgen verteilt; die Großgrundbesitzer, die bisher mehr als 500 (bzw. bis 1000) Morgen öffentliches Land zur Nutzung zur Verfügung hatten, sollen nur dieses Mehr abgeben, erhalten das vorgeschriebene Maß an öffentlichem Land jedoch zum völligen Privateigentum; dagegen sollen die Kleingüter von je 30 Morgen, die den Bedürftigen zugeteilt werden, unverkäuflich sein – so konnten sie von den Großgrundbesitzern nicht wieder aufgekauft werden –, und die Kleinbauern eine Abgabe (vectigal) an den Staat zahlen. Da der Senat aus Großgrundbesitzern (der Nobilität) bestand und das Gesetz daher unbedingt ablehnen wollte, bediente er sich des verfassungsmäßigen Mittels: er ließ einen Volkstribunen, Octavius, Veto gegen das Gesetz einlegen, wodurch die Abstimmung verhindert worden wäre. Tiberius Gracchus, um nicht zu unterliegen, tat darauf etwas Verfassungswidriges, noch nie Vorgekommenes: er schlug der Volksversammlung vor, Octavius aus seinem Amt zu entfernen, weil er die Sache des Volkes verrate, die er in seinem Amt gerade zu vertreten habe. Octavius wurde aus seinem Amte entfernt. Darauf wurde das Agrargesetz angenommen und ein Dreimännerausschuß (tresviri) zur Verteilung des öffentlichen Landes eingesetzt, dem Tiberius Gracchus selbst angehörte. Er beantragte als Volkstribun in der Volksversammlung ferner, obwohl auswärtige Angelegenheiten und die Führung des Staatshaushaltes zu den Kompetenzen des Senats gehörten, das Königreich Pergamon, das dessen letzter König Attalos (gest. 133) dem römischen Staat vermacht hatte, zur römischen Provinz zu erklären, dem öffentlichen Lande zuzuschlagen und den Kronschatz zur Anschaffung von Acker-Inventar zu verwenden.

Außerdem betrieb er die Abkürzung der militärischen Dienstzeit, suchte, um die richterliche Machtstellung des Senats einzuschränken, die Zusammensetzung der Gerichtshöfe zu verändern und den italischen Bundesgenossen das römische Bürgerrecht leichter zugänglich zu machen, um sie für die Einziehung des von ihnen besetzten öffentlichen Landes zu entschädigen. Damit er dies alles jedoch durchsetzen konnte, mußte er auch im nächsten Jahre 132 als Volkstribun wiedergewählt werden, was dem festen Brauch zuwiderlief. Er bewarb sich, ohne den für die Wiederholung des Amtes erforderlichen Dispens eingeholt zu haben. Am Wahltage wurde er jedoch von den Parteigängern des Senats unter dem Vorwande erschlagen, er habe Aufruhr gestiftet und nach der Alleinherrschaft gestrebt. Als sein Bruder Gaius als Volkstribun 9 Jahre später das Agrargesetz und die Anträge des Tiberius Gracchus erneuert, verbilligten, staatlichen, monatlichen Kornverkauf an das römische Stadtproletariat, Rechenschaft der Provinzialstatthalter nicht mehr, wie bisher, vor dem Senat, sondern vor den Geschworenen des Ritterstandes (equites): den Geldleuten und Bankiers, fordert, als er ein Gesetz zur Sicherung der persönlichen Freiheit einbringt, ja an eine allgemeine italische Agrarreform und an die Zuerkennung vollen Bürgerrechts an alle Latiner herangeht, wird ihm, der nun auch die römische Plebs gegen sich hat, das gleiche Schicksal zuteil. Die Reaktion führt von 121–111 den Gegenschlag: 300 Anhänger der Reform werden zum Tode verurteilt, die Gesetze aufgehoben, und seit 111 kann auch das inzwischen verteilte öffentliche Land von den Großgrundbesitzern gekauft werden. Die Latifundien wachsen weiter. Durch die Niederwerfung des numidischen Königs Jugurtha 105 tritt der dem Ritterstande angehörige, von der Volkspartei getragene Gaius *Marius* in den Vordergrund. Fünfmal hintereinander zum Konsul gewählt, bildet er während seines Oberkommandos gegen die Cimbern und Teutonen, nachdem 5 von Konsuln der Senatspartei geführte Armeen unterlegen waren, die Heeresorganisation um: statt der bisherigen Miliz von Bürgern mit Landeigentum, die dem jährlichen Aufruf folgte, schafft er aus Proletariern ein Berufsheer von 16 Jahre lang dienenden Söldnern, denen Landzuteilung nach Ablauf der Militärzeit in Aussicht gestellt wird und deren Existenz weit enger mit ihrem Feldherrn verknüpft ist als die der Miliz. Mit diesem neuen Heere siegt Marius 102 über die Teutonen bei Aquae Sextiae (Aix-en-Provence), 101 über die Cimbern bei Vercellae (nördl. vom oberen Po) und setzt 100 die Ackerverteilung an seine Veteranen durch. Seitdem wird die Agrarpolitik Roms mit der Veteranenversorgung fast gleichbedeutend und verliert mehr und mehr den bürgerlichen Charakter, den sie in der Gracchenzeit gehabt hat. Zweimal bringen Volkstribunen in Anknüpfung an die Gracchen Ackergesetze und Gesetze zur Aufnahme der Bundesgenossen ins römische Bürgerrecht ein – Saturninus, gestützt auf den Terror der Straße (100), und Livius Dru-

Anmerkungen zu Seite 165

sus im gemäßigten Geiste reformfreudiger Senatspartei (91): beide scheitern am Widerstand von Senat, Ritterschaft oder Volk, ihre Gesetze werden kassiert und sie selbst getötet. Nach des letzteren Ermordung erheben sich 91 die Bundesgenossen zum Kriege. Senat und Volk von Rom muß ihnen 89 das Bürgerrecht verleihen, da man sie nicht besiegen kann. Jetzt sind sie privatrechtlich den Römern gleichgestellt, aber politisch insofern noch nicht, als man sie nicht gleichmäßig in alle Stimmabteilungen (tribus) aufnahm, sondern ihnen in stadtrömischer Kurzsichtigkeit nur eine bestimmte kleine Zahl anwies, so daß die den Altbürgern gegenüber eine Minorität bildeten. In Rom steigert sich der Ständekampf zwischen der konservativen, an den bestehenden Besitzverhältnissen festhaltenden, aristokratischen, grundbesitzenden Senatspartei (optimates), denen die Geldgeschäfte der Ritter verboten waren, und andererseits der Volkspartei (populares), bei der immer einige politisch ehrgeizige oder ruinierte Aristokraten oder Ritter Gefolgschaft suchten, zum regelrechten Bürgerkrieg. So macht sich der tief verschuldete Publius Sulpicius Rufus als Volkstribun zum Anwalt der noch offenen Forderung der bundesgenössischen Neubürger nach Gleichberechtigung in den Tribus und sucht zugleich durch Volksbeschluß seinem Parteigänger, dem alten Marius, den Oberbefehl gegen Mithradates, den König von Pontos, zuzuschieben, anstelle des Aristokraten Lucius Cornelius *Sulla,* der für dieses Jahr 88 zum Konsul gewählt war und durch das Los die Provinz Asien und damit bereits den Oberbefehl gegen Mithradates erhalten hatte. Durch Marius hofft Sulpicius sich aus der Beute Asiens sanieren zu können. Da flieht Sulla aus Rom zu seinem Heer in Kampanien, führt es blitzschnell gegen die Hauptstadt, stürmt zum ersten Male Rom mit römischen Truppen, erobert es im Straßenkampf, vertreibt seine Gegner, läßt sie auf die Ächtungs-, Proskriptionslisten setzen, wodurch ihr Leben und ihre Habe verwirkt waren, läßt die Gesetze des Sulpicius kassieren und stellt eine unumschränkte Senatsherrschaft her, als habe es die revolutionäre Gesetzgebung der letzten 50 Jahre nicht gegeben. Damit tritt erstmalig die Militärdiktatur in die römische Geschichte. Kaum aber ist Sulla zum Kriegsschauplatz in Griechenland abgesegelt, so errichtet sein Kollege im Konsulat Lucius Cornelius *Cinna,* gestützt auf die Volkspartei, gemeinsam mit dem zurückgerufenen alten Marius, ein Schreckensregime gegen die Senatspartei mit Todesurteilen und Vermögenseinziehung (87—86). Bei dieser Gelegenheit verleiht Cinna 88 den Bundesgenossen auch die politische Gleichberechtigung in den Tribus. Cinnas revolutionärer Gewaltherrschaft der Straße antwortet eine offene reaktionäre Militärdiktatur, als Sulla 82 als Sieger in Rom einzieht: nun werden zahlreiche Senatoren und Tausende von Rittern, die Cinna oder der Volkspartei nahestanden, geächtet, ihre Güter den Veteranen Sullas gegeben und eine Senatsherrschaft wieder aufgerichtet, unter der Anträge der Tribunen der Zustimmung des

Senats bedürfen, die Tribunen von allen höheren Ämtern ausgeschlossen sind, und der Senat die Geschworenengerichte von den Rittern zurückerhält. Als Sulla 78 stirbt und der eine Konsul dieses Jahres: M. Aemilius Lepidus, die Wiederherstellung der Macht der Tribunen fordert, wird er von der Senatspartei zum Feind des Vaterlandes erklärt und von seinem Kollegen besiegt. Da bricht 73 der große Sklavenaufstand unter dem Thraker *Spartacus* und dem Gallier Krixus aus. Seine Besieger: der durch die Proskriptionen zu gewaltigem Vermögen gelangte Finanzmann Marcus Licinius *Crassus* und der unter Sulla emporgestiegene Feldherr Gnäus *Pompeius* – also zwei ehemals von Sulla begünstigte Männer –, stellen dann 70 die alte tribunicische Gewalt wieder her und besetzen die Schwurgerichte gleichmäßig mit Senatoren, Rittern und Tribuni aerarii (Tribunen mit Rittereinkommen). Während Pompeius die Seeräuber (67) und Mithradates endgültig besiegt und Vorderasien neu ordnet (66–63), bemüht sich der finanziell ruinierte Hochadlige Lucius Sergius *Catilina*, der wegen seiner Verwaltung Afrikas eine Erpressungsklage zu erwarten, sein Vermögen jedoch bald wieder verschleudert hatte, gestützt auf einen Teil des jungen Adels, um das Konsulat. Er trat für die Wahl des Jahres 63 mit dem Projekt eines großen Schuldenerlasses für Stadt und Land hervor, doch wurde, aus Furcht der Senatspartei vor dessen Plänen, an seiner Stelle sein Gegenkandidat: der dem Mittelstande entstammende Marcus Tullius *Cicero*, gewählt, der eine Koalition von Senat und Rittern anstrebte und sein Amt nach republikanischen Grundsätzen verwaltet hat. Cicero trat dem vom Tribunen Servius Rullus eingebrachten Ackergesetz entgegen, das öffentliche Land in den Provinzen zu verkaufen und von der so gewonnenen Summe in Italien Land für ackerlose Bürger zu erwerben. In der Durchführungskommission hofften die demokratischen Führer Crassus und der junge *Cäsar*, die Catilinas Bewerbung um das Konsulat zunächst unterstützt, sich dann aber zurückgezogen hatten, durch ihre Vollmachten bedeutende Reichtümer an sich zu bringen. Das Gesetz des Rullus scheiterte jedoch am Widerstand der Senatspartei, und Catilina fiel bei der Konsulwahl für das nächste Jahr abermals durch, trotz des Eindrucks, den sein Programm des Schuldenerlasses auf italische Bauern, in Etrurien angesiedelte Veteranen und verschuldete Adlige machte. Da entschloß er sich zur Gewalt: gleichzeitig in Rom und Etrurien sollte der Aufstand ausbrechen; seine Anhänger sollten einen Teil des Magistrats und der Senatoren ermorden, die Stadt in Brand stecken und die Gewalt an sich reißen, während die Veteranen aus Etrurien Rom einschließen und die neue Regierung einsetzen sollten. Catilinas Anschlag wird jedoch dem Senat durch Ciceros Spione vorher bekannt und vereitelt, seine Helfer in Rom hingerichtet, er selbst fällt 62 mit 3000 Anhängern in der Schlacht bei Pistoria. Als dann Pompeius als Sieger Ende des gleichen Jahres aus dem Kriege zurückkehrt, lehnt der Senat die Ackerverteilung

Anmerkungen zu Seite 166

an seine Veteranen ab, und zwei Jahre später kommt das 1. Triumvirat zwischen Pompeius, Cäsar und Crassus zustande. Die römischen Revolutionen haben zu keinem Ziele geführt; fast nur die Ansiedlung der Veteranen und das Bürgerrecht der Bundesgenossen ist von ihren Gedanken übriggeblieben; die republikanische Verfassung weicht der Militärdiktatur. s. zu S. 184 Staatsstreiche.

S. 166: *Der letzte Bürgerkrieg Roms:* Marcus Antonius, mit Marcus Aemilius Lepidus und C. Julius Cäsar Octavianus zum 2. Triumvirat verbunden, besiegt nach furchtbaren Proskriptionen unter ihren Anhängern die Cäsarmörder Gaius Cassius und danach Marcus Junius Brutus 42 v. Chr. bei Philippi in Makedonien. – *Das julische Haus:* meist als julisch-claudisches Herrscherhaus bezeichnet, regierte von 30 v. bis 68 n. Chr.: Augustus, Tiberius, Caius Caesar (Caligula), Claudius, Nero. – *aes alienum:* die Schulden. In den 'Annalen' des Tacitus heißt es Buch 3 Kap. 40: In demselben Jahre (21 n. Chr.) entstand in den gallischen Staaten wegen ihrer großen Schulden ein Aufruhr, der bei den Treverern am eifrigsten von Julius Florus und bei den Äduern unter Julius Sacrovir geschürt wurde. – *Bar Kochba:* s. zu S. 110 Jüd. Restauration, Schluß. – *Krisen beim Tode des Nero und Pertinax:* s. zu S. 90. – *Die Usurpation des 3. Jhs. eine rettende:* das *severische Herrscherhaus* (193–235). Sein Begründer Lucius *Septimius Severus* aus dem nordafrikanischen Leptis magna, östl. von Tripolis an der Syrte (193–211), sichert das Reich gegen die Parther (197 Erstürmung von Ktesiphon), stellt die Provinz Mesopotamia wieder her und wehrt die nordschottischen Caledonier ab. Durch seine Heirat mit Julia Domna den Priesterkönigen von Emesa (Homs) verschwägert; konzentriert den eingezogenen Grundbesitz seiner Gegner in kaiserlichen Domänen, endet die militärische Sonderstellung Italiens durch Verlegung einer Legion dorthin auf und macht das Heer durch Ergänzung, u. a. durch Einreihung der Bogenschützen von Palmyra, wieder zur entscheidenden Kraft des Reiches. Seine Regierung ist Militärmonarchie; auf deren Festigung richtet sich auch ein Teil seiner bedeutenden gesetzgeberischen und verwaltenden Tätigkeit. Sein Sohn, der grausame Marcus Aurelius Antoninus *Caracalla* (nach dem keltischen Soldatenmantel, 211–217), führt das Werk des Vaters fort. Zunächst ermordet er seinen Bruder und Mitregenten Geta, läßt Tausende von dessen Anhängern hinrichten und ihr Vermögen einziehen. Um Heeresstärke und Steuereingänge zu erhöhen, verleiht er allen freien Reichsangehörigen das römische Bürgerrecht, außer den halbkultivierten Stämmen (Constitutio Antoniniana 212); kämpft gegen die Goten an der unteren Donau und wird auf dem Feldzug gegen die Parther ermordet. Nach dem Zwischenspiel seines Verwandten Elagabalus (218–222, s. zu S. 107 Schluß), der den Baalskult als dessen oberster Priester nach Rom verpflanzt, die Regierung aber seiner Großmutter Julia Maesa, der Schwester Julia Domnas, überläßt, stellt dessen Vetter *Severus Alexander* (222–235) die Staatsautorität wieder her und behauptet die Ostgrenze trotz Niederlagen gegen die neupersischen Sassaniden. Er wird in Mainz ermordet. – *Die illyrischen Kaiser:* die aus Pannonien (Illyricum) und Dalmatien stammenden Kaiser aus verschiedenen Familien regierten von 268–325. Claudius II. Goticus (268–270) besiegt die in Oberitalien eingefallenen Alamannen am Gardasee und die Goten bei Naissos (Nisch im südöstl. Jugoslawien), stirbt jedoch kurz darauf an der Pest. Ihm folgt in schwieriger außenpolitischer, militärischer und wirtschaftlicher Situation der harte Soldat Lucius Domitius *Aurelianus* (270–275). Er besiegt die Alamannen und Juthungen (Sueven) am Ticinus (Ticino), befestigt Rom (aurelianische Mauer), Milet, Athen und Nicäa, verzichtet auf Dacien (Rumänien), stellt die Einheit des Imperiums durch Verteidigung der Donaugrenze gegen Goten und Vandalen, durch die Eroberung des Reiches von Palmyra 273 (Oase Tudmur in der Syrischen Steppe), das Kleinasien, Syrien und Ägypten an sich gerissen hatte, und durch seinen Sieg über den Imperator Galliens, Publius Esuvius Tetricus, wieder her. Inzwischen paßt er das Heer seinen neuen Aufgaben an und führt damit weiter, was Septimius Severus 70 Jahre früher begonnen, Gallienus (253–268) nach seines Vaters Valerianus Gefangennahme durch die Perser (260) zehn Jahre früher fortgesetzt hatte: der Kern des Heeres bleibt zwar das Fußvolk; dazu schuf Gallienus jedoch eine bewegliche Reservearmee, vor allem ein aus Dalmatiern, Mauren, Mesopotamiern (Osroënern) und Rheingermanen gebildetes, in Mailand stationiertes großes Kavalleriekorps; Aurelian fügt nach persischem Vorbild die schweren Panzerreiter hinzu und verstärkt durch Vandalen, Juthungen und Alamannen das germanische Element im römischen Heere. Er erhebt den Kult des Sonnengottes (Sol invictus) zur Reichsreligion und verwandelt das seit Augustus von allen Kaisern beibehaltene staatsrechtliche Verhältnis des 'Prinzipats', wonach der Kaiser princeps civium d. h. Erster der Bürger ist, zum 'Dominat:' dem Kaiser als Dominus et deus, 'Herr und Gott', ist göttliche Verehrung, auch durch ein Priesterkollegium, zu erweisen. Aurelian wird von seinen Offizieren ermordet. Auf den vom Senat erwählten greisen Marcus Claudius Tacitus (275–276), der auf einem Zuge gegen die in Kleinasien eingefallenen Alanen von seinen Truppen umgebracht wird, auf den tapferen Pannonier Marcus Aurelius Probus (276–282), der die römische Herrschaft an Rhein und Donau durch Neubefestigung des Grenzwalles (Limes) wiederherstellt, und seinen Landsmann und General Marcus Aurelius Carus, der den Limes wieder verliert, aber Ktesiphon 284 nach Septimius Severus zum zweiten Male einnimmt, folgt in Caius Aurelius Valerius *Diocletianus* (284–305), dessen Politik sich durch römische Konsequenz auszeichnet, der letzte große Illyrier. Er und sein von ihm eingesetzter Mitregent Marcus Aurelius Valerius Maximianus kämpft gegen die Franken und Alamannen und gewinnt das aufrührerische Ägypten und Britannien zurück, während sein Schwiegersohn Galerius die Neuperser zur Anerkennung

Anmerkungen zu Seite 166-167

der römischen Oberhoheit über Armenien zwingt. Von Diokletian stammt die neue Reichsverfassung, die, in Anknüpfung an den Dominat Aurelians, zum Zwecke festen Zusammenhaltes des Imperiums nunmehr die absolute Monarchie des Kaisers, der durch göttlichen Willen zu seinem Amte berufen ist, staatsrechtlich fixiert; von ihm auch, zum Zwecke der Stärkung der einheitlichen kaiserlichen Gewalt, die Gliederung des Reiches in 4 Verwaltungsgebiete, von denen zwei unter den beiden Kaisern (Augusti), die beiden übrigen unter 2 als Thronfolger gedachten Caesares stehn sollen (Tetrarchie). Diokletian selbst übernimmt den Osten (Kleinasien, Nordmesopotamien, Syrien, Phönizien, Palästina, Ägypten, Libyen) mit der Residenz Nicomedia (Izmit an der Ostküste des Marmarameers); sein Mitkaiser Maximian übernimmt Italien und Afrika (Residenz Mailand); Diokletians Schwiegersohn Galerius erhält Illyricum mit Makedonien und Griechenland (Hauptstadt Sirmium, heute Mitrovica an der Save), der aus Illyrien stammende General Constantius Chlorus, der Vater des späteren Constantin d. Gr., Spanien, Gallien und Britannien (mit den Hauptstädten Trier und York). Dazu wurden, von der absoluten kaiserlichen Gewalt gegenüber den Untertanen ausgehend, die Verwaltung, die Finanzen, die kaiserliche Beamtenschaft sowie Einteilung und Recht der Provinzen, die Besteuerung und das Hofzeremoniell von Diokletian neu geordnet und zum Zwecke der Preissenkung zugunsten der in Geld besoldeten Beamten und Offiziere 301 ein Höchstpreistarif (edictum de pretiis) veröffentlicht. Die Garde der Stadt Rom schließlich wurde stark verkleinert; jeder der 4 Regenten erhielt einen eigenen Gardepräfekten; die Anzahl der Legionen wurde mehr als verdoppelt, jedoch ihre Mannschaftsstärke auf ein Drittel herabgesetzt; das Reserveheer wurde weiter ausgebaut. Dies war der Zustand, als Diokletian und Maximian 305 abdankten. – *Konstantin und seine Nachfolger:* s. zu S. 242, 110 Karl d. Gr., 99 Arianische Spaltung, 113 Slaw. Einwanderung, 147 Trinitätsbegriffe, Christentum in Abessinien. – *Substitution:* Darunterschiebung.

S. 167: *Rosenkriege:* Thronkämpfe der mit dem englischen Königshause Plantagenet verwandten Hochadelsfamilien Lancaster (rote Rose im Wappen) und York (weiße Rose) gegeneinander, 1455–85, wobei der Feudaladel auf der Seite der Lancaster, der niedere Adel und das Bürgertum vorwiegend auf der Seite York standen. Heinrich von Lancaster hatte 1399 gemeinsam mit dem Parlament König Richard II. Plantagenet und dessen absolutes Günstlingsregiment für abgesetzt erklärt und als Heinrich IV. im gleichen Jahre den Thron bestiegen. Ihm waren sein Sohn Heinrich V. und sein unfähiger Enkel Heinrich VI. gefolgt. Dieser wurde 1461 von Eduard IV. aus dem Hause York mit Hilfe des 'Königsmachers', des Grafen Warwick, verdrängt, 9 Jahre später von dem gleichen Warwick jedoch wieder aus dem Kerker befreit und auf den Thron gesetzt. Der durch Warwick zur Flucht nach Holland gezwungene

Eduard IV. kehrte aber schon im nächsten Jahre, 1471, mit Heeresmacht zurück, besiegte Warwick und ließ Heinrich VI. im Tower ermorden. Als dann Eduard IV. 1483 starb, brachte sein Bruder Richard III. skrupellos die Krone an sich, fiel jedoch schon 2 Jahre später im Kampf gegen Heinrich VII. aus dem Hause Tudor, der die Thronansprüche der Lancaster geerbt hatte. Die Rosenkriege lichteten die Reihen des englischen Hochadels und bereiteten so die Stärkung der Königsmacht unter den Tudors vor. — *Französische Reformationskriege:* Die Hugenotten (vermutlich aus Iguenots, 'Eidgenossen'), die französischen Protestanten, begannen sich unter der Regierung Franz I. (1515–47) zu verbreiten. Er ließ sie mit Inquisition und Scheiterhaufen verfolgen, da er seit dem Konkordat von 1516 (s. zu S. 117) mit der katholischen Kirche einen für ihn vorteilhaften Frieden geschlossen hatte und beträchtliche Einnahmen aus ihr bezog. Unter seinem Nachfolger Heinrich II. nehmen sie trotz verstärkter Hinrichtungen bedeutend zu, bekennen sich auf der ersten Nationalsynode von Paris 1559 zu den Glaubenssätzen Calvins und finden ihre Führer in den Prinzen aus dem Hause Bourbon: Anton, König von Navarra, und Louis von Condé sowie vor allem in deren Onkel Gaspard de Coligny, Seigneur de Châtillon, Admiral von Frankreich. Coligny versucht, den 1560 noch im Knabenalter zur Regierung gelangten Karl IX. für den reformierten Glauben und den Kampf gegen die katholische Vormacht Spaniens zu gewinnen, scheitert aber am Widerstand der Königin-Mutter und Regentin Katharina von Medici, die von den katholischen Führern Herzog Franz und Kardinal Karl von Guise im spanischen Sinne gelenkt wird. So kommt es zu den Hugenottenkriegen von 1562/63, 1567/68 und 1568/70, in denen die Hugenotten bedingte Religionsfreiheit und Einräumung von 4 Sicherheitsplätzen (besonders der Hafenstadt La Rochelle an der atlantischen Küste) erzwingen. Unter Bruch aller Abmachungen läßt dann Heinrich von Guise, der Sohn von Franz, 1572 Coligny ermorden und in der Bartholomäusnacht des gleichen Jahres Tausende von Hugenotten in Paris und den Provinzen überfallen und hinschlachten. Es entbrennen vier weitere Religionskriege, ohne die Entscheidung zu bringen (1572/73, 1574/76, 1576/77, 1579/80). Es bildet sich die katholische 'Liga' (s. zu S. 117). Heinrich III., seit 1574 König, steht im 8. Hugenottenkrieg 1585 auf ihrer Seite, 1588 auf Seiten der Hugenotten. Nach seiner Ermordung 1589 fällt die Krone an Heinrich IV. (von Navarra). Er tritt zwar 1593 zum Katholizismus über, gesteht den Hugenotten jedoch 1598 im Edikt von Nantes beschränkte Duldung: Ausübung ihres Gottesdienstes, Gewissensfreiheit und bürgerliche Gleichberechtigung, zu. s. auch zu S. 132. — *Faktion:* Partei. — *Völkerwanderung:* s. zu S. 113 Slaw. Einwanderung, 147 Arian. Germanen.

S. 169: *Heinrich VIII:* s. zu S. 143 Anglikan. Staatskirche, 118 Prot. Kirchen. — *Probabilität:* Wahrscheinlichkeit. — *Lasaulx* S. 24 f.:

Anmerkungen zu Seite 169–170

Aber nicht nur die Menschen selbst, auch jedes organische Gebilde des menschlichen Lebens, jede Sprache und innerhalb derselben jeder Dialekt, jede Religion und jede Form des Kultus, jede Staatsverfassung, jede Kunst, jede Wissenschaft, jedes Dorf, jede Stadt, jeder Staat und jeder Staatenverein, alle diese menschlichen Gebilde und Lebensformen haben als solche ein besonderes, ihnen eigentümliches Leben, welches nach biologischen Gesetzen sich entwickelt, wächst, blüht, seinen Höhepunkt erreicht, und wenn es den erreicht und seine Idee vollständig verwirklicht hat, allmählich wieder abstirbt: wie was die höchsten dieser Gebilde, die Städte und Staaten betrifft, denen sie ebendarum ihre besonderen Schicksalsgenien zuschreiben, schon die Alten sehr klar erkannt und ausgesprochen haben. Das Gesamtergebnis aller dieser Verhältnisse, Zustände und Kräfte ist das, was den allgemein herrschenden Geist einer Zeit ausmacht, die jeweilige Potenz der allgemeinen Lebensentwicklung der Menschheit, d. h. der gleichzeitig nebeneinander wohnenden und miteinander verkehrenden Kulturvölker. Dieser Zeitgeist ist nicht sowohl das willkürliche subjektive Produkt der einzelnen gleichzeitig lebenden Menschen, als vielmehr die unwillkürliche objektive geistige Macht, unter deren Einfluß die einzelnen Menschen stehen, und der sich der einzelne nur schwer und niemals ganz zu entziehen vermag. Dieser allgemein herrschende Geist ist nicht die *Folge* der Meinungen vieler Einzelnen, sondern die *Ursache*, daß diese Meinungen so allgemein verbreitet sind. Wie in Zeiten allgemeiner Epidemien jeder Einzelne, wenigstens teilweise, sollizitiert wird von dem allgemeinen Miasma, so fühlen sich alle gleichzeitig lebenden Individuen unwillkürlich dem Zeitgeiste gegenüber in eine und dieselbe geistige Strömung mithineingezogen; jeder Mensch gleicht in dieser Beziehung, wie das Arabische Sprichwort sagt, mehr seiner Zeit als seinem Vater. Denn im Ganzen und Großen des Völkerlebens herrscht überall der Naturtrieb vor, nicht die individuelle Willkür: wie ein jeder die Sprache seines Landes und seiner Zeit spricht, so denkt er auch nach deren System, zu Konstantinopel muhammedanisch, zu Petersburg griechisch-katholisch, zu Rom römisch-katholisch, zu Berlin protestantisch; ganz seiner eigenen rein menschlichen Vernunft gemäß denkt und handelt kein einziger unter allen Menschen. – *Lamartines Wort:* 'Frankreich langweilt sich'. Alphonse de Lamartine (1790–1869), der große romantische Elegiker der Einsamkeit des Genies, war später als 'konservativer Demokrat' seit März 1848 für drei Monate Außenminister der Zweiten französischen Republik. Politisch schillert er zwischen Saint-Simonismus und religiöser Orthodoxie. Er schrieb die 'Histoire des Girondins', 1847.

S. 170: *Erster Kreuzzug:* Auf der Synode von Clermont 1095 verkündete Papst Urban II. den Massen zuerst den Beschluß zum Kreuzzug ('Deus lo volt', 'Gott will es'). Kaiser Alexios I. Komnenos von Byzanz (1081–1118) hatte das Abendland durch Vermitt-

420 *Anmerkungen zu Seite 170*

lung des Papstes um Hilfe gegen die Seldschuken gebeten. Die Massen folgten dem Rufe teils aus Abenteuerlust, teils weil sie dadurch Generalablaß erlangten. s. zu S. 110 Herstellung des Königreichs Jerusalem, 111, 113 Komnenen, 175 Peter v. Amiens.
– *Bauernkrieg:* Die große deutsche Bauernrevolution von 1524/25 knüpft an frühere Bauernerhebungen an und bildet ihr tragisches Ende. Seit etwa 1430 gärt es unter den Bauern des deutschen Reiches; 1476 verkündet der Pfeifer von Niklashausen als von Gott gesandter Prophet im Taubertal die neue, kommunistische Weltordnung; seit 1492 erheben sich in den Niederlanden die 'Käsebröder' (mit Käse und Brot im Banner), die schwäbischen Bauern des Fürstabts von Kempten, und am Oberrhein bildet sich, mehrfach unterdrückt, der 'Bundschuh' (nach der bäurischen Fußbekleidung genannt), ein Bauernbund, der die Beseitigung der drückenden Lasten, der Klöster, der Juden und die Wiederherstellung der gemeinen Mark (der allen gemeinsam gehörenden Dorfflur, Allmende) sowie die Kräftigung der kaiserlichen Gewalt zum Ziele hatte; seit 1514 tritt in Württemberg dazu der durch Steuerdruck des tyrannischen Herzogs Ulrich entstandene 'Arme Konrad'. Parallelbewegungen bilden sich in Österreich und Kärnten. In Ungarn wird der Bauernaufstand unter Georg Dozsa, der sich 'König der Kuruczen' ('Kreuzfahrer') nannte, 1514 von den Machthabern blutig niedergeworfen, wie vordem in Frankreich 1358 die von Stephan Marcel, dem Vorsteher der Pariser Kaufmannschaft, geführte, nach Beschränkung der Königsmacht durch ständische Rechte strebende 'Jacquerie' (nach 'Jacques Bonhomme', dem Spottnamen für Bauer) und wie 1381 die von dem Reformator John Wiclif (1324–84) und seinen 'armen Priestern' religiös gestimmte Bauernerhebung der englischen Lollarden ('Leisesänger') unter Wat Tylers Führung durch den jungen Richard II. niedergeworfen war. Der große deutsche Bauernkrieg begann im oberrheinischen Städtchen Waldshut und im Klettgau, unmittelbar an der Schweizer Grenze. Auf den radikalen Prediger von Waldshut, Balthasar Hubmaier, hatte ein die nahe Züricher Reformation Huldreich Zwinglis (1484–1531), die 1523 auch eine Reform des Staates herbeiführte, tiefen Eindruck gemacht. Als sich Hubmaiers Anhänger im August 1524 mit den aufständischen Bauern des benachbarten Stühlinger Ländchens vereinigten, die der ehemalige Landsknecht Hans Müller von Bulgenbach anführte, nahmen die lokalen Aufstände im Bodenseegebiet, die dort seit dem Frühjahr flackerten, einen ernsten Charakter an, zumal Erzherzog Ferdinand von Österreich den Winter hindurch nicht entschlossen gegen sie vorgehen konnte, da er seine Truppen seinem kaiserlichen Bruder Karl V. gerade jetzt, vor der Schlacht von Pavia, gegen Franz I. von Frankreich hatte zur Verfügung stellen müssen. Im Frühjahr 1525 breitete sich dann der Aufruhr mit Windeseile nach Oberschwaben aus, wo, wahrscheinlich in Memmingen, das Programm der Bewegung, die 'Zwölf Artikel der

Anmerkungen zu Seite 170

Bauernschaft in Schwaben', entsteht, das Mäßigung mit biblischem Pathos verbindet. In kürzester Zeit steht ganz Süddeutschland vom Elsaß bis zum Main in Aufruhr; Thüringen, Sachsen und die Alpenländer: Allgäu, Tirol, Salzburg, Steiermark, Österreich ob der Enns, folgen. In Franken, am Main und Mittelrhein, stößt das radikale städtische Kleinbürgertum zu den Bauern. Hier finden sie in den Rittern Götz von Berlichingen und dem von Idealen der neuen Zeit erfüllten Florian Geyer, hier in dem unerschrockenen Wirt Georg Metzler von Ballenberg ihre Führer. – Die 'Zwölf Artikel' fordern: Wahl der Geistlichen durch die Gemeinden und unverfälschte Predigt des Evangeliums; von den Abgaben an den Grundherrn soll der große Zehnte (von Korn und Wein) bestehen bleiben, dagegen der kleine Zehnte (von Gemüse und Obst) und der Blutzehnte (vom Vieh) wegfallen; die Leibeigenschaft, die seit dem 14. Jh. im Zusammenhang mit der Bildung des bäuerlichen Proletariats und seit dem 15. Jh. mit dem Eindringen des römischen Rechts erschreckliche Fortschritte gemacht hatte, soll aufgehoben werden; Jagd, Fischfang und Holzung soll den Bauern gestattet sein, und die von Adel oder Klerus widerrechtlich angeeigneten Gemeindeäcker und -wiesen sollen zurückgegeben werden; Frondienste und Zinsen sollen geregelt, willkürliche Strafen untersagt, die Abgabe beim Tode des Bauern (Sterbfall) wegfallen, alle Beschwerden nach Gottes Wort geprüft werden. Dem fügten der ehemalige fürstlich hohenlohische Kanzleibeamte Wendel Hipler im 'Heilbronner Reformentwurf', und ähnlich Friedrich Weigandt aus Wittenberg, weittragende, bedeutsame Pläne einer Reichsreform hinzu: das Kirchengut solle eingezogen, der Klerus auf geziemende Notdurft gesetzt, die so gewonnenen Mittel den Armen und gemeinnützigen Zwecken sowie der Aufhebung der Feudallasten zugewandt werden; alle Doktoren des römischen Rechts und alle geistlichen Berater sollen aus der Umgebung der Fürsten und aus weltlichen Ämtern entfernt und das deutsche Recht wiederhergestellt, alle Gerichte vorwiegend aus dem Bürger- und Bauernstande besetzt, alle Binnenzölle aufgehoben und Einheit von Münze, Maß und Gewicht hergestellt werden; die großen Handelshäuser ('Fuggereien') sollen beschränkt, eine einheitliche an den Kaiser zu zahlende Reichssteuer eingeführt und die Reichsregierung durch den Kaiser ausgeübt werden, der alle Sonderbündnisse der Fürsten untereinander aufhebe. Gleichzeitig entwarf der Tiroler Bauernführer Michael Gaismair das Idealbild einer christlich-demokratischen Bauernrepublik. In der Tat soll der Kanzler Gattinara (oder Granvella) Karl V. nahegelegt haben, den Bauernkrieg zur Unterwerfung der deutschen Fürsten zu benutzen. Da die Reichsregierung jedoch nichts unternahm, die Bauern aber, ohne einheitlichen Oberbefehl, zerstörungswütig die Adelsschlösser, Klöster und Kirchen in Brand steckten, und gewaltige Prediger wie Thomas Münzer aus Stolberg am Harz oder Andreas Bodenstein aus Karlstadt in Unterfranken, beide erst Mitstreiter Luthers, dann auf dessen Betreiben Landes verwiesen, den Massen durch die Verkündigung des unmittelbar bevorstehenden Reiches Christi auf Erden immer größere Leidenschaft einbliesen, sahen sich die Landesfürsten, ohne Rücksicht auf ihre Konfession, zur Selbsthilfe gezwungen. Zu ihnen stieß Luther, der die Christlichkeit seiner neuen Kirche durch die weltliche Empörung gefährdet sah und in seiner 'Ermahnung zum Frieden auf die zwölf Artikel der Bauernschaft in Schwaben' den Herren noch Nachgiebigkeit empfohlen hatte, mit seiner furchtbaren Schrift 'Wider die mörderischen und räuberischen Rotten der Bauern', in der er die staatliche Obrigkeit zum erbarmungslosen Eingreifen mit dem Schwerte aufrief. Die Landesherren verloren keine Zeit. Thomas Münzers unzureichend bewaffnete und schlecht geführte thüringer Bauern wurden schon Mitte Mai 1525 von einem disziplinierten, mit Artillerie versehenen, vereinigten Heere des Kurfürsten Johann von Sachsen, des Landgrafen Philipp von Hessen, des Herzogs Georg von Sachsen, des katholischen Herzogs Heinrich von Braunschweig u. a. bei Frankenhausen vernichtend besiegt und gerichtet; in denselben Tagen wurden die Elsässer Bauern von Herzog Anton von Lothringen bei Zabern geschlagen, und gleichzeitig unterlagen die württembergischen Haufen bei Böblingen dem Hauptmann des schwäbischen Fürsten- und Städtebundes, Georg Truchseß von Waldburg. Anfang Juni ergaben sich ihm, dem Kurfürsten Ludwig von der Pfalz und dem kriegerischen Erzbischof von Trier die fränkischen Scharen, die das Schloß von Würzburg vergeblich belagert hatten; der Odenwälder Haufe, der zu Hilfe heranrückte, löste sich auf, nachdem ihn sein Führer Götz von Berlichingen heimlich verlassen hatte; seine Reste unter Georg Metzler wurden aufgerieben. Die mittelrheinischen Bauern unterlagen am 24. Juni bei Pfeddersheim dem pfalztrierschen Heere. Schließlich besiegte der Landsknechtsführer Georg von Frundsberg mit dem Truchseß von Waldburg die Bauern des südlichen Schwarzwaldes und des Salzburgischen. In wenigen Monaten war die große Erhebung unterdrückt, die im ganzen ein Jahr lang gedauert hatte. Dem ruhmlosen Siege folgte ein grausames Strafgericht; der ursprüngliche, spätmittelalterliche Zustand wurde mit großer Härte wiederhergestellt und herrschte nun bis ins 18. Jh. Gewonnen hatten allein die Landesfürsten.

S. 172: *Peliaden:* die Töchter des Königs Pelias von Iolkos, wurden von Medea beredet, ihren Vater zu zerstückeln und zu kochen. Medea hatte ihnen zugesagt, sie könne ihn so verjüngen. – *Anmerkung 1: Guibert* (1053–1124), Abt von Nogent-sous-Coucy im heutigen Departement Aisne, schrieb neben einer wichtigen Selbstbiographie 1095–1108 die Historia Hierosolymitana, bekannter unter dem Namen Gesta Dei per Francos, eine Geschichte des ersten Kreuzzugs. Guiberts Schriften in Migne, Patrologia latina Bd. 156. Die Stelle, auf die B. hinweist, zu deutsch: 'Es herrschte in der Zeit, bevor der große Aufbruch der Völker geschah, durch

Anmerkungen zu Seite 172–174

die vielen Feindschaften untereinander in ganz Frankreich die größte Unordnung; Straßenraub, Wegelagerei waren an der Tagesordnung; überall wurden Brandstiftungen gemeldet und verübt und aus bloßer Habsucht Fehden vom Zaun gebrochen: kurz, was vor dem Auge des Begehrlichen lag, lag vor ihm als Beute, ohne daß man sich irgend darum kümmerte, wem es gehöre. Alsbald aber, durch das Unverhoffte wunderbar und unglaublich verändert, erbaten sie sich das Zeichen des Papstes, das nach seiner Verfügung öffentlich gepredigt wurde, das Kreuz, von Bischöfen und Priestern. Und gleich wie des Sturmwindes Wehen einen mäßigen Regen abzutrocknen pflegt, so konnten sie sogleich sämtliche Feindschaften und Fehden einschlafen lassen durch eine Eingebung, die ihnen zuteil ward, offenbar durch die Christi.' – *Chamfort*, Sébastien Roch (1741–94), der witzige Menschenverächter, schrieb vor allem 'Pensées, maximes et anecdotes' (zuerst 1803 erschienen) und starb, in der Revolution angeklagt, an den Folgen eines Selbstmordversuchs.

S. 173: *Hemizyklen:* die halbkreisförmigen Sitzreihen des Theaters. – *Plutarch:* um 46 bis um 120 n. Chr., aus Chaironeia in Böotien, schuf außer seinen mannigfachen philosophischen Schriften ('Moralia') die 22 'Parallelbiographien', in denen je ein Grieche mit einem Römer zusammengestellt wird, worauf die Vergleichung folgt. – *Hermokopidenprozeß:* den Hermen in Athen waren von unbekannter Hand die Köpfe abgeschlagen worden (415), was die Feinde des Alkibiades gegen ihn benutzten, s. zu S. 122 Alkibiades, 127. – *Karl VIII. von Frankreich* (1483–98) rückte, gestützt auf die Ansprüche der Anjous auf Neapel, 1494 in Italien ein, wurde in Florenz von der Volkspartei, die Pietro Medici vertrieb und die Republik ausrief, als Befreier gefeiert und in Neapel 1495 zum König gekrönt, mußte jedoch unter dem Drucke seiner Gegner Ludovico il Moro von Mailand, dem Papst, Aragon und Kaiser Maximilian I. noch im gleichen Jahre Neapel wieder aufgeben und nach Frankreich zurückmarschieren. Sein Zug war der erste Versuch Frankreichs, in Italien Fuß zu fassen. – *Ranke über Thomas Münzer* (S. 185): 'Er ging nach wie vor von der innerlichen Offenbarung aus, der er allein Wert beilegte; aber noch entschiedener als früher predigte er die taboritische Doktrin, man müsse die Ungläubigen mit dem Schwert ausrotten und ein Reich aus lauter Gläubigen aufrichten.' – *Englische Revolution:* s. zu S. 74, 143, 184. – *Independenten:* s. zu S. 143 Nebenkirchen. – *Die 'Cahiers'* sind die schriftlichen Aufträge der Wählerschaften der drei Stände an die Abgeordneten zu den Generalständen, 1789.

S. 174: *Rousseau:* s. zu S. 132 gegen Ende. – *Das Fest auf dem champ de Mars:* am 14. Juli 1790, am Jahrestage des Sturms auf die Bastille, feierte man die Verbrüderung zwischen Paris und den Provinzen. Auf dem Marsfeld leistete in Anwesenheit Ludwigs XVI. vor dem Altar des Vaterlandes, an dem Talleyrand eine Messe gelesen hatte, General Lafayette als erster mit entblößtem Degen der Nation, dem König und dem Gesetz den Treueschwur. Auch Ludwig legte den Eid auf die noch unfertige Verfassung ab. – *Krisis auf dem Markt in Münster 1534:* In Münster hatte die von den Bürgern geforderte, von Adel und Klerus bekämpfte Reformation 1533 bereits gesiegt. Ihr bedeutendster Prediger Bernhard Rottmann erwies sich jedoch als Wiedertäufer, wurde daher von den Gemäßigten des Rates und der Bürgerschaft abgelehnt. Da zog er, auf die unteren Schichten gestützt, aus Holland wiedertäuferische Prediger als Helfer hinzu, darunter den früheren Bäcker Jan Matthys und dessen Jünger, den Schneider Jan Bockelson (Johann von Leiden). Im Februar 1534 hatten die Wiedertäufer die Massen bereits so hinter sich, daß sie ohne Kampf die Stadtverwaltung übernehmen und alle Andersgläubigen aus der Stadt vertreiben konnten. Im Juni 1535 wurde Münster dann durch Hunger und Verrat nach hartem Kampfe durch das Heer des Bischofs Franz von Waldeck wiedererobert und der Protestantismus ausgelöscht. S. 175: *Anmerkung 1: Fleury de Chaboulon:* Pierre Alexandre Edouard, 1779–1835, Kabinettssekretär Napoleons I. seit dessen Rückkehr von Elba, nach der Julirevolution von 1830 Deputierter. Schrieb 'Mémoires pour servir à l'histoire du retour et du règne de Napoléon en 1815', London 1820. – *Hetärien:* Männerbünde, Genossenschaften von Freunden im alten Hellas; seit etwa 1800 auch Geheimbünde zur Befreiung Griechenlands von türkischer Herrschaft. – *Kavaliere:* die gemäßigte Partei in der englischen Revolution, die Königtum und anglikanische Bischofskirche retten wollte; *die Rundköpfe:* Spottname für die radikaleren Puritaner, die für die Presbyterialkirche eintraten, s. zu S. 74, 143. – *Peter von Amiens:* Asket, erfolgreicher Prediger zum ersten Kreuzzug (1096 bis 1099), an dem er teilnahm. – *Normannen:* die Züge und Eroberungen dieser nordgermanischen Seefahrer ('Nordmannen', Wikinger) sind die letzten Wellen der germanischen Völkerwanderung. Seit der Regierung Karls d. Gr. suchen sie mit ihren Raubzügen, die Flüsse bis tief ins Binnenland hinauffahrend, das Frankenreich und das angelsächsische England heim. Um Jütland als Kern existiert bereits seit etwa 770 ein dänisches Wikinger-Königreich, zu dem auch die Küsten des östlichen Norwegen gehören; sein König Godfred errichtet 808 als Südwall gegen die Franken das Danewerk. 834 brechen die Dänen in Friesland, seit 839 die ihnen stammverwandten Norweger in Irland ein und errichten dort das erste ihrer 3 irischen Reiche. Zwischen 841 und 856 werden von den Dänen Rouen, zweimal London, Nantes, Toulouse, Sevilla, zweimal Paris, Hamburg, Canterbury, Bordeaux, Tours, Winchester geplündert oder gar in Brand gesteckt. 862 begründet der schwedische Häuptling Rurik um Nowgorod (nord. Holmgard, am Ilmensee) die ostwikingische Waräger-Herrschaft in Nordrußland (Gardarike), die rasch in das Dnjeprgebiet vordringt und bis zum Schwarzen Meer ausstrahlt. 866 stehen seine Wikinger schon vor Kiew und segeln gegen Byzanz. Im gleichen Jahre brechen die

Anmerkungen zu Seite 175–176

Dänen in England ein, das erst seit 878 durch Alfred d. Gr. allmählich wieder befreit wird. Inzwischen entsteht in der Heimat der Wikinger selbst, in Ostnorwegen, zu beiden Seiten des Oslofjords, unter Harald Hårfagre ('Schönhaar', 872–84) ein weiteres wikingisches Königreich: das der Ynglinger. Kleinere Häuptlinge, die ihm unterlagen, suchen nun über See neue Heimat. Um diese Zeit beginnt die kulturgeschichtlich bedeutsame Besiedlung Islands, vorwiegend durch norwegische Wikinger. Gleichzeitig begründet der Schwede Olaf das Ostseewikinger-Reich von Haithabu (bei Schleswig). 885 erscheinen die Dänen auf 700 Schiffen vor Paris, das von Graf Odo von Paris 10 Monate verteidigt wird. Als Kaiser Karl III. 'der Dicke' aus Italien heranrückt und Paris zwar entsetzt, das Dänenheer aber nicht anzugreifen wagt, sondern dessen Abzug durch Freigabe des Weges nach Burgund erkauft, wird er 887 von den Großen des Reiches entthront und im ostfränkischen Reich sein Neffe Arnulf von Kärnten, in Francien Graf Odo zum König erhoben. Arnulf besiegt 891 das Große Heer der Wikinger bei Löwen. Wegen der Hungersnot in Westfranken setzt es mit Weib und Kind, Pferden und Troß darauf nach England über, geht hier aber trotz der Hilfe der in England bereits angesiedelten Dänen durch Alfreds d. Gr. kaltblütige Ermattungsstrategie ohne Entscheidungsschlacht seiner Auflösung entgegen (bis 896). 911 gelingt es dem Wikingerführer Rollo, sich im Mündungsgebiet der Seine mit dänischen, wohl auch norwegischen Gefolgschaften für die Dauer festzusetzen und die Abtretung dieses Gebietes vom westfränkischen König Karl ('dem Einfältigen') zu erzwingen ('Herzogtum Normandie'). Hier nehmen die Normannen das Christentum und mit diesem die französische Sprache und etwas französische Kultur an. Inzwischen wird das Schwedenreich Haithabu 934 von König Heinrich I. von Sachsen besiegt und zur Tributleistung gezwungen, gerät jedoch schon seit etwa 945 in dänische Abhängigkeit. 984 besiedelt der Norweger Erik der Rote Grönland; sein Sohn Leiv Erikson entdeckt um 1000 Labrador und Baffinland; gleichzeitig wird Island christlich. Von der Normandie aus unterwerfen die Normannen, durch Nachzügler aus Dänemark, Norwegen und dem norwegischen Irland fortlaufend verstärkt, die Bretagne und erwerben die Grafschaft Nantes und die Landschaft Maine hinzu. Das freie Bauernkriegertum wird niedergeworfen; an seine Stelle tritt die in ihren Bindungen abgestufte feudale Untertanenschaft eines französischen Ritterstaates. Auf diesen gestützt, unterwirft Wilhelm der Eroberer 1066 England, das, seit Alfred d. Gr. bis 896 die Dänen und anderen Wikinger besiegte, unter Knut d. Gr. von 1013–42 schon ein zweites Mal unter dänischer Herrschaft gestanden hatte. Gleichzeitig erobert der französische Normanne Robert Guiscard (frz. 'Schlaukopf') 1057–85 als päpstlicher Lehnsmann (s. z. S. 240) das byzantinische und langobardische Unteritalien mit Neapel als Hauptstadt, während sein Bruder Roger I. 1061–91 Sizilien den Arabern entreißt. Beide Gebiete vereinigt 1127 Roger II. und wird vom Papst zum König gekrönt. Durch Heirat der Erbin Konstanze fällt dieses normannische Reich Neapel-Sizilien dann 1186 an Kaiser Heinrich VI. von Hohenstaufen.

S. 177: *Krisen, die sich kreuzen:* 1589 besteigt Heinrich IV., der Versöhner der Konfessionen, den französischen Thron; die Hugenottenkriege (s. zu S. 167) werden 1598 durch das Edikt von Nantes beendet. Als Heinrich IV. 1610 ermordet worden war, übernahm seine Witwe, die streng katholische Maria von Medici, für seinen neunjährigen Sohn Ludwig XIII. die Regentschaft. Unter ihr brach der Zwist mit den Hugenotten von neuem aus, wurde jedoch im Frieden von Montpellier, der das Edikt von Nantes bestätigte, 1622 beigelegt. Im folgenden Jahre trat Richelieu an die Spitze der Regierung. In zwei Kriegen (1525–29) nahm er den Hugenotten ihre Sicherheitsplätze, die er als Staat im Staate bekämpfte, doch garantierte Frankreich im Gnadenedikt von Nîmes 1629 die Durchführung des Edikts von Nantes. Dann wandte sich Richelieu der Stärkung der königlichen Gewalt, der Bekämpfung des Hochadels, der Schwächung Habsburgs im Dreißigjährigen Kriege und der Abrundung des französischen Staatsgebiets zu. Um Habsburg zu schwächen, betrieb er mit Erfolg die Entlassung des siegreichen Wallenstein (1630), vermittelte im gleichen Jahre einen schwedisch-polnischen Waffenstillstand, um Gustav Adolfs Eingreifen in Deutschland möglich zu machen, und faßte durch den mit Frankreich verbündeten Karl von Gonzaga-Nevers 1631 im oberitalienischen Mantua und Montferrat Fuß. – *Hussiten:* s. zu S. 163. – *Greuel von Korkyra:* Vor der im Peloponnesischen Kriege mit den Athenern verbündeten Stadt Kerkyra (Korfu) erschien 427 v. Chr., nachdem in den ersten 4 Kriegsjahren weder Athen noch Sparta einen entscheidenden Sieg hatte erringen können, eine feindliche, spartanische Flotte. Darauf beschloß die aristokratische Partei von Kerkyra, nichts gegen die Spartaner zu unternehmen, obwohl sie durch ihr Bündnis mit Athen dazu verpflichtet war, und die demokratische Herrschaft zu stürzen. Als die spartanische Flotte jedoch absegelte und statt ihrer eine athenische auf Kerkyra landete, richtete die Volkspartei unter den Aristokraten, die sich in den Heratempel geflüchtet hatten, ein furchtbares Blutbad an. s. zu Seite 127. – *Sykophant:* Denunziant.

S. 178: *Exkuse:* Entschuldigung. – *Münster 1535:* s. zu S. 174. – *colla etc.:* ital. 'mit der Schlange stirbt das Gift.'

S. 179: *Proskriptionen des Marius:* s. zu S. 165. – *Die Großherzöge Cosimo und Francesco Medici:* Das Geschlecht der durch Bankgeschäfte zu großem Reichtum und 1434 zur Führung von Florenz gelangten Medici, das seine Herrschaft auf das Volk (popòlo minuto) und dessen Adel gründete und zunächst in den großen Kunstmäzenen Cosimo (1433–64) und seinem Enkel Lorenzo Magnifico (1469–92) blühte, war 1494–1512 von der Republik unter dem mystishen Asketen Savonarola (1498 verbrannt), der sich auf

Karl VIII. von Frankreich stützte, vertrieben worden. Die jüngere Linie erlangte in Cosimo I. (1534–74) durch Förderung Karls V. die Herzogswürde; nach grausamer Niederwerfung seiner Gegner mit spanischer Hilfe, namentlich der Strozzi, welche die Republik wiederherstellen wollten (1538), und wegen seiner Unterstützung, die er den Spaniern gegen die republikanisch-französische Partei in Siena gewährte (1557), erhielt er Siena von Philipp II. und nahm den Titel eines Großherzogs von Toskana an. Ihm folgte, wie er kunst- und genußliebend, geschäftstüchtig und von der unabhängigen, rücksichtslosen Lebensauffassung der Renaissance erfüllt, sein Sohn Francesco Maria (1574–87). – *La révolution etc:* 'Die Revolution verschlingt ihre Kinder.' – *Moderantisten:* Gemäßigte. S. 180: *Kolonen:* Bauern, Pächter. – *Polnische Bauern:* im 16. Jh. gab es beachtliche protestantische Einsprengsel in Polen, Westpreußen und Schlesien, die durch die Gegenreformation z. T. wieder katholisch wurden. – *Ghelfen, Ghibellinen:* ital. wohl aus dem deutschen 'Welf' gegenüber 'Waibling' (nach dem staufischen Dorfe Waiblingen). In Deutschland bedeutet 'Welf': Anhänger an das Herrschergeschlecht der Welfen, das, ursprünglich schwäbisch, 1070 zu Herzögen von Bayern aufstieg und 1137 dazu in den Besitz des Herzogtums Sachsen gelangte, infolge der Ächtung Heinrichs des Löwen durch Friedrich Barbarossa 1180 jedoch seiner beiden Lehen verlustig ging und nur seinen niedersächsischen Hausbesitz behielt, aus dem sich 1235 das Herzogtum Braunschweig-Lüneburg bildete. Weil Heinrich der Löwe, der bedeutendste Vertreter des deutschen Partikularismus gegen das Kaisertum in seiner Zeit, Friedrich Barbarossa die Heeresfolge in Italien gegen den Papst und die lombardischen Städte, vor allem Mailand, verweigert hatte, wurde 'Ghelf' für die Italiener die Bezeichnung derjenigen Bewegungen, die alles politische Recht vom Papste herleiteten und unter der Schirmherrschaft des Papsttums vom Kaiser unabhängige Republiken anstrebten. 'Ghibellinen' hießen dagegen die Anhänger des Kaisers, die in ihm die Quelle alles Rechts und den Herrn der italienischen Städte sahen. Dieser Gegensatz setzte sich in den Städten untereinander und in den Parteibildungen innerhalb der Städte oft als Deckmantel für höchst persönliche Ziele fort. – *causa:* Sache. – *Reformation und Bauernkrieg:* s. zu S. 170. – *Nachspiel in Münster:* s. zu S. 174.
S. 181: *Karl II.:* s. zu S. 74 f. – *Anmerkung 1: Sebastian Franck* (1499–1542), kathol., dann prot. Geistlicher, wurde wegen seiner Verteidigung der unbedingten Religionsfreiheit in seiner 'Chronica' (1531–43), die man um ihres dritten Buches willen auch 'Ketzerchronik' genannt hat, aus Straßburg verwiesen und von den Lutheranern hartnäckig verfolgt, bis er in Basel Ruhe fand. Die Stelle lautet im Auszug: 'yedoch möcht dise ketzer Chronick wol auch ein vermischte Theologia genannt werden / dañ du hast hieriñ . . fast das beßt / . . das in Bäpsten Concilien vnd vättern gsetzt vnd begriffen würt . . yedoch ist es leer halb nit so gůt / es

ist widerumb so böß / weil ich gleich wol aller bäpst vñ Secten / Ketzer aberglauben / büberey / vnd ketzerey hierein gestelt hab / derhalb mŭstu Gotglaubiger leser selb vrteylen / vnd mitt einem gŭtten indruck vnd gespalten klaen / das fein berlin auß dem roßmist / die warheit auß der lugen vnd ketzerey lesen / dann ich habs bedes nit on rath / on parteysch angezogen . . damit das gŭt neben dem bösen, die warheit gegen der luge gehalten / dester scheinbarer wurde / yhedoch will ich hiemit niemandt angetast haben / dann [es sei denn] wen sein eigen Historia / wort / vnd werck antasten vnnd verleümbden / als sunderlich den entdeckten geoffenbarten Antichrist den Bapst / nit das darumb alles recht sey / was nicht Bäpstisch ist . . dann die gantz welt ist voll Antichristen / vnd nicht allein das bapstumb / sunder alle Secten ausserhalb des Christenthumbs vñ gmein Gottes auff ein hauffen / seind eyttel Ketzerey / dann [denn] Gott vnd die warheit . . mügen nicht mer / dañ mit einem gleich gesiñeten volck / vnd in einer einigen gemein vnnd Kirchen sein . . Derhalb gehören die andern Secten vnd affenhauffen alle zŭmal an den Antichrist / vnd ob sy gleich wie die affen den rechten Christen etlich stuck nach thŭnd vnnd anmassen / so ist es doch eyttel affenwerck / gespenst / und ketzerey . . Derhalb lasse ich mir mit nichten gefallen alle Secten vnd zertrennungen sunderlich von eüsserlicher ding wegen angericht / die ich allzŭmal vil geringer acht / dañ das man von deren wegen sich von einem frummen hertzen sündern vnnd das band der brüderlichen lieb zertrennen / ja zerreissen soll.' – In den *Niederlanden* erwachte 1566 nach dem fanatischen Bildersturm der Geusen das katholische Bewußtsein wieder, so daß die Statthalterin Margarete gegen Geusen und Calvinisten mit Waffengewalt die Oberhand behalten konnte. Das 'Ewige Edikt' von 1577, das den katholischen Gottesdienst auch in Holland und Seeland bestehen ließ, eröffnete die Aussicht auf einen sich selbst regierenden niederländischen Einheitsstaat unter spanischer Oberhoheit. s. zu S. 184.

S. 182: *Hussitentum:* s. zu S. 163. – Der Komödiendichter Philippe François *Fabre d'Eglantine* (1750–94), Helfer Dantons, bereicherte sich rücksichtslos an den Geldern der Republik und wurde deshalb mit diesem hingerichtet. – *vendu:* 'Verkaufter', einer, der sich für Geld zum Stellvertreter im Militärdienst hergegeben hat.

S. 183 *Anmerkung: Goethes Reim* 'Wanderers Gemütsruhe' steht im 'Buch des Unmuts' des 'West-östlichen Divans': '*Übers Niederträchtige* / Niemand sich beklage; / Denn es ist das Mächtige, / Was man dir auch sage. // In dem Schlechten waltet es / Sich zum Hochgewinne, / Und mit Rechtem schaltet es / Ganz nach seinem Sinne. // Wandrer! – Gegen solche Not / Wolltest du dich sträuben? / Wirbelwind und trocknen Kot, / Laß sie drehn und stäuben.' – *säkular:* hundertjährig. – *Delphi:* s. zu S. 108. – *Iason,* Týrannos der südost-thessalischen Stadt Pherä (374–370 v. Chr., lag beim heutigen Velestinos). – *Der ältere Dionys:* Týrannos von Syrakus (405–367 v. Chr.), kämpfte 30 Jahre gegen die Karthager

Anmerkungen zu Seite 183–184

um den Besitz Siziliens. – *Heiliger Krieg:* meist phokischer Krieg (355–346 v. Chr.) genannt. In ihm bemächtigten sich die von den Thebanern mit Hilfe des Amphiktionenbundes (s. zu S. 108) bedrängten Phoker 355 v. Chr. der Tempelschätze von Delphi, warben damit ein bedeutendes Söldnerheer und führten damit fast 10 Jahre Krieg, in den Philipp von Makedonien gegen die Phoker und die ihnen verbündeten Tyrannen von Thessalien eingriff. Als die Mittel ausgegeben waren, unterlagen die Phoker und wurden zur Rückzahlung der Tempelschätze in Jahresraten gezwungen. – *Die neuen Eigentümer in Frankreich:* Am 9. Thermidor des Jahres II (27. Juli 1794) wurden Robespierre und seine Anhänger im Nationalkonvent durch ihre gemäßigteren Gegner am Reden verhindert, unter Anklage gestellt und am Tage darauf guillotiniert. Unter den Gegnern befanden sich radikale Führer wie Tallien, der in Bordeaux, Collot d'Herbois, Fréron, Fouché u. a., die in Lyon und Toulon das Blutgericht der jakobinisch regierten Hauptstadt an den Provinzen erst ein Jahr vorher vollstreckt hatten. Jetzt wurden sie aus Angst, von Robespierre überholt und geopfert zu werden, zu Verbündeten der zahlreichen neuen bürgerlichen Eigentümer, die in der Revolution Land oder anderen Besitz, der früher dem Adel oder der Kirche gehörte, vom Staat erworben hatten und daher Robespierres bevorstehende sozialistische Wirtschaftsordnung fürchteten. Mit Robespierres Sturz begann der Abstieg der Revolution und der Anstieg der Reaktion. – *Föderalisten:* die Girondisten, großenteils aus Bordeaux und dem Departement Gironde stammende Abgeordnete des gebildeten und wohlhabenderen Bürgertums, die zwar für die Republik stimmten, jedoch gegen die von den Pariser Jakobinern beherrschten radikalen Revolutions- und Sektionsausschüsse auftraten und Frankreich in einen aus mehreren Republiken gebildeten Föderativstaat zu verwandeln strebten, um die Vorherrschaft der Hauptstadt einzuschränken; nach einem ihrer Führer, Jean Pierre Brissot, hießen sie auch Brissotisten. Sie wurden 1793 in Normandie und Bretagne, Lyon, Marseille und Toulon durch Revolutionsarmeen aufs schonungsloseste niedergeworfen und vernichtet. s. oben: Die neuen Eigentümer. – *Vendée:* südlich der Loiremündung um La Roche gelegene französische Landschaft, deren an König und Geistlichkeit hängende Bauern sich 1793–96 gegen die Revolutionsregierung erhoben, bis sie von den Generalen Kleber und Hoche besiegt wurden. s. zu S. 238. – *Albigenserkrieg:* s. zu S. 46. – *Midi:* Südfrankreich. – *Cromwell in Irland:* Um das auf dem Independenten-Heer ruhende englische 'Gemeinwesen ohne König und Oberhaus' zu sichern, warf Oliver Cromwell die Erhebung des königstreuen, katholischen Irland 1649–52 aufs härteste nieder. s. zu S. 184.

S. 184: *Widerstand der Oranier:* Als Philipp II. von Spanien die 1555 an ihn gefallenen Niederlande, die durch Gewerbe, Handel und Schiffahrt zum reichsten Staate geworden und in ihren nördlichen Provinzen calvinistisch gesinnt waren, unter Aufhebung ihrer Privilegien fest in sein Reich eingliedern und durch Ketzerverfolgung zur katholischen Kirche zurückführen will, erheben sich 17 Provinzen unter Wilhelm I. von Nassau-Oranien 'Taciturnus' (dem 'Schweiger') mit militärischer Macht 1568 gegen den spanischen Generalstatthalter Grafen Alba. 1572 wird Wilhelm von Oranien von den Provinzen Holland und Seeland zum Statthalter ernannt. Nach wechselnden Kämpfen, in denen die Meergeusen Wilhelm von Oranien zu Hilfe kommen, und nach Albas Abberufung (1573) vereinigen sich in der Utrechter Union 1579 die nördlichen 'Sieben Provinzen' Holland, Seeland, Geldern, Utrecht und Friesland, der bald auch Oberryssel und Groningen folgen, zu einem Schutz- und Trutzbündnis und erklären 1581 unter Führung Wilhelms von Oranien ihre Unabhängigkeit. Als dieser 1584 dem Mordanschlag eines Katholiken zum Opfer fällt, führt sein Sohn Moritz (gest. 1625) den Freiheitskampf bis zum zwölfjährigen Waffenstillstand von 1609 weiter, in dem Spanien die Vereinigten Niederlande als selbständiger Staat anerkennt. s. da S. 118 Prot. Kirchen. – *Anmerkung 2: tu fais etc.:* 'du bringst unsre Siege allzu sehr in Gang'. – *Antoine Saint-Just* (1767–94) trat, von den antiken Darstellern der römischen Republik und von Rousseau berauscht, nach dichterischen Versuchen als Fanatiker der Idee der Freiheit und Gleichheit früh mit dem Entwurf eines sozialistischen Staates hervor, in dem alles persönliche Sonderleben dem Gesamtwillen der Gesellschaft unterstellt wird ('Esprit de la révolution et de la constitution de France', 1791). Bald erster Mitarbeiter Robespierres, 1793 am Sturz der Girondisten maßgebend beteiligt; im gleichen Jahr Mitglied des Wohlfahrtsausschusses, überwacht und reorganisiert er grausam die Armee im Elsaß, feuert Robespierre zum Sturz der Partei Dantons an und treibt April 1794 die Nordarmee zu den Siegen von Charleroi und Fleurus. Als Mitglied des Triumvirats mit Robespierre und Couthon am 9. Thermidor (27. Juli 1794) verhaftet und am Tage darauf guillotiniert. Seine 'Institutions' enthalten als Staatsprogramm des Triumvirats: Gleichstellung der Vermögen aller, Verbot des Luxus, Verteilung von Acker an die Bürger, staatliche Kindererziehung im demokratischen Geiste der Revolution. – *Bertrand Barère de Vieuzac* (1755–1841), ursprünglich Advokat in Toulouse, 1789 Deputierter zu den Generalständen; 1793 Vorsitzender im Prozeß gegen Ludwig XVI.; sucht zwischen Bergpartei (Jakobinern) und Girondisten zu vermitteln, geht jedoch rechtzeitig vor letzterer Sturz (1793) zur ersteren über; ebenso tritt er rechtzeitig vor Robespierres Untergang (1794) zu dessen Gegnern über; der Mitschuld an dessen Verbrechen 1795 angeklagt und zur Deportation verurteilt, die aber nicht vollstreckt wird; von Bonaparte am 18. Brumaire (9. Nov. 1799) amnestiert, doch mit Ungunst behandelt; 1815 als Königsmörder verbannt, lebt er in Brüssel; nach der Julirevolution 1831–40 Präfekt des Departements Hochpyrenäen. Schrieb 'Mémoires', 1842, 4 Bde. – *Arginusenschlacht:*

Anmerkungen zu Seite 184

s. zu S. 127 Demagogen. – *Franzosen 1793/94:* Jedes Mißgeschick eines Generals wird vom Konvent als Verrat der Aristokraten an der Republik bestraft, seit Dumouriez, der für seine Niederlage gegen die Österreicher bei Neerwinden (1793) die schlechte Kriegsversorgung durch die Jakobiner verantwortlich gemacht hatte, vor den Konvent geladen, zum Feinde überging. General Custine, der Eroberer von Mainz und Frankfurt (1792), endet, als er Condé und Valenciennes an die Österreicher verliert, 1793 auf der Guillotine, ebenso Alexandre Beauharnais, der zum Entsatz von Mainz zu spät kommt. Houchard, der Sieger von Hondschooten über das englisch-holländische Heer (1793), stirbt den gleichen Tod, als er der Übermacht der Rheinarmee bei Courtray weichen muß, und Westermann folgt ihm, als er die Vendée 1793 nicht unterwerfen kann, im Jahre darauf. – *Staatsstreiche: Cäsar,* der sich 60 v. Chr. mit Pompeius und Crassus zum 1. Triumvirat verbunden hat (s. z. S. 165 Schluß), 59 Konsul wird und 58 als Prokonsul für 5 Jahre (58–54) die Provinzen Gallia Cisalpina (das südliche Oberitalien) mit Illyricum (Jugoslawien) und die Provincia Narbonensis (Südfrankreich) zugewiesen und schließlich bis zum 1. März 50 verlängert erhält, will sich 49 für das folgende Jahr erneut um das Konsulat bewerben, ohne sein prokonsularisches Imperium aufzugeben. Durch Volksbeschluß von 52 ist ihm das Vorrecht bewilligt, nicht persönlich zur Bewerbung in Rom anwesend zu sein. Die Provinzen mußten für das Jahr 49 vor dem 1. März 50 neu vergeben werden; andernfalls lief ihr bisheriges Kommando weiter. Da bringt Pompeius ein Gesetz ein, wonach persönliche Bewerbung für die Ämter erforderlich ist. Cäsar läßt 50 durch den Volkstribunen Gaius Scribonius Curio unter dem Anschein, für die Verfassung der Republik einzutreten, die Forderung erheben, beide Prokonsuln sollen gleichzeitig ihre Provinzen abgeben: Pompeius hatte seit 56 beide Spanien, 52 auf 5 Jahre erneuert, inne, war 55 mit Crassus Konsul gewesen, dann in Rom geblieben und ließ Spanien durch Legaten verwalten. Während sich die Mehrheit des Senats für Curios Vermittlungsvorschläge erklärt, widersetzen sich ihm Pompeius und die extremen Vertreter des Adels (optimates). Durch das falsche Gerücht, Cäsar marschiere auf Rom, wird schließlich am 7. Januar 49 im Senat die Abberufung Cäsars und die Neubesetzung seiner Provinzen beschlossen. Da rückt Cäsar mit seinen 7 Jahre hindurch in Gallien erprobten Truppen in das Bürgerland Italien ein, in dem sich nach dem Recht der römischen Republik keine Heeresverbände aufhalten durften, während Pompeius mit den Konsuln und den meisten Senatoren Rom verläßt, um in Epirus ein Heer aufzustellen; Cäsar läßt in Rom Milde walten, zwingt noch im gleichen Jahre 49 die Legaten des Pompeius in Spanien bei Ilerda (Lérida, nördl. des Ebro) zur Kapitulation, wird zum Diktator und Konsul gewählt und besiegt Pompeius 48 entscheidend bei Pharsalus (Phársala in Thessalien). Zum zweiten Male zum Diktator ernannt, ordnet er die Verhältnisse in Ägypten und besiegt Pharnakes, des Mithradates Sohn, 47 bei Zela (im nordöstl. Kleinasien, südl. Amasia). Die Pompeianer in Afrika wirft er im folgenden Jahre bei Thapsus (an der Ostküste von Tunis, Ruinen bei Mahdia), die in Spanien 45 bei Munda (südl. Córdoba) nieder und ist nunmehr alleiniger Inhaber der obersten Gewalt, die sich nach dem Staatsrecht der Republik aus der Verbindung der Diktatur auf 10 Jahre mit dem Volkstribunat herleitet. – *Oliver Cromwell* (1599–1658), Landedelmann, seit 1640 Abgeordneter im 'Langen Parlament' (so genannt, weil es von 1640–48, als 'Rumpfparlament' bis 1653 und seit 1659 erneut tagte), hatte nach Ausbruch des Bürgerkriegs dieses Parlaments gegen König Karl I. (1642) aus Pächtern und freien Bauern, die wie er selbst strenge Independenten waren (s. zu S. 143 Nebenkirchen), eine Abteilung gepanzerte Kürassiere gebildet; sie wurden der Kern des Parlamentsheeres, mit dem Cromwell die Königlichen bei Marston Moor (1644) und Naseby (1645) besiegte; Parlamentsheer und Bürgerschaft gerieten immer stärker unter den Einfluß der Independenten; dadurch wuchs der Gegensatz zu der religiös unduldsamen presbyterianischen Parlamentsmehrheit; Cromwell ließ sie 1648 durch Oberst Pride aus dem Parlament vertreiben (s. zu S. 132 Prides purge), trat für die Hinrichtung des gefangenen Königs ein (1649), unterwarf die aufständischen Iren (1649) und die königstreuen Schotten durch seine Siege bei Preston (1648), Dunbar (1650) und Worcester (1651) und trieb am 20. April 1653 durch Soldaten auch das 'Rumpfparlament' auseinander, das Pride übriggelassen hatte, dem durchgreifende Reformen fordernden Heere aber nicht mehr genügte; am 16. Dezember 1653 wurde dann Cromwells Militärdiktatur in der sog. Protektoratsverfassung niedergelegt, nach der Cromwell als Lord-Protektor mit einem Staatsrat die Republik England regierte. – *Napoleons I. Staatsstreich* ist der 18. Brumaire (9. Nov. 1799): an ihm ließ Bonaparte den unbeliebt gewordenen Rat der Alten in St. Cloud zur Abdankung zwingen und die Versammlung der Fünfhundert ebendort mit dem gefällten Bajonett aus dem Sitzungssaal vertreiben. Damit war das Direktorium gestürzt. Ihm folgte am 13. Dez. 1799 die Konsulatsverfassung, die in ihren drei Konsuln zwar den Schein der Republik bewahrte, dem 1. Konsul Bonaparte jedoch Vollmachten in die Hand gab, die einer Militärmonarchie gleichkommen. – *Napoleon III.*, Louis Napoleon, geb. 1808 als Sohn von Napoleons Bruder Ludwig von Holland, betrat nach zwei mißglückten Putschversuchen gegen das Bürgerkönigtum Louis Philippes die politische Bühne erst im Anschluß an die Februarrevolution 1848. In dieser hatte die Linke, besonders Studenten- und Arbeiterschaft, das konservativ-großbürgerlich denkende Julikönigtum Louis Philippes am 24. Februar zur Abdankung gezwungen, war aber um die ersehnten Ergebnisse der Sozialgesetzgebung im Mai durch die neue, arbeiterfeindliche Nationalversammlung weitgehend gebracht und, als sie sich erneut erhob,

Anmerkungen zu Seite 184–185

von General Cavaignac im Auftrage der Nationalversammlung in der Straßenschlacht vom 23.–26. Juni aufs blutigste zusammengeschossen worden. Unter dem Eindruck dieser Erhebung des vierten Standes verlangte das Bürgertum nach einem 'Mann', der die radikalen Republikaner und Sozialisten in Schach halten könne, und wählte in allgemeiner Volksabstimmung am 10. Dez. 1848 Louis Napoleon zum Präsidenten der Zweiten Republik; sein Gegenkandidat Cavaignac unterlag. Louis Napoleon erstickte Juni 1849 eine abermalige Erhebung der Linken. Die Nationalversammlung hob aus Angst vor den anwachsenden Sozialisten das allgemeine Stimmrecht (suffrage universel) am 31. Mai 1850 auf, indem sie Stimmrecht von direkter Steuerzahlung und dreijährigem Aufenthalt abhängig machte. Louis Napoleon stellte, als der Antrag auf Verlängerung seiner Amtsperiode und seine Wiederwahl am 19. Juli durch die Radikalen gescheitert war, mit Botschaft vom 4. November 1851 das allgemeine Stimmrecht wieder her, löste, gestützt auf die Generäle der Pariser Garnison und die wohl vorbereitete Verhaftung von 60 Führern seiner Gegner am 2. Dez. 1851 die Nationalversammlung auf und verkündete die Grundgedanken der neuen Verfassung, die einen mit allen wichtigen Machtbefugnissen ausgestatteten Präsidenten der Republik auf 10 Jahre vorschlug, dem Volke verantwortlich, mit einem vom Präsidenten einzusetzenden Senat und einem Staatsrat zur Vorbereitung der Gesetze neben sich. Am 20./21. Dez. 1851 setzte ihn die Gesamtabstimmung des Volkes (das Plebiscit) als diesen Präsidenten ein. Ein zweites Plebiscit vom 21./22. Nov. 1852 erhob ihn dann zu Napoleon III., durch Gottes Gnaden und des Volkes Willen Kaiser der Franzosen. Diesen Titel nahm er am 2. Dez. 1852 an.

S. 185: *Monk:* Der englische General George Monk, ursprünglich Anhänger Cromwells und Statthalter von Schottland, besetzte, als ihn das 'Rumpfparlament' Anfang Februar 1660 gegen den Londoner Gemeinderat zu Hilfe rief, die City, scheinbar um mit der Armee die Verfassung der Republik zu schützen. Als das Rumpfparlament aber Monks Befehlsgewalt einschränken wollte, forderte er ein 'freies Parlament' und zwang es, die 1648 ausgestoßenen Mitglieder wieder aufzunehmen (s. zu S. 184 Cromwell), sich also in das 'Lange Parlament' zurückzuverwandeln. Dieses machte ihn zum Oberbefehlshaber aller 3 Reiche. Als solcher führte er ein Vierteljahr später Karl II. auf den englischen Thron zurück, nachdem dieser in der Deklaration von Breda allgemeine Amnestie, Gewissensfreiheit, Bezahlung des Heeres und Anerkennung des gegenwärtigen Besitzrechtes versprochen hatte. – *Letzter Krieg der Amerikaner:* der sog. Sezessionskrieg (1861–65), der Bürgerkrieg zwischen den Nordstaaten und den Sklaven haltenden Südstaaten, in dem die Nordstaaten unter General Grant schließlich Sieger bleiben. – *Abdikation:* Abdankung. – *creato etc.:* 'als der Diktator ernannt war, befiel die Menge große Furcht.'

S. 186: *Mylasa* ist eine Stadt in Karien (Kleinasien). *Euthydemos* regierte hier um 40 v. Chr. – *Metastase:* Übergang, Überführung auf ein anderes Gebiet.

S. 187: *privilegium juventutis:* 'das Vorrecht der Jugend'. – *Anmerkung:* Die Stelle aus *Quinet* lautet deutsch: Man muß einer besiegten Partei immer wünschen, Verbannte zu haben. Durch sie erhält sich das Prinzip, das die Stärke dieser Partei ausmacht, in seiner vollsten Reinheit; durch sie wurde im Mittelalter, trotz des Sieges der Gegner, in seiner ursprünglichen Kraft sowohl die Sache der Guelfen als auch die der Ghibelinen erhalten. Es ließen sich tausende von Beispielen aufzählen, welche diesen Vorteil beweisen könnten für eine Partei, die bei ihrer Niederlage eine zahlreiche Menge Geächteter hat; denn diese können, da sie die neue Autorität in keiner Hinsicht zu erdulden brauchen, wieder erscheinen und den alten Zustand wieder herbeiführen, da er sich ja in der Verbannung erhalten hat, die mit dem Grabe das einzige Privileg gemeinsam hat, jeden Gedanken rein zu bewahren, den man ihnen anvertraute. Die Geschichtschreiber haben eine wichtige Sache übersehen: nämlich, daß die von Cäsar Proskribierten, als sie Gnade und Rückkehr erflehten, ihrer Sache selbst den Todesstoß versetzten. Sie zerstörten das Grundgesetz ihrer Partei, indem sie sich vor dem Glück desjenigen demütigten, der sie geschlagen hatte; durch ihren Übertritt zu Cäsar rechtfertigten sie seine Gewaltaneignung, wenn die überhaupt zu rechtferigen wäre. Indem sie es ablehnten, länger für das Recht zu leiden, führten sie einen Zwischenzustand, eine Lücke in der Überlieferung der Gerechtigkeit herbei. Es gab schließlich einen Zustand, wo, nachdem sich alles dem Willen des Stärksten gefügt hatte, das Recht durch keinen Menschen an keinem Ort der Erde mehr verkörpert wurde. In diesem Augenblick starb es; und mit ihm starb das lebensgestaltende Prinzip des Altertums. Eine weitere Folge der tatsächlichen oder vorgeblichen Anhänglichkeit des Besiegten an Cäsar ist die, welche sich unmittelbar in den staatlichen Angelegenheiten fühlbar machte: die alte republikanische Partei, die Besiegten von Pharsalus, hatten alle von dem Sieger das erbeten, was sie ihre Gnade nannten, und sie hatten diese unglücklicherweise auch erhalten; mit dieser Wohltat wurden sie und ihre Sache mit ihnen überhäuft, das Volk sah in ihnen Menschen, die mit Gunstbezeugungen des mächtigen Cäsar bedacht wurden und die nur für ihn lebten. Als diese selben Menschen, ermüdet und abgeschreckt durch die Demütigungen, die sie täglich ertragen mußten, Cäsar schließlich töteten, verstand das Volk diese Handlungsweise keineswegs. Das menschliche Gewissen war in den Massen völlig verwirrt in dem Augenblick, wo es ihnen als einzige Erleuchtung hätte bleiben müssen. Die Mehrzahl sah in diesen Leuten nun die Mörder, die die Wohltaten Cäsars dadurch dankten, daß sie ihn ermordeten. Das war der Schrei, das instinktive Gefühl der Menge. Wenn Cäsar ein Verbrecher war, warum suchten dann die Pompe-

Anmerkungen zu Seite 187–189

janer seine Milde noch? Wenn er kein Verbrecher war, warum töteten sie ihn dann, sie, die ihm das Leben verdankten? An diesem Tage unterlag der ganze alte Geist der Republik diesem Aufschrei des menschlichen Instinktes. So blieb durch Zufall nur das als Gewissen in der Welt, was dazu diente, den Despoten zu entschuldigen und die Befreier zu verurteilen. Das heißt in Wirklichkeit, daß alles verloren war? s. zu S. 41. – *Renans Wort:* 'Die Institutionen gehen an ihren Siegen zugrunde.' s. zu S. 41 Anm. 2.

S. 188: *Platos Staat:* s. zu S. 127 Schluß. – *Rousseaus Contrat social:* s. zu S. 132.

S. 189: *Augustins De civitate dei:* Aurelius Augustinus (354–430), der bedeutendste Kirchenvater des Abendlandes, seit 391 Presbyter, d. h. zum Kollegium des Bischofs gehöriger 'Ältester', seit 395 selbst Bischof der Küstenstadt Hippo Regius (Bône, westl. von Tunis), gab in dem großen Werk 'Vom Gottesstaat' (413–26) eine Verteidigung des Christentums und zugleich seine Geschichtsphilosophie: Die Menschheitsentwicklung wird als Kampf des Staates der Welt (der civitas terrena oder diaboli), des Reiches der irdisch gesinnten Gottesfeinde, gegen den sittlich-religiös gedachten Gottesstaat dargestellt. Beide Staaten entwickeln sich seit Anbeginn in 6 Perioden neben- und gegeneinander. Diese Perioden sind: 1. Von Adam bis Noah (Kindheit der Menschheit): die Menschheit lebt noch ohne Gesetz; hier sind Kain und Abel die ersten Repräsentanten. 2. Von Noah bis Abraham (Knabenalter): der Staat der Welt endet in der Sprachverwirrung beim Turmbau zu Babel; nur das Volk Gottes bewahrt die erste Sprache. 3. Von Abraham bis David (Jünglingsalter): das Gesetz wird gegeben, doch auch die göttlichen Verheißungen werden deutlicher; die Menschen kämpfen gegen die Lust dieser Welt, doch sie unterliegen. 4. Von David bis zur babylonischen Gefangenschaft (Mannesalter): neben den Königen stehn die Propheten. 5. Von der babylonischen Gefangenschaft bis zu Christus: die Prophetie hört auf, mit der Rückkehr und dem Wiederaufbau des Tempels tritt der tiefste Fall Israels ein, da es Christus nicht erkennt. 6. Von Christus bis zum Ende aller irdischen Dinge: die Gnade hat das Gesetz überwunden, die Gläubigen siegen durch sie über die Verlockungen der Welt, der Gottesstaat erfreut sich der Seligkeit ewigen Sabbaths, während der Staat der Welt ewiger Verdammnis anheimfällt. Deutsch v. A. Schröder in d. 'Bibliothek d. Kirchenväter', 3 Bde. – *Dante Alighieri* (1265–1321) wurde, nachdem er an mehreren Gesandtschaften seiner Vaterstadt Florenz teilgenommen hatte, von der päpstlichen Gegenpartei, den 'schwarzen Guelfen', 1302 zum Tode durch Verbrennung verurteilt. Er lebte seitdem an verschiedenen, zum Teil unbekannten Orten Italiens, so in San Godenzo im Mugello, in Forlì und besonders am Hofe der Scaliger zu Verona, im Exil, zuletzt in Ravenna, vermutlich seit 1307, bis zuletzt, mit seiner 'Commedia' beschäftigt. – *David, Jacques Louis* (1748–1825), Begründer und Haupt der durch heroisches Römertum, Geradheit, Härte und Sparsamkeit charakterisierten klassizistischen Malerei Frankreichs ('Schwur der Horatier' 1784/85, 'Schwur im Ballhaus', Federzeichnung 1791, 'Der tote Marat' 1793, 'Bonaparte, den St. Bernhard hinansprengend' 1798, 'Die Sabinerinnen' 1799; Porträts von Saint-Just, Barère, Mme. Récamier, General Bonaparte u. a.). Zwingt als leidenschaftlicher Jakobiner das ganze Gebiet der Kunst unter seine Herrschaft; 1792 Konventsdeputierter, 1793 Mitglied des Wohlfahrtsausschusses, stattet er für Robespierre das 'Fest des höchstens Wesens' vom 8. Juni 1794 aus; in Robespierres Sturz verwickelt und eingekerkert; auf Betreiben seiner Schüler und Verehrer 1795 amnestiert; sieht in Napoleon, dessen Hofmaler er wird, den Sohn und Erben der Republik und den Römer ('Krönung der Kaiserin Josephine'). Als Königsmörder 1816 verbannt, geht er nach Brüssel und lehnt die Einladung des Königs von Preußen, die Leitung sämtlicher Kunstanstalten zu übernehmen, ebenso ab wie ein Gnadengesuch an den König von Frankreich. – *Monti, Vincenzo* (1754–1828), aus Ferrara, besang mit glühender Phantasie, der Klopstock, Milton und Shakespeare Pate standen, und großem Formtalent in den politischen Epen 'Basvilliana' (1793), noch in päpstlichen Diensten, die Furchtbarkeit der Französischen Revolution, in 'Mascheroniana' (1801–02) jedoch den Jammer seines von der Tyrannei der Fürsten und des Pöbels unterdrückten Volkes. Seit den Gedichten 'Musogonia', in dem die Musen auf die Erde geführt werden, damit sie den Menschen Gutes tun, 'Il fanatismo', 'La superstitione', ('Der Aberglaube'), 'Il pericolo' und 'Prometeo', »dem Bürger Napoleon Bonaparte, dem Oberbefehlshaber des italienischen Heeres«, gewidmet, ist er Verkünder des ungestümen Freiheitswillens der Revolution und der französischen Freundschaft zu Italien. Lebt seit 1797 in Mailand, von 1802–04 in Pavia als Prof. der Literatur, im Kaiserreich als offizieller Dichter und Geschichtsschreiber des 'italienischen Reiches' von Napoleons Gnaden. Dem huldigen 'Il beneficio', 'Il bardo della Selva nera' ('Der Barde des Schwarzwalds' 1806), 'La spada di Federico Secondo' ('Der Degen Friedrichs d. Gr.' 1806), ihm schmeicheln 'Pronea' ('Die Vorsehung' 1807) und 'Palingenesi politica' ('Politische Wiedergeburt' 1809). – *Persische Dichter der Mongolenzeit:* Auf die der Literatur günstige Herrschaft der türkischen Ghasnawiden (998–1040, s. zu. S. 67 Schluß) folgt in Persien die der türkischen Seldschuken (1040–1231), unter denen der Dichter der tiefsinnigen Vierzeiler Omar Chajjām ('der Zeltmacher', gest. vermutlich 1123; 'Rubaijât'), der Mystiker Attâr ('der Gewürzkrämer', um 1119 bis um 1230) und der romantische Epiker Nisâmi (1141–1202) blühen. Dann bricht der Mongolensturm herein: Dschingis Khan Temüdschin verbrennt 1220 die Bibliothek von Buchara, 1221 die von Samarkand; der größte Teil Persiens unterwirft sich ihm; 1223 besiegt er den Großfürsten von Kiew; unter Großkhan Mangu geht 1258 Bagdad, die Hauptstadt der abbasidischen Kalifen, mit ihren Bildungs- und

Anmerkungen zu Seite 189–191

Kunstschätzen großenteils in Flammen auf. In Persien dauert die Mongolenherrschaft bis zum Tode Timur Lengs (1405). Für die persische Dichtung war es unter ihr bedeutend, daß sich Farsistan, das alte Persis, das Herz Irans, freiwillig ergeben und sein Herrscherhaus behalten hatte. Hier dichtete Sadi (1193–1283) weltmännisch seine moralischen Erzählungen 'Bûstán' ('Fruchtgarten') und 'Gulistán' ('Rosengarten'), hier später auch Hafis ('der den Koran auswendig weiß', nach 1320–89) seine Lieder von Liebe und Wein, während der große Mystiker Dschelal ed Din Rûmi (1207 bis 1273) am Hofe der Seldschukenfürsten von Ikonion (Konia im mittleren Kleinasien) schuf. Schließlich nahmen sich die mongolischen Eroberer selbst auf ihre Weise der persischen Dichtung an.
S. 190: *Renans Wort:* 'Das philosophische Denken war nie wieder so frei wie in jenen großen Tagen der Geschichte.' – *sui generis:* ihrer Art. – *ökumenisch:* die ganze bewohnte Erde umfassend. – *contrefaçon:* Nachahmung.
S. 191: *Frankreich 1848:* s. zu S. 184 Staatsstreich Napoleons III. – *Anmerkung: Lasaulx S. 100 f.:* Alle Epochen, in welchen diese religiöse Glaubenskraft vorherrscht, unter welcher Form es sei, sind glänzend, herzerhebend, fruchtbar für die Mitwelt und für die Nachwelt; alle jene Epochen dagegen, in welchen der religiöse Unglaube vorherrscht, sind innerlich unfruchtbar und verschwinden darum, auch wenn ihr falscher Schimmer die Zeitgenossen noch so sehr blendet, bald aus den Augen der Nachkommen, weil niemand Lust hat sich mit dem Studium der Unfruchtbaren zu beschäftigen. Ja die Völker selbst müssen notwendig absterben und zerfallen, sobald ihre religiöse Lebensquelle vertrocknet, dieser Feuerherd erkaltet; ganz wie ja auch der menschliche Leib in seine Bestandteile zerfällt und in das allgemeine Naturleben zurückkehrt, sobald ihn die gestaltende Seele, der belebende Geist nicht mehr zusammenhält.
Es war darum mit Recht der feste Staatsgrundsatz der Römer: 'die väterliche Religion sei das den Staat und alles bürgerliche Leben zusammenhaltende Band, und *ihr* müsse *alles* untergeordnet werden, auch dasjenige von dem sie wollten, daß es im Glanze der höchsten Majestät erscheine.'
(Ebendort S. 106.:) Wie die Entwicklungskrankheiten im Leben der einzelnen den normalen Verlauf zwar momentan stören – denn jede Krankheit ist ja als solche eine Störung der Gesundheit – in ihren Folgen aber die Natur ausreinigen, so daß nach einer solchen Krankheit der Organismus sich gesunder und kräftiger entwickelt als vorher: ganz dasselbe findet auch im Großen des Völkerlebens nach heilkräftigen Revolutionen statt, wenn sie nämlich in die Jugend oder in das kräftige Mannesalter der Völker fallen und von der Aristokratie ausgehen; denn im *Alter* der Völker sind demokratische Revolutionen ebenso gefährlich als schwere Krankheiten im vorgerückten Lebensalter der Individuen. Wenn daher gesagt wird: 'jede Revolution sei eine vorübergehende Epoche der Ver-

wilderung', so ist das zwar vollkommen wahr; aber es ist auch wahr und wird durch die Geschichte aller großen Revolutionen bestätigt, daß wenn die Zivilisation einen gewissen Grad, den Höhepunkt der Überbildung erreicht hat, es kein anderes Mittel gibt, um einen neuen Ausgangspunkt und eine neue fortschreitende Lebensentwicklung zu gewinnen, als ein momentanes Zurückgehen auf den Zustand der Naturwildheit.
(Ebendort S. 139 ff.:) Daß auch die Völker sterben wenn der Keim ihrer Individualität völlig entwickelt und erschöpft und ihre Lebensaufgabe erfüllt ist; daß alle, auch die glänzendsten Staaten und Reiche, und alle Formen des irdischen Lebens in dieser Welt des geteilten Seins, die aus Sein und Schein gemischt ist; ja daß selbst die ganze Natur und alles was entstanden ist und einen Anfang gehabt hat, einst auch untergehen und ein Ende haben müsse: diese Wahrheit, der gewissesten eine von allen die es gibt, kann keiner leugnen, der mit Ernst und Ruhe und teilnehmendem Gemüte die Schicksale der Menschheit, und der aufmerksam und frei von sich selbst den Gang seines eigenen Lebens verfolgt hat. Wie die größere Hälfte aller Geburten der Pflanzen, Tiere und Menschen in der ersten Kindheit sterben, und die wenigsten nur zur vollwüchsigen Entwicklung gelangen; so auch sterben die meisten Stämme und Clane der Völker in der Jugend ihres Daseins, und nur wenige wachsen sich aus zu kräftigen Völkern, Staaten und Reichen. Wenn ein einzelner kräftiger in seiner Entwicklung nicht gestörter Mann als höchste Lebensdauer hundert oder ausnahmsweise zweihundert Jahre erreicht, so beträgt die Lebensdauer eines großen starken in seiner Entwicklung nicht gestörten Volkes ungefähr zwei- bis viertausend Jahre, von welchen die Hälfte auf die staatliche Blüte desselben kommt. So lange hat nach dem Zeugnisse der Geschichte das gewaltigste aller asiatischen Weltreiche, das babylonisch-assyrische gedauert von Ninus bis auf Sardanapalus, 1240 Jahre; solange die größte europäische Weltmacht, das alte Rom von Romulus bis auf Romulus Augustulus, 754 v. Chr. bis 474 n. Chr., 1230 Jahre; so lange das neurömisch-byzantinische Reich von Constantinus dem Großen bis auf Constantinus Palaeologus, 330 bis 1453, im ganzen 1123 Jahre; und so lange auch das ehemalige Reich deutscher Nation von Karl dem Großen bis auf Franz den Zweiten, 800 bis 1806 d. i. 1006 Jahre.
Nur so lange es in der Enwicklung begriffen ist und ein höheres ideales Ziel erstrebt, hat das Leben der Völker inneren Halt; ist die Entwicklung vollendet, das Ziel erreicht, hat ein Volk hervorgebracht, was hervorzubringen es bestimmt war: so ermattet notwendig, nachdem sie ihren Zweck erreicht hat, die innere Energie, es stocken die Säfte, die Zeugungskraft beginnt zu erlöschen, das Leben sinkt, und seine Formen zerfallen, sichtbar von außen nach innen, weil unsichtbar im Innern die Triebkraft aufgehört hat.
So sanken dahin die asiatischen Reiche, aller Menschenbildung Urheimat, als ihre höchste Blüte erreicht, ihre Bestimmung erfüllt

Anmerkungen zu Seite 191

und als ihre jüngeren europäischen Brüder soweit herangereift waren, um die Erbschaft mit Verstand antreten zu können. So verwelkte das hellenische Leben als es die asiatische Erbschaft sich vollkommen assimiliert, aus ihr seine schönsten Früchte für sich und die Menschheit erzeugt, seine Kunst und seine Philosophie völlig entwickelt und ausgereift hatte; als seine geistvollsten Kinder, die Athener selbst das neue Lebensprinzip, welches über sie hinauswies, in Sokrates getötet; und als der mazedonische Heldenjüngling Alexander der Große in der Stadt seines Namens eine neue Vermählung Europas und Asiens glücklich eingeleitet hatte. So hörte auch der jüdische Staat auf als seine Mission erfüllt war: als die Juden in Alexandrien an der hellenischen Bildung teilgenommen, ihrerseits ihren Jehovaglauben unter allen Völkern des römischen Erdkreises verbreitet; und als unter ihnen, von seiner Mutter her aus jüdischem und aus heidnischem Blute entsprossen, Christus geboren und wie sein Vorläufer in Athen nicht erkannt, sondern ans Kreuz war geschlagen worden. Dahingesunken endlich ist auch das im Weltkampf erstarkte Geschlecht der Römer, als seine Mannesarbeit vollbracht, sein Völkerberuf erfüllt war: nachdem die römischen Legionen zuerst Italien, dann alle Umlande erobert, im Laufe weniger Menschenalter alle Burgen bis dahin selbständiger Völker, Karthago, Korinth, Numantia, Jerusalem gebrochen, alle früheren Reiche zu römischen Provinzen, und aus allen *eine* Weltmonarchie gemacht hatten, innerhalb deren *ein* Recht, das römische, und *eine* Weltbildung, die römisch-griechische, herrschen sollte; nachdem sie dann auch die von den Juden verworfene neue Weltreligion in sich aufgenommen, die den durch das Schwert Geeinigten auch inneren Frieden und innere Einheit bringen wollte; *und* nachdem endlich ihre Nachfolger, die naturfrischen keltisch-germanischen Stämme ihnen gegenüber so zu stehen gekommen waren, wie *sie* einst gegen die Griechen, und diese *gegen* die Asiaten standen. Rom aber, weil es sich der neuen weltbewegenden Macht des Christentums *nicht* verschlossen, sondern sie rechtzeitig erkannt und in sich aufgenommen hatte, blieb auch während der nun folgenden Weltperiode der christlich-germanischen Völker das geistige Zentrum derselben: so daß ich mit Macaulay darüber keinen Zweifel habe, daß die römische Kirche, welche den Anfang aller europäischen Dynastien gesehen hat, auch das Ende von allen überdauern, und vielleicht auch dann noch bestehen wird, wenn einst irgend ein Reisender aus Neuseeland nach den britischen Eilanden herüberkommen, inmitten einer weiten Einöde einen zerbrochenen Pfeiler der Londonbrücke erklettern, und die Ruinen der Paulskirche zeichnen wird.

Was nun den inneren Auflösungsprozeß des Völkerlebens betrifft, so liegt dessen eigentliche Ursache tief verborgen: sie ist in letzter Instanz keine andere als die, daß alles geschaffene Leben als solches nicht ein unendliches ewiges, sondern ein endliches zeitliches ist, ein limitierter Fonds, der je mehr er entwickelt desto mehr verbraucht und zuletzt erschöpft wird. Wie das Kränkeln, Hinwelken, Verdorren der Blätter und Äste eines Baumes ein Zeichen ist, daß die Wurzel krank sei: so müssen auch bei sinkenden und zerfallenden Völkern die äußeren Erscheinungen als die Folgen einer inneren Erschlaffung betrachtet werden. Mit dem Schwächerwerden, Abnehmen und endlichen Aufhören ihrer inneren produktiven Zeugungskraft, des *nisus formativus* im Leben der Individuen wie der Völker, sinken dann, vertrocknen, und erlöschen zuletzt: die sprachbildende Kraft; die religiöse Glaubenskraft; die politische Lebensenergie; die nationale Sittlichkeit, das Produkt der religiösen und politischen Ideale; die poetische Kraft im Leben der Künste, die so innig zusammenhängen mit der ganzen naturfrischen Individualität der Völker; und zuletzt auch, mit dem allmählichen Aufhören aller idealen metaphysischen Bedürfnisse, das spezifisch geistigste Erzeugnis des Völkerlebens, die lebendige Wissenschaft: bis der ganze Organismus, nur auf die Befriedigung der materiellen Bedürfnisse reduziert, seelenlos auseinanderfällt. Wie die Sprachen mit den Völkern, die sie sprechen geboren werden, wachsen, blühen, reifen, verwelken und absterben, ist schon oben bemerkt worden. Da sie nicht sowohl ein fertiges Werk, ἔργον, als eine beständige Tätigkeit, ἐνέργεια, eine *Arbeit* des Volksgeistes; da Sprache und menschliches Leben unzertrennliche Begriffe sind: so daß auch die gestorbenen Sprachen in Wahrheit nicht mechanisch erlernt, sondern nur dynamisch, insofern sie von uns noch empfunden werden, innerlich wieder belebt und erlebt werden können: so kann es in ihnen, so wenig als in den unaufhörlich fortflammenden Gedanken des Menschen selbst, keinen Augenblick wahren Stillstandes geben. Das Ableben und Sichausleben der Sprachen ist darum immer nicht die Ursache, sondern die Folge des inneren Vertrocknens der Volksgeister; wie denn auch die Alten selbst schon das innige Wechselverhältnis der sittlichen und der sprachlichen Verderbnis im Leben der Völker klar erkannt und ausgesprochen haben.

Auch das Sinken und Absterben des religiösen Glaubens, Gleichgültigkeit, Mißachtung der überlieferten Religion, Eindringen fremder Glaubensformen, Sektenbildung, Skeptizismus, völliger Abfall, alle diese charakteristischen Symptome jedes entartenden Volkes, und zwar vorzugsweise der höheren am meisten entwickelten und ausgelebten Stände im Volke, sind strenggenommen nicht sowohl die Ursachen des nationalen Zerfalles, als vielmehr nur die sichtbaren Folgen der *einen* unsichtbaren *zentralen* Ursache, des inneren Ermattens der nationalen Lebensenergie im Alter der Völker. Eine allgemeine Mißstimmung, Mißtrauen, Zweifel, Hoffnungslosigkeit, durchziehen dann das Leben, und gerade unter den sogenannten Gebildeten entstehen, in der Regel durch Halbwisser, und gewinnen ebendarum große Ausdehnung, sensualistische, skeptische, materialistische Systeme: in Griechenland nach Aristoteles, unter den Juden und in Rom zur Zeit Christi, in den neuern

Anmerkungen zu Seite 191

Zeiten, bei der Gleichartigkeit aller modernen Bildung, fast überall in Europa und über die Grenzen Europas hinaus. Namentlich ist der Glaube an die göttliche Wesenheit und Unsterblichkeit des menschlichen Geistes der, wie er überall, wo ursprüngliches Leben ist sich von selbst versteht weil er die Seele desselben ist, jetzt in der Zeit der alternden und zerfallenden Völker massenhaft angefressen und geleugnet wird d. h. gleichzeitig mit dem zerfallenden Volksleben selbst mit ins Grab sinkt.

In den verhältnismäßig noch kernhaften Teilen der Bevölkerung entsteht in solchen Zeiten der Glaube, ihre Götter hätten sie verlassen, *excedere deos* (Tacitus, Historien 5, 13; Josephus, Jüdischen Krieg 6, Kap. 5, 3), oder das Unheil komme daher, daß die Menschen selbst sich losgesagt hätten von der väterlichen Religion; unter den Gebildeten aber herrscht dann nur noch *eine* allen gemeinsame Religion, der Aberglaube.

Das Absterben der *politischen* Lebenskraft und der nationalen Sittlichkeit zeigt sich, wie K. Vollgraff (Ethnognosie S. 40) sehr gut nachgewiesen hat, sukzessive darin: daß mit der beginnenden physischen und psychischen Entartung der Völker, ihr Gesamtleben seine Spannkraft verliert und, durch die Zeugung fortgepflanzt, ein immer schwächeres Geschlecht hervorbringt; daß mit dem Schwächerwerden und Erkalten des Nationalgefühles auch der öffentliche Geist, der echte Patriotismus erlischt; daß dann statt der kompakten Volkseinheit nur noch Aggregate von Individuen existieren, Sklaven und Despoten, und nur der individuelle egoistische Verstand noch tätig bleibt; daß jeder ideale Freiheitssinn erlischt und in Gleichgültigkeit gegen die öffentlichen Angelegenheiten übergeht; statt der substantiellen sittlichen Wärme eine fein berechnende Lebensklugheit, statt der früheren herzerhebenden Aufopferung kalte falsche Selbstsucht, statt der alten frugalen Mäßigkeit ein entnervender, genußbegieriger Luxus, statt ehrenfester Wahrhaftigkeit und Mannhaftigkeit feige und lügenhafte Charakterlosigkeit herrschend wird: und daß nachdem also alles moralische Zement, welches den Bau der Staaten zusammenhält, zerbröckelt ist, zuletzt allgemeine Erschlaffung, Fäulnis und Tod eintritt. Greifbar zeigt sich diese Degeneration im Inneren vorzüglich in dem Verfall der konjugalen Verhältnisse: Ehe und Kinder werden als Last betrachtet; womit dann das Fundament des bürgerlichen Lebens, die Familie, untergraben, mit den Hausvätern die echten Staatsbürger aufhören, und jeder nur *sich* und seinem momentanen Vorteil lebt, unbekümmert um das Ganze, welches der Teufel holen mag. Das Familienerbgut wird ins Unendliche geteilt, woraus dann Pauperismus, Sozialismus, Kommunismus, alle Ausgeburten des politischen Wahnsinns entstehen. Das Recht wird das ausschließliche Eigentum der Juristen, und es bildet sich eine Rechtswissenschaft, die nicht die Blüte, sondern die dürre Frucht des vertrockneten Lebensbaumes der Völker ist. In diesen Zeiten auch entsteht der scheußliche Grundsatz aller herz- und kopflosen

Egoisten: ἐμοῦ θανόντος γαῖα μιχθήτω πυρί, wenn ich gestorben bin mag die Erde in Feuer aufgehen [der Wahlspruch des Kaisers Tiberius nach Zonaras 11, Kap. 3], après moi le déluge, wenn es nur *mich* noch aushält! Regierung und Beamte, innerlich ratlos und tatlos, bleierne Bureaukraten, lasten auf dem Leben, und fungieren nur noch gegen hohe Sporteln und Stempelgebühren; zuletzt, wenn alle Arten von Steuern erschöpft sind, kommt es zum Verkauf der Staatsgüter, zu Anleihen, ohne zu wissen, wie man sie zurückzahle, zur Verschlechterung der Münze, zum Papiergeld und zum Staatsbankrott. Endlich, am Ende des Endes, zerfällt auch der Militärorganismus in zuchtlose Rotten, und das ganze Volk wird wie ein Haufen Getreidekörner in deren jedem der Wurm sitzt. Und gegen diesen Tod der Völker, wenn nicht eine wohltätige Hand sie als Jünglinge oder Männer hinwegnimmt oder die Leiden des Alters abkürzt, gibt es kein Heilmittel, so wenig als gegen den Tod der Individuen.

Auch von dem Tode der Künste und der Wissenschaften zu reden in dieser Periode des Verfalles, ist nicht erfreulich. Was könnten beide noch wahrhaft Großes hervorbringen, wo der Kern des Lebens faul und angefressen ist? Das wahrhaft Große und Schöpferische wird nur in der substantiellen Wärme des Lebens und, zur besseren Hälfte, im Zustande naiver Unbewußtheit geboren; der bloße berechnende Verstand und die ätzende Schärfe seiner Kritik haben *nie* und nirgendwo weder ein originales Kunstwerk, noch ein gesundes echt wissenschaftliches Werk hervorgebracht, weil beides nur Sache des Charakters ist, und aus der Ganzheit und Fülle des Lebens geboren werden, die gelehrte Zergliederungskunst aber nur an Leichen geübt werden kann. – *Anmerkung 2: Die Stelle bei Sebastian Franck:* 'Es hat sich auch in diser zeit mancherley prophecey begeben / beide von gelerten vnd vngelerten leüten / eins teils d' Türck werd sig haben allen gewalt absetzen / den bapst von sein stůl werffen / vñ den Römischen reich außmachen / dz ins Türckisch werd fliessen. Ein teil hat für den bapst vñ Keiser propheceit / nenlich ist ein propphecey gefunden worden im jar MCCCCXL darin die person Caroli V. abgemalt ist / sein gestalt alter / stamm der werd glücksélig kriegfüren XXV jar lang / wider sein feind / nit allein die Frantzosen / Engellender / Arrogoner ñv ander anstösser / sunder auch den Türcken vnder sein fuß legen / in Asiam reisen / Greciam / Caldeam / vñ alles gelobt land einnemen / zuo Hierusalem vff dem ölberg sein kron von seim haupt thun vñ im XXXV. jar seines keiserthumbs Got sein leben auffopfern / darwider seind wie gehört vil andre / die lagen dz Römische keiserthumb werd mit diesem vffhören / vñ er der letst Römische Keiser sein. Etlich andere wöllen dz Römische keiserthumb hab vorlangst vffgehört.' – *Anmerkung 3:* Aus der Stelle bei *De Candolle:* Betrachten wir nun eine noch fernere Zukunft, über 50 000 bis 100 000 Jahre oder einige hunderttausend Jahre .. Für eine so lange Zeit kann man nicht voraussehen, ob nicht irgend

Anmerkungen zu Seite 191–193 443

ein großes irdisches oder himmlisches Ereignis vollkommen die äußeren Bedingungen ändern wird. Die Erdoberfläche könnte Hebungen oder Senkungen erfahren, durch welche die Beschaffenheit der bewohnbaren Gebiete von Grund aus geändert würde.. Der Sauerstoff der Luft und die unaufhörliche Wirkung der menschlichen Arbeit haben die Folge, daß die Menge der Metalle und der Steinkohle, die an der Oberfläche der Erde ohne zu große Mühe zugänglich sind, beständig vermindert werden.. Notwendig wird eine Verminderung der Bevölkerung eintreten, wenn die alten Hilfsmittel spärlich, fast unaufschließbar werden und zuletzt versiegen. Die kultiviertesten Völker werden dann die unglücklichsten sein. Sie werden weder Eisenbahnen, noch Dampfschiffe, noch irgend etwas davon haben, was auf der Kohle und den Metallen beruht. Ihre Industrie schwindet, wenn Eisen und Kupfer selten werden. Gewisse seßhafte ackerbautreibende Völker, die in warmen Ländern leben und sich mit wenig begnügen, werden sich dann als am besten angepaßt an die äußeren Bedingungen der Erde erweisen.

S. 192: *Legitimität:* s. zu S. 118. – *Parität:* Gleichberechtigung. – *Die Terreur:* 'Die Schreckensherrschaft' der Französischen Revolution, der Zeitabschnitt vom 31. Mai 1793 bis 27. Juli 1794, das Jahr der Alleinherrschaft des Wohlfahrtsausschusses unter Robespierre bis zu dessen Sturz, charakterisiert durch die Unterwerfung der Provinzen unter das Diktat der Hauptstadt (s. zu S. 183 Föderalisten, Vendée), durch das Gesetz gegen die Verdächtigen vom 17. Sept. 1793, durch die Zwangswirtschaft (das im Werte fallende Papiergeld der Assignaten muß bei Kerker-, ja Todesstrafe zum Nennwert gehandelt werden; Höchstpreis für Korn; schwere Strafen bei Verkaufsweigerung) und die Zwangsenteignungen für die Bedürfnisse des Staates.

S. 193: *Italien 1820/21, Spanien 1823:* Ferdinand I. von Neapel, von seinem Volk zur Annahme einer liberalen Verfassung gezwungen, stellt mit Hilfe österreichischer Truppen im Auftrage der Heiligen Allianz 1821 grausam die absolute Monarchie wieder her. In Sardinien, wo Victor Emanuel I. abdanken mußte, als er die Errungenschaften der Revolution rückgängig machen wollte, und sein Thronfolger Karl Albert zu einer liberalen Verfassung gezwungen worden war, führen Streitkräfte der Heiligen Allianz die alten, vorrevolutionären Zustände wieder ein, s. zu S. 199, 195 Schluß. In *Spanien* war 1820 durch einen Aufstand der Liberalen die Verfassung von 1812 wiederhergestellt worden, die sich die Stände (Cortes) durch ihren Freiheitskrieg gegen Napoleon 1810 erkämpft hatten. Die Heilige Allianz forderte darauf auf einem Kongreß in Verona 1822 die spanischen Stände auf, die liberale Verfassung zu beseitigen. Als diese das ablehnten, eroberte trotz des Einspruchs des englischen Ministers George Canning (1770–1827) ein französisches Heer unter dem Herzog von Angoulême 1823 im Auftrage der Heiligen Allianz Spanien, besiegte die Stände, befreite

Ferdinand VII. aus seiner Gefangenschaft und stellte die absolute Monarchie wieder her. — *Aufstand der Griechen:* Hatte der Abfall der spanischen Kolonien Venezuela, Panama, Ekuador, Peru und Bolivien unter Simón Bolívar vom Mutterlande (1812–25), den die Vereinigten Staaten (Monroedoktrin vom 2. Dez. 1823: 'Amerika den Amerikanern!') und das England George Cannings unterstützten, dem Herrschaftssystem der Heiligen Allianz, das im Sept. 1815 in Paris zwischen Österreich, Preußen, Rußland beschlossen worden war, den ersten Riß beigebracht, so wurde dessen Unhaltbarkeit durch den Aufstand der Griechen gegen das türkische Joch vollends sichtbar. Der Aufstand brach im Februar 1821 aus; am 13. Januar 1822 wurde die Unabhängigkeit Griechenlands durch die Nationalversammlung verkündet. Da rückten die Türken, nachdem sie den aufständischen 'schwarzen Pascha' Ali von Janina in Albanien niedergeworfen und die Landung Ibrahims, des Sohnes ihres ägyptischen Vasallen Mehemed Ali, im Peloponnes abgewartet hatten, von Norden und Süden gleichzeitig heran und eroberten die durch freiwillige Philhellenen in ihrer Besatzung verstärkte wichtigste griechische Festung Missolunghi (Mesolongion im westl. Mittelhellas) am 22. April 1826. Im gleichen Monat hatten Rußland und England die Vermittlung in der griechischen Frage beschlossen, und im Londoner Vertrage vom 6. Juli 1827 trat ihnen Frankreich bei, während Österreich und Preußen ablehnten. Man wollte, ohne in den Krieg gegen die Pforte einzutreten, Ibrahim zwingen, seine Verwüstung Messeniens einzustellen und seine Flotte nach Alexandria zu entlassen, und verlieh dem durch Entsendung einer englisch-französisch-russischen Flotte Nachdruck. Durch türkische, vielleicht zufällige Schüsse auf das englische Flaggschiff entstand am 20. Okt. 1827 die Seeschlacht von Navarino (im südwestl. Peloponnes bei dem alten Pylos), in der die türkisch-ägyptische Flotte nach vierstündigem Kampf aufgerieben wurde. England sah nun jedoch sofort durch den zu erwartenden Krieg gegen seinen früheren, jetzt wehrlos gewordenen Verbündeten, die Pforte, seinen Orienthandel gefährdet, erschrak über die Begünstigung, die es den russischen Interessen im Mittelmeer gewährt hatte, und kehrte, zumal Canning im Sommer 1827 gestorben war, unter Wellington zu einer griechenfeindlichen Haltung zurück. Rußland dagegen erklärte der Türkei den Krieg (1828/29). Seinem 'alten Programm', nach Konstantinopel vorzudringen, getreu, besetzte es die Donaufürstentümer Moldau und Walachei und eroberte gleichzeitig die armenischen Gebiete um Kars und Erzurum, den nordöstlichen Teil der heutigen Türkei; seine Truppen unter General Diebitsch überschritten sogar den Balkan und besetzten Adrianopel. Hier wurde am 14. Sept. 1829 der Friede geschlossen. Rußland erhält fast das ganze Donaudelta (bis zum St. Georgs-Arm) und einen Teil von Armenien; die Donaufürstentümer werden praktisch fast ganz selbständig, indem sie das Recht erhalten, christliche Statthalter (Hospodare) unter

Anmerkungen zu Seite 193–194 445

türkischer Oberhoheit zu wählen, und den Serben werden ihre Rechte und Freiheiten, unter selbst gewählten Fürsten zu leben, von der Pforte garantiert; die Dardanellen werden dem Handel aller Mächte freigegeben; die Pforte erkennt die Unabhängigkeit Griechenlands an, worüber die Schutzmächte Rußland, England und Frankreich 1830 das 'Londoner Protokoll' unterzeichnen. Der Pruth und das rechte Donauufer werden Grenze zwischen Rußland und der Pforte.

S. 194: *Die Julirevolution:* Als Karl X., der seinem Bruder Ludwig XVIII. seit 1824 gefolgt war, auf dem Wege der Restauration des vorrevolutionären Frankreich weiterschritt und am 26. Juli 1830 die parlamentarische Opposition durch die sog. 'vier Ordonnanzen' auszuschalten suchte, wonach zur Sicherheit des Staates die Pressefreiheit aufgehoben, die Kammer aufgelöst, die Wahlordnung abgeändert, das Recht auf direkte Verbesserungsvorschläge verwirkt sein und die Zahl der Deputierten vermindert werden sollte, erhob sich, von Journalisten wie Adolphe Thiers aufgerufen, das Volk von Paris und zwang nach den Straßenkämpfen vom 28. bis 30. Juli den König am 2. August zur Abdankung. In der provisorischen Regierung gewann jedoch das Großbürgertum der Bankiers und Fabrikanten bestimmenden Einfluß, das die Wiederherstellung der Republik als Massenherrschaft ablehnte. So setzte die provisorische Regierung noch am 30. Juli Herzog Louis Philippe von Orléans (geb. 1773), den Sohn von Philippe Égalité und Führer der liberalen Opposition, der sich mit seinem Vater anfangs der Revolution angeschlossen hatte, 1793 mit General Dumouriez zu den Österreichern übergegangen und 1817 nach Frankreich zurückgekehrt war, zum Statthalter ('General-Lieutenant') des Königreichs ein. Er wurde vom Bürgertum durch Beschluß der Kammer, nachdem er den Eid auf die Verfassung geleistet hatte, 10 Tage später zum 'König der Franzosen' ausgerufen. – *Die Quadrupelallianz* vom 22. April 1834 vereinigte die nun liberal regierten Mächte England, Frankreich, Spanien und Portugal. Sie trat in *Spanien* für die eine liberale Verfassung anstrebenden bürgerlichen 'Christinos' ein, die Anhänger von Marie Christine, der Witwe Ferdinands VII. (s. zu S. 193), die von 1833–40 die Regentschaft führte. Gegen sie erhob sich die katholisch-reaktionäre Adels- und Bauernpartei der 'Karlisten', der Anhänger von Don Carlos, dem jüngeren Bruder Ferdinands VII. Obwohl Marie Christine 1837 eine liberale Verfassung erließ, tobte 7 Jahre lang der blutige Karlistenkrieg (1834–40), bis Don Carlos seine Ansprüche an seinen ältesten Sohn abtrat und außer Landes ging. – *In Portugal* hatte 1832–34 Dom Pedro I. mit Hilfe von England und Frankreich seinen Bruder Dom Miguel vertrieben, der sich auf Adel und Priesterschaft stützte, und stellte 1834 die liberale Verfassung von 1826 wieder her. Als unter seiner Tochter Maria II. da Gloria dem Volke eine weniger liberale Verfassung aufgedrängt werden sollte, erhoben sich die Massen. Maria mußte sich an Eng-

land und Spanien um militärische Hilfe wenden. Diese schlugen 1847 den Aufstand nieder. – *Die beiden Großstaaten:* Österreich und Preußen. – *Repression:* Unterdrückung. – *Giovine Italia:* 'Junges Italien', Geheimbund, der für eine einheitliche Republik Italien eintrat, 1831 von Guiseppe Mazzini in Marseille gegründet; sein Versuch, 1833/34 eine Erhebung Italiens herbeizuführen, scheiterte. – *Polnische Revolution:* sie brach im Anschluß an die Pariser Julirevolution am 29. Nov. 1830 aus. Am 25. Feb. 1831 wurde der russische General Diebitsch bei Grochow in der Nähe von Warschau zwar zum Rückzug gezwungen, besiegte die durch Wechsel im Oberbefehl unschlüssig gewordenen Polen jedoch am 26. Mai 1831 entscheidend bei Ostrolenka. Der Aufstand wurde blutig niedergeworfen; das Polen des Wiener Kongresses von 1815 ('Kongreß-Polen', westl. des Njemen an Ostpreußen anschließend bis Grodno, westl. Bialystok, dann westl. des Bug) verlor seine Verfassung und wurde durch das 'organische Statut' vom 26. Feb.1832 als Provinz dem russischen Reiche eingegliedert. – *Die Trennung Belgiens vom Königreich der Niederlande*, das der Wiener Kongreß 1815 geschaffen hatte, ohne dabei die volkliche und religiöse Verschiedenheit dieser katholischen flandrisch-brabantischen Südprovinzen gegenüber den protestantischen holländischen Nordprovinzen zu berücksichtigen, erfolgte als Fortsetzung der Pariser Julirevolution durch die Erhebung von Brüssel, die in einer Aufführung von Aubers 'Stummer von Portici' ihren Anfang nahm und bei der die französisch-liberale mit der klerikalen Partei zusammenging (25. August 1830), und durch die Unabhängigkeitserklärung des belgischen Nationalkongresses vom 18. Nov. 1830, die das Haus Oranien vom belgischen Thron ausschloß. England und Frankreich standen der Erhebung wohlwollend gegenüber, während Rußland durch die polnische Revolution beschäftigt war. Sie schlugen auch den ihren Regentenhäusern verwandten Leopold von Sachsen-Koburg zum ersten König Belgiens vor.
S. 195: *Entwicklung der sozialistischen und kommunistischen Theorien:* François Noël, genannt Gracchus *Baboeuf* (geb. 1760, vom Direktorium 1797 guillotiniert), 'Le tribun du peuple', kommunistisches Kampfblatt: Privateigentum ist die Wurzel alles Übels, und nur der Wille des Volkes gerecht und gesetzlich – Robert *Owen* (1771 bis 1858) fordert Arbeiterschutz, 'kooperative Unternehmungen' der Arbeiterschaft, Verbrauchergenossenschaften, Arbeitsbörse d. h. Tauschbasare, an welche nach Feststellung des Bedarfs die Arbeiter in Krisenzeiten, unter Ausschaltung jeder Ausbeutung, ihre Gebrauchsgüter abgeben und welchen sie dafür die nach Arbeitszeit gleichwertige Menge ihnen selbst notwendiger Waren entnehmen können, geistig-sittliche Hebung und Erziehung der Arbeiter in genossenschaftlichem Denken: 'Eine neue Auffassung von der Gesellschaft' 1803, 'Die Ursachen der Not und die Mittel zur Abhilfe' 1816, 'Weitere Entwickelung des Planes der Armenunterstützung und der Befreiung der Menschheit' 1817,

'Rede an die Arbeiter der Landwirtschaft, die Fabrikarbeiter und Handwerker' 1827, 'Die Revolution im Geiste und der Praxis des Menschengeschlechts' 1849, 'Briefe an die Menschheit' 1850. An ihn knüpft an William *Thompson* (1785–1833), der 'theoretische Vater des englischen Sozialismus': 'Principles of Distribution of Wealth' 1824. – Graf Claude Henry de *Saint-Simon* (1760–1825), Begründer eines auf tätiger Bruderliebe, auch zwischen Arbeitgeber und Arbeiter, ruhenden Sozialismus: die Lösung der Arbeiterfrage ist die Hauptaufgabe der Gesellschaft; die Bourgeoisie und die ihr gehörende 'Industrie', die sich Wissenschaft, Politik, ja die Kriege dienstbar gemacht hat, ist in der Ausbeutung des geistig und wirtschaftlich minder bemittelten Volkes an die Stelle des Adels getreten; diese Ausbeutung muß überwunden werden durch eine der Gesamtheit dienende Entwicklung der materiellen und geistigen Kräfte; das Eigentumsrecht muß dem allgemeinen Interesse untergeordnet, das Los aller, die von ihrer Arbeit leben, gebessert, die Menschheit sittlich-religiös erneuert werden. 'L'Organisateur' 1820, 'Catéchisme des industriels' 1823/24, 3 Hefte, 'Nouveau Christianisme' 1825. An ihn knüpft sein Schüler St. Amand *Bazard* an (1791–1832 'Doctrine de Saint-Simon' 1829). Er fordert die Aufhebung des Erbrechts der Familie und die Überführung der hinterlassenen Vermögen an den Staat, der sie dann nach dem Grundsatz 'Jedem nach seiner Fähigkeit, jeder Fähigkeit nach ihrer Leistung' neu verteilen solle. Barthélemy Prosper *Enfantin* (1796–1864) schließlich verwandelte das Lehrgebäude seines Meisters Saint-Simon in eine theokratisch-industrielle Sekte mit einem Oberpriester an der Spitze und suchte ihre Anhänger 'durch Arbeit und Vergnügen' zu 'heiligen', indem er die Harmonie des Fleisches und Geistes, die Gleichstellung der Frau in der 'Saint-Simonistischen Familie', die mit besonderen Werkstätten ausgestattet war, verkündete. Seiner Tätigkeit machte der französische Staat wegen Gefährdung der Sitten 1832 ein Ende. – Charles *Fourier* (1772–1837), utopischer Sozialist: die von 1620 Mitgliedern beider Geschlechter gebildete, in einem gemeinsamen, 600 m langen Gebäude mit etwa 2500 ha Grundbesitz, mit Werkstätten, Laboratorium und Bibliothek zusammengeschlossene Erzeugungs-, Verbraucher- und Lebensgemeinschaft des 'Phalanstère' (Phalange, Stoßtrupp), dessen Kosten durch vererbbare Aktien gedeckt, dessen Arbeiten auf Grund der 810 menschlichen Charaktere und unter Berücksichtigung der 12 Leidenschaften nach Neigung und Fähigkeiten verteilt werden, wird an die Stelle der bisherigen, unglücklich machenden Selbstsucht die Bruderliebe setzen: 'Le Traité de l'association', auch genannt 'Théorie de l'unité universelle' 1822, 4 Bde. Seine Lehre faßte sein Schüler Victor *Considérant* (1808–93) zusammen in der 'Destinée sociale', 3 Bde. 1834–45, und in der 'Exposition abrégée du système phalanstérien de Fourier' 1845. – Pierre Joseph *Proudhon* (1809–65), der sich selbst einen Anarchisten nannte: Freiheit vom Staat ist anzustreben; denn jedes Regierungssystem hat nur den Sinn, die Vorrechte der jeweils herrschenden Klasse zu erhalten; Eigentum ist Diebstahl der Starken an den Schwachen, Gütergemeinschaft andererseits Ausbeutung des Starken durch den Schwachen; Geld und Zins sind abzuschaffen, damit sich freiwillige Verbände auf der Basis der Gerechtigkeit und billigen Gegenseitigkeit (Mutualismus) zusammenschließen und in Harmonie miteinander leben können: 'Quest-ce que la propriété?' 1840, 'Système des contradictions économiques ou la philosophie de la misère' 1846. – Ihm gegenüber vertrat Louis *Blanc* (1811–82), der spätere Geschichtsschreiber der Französischen Revolution, in seinem Werk 'Organisation du travail' (1839) nachdrücklich das Recht des Arbeiters auf Arbeit; es sei jedoch nur dadurch zu garantieren, daß die Arbeiter selbst zur politischen Macht gelangen; mit staatlichen Mitteln seien 'National-Werkstätten' (ateliers sociaux) zu errichten, die, in ihrer Güter-Erzeugung aufeinander abgestimmt, Produktionsgenossenschaften bilden und so allmählich die kommunistische Wirtschaftsform zum Siege führen sollen. Die im Feb. 1848 ins Leben gerufenen Pariser National-Werkstätten, die Blancs Ideen nicht entsprachen, brachen nach kaum einem Vierteljahr an mangelnder Leistung zusammen. Inzwischen hat sich Karl *Marx* (1818–83) zum Wort gemeldet: 'Die deutsche Ideologie' 1845/46 (mit F. Engels und M. Heß), 'Misère de la philosophie' 1847 (Entgegnung auf Proudhon), 'Das kommunistische Manifest' 1848 (mit F. Engels, frz. u. poln. 48, engl. 50, russ. um 60), 'Zur Kritik der politischen Ökonomie' 1859, 'Das Kapital' Bd. I 1867. – *Spiegelung der Zeit zwischen 1830 und 1848 in Literatur und Poesie:* hier ist wohl an Heine, Lenau, Herwegh, Stendhals zerrissenen Helden in 'Le Rouge et le Noir' (1830), an Mussets ennui-Stimmung oder an Leopardis abgründigen Weltschmerz und sarkastischen Hohn zu denken, daneben etwa an Barbiers Satiren, an das Monströse und Grausige des Schauer- oder Sozialromans (Hugo, Sue), an die Nachtseiten der Romantik bei Nodier, de Nerval, Bertrand, an Thomas Hoods 'Song of the Shirt' oder George Sands Eintreten für das Recht der freien Leidenschaft der Frau. – *Panslawismus:* diese Bewegung, die, von Herder und der deutschen Romantik angeregt, ursprünglich auf die Herausarbeitung einer gesamtslawischen Kulturgemeinschaft gerichtet war, bald jedoch die politische Vereinigung aller slawischen Völker unter russischer Führung anstrebte, begann um 1830 bei den Westslawen, wo der slowakische Dichter Jan Kollár ('Die Tochter der Slava' 1824) ihr zuerst Ausdruck gab und am 2. Juni 1848 ein Slawenkongreß in Prag stattfand, dem der Pfingstaufstand der Tschechen unmittelbar folgte. Schon im März 1848 hatte eine kroatische Deputation die Regierung in Wien um Vereinigung von Kroatien, Slavonien und Dalmatien zu einem selbständigen, von Ungarn unabhängigen Staatswesen bestürmt und deren Unterstützung gegenüber der magyarischen Vorherrschaft gefunden; der Freiherr Joseph Jellachich war

Anmerkungen zu Seite 195–196 449

zum Ban von Kroatien ernannt worden. In Rußland wurde der Erzähler Michael Pogódin (1800–75) der erste Verkünder des Panslawismus. Er forderte die Vereinigung der unter Österreichs Herrschaft lebenden Polen und Tschechen mit Rußland. Seit etwa 1850 benutzte die russische Regierung panslawistische Gedankengänge zur Durchsetzung ihrer Balkanpolitik. 1858 nahm mit Wissen Alexanders II. das 'Slawische Wohltätigkeitskomitee' in Moskau seine Wühlarbeit gegen Österreich auf. Der Panslawismus wird dann unterstützt durch die literarische, seit etwa 1860 auch politische Bewegung der Slawophilen: konservativer Nationalisten, welche die Rettung der Welt nicht mehr von dem alt und skeptisch gewordenen Europa, sondern von dem jungen, glaubensstarken Rußland erwarten (die Dichter A. S. Chomjaków, die Brüder Konstantin und Iwán S. Aksákow, der Publizist Michail N. Katków, der Schriftsteller Iwan W. Kirijewski, auch Leo N. Tolstoi und Dostojewski). Nicolaus Danilewski fordert schließlich 1871 in seinem Buche 'Rußland und Europa' die Zerschlagung Österreichs und der Türkei, ein allslawisches Bündnis unter russischer Führung mit dem russischen Konstantinopel als Zentrum. – *Italienische Bewegung seit 1846:* Die Freiheits- und Einheitsgedanken der Italiener (s. zu S. 195), von den Geheimbünden der Karbonari (nach ihrem Brauchtum 'Köhler') und des Republikaners Guiseppe Mazzini wachgehalten, richten sich gegen die absoluten Regierungen der Landesteile Neapel und Sizilien, Parma und Modena, vor allem aber gegen die Fremdherrschaft Österreichs in der Lombardei und Venetien. Der Aufstand begann im Januar 1848 in Sizilien. Die Österreicher wurden aus Mailand und Venedig vertrieben, doch unterlag der Führer der italienischen Nationalbewegung Karl Albert von Sardinien schon Ende Juli 1848 den Österreichern unter Radetzky bei Custozza. Rom, wo Mazzini und Garibaldi die Republik ausgerufen hatten, wurde Anfang Juni 1849 für Papst Pius IX. durch ein französisches Hilfskorps zurückerobert, und Venedig fiel Ende August. Überall wurden die alten Zustände wiederhergestellt, außer in Piemont-Sardinien, wo Graf Cavour unter Victor Emanuel II. die Hoffnungen der Liberalen und vieler Republikaner auf ein einheitliches Italien aufrecht erhielt.

S. 196: *Palmerston:* John Temple, Viscount (1784–1865), war 1830–34, 1835–41 und 1846–51 englischer Außenminister der liberalen Regierungen, förderte zu Englands Nutzen den spanischen Karlistenkrieg (s. zu S. 194), die revolutionären Bewegungen in Polen (s. zu S. 194), Ungarn und Rußland sowie die italienische Einheitsbewegung (s. zu S. 195 Schluß), trat gegen Rußland und Frankreich für die Erhaltung der Türkei, für die Losreißung der nordamerikanischen Südstaaten im Bürgerkrieg von 1861–65 und gegen alle deutschen Einheitsbestrebungen auf. – *Sonderbundskrieg:* dem Vordringen des Liberalismus, der 1830/31 einer Reihe von Schweizer Kantonen eine liberale Verfassung gebracht hatte, die herrschende Städte-Aristokratie zu stürzen und durch Reform der

Bundesverfassung aus dem lockeren Staatenbund von 1815 einen festen Bundesstaat zu schaffen bestrebt war, widersetzten sich die von katholisch-konservativen Parteien beherrschten Urkantone Uri, Schwyz und Unterwalden sowie die Kantone Luzern, Zug, Freiburg und Wallis. Sie schlossen 1845 einen 'Sonderbund'. Er wurde 1847 in einem Bürgerkrieg von 3 Wochen durch eidgenössische Truppen unter General Dufour aufgelöst. Damit war der Weg zur Bundesreform frei, die in der Verfassung vom 12. Sept. 1848 niedergelegt wurde. – *Die Februarrevolution 1848:* in Frankreich, s. zu S. 184 Schluß, in Italien s. zu S. 195. In Deutschland kommt die Einheit zuerst in dem Beschluß der Deutschen Nationalversammlung in Frankfurt vom 28. Juni 1848 zum Ausdruck, die provisorische Zentralgewalt einem nicht regierenden Mitgliede eines deutschen Regentenhauses als Reichsverweser zu übertragen (Erzherzog Johann von Österreich). Am 28. März 1849 wählt sie dann Friedrich Wilhelm IV. von Preußen zum erblichen 'Kaiser der Deutschen', was dieser endgültig jedoch am 28. April ablehnt. Anfang Mai brechen dann die Volksaufstände von Dresden, Pfalz und Baden aus, die die weitere Arbeit der Nationalversammlung unmöglich machen. Dresden wird jedoch schon am 9. Mai, Pfalz und Baden bis zum 23. Juli, sämtlich mit Hilfe preußischer Truppen, unterworfen. – *Reaktion:* Das aufständische Wien wird am 31. Okt. 1848 durch Fürst Windischgrätz zurückerobert, Berlin am 10. Nov. 1848 von den Truppen unter General Wrangel wiederbesetzt, die Bürgerwehr aufgelöst, die Bürgerschaft entwaffnet; Ungarn, das unter Lajos Kossuth im Sept. 1848 mit der Wiener Regierung gebrochen und am 14. April 1849 das Haus Habsburg für abgesetzt erklärt hatte, kapitulierte vor einem russischen Heere unter Paskjewitsch und einem österreichischen unter Haynau am 13. Aug. 1849 zu Wilagos. – *Maiwahlen von 1852:* Sie fanden nicht statt, weil ihnen Louis Napoleon durch seinen Staatsstreich zuvorkam, s. zu S. 184 Schluß.

S. 198: *Subsistenz:* Lebensunterhalt. – *vindiziert:* als zustehend fordert. – *Cavour:* s. zu S. 195 Schluß. – *Krimkrieg:* 1854–56. Den Anlaß dazu gibt die Besetzung der Donaufürstentümer (s. zu S. 193 Schluß) durch russische Truppen im Zweiten Balkankrieg (1853 und 54). Sie werden erst im Juli 1854 geräumt, nachdem englische und französische Truppen bei Gallipoli und Warna gelandet sind und Österreich sein Eingreifen zum Schutze der Donaufürstentümer angekündigt hat. Nachdem ein englisch-französischer Seeangriff auf Petersburg von Kronstadt aus abgewehrt ist, landen englisch-französische Truppen an der Küste der Krim und belagern Sebastopol. Sardinische Truppen kommen ihnen zu Hilfe. Die Stadt wird bis Anfang Sept. 1855 verteidigt, die Zitadelle weiter gehalten. Im Frieden zu Paris wird Ende März 1856 bestimmt: die Donaufürstentümer bleiben unabhängig; Rußland tritt die Donaumündungen an das Donaufürstentum Moldau ab; die Donau wird internationalisiert; Rußlands Kriegsflotte darf die der Türkei nicht

Anmerkungen zu Seite 198-199   451

übersteigen. (Aus den Donaufürstentümern wird 1859 der selbständige Staat Rumänien gebildet.) — *Indischer Aufstand:* Die Engländer werfen 1857 den Aufstand des Großmoguls Mohammed Bahadur Schah nieder, erobern Delhi, lösen die ostindische Kompanie auf und verwandeln Indien in ein Vizekönigreich.
S. 199: *Ferdinand II. von Neapel*, 1830–59 (s. zu S. 193 u. 195), veranlaßt durch seine reaktionäre, auf Schweizer Garden und Klerus gestützte Herrschaft, bei der seine Gegner auf die Galeeren oder in die Gefängnisse wandern, Vorstellungen der englischen (Gladstone) und französischen Regierung. — *Attentat Orsinis:* Felice Graf Orsini schleudert am 14. Jan. 1858 eine Bombe gegen den kaiserlichen Wagen, die über 100 Personen tötet oder verwundet, Napoleon III. aber nur durch Glassplitter verletzt; der Attentäter erinnert den Kaiser in einem Brief aus dem Gefängnis an die Unabhängigkeit Italiens, für die er ja bei dem Aufstand in der Romagna 1830/31 eingetreten sei. Im gleichen Jahre verbündet sich Napoleon insgeheim mit Sardinien (Cavour) gegen Österreich. — *Der italienische Krieg von 1859:* Nachdem Englands Vermittlungsversuch, Österreich nachgiebig zu stimmen, im Februar gescheitert war und österreichische Truppen die piemontesische Grenze überschritten hatten, greift Napoleon ein und besiegt mit Mac-Mahon, gemeinsam mit den Truppen Piemont-Sardiniens, im Juni die Österreicher bei Magenta und Solferino. Am 11. Juli 1859 kommt zwischen ihm und Franz Josef der Vorfriede von Villa Franca zustande, in dem Österreich die Lombardei außer Mantua an ihn abtritt; er gibt sie an Sardinien. 1860 schließen sich Toskana, Parma, Modena und die Romagna durch Volksabstimmungen an Sardinien an, während Garibaldi Sizilien und Neapel erobert. Auch Umbrien und die Marken schließen sich an, so daß am Jahresende ganz Italien, mit Ausnahme des Stadtgebiets von Rom, unter 'Victor Emanuel II. geeinigt ist, der am 17. März 1861 den Titel 'König von Italien' annimmt. Einige Tage zuvor wird in Turin das erste italienische Parlament eröffnet. Gleichzeitig erhält Frankreich durch Volksabstimmung Savoyen und Nizza. — *Nordamerikanischer Parteikrieg:* der Sezessionskrieg (1861–65) der Vereinigten Staaten, hervorgerufen durch den Austritt von 11 Südstaaten, die Sklaven für ihren Plantagenbau für notwendig halten, aus der Union (1861); endet mit dem Sieg der Nordstaaten und der Aufhebung der Sklaverei. — *Mexikanischer Krieg:* Als der liberale Präsident von Mexiko, Benito Juarez, der ein durch Parteikämpfe zwischen Klerikalen und Liberalen finanziell erschöpftes Land übernimmt, 1861 erklärt, Mexiko müsse seine Schuldabzahlungen an ausländische Gläubiger auf 2 Jahre unterbrechen, landen spanische, französische und englische Seestreitkräfte in mexikanischen Häfen. Es kommt am 19. Feb. 1862 zum Vertrag von La Soledad. Darauf fahren die spanischen und englischen Flottillen ab. Die französische bleibt jedoch zurück, fördert die Rückkehr vertriebener Vertreter der Kirchenpartei, besonders Almontes, nach Mexiko,

verstärkt seine **Landungstruppen**, erobert Puebla, stürzt Juarez und läßt die konstitutionelle erbliche Monarchie ausrufen. Die Krone eines Kaisers von Mexiko nimmt nach Napoleons entsprechenden Zusicherungen Erzherzog Ferdinand Maximilian von Österreich, der Bruder des Kaisers Franz Josef, am 10. April 1864 an. Die republikanische Bewegung läßt sich in Mexiko von ihm jedoch mit den unzureichenden Mitteln weder unterdrücken noch versöhnen. In Frankreich wird das Mexiko-Abenteuer immer unpopulärer. Als daher die Regierung der Vereinigten Staaten im Feb. 1865, gestützt auf die Monroe-Doktrin, die Zurückziehung der französischen Truppen und eine freie Volksabstimmung der Mexikaner über ihre Regierungsform fordert, andernfalls die Beziehungen zu Frankreich gefährdet seien, geht Napoleon darauf ein. Die letzten französischen Kontingente verlassen Mexiko am 16. März 1867. Sofort erhebt sich allenthalben die republikanische Bewegung. Kaiser Maximilian zieht sich in die Bergstadt Queretaro zurück, muß sich hier am 15. Mai ergeben und wird am 19. Juni 1867 von den Republikanern erschossen.

S. 200: *Septemberkonvention:* Hatte sich Napoleon III. durch die Unterstützung der italienischen Einheitsbestrebungen 1859 mit seinem wichtigsten inneren Verbündeten: dem Klerus, überworfen, so brachte er, gleichzeitig mit der Errichtung des katholischen Kaiserreiches Mexiko (s. zu S. 199 Schluß), am 15. Sept. 1864 mit Italien eine Konvention zustande, der zufolge die Residenz von Turin nach Florenz verlegt, die französische Besatzung aus Rom innerhalb von 2 Jahren zurückgezogen und dem Papst Gelegenheit zur Bildung einer eigenen Armee 'zur Aufrechterhaltung der Autorität und der Ruhe' gegeben werden sollte. Als er 1867 zugunsten des Papstes sogar mit den Waffen gegen Garibaldis Freischaren bei Mentana vorging, verlor er wiederum die Dankbarkeit der Italiener. – *Bauernemanzipation:* Alexander II. (1855–81), der 'Zar Befreier', hob durch das Gesetz vom 19. Feb. 1861 die Leibeigenschaft der russischen Bauern auf. Doch er konnte als Regent eines Staates, dessen tragende Schicht der grundbesitzende Adel war, sich nicht entschließen, den Bauern die Freiheit zu *schenken:* vielmehr mußten die Bauern ihren adligen Grundherren ein Drittel (zuweilen ein Viertel) des ihnen zufallenden Bodens abtreten. Dadurch wurde der Bauernhof mit seinen etwa 5 Desjatinen (= 5,5 ha) Land angesichts der rückständigen landwirtschaftlichen Technik zu klein. Hinzu kamen Loskaufgelder und Dienstleistungen auf dem Gut des bisherigen 'Seelenbesitzers'. Viele Bauern gerieten daher und aus Mangel an Betriebsmitteln bald in die Zinsknechtschaft derselben Grundherren, von denen sie das Gesetz 'befreit' hatte. Der uralte Landhunger des russischen Bauern dauerte an, ja wuchs, und mit ihm die soziale Spannung zwischen den grundbesitzenden Kräften: Adel, Krone, Kirche einerseits und den Bauern andererseits. Außerdem begann die Abwanderung verschuldeter Bauern in die Städte und damit ihre

Proletarisierung. – *Preßfreiheit:* seit 1865 wurde in Petersburg und Moskau die Zensur für einige Jahre liberaler gehandhabt. Eine eigentliche Preßfreiheit bestand jedoch nicht. – *Der polnische Aufstand:* Rußlands Schwächung durch den Krimkrieg (1854–56), Napoleons III. Verkündung des Grundsatzes, daß die Völker über ihre Regierungsform selbst zu bestimmen hätten, Italiens einheitliche Erhebung (1859) geben der polnischen Nationalpartei, die von den Emigranten der Revolution von 1830–31 (s. zu S. 194) bestärkt wird, erneut Hoffnung auf Polens Unabhängigkeit. So nimmt Polen die liberalen Erleichterungen und Reformen, die Alexander II. seit 1856 in ihm begonnen hat und die seit 1861 durch die Berufung des polnischen Magnaten Alexander Wielopolski zur Leitung von Kultus und Unterricht, durch Schaffung eines polnischen Staatsrats sowie Einsetzung von gewählten Gemeinde-, Kreis- und Provinzialräten bereits zum Anfang einer staatlichen Neubildung geführt haben, als ungenügend hin. Am 15. Oktober 1861, am Todestag des Freiheitshelden Tadeusz Kosciuszko (gest. 1817), kommt es, trotz des am Tage vorher verhängten Belagerungszustandes, zu Straßenkundgebungen in Warschau, die von der katholischen Geistlichkeit gestützt werden. Als russisches Militär dabei die aus den Kirchen kommenden Männer verhaftet, bleibt die Menge in den Gotteshäusern, bis sie am nächsten Morgen daraus vertrieben wird. Darauf schließt die Geistlichkeit die entweihten Kirchen. Der Zar setzt seinerseits den Priester Felinski zum Erzbischof von Warschau ein. Im Juni 1862 führt nun der liberale Großfürst Konstantin, der Bruder Alexanders II., die genannten angekündigten Reformen durch, darunter die Gleichstellung der Juden. Der städtische Adel unter Graf Andreas Zamoiski fordert jedoch nicht nur nationale Verwaltung, sondern auch eine nationale Volksvertretung. Als sich der polnische Widerstand weiter verstärkt, beschließt die russische Regierung nach mehrjährigem Unterbrechen für 1863 die Militäraushebung. Jetzt fliehen die dienstpflichtigen jungen Polen in die Wälder: der Aufstand, der Bandenkrieg, da Polen kein eigenes Heer hat, beginnt (22. Jan. 1863), nur locker zusammengehalten durch eine Provisorische Nationalregierung unter General Mieroslawski, welche die Bauern vergeblich durch Verkündung des Eigentumsrechts an den von ihnen bisher bewirtschafteten Grundstücken zum Aufstand aufruft. Ein Vermittlungsversuch von Frankreich, England und Österreich im April bleibt wirkungslos. Bereits im Sommer 1863 ist der Aufstand im wesentlichen unterdrückt. Der Ukas vom 22. Dez. 1865 zwingt dann alle polnischen Adligen, deren Besitztum während des Aufstandes beschlagnahmt war, binnen 2 Jahren an Nicht-Polen zu verkaufen. Alles Kirchengut wird unter Staatsverwaltung gestellt, und der Klerus staatlich besoldet. Ein Teil des kleinen Mittelstandes wird nach Rußland umgesiedelt, die Verwaltung russifiziert. Die Bauern jedoch erhalten die in Zins oder Erbpacht besessenen Grundstücke zum Eigentum. – *Panslawismus:*

s. zu S. 195. – *Irland:* Der eine nationale Republik anstrebende geheime Fenier-Bund machte 1867 mehrere Aufstände und suchte die Mauern des Londoner Gefängnisses Clercenwell durch Explosion zu sprengen. – *Zeit der Feste:* die Fünfzigjahr-Feiern zur Erinnerung an die Befreiungskriege von 1812/13. – *Dänischer Krieg:* Als Friedrich VII. von Dänemark 1863, entgegen der alten Verfassung der Herzogtümer und dem Londoner Protokoll von 1852, das die 5 Großmächte Frankreich, England, Rußland, Österreich und Preußen sowie Schweden und Dänemark unterzeichnet haben, die Einverleibung Schleswigs in Dänemark verfügt und sein Nachfolger Christian IX. diese Verfügung im Rahmen einer neuen dänischen Gesamt-Staatsverfassung im Vertrauen auf englische Hilfe bestätigt, führen Österreich und Preußen gemeinsam vom 1. Febr. bis 20. Juli 1864 den deutsch-dänischen Krieg. Im Frieden von Wien tritt das besiegte Dänemark Schleswig, Holstein und Lauenburg am 30. Okt. an Österreich und Preußen gemeinsam ab; Lauenburg wird von Preußen erworben, Kiel Hafen des Deutschen Bundes unter preußischem Oberbefehl.

S. 201: *Die große deutsche Revolution von 1866:* Im April, aus Anlaß von Spannungen zwischen Österreich und Preußen in der gemeinsamen Verwaltung Schleswig-Holsteins, beantragt Preußen (Bismarck) beim Bundestag in Frankfurt Reform des Deutschen Bundes durch ein deutsches Parlament auf Grund allgemeinen Wahlrechts, im Juni Bundesreform unter Ausschluß Österreichs. Preußen hat zuvor insgeheim Angriffspakt mit Italien gegen Österreich geschlossen, Österreich sich der Neutralität Frankreichs gegen künftige Abtretung Venetiens versichert. Der Bundestag beschließt auf Antrag Österreichs und Bayerns die Mobilmachung eines Teiles der Bundesarmee. Preußen bezeichnet das als Bruch der Bundesakte und tritt aus dem Bunde aus. Vom 15. Juni bis 26. Juli kommt es zum Bruderkrieg zwischen Österreich, Bayern, Württemberg, Sachsen, Hannover, Baden, Kurhessen, Hessen-Darmstadt, Nassau, Meiningen, Reuß ältere Linie und Frankfurt einerseits, Preußen und den kleineren norddeutschen Staaten andererseits. Die Armee der Hannoveraner ergibt sich am 29. Juni bei Langensalza; Moltke besiegt das österreichische Hauptheer unter Benedek am 3. Juli bei Königgrätz. Im Frieden von Prag (23. Aug.), den der Vorfriede von Nikolsburg (26. Juli) vorbereitet, stimmt Österreich der Auflösung des Deutschen Bundes, der Neugestaltung Deutschlands ohne Österreich (kleindeutsche Lösung) und der Abtretung seiner Rechte in Schleswig-Holstein an Preußen zu, verliert jedoch selbst keine Gebiete. Preußen schließt noch im August geheime Schutzbündnisse mit den süddeutschen Staaten und annektiert im September Hannover, Kurhessen, Nassau und Frankfurt a. M. Die konstitutionelle Krisis ist zunächst durch die nationale Frage nach der Einheit abgeschnitten. 1866/67 wird der Norddeutsche Bund unter Preußens Führung mit den Bundesgenossen von 1866 und Sachsen sowie dem Großherzogtum Hessen nördlich des Mains ge-

Anmerkungen zu Seite 201

gründet. – *Österreichs letzte italienische Position:* Venetien, am 4. Juli 1866, dem Tage nach der Niederlage von Königgrätz, von Franz Josef an Napoleon III. überlassen, um diesen zur Hilfeleistung gegen Preußen zu bewegen, wurde endgültig im Wiener Frieden vom 12. Aug. 1866 von Österreich an das Königreich Italien abgetreten. – *Napoleons III. 'Kompensationen':* seine Forderung an Preußen während der Prager Friedensverhandlungen (Anfang Aug. 1866) nach Abtretung der bayrischen Pfalz und Rheinhessen mit Mainz wurde von Bismarck abgewiesen. Als Napoleon III. Ende März 1867 von Wilhelm III. von Holland, der zugleich Großherzog von Luxemburg war, das Land Luxemburg käuflich erwerben wollte, wurde Wilhelm III. durch die Londoner Konferenz im Mai von der Abtretung zurückgehalten; Frankreich trat von der Erwerbung, Preußen von seinem Besatzungsrecht (Luxemburg war Mitglied des Deutschen Bundes gewesen) zurück. 1869 schließlich versuchte Napoleon III., mittels der französischen Ostbahngesellschaft die Eisenbahn nach Brüssel an Frankreich zu bringen und ließ den Prinzen Napoleon über eine Einverleibung Belgiens in Berlin verhandeln. Jedoch auch das scheiterte an Preußens Widerspruch. – *Spanische Revolution von 1868:* auf Marie Christines, der Witwe Ferdinands VII., willkürlich zwischen den Parteien wechselnde Regentschaft (1833–40, s. zu S. 194) war von 1841–43 die Regentschaft des Generals Espartero gefolgt, des Besiegers der Karlisten und Führers der Exaltados (Radikalen). Die unbedeutende Isabella II., die Tochter Marie Christines, landete dann, volljährig geworden, mit dieser, von Frankreich unterstützt, unter dem Schutze der Truppen des Generals Narvaez im Nov. 1843 in Valencia, bestieg den Thron und regierte mit wechselnden Günstlingen, zunächst im Sinne der Moderados (Gemäßigten), löste jedoch 1851, als Napoleons III. Staatsstreich erfolgt war, die Cortesversammlung auf und änderte die Verfassung in absolutistischem Geiste. Da schlossen sich die Moderados und Progressisten (Liberalen) zur 'liberalen Union' zusammen. Aufstände gegen die Regierung folgten. Schließlich wurde 1854 Espartero aus England zurückgerufen und mit der Bildung eines neuen, liberalen Kabinetts, O'Donnell mit dem Kriegsministerium betraut. Marie Christine floh ins Ausland. Über der Arbeit an der neuen Verfassung entzweite sich jedoch die liberale Union, Espartero legte sein Amt nieder, und O'Donnell wurde durch Niederwerfung von Aufständen in Madrid und Barcelona unpopulär, so daß ihn Isabella II. entließ (1856). Als das folgende Kabinett, in dem die Moderado-Partei unter Narvaez vorherrschte, zur Reaktion zurückkehrte, festigte sich die liberale Union wieder und erzwang 1858 von der Königin die Berufung O'Donnells zur Regierungsbildung. Der Gegensatz zwischen der reaktionären Hofpartei und den extremen Progressisten verschärfte sich immer mehr, während die Mittelpartei der Moderados an Boden verlor. Die liberalen Minister O'Donnell und Serrano wurden bald von ihren extremen Parteigenossen überholt. Aufstände in den Provinzen führten schließlich 1866 zu einer so reaktionären Militär-, Polizei- und Priesterherrschaft unter Narvaez und Bravo, daß sich die liberale Union, die Progressisten und die Demokraten (für allgemeines Wahlrecht eintretende Republikaner) 1868 zur gemeinsamen Revolution entschlossen, die sich von Cadix aus rasch über ganz Spanien verbreitete. Die königlichen Truppen wurden von den Aufständischen besiegt, die nach Frankreich geflohene Königin abgesetzt, Marschall Serrano zum Regenten und General Prim zum Kanzler berufen. Der monarchistischen Mehrheit folgend, trug dann Prim im Sept. 1869 und Feb. 1870 dem Erbprinzen Leopold von Hohenzollern-Sigmaringen, dem Bruder des Fürsten von Rumänien, einem entfernten Verwandten des preußischen Königshauses, die Krone Spaniens an. Dies wurde für Frankreich zum Anlaß des deutsch-französischen Krieges von 1870/71. – *Plebiszit vom Mai 1870:* Am 2. Jan. 1870 berief Napoleon III., um die vielen Unzufriedenen, vor allem die Radikalen und Republikaner, zu versöhnen, den liberalen Deputierten Émil Ollivier zur Bildung einer konstitutionellen anstelle der bisherigen persönlichen Regierung. Am 20. April nahm der Senat das Programm der revidierten Verfassung an, das verantwortliche Minister, Recht zu Gesetzesvorschlägen, Interpellationen, Petitionen an den gesetzgebenden Körper u. a. vorsah. Um die so umgebildete Verfassung durch Plebiszit (Volksabstimmung) bestätigen zu lassen, sandte Napoleon III. jedem wahlberechtigten Franzosen einen Brief mit der Frage, ob er mit den seit 1860 vorgenommenen liberalen Reformen und der Verfassungsänderung vom 20. April 1870 einverstanden sei. Unter dem Druck der Regierungsbehörden erhielt er am 8. Mai 1870 die erforderliche Mehrheit der Ja-Stimmen.

S. 202: *Hohenzollernsche Thronkandidatur:* s. zu S. 201 Span. Rev. Schluß. Napoleon III. bewog Wilhelm I. durch den französischen Botschafter Graf Benedetti in Ems am 8. Juli 1870 zum Verzicht des Erbprinzen auf die spanische Krone. Dieser wurde am 12. Juli ausgesprochen. Als der französische Außenminister, der Herzog von Gramont, jedoch einen öffentlichen Brief Wilhelms I. an Napoleon III. forderte, in dem dieser erklären solle, er habe die Würde des französischen Volkes nicht beleidigen wollen, lehnte Bismarck dies ab und teilte die Vorgänge der deutschen Öffentlichkeit in einer um der nationalen Wirkung willen von ihm verschärften Form mit (Emser Depesche vom 13. Juli 1870). Am 19. Juli erklärte Frankreich an Preußen den Krieg. Die süddeutschen Staaten treten auf Preußens Seite, getreu dem Bündnis vom Aug. 1866 (s. zu S. 201 Deutsche Rev. Schluß); die Großmächte bleiben nach Bismarcks Enthüllung der 'Kompensations'-Wünsche Napoleons III. (s. zu S. 201) neutral; Rußland interveniert sogar zu Preußens Gunsten in Wien. – *Papsttum in neuer Machtvollkommenheit:* das Vatikanische Konzil erklärte am 13. Juli 1870 die Unfehlbarkeit (Infallibilität) des Papstes.

Anmerkungen zu Seite 204–214 457

S. 204: *Grant:* Ulysses Simpson Grant (1822–85), siegreicher General der Vereinigten Staaten, erzwang im Sezessionskrieg (s. zu S. 199) 1865 die Unterwerfung der abgefallenen Südstaaten und vertrat als Präsident der USA. 1869–77 die Ziele der republikanischen Partei.
S. 205: *Syllabus:* s. zu S. 117. – *Infallibilität:* s. zu S. 202 Schluß. – *Roms Einnahme:* Am 20. Sept. 1870 rückten italienische Truppen in Rom ein; am 8. Okt. wurde der Kirchenstaat, nach einer Volksabstimmung der Bewohner, dem Königreich Italien einverleibt, und Rom zur Landeshauptstadt erklärt. – *Deutschland und Schweiz gegenüber dem Katholizismus:* s. zu S. 142.
S. 211: *präsumtiv:* mutmaßlich.
S. 212: *Winckelmann:* Johann Joachim Winckelmann (1717–68) schrieb als Bibliothekar des Grafen von Bünau in Nöthnitz bei Dresden 1755 die Programmschrift des beginnenden Klassizismus 'Gedanken über die Nachahmung der griech. Werke in der Malerei und Bildhauerkunst', siedelte im gleichen Jahre nach Rom über und wurde 1763 Präsident der Altertümer und Skriptor der vatikanischen Bibliothek. Als erster auf Boden, Klima, Rasse, Staat, Gesellschaft und Religion der Völker der Antike eingehend, schrieb er hier seine 'Geschichte der Kunst des Altertums' (1764), worin er die bisherige Künstlergeschichte durch Stilgeschichte überwindet und zum Begründer der Archäologie und neueren Kunstwissenschaft wird. In der griech. Kunst sieht er 'edle Einfalt und stille Größe'. – *Humanisten vom Ende des 18. Jh.:* Dem bahnbrechenden Philologen Richard Bentley (1662–1742), der mit kritischem Scharfsinn Fragen der antiken Sprachen, der Metrik und Literaturgeschichte aufhellte, mit seiner Horaz- und Terenzausgabe für die Herstellung von Texten vorbildlich wurde und als erster das Griechische gleichberechtigt neben das Lateinische stellte, folgten in England Markland, Toup, Tyrwhit, Musgrave, Davies, Porson (gest. 1808) und Elmsley (gest. 1825); in den Niederlanden wirkten aus dem gleichen Geiste der Aufklärung Tiberius Hemsterhuis (1685–1766), Valckenaer, Ruhnken und Daniel Wyttenbach (1746 bis 1820); in Deutschland befruchteten die neuhumanistischen Vorstellungen der aufblühenden Literatur: die Werke von Winckelmann, Lessing, Herder, Schiller, Goethe, Wilhelm von Humboldt, die in der griechischen Kulturwelt die ideale Verkörperung reinsten und höchsten Menschentums sahen, die weit gesteckten Forschungen Christian Gottlob Heynes (1729–1812) und Friedrich August Wolfs (1759–1824). Während Winckelmanns archäologische Arbeiten von Ennio Quirino Visconti (1751–1818) und dem Dänen Johann Georg Zoëga (1755–1809) fortgeführt wurden, begründeten August Böckh ('Staatshaushaltung der Athener' 1817) und Barthold Georg Niebuhr ('Römische Geschichte', seit 1811) die reale Philologie.
S. 214: B. meint wohl den Bergrat *Althans*, der 1836 eine doppelwirkende Pumpe, die sogen. 'Perspektivpumpe', konstruierte und

1860 in Bergwerken für Wassersäulenmaschinen als erster geringe Gefälle nutzbar machte. – *Joseph Marie Jacquard* erfand nach 1795 die nach ihm benannte Webevorrichtung für Muster.
G. L. Drake erbohrte am 28. August 1859 bei Titusville in Pennsylvanien bei dem Versuche, einen artesischen Brunnen zu graben, in 22 m Tiefe eine Petroleumquelle. Seitdem wird dieses seit alten Zeiten als Erdöl bekannte Produkt ein Welthandelsartikel. – *John Frederic Daniell* erfand 1836 das nach ihm benannte galvanische Element, schuf damit die Grundlage der Galvanoplastik und hellte den elektrolytischen Leitungsvorgang auf.
S. 215: *Raffaels Transfiguration:* 'Die Verklärung Christi' 1517–20. Rom, Vatikan. – *Sir Austen Henry Layard*, Staatsmann und Altertumsforscher (1817–94), grub 1845–48 sehr erfolgreich in den Ruinen von Ninive und Babylon.
S. 217: *Montaigne:* 'Essais' ('Versuche') 2 Bde. 1580. – *Labruyère:* 'Les Caractères de Théophraste traduits du grec. Avec les caractères ou les moeurs de ce siècle' 1688. – *Lasaulx* S. 134 ff.: Den Homer, den König der Dichter, haben schon die Hellenen als einen göttlichen, den Menschen unerforschlichen Heros bezeichnet, dessen Gesänge der Ausgangspunkt und die bleibende Grundlage aller späteren abendländischen Poesie geworden sind. Der Dichter selbst, hier wie überall ein echter Prophet, hat es vorausgesagt, daß der Ruhm der Helden, die er besinge, Achilleus und Odysseus, mit den Liedern, die sie verherrlichen, zusammen den Himmel erreichen und bei der Nachwelt die ersten bleiben würden, τοῦ πᾶσαι μετόπισθεν ἀριστεύουσιν ἀοιδαί: und das gerechte Schicksal hat sein Wort wahr gemacht. Schon Demokrit und Platon glaubten darum mit Recht, es habe dem Homer etwas Dämonisches beigewohnt, eine wunderbare göttliche Keimkraft; man verglich ihn deshalb gern mit dem Okeanos, 'welchem die Ströme gesamt und des Meeres unendliche Wogen, jegliche Quelle der Erd' und die sprudelnden Brunnen entfließen'; oder mit einer unvergänglichen Quelle, aus welcher nach allen Richtungen Ströme des Gesanges geflossen seien. Seine Epen waren den Griechen was uns die biblischen Erzählungen, das allgemeine Schulbuch, die Grundlage ihrer ganzen Volkserziehung; sie seien, so glaubte man, den Menschen zu allem nützlich, aus ihnen könne man alles lernen, ein jeder finde in ihnen die Wurzeln *seiner* Kunst: Aeschylus und Sophokles pflegten zu sagen, ihre Tragödien seien nur Brosamen von der reichbesetzten Tafel des Homer; alle Sekten der Philosophen erkannten in ihm ihren Altmeister; und selbst Aristoteles scheut sich nicht ihn völlig so wie unsere Philosophen die heiligen Schriften zu zitieren: so daß es in der Tat keine Übertreibung ist, wenn von ihm gesagt wird, dieser Dichter habe ganz Hellas gebildet, jedem so viel von sich gebend als er zu nehmen vermöge, und *er* werde fortleben solange auf Erden Kultur bestehe.
Ewig lebet Homerus wie Tenedos steht und der Ida,
Und so lange die Flut rollt der Simois zum Meer.

Anmerkungen zu Seite 220–228

S. 220: *Michelangelos Weltgericht:* 'Das Jüngste Gericht', Fresko auf der Altarwand der Sixtinischen Kapelle, Rom, Vatikan, seit 1534 entstanden.

S. 221: *Mozart in seinen letzten Monaten:* In seinem Todesjahr 1791 schrieb der 35jährige: 'La clemenza di Tito', das B-dur-Klavierkonzert, das Klarinettenkonzert, 'Ave verum' und 'Die Zauberflöte', das Ballett 'Die Rekrutierung', mehrere Liederhefte und das Requiem. – *spirat adhuc amor:* 'noch immer atmet die Liebe'. – *Jammer der Dido:* Vergil, Aeneïs, 4. Gesang.

S. 222: *Cyprian und Justina:* Calderon, 'Der wundertätige Magus', zuerst 1637, 3. Aufzug. – *'Der du von dem Himmel bist':* 'Wanderers Nachtlied', 1776.

S. 223: *substituiert:* unterstellt; Substitution: Stellvertretung.

S. 224: *Portale von Chartres und Reims:* beide um 1220–40 geschaffen.

S. 225: *Iktinos* erbaute unter Perikles (s. zu S. 122) zusammen mit Kallikrates 448–432 v. Chr. den Parthenon, *Mnesikles* 438–432 v. Chr. die Propyläen auf der Akropolis. – *Erwin:* der Zusatz 'von Steinbach' stammt aus dem 17. Jh.; Werkmeister am Straßburger Münster, laut seinem Grabstein Leiter des Baues, gest. 1318, schuf den unteren Teil der West-Schaufassade. Seit Goethes Schrift 'Von deutscher Baukunst' (1773) galt er für den Schöpfer des ganzen Straßburger Münsters und als Inbegriff des gotischen Baumeisters. – *Michelangelo* hatte die Bauleitung der Peterskirche zu Rom 1547–64. – *Brunellesco:* Filippo Brunelleschi (1377–1446) erbaute 1420–36 die Kuppel des Doms von Florenz, das dortige Findelhaus, San Lorenzo und Santo Spirito, die Pazzikapelle und wohl auch den Mittelteil des Palazzo Pitti. – *Bramante:* Donato Bramante (um 1444–1514), der Vollender der italienischen Hochrenaissance, schuf nach Frührenaissance-Bauten in Mailand 1506 den Grundriß für die Peterskirche in Rom, den Rundtempel (Tempietto) von San Pietro in Montorio, den Klosterhof von Santa Maria della Pace u. a.

S. 227: *Noah:* Im Alten Testament Stammvater der gesamten neuen Menschheit nach der Sintflut (1. Mos. 6–9) oder der Bevölkerung Palästinas (1. Mos. 9, 25 ff.). – *Ismael:* Sohn von Abraham und der ägyptischen Leibmagd Hagar (1. Mos. 16, 11 ff.), Stammvater einiger nach ihm heißender nordarabischer Stämme. – *Hellen:* der sagenhafte Stammvater der Hellenen, Herrscher über Phthia in Thessalien, ältester Sohn von Deukalion und Pyrrha, die nach der großen Flut das neue Menschengeschlecht dadurch geschaffen hatten, daß sie Steine, 'die Gebeine der großen Erzeugerin', rückwärts über ihre Schulter warfen. – *Tuisko und Mannus:* 'Sie [die Germanen] feiern in alten Liedern, der einzigen Art Überlieferung und Geschichtsschreibung dieses Volkes, einen erdgeborenen Gott Tuisto. Ihm schreiben sie einen Sohn Mannus als Stammvater und Gründer ihres Volkes zu.' Tacitus 'Germania' (98 n. Chr.) Kap. 2.

S. 228: *Dschemschid:* mythischer König der Iranier (Meder und

Perser), im Avesta (s. zu S. 41, 48) Jima Kshaeta d. h. 'König Jima' genannt, soll das Volk von Norden her nach Iran geführt und Ackerbau, Götterverehrung und Kultur in einem goldenen Ur-Zeitalter begründet haben. Seit das Böse, seit Schnee und Eis in die Welt einbrachen, denkt man ihn sich im Varem (Paradies) mit Ausgewählten sein seliges Leben weiterführend. – *Anmerkung 1:* κτιστής: Gründer. – *Archeget:* Stammvater, Stammesheros. – *Der Cid:* aus arab. sejjid ('Herr'), maur. Beiname des kastilischen Granden und spanischen Nationalhelden Rodrigo Diaz de Vivar (vor 1045–1099), der, von König Alfons VI. verbannt, als widersätzlicher Vasall im Kleinkrieg zeitweise auf seiten der Mauren kämpfte und 1094 das Maurenreich Valencia eroberte. Von ihm handelt das Heldenepos 'Cantar (Poëma) de Mio Cid' (um 1140; deutsch v. Jhs. Adam 1912), die Reimchronik 'Crónica rimada del Cid' (auch 'Rodrigo' genannt, nur in einer Bearbeitung des 14. Jhs. erhalten) und die Romanzensammlung 'Romanzero del Cid', deren einzelne Stücke sich von Geschlecht zu Geschlecht fortpflanzten, bis die Sammlung im 16. Jh. abgeschlossen und gedruckt wurde (deutsch v. Gottl. Regis, 1842; Herders Nachdichtung auf Grund der franz. Bearbeitung 1805). – *Marco:* Marko Kraljević d. h. 'Königssohn' (1335–94), serbischer Hauptheld der zur Gusla, dem einsaitigen Streichinstrument, gesungenen lyrisch-epischen, mit märchenhaften Episoden geschmückten serbokroatischen Volkslieder der Südslawen in den Kämpfen gegen die Türken, die 1389 auf dem Amselfeld die Südslawen besiegen (s. zu S. 91). Veröffentlicht zuerst von dem Dalmatiner Andreas Kačić-Miošić 1759. Ihm entnahm der italienische Abbé Fortis in seiner 'Dalmatinischen Reise', Venedig 1774, die Proben, die dann Herder und Goethe in der Sammlung von Volksliedern 1778 f. (2. Aufl. als 'Stimmen der Völker in Liedern' 1807) übersetzten. Deutsch von Talvj (das sind die Anfangsbuchstaben von Therese Albertine Luise von Jacob) 'Volkslieder der Serben'. 2 Bde. 1825. – *Meneking:* Meneghino Pecenna d. h. 'Kritikaster', der gutmütige, schwatzhafte Diener im Mailänder Volksstück, der an Adel und Ausländerei (Spanien, Österreich) Kritik übt und zuweilen für nationalen Zusammenschluß eintritt. Lange braune Jacke mit roten Borten, bunte Weste, kurze Hose, Ringelstrümpfe, Perücke, Dreispitz. Spitzname des Mailänders. Als Schöpfer des Typus gilt Carlo Maria Maggi, Mailand 1630–99. – *Stenterello:* d. h. 'Kümmerling', florentiner Hanswurst und Volksfreund, Franzosen-, Fremden- und Kleinfürstenfeind. Trägt im Gegensatz zur franz. Revolutions-Mode hellblauen Frack, kanariengelbe Weste, schwarze Kniehose, oft mit einem grünen Hosenbein, einen einfarbigen und eine gestreiften Strumpf, weiße Perücke mit nach oben stehendem, rotumwickeltem Zopf, weiß gepudertes Gesicht. Als Schöpfer des Typus gilt Luigi del Bono, Florenz 1751–1832. – *Pulcinella:* Pulcinello, frz. Polichinelle, 'Hähnchen', seit Ende des 16. Jhs. Charaktermaske der neapler Stegreifkomödien und Volksfeste. Der un-

Anmerkungen zu Seite 228 461

verschämte, listige, gefräßige Diener in Weiß mit spitzem Hut und Halskrause, Buckel hinten und vorn, schwarzer Halbmaske und Vogelnase, die vielleicht auf die altröm. Volksposse zurückgeht. —
John Bull: Karikatur des nüchtern auf seinen geschäftlichen Vorteil bedachten Engländers, zuerst in John Arbuthnots 'History of John Bull', 1712, worin Englands Handlungsweise im Spanischen Erbfolgekrieg in der Rolle des Tuchhändlers John Bull dargestellt ist. Seitdem haben die politischen Witzzeitschriften die Figur zeichnerisch ausgearbeitet. — *Der künftige Held:* Hans Jakob Christoffel von Grimmelshausen 'Der abenteuerliche Simplicissimus' (1668) Buch 3, Kap. 4 u. 5. — *Der Antichrist* d. h. Widerchrist, altdeutsch 'Endchrist', ist der vom Satan geschickte Feind des Christentums, der kurz vor Christi Wiederkunft noch einmal alle widergöttlichen Strebungen zum Kampf gegen die Kirche vereint, aber schließlich doch durch Christus besiegt wird. Der Gedanke geht auf einen babylonischen Naturmythus zurück. Das jüdische Denken des Buches Daniel setzt den Antichrist gleich mit Antiochos Epiphanes, die Offenbarung Johannis mit Nero bzw. Domitian, der für den wiedererstandenen Nero gehalten wurde. Im späteren Mittelalter und in der Reformation sieht man ihn in Friedrich II. von Hohenstaufen, im Papste, im Osten in Muhammed, später in Peter d. Gr. oder Napoleon I. — *Anmerkung 2: Lasaulx S. 124 ff.:* Jeder Mensch ist der Möglichkeit nach alle Menschen, denn alle Menschen sind ja der Wirklichkeit nach nichts anderes als der vollständig entwickelte *eine* Urmensch *(ἄνθρωπος εἰς ἔσται καὶ ἄνθρωπος πάντες)* jeder ist ein Sohn Adams und hat Teil an dessen Urkraft; jeder Mensch ist der Möglichkeit nach Priester, Prophet, Held, König, Künstler, Sänger, Dichter, Philosoph. Jeder echte Mensch ist darum allerdings ein pantheistisches Wesen: er lebt, fühlt, denkt in und mit allem, und kann künstlerisch nur das darstellen, was er innerlich erfahren und erlebt hat. Und auf dieser, den Dingen selbst kongenialen Urkraft der menschlichen Seele beruht die innere Energie der großen Männer, die aus dem Urkeim der ursprünglichen Menschheit und der Völker geboren, zeitweise als die Regeneratoren der Völker und der Menschheit auftreten, und an deren Leben sich die ganze Geschichte der Völker fortentwickelt.

Ein solcher Mann ist Moyses, von dem eine Kraft ausging, die nicht nur in *seiner* Zeit das verkommene Leben seines Volkes regeneriert hat, sondern noch auf Jahrtausende hinaus die Lebensgeister desselben beherrscht und dessen Trümmer innerlich zusammenhält; ein solcher Mann war Theseus, der gleich ausgezeichnet durch Schärfe des Verstandes wie durch Kraft des Willens, μετὰ τοῦ ξυνετοῦ δυνατός, die zerstreuten zwölf Ortschaften Attikas in *eine* Stadt zu *einem* Staate vereinigt, und diesem auf anderthalb Jahrtausende seinen Geist eingehaucht hat; ein solcher Mann war Lykurgus, dessen Gesetze, wie tief sie auch in die individuelle Freiheit eingriffen, den ganzen Menschen als Bürger, und diesen ganz für den Staat in Anspruch nahmen, dennoch auf Jahrhunderte hin den Bestand dieser gewaltsamen Staatsordnung erzwungen haben; solche Männer waren Romulus und Numa, welche die nicht organisch aus *einem* Stamme herausgewachsene, sondern aus drei verschiedenen Stämmen der Latiner, Sabiner, Etrusker zusammengesetzte Bevölkerung des ältesten Roms politisch und religiös organisiert, zu *einem* großen Staatskörper gegliedert und vereinigt, und zwölf Jahrhunderte mit nachhaltiger Lebenskraft ausgerüstet haben; ein solcher war Muhammed, in welchem jeder Araber seine eigenen edleren Leidenschaften, die Schwingen der Seele, mitempfand, und der eben darum sein Volk länger als auf ein ganzes Jahrtausend *mehr* als bloß fanatisiert hat; ein solcher Mann auch war Karl der Große, der alle Fürsten seiner Zeit an Glaubenskraft und Kriegsmut wie an Klugheit und Seelengröße übertraf, und für ein volles Jahrtausend ein Weltreich gegründet hat, so schön und stolz, wie der Erdteil, den wir bewohnen kein zweites bis jetzt gesehen hat. Wie denn überhaupt alle großen Staaten der alten und der neuen Zeit nur durch große Männer gegründet wurden; alle neuen Ideen zuerst Mensch werden müssen, wenn sie im Leben der Menschen realisiert werden sollen; alles Große im Leben der Völker nur durch außerordentliche Persönlichkeiten angeregt und ausgeführt wird: durch Männer, deren Existenz in ihrer Zeit ein Wunder ist, und deren ganzes Tun darum mit Recht als eine göttliche Offenbarung betrachtet wird, als das Offenbarwerden eines bis dahin verborgenen göttlichen Willens, der über dem Leben der Völker waltet, es leitet und lenkt wie *er* will, das Kranke und Zerrüttete im Weltlauf heilet, und die gestörte Ordnung wiederherstellt. Die Menschheit schreitet *nie* anders als durch eine Reihe solcher Offenbarungen und geistigen Wundertäter fort: zu denen, wie vom Standpunkte der Weltgeschichte allerdings behauptet werden darf, nicht nur Moyses und Christus, zu denen auch Orpheus, Zoroaster, Buddha, Muhammed gehören.

Darum ist auch die Lebensgeschichte aller dieser Heroen teilweise in Wunder und in Sagen eingehüllt, denen ähnlich welche die Jugendgeschichte fast aller großen Männer, die Urgeschichte aller alten Städte und Völker, und überhaupt die Anfänge alles Lebens und aller menschlichen Kultur umgeben. Solange etwas klein ist, wird es nicht bemerkt, und wenn es groß geworden ist, sind seine kleinen Anfänge vergessen. Ja es scheint fast wie ein allgemeines Gesetz zu sein, daß das Gedeihen der Dinge an eine gewisse Verborgenheit geknüpft ist, daß Gott und die Natur die Anfänge der Dinge zu verbergen lieben; und daß dies nötig ist, damit sie in heiliger Stille ungestört wachsen können, was nicht möglich wäre, wenn sie von Anfang an betastet und kritisch, mikroskopisch untersucht würden.

S. 229: *Kalvin:* Johannes Calvin, eigentlich Jean Caulvin, geb. 1509 zu Noyon in der Pikardie, gest. 1564 zu Genf. Sohn eines bischöflichen Sekretärs, erhielt er durch einen Gönner eine aristokratische

Erziehung, trieb in Paris juristische und humanistische Studien, wurde mit Protestanten bekannt und entschloß sich 1533, ein offener Bekenner seiner evangelischen Überzeugung zu sein. Er ging nach Basel und veröffentlichte hier 1536 die für seine Lehre grundlegende 'Institutio religionis Christianae' ('Unterweisung in der christlichen Lehre'). Im gleichen Jahre begann er als evangelischer Prediger in Genf zu wirken, verfaßte 1537 als Katechismus die 'Instruction et confession de foi' und erreichte vom Genfer Rat, daß im April 1537 die Bevölkerung auf sein Glaubensbekenntnis vereidigt wurde. Bei den Neuwahlen des nächsten Jahres unterlagen seine Förderer im Rat jedoch wegen der von ihm eingeführten strengen Sittenzucht, und Calvin und seine Anhänger unter den Predigern wurden aus Genf verwiesen. 1541 kehrte er dann mit weitgehenden Zusicherungen aus Straßburg nach Genf zurück, warf seine Gegner nach erbittertem Widerstande unnachsichtig nieder und errichtete hier bis 1555 mit Hilfe der weltlichen Behörden die seinen religiösen Vorstellungen entsprechende reformierte Kirche, die durch seine Tatkraft entscheidend auf Frankreich und England, durch seinen Anhänger John Knox auch auf Schottland wirkte. Für Calvin hat die Selbstherrlichkeit Gottes keine Grenzen: er schafft das Gute und das Böse, Paradiesesseligkeit und Höllenqual; er hat Adams Sündenfall gewollt; durch seine Gnadenwahl allein sind gewisse Menschen von Ewigkeit her zur Seligkeit, andre zur Verdammnis vorherbestimmt (Prädestinationslehre). Calvins Anhänger fühlen sich als Werkzeuge Gottes, als Erwählte, die den Kampf mit der Welt und ihren Widerständen heroisch aufnehmen. Brot und Wein im Abendmahl 'bedeuten' zwar nur Leib und Blut Christi, doch wird von den Gläubigen in der Gnadengabe des Abendmahls die 'geistliche' Vereinigung mit dem verklärten Christus erlebt. Den Gottesdienst bildet allein Predigt, Gebet und Psalmengesang. Die Messe wird verworfen; Orgeln, Bilder, Kreuze, Kerzen werden entfernt. Das Konsistorium und die Ältesten überwachen in strenger Kirchenzucht das gesamte Leben der Gemeinde. s. zu S. 74, 118, 132, 143. – *Dschingis Khan:* s. zu S. 143 Rußland. – *Timur:* s. zu S. 123.

S. 230: *Mirabeau:* Gabriel de Riqueti Graf von Mirabeau (1749–91), Sohn des Physiokraten (s. zu S. 132 Schluß), die bedeutendste Gestalt der ersten Phase der Französischen Revolution. Nach zügelloser, abenteuerlicher Jugend schrieb er den 'Essai sur le despotisme' (1776) und aus Erfahrung den 'Essai sur les Lettres de cachet (geheime Haftbefehle) et les prisons d'État' (Hamburg 1782), ging 1785 nach Berlin und faßte seine Erfahrungen gemeinsam mit Major Mauvillon scharfsichtig in dem Werk 'Sur la monarchie prussienne sous Frédéric le Grand' (1787) zusammen. 1789 Deputierter des Dritten Standes in den Generalständen. Trat in der Nationalversammlung für die Erhaltung der Monarchie und eine nach englischem Muster liberale Reform des französischen Staates ein, konnte jedoch das Vertrauen des Königs nicht gewinnen. Nach seinem frühen Tode im Pantheon beigesetzt, wurden seine Gebeine zwei Jahre später herausgerissen und zerstreut. – *St. Just:* s. zu S. 184. – *Marius:* s. zu S. 165.

S. 231: *Justinian I.* (527–65): die bedeutendste Erscheinung der frühbyzantinischen Geschichte. Zunächst mit seinem Onkel, dem verschlagenen Justinus I. (518–27), gemeinsam regierend, der vom illyrischen Bauernsohn unter Zenon und Anastasios I. zum Gardepräfekten aufgestiegen und schließlich vom Heere zum Kaiser ausgerufen worden war, lenkte er, der 'schlaflose Kaiser', mit diesem bereits 519 zur Orthodoxie zurück, indem er Bischof Severus von Antiochia, das Haupt der Monophysiten (s. zu S. 147 Abessinien) ächtete und die Kircheneinheit mit Rom durch Anerkennung des Konzils von Chalcedon (s. zu S. 147 Abessinien) wieder herzustellen suchte. Damit traf er zugleich die Anhänger des monophysitisch gesinnten verstorbenen Kaisers Anastasios: die Partei der 'Grünen', und begann, sich der Partei der orthodox gesinnten 'Blauen' zu nähern. (Beide politisch-religiösen Parteien leiten ihre Namen von den Farben der Rennfahrer im Hippodrom her.) Der Kircheneinheit opferte er auch die letzten Reste des Heidentums; 529 wurde die Hochschule von Athen geschlossen. Der Rechtseinheit dient der im gleichen Jahre als Reichsgesetz verkündete, unter dem Juristen und Minister Tribonian ausgearbeitete 'Codex Jistinianeus', Gesetze des Kaisers und seiner Amtsvorgänger enthaltend. Mit diesem Kodex vereinigen sich die 'Digesten' oder 'Pandekten' (Auszüge aus früheren Rechtslehrern, nach Materien geordnet), das einführende Lehrbuch der 'Institutionen' und die 'Novellae' (neue, größtenteils griechisch abgefaßte Gesetze Justinians) dann bis 534 zum 'Corpus iuris civilis'. Als Justinian sieben belastete Anhänger der 'Grünen' und 'Blauen' hinrichten läßt, verbünden sich plötzlich beide Parteien, um zwei Verurteilte zu retten, die durch Einstürzen des Gerüsts am Leben geblieben sind. Griechischer Freiheitssinn greift gegen die harte Autokratie und Steuerpolitik des Kaisers noch einmal zu den Waffen: am 13. Januar 532 bricht im Hippodrom der 'Nika'-Aufstand aus, so genannt nach dem Zuruf: 'Siege!' an die Rennfahrer. Die Menge stürmt den Kaiserpalast, steckt das Haus des Senats und die Sophienkirche in Brand und ruft Hypatius, den Neffen des Anastasios, zum Kaiser aus. Die Hauptstadt steht großenteils in Flammen. Der Kaiser will schon fliehen, da bestimmt ihn die Kaiserin Theodora, die in ihrer Jugend Zirkustänzerin gewesen war und die er 525 geheiratet hatte, zum Bleiben. Auf ihren Rat gewinnt Justinian die 'Blauen' wieder für sich, während der Reichsfeldherr Belisar mit Goten und Herulern die 'Grünen' am 20. Januar im Hippodrom überfällt und niedermacht. Die Reste städtischer Freiheit werden aufgehoben, der Senat in einen Staatsrat umgewandelt; Justinian ist nun unumschränkter Herrscher über Staat und Kirche. Jetzt beginnt seine große Bautätigkeit, die in der Hagia Sophia (532–37, s. zu S. 110 Mitte) ihren Höhepunkt findet. Er

Anmerkungen zu Seite 231–232

verfolgt nun, gestützt auf den durch Anastasios gesammelten Staatsschatz, unablässig sein Ziel: die Wiedervereinigung des römischen Reiches durch Rückgewinnung der von den Germanen in Besitz genommenen westlichen Reichshälfte. Zuerst wird die Donaugrenze durch feste Plätze gegen Bulgaren, Avaren und Slawen gesichert; noch 532 beendet er den 11. Neuperserkrieg durch Abschluß eines 'ewigen Friedens' mit dem sassanidischen Großkönig Khosrau I. Anuschirvan durch bedeutende Geldzahlungen. Sodann unterwirft Belisar, von Amalaswinta, der Tochter Theoderichs d. Gr. unterstützt, 533–34 das Vandalenreich in Afrika; Belisar und Narses vernichten 535–55 das Ostgotenreich in Italien, das jedoch schon 10 Jahre später an die Langobarden wieder großenteils verlorengeht, und erobern von den Westgoten die spanische Südküste zwischen Carthagena und Malaga. Da hinreichende Verteidigungskräfte im Osten jedoch fehlen, dringen 540 die Bulgaren verwüstend in Illyrien und Thrakien ein; die ihnen folgenden Slawen und Hunnen können 559 erst vor den Toren Konstantinopels durch Belisar zurückgeschlagen werden; die Neuperser, die 539 wiederum den Eroberungskrieg in Syrien begonnen und 540 Antiochia, die drittgrößte Stadt des Reiches, zerstört haben, können erst 561 durch hohe Jahrestribute zum Frieden bestimmt werden. Nach Justinians Tode setzt dann mit dem endgültigen Verlust Italiens an die Langobarden und der Ansiedlung der Slawen auf der Balkanhalbinsel ein vorübergehender Verfall des byzantinischen Reiches ein, bis es der Armenier Herakleios I. (610–41) wieder steigt.

S. 232: *Tod Theoderichs d. Gr.:* 526. – *Auftreten Mohammeds:* 622 Muhammeds Auswanderung (Hedschra) von Mekka zu den Gläubigen von Medina. Beginn der islamischen Zeitrechnung. – *Papst Gregor I.* (590–604): um 540 in römischer Senatorenfamilie geboren, 572/73 Stadtpräfekt (praefectus urbi), tritt er 575 in ein von ihm gestiftetes Benediktinerkloster ein, wird Diakon in Rom, lebt von etwa 579–85 als päpstlicher Geschäftsträger (Apocrisiarius) am Kaiserhof in Konstantinopel und besteigt 590 den Stuhl Petri. Er schützt Rom vor der Pest und bewahrt es 593 durch Verhandlungen und Geldzahlungen vor der Eroberung durch die Langobarden. So übernimmt er, da der vom byzantinischen Kaiser eingesetzte Exarch von Ravenna versagt, tatsächlich die Pflichten des weltlichen Regenten. Den Langobarden erscheint er als Herrscher von Rom, und er vermittelt 599 ihren Frieden mit Byzanz. So begründet er, ohne danach zu streben, die weltliche Machtstellung des Papsttums in Italien, gestützt auf die von ihm gemehrten und musterhaft verwalteten Liegenschaften der Kirche (Patrimonien), die den Grundstock des späteren Kirchenstaates (s. zu S. 108 Schluß) bilden. Wohl erkennt er die politische Oberhoheit des Kaisers von Byzanz über Rom an, da dieser als einziger römischer Kaiser noch regiert, erneuert dem Patriarchen von Byzanz gegenüber jedoch die Primatsansprüche des römischen Bischofs und weist dessen Titel 'ökumenischer Patriarch' als gottlos und stolz zurück, während er für sich selbst als erster die Bezeichnung 'Knecht der Knechte Gottes' (servus servorum Dei) verwendet. Waren die Westgoten in Spanien unter König Rekkared schon 589 auf der dritten Synode zu Toledo vom Arianismus (s. zu S. 99 Schluß, 110, 147) zum katholischen Bekenntnis übergetreten, so wird unter Gregor nun auch der von den Westgoten unterworfene Stamm der Sueven zum Katholizismus bekehrt, die Bekehrung der Langobarden eingeleitet und die Mission der Angelsachsen erfolgreich betrieben. Die Heidenbekehrung wird tatkräftig fortgeführt. Der Hebung des Klerus dienen Gregors Erklärung des Buches Hiob, 'Moralia' genannt, seine 'Regula pastoralis' und die Fülle seiner Briefe, die ihm die Bezeichnungen 'der Große' und 'der letzte Kirchenvater' einbrachten. Er tritt für das Mönchtum nach der Benediktinerregel (s. zu S. 148) und für die Bereicherung des Kultus durch Messe, Kirchengesang und Prachtentfaltung in Priesterkleidung und kirchlichen Bauten ein.

S. 233 *Anmerkung: 'casés etc.':* 'in seinem Kopfe wie in einem Schrank untergebracht'. 'Will ich eine Sache unterbrechen, so schließe ich ihre Schublade und öffne die einer andern .. Will ich schlafen, schließ' ich alle Schubladen und schlafe sofort.'. – *Napoleon 1797:* Trotz des siegreich von ihm entschiedenen Krieges in Italien, in dem er Österreich vom Deutschen Reiche isoliert hat, benutzt Bonaparte im Sept. die mit der Aufdeckung der Royalistenverschwörung zusammenhängenden Pariser Wirren nicht, um nach der Macht zu greifen, sondern entsendet General Angereau zur Befestigung des republikanischen Staatswesens. Am 17. Okt. tritt dann Österreich im Frieden von Campo Formio Belgien und die Lombardei und in einem Geheimabkommen das linke Rheinufer an Frankreich ab und erhält das von Bonaparte im gleichen Jahre eroberte Venedig mit Istrien und Dalmatien.

S. 234: *'Je suis etc.':* 'Ich bin ein Felsblock, geschleudert in diese Zeit.' – *Friedrich d. Gr.:* Seit seiner Niederlage bei Kunersdorf östl. von Frankfurt a. d. Oder am 12. Aug. 1759 gegen die vereinigten Österreicher und Russen unter Laudon und Saltykow kann er sich nur noch in der Verteidigung halten. Sein General Finck, der Dresden wiedergewinnen soll, wird von den Österreichern bei Maxen am 20. Nov. gefangen genommen, sein General Fouqué von den Österreichern, als er das Riesengebirge halten will, bei Landeshut am 23. Juni 1760 vernichtend geschlagen. Friedrichs Sieg über Laudon bei Liegnitz (15. Aug. 1760) verhindert zwar die Vereinigung der Österreicher mit den Russen, doch besetzen die Russen am 9. Oktober Berlin. Durch die Schlacht bei Torgau (3. Nov. 1760) wird zwar der Vormarsch der Österreicher unter Daun aufgehalten, doch kann sich Friedrich seitdem mit schwachen Kräften nur noch im befestigten Lager bei Bunzelwitz, dann im Lager bei Strehlen nahe Schweidnitz halten, zwischen den Russen, die Ostschlesien, und den Österreichern, die Westschlesien erobern,

Anmerkungen zu Seite 234–238 467

während England 1761 seine Hilfe an Preußen einstellt. Da stirbt am 5. Jan. 1762 die Zarin Elisabeth. Ihr Neffe Peter III. schließt am 5. Mai Friede, am 19. Juni ein Bündnis mit Preußen. Als er am 9. Juli ermordet wird, hält seine Gemahlin Katharina II. wenigstens am Frieden fest. Inzwischen ist Friedrichs Gegner Frankreich, das seit 1755 im See- und Kolonialkrieg mit England liegt, aus Nordamerika verdrängt und hat in Westindien und Afrika bedeutende Gebiete verloren. Es schließt am 3. Nov. 1762 mit England und dem verbündeten Spanien die Friedenspräliminarien von Fontainebleau (am 10. Feb. 1763 im Frieden von Paris bestätigt), worin es Kanada, Louisiana östl. des Mississippi und Sengambien an England abtritt. Als auch die deutschen Reichsstände Kriegsbeendigung fordern, geht Österreich, nunmehr ohne Verbündete, in dem durch Sachsen vermittelten Frieden von Hubertusburg (15. Feb. 1763) darauf ein: Preußen behält Schlesien und Glatz und hat seine Großmachtstellung bewahrt. – *Oranien-Taciturnus:* s. zu S. 184.
S. 235: *Richelieu:* s. zu S. 177. – *Prévost-Paradol,* s. zu S. 100. – '*J'ai bientôt etc.*': 'Seit ich hier (auf dem Stuhle Ludwigs XVI.) sitze, begriff ich bald, daß man sich wohl hüten muß, all das Gute zu tun, das man tun könnte; die (öffentliche) Meinung würde mich überholen.'
S. 236: *Karl Martell:* s. zu S. 129 Pipiniden. – *Wilhelm III. von Oranien:* s. zu S. 74.
S. 238: *Hoche:* Lazare Hoche (1768–97), eine der edelsten Erscheinungen der Franz. Revolution, stieg vom königlichen Stalljungen zum General und Oberbefehlshaber der Moselarmee auf, als der er die Österreicher unter Wurmser 1793 bei Wörth besiegte. Von Saint-Just verhaftet, seit Robespierres Sturz, Juli 1794, wieder frei, zwang er als Chef der Westarmee 1795 die Royalisten der westlichen Provinzen zur Waffenniederlegung und befriedete die Vendée. (s. zu S. 183). Sein Versuch, sich Irlands im Dez. 1796 zu bemächtigen, wurde durch einen Sturm vereitelt. Er erzwang 1797 mit der Sambre- und Maasarmee jedoch den Rheinübergang bei Neuwied und drang nach mehreren Siegen über die Österreicher bis Wetzlar vor. Im Juli 1797 stellte er seine Truppen den Republikanern des Direktoriums zur Verfügung und ging gegen die gemäßigten, royalistisch gesinnten Direktoren Carnot und Barthélemy vor (s. zu S. 233 Napoleon 1797), starb jedoch schon im Sept. in Wetzlar als Befehlshaber der Rheinarmee. – *Moreau:* Jean Victor Moreau (1761–1813), zunächst Justizbeamter, dann Führer eines Freiwilligenbataillons, griff als Brigadegeneral die Preußen 1793 bei Pirmasens an. Als Chef der Rhein- und Moselarmee führte er 3 Feldzüge in Süddeutschland, auf deren drittem er 1800 Erzherzog Johann entscheidend bei Hohenlinden besiegte, was zum Frieden von Lunéville führte. Von Napoleon gehaßt, des Strebens nach Diktatur und Rückführung der Bourbonen verdächtigt und 1804 verhaftet, ging er nach Nordamerika, wurde jedoch im Frühjahr 1813

von Alexander I. von Rußland zurückgerufen und zum Generaladjutanten ernannt. Er verlor in der Schlacht bei Dresden am 27. August beide Beine und starb am 2. Sept. in Laun. – *Cromwell:* s. zu S. 184 Staatsstreiche, 74, 143 Nebenkirchen, 132 Prides purge, 183 Cromwell in Irland.

S. 239: *Themistokles:* geb. um 525 v. Chr., will die große Zahl armer Neubürger (Metöken) durch materielle und rechtliche Sicherstellung in die staatliche Gemeinschaft Athens einfügen. Dazu ist nötig, daß Athens wirtschaftliches, politisches und militärisches Schwergewicht vom Ackerbau auf den Handel verlagert wird. 493/92 beginnt er als Archon den Ausbau des Hafens Piräus, bestimmt die Athener 482 zum Bau der Flotte, besiegt damit 480 die Perser bei Salamis, befestigt Athen entgegen dem Widerspruch der Spartaner, wird jedoch 470 von der spartafreundlichen aristokratischen Agrarpartei unter Kimon, Miltiades' Sohn, auf 10 Jahre aus Athen verbannt, flieht zum Perserkönig und stirbt in persischen Diensten 459. Er ist der Schöpfer der attischen Seemacht. s. zu S. 122. – *medium etc.:* 'Das Hauptpfand der Hoffnung oder Verzweiflung von Europa und Asien.' – *Valerius Maximus:* s. zu S. 136. – *inauditum nefas:* 'unerhörtes Unrecht'. – *Alkibiades:* s. zu S. 122.

S. 240: *Gregor VII.:* Papst 1073–85. Um 1020 in toskanischer Bauernfamilie geboren, als Geistlicher Hildebrand zu Rom erzogen, früh mit cluniacensischen Reformgedanken erfüllt (s. zu S. 149), stürzt er 1058 als Kardinaldiakon und Führer der Reformer den vom römischen Adel erhobenen Benedikt X. und bedient sich des Einverständnisses Heinrichs IV., um Nikolaus II. auf den Stuhl Petri zu setzen. Im Namen des Papstes schließt Hildebrand 1058/59 ein Bündnis mit dem Herzog der Normannen, Robert Guiscard, und erkennt deren Eroberung von Capua, Apulien und Kalabrien unter der Bedingung an, daß sie dem apostolischen Stuhl Lehnstreue geloben (s. zu S. 175 Schluß). Das Papstwahldekret Nikolaus' II. beseitigt dann bereits 1059 das Mitwirkungsrecht des deutschen Königs ebenso wie das der römischen Adelsparteien und überträgt die Papstwahl allein dem Kardinalskollegium. Nach Nikolaus' II. Tode (1061) verhilft Hildebrand Alexander II. zum Übergewicht, entgegen dem vom deutschen Hof, den deutschen und oberitalienischen Bischöfen und dem römischen Adel gewählten Honorius II. Als Nachfolger Alexanders II. wird er dann 1073 selbst von Volk und Klerus durch tumultuarischen Zuruf, nicht nach den Bestimmungen von 1059, zum Papst erhoben. 1074 erzwingt er auf der Fastensynode den Priesterzölibat, erklärt Amtshandlungen verheirateter Priester für ungültig und verschärft dadurch den Gegensatz zwischen Klerus und Laienstand. Sein Verbot der Laieninvestitur auf der Fastensynode 1075 (s. zu S. 149 Investiturstreit) sucht die Bischöfe und Äbte ihrem bisherigen Lehnsherrn, dem König, gegenüber zu wirtschaftlich und militärisch unabhängigen Fürsten zu machen, die allein der Kirche d. h. dem Papste unterstehen. Als Heinrich IV. im März

Anmerkungen zu Seite 240 469

1075 den von den papstfeindlichen Mailändern gewählten Erzbischof belehnt und die Bischofsstühle von Spoleto und Fermo aus eigener Machtvollkommenheit besetzt, wird er daher von Gregor im Dezember mit Bann und Absetzung bedroht. In demselben Jahre faßt Gregor seine Grundsätze über die päpstliche Gewalt in den 27 Thesen des 'Dictatus Gregorii Papae' zusammen, wonach der Papst unumschränkter Herr der Universalkirche, oberster Herr der Welt, der sogar den Kaiser absetzen und dessen Untertanen vom Treueid lösen kann, und durch die Verdienste Petri heilig ist, und die Kirche nie irrt. Als Heinrich IV. die päpstliche Drohung gemeinsam mit den deutschen Bischöfen auf der Synode zu Worms (Jan. 1076) durch die Absetzung Gregors beantwortet, verfügt dieser auf der Fastensynode von 1076 die Exkommunikation und Absetzung Heinrichs, der deutschen und oberitalienischen Bischöfe und die Entbindung ihrer Untertanen vom Treueid. Der deutsche Fürstentag zu Tribur beschließt im Okt. 1076 die Amtsenthebung Heinrichs, falls er sich nicht binnen Jahresfrist vom Banne löse. Da zwingt Heinrich durch die Kirchenbuße von Canossa (25.–28. Jan. 1077) Gregor, den Bann von ihm zu nehmen, besiegt am 15. Okt. den Gegenkönig Rudolf von Schwaben bei Hohenmölsen, rückt in Italien ein, erobert Rom und belagert, vom Papst erneut gebannt und als abgesetzt erklärt, Gregor 1083 in der Engelsburg. Hier wird er vom Gegenpapst Klemens III. 1084 zum Kaiser gekrönt. Gregor ruft Robert Guiscard zu Hilfe. Die Normannen plündern jedoch Rom derartig, daß Gregor vor der römischen Bevölkerung mit den Normannen nach Süditalien weichen muß. Er stirbt am 25. Mai 1085 im Exil zu Salerno. – *St. Bernhard:* Bernhard von Clairvaux (1091–1153), doctor mellifluus ('der honigfließende Lehrer'), das religiöse Genie des 12. Jhs., der Begründer mittelalterlicher Mystik und Gegner der scholastischen Wissenschaft, besonders Abälards (s. zu S. 125), der Ratgeber der Päpste und Fürsten, aus burgundischem Adel, wurde 1113 Zisterziensermönch im Stammkloster Citeaux, 1115 Abt des Tochterklosters Clairvaux, als der er auch starb. Die Zisterzienser lösten sich 1118 als selbständiger Orden von den Benediktinern durch die 'Charta charitatis', welche die Benediktinerregel (s. zu S. 148) durch die Vorschrift scharfer Askese, der Einfachheit des Gottesdienstes und der Kirchenbauten und mystische Frömmigkeit ergänzte, die wirtschaftliche Tätigkeit der Benediktiner, die den 'Laienbrüdern' (fratres barbati) zufiel, jedoch beibehielt. Bernhard führte den jungen Orden zur Blüte. Als gewaltiger Prediger bewog er Kaiser Konrad III. und König Ludwig VII. von Frankreich 1146 zum zweiten Kreuzzug (1147–49) gegen die Seldschuken, der durch Ungarn, über Konstantinopel, Ephesus bis nach Antiochia vorgetragen wurde, sein Ziel Edessa jedoch nicht erreichte und ergebnislos, ja mit Zerwürfnis der beiden Herrscher endete. Von Bernhards zahlreichen Schriften richtet sich 'De consideratione ad Papam Eugenium' ('Von der Wahrheitserkenntnis an Papst Eugenius') gegen die weltliche Herrschaft des Papstes. Wissen um seiner selbst willen, wenn es nicht der Erbauung dient, erscheint ihm als 'schändliche Neugier'; Mittelpunkt seiner Philosophie ist, Jesum, den Gekreuzigten, zu kennen. Über Demut und Liebe zu Gott erschließt sich die Tiefe der Wahrheit, bis schließlich in der Ekstase Gott in die Seele herabsteigt und im heiligen Mystiker das Menschliche verschwindet. – *Innozenz III.:* Papst 1198–1216. Da sein Herrschertalent einem gespaltenen Reiche gegenübersteht, bezeichnet sein Pontifikat den Höhepunkt der weltlich-geistlichen Herrschaft des Papsttums im Mittelalter. Als Lothar von Segni 1161 in langobardischem Grafengeschlecht geboren, wird er nach theologischen und juristischen Studien in Paris und Bologna unter seinem Onkel Klemens III. Kardinaldiakon und besteigt 37jährig bereits den Stuhl Petri. Im gleichen Jahre 1198 Doppelwahl des Staufers Philipp von Schwaben (des jüngsten Sohnes von Friedrich Barbarossa) und des Welfen Ottos IV. von Braunschweig (des Sohnes von Heinrich dem Löwen). Die Staufer kämpfen, mit Frankreich, die Welfen, mit England verbündet, um den deutschen Thron. Innozenz, indem er die Entscheidung in einer doppelten Königswahl für das Papsttum in Anspruch nimmt, erkennt 1201 im Vertrag von Neuß zuerst den schwächeren: Otto IV., an, wofür dieser auf die Reichsrechte an Teilen von Tuscien, an Spoleto und der Mark Ancona zugunsten des in Ausbildung begriffenen Kirchenstaates verzichtet. Philipp und seine Anhänger werden mit dem Bannstrahl belegt. Als Otto, nach anfänglichen Erfolgen, seit 1204 durch Abfall seiner Anhänger jedoch zu unterliegen droht, löst Innozenz 1208 den Bann und erklärt Philipp zum Könige. Dieser wird jedoch bereits im Juni 1208 durch Pfalzgraf Otto von Wittelsbach zu Bamberg aus Privatrache ermordet. Darauf unterzieht sich Otto IV. im November zu Frankfurt einer Neuwahl und bestätigt Ende März 1209 im Abkommen zu Speyer den Verzicht des Reiches auf Tuscien, die Romagna, Ancona und Spoleto, erkennt die päpstliche Lehnshoheit über Unteritalien an, verzichtet auf das Spolienrecht (das Recht das Staates auf die Hinterlassenschaft der Geistlichen), ja sogar auf den Einfluß des Kaisers bei der Besetzung der Bischofsstühle, wie er im Wormser Konkordat 1122 in der Belehnung mit dem Zepter (als dem Symbol der weltlichen Rechte) zum Ausdruck kam (s. zu S. 149 Investiturstreit). Danach geht er über die Alpen und wird von Innozenz im Okt. 1209 zum Kaiser gekrönt. Als er dann seine Zugeständnisse, weil ohne Zustimmung der Fürsten gemacht, jedoch für ungültig erklärt und in Unteritalien einrückt, um es samt Sizilien aus der päpstlichen Lehnshoheit dem Reiche zurückzugewinnen, belegt ihn Innozenz mit dem Bann, verbündet sich mit Philipp II. August von Frankreich, bewegt die deutschen Fürsten zum Abfall und läßt im Sept. 1211 Friedrich II. von Hohenstaufen zum König wählen. Dieser verspricht, Sizilien, dessen Erbe er als Sohn Heinrichs VI. und der Konstanze (s. zu S. 175 Schluß) gleichfalls ist, als päpstliches Lehen nicht mit dem Reich zu vereinigen, beschwört in der Goldenen Bulle von Eger 1213 mit Zustimmung der Fürsten die Zugeständnisse, die Otto IV. in Speyer gemacht hatte, und erhebt sie dadurch zum Reichsrecht. Er wird 1215 in Aachen gekrönt und legt das Kreuzzugsgelübde ab. Zuvor hatte Innozenz 1200 Philipp II. August von Frankreich durch Bann und Interdikt gezwungen, seine rechtmäßige Gemahlin wieder aufzunehmen, durch den 4. Kreuzzug (1202–04), der zur Eroberung Konstantinopels und zur Errichtung des Lateinischen Kaisertums (1204–61) führte, die griechisch-orthodoxe Kirche unter seine Botmäßigkeit gebracht, seit 1209 den Kreuzzug gegen die Albigenser gutgeheißen (s. zu S. 46) und Johann ohne Land gezwungen, 1213 England als päpstlicher Vasall zum Lehen zu nehmen. Die 4. ökumenische Lateransynode von 1215 verkündet dann eindrucksvoll, daß alle weltliche Macht nur eine Ausstrahlung der päpstlichen, und der Papst als Stellvertreter Christi oberster Lehnsherr und Schiedsrichter über alle weltliche Gewalt sei.

S. 241: *Gregor d. Gr.*: s. zu S. 232. – *freilich geschieht dies usw.*: wohl Anspielung auf Theodor Mommsens demokratisches Cäsarbild in dessen '*Römischer Geschichte*' (Bd. I–III, 1854–56), vor allem aber auf Napoleons III. 'Histoire de Jules César' (1865/66), in der indirekt das napoleonische Regierungssystem, der Cäsarismus überhaupt, verherrlicht wird, bevor Napoleon III. 1869 den liberalen, parlamentarischen Kurs einschlug.

S. 242: *David:* nach dem Bauernsohn Saul zweiter König Israels (um 1000–960 v. Chr.); vereinigte, zunächst 8 Jahre lang halb abhängiger König des Südreiches Juda, dieses mit dem Nordreich Israel in siegreichen Kämpfen gegen die Herrschaft der Philister, gegen die südöstlichen Moabiter, östlichen Ammoniter, südlichen Edomiter und den südlichen Wüstenstamm der Amalekiter; dehnte das Reich im Norden bis zum Libanon, im Süden bis zur Nordspitze des Roten Meeres (Hafen Ezeongeber) aus; machte Jerusalem, die bis dahin noch kanaanitische Grenzstadt zwischen Israel und Juda, zum politischen und religiösen Mittelpunkt, indem er die Bundeslade dahin überführte. Dem gegenüber vergaß oder verzieh man, daß er, als er vor Sauls düsterem Argwohn hatte fliehen müssen, eine Zeitlang als Freibeuter gelebt, als Vasall dem Philisterkönig Akis Heeresfolge geleistet, die Ermordung der männlichen Nachkommen seines Schwiegervaters Saul geduldet und seinen Hauptmann Uria in den Tod geschickt hatte, um dessen Weib zu nehmen. Die spätjüdische Tradition verwandelte ihn in einen levitischen Heiligen und frommen Hymnendichter. – *Konstantin* (306 bis 337): in Naïssos (Nisch im südöstlichen Jugoslawien) um 288 als Sohn des Offiziers Constantius Chlorus, den Diokletian in seiner Thronfolgeordnung zuerst zum Cäsar (Thronfolger), dann 305 zum Augustus (Kaiser) von Gallien und Britannien erhob (s. zu S. 166 Schluß), und dessen Nebenfrau Helena geboren, am Hofe des Galerius, des Augustus der Balkanhalbinsel und Illyriens, und in den Heeren Kleinasiens erzogen und von den Legionen Britanniens

306 in Eburacum (York) zum Augustus ausgerufen, verläßt damit bereits die Thronfolgeordnung und überspringt drei Stiefbrüder aus vollgültiger Ehe. Kurz danach schwingt sich in Rom Maxentius mit Hilfe der Prätorianer zum Augustus Italiens auf, der Sohn des Maximian, der mit Diokletian gemeinsam regiert und mit diesem 305 den Purpur niedergelegt hatte, dann aber nicht abdanken wollte. Konstantin benutzt die ersten Jahre, um Gallien zu schützen und neu zu ordnen: nach einem Frankenkrieg wird die Rheinbrücke bei Köln geschaffen, Trier befestigt (Basilica, Porta nigra, Kaiserpalast), die Moselbrücke vollendet und Arelate (Arles) zum 'gallischen Rom' ausgebaut. Als der alte Maximian, der durch seine Tochter Fausta Konstantins Schwiegervater war, nach Gallien kommt, angeblich flüchtig vor seinem Sohne Maxentius, läßt ihn Konstantin erdrosseln (310). Von nun an rüsten Konstantin und Maxentius gegeneinander zum Kriege. Konstantin verbündet sich 311 mit Licinius, der dem verstorbenen Galerius als Augustus der Balkanhalbinsel nachgefolgt war, und verlobt ihm seine Schwester Constantia, während Maxentius mit dem Augustus des Ostens Maximinus Daia Bündnis schließt. Kurz vor seinem Tode hatte Galerius zu Serdica (bei Sofia) 311 das erste Toleranzedikt gegenüber den Christen erlassen, und Maxentius in Italien den Christen ihr Eigentum zurückerstattet. Konstantin überschreitet mit seinen kampferprobten gallischen, germanischen und britischen Truppen im Frühjahr 312 den Mont Cenis, besiegt die Panzerreiter des Maxentius bei Turin, erobert Mailand und das tapfer verteidigte Verona. Im Oktober kommt es bei Saxa Rubra, dem 'Rote-Tuff-Felsen' an der Via Flaminia nördlich von Rom, zur Schlacht, die sich bis zur Milvischen Brücke (Ponte Molle) hinzieht und mit der Vernichtung der Streitmacht des Maxentius und dessen Tode im Tiber endet. Konstantin läßt dessen Kinder und Anhänger ausrotten, dessen Namen allenthalben beseitigen. Die christliche Legende hat später das lorbeergeschmückte Feldzeichen Konstantins, das vielleicht mit einer X, dem Zahlzeichen der Vota für ein zehnjähriges Regierungsjubiläum, versehen war, in das Labarum, die kreuzähnliche Fahne, umgedeutet und dem allein von der praktischen Staatsräson beherrschten Konstantin selbst christliche Gesinnung zugeschrieben. Er nimmt die Huldigung der römischen Senats entgegen (Konstantinsbogen), der ihm die Stellung des rangältesten Augustus, wie sie Diokletian innegehabt hatte, verleiht, unterstellt jedoch die Verwaltung Italiens der Staatskanzlei seines gallischen Kaiserreichs. 313 beschließt er mit Licinius gemeinsam in Mailand das zweite Toleranzedikt gegenüber den Christen. Der Christengott soll neben den alten Göttern Roms Platz haben. 'Wir stellen es sowohl den Christen wie allen anderen frei, sich zu der Religion zu bekennen, die sie wollen, damit die Gottheit und das himmlische Wesen, welcher Art es auch sei, uns und allen, die unserer Regierung unterstehen, gewogen und gnädig sein möge.' Im gleichen Jahre zwingen Konstantin und Licinius den als Privat-

Anmerkungen zu Seite 242

mann lebenden Diokletian durch ihre Einladung zur Hochzeit der Constantia, dann durch Drohbriefe zum Selbstmord. Im nächsten Jahre, 314, beginnt dann die kriegerische Auseinandersetzung zwischen Konstantin, dem Augustus des Westens, und seinem Schwager Licinius, der sich durch Besiegung des Maximinus Daia zum Augustus des Ostens (von Illyrien bis Libyen) aufgeschwungen hatte. Sie endet nach zwei Kriegen, in denen Licinius trotz seiner gotischen Hilfstruppen unterliegt, 325 mit dessen Abdankung und Hinrichtung, 'ohne Scheu vor der Heiligkeit des Eides'. Sein Sohn wird in den Sklavenstand zurückverwiesen. Gleichzeitig sucht Konstantin alle religiösen Lager zu einer Einheit und Stütze seiner Person und ihrer dynastischen Erbfolge zusammenzufassen. Von den Münzen verschwinden seit 323 Sonnengott und Mars und machen der Vorsehung, der Hoffnung und anderen, Heiden und Christen gleich unanstößigen Gestalten Platz, während an der Decke des Prunksaales seines Palastes zu Konstantinopel, das 330 zur Hauptstadt des römischen Reiches erhoben wird, das Labarum, die Kaiserstandarte mit dem Monogramm Christi, die 324 im Kampf gegen Licinius zuerst Verwendung gefunden hatte, als magisch wirkendes Zeichen in Edelsteinen angebracht wird. Für die Einheit und Eintracht der christlichen Staatskirche tritt Konstantin von 316 bis zu seinem Tode 337 gegen die Donatisten (s. zu S. 54) Nordafrikas, allerdings vergeblich, ein, und zur Beilegung des arianischen Streites über das Verhältnis von Gottvater zu Gottsohn (s. zu S. 99) dient seine Einberufung der Reichssynode von Nicäa 325, auf der er durch seinen persönlichen Einfluß um der Einigkeit willen von den über 300 Bischöfen eine Kompromißformel, das Nicaenum, erzwingt, dieses durch kaiserlichen Erlaß für verbindlich erklärt und alle Widerspenstigen mit Exil bedroht. Daneben steht bis zuletzt seine Toleranz gegenüber den Glaubensvorstellungen des antiken Heidentums (s. zu S. 110 Konstantin. Schenkung in Karls d. Gr. Imperium). Hat Konstantin die religiöse Frage vorwiegend von der Seite der Brauchbarkeit für die Politik betrachtet, so beginnt doch schon zu seinen Lebzeiten mit Eusebius, dem Bischof von Cäsarea in Palästina (um 260–340), seine Umdeutung in das Ideal des gotterfüllten, von Gott zum Siege geführten Regenten, in ein Vorbild für die künftigen christlichen Fürsten. s. zu S. 147 Trinitätsbegriffe. – *Chlodwig:* Chlodovech (481–511), in der niederfränkischen (salischen), zwischen Maas und Meer ansässigen Häuptlingsfamilie der Merowinger 466 als Sohn Childerichs I. geboren, der noch Tournai (flämisch Doornik) an der Schelde zum Sitz hatte, steigt er durch Verschlagenheit, Skrupellosigkeit und Grausamkeit vom Teilfürsten zum Gründer des Frankenreiches auf. Er unterwirft um 486 den Rest des weströmischen Reiches unter dem Statthalter Syagrius, das Gebiet von der Somme bis zur Loire. Im Jahre 496 zieht er gegen die Alamannen zu Felde und erobert vorübergehend die Länder vom Main bis zu den Alpen. Auf Betreiben seiner Gemahlin, der burgundischen Prinzessin Chrotechildis (Chlotilde), tritt er Weihnachten 496 zu Reims mit 3000 Franken zum katholischen Bekenntnis über und gewinnt dadurch zu Klerus und besiegter Bevölkerung ein enges Verhältnis, im Gegensatz zu den arianisch getauften Germanenfürsten (s. zu S. 99, 114 u. 147 Schluß). Mit seinem burgundischen Verwandten Gundobad kommt es nach einem Kriege zu Versöhnung, ja Bündnis (500). Mit ihm gemeinsam besiegt Chlodwig 507 den Westgotenkönig Alarich II. bei Voullon (oder Vouglé) nahe Poitiers und gewinnt das Land bis zur Garonne, während Theoderich d. Gr., der sich für die Westgoten nun einmischt, die Provence erhält. Chlodwig verlegt jetzt seine Residenz nach Paris. Die fränkischen Teilfürsten beseitigt er mit Hinterlist und Gewalt. Die Kirche, so Gregor von Tours (um 540–593/94) in seiner 'Geschichte der Franken', verherrlicht ihn bald als Glaubensstreiter. – *Richard III.:* englischer König 1483–85, aus dem Hause York (s. zu S. 167 Rosenkriege, Schluß), jüngster Bruder Eduards IV.; geb. 1452, seit 1461 Herzog von Gloucester. Ihm schrieb man die Ermordung des unglücklichen, unfähigen Heinrich VI. Lancaster im Tower (1471) und die Beseitigung seines eigenen älteren Bruders George, des Herzogs von Clarence (1478), zu, doch ist nicht sicher zu beweisen, ob er an beidem mehr Schuld trug als die Yorksche Partei als ganze. Kurz nach seiner gewaltsamen Thronbesteigung ließ er jedoch 1483 seine beiden ihm anvertrauten Neffen Eduard V. und Richard, die unmündigen Söhne seines ältesten Bruders Eduard IV., im Tower verschwinden und ermorden, so daß er, der Kindermörder und Thronräuber, von nun an den Massen als das hinterlistige, blutdürstige Ungeheuer erscheint, dem man auch die früheren Morde zur Last legt. Er fiel bereits 1485, von der Gunst seines Volkes verlassen, in der Schlacht bei Bosworth gegen die französisch-englische Abenteurerschar Heinrich Tudors, Earls von Richmond, eines Verwandten des Hauses Lancaster, der als Heinrich VII. im gleichen Jahre den Thron bestieg, 1486 Elisabeth von York, die Tochter Eduards IV., heiratete und somit durch Vereinigung beider Rosen die Rosenkriege abschloß. Shakespeare 'The Tragedy of King Richard III.' 1593. S. 243: *Legat:* Vermächtnis. – *Hephästion:* der Jugendfreund Alexanders d. Gr. und einer seiner Feldherren, starb kurz vor diesem zu Babylon Herbst 324. – *'Principe':* das 'Buch vom Fürsten' des florentiner Staatsmanns, Geschichtsschreibers und Dichters Niccolò Machiavelli (1469–1527), verfaßt 1513, Lorenzo de Medici gewidmet (s. zu S. 179), herausgegeben 1532, begründet die Lehre von der Staatsräson, der politischen Zweckmäßigkeit, die den Fürsten allein in allem leiten solle und vor der die Rücksichten auf Religion und Moral zurückzutreten hätten. s. zu S. 251. – *Anmerkung: 'Ma etc.':* 'Meine Grundauffassung war stets die, daß in der Politik wie im Kriege alles Böse, und geschah es ganz nach der Ordnung, nur soweit entschuldbar ist, als es unumgänglich notwendig ist; alles was darüber hinausgeht, ist Verbrechen.'

Anmerkungen zu Seite 244—246

S. 244: *Ferdinand der Katholische von Aragon* heiratete 1469 *Isabella von Kastilien.* Durch die Vereinigung beider Reiche trat Spanien trotz der unter ihnen eingeführten Inquisition fast plötzlich in seine Blütezeit (s. zu S. 132). — *Katharina Medici und die Guisen:* s. zu S. 167 Frz. Reformationskriege. — *Staatsstreich von 1851:* s. zu S. 184 Napoleon III. u. zu. S. 201 Plebiszit.

S. 245: *Napoleons Wort:* 'Mein Name wird ebenso lange leben wie der Gottes.'

S. 246: *Heinrich VI.:* 1190—97, Sohn Kaiser Friedrichs I., wies Heinrich den Löwen endgültig auf seine Erbgüter zurück, wurde 1191 zum Kaiser gekrönt, nahm Richard Löwenherz von England gefangen und ließ ihn erst gegen Zahlung hohen Lösegeldes 1193 frei. Unterwarf 1194 das ihm durch seine Gattin Konstanze, die Erbin Unteritaliens, zustehende normannische Königreich Sizilien (s. zu S. 175 Schluß), ließ es, ebenso wie Spoleto und Romagna, als erster durch deutsche Ministerialen (kaiserliche Berufsbeamte), nicht mehr durch fürstliche Lehnsträger, verwalten und errichtete die Herrschaft über ganz Italien. Er griff als Erbe der Normannen in die nordafrikanischen Geschicke ein und dachte durch Verlobung seines Bruders Philipp mit Irene, der Tochter des Kaisers Isaak Angelos, diesem den Thron von Byzanz zu gewinnen. Nach Deutschland zurückgekehrt, suchte er auf dem Reichstag von Würzburg 1196 durch eine Änderung der Reichsverfassung die Kaiserwürde im hohenstaufischen Hause erblich zu machen, und versprach, dafür Apulien und Sizilien dem Reiche einzuverleiben und auf das Spolienrecht (das Anrecht auf den beweglichen Nachlaß der Bischöfe) zu verzichten, doch scheiterte dies Vorhaben am Widerspruch des Papstes. Als er 1197 seine Herrschaftsansprüche durch den Dritten Kreuzzug auch auf den Osten ausdehnen wollte, starb er plötzlich 32jährig zu Messina und wurde in Palermo beigesetzt. — *Konrad III. von Hohenstaufen:* 1138—52, Onkel Kaiser Friedrichs I., geb. 1093 oder 94; von Kaiser Heinrich V., dem letzten Herrscher aus dem salischen (fränkischen) Hause, dessen Neffe er ist, 1116 zum Herrn von Ostfranken (Würzburg) erhoben; seit 1127 als Gegenkönig zu dem Sachsen Kaiser Lothar von Supplinburg aufgestellt, jedoch erst nach Lothars Tode 1138 zum König erwählt, und zwar auf Betreiben der kirchlichen Partei, welcher Lothars Schwiegersohn, der Welfe Heinrich der Stolze, der zu seinem Herzogtum Bayern von Lothar das Herzogtum Sachsen hinzugeerbt hatte, zu mächtig scheint. Als sich Heinrich weigert, auf ein Herzogtum zu verzichten, da die Vereinigung von zweien in der gleichen Hand ungesetzlich sei, spricht Konrad die Reichsacht über ihn aus und verleiht 1138 Sachsen an den Askanier Markgraf Albrecht den Bären, Bayern an seinen Halbbruder, den Babenberger Leopold IV., Markgrafen von Österreich. Der Kampf zwischen Hohenstaufen und Welfen entbrennt erneut. Als Heinrich 1139 stirbt, setzt sein Bruder Welf den Kampf für seinen 10jährigen Neffen Heinrich den Löwen fort. Er wird von Konrad 1140 bei

Weinsberg besiegt (die treuen Weiber). Im Frieden von Frankfurt verzichten 1142 die Welfen auf Bayern, Albrecht der Bär auf Sachsen, behält jedoch die Nordmark. Im gleichen Jahre führt Konrad den vertriebenen Herzog Wladislav II. (1140–73) nach Böhmen zurück, der sich eng an das Deutsche Reich anschließt. Während sich Konrad durch die Predigt Bernhards von Clairvaux (s. zu S. 240 St. Bernhard) für den Zweiten Kreuzzug (1147–49) gewinnen läßt, der scheitern sollte, zwingt Heinrich der Löwe im Wendenkreuzzug 1147 den Abodritenfürsten Niklot, den Stammvater der Mecklenburgischen Herzöge, zur Tributzahlung und Annahme des Christentums. Konrad kehrt von Ephesus krank nach Konstantinopel zurück und stirbt 1152 in Bamberg. – *Konrad IV.:* 1250–54, Sohn Kaiser Friedrichs II., zieht nach dem Tode seines Vaters nach Oberitalien und segelt, da sich ihm Mittelitalien widersetzt, von dort nach Apulien, wo er mit seinem unehelich geborenen Halbbruder Manfred gemeinsam, der bis dahin die Regentschaft geführt hatte, die abgefallenen Städte, 1253 auch Neapel, zurückgewinnt. Er stirbt jedoch schon im Jahre darauf 36jährig am Fieber. – *Konradin:* ital. 'kleiner Konrad', eigentlich Konrad, Herzog von Schwaben, Sohn Konrads IV., der letzte Hohenstaufe, geb. 1252. Er zog 1267 gemeinsam mit seinem Freunde Friedrich von Baden und etwa 3000 Rittern über die Alpen, um das staufische Königreich Neapel-Sizilien dem von den Päpsten Urban IV. und Clemens IV. begünstigten Bruder Ludwigs IX. von Frankreich: Karl von Anjou, wieder zu entreißen, dem im Jahre zuvor Manfred (s. vorige Anm.) bei Benevent erlegen war. Konradin verlor durch einen französischen Hinterhalt am 23. August 1268 die Schlacht bei Tagliacozzo, nordöstlich von Rom in Mittelitalien, gegen Karl von Anjou, floh nach Rom, wurde verraten und mit seinem Freunde auf dem Karmelitermarkt zu Neapel enthauptet. Die Konradinswehmut beginnt in der deutschen Dichtung mit K. Chr. Beyers 'Commedia von der Histori Herzog Conrads v. Schwaben', 1585, und dauert bis in unsere Zeit an. Als Burckhardt seine Vorlesung hielt, war das Konradin-Thema bereits von rund 60 Autoren behandelt worden, besonders seit der Romantik. Unter ihnen befinden sich J. J. Bodmers Verserzählung (1771), Trauerspiele von Carl. Phil. Conz, Schillers Jugendgespielen (1782), F. M. Klinger (1784), L. Uhland (1819), Ernst Raupach ('Die Hohenstaufen', 1837) und Fragmente von Leisewitz, Körner, Eichendorff, Platen. – *Friedrich I. Barbarossa:* 1152–90, Neffe und Nachfolger Konrads III.; um 1122 geb., 1147 durch Erbschaft Herzog von Schwaben, 1155 in Rom zum Kaiser gekrönt. Nach langem Kampfe gegen die lombardischen Städte, in dem er 1162 Mailand zerstört, im Mai 1176 jedoch bei Legnano unterliegt, gewährt er ihnen im Frieden von Konstanz 1183 zwar die Wahl ihrer Ratsherren, bewahrt aber die staatliche und Finanzhoheit des Reiches über sie. Dann vernichtet er die Macht des Sachsenherzogs Heinrichs des Löwen (s. oben unter Konrad III.), der 1156 das zweite Herzogtum

Anmerkungen zu Seite 246

seines Vaters Heinrichs des Stolzen: Bayern, zurückerhalten, im Feb. 1176 bei der Zusammenkunft in Chiavenna Friedrich jedoch die Heeresfolge verweigert hatte: 1180, auf dem Reichstag zu Gelnhausen, wird das Herzogtum Sachsen unter den Erzbischof von Köln (Westfalen) und den Grafen von Anhalt (Ostsachsen) aufgeteilt; Bayern gibt Friedrich noch im gleichen Jahre an Otto von Wittelsbach, die Steiermark an den Grafen von Andechs-Meran; Heinrich der Löwe muß sich auf seinen welfischen Hausbesitz (Braunschweig-Lüneburg) zurückziehen. In den folgenden Jahren festigt Friedrich seine Herrschaft über Italien, das Pfingstfest zu Mainz 1184 sieht ihn auf der Höhe seiner Macht, und 1186 wird der Gegensatz zwischen Deutschland und den Normannen auf der Hochzeit Heinrichs (VI.), Friedrichs Sohn, mit Konstanze, der Erbin Siziliens, zu Mailand begraben. Das deutsche Kaisertum hat seine Vormachtstellung unter den Staaten des Abendlands zurückgewonnen; man sieht in Friedrich damals den Erben Konstantins und Justinians. Als solcher nimmt er 1188 das Kreuz (3. Kreuzzug 1189–92, an dem auch Philipp II. August von Frankreich und Richard Löwenherz von England teilnehmen), um das vom ägyptischen Sultan Saladin 1187 eroberte Jerusalem zurückzugewinnen und die Kreuzfahrerstaaten zu retten, erobert Ikonium, ertrinkt jedoch 1190 beim Baden im kleinasiatischen Flusse Saleph (türk. Gök-su). In der Volkssage vom im Kyffhäuser nur schlafenden, dereinst wiederkehrenden Kaiser ist er mit seinem Enkel Friedrich II. verschmolzen. – *Friedrich II.:* 1212–50, der erste Renaissance-Mensch, als Sohn Kaiser Heinrichs VI. und Konstanzes 1194 geb., erbt er das Königreich Sizilien und wird bereits 1211 auf Betreiben Innozenz' III. (s. zu S. 240) und Philipps II. August von Frankreich von 3 der angesehensten deutschen Fürsten zum Gegenkönig gegen den Welfen Otto IV. erhoben. 1213 erneuert er in der Goldenen Bulle von Eger die Zugeständnisse Ottos IV. an die Kirche (s. zu S. 240). Der Thronstreit endet 1214 mit Ottos Niederlage gegen die Franzosen bei Bouvines (nahe Lille). Friedrich wird 1215 in Aachen zum König gekrönt und gelobt einen Kreuzzug. Obwohl er versprochen hatte, Sizilien, weil päpstliches Lehen, nicht mit dem Reich zu vereinigen, läßt er seinen Sohn Heinrich (VII.), der seit 1211 König von Sizilien war, 1220 zum deutschen König wählen und verleiht für die Zustimmung der geistlichen Fürsten zu der Wahl den Bischöfen und Reichsäbten weitgehende landesherrliche Rechte, die in der Reichsverfassung bis zum Reichsdeputations-Hauptschluß von 1803 Gültigkeit hatten (Confoederatio cum principus ecclesiasticis). Darauf 'verschwindet er in der Ferne', läßt sich 1220 in Rom zum Kaiser krönen und hat Deutschland seitdem nur noch 1235 und 1236 betreten. Die Regierung für den jungen Heinrich (VII.) führt zuerst Erzbischof Engelbert von Köln, nach dessen Ermordung (1225) Herzog Ludwig von Bayern. Während Graf Heinrich von Schwerin gemeinsam mit dem Erzbischof von Bremen, dem Herzog Albrecht von Sachsen, Adolf IV. von Holstein und den Lübecker Bürgern das Land bis zur Eider und Elbe durch den Sieg bei Bornhöved (1227) über den dänischen König Waldemar II. zurückgewinnt, während der Deutsche Orden, durch Friedrich dazu bevollmächtigt, Preußen erobert, schafft dieser in Sizilien den ersten modernen, zentralisierten Gewaltstaat (s. zu S. 116). Als er 1227 erkrankt und wegen einer Seuche von der Kreuzfahrt umkehrt, wird er von Gregor IX. gebannt, führt jedoch in den beiden nächsten Jahren, trotz des Bannes und vom leidenschaftlichen Haß Gregors verfolgt, den versprochenen Kreuzzug durch und erhält vom ägyptischen Sultan Al Kamil durch Vertrag Jerusalem, Bethlehem, Nazareth und deren Verbindung mit dem Küstenstrich von Joppe (Jaffa) bis Sidon (Saida) zurück, wenn auch der Patriarch von Jerusalem im Auftrage Gregors die Stadt und das heilige Grab mit Bann und Interdikt belegt und Friedrich, den 'Heiden und Muhammedaner', zwingt, sich selbst die Krone des Königreichs Jerusalem aufs Haupt zu setzen. Wieder in Süditalien, vertreibt er die eingedrungenen 'Schlüsselsoldaten' des Papstes und erreicht 1230 im Frieden von Ceperano (San Germano) die Lösung des Bannes. Dabei verspricht Friedrich die Verfolgung der Ketzer (die Sarazenen, die im inneren Sizilien lebten, genossen unter ihm Glaubensfreiheit und Selbstverwaltung), und Gregor erkennt nun auch den Vertrag mit Al Kamil als gültig an. Inzwischen verfällt in Deutschland, das Friedrich vorwiegend als militärisches Kraftreservoir betrachtet, die kaiserliche Zentralgewalt über die Fürsten und die Reichskirche immer mehr. Der selbständig gewordene Heinrich (VII.) läßt sich im Wormser 'Privilegium zu Gunsten der Fürsten' (1231) von diesen das große Zugeständnis abnötigen, wonach ihnen die gleichen Rechte zustehen sollen, wie sie den Bischöfen und Reichsäbten 1220 eingeräumt waren. Aus Lehnsträgern des Königs werden sie zu 'Landesherren', die auf ihrem Gebiet außerdem uneingeschränkte Gerichtsbarkeit, Münz- und Marktgerechtigkeit besitzen. Friedrich bestätigt diese Neuordnung, wonach das 'gekrönte Haupt auf den Schultern der Fürsten ruhen solle', 1232 als für seine Zwecke notwendig. Ja als Heinrich (VII.) sich dann dem entgegen auf die Städte und Ministerialen (kaiserlichen Beamten) statt auf die Reichsfürsten zu stützen sucht, wird er noch im gleichen Jahre von Friedrich in Cividale bei Aquileja zum eidlichen Gehorsam vermahnt, und als er sich 1234 gegen seinen Vater erhebt, geächtet und niedergeworfen; er stirbt 1242 als Gefangener in Apulien. Bei diesem Aufenthalt in Deutschland erläßt Friedrich 1235 auf dem Reichstag zu Mainz das Landfriedensgesetz, wonach Fehde nur noch bei Rechtsverweigerung zugelassen und ein Reichshofjustitiar als Stellvertreter des Kaisers für die Rechtspflege eingesetzt wird. Im gleichen Jahre hatte er kurz zuvor in dritter Ehe Isabella von England, die Schwester Heinrichs III. und Nichte Heinrichs des Löwen, zu Worms geheiratet. Als Aussöhnung des welfischen und

Anmerkungen zu Seite 246–251

hohenstaufischen Hauses erhebt er nun die welfischen Stammlande zum Herzogtum Braunschweig-Lüneburg. In Wien läßt er seinen zweiten, damals neunjährigen Sohn Konrad (IV.), den 'König von Jerusalem', zum deutschen König und Nachfolger auf den Kaiserthron wählen. Auf die Höhe seiner Macht über ein Reich, das sich von der Ostsee bis nach Sizilien erstreckt, führt ihn dann der auf dem Reichstag zu Mainz 1235 beschlossene Krieg gegen die Liga der lombardischen Städte, in dem Friedrich 1237 den glänzenden Sieg von Cortenuova erringt. Als er jedoch bedingungslose Unterwerfung fordert, alle städtischen Freiheiten aufheben, die Lombardei durch Reichsbeamte nach sizilischem Vorbild verwalten lassen will und außerdem seinen unehelichen Sohn Enzio zum König von Sardinien erhebt, das die Kirche als ihr Eigentum betrachtet, bannt ihn Gregor IX. abermals, entbindet alle Untertanen ihres Eides und beruft ein Konzil nach Rom (1239). Friedrich besetzt Teile des Kirchenstaates und dehnt sein Verwaltungsnetz von Generalvikaren, unter denen die von ihm ernannten Podestàs der einzelnen Städte stehn, über Italien weiter aus, während Enzio die für Gregor fechtende genuesische Flotte bei Elba besiegt und zahlreiche zum Konzil reisende Kirchenfürsten gefangennimmt. Im gleichen Jahr 1241 besiegen die Mongolen unter Batu, dem Enkel von Dschingis Khan Temüdschin, ein deutschpolnisches Ritterheer bei Liegnitz unter Herzog Heinrich II. von Schlesien, kehren aber um. Gregors IX. Nachfolger Innozenz IV. flieht nach Lyon und beruft hier für 1245 das Konzil. Es erneuert den Bannfluch gegen Friedrich, der als Ketzer, Kirchenschänder und Brecher der Lehnspflicht gegenüber dem heiligen Stuhl seiner Kronen für verlustig erklärt wird, und verkündet den Kreuzzug gegen ihn. Friedrich beabsichtigt, gegen den Papst nach Lyon zu Felde zu ziehen, verliert aber Parma an die päpstlichen Truppen (1247). Enzio wird von den Bolognesen gefangengenommen. Als Friedrich mit Heeresmacht nach Oberitalien aufbrechen will, erliegt er 1250 zu Fiorentino bei Foggia in Apulien 57jährig einer Krankheit. Er ist in Palermo bestattet. – *On ne prête qu'aux riches:* man leiht nur den Mächtigen. – *Henri IV.:* s. zu S. 167 Frz. Reformat.-Kriege, 177. – *tingiert:* gefärbt.

S. 247: *Andere führen die Emanzipation usw.:* andere befreien sich von der Vorstellung, daß es große Männer gibt, dadurch, daß sie die allgemeine Mittelmäßigkeit versichern und sich für gewisse mittlere Talente verbürgen. – *Akkomodationen:* Anpassungen, Anbequemungen.

S. 248: *Womit 1848 vorlieb nahm:* s. zu S. 184 Schluß, 201 Plebiszit.

S. 251: *Machiavelli:* s. zu S. 243. In seiner 'Geschichte von Florenz' (Istorie fiorentine), im Auftrage der Stadt 1521–25 verfaßt, stellt er das Jahr 1298 als dasjenige dar, in dem der Kampf zwischen Volk und Stadtadel beigelegt, die Verfassung festgesetzt und der Bau der Signoria (Rathaus) begonnen wurde. 1300 brach dann, von Pistoja hereingetragen, der Zwist zwischen den Adelsparteien der Schwarzen (der Donati und ihres Anhanges) gegen die Weißen (die Cerchi) aus. – *Justinger:* Conrad Justinger (gest. 1426) schrieb die 'Alte Chronik der Stadt Bern', welche die Zeit von 1152–1421 behandelt und in der die Jahre um 1350 als Berns Blütezeit erscheinen.

S. 253: *Perikleisches Zeitalter:* s. zu S. 122. – *Zeit der guten Kaiser:* Gibbon (s. zu S. 113), in den einleitenden Partien seines Werkes, sieht in den Regierungsjahren der Flavier und Antoninen (Vespasian, Titus, Nerva, Trajan, Hadrian, Antoninus Pius und Marc Aurel), in dem Jahrhundert von 69–180 mit seinem aufgeklärten Despotismus, die glücklichste Zeit des Menschengeschlechts. – *Renan:* s. zu S. 41. – *Hesiod,* um 700 v. Chr., aus Askra in Böotien, in dem die Griechen den einzigen Dichter sahen, der mit Homer in Wettstreit treten könne, schrieb außer dem altersdunklen Gedicht von der Entstehung der Götter ('Theogonie') die vom Ethos der Arbeit durchzogenen 'Werke und Tage'. Hierin Vers 109 ff. die pessimistische Erzählung von den 5 Weltaltern. Deutsch von Thassilo v. Scheffer.

S. 254: *Amasis:* Ahmose (569–525 v. Chr.), 26. Dynastie, räumt den Griechen Naukratis (Nebîra) im westlichen Nildelta als Handelsplatz ein, verzichtet seit Nebukadnezars Zug nach Ägypten endgültig auf die syrischen Besitzungen, schließt Freundschaft mit Polykrates von Samos. Ägypten erlebt eine neue wirtschaftliche und künstlerische Blütezeit, letztere in Anknüpfung an die klassischen Perioden des Alten (um 3200–2270) und Mittleren Reiches (2100–1700). Unter Amasis' Sohn Psammetich III. verliert Ägypten durch den Sieg des Kambyses (Kambudschija) bei Pelusium (525) jedoch seine Selbständigkeit und wird persische Provinz. – *Könige von Medien:* Nach der griechischen Überlieferung (die medische fehlt fast völlig) war der erste König Mediens, jener Gebirgslandschaft im nordwestl. Iran um die Hauptstädte Ekbatana (Hamadan) und Rhagä (Rai), der gerechte Dejokes (Dajukku). Nach Inschriften des Assyrerkönigs Sargon wird er 715 v. Chr. als gefährlich nach Syrien deportiert. Dejokes' Sohn Phraortes soll nach Herodot 635 bereits bis zur assyrischen Hauptstadt Ninive vorgedrungen, dort aber unterlegen sein. Was er anstrebt, vollendet sein Nachfolger Kyaxares (Uvakhschatra, 625–585): im Bündnis mit Nabopolassar, dem König der semitisch-aramäischen Chaldäer, die sich 625 in Babylonien selbständig machen, vertilgt er, vor allem auf seine Reiterei gestützt, 612 die verhaßte Zwingburg Ninive vom Erdboden, macht Assyrien zur medischen Provinz und damit Iran zum Herzen eines Großreiches. Nach der Eroberung Armeniens dringt er nach Kleinasien vor und kämpft gegen die Lyder unter Alyattes, dem Vater des Kroisos. Der Schlacht am Halys (Kisil Irmak, 28. Mai 585) soll die von Thales von Milet vorausgesagte totale Sonnenfinsternis Einhalt geboten haben. Kyaxares' Sohn Astyages (Ischtuwegu, 585–550) unterliegt

Anmerkungen zu Seite 254–261 481

nach langer Herrschaft 550 seinem persischen Lehnsmann Kyros II. (Kurasch, 559–529), der Ekbatana erobert, 546 das lydische Reich unter Kroisos, die Griechenstädte in Westkleinasien und 539 mit Babylon das Chaldäerreich an sich bringt.

S. 255: *Solon und die Eupatriden:* s. zu S. 122.

S. 256: *Sekurität:* Sicherheit. – 'moral progresses': sittliche Fortschritte.

S. 258: *Nausikaa:* die schöne Mädchengestalt der Tochter des Phäakenkönigs Antinoos, die den schiffbrüchigen Odysseus kleidet, zu ihrem Vater führt und ihn sich zum Gatten wünscht. Odyssee 6, 15 ff.; 8, 457 ff. – *Zeit des Perikles:* s. zu S. 122. – *Attische Hegemonie:* die Vorherrschaft Athens über die Inseln und Küstenstädte des Ägäischen Meeres, im 1. attischen Seebund nach der Schlacht von Salamis zum Abwehrkampf gegen die Perser 477 v. Chr. begründet, von Perikles in ein attisches Reich umgewandelt; Tributzahlungen der Bundesgenossen an die athenische Demokratie, während Samos, Chios, Lesbos und die troische Halbinsel Schiffe statt Geld zur Verfügung stellen.

S. 259: *Schlözer:* August Ludwig (1735–1809), 1761–69 in Petersburg, seitdem Prof. der Geschichte in Göttingen, bewundert, wie Voltaire, die starken Großstaaten mit dichter Bevölkerung, hält die Griechen für politisch unfähig und unbedeutend. 'Vorstellung einer Universalgeschichte' (1772/73); 'Weltgeschichte nach ihren Hauptteilen' (1785–89; bis 500 n. Chr.). – *Miltiades,* ursprünglich Fürst am thrakischen Chersones, das Haupt der adligen Grundbesitzer Athens, siegte 490 v. Chr. bei Marathon mit den athenischen Schwerbewaffneten über die Perser und führte seine Truppen unmittelbar danach im Eilmarsch nach Athen zurück; so verhinderte er die Landung der persischen Flotte.

S. 260: *Abdallah* usw.: Gestalten aus 'Tausendundeiner Nacht' (außer Suleika), Hassan z. B. aus der 'Geschichte des Juweliers Hassan von Basra', 778. bis 831. Nacht. Titel und Rahmenerzählung von 'Tausendundeiner Nacht' werden zuerst von arabischen Schriftstellern des 10. Jhs. in Bagdad erwähnt. Sie nennen dieses bis jetzt nicht wieder aufgefundene, nach ihren Angaben aus dem Persischen ins Arabische übersetzte Buch erdichteter Erzählungen 'Tausend Abenteuer' oder 'Tausend Nächte'. 'Tausend' bedeutet dabei 'unzählig viele'. Die endgültige Fassung erhielt 'Tausendundeine Nacht', dieses aus fast 300 Märchen, Romanen, Novellen, Sagen, Legenden, lehrhaften Geschichten, Humoresken und Anekdoten persischer, indischer, arabischer, babylonischer und ägyptischer Herkunft zusammengeflossene Bild des muslimisch-arabischen Mittelalters, jedoch wahrscheinlich erst im 16./17. Jh. in Ägypten.

S. 261: *Schluß der Odyssee:* Als Odysseus heimgekehrt ist, die Freier getötet, Penelope wiedergewonnen und ihr seine Abenteuer erzählt hat, berichtet er ihr Gesang 23 Vers 266 ff., daß ihm geweissagt sei, er müsse weiterhin solange durch Städte und Länder fahren, bis er zu Menschen gelange, die nie vom Meere vernommen haben und das Ruder in seiner Hand für eine Schaufel halten; erst dann sei die Pilgerfahrt seines Lebens beendet. Beginnen will er damit, Vieh zu erbeuten als Ersatz für das von den Freiern geschlachtete. – *Spanier materiell am Aussterben:* s. zu S. 132.

S. 262: *Ferment:* Gärstoff.

S. 263 *Anmerkung 1: Eduard v. Hartmanns* (s. zu S. 65) *Prophezeiung:* Je schneller diese Ausrottung der zu jeder Konkurrenz mit der weißen Rasse unfähigen Naturvölker betrieben, und je rascher die ganze Erde ausschließlich von den bis jetzt am höchsten entwickelten Rassen okkupiert wird, um so schneller wird der Kampf der verschiedenen *Stämme innerhalb* der hochstehendsten Rasse in großartigen Dimensionen entbrennen, desto früher wird das Schauspiel der Absorption der niederen *Rasse* durch die höhere sich unter den *Stämmen* und Völkern wiederholen. Aber der Unterschied ist, daß diese Völker weit ebenbürtiger, also weit konkurrenzfähiger sind, als sich die niederen Rassen (mit Ausnahme der mongolischen) bisher der kaukasischen Rasse gegenüber erwiesen haben. Hieraus folgt, daß der Kampf ums Dasein zwischen Völkern, weil er mit ebenbürtigeren Kräften geführt wird, viel furchtbarer, erbitterter, anhaltender und opferreicher sein muß, als der zwischen Rassen . . . , daß der Kampf ums Dasein überhaupt um so erbitterter und *unbarmherziger*, zugleich aber auch für die fortschreitende Entwickelung der Gattung um so *förderlicher* ist, je *näher* sich die mit einander konkurrierenden Arten oder Varietäten stehen. Es ist relativ gleichgültig, ob dieser Kampf ums Dasein zwischen Völkern und Rassen die Form des physischen Kampfes mit Waffen annimmt, oder ob er sich in anderen scheinbar friedlicheren Formen der Konkurrenz bewegt; man würde sich sehr irren, wenn man glaubte, daß der Krieg die grausamste oder auch nur die wirksamste Form der Vernichtung eines Konkurrenten sei; er ist nur die am nächsten liegende, weil roheste, – zugleich aber auch eben deshalb die ultimo ratio für ein Volk, das sich von seinem Konkurrenten im sogenannten friedlichen Wettstreit der Interessen überholt sieht (dies ist z. B. der wahre innere Grund für den Ausbruch des Krieges von 1870). Die Opfer auch des größten Krieges sind unbedeutend gegen die Vernichtung von Millionen und abermals Millionen Menschen, die zu Grunde gehen, wenn z. B. ein Volk von einem industriell höher entwickelten vermittelst des Handels ausgesaugt und eines Teils seiner bisherigen Erwerbsquellen beraubt wird . . So schauderhaft diese Perspektive dieses perpetuierlichen Kampfes vom eudämonologischen Standpunkt ist, so großartig erscheint sie vom teleologischen im Hinblick auf das Endziel einer möglichst hohen intellektuellen Entwickelung. Man muß sich nur an den Gedanken gewöhnen, daß das Unbewußte durch den Jammer von Milliarden menschlicher Individuen nicht mehr und nicht weniger als von dem ebenso vieler tierischer Individuen sich beirren läßt,

Anmerkungen zu Seite 263–267

sobald diese Qualen nur der *Entwickelung* und damit seinem Endzweck zugute kommen. (Philos. d. Unbewußten, 3. Aufl., 1871, S. 342 f.). – *Samniterkriege:* s. zu S. 89.
S. 264: *Fatimiden:* s. zu S. 52 Schluß, 110. – *Assassinen:* Haschischim, religiöser Orden der Ismaeliten, einer schiitischen (s. zu S. 52) Sekte, die sich nach einem Imam (Führer, Nachkommen des Propheten) Ismáil nennt und deren Lehre Gedanken des Manichäismus (s. zu S. 52), Parsismus (s. zu S. 41), Neuplatonismus und Pantheismus vereinigt. Sie gründete in Syrien und Persien gegen die späteren Abbasiden (750–1258, Bagdad; s. zu S. 52) den Assassinenorden, dessen Großmeister seit 1090 seinen Sitz auf der Burg Alamut, im Gebirge südlich des Kaspischen Meeres, hatte. Durch das Hanfpräparat Haschisch wurde den Anhängern die Wonne des Paradieses vorgespiegelt, das sie durch blinden Gehorsam, wenn sie die ihnen aufgetragenen Morde unter Nichtachtung von Folter und Tod ausgeführt hätten, gewönnen. So kämpften sie auch gegen die Seldschuken (s. zu S. 91, 111). Der Emir von Aleppo (Haleb) rief sie 1102 nach Syrien, wo sie von den Bergfesten des Libanon aus die Kreuzfahrer beunruhigten. Alamut wurde schließlich 1256 von den Mongolen erobert (s. zu S. 143 Rußland, 123 Timur, auch 91, 111 Türken). Ihr Name ging in die romanischen Sprachen über; franz. assassin: Mörder.
S. 265: *Osmanen:* s. zu S. 91. – *Bajazeth I.:* s. zu S. 123 Timur. – *Hussiten:* s. zu S. 163. – *Hyrkanier:* Stamm an der Südostecke des Kaspischen Meeres in der heutigen persischen Landschaft Asterābād. – *Baktrier:* Stamm im heutigen nördl. Afghanistan zwischen Amu-darja und Hindukusch. – *Sogdianer:* Stamm, nördl. an die Baktrier anschließend, im südl. Usbekistan. – *Gedrosier:* Stamm im heutigen Belutschistan. – *Lydische Städte:* als Kyros (Kurasch) 546 v. Chr. den Lyderkönig Kroisos besiegt hatte (s. zu S. 254 Schluß), ließ er durch Harpagos die von Lydien abhängigen griechischen Kolonien an der Küste Westkleinasiens erobern und erlegte ihnen Tribute und Heeresfolge auf. Die Bewohner von Phokaia (bei Smyrna) wanderten damals nach Alalia (Aleria) auf Korsika, Elea (Velia) in Unteritalien und Massilia (Marseille) aus. – *Karthago* wurde am Ende des 3. punischen Krieges nach einjähriger Belagerung, durch Seuchen und Hunger geschwächt, in sechstägigem Straßenkampf 146. v. Chr. von Publius Cornelius Scipio Aemilianus erobert und dem Erdboden gleichgemacht. – *Numantia:* Die spanische Bergfestung (bei Soria) wurde nach fünfjährigem, erfolgreichem Kampfe der Arevaker und heldenhafter Verteidigung 133 v. Chr. von dem gleichen Scipio durch Hunger zur Übergabe gezwungen und zerstört. – *Jerusalem* wurde 70 n. Chr. nach halbjähriger Belagerung und todesmutiger Verteidigung durch Aushungerung von *Titus* erobert und zerstört (s. zu S. 110).
S. 267: *Anmerkung 1:* Die *Schopenhauer-Stelle* steht in 'Die Welt als Wille und Vorstellung' Bd. II Kapitel 41 'Über den Tod und sein Verhältnis zur Unzerstörbarkeit unseres Wesens an sich' gegen

Ende. – *substituieren:* an die Stelle setzen. – *Descendent:* Nachkomme. – *Komnenen:* s. zu S. 113 Schluß.

S. 268: *Wallenstein* hatte seine militärische Vormachtstellung 1626–29 zur Stärkung der kaiserlichen Zentralgewalt über die Fürsten benutzt und Gegner des Kaisers einfach abgesetzt, war selbst zum Herzog erhoben und hielt für seine Waffengefährten Tilly und Pappenheim gleichfalls Herzogtümer bereit. Kaiser Ferdinand II. hoffte, entgegen Wallensteins Rat, die ihm verbündete katholische Fürstenliga, vor allem deren Führer Maximilian von Bayern, für die Stärkung seiner kaiserlichen Zentralgewalt 1629 durch das Restitutionsedikt zu entschädigen, das die Rückgabe aller seit dem Passauer Vertrag (1552) von den Protestanten eingezogenen Güter forderte. Die katholische Partei schien gesiegt zu haben. Die Liga verlangte jedoch die Herabsetzung des kaiserlichen Heeres, die Entlassung Wallensteins und ging ein Bündnis mit Frankreich ein. Auf Richelieus (s. zu S. 177) Betreiben wurde dann Wallenstein 1630 entlassen. – *Gustav II. Adolf von Schweden,* der 1630 in Pommern gelandet war, besiegte das katholische Heer Tillys 1631 bei Breitenfeld (nahe Leipzig) und zog durch Thüringen und Franken bis nach Mainz. Tilly wird 1632 erneut bei Rain am Lech besiegt und tödlich verwundet. Die protestantische Partei schien gesiegt zu haben. Da fiel Gustav Adolf im Nov. 1632 in der für die Schweden siegreichen Schlacht bei Lützen (nahe Weißenfels) gegen den wieder zum kaiserlichen Oberbefehlshaber berufenen Wallenstein. – *Nikolaus V.,* der Humanistenfreund, hatte den Stuhl Petri 1447–55 inne, ein halbes Jahrhundert, bevor Bramante (um 1444–1514) für Julius II 1506 den Grundriß für den Neubau von St. Peter entwarf, woran Michelangelo von 1547–64 Bauleiter war.

S. 269: *Lionardo da Vinci:* 1452–1519; *Michelangelo Buonarroti:* 1475–1564; *Raffael:* Raffaello Santi, 1483–1520; *Tizian:* Tiziano Vecelli, 1476 oder 1477–1576; *Correggio:* Antonio Allegri, geb. um 1494 zu Correggio, gest. 1534, führte die Malerei der Hochrenaissance durch Bewegtheit seiner heiter sinnlichen Figuren, durch Verkürzungen und reiche Abstufung des Lichtes bis an die Schwelle der Barockmalerei.

RUDOLF MARX

REGISTER

Abdikation, politische 185f.
Abessinien 147 (Christentum)
Abraham 228
Absolutismus, französischer 94
Abu Seid 101
Achämeniden 109
Achill 228
Adauras, St. 145
Adel 92. 100. 145
Adrianopel, Friede von 193
Afrika 147
Agricola, Gn. Julius, Röm. Feldherr 17
Ägypten 24. 33. 47. 64. 79. 85. 86. 87. 99 (Gräberreligion). 104. 107. 147. 254 (Dynastien)
Ahriman 109
Aja Sophia (Hagia Sophia) 110
Alamannen 129
Albigenser 46. 52. 55. 115. 183
Alexander d. Gr. 86. 215. 231. 236. 242. 243. 245. 265. 266
Alexandrien 268
Alexandriner 71
Alkibiades 122. 126. 239
Almohaden (maurische Dynastie) 102
Almoraviden (maurische Dynastie) 102
Althans (?), Erfinder 214
Amalrich v. Bena, Theologe 115
Amasis, König 254
Amerika 68f. (Kulturmenschen). 96. 97 u. 200 (Union). 120. 133 (Vereinigte Staaten). 185 (Armee). 192. 199 (Bürgerkrieg). 203. 215
Ammonium (Ammonheiligtum) 107

Amphiktyonen 108
Anglikanische Kirche 143
Anglo-amerikanischer Kompromiß 154 (theoret. Kalvinismus u. prakt. Erwerb)
Angora, Schlacht 265
Antichrist 46. 47. 228
Antillen 86
Antonius, der Heilige 145
Äolier 71
Apisstier 53
Apollo 136
Apostolisches Zeitalter 146
Araber 159
Arabien 33
Aradus (phöniz. Stadt) 121
Architekten 224f. (Größe)
Architektur 62. 79. 101 (Islam) 106. 219
Arginusenschlacht 184 (Feldherrnprozeß)
Arianismus 99. 114. 147f. (German.)
Ariost, Lud. 73
Aristophanes 19. 75
Aristoteles 33 (Verfassungsformen). 69. 236
Arm, der weltliche (Brachium saeculare) 53. 115. 140
Arrianus, Flav., griech. Historiker 86
Artussage 73
Äschylus 63 (Prometheus. 215. 222
Asien 133. 266
Askese 147ff.
Assyrer 87. 265. 266
Atheismus 103

Athen 12. 64. 78. 89. 122—127 (Geistiger Tauschplatz und Kulturzentrum). 165.190.239. 252. 255. 258
Attisches Drama 75. 76
Aufklärung 55. 94. 119
Augustin, der Heilige 5. 54. 189
Aurelian, Kaiser 90

Babylonier 87
Bacon, Fr. 59. 106. 155. 170
Bajazeth I., Sultan 265
Baktrier 265
Baer, K. E. v., Naturwiss. 215
Bar Kochba 166
Barbarei, gesunde u. zerstörende 161
Barbarenherrschaft über Kulturvölker 91
Barère de Vieuzac, Bertrand (Franz. Revol.) 184
Barock 151
Bastian, Adolf, Ethnologe 99
Bauernkrieg 170. 173. 180
Beaumont, Francis, Dramatiker 77
Bedingtheiten, die sechs 81 ff.
Beethoven 226
Begriffe, philosophische und historische 83
Belgien 194. 201
Benedikt v. Aniane 148
Benediktiner 115 f. 148. 149
Berlin 196
Bern 251
Bernhard v. Clairvaux, St. 240
Bildhauer 223 f. (Größe)
Bismarck 242
Böhmen 177
Bojardo, Dichter 73
Bonapartisten 193
Bosporus 267
Bossuet, J. B., Historiker 117
Bourbonen 193
Brahminen 109. 63 (Philosophie). 57 (Religion)
Bramante 225. 268
Brunellesco, Filippo, Baumeister 225

Buckle, Henry Thom., Kulturhist. 20. 65. 94. 256
Buddha 46
Buddhismus 45. 48. 49. 57. 63. 99
Burckhardt 47
Bürgertum 130. 131 (Kultur)
Burgunder 130
Byzantinisch u. Byzantiner 51 (Religion). 101. 104. 112. 113 (Reich). 138. 139 (Kirche). 144 (Kirche, Volkstum). 160 (Reich). 267
Byzantinismus 111. 113
Byzanz 99. 147 (Christentum). 168

Calderon 220. 222
Calixtiner 182
Calvin s. Kalvin
Canning, George, Brit. Staatsmann 193. 195
Carlyle, Thomas 135
Cäsar, C. Julius 89. 90. 166. 184. 231. 236 239. 241. 242. 252
Catilina 166
Cavour, Graf Camillo di 198
Chaldäer 85
Chamfort, Séb., Schriftsteller 172
Chartres 224 (Portal)
Chassin 173
China 8. 74 (Drama). 160
Chlodwig, König 242
Christen 44. 46. 47. 53. 112 (Kaiser). 137. 138
Christentum 49. 51. 67. 90. 99. 102. 137 f. 146 ff. (Wandlungen). 147 (Latein). 149 (9. bis 12. Jahrh.). 150 (13. bis 15. Jahrh.). 151 (Reformation). 152 f. (Neueres u. Kultur). 153 (u. Moral)
Chrodegang, Bischof 148
Cicero, M. Tullius 136
Cid 228
Cimbern 165
Cluniazenser 149
Colbert, Jean Bapt. 95
Commodus, Kaiser 90

Cornwales (Cornwall) 121
Corregio 269
Cortez 215
Crispin, St. 145
Crispinian, St. 145
Cromwell, Oliver 183. 184. 185. 186. 231. 238
Curtius, Ernst (griech. Geschichte) 86
Custozza, Schlacht 196
Cyrill von Jerusalem 47
Cyrus 110. 254

Damian, St. 145
Dänemark 118. 200 (Krieg 1864)
Daniell, John Frederick (?) 214
Dante 189. 213
Darius I, König 110
David, König 108. 242
David, Louis, franz. Maler 189
Dazisch-getische Theokratie 108
De Boni, Filippo, ital. Schriftsteller 21
De Candolles, Alphonse 65. 191
Delphi 108. 136. 183
Demokratie 118. 121 f. 127 (Athen). 128. 197. 204. 255
Despotismus 185 f.
Deukalion 108
Deutsche Frage 200
Deutsch-franz. Krieg 1870, seine Folgen 202 f. (Steigerung d. Erwerbssinns). 203 (geistige Einstellung, Kunst u. Wissenschaft). 204 f. (polit. Folgen, kirchl. Frage)
Deutschland 8. 118. 119. 130. 142. 180 (Nordwestl.). 194. 196. 198. 199. 200. 201 („große deutsche Revolution" 1866). 202 (Krieg 1870). 203. 205. 242. 265. 268
Diadochen 89. 165
Dichter 218 f u. 222 (Größe)
Diderot 78
Dido 221
„Dilettantismus" 22 f.
Diodor, Historiker 108

Dionys d. Ä. 183
Dionysos 75
Dodona (Zeusheiligtum) 108
Domitian, Kaiser 91
Don Quixote 19
Donatisten 54
Drake, G. L. (?) 214
Drama 74 ff., antikes 75. 123 156, chinesisches 74, indisches 75, italienisches 76 f., mittelalterliches 76, spanisches 77, Depopularisierung 77 f.
Dschemschid 228
Dschingiskhan (Djinghis Chan) 159. 160. 229. 230
Dumas, Graf Matthieu, General 235
Duncker, Max, Geschichtschreiber 48

Ecclesia militans 149
Ecclesia triumphans, Dogma 139
Edda 70
Edikt v. Nantes 95
Egesta (Segesta), Stadt auf Sizilien 172
Egoismus, menschlicher 259
Elias, Prophet 46
Eligius, St. 145
Emigranten 179. 187. 193
England 44. 77 (Theater). 118. 133 (Industrie). 153. 173 u. 175 (Revolution). 181. 194. 195 (Fabrikstädte). 198. 199. 200. 201. 229
Ennius, altrömisch. Dichter 58
Epaminondas 110
Epos 71. 73 (Entwicklung)
Erfinder u. Entdecker 214 f.
Ergamenes, König von Meroë (Äthiopien) 108
Erwin von Steinbach 225
Eschatologie 45 f.
Etrusker 63. 159
Euhemeros, Philosoph 45
Eulenspiegel 228
Eupatriden 122. 255
Euripides 222
Europa 198. 265

Eusebius 138
Euthydemos, Tyrann in Mylasa 186
Eutropius, St. 145

Fabre d'Eglantine, Phil. Franç. Dichter 182
Februarrevolution 196
Ferdinand v. Arragonien 244
Ferdinand III. v. Neapel 199
Firdusi 101
Fletcher, John, engl. Dichter 77
Fleury de Chaboulon 175. 245
Florenz 64. 125
Florus, Julius (Gallier) 166
Franck, Sebastian, Geschichtschreiber 181. 191
Franken 114. 129
Frankreich u. Franzosen 94. 116. 149 (Südfr. Häresie). 170. 176 (Nordfr.). 177. 181. 184. 186. 191. 193. 194 (Konstitution). 195 (Fabrikstädte). 196. 199. 201. 202. 203. 204. 205. 229 (Volk). 235. 247
Franz I., König v. Frankreich 117
Französische Revolution 16. 133 (Ideen). 135 (Menschenrechte). 140. 168 f. (Vermeidbarkeit). 170. 181. 182. 192. 193. 197. 204. 230
Freytag, Gustav 65
Friedrich I., Barbarossa 246
Friedrich II., Kaiser 93 (Gewaltstaat). 246
Friedrich II., d. Große 37. 231. 234

Galilei 216
Gallien 242
Ganges 100. 111
Gaza (Stadt in Palästina) 47
Gedrosier (im Perserreich) 265
Gegenreformation 117. 140. 151. 169. 177
Geist u. Staat 95 f.
Georg, St. 145
Germanen 30. 90. 146. 147 (Arianische). 161

Geschichte 7 (Gesamtaufgabe). 8 (u. Individuum). 8 f. (Hauptphänomen d. ständigen Wandels). 9 (als geistiges Kontinuum). 11 f. (Erkenntnis u. Absichten). 17 (Ausdehnung u. Spezialisierung). 23 ff. (Verhältnis zu Mathematik u. Naturwissenschaften). 69 f. (u. Poesie, Rangstreit). 159 ff. (beschleunigte Prozesse)
Geschichtliche, das, unser Thema 17
Geschichtsphilosophie 4 ff. 16. 83
Geschichtsstudium 12 ff. 13 (vaterländ.). 14 ff. (im 19. Jahrh.). 18 f. (Vorbedingungen)
Geselligkeit als Kulturträger 64 f. 125 f. (Athen)
Ghibellinen 180
Gibbon, Edward, engl. Geschichtschreiber 113. 257
Gildas, St. 145
Giotto 106
Gluck 221
Glück 260 f. (Bedeutung)
Glück und Unglück in der Weltgeschichte 13. 251 ff. 254 ff. (die verschiedenen Urteilsquellen)
Gnosis 146
Goethe 10. 183. 217. 222
Gotik 225
Gracchen 165
Graecoslawen 267
Grant, Ulysses, Präsid. d. Verein. Staaten v. Amerika 204
Gregor I., d. Große 232. 241
Gregor VII. 115. 149. 240
Gregor von Tours 129
Griechen 24. 41. 44. 45. 49. 72. 75. 79. 90. 103 (Götter u. Heroen). 105. 110. 112. 121. 127 (Demokratie). 136 f. (Religion). 144. 146. 156. 163. 165 (geschichtliche Krisen). 177 (Staatswesen, Zersetzung). 179 (Terrorismus). 182. 186.

187. 193 (Freiheitskampf 1827). 225. 228. 238 f. (histor. Größen). 252. 266 (Kultur). 269
Grimmismal (Eddalied) 70
Großstadt 124
Guelfen 180
Guibert, Abt 172. 173
Guisen 244
Gustav Adolf, König v. Schweden 268
„Gut u. Böse" 66 f. 262 ff. (das Böse)

Habsburg 177
Hadrian, Kaiser 166
Handel als Vermittler v. Kulturgütern 63
Häresie 52. 114. 139. 146. 149
Harpagus, persischer Feldherr 265
Hartmann, Ed. v. 65. 263
Haydn 221
Hebräer 105
Hegel, G. W. Fr. 4
Heiligenkultus 145. 150
Heinrich III., deutscher Kaiser 115
Heinrich IV., König v. Frankreich 177. 246
Heinrich VI., deutsch. Kaiser 246
Heinrich VIII., König v. England 169
Hellen, Namensheros 227
Hellenen s. Griechen
Hephästion, Makedon. 243
Heraklit 162
Herder 6. 72
Hermokopidenprozeß 173
Herodes, König 231
Hesiod 70. 253
Hetärien 175. 178
Hierarchien 98. 99. 104. 114. 147 ff. 169. 240 f.
Hieronymus, d. Heil. 55
Hilarion, d. Heil. 47
Hilarius, d. Heilige 55
Hindus s. Inder
Hiramiden (von Tyrus) 120

Historische Größe 209 ff. (Begriff). 210 f. (Mysterium, Unersetzlichkeit). 212 (Urteilsfähigkeit d. 19. Jahrh.). 213 f. (Repräsentanten d. Geistes). 214 (Erfinder u. Entdecker). 216 ff. (Forscher, Philosophen, Dichter, Künstler). 220 (persönl. Größe). 221 f. (Anerkennung). 227 f. (Gestalten d. Mythus). 228 f. (Religionsstifter). 229 ff. (sonstige große Männer). 231 f. („relative Größe". 232 ff. (Wesen der Größe). 237 (Macht). 239 f. (Griechen u. Römer). 240 f. (Hierarchen)
Hoche, Lazare, General 238
Hohenstaufen 246
Holland 44. 118. 163. 201. 229
Homer 11. 59. 72. 123. 156. 217. 258
Horaz 136. 162
Hugenotten 95
Hussiten 130. 163. 177. 182. 265
Hybreas, Kreter 33. 186. 251
Hyrkanier (im Perserreich) 265

Iason v. Pherä 183
Iktinos, griech. Baumeister (Parthenon) 225
Illyrier 166
Imperium, römisches 90 f. (Kultur). 146 (griech. Kultur und Orientalismus). 167
Imperium u. Kirche 113 f. 147
Inder 33. 41. 44. 45. 46. 162
Indien 8. 75 (Drama). 133. 198 (Aufstand)
Individuum s. auch Persönlichkeit 89 u. 131 (Entfesselung). 86 f. u. 107 (Unterdrückung)
Industriestaat 133
Infallibilität 205
Innocenz III. 55. 115. 117. 240
Intellektuelle Entwicklung 66
Intervention, auswärtige 181 f.
Invasion 159 f. (kulturelle Bedeutung, Lasaulx)

Investiturstreit 149
Ionien und Ionier 8. 122
Irland 183. 200
Isabella von Kastilien 244
Islam 45. 49. 52. 53. 62. 100 (Kultureinfluß). 101. 104. 110. 111. 113. 137. 146. 155. 160. 168. 189. 212. 252
Ismael, Namensheros 227
Israeliten 159
Italien 77. 92. 93 u. 116 (Unteritalien). 130. 149 (Häresien). 159 (Versacrum). 176 (Unteritalien). 179 (Terrorismus). 192. 194. 195. 196. 198. 199 (Krieg 1859). 201. 202. 203. 205. 241. 246. 255. 265
Italiker 165
Ithobal v. Phönikien, Astartepriester 120

Jacquard, Jos. Mar., Erfinder des Webstuhls 214
Jenseitslehre u. -religionen 45. 47 f. 53. 99 (Wirkung auf Kultur). 109. 111 (Islam). 113 (Byzanz). 145
Jerusalem 110 (Königreich). 265 (Stadt)
Jesaias 222
John Bull (Volkspersonifikation) 228
Joseph II., Kaiser 185
Juden u. Judentum 33. 44. 45. 47. 48. 67. 100. 108 (Theokratie). 110. 137. 166
Julirevolution 194
Justinger, Konrad J., Chronist v. Bern 251
Justinian, Kaiser 90. 113. 231

Kalifat 100. 111
Kalvin 229
Kalvinismus 104. 113. 151. 154. 155. 173. 177
Kambyses 53
Kanaan 159
Karikaturen, volkstümliche 228

Karl d. Große 67. 90. 110. 114. 115. 129 (Kultur). 130. 138 148. 231. 242. 246
Karl II., König von England 181
Karl VIII., König v. Frankreich 173
Karl Martell 236
Karolinger 35. 92 (Staat). 129 u. 149 (Kultur)
Karthago 165. 252. 265
Kastenwesen 86 f. 91. 120. 125. 130 f. (Partialkultur). 164 f. (Erhebungen). 169
Katholiken 57. 117. 120. 180 (Regierungen)
Katholizismus 117. 120 (Amerik.) 140 f. 143 (polnischer). 152. 155 (Kunst). 193. 204. 205. 255
Kaukasische Rasse 160
Kelten 85. 146
Kepler, Joh. 216
Kirche, christliche s. a. Ecclesia 116 f. (Widerspruch mit Religion, Staat u. Kultur). 117 (u. moderner Völkergeist). 115 u. 148 f. (Mittelalter). 146 (Wandlungen). 149 (Weltlichkeit)
Klassenrevolution 164 f. (Griechenland u. Rom)
Klerus 91 f. 100
Kolonien 121 (Phönikier)
Kolumbus, Christoph 86. 215
Kommunismus 146. 195
Komnenen (byzantin. Herrschergeschlecht) 113. 267
Komödie, antike 75. 76
Kompensationsgesetz i. d. Geschichte 266 ff.
Konrad III. v. Hohenstaufen 246
Konrad IV. v. Hohenstaufen 246
Konradin v. Hohenstaufen 246
Konstantin d. Große 47. 57. 110. 113. 138. 166. 242
Konstantin Kopronymos 113
Konstitutionalismus 194
Konubium 161
Kopernikus 216
Kopten 49

Koran 100 (Kultureinfluß) 102. 112 (Staatstum)
Korkyra (Korfu) 177
Kosmas, St. 145
Kreuzzug, Erster 149 (seine Idee). 170. 173. 175
Krieg, der 161 ff. (Wesen u. geschichtliche Bedeutung)
Krimkrieg 198
Krisen, geschichtliche 50. 157 ff. 164 f. (allgemeine Charakteristik). 165 ff. (unechte und echte). 168 u. 201 f. (Möglichkeit der Abschneidung). 169 (Zeitgeist, Vorbedingungen). 170 f. (Anfangsphysiognomie). 172 (Protest geg. Vergangenes u. Phantasiebild d. Zukunft). 174 f. (Landesversammlungen, Führer). 176 (weitere Stadien). 177 f. Krisenkreuzung, Schrecklichkeit der Kämpfe). 178 (Skrupellosigkeit, Terrorismus). 179 f. (Ursachen des Erlahmens). 180 (Ernüchterung, bleib. Result.). 181 f. (Intervention). 183 f. (Neuer Besitz, Militarismus). 184 (Staatsstreich). 185 f. (nachträgl. Despotismus). 186 f. (Restauration). 188 (Lob.) 189 (Künste). 190 ff. (19. Jahrh.). 230 (große Individuen)
—, religiöse 44
Krisis d. Staatsbegriffs 134
Kroton (Stadt in Unteritalien) 88
Kultur 57 ff. (Begriff). 59 (Reihenfolge). 63 (Ablösung der einzeln. Gebiete). 64 (geistige Tauschplätze). 65 ff. (u. Sittlichkeit). 68 f. (des 19. Jahrh.). 84 ff. (bedingt durch d. Staat). 89 f. (antike, Rettung durch Rom). 97 f. (u. Macht). 98 f. (bedingt d. Religion). 132 moderne). 152 (Abwendung v. Christentum)
Kulturvergötterung 144 f.

Kultus statt Religion 117
Kunst 62 (Freiheit). 79 (profane). 79 u. 155 f. (religiöse). 80 (als Macht für sich). 103 u. 154 ff. (u. Religion). 105 (u. Kultus)
Künste, die 60 ff. 61 (Ziele gegenüber den Wissenschaften) 69. 78 f. 101 (Islam). 154 ff. (Verhältnis zur Religion). 189 (in Krisen).
Künstler 218 ff. (Größe). 219 f. (Stufenfolge)

Labruyère (La Bruyère), Jean de, Schriftsteller 217
Lamartine, Alphonse Marie de 169
Langobarden 241
Lasaulx, E. v. (s. Nachwort) 6. 8. 10. 14. 31. 32. 33. 45. 59. 62. 100. 159. 162. 169. 191. 215. 217. 228
Latiner 165
Layard, A. H., Oriental. (Ausgrabungen) 215
Legitimität 118. 192
Lehnswesen 92. 118. 130 f.
Leo, Heinr., Geschichtschreiber 162
Leo d. Isaurier 113
Lionardo da Vinci 269
Literatur als Geschäft 77 f.
Livius, Tit. 185
Lombardei 199
London 77. 201 (Protokoll)
Ludwig XII. 116
Ludwig XIV. 36. 94 (Machtstaat). 95. 132. 140. 246. 252
Ludwig XVI. 235
Louis Philipp, König der Franzosen 194. 235
Luther 8. 229
Lydien 159. 265 (Städte)
Lyrik 71 f.

Macchiavelli, Nic. 251
Macht 97 f. (u. Kultur). 237
Magier 85. 109
Makedonien 128. 165

Makedonier 110. 113 (Byzantin. Dynastie)
Maler 223 f. (Größe)
Malerei 79. 106
Manichäismus 52
Manilius, M. (lat. Lehrgedicht Astronomica) 162
Mannus, german. Stammheros 227
Manu, brahman. Gesetzgebung 33
Marienkultus 150
Marius, C. 165. 166. 179 (Proskriptionen). 230
Marko (Volksheld d. Serben) 228
Marnaspriester 47
Mathematik, Verhältnis zur Geschichte 23 ff.
Mazdak, iran. Religionsstifter 52
Medea 172
Medici 179 (Cosimo, Großherzog). 179 (Francesco, Großherzog). 244 (Katharina, Königin von Frankreich)
Medien 254. 265
Meistersinger 71
Meneking (Volksbühne) 228
Menes, König v. Ägypten 7. 33
Merkantilsystem 132
Mesopotamien 266
Messenien 110
Metapont (Stadt in Unteritalien) 88
Metempsychose (Seelenwanderung) 46. 52. 115.
Methodismus 155
Mexiko 85. 86. 199 (Krieg Napoleons III.)
Michelangelo 220. 225. 226. 268. 269
Militarismus 183
Miltiades 259
Mirabeau, Honoré de 230
Mithridates, König v. Pontus 165
Mnesikles, attisch. Baumeister 225
Mohammed 52. 159. 229. 232
Mohammedaner 93. 114. 160 (Asiatisch)

Monarchie 184 f.
Mönchtum 148 ff.
Mongolen 94. 159. 160. 229. 264
Monk, George, engl. General 185
Monotheismus 45. 100. 103
Mont Blanc 246 f.
Montaigne, Mich., Philosoph 217
Monti, Vincenzo, ital. Dichter 189
Moral s. Sittlichkeit
Moreau, franz. General 238
Moriah (Jerusalem) 49, 108
Moses 33
Moslemin 111. 112
Mozart 220. 221. 226
Münster i. W. (Wiedertäufer) 174. 178. 180
Muratori, Lodovico Anton., ital. Geschichtsforscher 15
Musik 60. 62. 106. 219. 226
Muspilli 46
Mystiker 150
Mythus 70. 105. 227 (Gestalten)

Napoleon I. 36. 95. 140. 175. 184. 232. 233. 234. 235. 236. 238. 243. 245. 247
Napoleon III., Louis 141. 142. 184. 197. 198. 199. 201
Nationalitätsprinzip 199
Nationalökonomie 132 f.
Naturvergötterung 144 f.
Naturwissenschaften, Verhältnis zur Geschichte 23 ff.
Nausikaa 258
Navarin (Seeschlacht) 195
Neapel 93
Nero, Kaiser 90. 166
„Nichtkultur", Einwirkung im Mittelalter 148
Niebuhr, Barth. Georg, Geschichtsforscher 35
Niederlande 149 (Häresien). 181 (kathol.). 194
Nikolaus V., Papst 268
Nil 86
Ninive 35. 87. 215

Noah 227
Nomaden 85
Normannen 32. 35. 93. 130. 176
Nothelferkultus 145. 150
Numa Pompilius 228
Numantia (Span. Stadt im Altertum) 164. 265

Odin 70
Odysseus 228. 258
Ommayaden 102
Oper 77
Ophir 121
Oranier 184 (Moritz). 234 f. u. 241 (Wilhelm I. „Taciturnus"). 236 f. (Wilhelm III.)
Orientalische Frage 193. 198
Ormuzd 53. 109. 265
Orsini, Felice (Attentat auf Napoleon III.) 199
Orthodoxie 114. 116. 119. 147. 150 (Mystiker). 152 (kathol. u.protestant).154(Neuzt.).167
Osmanen 112. 193 (Reich). 265
Österreich 185. 194. 195. 198. 199. 201 (Krieg 1866)
Ostrazismus 122. 239
Otto d. Große 115
Otto von Freisingen 46. 47. 191

Palästina 173.
Palmerston, Henry John, brit. Staatsmann 196
Panslavismus 195. 200
Pantheismus 45. 103. 109. 115. 149 f.
Papsttum 114. 149. 202
Paris 77. 125. 149 (Schule). 196 (Junikämpfe 1848). 199 (Vertrag 1856). 225 (Notre Dame)
Parsismus 111
Parther 110
Partialkultur(Standeskultur) 131
Parzival 73
Patriotismus 12 ff. 38
Paulus, Apostel 46
Paulus v. Samosata 138
Pausanias (der Perieget) 145
Peliaden (Medea-Sage) 172

Peloponnesischer Krieg 127. 165. 177. 182. 188. 252
Pergamus (Pergamon) 268
Perikles 122. 182. 183. 239. 253 (Zeitalter). 258
Perser u. Persien 49. 67. 86. 87. 109. 160 (Dichter). 165. 182. 188. 189 (Dichter). 242. 252. 265. 266
Perserkriege 163. 239
Perseus, König v. Mazedonien 89
Persönlichkeit (Individuum), die wahrhaft große 232 (Charakteristik). 241 f. (Schicksal). 242 ff. (sittliche Freiheit). 244 ff. (Ruhmsucht u. Machtsinn). 246 ff. (Idealisierung)
Pertinax, Kaiser 90. 166
Peru 85
Perugino, Pietro 156
Peter v. Amiens 175
Peter d. Große 87. 210. 229. 231
Phantasie in der Religion 150.151
Phidias 11. 123. 156. 215
Philanthropie 153
Philipp d. Schöne 94. 116
Philipp II., König v. Spanien 140. 235
Philosophen 217 (ihre Größe)
Philosophie 61. 145. 217
Phönizische Städte 120 f.
Pindar 71. 72
Pipiniden 129
Pisistratus 89
Pius IX. 141
Pizarro 215
Plato 126. 127. 188. 215
Plautus, Tit. Maccius 76
Plotin 10
Plutarch 173. 228. 259
Poesie 60. 61. 62. 69 f. (u. Geschichte). 70 f. u. 155 (Organ d. Religion). 101 (Islam). 105 (Ablösung v. Kultus). 217 (zwischen Philosophie u. Künsten)
Polen 130. 194 (Revolution). 200
Polis (Stadtstaat) 88 f. 121
Polybios, griech. Historiker 89

Polytheismus 42. 45. 48 (klassischer) 51 (röm.) 108. 109. 145 (german.)
Pontusvölker 63
Portugiesen 194
Potenzen, die drei 29 ff.
Pragmatismus 16
Presbyterianer 181
Pressensé, Edm. Dehault de, Theologe 15
Preußen 194. 199. 200. 201. 203
Prévost-Paradol, Lucien Anat., Schriftsteller 100. 106. 202. 235. 236
Priestermacht, ihre Begründung 47
Protestantismus 118. 136. 142 f. (Staats- u. Volkskirche). 152. 252
Psalmen 70
Psammetich, König v. Ägypten 86
Publizistische Geschichtschreibung 12
Pulcinella (italien. Komödie) 228
Puritanismus 62. 104. 173
Pygmalion (v. Tyrus) 120
Pythagoras 88

Quelle 20 ff.
Quellenstudium 19 f.
Quinet, Edgar, franz. Schriftsteller 41. 187

Rabelais 19. 145
Radikalismus, polit., in Westeuropa 195
Raffael 215. 220. 269
Ranke, Leopold v. 8. 132. 173
Reaktion, polit. 196
Recht, heiliges 99. 107. 120
Reflexion u. Staat 128. 132. 134
Reformation 117. 139. 151. 153. 154. 168. 177. 180. 181 (Deutsche). 183. 252. 255
Reformatoren 229 (Größe)
Reims 224 (Portal)
Religion 39 ff. 40 f. (u. Sittlichkeit). 41 ff. (Entstehung). 45 (Einteilung). 51 f. u. 56 f. (Auflösung). 70 f. (u. Poesie). 98 (Vorbedingung jeder Kultur). 104 (Wirkung auf Kunst). 136 ff. (bedingt durch d. Staat). 144 ff. (bedingt durch Kultur). 156 (Fortleben durch Künste)
Religionen, Jenseits- 45. 47 f. 53. 99 (Wirkung auf Kultur). 109. 111 (Islam). 113 (Byzantin.), klassische 103. 112. 136. 144 f., missionierende 48
Religionskriege 255
Religionsstiftung 42 f. 228 f.
Religionsverfolgungen (d. weltliche Arm) 53 ff. 147
Renaissance, ital. 67 f.
Renaissancen als Eigentümlichkeit höherer Kulturen 67
Renan, Ern. 41. 44. 137. 187. 190. 195. 253
Restauration, polit. u. relig. 67. 110. 186. 192
Revolution s. Februarrevolut., franz. Revolution, Julirevolution, Klassenrevolution
Revolutionsgeneral 237 f. (als Spezies)
Rhein 149 (Häresien)
Richard III., König v. Engld. 242
Richelieu, Kardinal 177. 235
Ritterstand 125. 130. 131 (Kultur). 149
Robespierre 230
Rom 89. 90. 91. 92. 127. 128. 164. 165 f. (Geschichtl. Krisen u. Revol.). 166. 199. 202. 205. 226 (Peterskuppel). 241. 252. 255. 267. 268 (Peterskirche)
Roman 19 (historischer). 73 f.
Romanen 30. 129
Römer 44. 49. 75. 90 (Philhellenismus). 99 Kultur). 103. 112. 136 f. (Religion). 146. 161. 168. 240. 255 (Plebejer u. Patrizier). 269
Romulus 228
Rousseau, J. J. 30. 67. 132 (Contrat social). 174. 188
Rubens, Peter Paul 220

Rümelin, Gustav, württ. Schriftsteller u. Staatsmann 77
Rußland 143f. (Kirche). 193. 194. 195. 196. 198. 200. 229

Saadi (pers. Dichter) 189
Sacrovir, Julius (Gallier) 166
Saint-Just, Antoine, Anhänger Robespierres 230
Saint Maur, Kongregation von 15
Salomo, König 108
Samarkand 123
Samniter 89
Sarazenen 93
Sardinien 198
Sassaniden 52. 67. 110. 168
Schah-Name 109
Schamanentum 144
Schauspieler 75. 77. 78
Schiller 60. 62. 217. 220
Schlosser, Friedr. Christ., Geschichtschreiber 36
Schlözer, A. L. v., Geschichtsforscher 259
Scholastik 125. 150
Schopenhauer 69. 267
Schutzzollindustrien 95
Schweden 118
Schweiz 118. 119. 130. 142. 196. 205
Sebastian, St. 145
Seldschuken 111
Senegal 100
Serben 228
Seyssel, franz. Geschichtschreiber 116
Shakespeare 77. 212
Sicharbaal, Melkartpriester 120
Sidon (phönik. Stadt) 121
Siebenjähriger Krieg 132
Simplizissimus 228
Simrock, Karl 46
Sittliche, Das (Sittlichkeit) 38. 40 f. 65 f. 109 (Zendreligion). 152 f. (Abtrennung v. Religion). 242 ff. (Dispensation v. Sittengesetz)
Siwa (Zerstörungsgott d. Inder) 162

Skandinaven 46. 47. 70
Skulptur 79. 106
Slawen 113. 147 (Aberglaube). 177
Sogdianer (Stamm im Perserreich) 265
Solon 255
Sophokles 22. 222
Sozialismus 195. 196. 204
Spanien 77 (Drama). 94. 102. 140. 163. 184. 193. 194. 201 (Revol. 1868). 202. 204. 205. 228. 252
Sparta 88. 165. 182. 239. 252
Sprachen, die 58 ff.
Staat 29 ff. (Verhältnis zur Religion u. Kultur). 30 ff. (Ursprung). 32 (Gewalt d. Prius). 36 f. u. 97 (Machtprinzip „Macht ist böse") 38 f. (gegenüber Sittlichkeit u. Recht). 85 f. (Herrschaft über die Kultur). 96 f. (Dynastischer Zentralwille). 106 ff. (bedingt durch d. Religion). 119 (paritätischer). 120 ff. (bedingt durch d. Kultur). 131 ff. (zentralisierter d. Neuzeit)
Staat u. Kirche 99 f. 114 f. (Mittelalter). 118 f. u. 142 (Trennung). 129. 138. 140 (Frankreich)
Staaten 107 f. (Tempel- u. Orakelst.)
Staatsstreich, der 184
Staats- und Verfassungsformen 33 f. 34 f. u. 97 (Groß- und Kleinstaat)
Städtewesen 92. 149
Steen, Jan 106
Stenterello (ital. Komödie) 228
Stil als Höhenstufe d. Kunst 104. 106. 155 (hieratischer). 219
Stoa 56
Strabo, antiker Geograph 108. 186
Strauß, David Friedr. 42
Sudra (brahmanische Kaste) 86
Sufismus 101. 160 (Dichter)

Sulla, Luc. Corn. 231
Sybel, Heinrich v. 135. 201
Syllabus 117. 205
Syrien 147
System von 1815 193

Taciturnus siehe Oranier, Wilhelm I.
Tacitus, Cornelius 17. 227
Tajo (Span. Fluß) 111
Tauschplätze, geistige 124 f.
Terentius Afer, Publius 76
Terrorismus 178 f.
Teutonen 165
Theater 77. 78
Theben (Ägypten) 35
Themistokles 239
Theodorich d. Große 232
Theodosius I., d. Große 57. 99. 110. 138
Theseus 228
Thomas v. Aquino 76
„Thron u. Altar" 117. 140 f.
Thukydides 22. 127. 172. 177
Tiberius, Kaiser 166
Tierstaaten 32
Tigris 86
Timur, mongol. Eroberer 123. 229. 264
Titus, Kaiser 265
Tizian 269
Toleranzbegriff 118 f.
Toulouse, Graf v. 183
Trajan, Kaiser 91
Trappisten 153
Trinitätslehre 45. 147
Tripolis 121
Tuisko, german. Stammheros 227
Türken 91. 114. 144. 193. 267
Tyrannis 89
Tyrus (phönik. Stadt) 120. 121

Überlieferung, Fremdartigk. 19
Unersetzlichkeit der großen Persönlichkeit 211 ff.
Ungarn 196
Urban II. 115
Utopien, philosoph. 187 f.

Vafthrudnismal (Eddalied) 70
Vaicias (brahman. Kaste) 86
Valerius Maximus, röm. Geschichtschreiber 136. 239
Vatikanisches Konzil 141
Vaucluse, Departement de la 215
Vendée (frz. Provinz. Royalist. Aufstand 1789—95) 183
Venedig 127. 185 (Aristokratie). 199
Verkehr 85 f. 169 f.
Victoria, Königin von England 235
Virgilius Maro 71
Völkerwanderung 91. 114. 128. 159 (ältere). 167
Volksreligion u. -kultur 150
Volkssouveränität 117. 132
Voltaire 132

Wachabiten (Sekte) 111
Waldenser 115. 149
Wallenstein 268
Weber, Georg, Historiker 63. 75
Weltreligionen 49 f. 53
Weltuntergang 46 f.
Wiedertäufer 174. 178. 180
Wien 196
Winckelmann, Joh. Joachim 212
Winer, Georg Benedikt, Theologe 48
Wissenschaften, Begriff und Zweck 60. 101 (**Islam**). 105. 150 (Scholastik)
Wöluspa (Eddalied) 70
Wunderglauben 148 f.

Xenophon 126 (Gastmahl)
Xerxes 53

Zaruduscht (Zarathustra) 109
Zendavesta 33
Zendreligion 53. 109
Zendvolk 41. 48
Zeus 136
Zukunfterkenntnis 14 f.
Zunftwesen 92

Kröners Taschenausgabe

* Neuausgaben 1955
** Neuausgaben 1956

AISCHYLOS / Die Tragödien und Fragmente
Übertragung von J. G. Droysen. Neu herausgegeben von Dr. Walter Nestle. 464 Seiten. Mit Bildnis. Ganzleinen DM 6.75 (152)
Diese erste Übertragung aller erhaltenen Tragödien und Werkfragmente des größten griechischen Dichters neben Homer blieb bis heute unerreicht in der hohen, dem Original ebenbürtigen Sprachkunst goethescher Prägung. Erschöpfend eingeleitet und erläutert, wird sie den höchsten Ansprüchen gerecht.

ARISTOTELES / Hauptwerke
Ausgewählt, übersetzt und eingeleitet von Prof. Dr. Wilhelm Nestle. 459 Seiten. Mit Bildnis. Ganzleinen. DM 9.50 (129)
Diese Ausgabe enthält alle wesentlichen Partien der Hauptwerke — der Schrift über die Seele, der Metaphysik, der Eudemischen und der Nikomachischen Ethik, der Psychologie, Politik und Poetik — durch Zwischenberichte miteinander verknüpft, so daß mit der Lektüre die Entwicklung des aristotelischen Denkens verständlich wird.

RAYMOND ARON / Deutsche Soziologie der Gegenwart
Eine systematische Einführung, übersetzt und herausgegeben von Dr. Iring Fetscher. 214 Seiten. Ganzleinen DM 6.— (214)
Der Verfasser unterscheidet zwischen systematischer und historischer Soziologie und gibt ohne Parteinahme für diese oder jene Richtung einen orientierenden Überblick, der dem Leser den Zugang in das soziologische Denken erleichtert.

ERNST VON ASTER / Geschichte der Philosophie
10. Auflage. 511 Seiten. Ganzleinen DM 8.50 (108)
Aus vollendeter Beherrschung des Stoffes und reicher Lehrerfahrung entstand diese wissenschaftlich erstklassige, moderne Geschichte der Philosophie, die leicht und flüssig geschrieben ist und doch den Problemen nichts von ihrer Tiefe nimmt. Ein bewährter Band für Selbststudium und Repetition.

*AUGUSTINUS / Bekenntnisse und Gottesstaat
Ausgewählt von Dr. J. Bernhart. 6. Aufl. 360 S. Ganzl. DM 9.50 (80)
Gegenüber den großen Ausgaben, die dem Fachstudium dienen, wird hier allen, denen es um das Verstehen der großen Mächte geht, die Geist und Leben bestimmen, der Kern des augustinischen Werkes von einem unserer ausgezeichnetsten Kenner geschlossen dargeboten.

J. J. Bachofen / Mutterrecht und Urreligion
Herausgeg. von Rudolf Marx. 400 S. 5 Abb. Ganzln. DM 9.80 (52)
Unsere Auswahl gibt allenthalben übersetzt und erklärt die wichtigsten Texte aus Bachofens Werk über die Gräbersymbolik der Alten, Mutterrecht und Abendland, Italien und den Orient, für alle, die sich mit der Welt der Symbole und Mythen vertraut machen wollen.

*R. Buchwald / Führer durch Goethes Faustdichtung
4., neubearb. Aufl. 415 Seiten. Ganzleinen DM 9.80 (183)
Der von einem berufenen Kenner geschaffene Band vereinigt alles, was der Leser braucht, um zum vollkommenen Verständnis von Goethes größter Dichtung vorzudringen: den Gang der Handlung, die Entstehungsgeschichte und alle notwendigen Wort- und Sacherläuterungen.

Ernst Bücken / Geschichte der Musik
Neubearbeitet von Dr. J. Völckers. 460 Seiten. Ganzln. DM 12.— (131)
Dieses bewährte Handbuch für Laien, Musikstudenten und ausübende Musiker behandelt die Musikentwicklung von den Chinesen und Naturvölkern bis zum heutigen Musikschaffen in Europa und Amerika, die verschiedenen Stilrichtungen, ihre Hauptvertreter und deren Werke.

Johannes Bühler / Die Kultur des Mittelalters
Mit 30 Abbildungen. 373 Seiten. Ganzleinen DM 8.— (79)
Diese lebendige Darstellung der mittelalterlichen Glaubenswelt, Wirtschaft, Kunst und Wissenschaft, des mittelalterlichen Lebens: Ehe, Erziehung und Unterricht, Stellung der Frau, Sorge für den Leib, Inquisition und Verfolgung, ist ein würdiges Seitenstück zu den Werken Jacob Burckhardts.

Jacob Burckhardt / Der Cicerone
Vollständige Urausgabe mit Register. *1060 S. Ganzln. DM 17.50* (134)
Sonderausgabe mit 135 Bildern. Ballonleinen DM 22.50
Diese „Anleitung zum Genuß der Kunstwerke Italiens" ist als Standardwerk der Kunstgeschichtsschreibung in aller Welt berühmt geworden. Ein umfassendes Ortsregister sowie Verzeichnis der Künstler und der anonymen Werke macht unsere Ausgabe erst recht geeignet, dem Reisenden und dem Kunstfreund unerschöpfliche Anregungen und zuverlässige Auskunft zu bieten.

J. Burckhardt / Die Kultur der Renaissance in Italien
Durchgesehen von Geh.-Rat Prof. Walter Goetz. 550 Seiten. Mit 24 Abbildungen. Dünndruck. Ganzleinen DM 12.50 (53)
Ein klassisches Werk der kulturgeschichtlichen Weltliteratur in der vollständigen Urausgabe, vermehrt um ein übersichtliches Register sowie zahlreiche Bilder von Werken der Malerei, Plastik und Architektur, auf die im Text Bezug genommen wird.

J. BURCKHARDT / Griechische Kulturgeschichte
Herausgegeben und mit Nachwort von Rudolf Marx.
Bd. I. Der Staat und die Religion. 557 Seiten. Ganzln. DM 11.— (58)
Bd. II. Künste und Forschung. 484 Seiten. Ganzln. DM 11.— (59)
Bd. III. Der griechische Mensch. 556 Seiten. Ganzln. DM 11.— (69)
Die Gesamtausgabe in Originalfassung. — Ein Werk einzigartiger Überschau und bewunderungswürdiger Darstellung, nur vergleichbar den höchsten künstlerischen Werken der Weltliteratur überhaupt.

*J. BURCKHARDT / Weltgeschichtliche Betrachtungen
Mit Nachwort und Kommentar von R. Marx.
500 Seiten. Ganzln. DM 8.50 (55)
Jeder, der um das tiefere Verständnis der historischen Kräfte bemüht ist, findet hier die gültige Deutung und geschichtsphilosophische Position, aus der allein das Geschehen in Vergangenheit und Gegenwart zu begreifen ist. Ein ausführlicher Kommentar im Anhang läßt keine Stelle, keine Anspielung Burckhardts unaufgehellt.

CICERO / Mensch und Politiker
Auswahl aus seinen Briefen. *Übertragen und herausgegeben von Dr. Wilhelm Ax.* 424 Seiten. Mit Bild. Ganzln. DM 11.— (201)
Die genaue Kenntnis Ciceros verdanken wir weniger seinen Schriften und Reden als seinen vertraulichen Mitteilungen und Briefen, die hier als die wichtigsten Quellen für die innerstaatlichen und kulturellen Verhältnisse seiner Zeit zusammengestellt sind.

MATTHIAS CLAUDIUS / Gläubiges Herz
Herausgegeben von Dr. Willi A. Koch. 317 Seiten. Mit Bildnis. Ganzleinen mit Goldprägung DM 6.75 (142)
Dieser Band vereinigt alles Schöne, Tiefe und Besinnliche, das wir im Werke von Matthias Claudius als ewigen Schatz deutschen Wesens verehren und lieben, noch vermehrt durch seine Briefe an Freunde und Gönner und durch Urteile von Zeitgenossen über ihn.

*RALPH WALDO EMERSON / Die Tagebücher
Eine Auswahl. *Eingeleitet von Prof. Eduard Baumgarten.* 346 Seiten. Ganzleinen DM 9.80 (202)
Die Tagebücher des amerikanischen Dichterphilosophen werden hier zum erstenmal in deutscher Sprache veröffentlicht, als Zeugnis einer hohen, geistigen Kultur, aber auch der Wechselwirkung zwischen amerikanischem und europäischem Bildungsgut.

EPIKTET / Handbüchlein der Moral und Unterredungen
Hrsg. u. eingel. von Prof. Heinr. Schmidt. 126 S. Gln. DM 4.50 (2)
Diese aus der Antike überlieferte Sammlung von Weisheiten und Lebensregeln hat ihre Bedeutung als echtes und rechtes Trostbüchlein durch die Jahrhunderte hindurch bewahrt.

EPIKUR / Philosophie der Freude

Eine Auswahl aus seinen Schriften. *Übersetzt, erläutert und eingeleitet von Prof. Joh. Mewaldt. 96 Seiten. Mit Bild. Neuaufl. in Vorber.* (198)

Die Lehre Epikurs zählt zu den größten Leistungen philosophischer Welterkenntnis. Sie wagt es, ein freuderfülltes, hochsittliches, aber ganz diesseitiges Leben zu preisen, zu dem erhabenen Zweck, den Menschen einen Weg zu Frieden und Freude zu weisen.

Die Frühsozialisten

Ausgewählte Quellen-Texte, herausgegeben von Dr. Thilo Ramm. Ca. 400 Seiten. In Vorbereitung (223)

An Hand der hier übersetzten Quellen wird die Gesamtthematik der vormarxistischen Theoretiker dargestellt, ihre Gesellschaftskritik und Stellung zu Eigentum, Familie, Staat, Religion und Erziehung. Zu Wort kommen Babeuf, Saint-Simon, Fourier, Owen, Cabet, Weitling und Blanc.

H. v. GLASENAPP / Die Religionen Indiens

Ca. 400 Seiten. In Vorbereitung (190)

Eine auf neuester Forschung beruhende Gesamtdarstellung der Entwicklungsstufen und der Geschichte aller indischen Religionen von ihren Anfängen in der älteren vedischen Zeit bis zur Gegenwart. Das ausführliche Register, Bibliographie und Anmerkungen erleichtern den Überblick.

GOETHE / Faust I u. II, Urfaust

Eingeleitet von Prof. Dr. Reinhard Buchwald. 394 Seiten. Ganzleinen DM 5.50 (12)

Diese handliche Ausgabe des vollständigen, revidierten Textes mit durchlaufender Verszählung und einer Einleitung aus berufener Feder eignet sich zum vertieften Studium wie zu Geschenkzwecken.

GOETHE / Maximen und Reflexionen

Hrsg. v. Prof. Dr. Günther Müller. 436 S. Mit Bild. DM 6.— (186)

Diese Sammlung verstreuter, zum Teil erst im Nachlaß des Dichters aufgefundener Aphorismen ist hier von einem unserer bedeutendsten Goetheforscher um wesentliche Stücke ergänzt und neu geordnet worden. Vorwort und Einleitung zählen zu den besten Essays der modernen Goetheliteratur.

GOETHE / Schriften über die Natur

Geordnet und ausgewählt von Prof. Dr. Gunther Ipsen. 343 Seiten. 3 Abbildungen. DM 6.— (62)

Der alte Goethe hielt seine Schriften zur Natur für bedeutender als den Faust. Die moderne Geistes- und Naturwissenschaft verehrt sie als Vermächtnis ersten Ranges. Unsere Ausgabe ordnet die Schriften, erklärt alle Fachausdrücke und bietet somit für jede Goetheausgabe eine willkommene Ergänzung.

* **Goethe-Taschenlexikon**
Hrsg. von Prof. K. J. Obenauer. 424 Seiten. Ganzln. DM 12.— (227)
Dem Kenner der goethischen Welt bietet dieses Lexikon eine Zusammenstellung, in der er das kostbare Gedankengut alphabetisch geordnet und zum Nachschlagen bereit findet. Jüngere Menschen möchte es zu eigenen Studien und zu ernsthafteren Auseinandersetzungen anregen.

HERMAN GRIMM / Das Leben Goethes
Herausgegeben und eingeleitet von Prof. Dr. Reinhard Buchwald. 566 Seiten. Mit 16 Kunstdrucktafeln. DM 8.50 (162)
Die klassische Goethe-Biographie des großen Kunst- und Kulturhistorikers und glänzenden Schriftstellers, der selbst noch zu vielen Menschen des Kreises um Goethe in persönlicher Beziehung stand, ist unserer Gegenwart durch diese Ausgabe neu geschenkt.

GRACIAN / Handorakel und Kunst der Weltklugheit
Deutsch von Arthur Schopenhauer. Einleitung von Geh.-Rat Prof. Dr. Karl Voßler. 152 Seiten. Mit Bildnis. Ganzleinen DM 6.50 (8)
Die berühmten Sentenzen und Maximen des spanischen Jesuitenpaters bilden in der lebendigen und flüssigen Übertragung Schopenhauers einen bewährten Führer im Umgang mit Menschen und ein in seiner männlich-kühnen Haltung einzigartiges und unvergängliches Vademecum der Weltliteratur.

ULRICH VON HASSELBACH / Die Botschaft
Das Evangelium und andere Kernstücke der Bibel nach Wahrheit und Wert gesichert. *196 Seiten. Ganzleinen DM 4.50* (189)
Unter Auswertung der wissenschaftlichen Bibelkritik wird hier der Evangelienstoff und das kostbarste Gut der übrigen biblischen Schriften in neuer Einheit und sinnbedingter Zusammenfassung dargeboten.

**G. HEBERER / Die Abstammungsgeschichte des Menschen
Mit 24 Tafeln, ca. 400 Seiten. In Vorbereitung (232)
Ein allgemeinverständlicher Überblick über den gegenwärtigen Stand der Forschung und eine Geschichte der Frühzeit des Menschen, so wie sie durch das erdgeschichtliche Fundmaterial urkundlich überliefert ist.

*HEGEL / Recht, Staat, Geschichte
Eine Auswahl aus seinen Werken. *Herausgegeben und eingeleitet von Prof. Dr. Friedrich Bülow. 522 Seiten. Ganzleinen DM 9.80* (39)
Diese neue und somit die moderne Forschung berücksichtigende Ausgabe bietet eine ideale und jedermann zugängliche Einführung in das rechts-, sozial- und geschichtsphilosophische System des großen Denkers.

* Herodot / Historien
Vollständige, kommentierte Textausgabe. *Ins Deutsche übertragen von Dr. A. Horneffer, erläutert von Dr. H. W. Haussig. 2 Karten. 808 Seiten. 4 Bildtafeln. DM 17.50* (224)
Dieses Meisterwerk lebendig-dramatischer Erzählkunst ist das älteste Vermächtnis der historischen Weltliteratur über die Kämpfe der Griechen gegen die Barbaren Asiens. Es gibt uns die erste Kunde von den orientalischen Hochkulturen und von den primitiven Völkern in Afrika und am Schwarzen Meer.

Horaz / Die Gedichte
Zweisprachig, in synoptischer Anordnung. *Übersetzt und eingeleitet von Prof. Dr. Rudolf Helm. 310 Seiten. Ganzln. DM 7.—* (148)
Der Band enthält alle Oden und Epoden. Durch zeilengleiche Übersetzungen unter Beibehaltung der Originalversmaße vermittelt er ein getreues Abbild der horazischen Verskunst.

Johan Huizinga / Geschichte und Kultur
Gesammelte Aufsätze *mit 6 eigenhändigen Federzeichnungen und einem Bildnis. Ausgewählt und eingeleitet von Prof. Dr. Kurt Köster. 432 Seiten. Ganzleinen DM 11.—* (215)
Die hier vereinigten Aufsätze sind Glanzstücke einer hohen Kunst kultur- und geistesgeschichtlicher Essays. Sie zeigen von neuem den Spürsinn des berühmten holländischen Gelehrten für die geschichtlichen Interieurs und den großartigen Weitblick des richtungsweisenden Europäers.

Immanuel Kant / Die drei Kritiken
in ihrem Zusammenhang mit dem Gesamtwerk. *Mit verbindendem Text v. Dr. Raym. Schmidt. 534 Seiten. Mit Bild. Ganzln. DM 9.80* (104)
Die Auswahl enthält alle Hauptpartien der „Kritiken" sowie der Schriften zur Religions-, Rechts- und Geschichtsphilosophie. Durch einführende und erläuternde Zwischenberichte bildet das Buch die bewährte Kant-Ausgabe in einem Band.

Sören Kierkegaard / Religion der Tat
Übersetzt und herausgegeben von Prof. D. Eduard Geismar. 290 Seiten. Mit Bildnis. Ganzleinen DM 8.— (63)
Die vorliegende Auswahl vereinigt die Hauptpartien aus den Schriften, Tagebüchern und Reden sowie die Gedanken Kierkegaards über ein von kirchlichen Verfälschungen befreites Christentum. In der überragenden geistigen Gestalt des großen Dänen verehrt die moderne Psychologie den tiefen Seelenkenner, die jüngste Philosophie den Anreger der Existenzphilosophie.

Ernst Kornemann / Römische Geschichte
Band I: Die Zeit der Republik. Band II: Die Kaiserzeit (132/133)
Neuhrsg. von Prof. Dr. Bengtson. 580/528 Seiten. Ganzln. je DM 11.—
Wer den Ablauf der römischen Geschichte wahrhaft erleben will, der greife zu dieser meisterhaften Darstellung des bekannten, 1946 verstorbenen Historikers vom Werden und Vergehen des Imperium Romanum, seiner Politik, Wirtschaft und Kultur.

Gustave Le Bon / Psychologie der Massen
Herausgeg. von Dr. H. Dingeldey. 220 Seiten. Ganzln. DM 6.50 (99)
Das berühmte, in alle Weltsprachen übersetzte Buch über die Seele der Massen und die Gesetze ihrer Beeinflussung und Führung zählt zu den klassischen und unübertrefflichen Leistungen der Psychologie und Soziologie.

G. W. Leibniz / Die Hauptwerke
Hrsg. von Prof. Dr. G. Krüger. 335 Seiten. Ganzln. DM 8.— (112)
Diese bewährte Auswahl, vorzüglich eingeleitet und erläutert, enthält alles Wesentliche und Wichtige aus den Hauptwerken des großen Denkers und ermöglicht so ein unmittelbar verstehendes Eindringen in die Gedankenwelt des Mannes, der in seiner Vielseitigkeit in der Neuzeit nicht seinesgleichen hat.

*Hans Leisegang / Die Gnosis
412 Seiten. Mit 11 Abbildungen. Leinen DM 9.80 (32)
Die authentische und klassisch gewordene Darstellung der schwer zugänglichen, großen religiösen Bewegung, die in den ersten Jahrhunderten n. Chr. mit ihren babylonischen, persischen, ägyptischen Elementen lange Zeit die stärkste Rivalin der christlichen Kirche war.

Franz Lennartz / Dichter und Schriftsteller unserer Zeit
Einzeldarstellungen zur Schönen Literatur in deutscher Sprache.
6., erweiterte und neubearb. Aufl. 680 Seiten. Ganzln. DM 12.— (151)
Eine umfassende Bestandsaufnahme der heute am meisten genannten modernen Autoren. Die alphabetisch geordneten Darstellungen enthalten alles Wissenswerte über Leben und Werk des einzelnen Autors mit Daten, Charakteristik und Inhaltsangabe seiner Veröffentlichungen.

*Franz Lennartz / Ausländische Dichter und Schriftsteller
Einzeldarstellungen zur Schönen Literatur in fremden Sprachen.
757 Seiten. Ganzleinen DM 15.— (217)
Das Ziel einer Weltliteratur, wie Goethe sie gefordert hat, scheint näherzurücken. Ausländisches Literaturgut findet zunehmende Verbreitung. Die hier gebotenen Einzeldarstellungen geben Auskunft über alle Autoren, deren ins Deutsche übersetzte Werke bekannt geworden sind.

G. C. Lichtenberg / Aphorismen, Briefe, Schriften
Herausgegeben von Prof. Dr. Paul Requadt. 524 Seiten. Mit 12 Abbildungen. 3. Auflage. Ganzleinen mit Goldprägung DM 11.— (154)
Die genialen Erkenntnisse Lichtenbergs sind nicht nur in seinen berühmten Aphorismen festgehalten, sondern auch in den Tagebüchern und Briefen. Alle diese Äußerungen sind hier zusammengefaßt, sie vermitteln somit ein unverfälschtes Bild des ganzen Lichtenberg.

*Liedsang aus deutscher Frühe
Zweisprachige Auswahl mittelhochdeutscher Dichtung. Übertragen und herausgeg. von Dr. Walter Fischer. 516 S. Ganzln. DM 13.50 (158)
Dieser Band enthält die mittelhochdeutschen Texte von 50 Dichtern in Gegenüberstellung mit einer vorbildlichen, modernen Übertragung. Politische Lyrik, Minnelieder und Marienlieder lassen den Reichtum an Gedanken und Kunstformen der mittelalterlichen Liedkunst erkennen.

**Luthers Briefe
In Auswahl herausgegeben von Prof. Dr. Reinhard Buchwald. 6 Bildtafeln. Ca. 320 Seiten. In Vorbereitung (239)
Die hier mit feinem Verständnis zusammengetragenen, biographisch wie zeitgeschichtlich erläuterten Briefe gestatten ein unmittelbares Eindringen in Leben, Geist und Seele des Reformators und zeigen ihn als Denker, der die Abgründe des Lebens durchforscht und erhellt hat.

*Machiavelli / Der Fürst
Vollständige Ausgabe des „Principe". Neu übersetzt und erläutert von Dr. Rudolf Zorn. 180 Seiten. Ganzleinen DM 6.— (235)

Machiavelli / Politik und Staatsführung
Eine Auswahl aus den „Discorsi". Neu übersetzt und erläutert von Dr. Rudolf Zorn. 292 Seiten. Mit Bild. Ganzleinen DM 7.— (173)
„Principe" und „Discorsi" bilden die spannungsvolle Einheit einer Staatslehre, in der die Macht einmal vom Standpunkt des Herrschers (Principe), dann aus der Sicht des Volkes (Discorsi) beschrieben wird.

Marc Aurel / Selbstbetrachtungen
Neu übertragen und eingeleitet von Prof. Dr. Wilhelm Capelle. 244 Seiten. Mit Bildnis. Ganzleinen DM 5.50 (4)
Das klassische Buch des „Philosophen auf dem Kaiserthron", das die Ruhe und Unbescholtenheit der Seele gegen alle Anfechtungen des Tages bewahren lehrt, ist hier meisterhaft übertragen und durch eine Einleitung bereichert, welche den historischen Hintergrund des Werkes lebendig verdeutlicht.

*Fritz Martini / Deutsche Literaturgeschichte
6. Auflage. 637 Seiten. Ganzleinen DM 11.— (196)
Von der altgermanischen Dichtung bis zu den literarischen Neuerscheinungen unserer Tage fehlt kein wichtiger Name, kein für die Entwicklung bezeichnendes Werk. Das Register mit über tausend Namen gibt dem Band den besonderen Wert eines verläßlichen Nachschlagewerks.

Karl Marx / Die Frühschriften
Herausg. von Prof. Dr. S. Landshut. 648 Seiten. Ganzln. DM 13.50 (209)
Das ursprüngliche Anliegen und der philosophische Kern des Marxschen Werkes werden nur in seinen frühen Schriften sichtbar, die hier von einem der besten Kenner auf Grund der neuesten Quellenforschung herausgegeben, erläutert und durch verbindende Texte dem allgemeinen Verständnis zugänglich gemacht sind.

**Wilhelm Nestle / Griechische Geistesgeschichte
Von Homer bis Lukian. *Ca. 560 Seiten. In Vorbereitung* (192)
Die Darstellung umfaßt annähernd ein Jahrtausend der Entwicklung des griechischen Geisteslebens in seiner Entfaltung zum rationalen Denken und damit zu jenem Erkenntnisreichtum, der bis in die Gegenwart fortwirkt.

Das Nibelungenlied
Übertragen von Karl Simrock. Mit einer Einleitung von Prof. Dr. D. Kralik, Wien. 408 Seiten. Ganzleinen DM 8.— (36)
Dieses großartige, nunmehr 750 Jahre alte Denkmal deutscher Dichtungsgeschichte erscheint ungekürzt mit durchlaufender Strophenzählung nach Bartsch und Sievers. Die Ausgabe eignet sich darum vorzüglich zur vergleichenden Lektüre mit dem mittelhochdeutschen Text.

FRIEDRICH NIETZSCHE

Zwölfbändige Gesamtausgabe
einzeln in Kröners Taschenausgabe

*NIETZSCHE / Geburt der Tragödie/Der griechische Staat
390 Seiten. Ganzleinen DM 9.— (70)

*NIETZSCHE / Unzeitgemäße Betrachtungen
652 Seiten. Ganzleinen DM 12.— (71)

NIETZSCHE / Menschliches, Allzumenschliches
716 Seiten. Ganzleinen DM 14.50 (72)

NIETZSCHE / Morgenröte
Gedanken über die moralischen Vorurteile. 343 S. Gzln. DM 8.50 (73)

NIETZSCHE / Die fröhliche Wissenschaft
340 Seiten. Ganzleinen DM 6.50 (74)

NIETZSCHE / Also sprach Zarathustra
390 Seiten. Ganzleinen DM 5.50 (75)

NIETZSCHE
Jenseits von Gut und Böse/Zur Genealogie der Moral
436 Seiten. Ganzleinen DM 9.— (76)

NIETZSCHE
Götzendämmerung/Antichrist/Ecce homo/Gedichte
620 Seiten. Ganzleinen DM 11.— (77)

NIETZSCHE / Der Wille zur Macht
Versuch einer Umwertung aller Werte. 724 S. Ganzln. DM 14.50 (78)

**NIETZSCHE in seinen Briefen
Hrsg. von Prof. Dr. A. Baeumler. 590 Seiten. Ganzln. DM 13.50 (100)

**NIETZSCHE / Die Unschuld des Werdens
Der Nachlaß hrsg. v. Prof. Dr. A. Baeumler. 2 Bde. 480 u. 520 S. (82/83)

RICHARD OEHLER / Nietzsche-Register
Alphabetisch-systematische Übersicht. 541 Seiten. DM 6.50 (170)

Philosophisches Lesebuch

Texte zur neueren Philosophiegeschichte. *Ausgewählt und erläutert von Prof. Dr. Hermann Glockner.* Band I: Von Bacon bis Hegel. Band II: Das 19. Jahrhundert. *416/428 Seiten. je DM 8.—* (206/207)
Insgesamt 68 ausgewählte und einläßlich interpretierte Textproben aus den Werken von 53 bedeutenden Denkern, und zwar nicht nur „berühmte" Stellen, sondern auch Vergessenes und Verstecktes, das geeignet ist, unsere Vorstellung von jenem Philosophen zu bereichern.

PLATON / Die Briefe

Übersetzt u. eingeleitet v. Prof. Dr. H. Weinstock. 165 S. DM 5.— (203)
Platons Briefe, hier in ein leuchtendes und präzises Deutsch übersetzt und meisterhaft eingeleitet, beweisen bündig, daß der größte Denker des Abendlandes kein weltabgewandter Philosoph, sondern ein leidenschaftlicher Politiker gewesen ist, dessen Weisungen heute mehr denn je Gültigkeit besitzen.

PLATON / Hauptwerke

Ausgewählt und eingeleitet von Prof. Dr. Wilhelm Nestle. Mit Bildnis. 364 Seiten. Ganzleinen DM 8.50 (69)
Eine geschlossene, zuverlässige und jedermann zugängliche Ausgabe der unvergänglichen Werke Platons, gleich geeignet zum ernsten Studium wie zur genußreichen Lektüre des größten und modernsten Denkers der Antike.

*PLATON / Der Staat

Deutsch von Dr. August Horneffer. Eingeleitet von Prof. Dr. Kurt Hildebrandt. 412 Seiten. Mit Bildnis. Ganzleinen DM 8.— (111)
Platons „Staat", die Krone unter seinen Werken, wird hier vollständig dargeboten. Die Erkenntnis, daß nur die höchste Weisheit regieren kann, die aus der Idee der Gerechtigkeit hergeleiteten Staatseinrichtungen und der Erziehungsplan verleihen dem berühmten Staatsentwurf eine zeitlose Aktualität.

PLUTARCH / Griechische Heldenleben/Römische Heldenleben

Übertragen und herausgegeben von Prof. Dr. Wilhelm Ax. 2 Bände.
Griechische Heldenleben. *344 Seiten. Ganzleinen DM 8.—* (66)
Römische Heldenleben. *456 Seiten. Ganzleinen DM 9.80* (67)
Der große Menschenschilderer Plutarch stellt uns in diesen beiden Bänden die Großen der Antike in ihren vollständigen Lebensbeschreibungen leibhaftig nah vor Augen: Themistokles, Perikles, Alkibiades, Dion, Alexander, Agis; Coriolan, die Gracchen, Sulla, Pompeius, Cäsar, Cicero und Brutus.

*Sallust / Das Jahrhundert der Revolution
Übersetzt von Prof. Dr. H. Weinstock. 274 S. Ganzln. DM 7.50 (161)
Sallust weiß ungemein spannend und mitreißend von den Machtkämpfen, Intrigen, Verrätereien zu erzählen, von denen seine Zeit erfüllt war. Seine Hauptwerke: die beiden „Politischen Sendschreiben an Cäsar", die „Verschwörung des Katilina" und „Der Jugurthinische Krieg" sind hier in meisterhafter Übersetzung vereinigt.

Schelling / Studium Generale
Vorlesungen über die Methode des akademischen Studiums. Eingeleitet von Prof. Dr. H. Glockner. 208 Seiten. Ganzln. DM 5.50 (222)
In diesen vielbewunderten Vorlesungen gelangt Schellings Lehrtätigkeit an der Universität Jena auf ihren weithin sichtbaren Gipfel. Dem Philosophen gelang eine klargegliederte Einführung in sein System und zugleich eine Gesamtdarstellung der akademischen Universitas.

Schiller-Goethe / Briefwechsel
Herausgeg. von Dr. H. Dollinger. 400 Seiten. Ganzln. DM 9.50 (197)
Der große Vorzug dieser Ausgabe besteht darin, daß sie auf die Wiedergabe aller nur an den Tag gebundenen, längst als unwichtig erkannten Mitteilungen des Briefwechsels verzichtet und so den unvergänglichen Gehalt dieser Zwiesprache desto reiner hervortreten läßt.

**Schopenhauer / Wille zum Leben
Seine Menschenkunde in systematischer Zusammenfassung. Herausgegeben von Prof. Dr. Alfred Baeumler. Ca. 400 Seiten. In Vorbereitung (240)
Die hier gebotene Auswahl faßt die Erfahrungen und die Einsichten des großen und weltklugen Pessimisten über Lebenssinn und Lebensführung zu einem anschaulichen und geistvollen Rezeptbuch der Lebensweisheit zusammen.

Seneca / Vom glückseligen Leben
Eingeleitet von Prof. Dr. J. Kroymann. 231 Seiten. Ganzln. DM 5.— (5)
L. A. Seneca, Erzieher und Ratgeber des römischen Kaisers Nero, hat in den zahlreichen Briefen und Schriften, die hier zusammengefaßt sind, seine stoische Lehre niedergelegt. Danach vermag der Mensch das Glück des Lebens in einer Seele zu erlangen, die groß und unbekümmert um die Meinungen der anderen nichts mehr fürchtet.

Samuel Smiles / Der Charakter
Deutsch von Prof. Heinr. Schmidt. 251 Seiten. Mit Bildnis. DM 5.— (7)
Die in England als „Volksbuch der Erziehung" geschätzten Essays bilden auch für den deutschen Leser eine ungemein anregende Lektüre von praktischem Nutzen für das Leben und für die Erziehung zu Wahrhaftigkeit und Pflichtgefühl, Fleiß, Mut und Lebensart.

SOPHOKLES / Die Tragödien
Übersetzt, eingeleitet und erläutert von Prof. Dr. Heinrich Weinstock.
511 Seiten. Mit Bildnis. Ganzleinen DM 11.— (163)
Diese Übersetzung der sophokleischen Werke ist von einem hervorragenden Kenner aus vollendeter Beherrschung aller sprachlichen Mittel geschaffen worden. Erläuternde Vorbemerkungen zu Beginn der einzelnen Tragödien bieten auch dem Unkundigen Zugang in den Geist und Ideengehalt der Dichtungen.

*SPINOZA / Die Ethik, Schriften und Briefe
Hrsg. v. Prof. Dr. F. Bülow. 369 S. Mit Bild. Gzln. DM 7.50 (24)
Das Hauptwerk des großen Philosophen ist in dieser Übertragung vollständig wiedergegeben. Die Ausgabe ist vermehrt um eine Auswahl aus der Abhandlung über die Läuterung des Verstandes und um die wichtigsten Briefe. Eine bereichernde Lektüre für jeden philosophisch interessierten Menschen.

SUETON / Cäsarenleben
Neu herausg. von Dr. Max Heinemann. Einleitung von Dr. Rudolf Till.
12 Bildnisse. 542 Seiten. Dünndruck. Ganzleinen DM 11.— (130)
Suetons 12 Kaiserbiographien gehören durch Fülle und Farbigkeit zu den ewiggültigen Werken der Weltliteratur. Ein Zeitgenosse der Cäsaren, im Besitz aller, auch der geheimsten Nachrichten über sie, schildert hier die römischen Weltherrscher von Cäsar bis Domitian in der ganzen Lebensnähe, Furchtbarkeit und Tragik ihrer Existenz.

**J. SWIFT / Schriften, Fragmente und Aphorismen
Übersetzt und herausgegeben von Prof. Dr. Michael Freund.
Ca. 400 Seiten. In Vorbereitung (171)
Swift war Satyriker und Essayist von überzeitlichem Format, der als ein Bernhard Shaw des 18. Jahrhunderts die Engländer seiner Zeit, ihre korrupte gesellschaftliche und politische Moral, mit ungeheurem Witz anzuprangern wußte und dessen Schriften hier zu einem höchst amüsanten Lesebuch von unverkennbarer Gegenwartsbedeutung zusammengestellt worden sind.

*TACITUS / Annalen
Deutsch von Dr. August Horneffer mit einer Einleitung von Prof. Dr. Ernst Kornemann. 7 Bildtafeln, 772 Seiten. Ganzleinen DM 12.— (238)
Das hier in vollständiger Übersetzung gebotene Geschichtswerk über die römische Kaiserzeit vom Jahre 14 bis 68 n. Chr. gilt als das letzte und größte literarische Denkmal lateinischen Geistes.

* TACITUS / Die historischen Versuche
Agricola Germania Dialogus. *Herausgeg. von Prof. Dr. Karl Büchner.*
334 Seiten. 2 Karten. Ganzleinen DM 9.80 (225)
Die hier vereinigten, neu übersetzten und erläuterten „Kleinen Schriften" gehören zu den großen Kostbarkeiten der römischen Literatur und der Geschichtsschreibung überhaupt. Textkritische Anmerkungen im Anhang bieten alle wesentlichen Gesichtspunkte der neuen philologischen und historischen Forschung.

THOMAS V. AQUINO / Summe der Theologie
Herausgeg. von Prof. Dr. Joseph Bernhart. Bd. I: Gott und Schöpfung. *534 Seiten.* — Bd. II: Die sittliche Weltordnung. *613 Seiten.* — Bd. III: Der Mensch und das Heil. *800 Seiten.* — *Ganzleinen je Bd. DM 13.50*
Das Hauptwerk des großen Lehrmeisters christlichen Denkens ist hier von einem berufenen Kenner neu übersetzt und zu drei Bänden zusammengezogen worden. Einleitungen, Zwischenberichte und Erläuterungen zeigen die Bezüge zur abendländischen Kultur auf. Unsere Ausgabe trägt das kirchliche Imprimatur.

THOMAS V. KEMPEN / Die Nachfolge Christi
Übertragen von Prof. Dr. Felix Braun. 334 S. Ganzln. DM 6.50 (126)
Der deutsche Mystiker Thomas Hamerken aus Kempen im Rheinland besitzt den unvergänglichen Ruhm, das nächst der Bibel am weitesten verbreitete Buch geschaffen zu haben, das Buch von der Nachfolge Christi, trostreicher noch als die Bibel, weil es Strafe und Vergeltung kaum kennt und jedem nach Einkehr Verlangenden unmittelbar zum Herzen spricht.

THUKYDIDES / Der große Krieg
Übersetzt und ausgewählt von Prof. Dr. Heinrich Weinstock. 202 Seiten. Mit Bildnis und einer Karte. Ganzleinen DM 5.25 (150)
Erst durch diese meisterhafte Übertragung wird uns die Lektüre des klassischen Geschichtswerkes zum erschütternden und zugleich beglückenden Erlebnis. Mit letzter Klarheit erkennen wir die politischen und menschlichen Zusammenhänge in diesem Weltkrieg der Antike in ihrer fast unheimlichen Gegenwartsbeziehung.

A. DE TOCQUEVILLE / Das Zeitalter der Gleichheit
Eine Auswahl aus dem Gesamtwerk. *Ins Deutsche übertragen und herausgeg. von Prof. Dr. S. Landshut. 321 Seiten. Ganzln. DM 9.80* (221)
Hier sind alle wichtigen Partien aus den Hauptschriften, Reden und Briefen des großen Geschichtsdenkers in gültiger Auswahl und vorbildlicher Übertragung vereinigt. Aus ihnen spricht Tocqueville, der Staatsmann und Historiker, der vor mehr als hundert Jahren die Heraufkunft der Massendemokratie erkannt und die weltbeherrschenden Mächte Amerika und Rußland beschrieben hat.

Die Vorsokratiker

Die Fragmente und Quellenberichte *übersetzt und eingeleitet von Prof. Dr. Wilhelm Capelle. 524 Seiten. Ganzleinen DM 9.80* (119)
Diese einzigartige Sammlung der frühesten Zeugnisse griechischen Denkens läßt uns den Urbeginn der abendländischen Geistesgeschichte unmittelbar miterleben. Beginnend mit den Orphikern und Thales enthält unser Band die Originalfragmente und die antiken Nachrichten bis zur Sophistik des Protagoras und Gorgias.

**Richard Wagner / Die Hauptschriften

Herausgegeben von Prof. Dr. Ernst Bücken. Neu bearbeitet von Erich Rappl. Ca. 450 Seiten. In Vorbereitung (145)
Diese Zusammenfassung und biographische Verknüpfung aller wichtigen Schriften, Briefe, Selbstzeugnisse und Berichte wird jedem willkommen sein, der die künstlerische und kulturpolitische Macht Wagners begreifen und ihre Gegenwartsbedeutung ermessen will.

KRÖNERS WÖRTERBÜCHER

Wörterbuch der Antike

Mit Berücksichtigung ihres Fortwirkens. *Von Prof. Dr. Hans Lamer, Prof. Dr. E. Bux und Dr. W. Schöne. 3. Aufl. 900 Seiten. Mit Karte. Ganzleinen DM 17.50* (96)
Dies „originellste" der Wörterbücher des Verlags hat allenthalben begeisterte Zustimmung gefunden, zumal es nicht nur ein Nachschlagewerk, sondern — dank der flüssigen, gemeinverständlichen Form seiner fast 3000 Artikel — zugleich ein Lesebuch ist, das geradezu zum Schmökern herausfordert.

Wörterbuch der Berufe

Herausgeg. von Dr. Justus Streller. 374 Seiten. Ganzleinen DM 10.—
Hier wird erstmalig eine knappe, einheitlich geordnete Übersicht über alle Berufe, ihre Eigentümlichkeiten, die geistigen und körperlichen Voraussetzungen der betreffenden Lehre, Art und Dauer der Ausbildung und deren Abschluß, Aufstiegsmöglichkeiten, Selbständigmachung usw. geboten.

Wörterbuch der Kunst

Herausgegeben von Prof. Dr. Johannes Jahn. 4. Aufl. 720 Seiten mit 212 Abbildungen. Ganzleinen DM 13.50 (165)
Aus dem Gesamtgebiet der bildenden Kunst aller Völker geben rund 3000 Stichwortartikel erschöpfende Auskunft auf unzählige Fragen über

die Kunstgeschichte der einzelnen Länder, Stilepochen, führende Künstler, berühmte Kunststätten und Kunstwerke, Kunsttechniken, Ikonographie und Restaurierung.

*Sachwörterbuch der Literatur

Von Gero von Wilpert. Ca. 650 Seiten. Ganzleinen DM 15.— (231)
Hier wird in 2600 Stichwörtern der gewaltige Begriffsschatz der Literaturwissenschaft in knapper und auf das Wesentliche gerichteter Formulierung erläutert: Dichtungsarten, Formen und Gattungen, Epochen, Dichterkreise, Verse und Strophen, rhetorische Wort- und Gedankenfiguren, Bühnenkunde und Buchwesen.

Wörterbuch der Pädagogik

Herausgegeben von Prof. Dr. Wilhelm Hehlmann. 4. Aufl. 488 Seiten. Ganzleinen DM 12.— (94)
Die vollständig neubearbeitete, 4. Aufl. gibt zuverlässig Auskunft über den gegenwärtigen Stand des gesamten Schul- und Erziehungswesens in Deutschland, aber auch im Ausland. Sie berücksichtigt insbesondere die moderne Pädagogik und alle Neuerungen der Nachkriegszeit.

*Philosophisches Wörterbuch

Begründet von Prof. Dr. Heinrich Schmidt. 13. Auflage, neu bearbeitet von Dr. Justus Streller. Ca. 660 Seiten. Gzln. DM 15.— (13)
Dieses 1912 gegründete und zu den ältesten Titeln in Kröners Taschenausgabe zählende Wörterbuch dient mit 3000 Stichwortartikeln den Freunden und Verehrern der Philosophie und allen, die am geistigen Leben der Gegenwart teilnehmen, als stets bereites und zuverlässiges Auskunftsmittel.

Wörterbuch der Religionen

Hrsgeg. von Prof. Dr. A. Bertholet. 540 Seiten. Ganzln. DM 15.— (125)
Hier findet man alles Wissenswerte über die verschiedenen Religionen und religiösen Sekten, ihre Götter, Lehrer und Propheten, ihre Mythen, heiligen Schriften, Kultformen und Mysterien, aber auch über Aberglauben, Magie und verwandte Gebiete.

*Wörterbuch der deutschen Volkskunde

Von Dr. Oswald A. Erich und Prof. Dr. Richard Beitl. 2., neubearbeitete Auflage. 928 S. 40 Abb., 18 Karten. Ganzleinen DM 17.50 (127)
Dieses Wörterbuch versucht, den gesamten Wissensstoff der deutschen Volkskunde übersichtlich, wissenschaftlich genau und dabei allgemeinverständlich darzustellen. Die Neubearbeitung bietet auch dem Fachmann neue Kenntnisse und Anregungen über die Erscheinungsformen des Volkstums in Vergangenheit und Gegenwart.

**Wörterbuch der Wirtschaft

Von Prof. Dr. Friedrich Bülow. 3., erweiterte Auflage. Ca. 600 Seiten. Ganzleinen ca. DM 13.50 (114)
Dieses praktische Taschenlexikon der Wirtschaft für jedermann erläutert alle Fachausdrücke der Wirtschafts- und Steuerpraxis. Es setzt keinerlei Vorkenntnisse voraus und wahrt überall die Verbindung mit dem tatsächlichen Wirtschaftsleben.

STUDIO HEIDELBERG

Vom Atom zum Weltsystem

Eine Vortragsfolge. 192 Seiten. Ganzleinen DM 6.— (226)
Atom und Biologie, Atom und Medizin, Technik, Leben, Mensch sind Themen, die zeigen, in welchem Maße die Ergebnisse der Atomforschung unsere Welt umformen. Es berichten die Professoren Bauer, Bothe, Clusius, Dessauer, Gerlach, Hahn, Heisenberg, Jordan, Kienle, Rajewski, Thielecke, Wirtz.

Die großen nichtchristlichen Religionen unserer Zeit

Eine Vortragsfolge. 126 Seiten. Ganzleinen DM 5.50 (228)
In diesem Band berichten hervorragende Kenner und Forscher, unter ihnen die Professoren v. Glasenapp, Jaspers, Mensching, Schoeps in gemeinverständlichen Vorträgen über die Wesenszüge und Merkmale der großen nichtchristlichen Religionen.

*Schöpfungsglaube und Evolutionstheorie

Eine Vortragsfolge. 163 Seiten. Ganzleinen DM 5.50 (230)
Über die Schöpfungsvorstellungen der Religionen und die modernen Entwicklungslehren vom Ursprung des Menschen und aller anderen Lebewesen referieren gemeinverständlich die Professoren v. Rad, Heberer, v. Bertalanffy, Portmann, Kramp, Butenandt, Bornkamm, Heckmann, v. Campenhausen und andere.

*Die Grundlagen unserer Ernährung

Eine Vortragsfolge. 192 Seiten. Ganzleinen DM 6.— (234)
Über die moderne Ernährungslehre von der Nahrungsmittelchemie bis zur Physiologie, den Bau- und Nährstoffen im Körper, den Ernährungserkrankungen und die allgemeine Ernährungslage berichten die Professoren Abderhalden, Burgdörfer, Cremer, Diemair, Heupke, Kraut, Kuhn, Lang, Lynen, Schäfer, Souci, Werner.

* **Von Erde und Weltall**
Eine Vortragsfolge. *168 Seiten. Ganzleinen DM 6.—* (236)
Die Professoren Baade, Bartels, Fricke, Haxel, Heckmann, Hiller, Kienle, Larink, Schindewolf, Schütte, Siedentopf, Unsöld berichten über die Entwicklung der Welt, die Geschichte und Größe der Erde, der Sonne, des Mondes, die optische und die Radioastronomie, das Planeten- und das Milchstraßensystem und über die Forschungsergebnisse Einsteins.

* **Lebendiges Wissen**
Herausgegeben von Heinz Friedrich. Mit Beiträgen von den Professoren H. Autrum . E. Baumgarten . S. Bayr-Klimpfinger . W. Braunbek . H. Freyer . K. v. Frisch . H. Kienle . L. Klages . O. Koehler . E. Kretschmer . A. Kutscher . K. Lorenz . B. Rajewsky . C. Schmitt . E. Wolf u. a. *360 Seiten. Ganzleinen DM 9.80* (237)
Dieses Buch ist aus der bekannten Sendereihe des Hessischen Rundfunks hervorgegangen. Es enthält eine neue Folge ausgewählter Vorträge von namhaften Wissenschaftlern und wissenschaftlichen Publizisten, die aus höchster Warte, dabei aber allgemeinverständlich und anregend, über besonders wertvolle Ergebnisse ihrer Forschungen auf fast allen Gebieten der Natur- und Geisteswelt berichten: Spitzenleistungen der Physik, Entwicklungsprobleme der heutigen Jugend, Möglichkeiten der modernen Medizin, Nomos der Erde, Kommende Gesellschaftsordnung, Wandlungen der Raumvorstellung, Abstammung des Menschen, Recht und Staat, Probleme der Seelenkunde, Technische Fortschritte.

IN VORBEREITUNG

Bülow, Geschichte der Wirtschaftstheorie / Capelle, Die Germanen der Völkerwanderung / Carus, Psyche / Comte, Soziologie / Haussig, Byzantinische Kulturgeschichte / Kierkegaard, Entweder-Oder / Körte, Die Hellenistische Dichtung / Lesky, Die Griechische Tragödie / Luther, Tischgespräche / Martini, Literargeschichte und Literarwissenschaft / Messer, Pädagogik der Gegenwart / Montaigne, Essais und Reisetagebuch / Nietzsche, Zweibändige Volksausgabe / Röhr, Deutsche Kulturgeschichte / Sander, Einführung in die Psychologie / Max Weber, Ausgewählte Schriften / Wörterbuch der Mythologie

AUSSERHALB DER TASCHENAUSGABE

Die außereuropäische Kunst

744 Seiten, 812 Abb., 16 Farbtaf. Mit Literaturverzeichnissen, Landkarten und Register. Quartformat. Leinen mit Goldaufdruck DM 48.—

Dieser Band ist 1929 für „Springers Kunstgeschichte" geschaffen worden. Er wird heute als Einzelband ausgeliefert: Ostasiatische Kunst, China, Japan von Prof. Dr. *K. Glaser* — Indische Kunst, Vorderindien, Ceylon, Hinterindien, Indonesien, Nepal, Tibet, Ost-Turkestan von Dr. *St. Kramrisch* — Islamische Kunst, Persisch-Mongolisch, Maurisch, Moghulkunst von Prof. Dr. *E. Kühnel* — Afrikanische Kunst von Dr. *P. Germann* — Indianische Kunst Amerikas, Mexiko, Maya-Länder, Goldländer, Peruanische Länder von Dr. *H. Ubbelohde-Doering* — Malaiisch-Pazifische Kunst, Australisch-Paduanisch, Altmalaiisch-Polynesisch, Melanesisch, Indonesisch von Prof. Dr. *A. Krämer*.

PAUL BRANDT / Sehen und Erkennen

Eine Anleitung zu vergleichender Kunstbetrachtung. *10. Auflage. 324 Seiten, Großoktav mit 565 Abbildungen, 8 Farbtafeln. Ganzleinen DM 19.80*

Es gibt Bücher, die uns das ganze Leben begleiten. Ein solches Buch ist Brandts „Sehen und Erkennen". In einer glücklichen Vereinigung von **wissenschaftlicher Haltung** mit echtem **künstlerischem Gefühl**, **ohne** fachwissenschaftlichen Ballast, erweckt es Verständnis und Freude am *Sehen* und *Erkennen* des Schönen in der Kunst. Der vom Verfasser zum erstenmal in der Kunstliteratur eingeschlagene Weg führt den Leser durch Betrachtung und Erläuterung von Vergleichsreihen, in denen die wichtigsten Werke der abendländischen Architektur, Plastik und Malerei dargestellt sind, zum Verständnis des Kunstschaffens und zum Erkennen der großen Form.

JOHAN HUIZINGA / Herbst des Mittelalters

Lebens- und Geistesformen des 14. und 15. Jahrhunderts in Frankreich und den Niederlanden. *7., durchgesehene Auflage. Herausgegeben von Dr. Kurt Köster. 392 Seiten. Großoktav mit 16 Bildtafeln. Ganzleinen DM 19.80*

Das große Gesamtbild nordischer Spätgotik zählt zu den bedeutendsten Leistungen heutiger Kultur- und Geistesgeschichtsschreibung, an wissenschaftlichem Rang, Reichtum, Glanz der Darstellung und Weite des Blickes nur den klassischen Werken Jacob Burckhardts vergleichbar. Mit einer erstaunlichen Einzelkenntnis und Einfühlungsfähigkeit, die keine Aussage ohne urkundliche und literarische Belege, keinen

Satz ohne die Überzeugungskraft künstlerischen Erlebens duldet, sind
Mensch und Gesellschaft, Geist und Leben, Kunst und Literatur,
Frömmigkeit und Glaube der burgundisch-französisch-niederländischen
Welt des fünfzehnten Jahrhunderts geschildert. Was hier über die
Sehnsucht nach schönerem Leben, über den Traum von Heldentum
und Liebe, über das Ritterideal, über Frömmigkeitstypen, religiöse
Erregung und Askese, über das Bild des Todes gesagt ist, das wird
so aus dem Grund des Menschlichen gedeutet, daß zugleich parallele
Situationen der früheren und der späteren Zeit Licht empfangen.

PHILIPPE DE COMMYNES / Memoiren

Vollständige Gesamtausgabe in neuer Übertragung. *Herausgegeben von
Prof. Dr. Fritz Ernst, Heidelberg. 470 Seiten Großoktav. 5 Bildtafeln.
Holzfreies Papier. Ganzleinen DM 28.—*

Aus der großen Krise Europas, die sich im Untergang Burgunds und
im Zusammenstoß der französischen Krone mit der Welt der italienischen Renaissance manifestiert, berichtet ein scharfsinniger Teilnehmer an dem Geschehen, wie Macht und Politik das geordnete System
der mittelalterlichen Werte zu sprengen versuchen. Ein buntes und
wahres Bild, nicht umsonst von Dichtern und Historikern immer wieder verwertet, ein echtes und erregendes Zeugnis, das uns zu den
Urproblemen der europäischen Neuzeit und so mitten hinein in die
Grundlagen unserer Gegenwart führt.

REINHARD BUCHWALD / Goethezeit und Gegenwart

Die Wirkungen Goethes in der deutschen Geistesgeschichte. *374 Seiten
Großoktav. Ganzleinen DM 14.—*

Dieses Werk möchten wir allen denen in die Hand legen, die sich
ernste Sorgen um unsere geistige Zukunft machen. Es ist von hohem
fachlichem wie pädagogischem Wert und dabei so einfach und auch
interessant geschrieben, daß es von jedem verstanden wird. Der bekannte Heidelberger Literaturhistoriker und Professor für deutsche
Geistesgeschichte gibt darin eine moderne Darstellung der *Wirkungsgeschichte* Goethes. Er zeigt jene lange und wechselvolle Entwicklung,
deren Ergebnis unser heutiges Goethebild ist, bestimmt durch die vielfältigen Wirkungen, die Goethes Erscheinung von der ersten Begeisterung um den jungen Dichter über die Epochen der Entfremdung bis
etwa 1850, der Wiederentdeckung und bis zur Aneignung in der Gegenwart hervorgerufen hat.